明理中学
高一（2）班 温双沭

明理中学
高一（2）班 陆京

1642.5

满分恋爱公式

淅和 著

网络原名
《维持女配的尊严》

敦煌文艺出版社

图书在版编目（CIP）数据

满分恋爱公式 / 淅和著 . -- 兰州 : 敦煌文艺出版
社 , 2023.9
　　ISBN 978-7-5468-2420-8

　　Ⅰ. ①满… Ⅱ. ①淅… Ⅲ. ①长篇小说—中国—当代
Ⅳ. ①I247.5

　　中国国家版本馆 CIP 数据核字（2023）第 153849 号

满分恋爱公式

淅和　著

责任编辑：张家骝
策划编辑：鹿玖之　晗光
封面设计：小茜设计
封面绘图：左鲟

敦煌文艺出版社出版、发行
地址：（730030）兰州市城关区曹家巷 1 号
邮箱：dunhuangwenyi1958@163.com
0931-2131579（编辑部）
0931-2131387（发行部）

大厂回族自治县德诚印务有限公司印刷
开本 710 毫米 ×1000 毫米　1/16　印张 24.75　插页 5　字数 432 千
2023 年 10 月第 1 版　2023 年 10 月第 1 次印刷
印数：1~10000 册

ISBN 978-7-5468-2420-8
定价：54.80 元

目录

祝岁岁欢渝，年年胜意。
想要的都拥有，得不到的
皆会以另一种形式归来。
新年快乐。
　　　　　　　　——陆

窗外云海在风中缓慢地移动，
天很高，云很白，
操场两侧的爬山虎漫上新绿。
晚课铃响起，
篮球馆里的男生拍着球走出……

安静的梧桐路上，金色的阳光穿过树缝，投下了斑驳倒影。

一个中年男人站在车边紧张地打着电话："喂？120吗？这里是明理中学东门边上的复兴巷，有个学生出了车祸，具体伤势……"

男人记下电话那头告诉他的急救措施，余光里突然闪过一道黑影。他定睛看去，原本还躺在地上昏迷不醒的女学生，竟然正以百米冲刺的速度朝校园东门奔去。

男人瞪圆了眼，赶忙捡起地上的书包，追了上去："同学，你还在流血，同学！"

温双沐没管身后的追喊，跟脑子里的那道声音确认："所以我现在是回到了高一？"

乌小漆说："准确来说，现在还只能叫作准高一学生。温馨提示宿主，距离分班考试截止入场时间只剩十五分钟。您之前就是因为车祸没能参加考试，最后靠家里人塞钱走关系才进的实验班。请抓紧时间，珍惜重来一次的机会。"

温双沐的左手臂还在流血，又痛又麻。

她用手按住伤口，步频加快："我这不是已经在跑了吗？！"

明理中学是市重点高中。虽然分班考试算不上正规的考试，但还是有模有样地拉了横幅围栏，禁止外人和车辆出入，以免打扰考生。

温双沐跑向东门，那是明理中学的宿舍楼一方的侧门，不如正门宽阔。这个时间，除了爬满两墙的爬山虎，只有门卫室里吹风扇打瞌睡的保安。

温双沐等不及保安出来放行，隔着玻璃窗，飞快地说了句自己是迟到的考生，便单手翻过栏杆，越了过去。

保安后知后觉地跑出门卫室，叫喊着抓人。

夏日早晨的太阳毒辣不已，温双沐才跑了几步，就冒出一身汗。剧烈运动下，腰腹和手臂的疼痛成倍发作。

温双沐说道："你们系统里有没有什么疼痛屏蔽功能？不用太久，帮我撑到上午考试结束就行。"

乌小漆说："抱歉，奖励机制需要宿主完成任务获取积分，然后用积分兑换，暂不提供免费服务。"

温双沐扫了一眼伤口——前世送去医院也只是皮外伤包扎，没有伤筋动骨，不用担心小命不保。她分散注意力，边跑边问："你刚刚说，我所在的世界其实是一本小说？"

温双沐最后的记忆还停留在自己因为车祸躺在医院的病床上，昏迷中隐约听到医生下达终身植物人的通知。她拼命想睁开眼，却睁不开，下一秒便回到了车祸现场，脑子里还绑定了一个奇奇怪怪的物种，告诉她此车祸非彼车祸，以及眼下是她读高一时的时间线。

乌小漆说："不错，这是一本名叫《芝芝绿妍》的小说。"

温双沐脑海里展开一块电子屏，上头闪着一段文字。

乌小漆开启了声情并茂的朗读模式：

"人人都说，明理中学的校草苏起言，矜贵清隽，冷漠疏离，像那高不可攀的'高岭之花'，从不把追求他的女生放进眼里。

"神仙不会动凡心。春季班的学生们打包票，学神毕业前依然会一身'干净清白'。

"然而后来学生中传言，有人看到苏起言把隔壁班的班花'小漂亮'压在教室后墙角欺负。

"苏起言表示：'哪儿敢哪！'

"他低眼看了看怀里绵软的'小漂亮'，隐忍着，微红的眼底尽是疯狂：'别哭了。'

"他顿了顿，嗓子喑哑：'再哭，命就给你。'"

"这，会不会有点儿太羞耻……"

温双沐有点儿噎住，纵然代入自己，还是有些吃不消，而且她搜刮了大脑内存半天，也没想起任何与文案描述相关的记忆。

乌小漆还在接着往下说："这本小说一经连载就登上了校园甜文榜单第一，书名和女主名夏芝里更是契合无比，被读者誉为'夏日里的续命糖精'。真要挑点儿不甜的地方，那就是你这个女配逃出原作者控制，频繁刷脸，导致后续剧情崩得不成样子……"

温双沐突然停下了脚步，一动不动地看向前方。

乌小漆好奇地叫了两声："宿主？宿主？"

温双沐像回过味来，吐出了七个字："所以，女主不是我？"

乌小漆万万没想到宿主的自我认知如此不清晰："女主再怎么受伤，也不会变成终身植物人吧？"

温双沐把指尖攥进掌心又松开，长吐出口气。

明理中学太大了，考试规定开考后十五分钟不得入场。温双沐郁闷归郁闷，但也不敢耽误，等跑进粘贴着考场标牌的教学楼，再次停了下来。

乌小漆奇怪："怎么了？"

温双沐看着因为已经开考而空无一人的走道，问："我是哪个考场来着？"

乌小漆："……"

温双沐再低头看看两手空空的自己："我的书包和准考证呢？"

"可能是掉在刚才被车撞的地方了吧……"

"你没提醒我。"

"系统并非全知全能，许多事情需要宿主自己注意。"

"是你在我刚一醒来的时候，就让我快跑的。"

乌小漆彻底没声了。

温双沐看重这次考试，心中远没有表面表现的淡定。反正是来不及了，她现在唯一的希望就是"空手套白狼"，看看系统能不能凭空给她变出一套文具和准考证来。

一人一系统正僵持着，身后传来两道气喘吁吁的追赶声。

"同学，同学，你的书包！"

温双沐回头望去，只见一个中年西装男子和一名保安打扮的人绕过花坛跑进教学楼。

男人一路跟着温双沐跑进东门，原本被保安拦着没让进，讲清原委后，这才由保安陪着一块儿找进来。

温双沐身上穿着简单的白 T 恤衫和牛仔裤，左手臂的伤口上汩汩流出的鲜血染在浅色衣服上，颜色变暗后，看着有些瘆人。

车主忠厚老实，这么多年来也是头一回出事故，于是愧疚地说："不然还是先去医院吧？你放心，医药费什么的我都会负责。"

温双沐接过书包，第一时间确认了一下书包内侧的笔袋和准考证，表情舒缓了少许，庆幸车主人好，一路跟了过来。

"谢谢，不过我考试赶时间。等考试结束，我自己会去的。"

她说着，看了一眼准考证上指示的班级，顾不上跟人招呼再见，便匆匆朝三楼跑去，留下车主和保安在那儿面面相觑。

温双沐紧赶慢赶，找到了四班门口。班上学生已经开考许久，考场安静一片。

她敲了敲门，语速飞快："抱歉，老师，我迟到了。"

监考员侧目看来，斥责的话似乎都到嘴边了，却被温双沐衣服上的血迹吓到，两三步走到门口："同学，你没事吧？"

周泉是学校年级主任，也是温双沐接下来高中三年的数学老师，虽然平日里经常摆出一副严厉的样子，实际很好相处。

温双沐说道："小伤。"

周泉视线在她左胳膊的伤口处停了又停，话在嘴边绕了好几绕："这也不小了吧……"

温双沐示意教室后排的钟表，还有十几秒："老师，距离开考时间还没过十五分钟，我可以进来吗？"

"当然，当然。"周泉看她的样子，也能猜到是有什么意外耽搁了，于是侧开身子，便去讲台给她拿试卷。

考场上缺考的学生很多。分班考试只是为了选出实验班的四十个学生名额，所以不少自己觉得没有希望的学生都没来参加。

周泉当老师这么多年，也是头一回遇到为了参加考试这么不要命的学生。感动之余，周泉生怕温双沐在考试期间晕厥，把卷子递给她时，不忘嘱咐："如果哪里有不舒服，可以举手示意我。"

"嗯。"温双沐已经把注意力放到了卷子上，头也不抬地轻应了一声。

周泉在座位旁多站了会儿，看温双沐手臂上的伤口已经凝痂，并且没有再流血，这才稍稍放下心，往讲台走去。

班里的不少考生看到温双沐一身血的瘆人样子，有些骚动。个别人仍转着头，一脸敬佩地看着温双沐。

周泉拍桌呵斥说："都给我集中注意力，答自己的卷子！"

考生们没过一会儿就噤了声，纷纷拉动椅子坐好。

陆京在答题卡上涂完了十道选择题的答案，大脑就进入了放空状态。

他用单手拄着下巴，才开考二十分钟不到，已经睡了一觉。听班上吵闹，他这才眯起眼，视线往边上扫了扫。刚虚晃一眼，陆京差点儿以为自己看花了，连眼眶都睁大了些。

温双沐连按几下涂卡笔，出来的笔芯都是断的。她看隔壁男生正好看过来，便偏过身子，稍稍侧过去："同学，你有多余的 2B 铅笔吗？"

陆京的桌上连笔袋也没放，一共就一支黑色签字笔和一支 2B 铅笔，连橡皮都没准备。

不等他回答，温双沐先一步看到，想着人家自己也要用，肯定没戏。她刚准备举手让监考老师帮忙找其他学生借，对方就将笔递了过来。

木质笔身搭到了温双沐的虎口上，男生没马上松手，视线停在了她手臂上的伤口上，问："同学，你确定你不用先包扎一下？"

温双沐知道自己的伤口只是看着唬人，于是半抬起眼跟人示意了一下："没事，都干了。"

陆京："……"

过了两秒，陆京将笔往她手心推了推，坐直身子。他看看自己空白一片的大题答题区，再对比隔壁那位负伤上阵的女生——

好励志！好可怕！

明理中学的分班考试只考语、数、英三科，题量不多，但难度极大。为检测学生在假期的预习情况，涉及了许多超纲知识，不但考查学生难题解决能力，也考查学生的时间分配能力。三科题目汇总在一套卷子里，限时四小时交卷，最后选择前四十名进实验班。

温双沐翻着试卷纸，估算试卷的整体难度。

英语不用担心，她之前还在准备考研英语，单词、语法什么的在脑袋里正新鲜热乎……

考场里很安静，只有纸笔相触的摩擦声。

明理中学今年招生六百人，而考场桌椅只布置了五百六十张。

实验班全名叫"实验对照班"，在他们之上，还有一个班——春季班。顾名思义，这个班的学生都是春季提前招生，是学校通过层层选拔招录的精英生。这四十名学生早在三月份便入学，提前学习竞赛知识，因此也被老师们戏称为"金牌班"，专为学校增添竞赛荣誉。

温双沐原本对"春招"志在必得，不过那段时间流感病毒肆虐，她不幸中标，患了重感冒发烧而错过。虽然后来中考发挥不错，只可惜明理中学不看重中考成绩。

为了这次分班考试，温双沐在假期的头一个月，还特意让家里帮忙报了针对明理中学分班考试开展的天价提优班。遗憾的是，那些知识她之前因为车祸没用上，而现在则压根儿全忘了。

乌小漆看宿主一脸便秘的表情，盯着数学小卷，仿佛要把试卷盯出个洞来："宿主高中毕业多年，不会把公式定理全忘了吧？"

心思被言中的温双沐："闭嘴，没看我正回忆着呢吗？！"

乌小漆幸灾乐祸。

好在温双沐多出来的前世的心态不是白磨炼的，很快就将杂念抛到脑后，也不再去估题难度，直接翻出英语小卷开始写。

陆京努力试着看了会儿题。他握笔的姿势没保持两分钟，笔杆就滑到了虎口位置，有一搭没一搭地转着。

他放眼望去，前排学生基本都死盯着一道题抓耳挠腮，再不然就是埋头反复计算确认。

隔壁带伤那位倒是卷子翻得飞快，也不清楚是真的会做还是一通瞎写。不过也没维持多久，"伤员同志"的速度便慢下来，咬着笔杆对一道题目冥思苦想，额边的碎发垂落，隐约能看到一截挺翘的鼻尖。

陆京点了点头，心想这才合理，语文和英语还能乱填胡编，数学就不行了。然而没过两秒，对方就抄起笔，在答题区写下四五行答题步骤，飞快地翻到了下一页。

陆京："……"

都是初中毕业，但他刚刚看了试卷，发现自己水平好像真的不行，竟然什么也没看懂，甚至看见了一个从没在教科书上出现过的神奇符号，也不知道是不是眼花了。

虽然以他的智商无法理解，但他知道这些压轴级别的数学难题，不是靠这么几个步骤就可以打发的。所以这就是老师中考前总强调的步骤分，对吧？不会写也要踩个公式分，对吧？

陆京钦佩，随即换了个姿势，枕着胳膊在课桌上趴了下来。他昨晚被朋友拉着打游戏打到凌晨，早上起来灌了两杯咖啡，但貌似不太顶用，现在依然困得不行。

考试历时四小时，陆京睡了一觉又一觉。他盘算着时间差不多到了中午饭点，担心大家一块儿出考场，人多午饭餐厅不好找，便提前交了卷子，离开教室。

温双沐做完卷子，想把铅笔还给隔壁那人，才发现对方已经不见了，八成是中途放弃先走了。

她回忆起对方的长相，反射弧颇长地感慨了一下，可惜日后没机会再在同一个班里偶遇这位帅同学了。

她低头看看，笔还很新，只是笔头被涂抹得有些粗平。她想了想，还是将笔收进了笔袋。

考试结束铃响起，周泉按照考号一桌一桌地收答题卡。到了温双沐这桌，周泉说："校医在隔壁阅览室，你一会儿过去先让她给你包扎一下。"

明理中学教学楼每层楼的尽头都有一间小书吧，地方不大，但朝阳又有落地窗，十分通透明亮。

生理盐水倒在伤口上，温双沐疼得直抽气。

校医给温双沐缠绷带时，周泉正好把卷子送回办公室，绕过来一趟问情况。

"口子再大一点儿，就得送去医院缝针了。"校医说，"周老师，不会是你押着受伤的小姑娘进的考场吧？"

周泉委屈地说："哪儿啊？我看到了也吃一惊呢！"

温双沐解释："是我自己的原因。"

周泉收卷时便记下了温双沐答题卡上的名字，拍拍她的肩膀："小姑娘够拼命，考得感觉怎么样？"他一顿，又立马改口，"不好也没事，以后每学年都有分班考试，冲你这股劲儿，也一定可以做到。"

温双沐总不能直说她觉得自己数学大题答案估计都能对，但没一个步骤踩中得分点的，只好避开不谈："谢谢老师。"

周泉下午还要留校批卷，于是和温双沐一块儿下楼。他担心她对附近地形不熟悉，正好自己也要去吃饭，便顺道领她去学校对面的餐厅。

午后日头正烈，室内空调开着冷风，把室内和室外分割成截然不同的两片天地。

陆京和夏昀女士坐在靠窗的位置吃饭。

夏昀注意到儿子的目光突然飘到餐厅门口，随口问道："看什么呢？"

"伤员同志"和早上的监考老师并排走到点餐台，这点倒有几分学霸特质，分分钟能和老师关系混得好。

陆京收回了视线："没什么，就有一个女生。"

夏昀瞬间好奇："什么？什么？"

陆京咬了根薯条，不以为然地说："早上考试遇到的，很拼，不知道出了什么事，到教室时一身血。"

"哇！"夏昀也发现了队伍里有个裹着绷带的女学生，"那她考得怎么样？"

"不知道。"陆京交卷时倒是路过瞄了一眼，见她的解题步骤少得可怜，于是给出了一个中肯的评价，"精神挺可嘉的。"

夏昀感慨："跟这样的学生一块儿学习，氛围一定很好。你要跟人好好相处，到时候妈妈帮你打听一下这个同学考的是几班。你们两个一起，她也能带带你。"

陆京感觉牙齿突然有点儿嚼不上劲儿："别吧。"

温双沐点了一份三明治，收到司机陈叔发来的短信：双双，考试还没结束吗？学校门口车太堵，我停在绿化道那边了。

早上陈叔送她来学校时，车子半路抛锚，她只好抄小道跑到学校。经车祸这一打岔，压根儿忘了她跑走时，陈叔好像在后头喊了句中午准时来接她。

温双沐收起手机，同周泉解释，说家里人会来接，让店员帮忙把三明治改成打包。

周泉嘱咐："记得让你爸妈再带你去趟医院检查呀！"

"嗯，好。"温双沐提过包装袋，又说了句，"谢谢老师。"

温双沐穿过桌位，推门而出。左右看了看，路边停满了私家车，也不知道陈叔说的是哪边的绿化道。

隔壁便利店跑出三五个小孩儿，人手一个泡泡机，像是在玩射击游戏，一路"突突"地跑来。

温双沐起先没注意到，等小朋友近到跟前了，才侧身让出个位置。

等她回过神来，视线正对餐厅的透明落地窗上，考场隔壁座的帅同学就坐在那儿。因为她突然撞到玻璃，他似乎被惊到了，嘴边叼着根薯条，眼睛一眨不眨地盯着她。

"啊，你……"

温双沐想到躺在书包笔袋里的那支 2B 铅笔，正想再说句什么，后方传来了声音。

"双双，这儿！"

温双沐来不及多想，转过身，只见陈叔站在太阳下冲她大幅挥手。她连忙小跑过去。窗外孩童跑过，留下了一路的泡泡。

夏昀看看外头，又看看自家儿子："刚才那女生是要跟你说话吗？"

陆京收回视线，低头继续划着手机："不是。"

温双沐坐在车后座上，吹着凉风啃起三明治，陈叔一边开车一边操心地念着："都怪我。就算车子坏了，也应该先把你安全送到学校的。出了这么大的事，你爸妈不知道该怎么心疼了……"

温双沐倒不担心面对温老板和韩女士的念叨。两个人今天都有重要会议，陈叔刚拨了两通电话，都显示关机。

"叔，我真没事。"温双沐说，"去医院简单开点儿药，过两天就能好。"

陈叔仍是嘟嘟囔囔，等车子开出学校周围的拥堵车道，朝医院驶去，才渐渐没了声音。

温双沐闲着无事，想到似乎把乌小漆晾了很久，叫了一声，然而没得到应答。

过了几秒，脑袋里才响起一段花里胡哨的入场音乐：

"叮咚！生活如此太平，何处寻找激情？欢迎来到'养成那个反派'系统！宿主作为教科书级的反派，只需在书中世界任意挑选一个养成对象，将其培养成反派，即可挣脱原书剧情，重回二〇二二！"

温双沐没想到，乌小漆半天不说话竟然是在找特效音乐。但是听完这段话，她眉心动了动："我还能回去？"

乌小漆说："毕竟那具身体只是变成植物人，不算真的死透了。本系统为宿主提供一次复活的机会，望宿主好好把握利用。"

温双沐点头："你刚说我要养成一个反派，养成谁？"

乌小漆说："养成对象由宿主任意挑选，一经系统绑定，不可更改。该人与宿主将成为命运共同体，合作拆散苏起言与夏芝里，任务进度值达到一百即被视为任务完成。任务时长限定三年，否则这个世界的宿主将会以其他形式死亡。宿主若想早日达成心愿，建议挑选具有'黑化'倾向的反派'潜力股'，降低任务难度。"

温双沐听得心不在焉，心中显然还有别的问题想问，却又不知从何问起。她抠了抠手中的塑料袋，好半天才说："他是被迫的吗？"

乌小漆说："谁？"

"苏起言。"温双沐说，"他是被迫喜欢上夏芝里的吗？"

乌小漆没想到让宿主纠结了这么长时间的是这么个破问题："您觉得呢？谁家校园文的男女主是被逼在一起的？"

温双沐没再吭声，把剩下的三明治塞回袋子里，转头看向窗外。城市街景像幻灯片似的飞速向后掠去。

陈叔带温双沐到医院打了针破伤风疫苗，医生另外还开了些药。他们回到家已经是下午两点。

温双沐走到电梯门口。楼里的住户不多，电梯很快升了上来。门向两边打开，温双沐原本要迈出的脚尖顿了顿。

"不进来吗？"苏起言察觉动静，半抬起眼皮，看了她一眼。他手上抱着快递，显然刚从负二层的自取柜上来。

"进。"温双沐嘴唇小弧度地动了下，走进电梯与他站成一排，用门禁卡刷了刷电梯楼层的感应区。

苏起言问："手怎么了？"

温双沐看看左臂上的绷带，又低头扯了扯白 T 恤衫上看着有些发暗的血迹，简略地说："早上不小心磕碰了一下。"

苏起言点头："考试还好吗？"

他"春招"时便以综合分第一名的成绩被明理中学录取。

"问题不大。"

"嗯。"

寥寥几句被苏起言的手机提示音打断，便没再继续。电梯间里陷入了安静。

苏起言把快递盒拢到臂弯，低头回复信息。

温双沐盯着金属壁上的倒影看了一会儿。苏起言的眉眼总是一副疏离冷清的样子，颇有点儿乌小漆给她念的文案里描写的那样——矜贵清隽，冷漠疏离。她以前觉得他是性子使然，对谁都如此，自己离他最近便好了，但……

原来他对夏芝里不是这样。

北岸都苑是高档豪宅公寓式小区，一层两户人家。苏家在十五层，温家在十七层。

电梯右上角的数字很快跳到十五，苏起言收起手机往外走。

温双沐不知怎么想的，突然叫住他。

"苏起言。"

"嗯？"

少年回过头来，两个人隔着电梯门一里一外地安静对视。

苏起言见她不说话，用鞋尖抵了一下快要关闭的电梯门。

"有事？"

"你有喜欢的人吗？"

他愣了愣："没有。"

骗人！

温双沐忍住没将这两个字说出来。

电梯门因为鞋尖收回而自动合上，走廊上那片窗户罩下的四边形天光也渐渐缩短成细缝，消失不见。

温秉一到家的时候，温双沐刚给腰腹处的瘀青涂抹完药膏。闻见满屋的药草味儿，他好奇地凑到床边："姐，你在涂什么？"

"没什么。"

温双沐洗完澡换了件灰色长袖，袖摆宽松，隐隐能看到伤口包扎处的隆起，但不明显。见温秉一没发现，她也就不回答，将药膏和消炎药一股脑儿塞进床头柜，从简易书架上抽出一本漫画躺下看。

温秉一的一双眼睛睁得大大的，隐约察觉到温双沐今天的心情不好，想了好半天说："姐，你要吃雪糕吗，我去给你拿。"

温双沐说："不要。"

"饼干呢？"

温双沐觉得温秉一有点儿奇怪，以前没觉得这哥们儿对她这么上心："我什么都不想吃。你能不能安静点儿，话少点儿。"

"哦。"温秉一把嘴闭上了，贴在她的边上，跟着看漫画。

到了晚上的饭点，温老板和韩女士都没回来。温双沐给他们打了通电话，但没人接。等家政阿姨离开，她和温秉一到客厅拿水果吃，他们才回拨过来。

"双双，我听老陈说你早上被车撞了？伤口怎么样，现在还疼不疼？妈妈今天太忙了，都没看到你们的短信，晚点儿我让邵医生到家里再给你检查一遍。"

温双沐觉得没必要这么折腾："不用，陈叔已经带我去检查过了。"

电话那头声音嘈杂，韩女士似乎对边上的秘书吩咐了句什么，才重新把手机拿近："妈妈临时要出差，晚上八点的飞机，估计来不及回家一趟了。"

韩楚秋是一家广告公司的老板，一手将公司从名不见经传经营到上市。温双沐习惯了她三天两头地往外飞："哦，爸呢？"

韩楚秋大概是为父母两方同时"缺职"感到些许愧疚："他酒店晚上要招待一个大客户，饭局估计推不开……这次是爸爸、妈妈对不起你，过两天一定补偿你。"

温双沐没太放在心上，之前她因车祸被送去医院，温老板和韩女士都是第一时间赶到。伤是小伤，但因为没参加上分班考试，她在闷闷不乐了一整天，害得温老板、韩女士寸步不离地安慰她。还记得那天温老板和韩女士的手机铃声响个不停，她知道两个人八成是因为她耽误了什么工作事项，但既然他们都没有表现出来，她也就跟着装不知道。

今世的她顺利参加完考试，但考上的把握只有七成。如果提前庆祝，结果最后没考上，她也怪尴尬的。

温双沐说："没事，你们忙你们的。"

电话那边的韩楚秋又被人呼叫，她在匆匆挂断电话前对温双沐说："有什么想要的礼物，用微信发给妈妈。晚点儿给你们带回来。"

温双沐径自忽略了"们"字里涵盖的温秉一，还真列了一长串物品清单给韩女士发去。

信息发送成功，她用脚踢了踢一旁的沙发，对温秉一说："出门，吃饭。"

温秉一方才听到温双沐的那句"你们忙你们的"，就知道爸妈今晚不回来了。他把吃了一半的橘子尽数塞嘴里，去玄关换鞋，问温双沐出去吃什么。

温双沐一副"为你着想"的样子："你前两天不是叫着想吃汉堡吗？走吧，趁爸妈不在，带你大吃一顿。"

温秉一也一时分不清是自己失忆了，还是温双沐失忆了："你吃垃圾食品！"

"嗯？"温双沐无视他的抗议，"不喜欢，那咱们就各吃各的。"

温秉一："……"

夏日昼长，六点半的时候，天还没彻底黑下来，天空是清透的雾蓝色。

温秉一踩着双小板鞋，不走平路，专挑盲道或是绿化道边的小石阶下脚。温双沐不紧不慢地跟在后面。

皇家新河湾家园建在寸土寸金的市区，离CBD（中央商务区）距离不到百米，往来都是豪车名流。

温双沐望着四周的园林景致，有些不明白——她明明有着优渥的家境，父母虽忙于事业但从不疏忽子女的成长，从这样家庭出来的她，不过是一路坚定争取自己想要的，为什么落在别人眼里却成了反派？

乌小漆告诉宿主，她那娇生惯养、自认完美的性子每天都要在小说评论区被读者拉出来鞭挞千万次，读者给了个官方答案：校园小说的主流是相互救赎，完美原生家庭出来的小孩儿会让剧情无法推动。

温双沐觉得这个说法漏洞百出："苏起言的爸妈也没亏待过他，他就需要救赎了？"

乌小漆说："夏芝里对苏起言的最大救赎就是让冰山融化。在小说的描写里，天才的世界周围总是设满壁垒。他们喜怒哀乐的阈值很高，情绪很少随外界起伏。夏芝里就是那个打破他壁垒的人。"

乌小漆看温双沐没说话，安慰说："宿主不要灰心，在我的指导下，您会走向光明未来。毕竟在原书里都能拒收数次作者发放的'下线便当'，怒刷存在感，今世的情况只会往好了走，不会更差。"

"我并没有灰心。"

"不愧是我选定的宿主。"

温双沐："……"

温双沐带温秉一到了一家墨西哥餐厅。她对油炸类食品兴趣不大，只是白天看到别人吃薯条，自己突然也有点儿想吃。

温秉一要了份套餐，吃到一半，碰见跟家长过来吃饭的兴趣班同学，便跑去儿童区玩滑梯。

温双沐口头上嘱咐了句"注意安全"，实际上巴不得他走远点儿，乐得清静。

她挑的餐桌方向正对门口，拣了根薯条在嘴边咬着，便开始观察玻璃门打开关闭间带过的人流。

乌小漆说："宿主在找什么？"

温双沐说："养成对象。"

乌小漆惊于温双沐回答时的随便态度："这么乱来？怎么不直接找你弟呢？"

"他？"温双沐吃惊，视线转了个方向，往游乐区扫去。

游乐区传来阵哭闹声。温秉一的小同学被他推倒在地上大哭。温秉一不但不道歉，还理直气壮："都说了我先玩，你非要跟我抢！"

温双沐看对方家长已经起身，连忙跟着走过去。

温双沐在家里很少扮演教育温秉一的角色。见小同学哭得伤心，她转头训斥："温秉一，你怎么回事？怎么还推同学？！"

温秉一不服气："是他先挤我的！"

温双沐明明看到了事情的原委："什么挤不挤？大家一块儿玩，就应该轮着来。你把滑梯霸占了，别的小朋友就不玩了吗？"

"我就想一个人玩，"温秉一嚷嚷，"不然你给我包场。"

温双沐一巴掌往他脑袋上拍去："谁家出门玩滑梯还包场的？"

"你呀！"温秉一叫道，"姥姥说你十岁生日的时候，爸爸给你包了两天游乐园，就给你一个人玩。凭什么我不可以？"

温双沐这才回忆起这茬儿，感受到对方家长投来的目光，抬不起头："那你现在不才八岁吗？还有两年时间，给我憋着，先道歉！"

温秉一在温双沐的威压下，不服气地说了声"对不起"。

同学家长笑了笑："没关系，小孩子间打打闹闹都是正常的。"

温双沐领温秉一回到餐位，看他吃得差不多了，索性结账带人离开。

温秉一出了餐厅还在气呼呼地说："我以后到兴趣班，再也不跟齐豫玩了。他一点儿都不让着我！"

乌小漆忍不住感慨："你看弟弟这性格像不像那个道什么寺？要不是年纪小了点儿，真可以绑定他试试，还是有一点儿男主的潜力在身上的。"

温双沐："……"

接下来的几天，温双沐一直窝在房间里。她从书店淘了不少习题册，试图慢慢捡回遗忘的高中知识点。

学校为保护学生隐私，没有将分班考试的排名公布到官网，只是以短信形式，把分班情况通知给家长。

温双沐知道自己班级的时间要比普通学生早些。温泓担心她被突发状况影响，发挥失常,特意在系统录入前向学校询问情况。谁知温双沐以前三的成绩稳稳进入实验班,完全没他操心的份儿。

其实温双沐一开始对进实验班的把握也只有七成,最大的担忧就是老师只按得分点批卷。好在卷子题目本身就超纲,她在这个基础上,解题方法再小小地超个纲,感谢批卷组没在这部分细节上为难她。

乌小漆感慨:"宿主,你终于要出门了。我都怕你忘了还有绑定养成对象的任务。"

温双沐说:"放心吧,我想过了,既然要收徒弟,自然要挑能够长期提供近距离指导的对象比较好,等开学找学校里的人也方便些。"

乌小漆说:"既然您都计划好了,也逆转了前世分班考试的结局,没必要这么快就开始拼命,从早到晚刷题吧?"

温双沐转了下笔,低头继续做题巩固刚自学完的知识点:"如果我记忆没出差错的话,夏芝里是这次分班考试的第一名。"

乌小漆感叹:"不愧是宿主,不苟且于眼前的短暂胜利,永远把目光放在远方。"

开学这天,乌小漆表现得比温双沐还兴奋,从进校园起,就开启雷达功能四处扫描:"那个寸头男怎么样?我记得原书有写过两句他的情况,父母离异各自重建家庭,小小年纪就有车有房,很符合大部分反派的成长背景。"

温双沐瞥了一眼:"那是我小学围棋兴趣班的同学。"

"认识的话就更方便了呀!"

"你觉得寸头男这颜值打败苏起言的概率是?"

乌小漆安静了两秒:"你要是按颜值算,咱也没多少选择空间了。"

温双沐只好勉强把水平线放低了点儿。

乌小漆转移镜头,重新推荐:"公告栏边上的那个'飞机头'呢?小说里每次提到升国旗场景,学生会通报批评的都是他,很有反派的挑事劲儿!"

温双沐摇了摇头:"只是个想要引起父母注意的青春期毛躁小孩儿罢了。"

"您又知道了?"

"嗯,我以前跟他一块儿学过小提琴,他爸是我爸下属。"

小说里除了用少量笔墨描写过女配的几个贴身喽啰,对女配其余人际关系涉及不多。

乌小漆一时间不知道该夸温双沐人缘广还是什么，想了想，问："您有不挑熟人下手的原则？"

"不。"

温双沐说："我的意思是太知根知底了，他们没那能耐。"

乌小漆："……"

校园大道的公告栏边围了很多学生，多是从同一所初中考上来，想要看看其他朋友分到了哪个班的。

温双沐对这些没兴趣，直接朝高一教学楼走去。

"宿主，您的手机响了。"

"知道。"温双沐嘴上这么应着，但等走进教学楼下的阴影，才不紧不慢地收起伞，摸出手机检查。

见刚才的那通电话没接，对方改发了一条短信过来：*双，我在看公告栏的分班表。太好了，咱们高中又能一个班！*

乌小漆看温双沐握着手机，半天不回复，说："宿主，这是中学跟了你六年的跟班季佳绘，你把她给忘了？"

"怎么会？"

温双沐指尖落到键盘上轻点：*是吗，那太棒了。我快到班级了，你现在在哪儿？*

虽然温双沐的短信最后是个问句，但她并没有跟人继续往下聊的意思。她把手机揣进兜里，没去搭理后续响个不停的提示音，迈上台阶："季佳绘在我面前拍过不少马屁，私底下却往外传我进实验班是走后门，也算挺有意思的一个人。我记得她跟夏芝里有点儿不对付，或许以后有能用到的地方。"

乌小漆没想到温双沐知道内情还能"继往开来"："您真通透！"

温双沐不以为意："关系总得维护着，不然以后干坏事没枪使。难道要我指望你吗？"

乌小漆怀疑宿主仍在记恨准考证丢时它不说话的事，但没证据。

温双沐走的是教学楼右侧楼梯，刚绕出楼梯间，就看到了自己在这个学校里最不想看到的人。

"同学，你知道教务处怎么走吗？"

女生的刘海儿被夏日的暑气沁得发尾洇湿，脖子上戴着一块用红绳系的玉，一看就是大家从小到大都会在学校里遇到的、特想做朋友的、成绩又好、长相又漂亮的女生类型。

然而温双沐的成见就差直接甩在脸上了，"不知道"的"不"字都要脱出口了，余光一扫看见一班门口苏起言的身影，硬生生将话咽了回去。

前世的温双沐发现苏起言身边多了个"走得很近的女生"时，苏起言和夏芝里已经因为竞赛的关系相处得非常熟络了。也不知道他们第一次认识对方，是什么时间。她怕自己这会儿拒绝后，夏芝里扭头就找上苏起言，平白给人独处的机会，于是面不改色地说："我带你过去吧。"

夏芝里感到意外："啊，谢谢。我是二班的夏芝里，很高兴认识你。"

温双沐领她往天桥的方向走："二班，温双沐。"

夏芝里的表情有些惊喜："咱们是一个班的呀？"

温双沐盯着夏芝里充满青春气息的脸蛋看了一会儿，很想说——你收回这个表情吧，这不符合我前世对你"高冷 queen（女王）"的初印象。

温双沐终是没把内心话说出来，岔开话题："你到教务处做什么？"

夏芝里说："班主任让我去拿新生手册。"

温双沐点头。老师跟学生一样，到新班级认不全人，习惯有事就叫成绩第一的同学。

到了教务处，不少班级的学生正蹲地上清点自班的新生手册。

温双沐看夏芝里数完，皱了皱眉："咱们班四十一个人？"

"对。"夏芝里没觉得有什么问题，"说是最后两名同学同分，就一起招进来了。"

温双沐熟悉这个说辞。她前世就是以这个理由进的二班，毕竟分班考试时谁也不认识谁，根本不会有人发现考场里少了个学生。但今世她既然凭自己能力考进了二班，没道理还会多出一个人。

温双沐看夏芝里怀里高高的一摞手册，也没有要帮她分担的意思，和她一并往外走。

走廊另一端推推搡搡地走来了两个男生，临近了才顾及道上有女生在，动作变得收敛起来。靠外侧的男生显然看到了温双沐，当四个人快要交错而过时，他非常突然地冲温双沐招了下手："哟，双姐，你也跟同学来搬新生手册呀？"

是早上在校园大道上看到的寸头男刘以恒。

温双沐"嗯"了一声，倒没有太大意外。

刘以恒是温双沐见过最现实的人。他原本属于在路上碰见她连点头都看心情那种，但两世都在偶遇她和夏芝里同行的情况下，非常突兀、自来熟地开始管她叫"双姐"。

从前，年幼无知的温双沐曾一度以为刘以恒是想追自己，才会在课间不断跑到三楼给自己送奶茶、递零食，后来才知道，刘以恒是对夏芝里一见钟情，想从她嘴里套夏芝里的消息。

回到班级里，班上同学差不多都到了。夏芝里给大家分发新生手册，温双沐顺着过道往后排的空位走。

乌小漆憋了一路没有打搅"二人世界"，突然兴奋地开嗓："没想到宿主和女主的第一次同框这么快就到了，采访一下宿主，现在心情如何？"

温双沐随口说："原剧情也这样吗？她的出场也太普通了。"

乌小漆说："不然呢？咱们这是校园文。"

温双沐什么也没说。

她有前世的阅历，面对还没成长的夏芝里，明明胜券在握，但早上看到对方的第一秒，心里就微妙地升起一种忌妒的心理。

这种情绪让温双沐感到烦躁，好像无时无刻不在提醒她被设定的女配身份。

温双沐胡乱地想着，随意找了个位子坐下，却马上被隔壁同学告知"有人"，只好拿起包继续往后走。

乌小漆的雷达不知道扫描到什么，突然"啊"了一声。

温双沐不耐烦地说："又怎么了？"

乌小漆还沉浸在自己的兴奋中，加载了一段"王者音效"："'后排靠窗，王的故乡'，宿主，宿主，还是选最后一桌趴在那儿睡觉的哥们儿当养成对象吧。"

温双沐吐槽的话都到嘴边了，突然想起自己所在的是小说世界，那么乌小漆所说的看似"中二"、实则精辟的角色定律，未必没有实际借鉴意义。

班上可供选择的空位不多。温双沐不再犹豫，走近坐下时，打量着看了一眼隔壁的"后排靠窗同志"。

对方的脸埋在臂弯下，看不清五官，但不得不说，这哥们儿有点儿东西。即便温双沐不像乌小漆那样阅文无数，但把她两辈子看过的为数不多的几本校园恋爱文加起来，也多少能总结出个小说套路。像这种开学第一天就在老师眼皮子底下睡觉的人物，在小说中不是男一就是男二。

温双沐盯着他的后脑勺儿看了又看，仍然不记得他们班什么时候有这样一号人物。

另一边乌小漆的关注点却是神奇转移："宿主以前竟然看过'小言文'？"

温双沐还在研究隔壁男生的后脑勺儿，随便应道："嗯，看过几本校园题材的。"

乌小漆陷入沉思："没道理呀……根据您的设定，搞点儿高级烧钱的兴趣爱好才符合常规，看言情读物是不是有点儿脱离人物设定了？"

温双沐感到烦躁："怎么？我想'脑补'一下我和苏起言不行啊？"

乌小漆："……"

这很女配！

温双沐将过道对面那位从运动鞋研究到头发丝，还是没得出半点儿有效信息来。

这时，前排跑过来一个穿短袖的男生，奔到靠窗座位："亏我还一直去外面看你到了没有，原来在这儿趴着。"

温双沐意外地发现，这个"喱喱"晃人桌子的短袖男生是这次分班考试第二名的选手王承硕。在她记忆里王承硕是挺有距离感的一个人，被大家尊称一声"硕神"，颇有点儿高高在上的意思。她听说王承硕跟楼下七班的学生走得更近一些，但还没见过他跟班上哪个同学相处这么熟的。

睡觉的那位被王承硕各种推搡，岿然不动，缓了好久，才艰难地半支起身。

从温双沐的角度隐约能看到男生发白的指节一晃而过，似乎在揉额头前翘起来的碎发，腕骨压在脸侧，仍看不清长相。

王承硕说："换前面呗？我给你占了位。"

"不要，其他地方能有我这儿低调安全？"男生的语调很缓慢，不知道天生语速如此，还是大脑睡宕机了，在低速重启中。

本来挺平常的一句话，王承硕却像是被戳中了笑点："别呀，跟我一块儿坐，课上还有人可以给你报答案呢。"

"也是。"对方停顿了些时间，像是在衡量，然后开口问道，"你占的座位在哪儿？"

"第四列第二排。"

这回那道声音拒绝得毫无情面："再见，你自己玩吧。"

王承硕笑得更厉害了："那我找人换一下，调到后面来？"

温双沐还没一睹隔壁同桌的真容，怕被王承硕找上，先一步拿出包里的水杯，绕去后面的饮水机倒水。温双沐故意把动作放得很慢，余光仍留意那边。

王承硕八成已经猜出她飞快离座与不想跟他换位有关，于是淡定地转去找另位前桌交涉。

态度不强硬，但有求于人时同样也不会表现得让人感到亲近。这跟温双沐之前所认识了解的王承硕一样，只是现在多了一个让他与众不同的变数……

温双沐接完了水，往回走。班上几个男生从图书馆搬教材回来，原本就不算安静的氛围更闹了。

王承硕看样子交涉顺利，去了前面座位拿包。"后排靠窗同学"似乎还昏昏欲睡，懒洋洋地靠在椅背上打哈欠。

温双沐慢慢走近，男生侧脸的角度缓缓从三十度变成四十五度、六十度……

等温双沐彻底看清对方的长相，表情有些微妙。虽然她知道有"蝴蝶效应"这一说法，但她不就是分班考试时跟人借了支笔吗？顶多再加上她不小心没还上，怎么就让一个在原书里的路人甲变成同班同学了？

乌小漆也惊于温双沐一个任务没完成，原书内容就开始出现偏差，发自良心建议说："宿主，不然你还是把那支 2B 铅笔还回去吧。"

温双沐正有此意，从笔袋里找出那支铅笔。距离分班考试已经过去一个多星期，温双沐怀疑对方把她忘了也不一定，正思考着开场白。男生可能注意到了边上同桌一直杵在过道上不动，瞥来一眼。

"啊，你……"

温双沐意识到对方认出自己，及时将笔递去："考试的时候谢谢了。"

"不客气。"男生脸上的表情没有太大起伏，似乎并不意外在这里遇见她。他接过笔后捏着笔杆自然地在指尖转了一圈，突然又冒出一句，"不过，同学，你的成绩是不是太好了点儿。"

温双沐没太听懂，就当对方是在夸她："还好吧，谢谢。"

男生将笔搁进桌洞，没继续往下多说。

温双沐看王承硕拎着书包回来，转身离开教室朝洗手间走去。

王承硕把书包在新座位上放下，随口说："你跟那个女生认识？"

"嗯，分班考试的时候坐我边上。"

陆京抓在额发上的指尖卷曲了一下，没撑住眼皮，又趴回在了桌子上。

王承硕无语地戳他的胳膊："还睡呀？昨晚干吗去了？这么困？"

"被鬼附身了。"陆京调整脑袋，换了个舒服的姿势，"我再睡会儿，上课了叫我。"

王承硕："……"

开学第一天前两节课是自习课。

发完新书后，班主任兼语文老师梁洁按照身高调整了一下班级的座位。温双沐个子高，跟后排的几个人都没怎么变动。在老师用花名册点到时，温双沐终于知道了同桌名字——陆京，原书里的七班学生。

对于这个名字，温双沐其实并不陌生。她在很多女生的八卦中听起过，如果说七班是明理中学新高一里最爱玩最爱闹的班级，那么陆京就相当于这帮"刁民"中间的主心骨。

温双沐有时走在校道上，会与七班的学生偶遇。她对这个班的男生最初就没有好感，走路爱成群结队，浩浩荡荡，并且经常自以为帅气地搞出一大片动静，实际上土得要死。

当然最关键的一点是——刘以恒也是七班的。在刘以恒懵懂少男心的带动下，七班大半个班的男生都奉夏芝里为女神。

温双沐见不得这种喜欢别人跟散播病毒一样，还带传染的，以至于每次远远看见七班的学生都选择直接避开，并且十分不懂作为学神的王承硕是怎么跟这帮人玩到一起的。后来听班上女生聊天，她才得知陆京是那个拉帮结派的罪魁祸首。他好像自带人群移动技能，是"众星捧月"中的"月"。不认识他的人都想认识他，认识他的人则都最爱跟他玩。

温双沐当时觉得对方无非是凭借家世、长相一类的虚名，对周围人吆五喝六，因此毫无去认识的欲望。

如今见到真人也了解尚少，谈不上什么颠覆认识，只能说这张脸是真的好脸！

温双沐问乌小漆："系统有原书剧情解锁功能吗？"

她突然意识到自己和陆京没有对手戏，并不意味着陆京在原文里没有其他戏份。或许陆京也是逐渐"刘以恒化"大军的一员，对夏芝里苦恋不得。按这长相和身高条件，当养成对象都可以跳过养成步骤，直接出师拐跑夏芝里了。

进度条加载，温双沐的脑海里闪过一道蓝光，一本厚厚的书自动展开翻动页面。

温双沐静止了两秒："这些密密麻麻的马赛克是？"

乌小漆义正词严："宿主的命运需要自己改变，而剧情解锁相当于考场泄题。为了避免宿主不劳而获，重点剧情采取相关保密措施。"

温双沐："……"

温双沐看了个寂寞，直接让乌小漆把书给收了。

教室里，空调和风扇协作运转，卷着凉风。班主任例行公事，讲解着新生守则。

温双沐往隔壁看了一眼，发现陆京没再睡觉，而是非常认真地听着。但不知道为什么，温双沐总觉得这人是睁着眼睛在睡觉，魂早已经飞没了。他有点儿像故作高深，又有点儿不像，总之读不懂。温双沐想着来日方长，就没急着得出结论。

上午课结束，午饭铃响了，季佳绘到后面找温双沐一块儿吃饭。

季佳绘好奇："你早上后来又上哪儿去了？我到教室都没看到你。"

温双沐不想多提，简练地说："陪人去了趟教务处。"

高一年级的教学楼离食堂最远，大家去吃饭基本是跑。等温双沐和季佳绘慢吞吞走到楼道里，整栋教学楼里几乎没了人。之所以用的是"几乎"……

温双沐斜了一眼领先她们几个台阶的夏芝里，发现人越是讨厌什么，越是来什么。

夏芝里一直走到楼梯拐角，才注意到后面走了两个同班同学。想着早上人刚陪自己去教务处，夏芝里主动抬手冲温双沐招呼了一下。

温双沐没应声，楼道几乎在一瞬间就静下来，尴尬的气息弥漫开来。

夏芝里摸了摸鼻尖，在接下来去食堂的路上都没再说话。

食堂里，靠近窗口的餐桌基本被占满。温双沐和季佳绘打完饭，只好沿过道往后找。

隔着嘈杂人声，温双沐的目光穿过人群，精确地停在了苏起言身上。

苏起言没注意她这边，反而是他同桌的李茂真举手招呼："双姐，这里坐！"

温双沐和季佳绘走过去。苏起言对面的男生自觉往边上挪了一个座位，把位子让给温双沐。

温双沐习以为常地坐下。李茂真冲她竖大拇指说："看不出来呀，双姐，没想到你藏得这么深！"

温双沐用勺子拌了拌餐盘里的米饭："没听懂你在说什么。"

李茂真夸张地叫了声："别谦虚呀！我们早上上了周泉老师的课，他可一直夸你呢。"

温双沐沉默了一下："夸我什么？"

说她身残志坚，还是说她不拘小节，满身是血地去参加分班考试？

温双沐不喜欢放大这些，听上去就像打苦情牌一样，所以语气里透出几分无语，以至于桌上的人都自动理解成低调自谦，又说了好几句叫温双沐感到费解的马屁。

一直没说话的苏起言这时候也开口了："你自学用的哪套教材？"

温双沐愣住，不懂苏起言怎么突然把话题跳到这上面了，不过她最近确实淘了几本高中教材全解，于是把书名报了出来。

谁知苏起言的表情变得有些微妙，仿佛想听的不是这些。

温双沐困惑："怎么了？"

苏起言回到了什么都懒得提的状态："算了，没事。"

周围的其他人已经习惯了两个人飞快冷场的相处模式。

李茂真被两个人锻炼得暖场能力与日俱增，新的话题信手拈来。他指着靠大理石柱那侧的桌子问道："哎，那是不是你们班的夏芝里？这次分班考试的第一名。"

温双沐眼皮在第一时间跳动了一下，下意识去追寻苏起言的目光。

他和其余的人一样，顺着李茂真手指的方向，朝大理石柱那侧看去。

桌上有人开玩笑："这第一名长得很漂亮啊！颜值够当校花了吧？"

李茂真故意说："再漂亮，能有第三名漂亮？"

在座的几个人都是初中一块儿玩过来的，自然知道温双沐是这次分班考试的第三名，顿时哄堂大笑。

苏起言在笑声中格格不入地插了一句："她怎么一个人吃饭？"

温双沐听到这话，一下子愣住了。

边上喝汤的季佳绘咳嗽一声，帮忙解释："夏芝里是若水中学毕业的，听说他们学校今年就她一个学生考上'明理'。咱们一班和二班基本都是从'博文'和一中毕业的学生，抱团比较厉害，她落单也是正常的。"

"若水中学？"

"这是什么中学？听都没听过……"

男生们七嘴八舌地讨论着。在苏起言一个若有所思的点头后，温双沐却是将勺子搁进餐盘，扔下一句"我饱了"，也没等大家反应，径自端起基本没动过的饭菜走开。

餐桌上安静了一瞬间，不明状况的李茂真与几个伙伴对视几秒，憋了好一会儿开口："今天食堂饭菜口味确实不怎么样。佳绘，你一会儿回去给双姐打包点儿别的。"

温双沐一直到下午数学课，才知道午饭饭桌上的马屁什么意思，以及苏起言问她的那句自学教材不是指高中数学教材，而是指大学高等数学教材。

周泉跳过了自我介绍环节，直接在投影仪上放出分班考试的一道题目。

"开学第一天，我也不想给大家施加太多压力。春季班有个孩子叫苏起言，假期已经自学完了高中所有知识点，现在是我们理科组几个老师争抢的竞赛培养对象。但我希望咱们班的孩子也不要感到泄气。幻灯片上的这道考题我早上让一班同学都做了遍，两个班的实力其实差不多，正确率都有百分之六十五，不过……"周泉视线突然定到教室最后一排，笑眯眯地说，"温双沐同学，你用'拉格朗日'做高中数学大题，是不是太'杀鸡用牛刀'了点儿？"

班上几个擅长数学的男生发出惊呼，其余没听懂的学生则各种追问，课堂纪律乱成一片。

陆京在哄闹声中，没忍住好奇地戳了戳前排王承硕的后背："老师刚说的'拉'什么？"

王承硕椅子后靠抵到陆京桌沿，偏头带了点儿敬佩地扫了温双沐一眼，对陆京说："'拉格朗日'，大学高等数学的内容。"

陆京："……"

周泉顺着过道走到最后排，脸上的笑纹更深了："我课后让苏起言把这套数学小卷全部做了，他拿了满分，说难度系数不高。那我再采访一下温同学，用高等数学做高中数学是什么感觉？"

温双沐平放在桌面的指尖非常细微地动了下，脑子里闪过中午苏起言与她说话时淡漠的脸，心中涌起较劲儿的心思。她淡定回答："藐视一切的感觉。"

班级里发出"喔"的起哄声。

周泉笑着拍桌让大家安静下来："这次分班考试的试卷设置了很多超纲题，其实主要也是想让大家明白，仅靠课堂知识拿高分是远远不够的，大家要有意识地去追赶春季班这半年的教学进度，而最终效果可以参考一下刚刚发表完满分感言的温双沐同学！学习高等数学可以帮助大家'秒杀'高中数学遇到的一切难题。"

周泉激情高昂地总结完一句人生金句，自己又带头激烈鼓起掌来。

乌小漆适时送上祝福："恭喜宿主，您现在的光环恐怕已经高于男主。"

跺脚声和口哨声不绝于耳，温双沐眼睛却直直盯着坐在第一列第四排的夏芝里，黑笔在草稿纸上划下几道洇深的墨痕。她收回视线："这根本不够！"

乌小漆："夏芝里数学一百三十二分，原本是这场分班考试里非常可怕的高分。如今她的风头被宿主抢尽，宿主还有什么不满意的？"

温双沐："她的主场不在这里。不超过一个月，她就会成为语文老师和英语老师天天挂在嘴边的人。"

乌小漆瞬间了然。小说中确实提过，在初中这个大家只会读东野圭吾、福尔摩斯的年纪，夏芝里已经开始读卡夫卡、舒尔茨，到了高中更是直接进阶成外文原著，连语文老师梁洁都赞叹自己的阅读量不如她。

夏芝里的文学素养过于"硬核"。乌小漆实在想不到可以安慰她的地方，只好说："术业有专攻，宿主节哀。"

温双沐："……"

下午第二节是体育课，五个班合上的大课。

周泉看班上几个男生的脚都挪出座位外了，按捺不住地想往外跑，也就没拖堂，痛快地放行。

一班男生抱着篮球往二班教室这侧走廊走，看有认识的初中同学出来，没忍住说："你们班上节课干吗呢？叫得跟疯了一样，连我们隔壁都听得清清楚楚。"

二班男生感叹："学神专场，懂不懂？谁过来听了不想吼两嗓子？"

回答里没指名道姓，一班男生却马上了悟："哦——是说你们班那个温双沐吧？老周上午在我们班也讲过。"

春季班的同学们从提前招入学到现在已经和各科老师磨合将近半年，称呼上也显得异常熟络。

人群走远，身处舆论旋涡中心的温双沐却跟个没事人一样，不紧不慢地把书本整理进课桌。

王承硕按着手机屏幕戳戳点点，转身对陆京道："七班的体育课正好跟咱们错开。刘以恒问我，要不要约下午放学一起打球。"

"行啊。"

陆京喝了口水润润嗓子。他的指尖虚搭在保温杯上，颇有点儿白过瓷质瓶身的势头。

"约了五点半。"王承硕把手机扔进桌洞，起身叩他桌面，"走了，快上课了。"

王承硕去后排柜子拿篮球，刚走出两步，就听后头传来"啪"的一声巨响。回头看去，只见陆京凭空一个趔趄，磕倒在了温双沐的课桌上。

陆京："……"

温双沐："……"

陆京与她对视了两秒，不假思索地直起身，看向前面的王承硕："你刚绊我干吗？"

王承硕被他义正词严的语气弄得自我怀疑："没有吧，也……也可能是我不小心……"

陆京像是满意他的话，对温双沐说了句"抱歉"，飞快地勾着王承硕的肩膀往外走。等两个人出了后门，陆京才带了点儿烦闷地说："下午不去了，有点儿别的事。"

王承硕奇怪："怎么了？刚不是还说要去？"

"我妈喊我早点儿回家做作业。"

陆京胡乱扯上一句，话音未落，又如见鬼一般上演了个"平地摔"。好在这回搭着王承硕的肩，没太丢脸。

王承硕被他逗笑了，抓着他胳膊，把他扶稳："你怎么回事？能不能看清楚路再走？老实说，刚才也是你自己摔的吧？我看到还当你给温双沐磕头呢。"

陆京表情像是便秘了一样："滚蛋吧你！"

明理中学的课间有跑操。体育课的前二十分钟都被老师用来训练整队和试跑。等大家热得满头大汗，才原地解散自由活动。男生们直奔室内体育馆，温双沐和季佳绘延续了初中时的传统，坐在了观众席的第一排。

温双沐不懂篮球，但苏起言喜欢。有他在的场馆，不论是娱乐赛还是正式赛，温双沐都会出现。从初中到大学，她不知不觉间便在他背后的观众席坐满了十年。即便中午她刚单方面跟人闹了不愉快，长久以来形成的习惯也不是说改就能改的。

夏芝里一个人，进观众席看第一排边缘有空位，就没往后找，直接走了过去。走近坐下才发现邻座的两个女生是温双沐和季佳绘。

温双沐的脊背挺得很直，即便在休闲放松的环境下，也给人一种矜高倨傲的姿态，此时她正目不转睛地盯着篮球场。

夏芝里顺着她的视线往场内扫了一眼，只见一个男生投球进球，边上的人群兴奋地叫。

夏芝里觉得没劲，收回目光，却见温双沐突然激动地站起身鼓掌。

"宿主，别鼓掌了，夏芝里来了。"

乌小漆冷不丁地提醒了一声，吓了温双沐一跳。她偏过头，目光与夏芝里对上。

两个人的视线微妙交视一瞬，又各自飞快错开。

刚才那记三分球是苏起言的高光。看夏芝里反应平平的样子，她应该是没注意到。

不错！

温双沐满意地点头，两只手还保持着鼓掌的姿势，淡定地在裙摆处拍了两下，优雅坐下。

夏芝里中午连续两次跟温双沐搭话碰壁，这时候也识趣地没再打招呼，而是低头看书。

温双沐不像表面装得这么高冷，没过几秒，眼睛就不受控制地朝夏芝里膝盖上的读本瞥去。

书页上的英文字母排布紧凑，温双沐看清后有那么一瞬的缄默。

半晌，她轻轻"喊"了一声，摸出手机，在淘宝购物界面分别敲出尼采、毛姆、杜拉斯，加购了一圈，临到付款，又觉得自己哪根筋不对。英文版能读归能读，但不做点儿心理建设，是真的不想读。她想了想，还是尽数删除，搜索起近期言情小说榜上畅销的"快穿文"。

温双沐下完订单，把视线重新落回到篮球场上。

之前的温双沐没太把夏芝里放在眼里，即便夏芝里频繁出现在苏起言身边，她也自信地觉得对方和其他人一样，只是个暗献殷勤的追求者，而苏起言一定不会喜欢这种寡言、沉默无趣的女生。

但午饭时苏起言不合时宜的关心，恰恰证实了男人与女人间存在着某种毫无道理的吸引力。两个人甚至都不认识，其中一个就已经开始在意起另一个怎么独自吃饭。家住海边，都未必能做到一开始就管这么宽。

篮球场上换了一批男生下来。

"佳绘！"一个站在休息椅旁喝水的男生突然冲着观众席挥手。

季佳绘正在写作业，抬头见是初中同学林思喆，没好气地说："干吗？"

"你下来一下。"男生说。

季佳绘懒得动弹："有话直接说不行啊？！"

男生还是反复招呼她下去。

季佳绘感到烦躁，只好把作业放椅子上，下楼梯找林思喆。

林思喆看上去有些雀跃不安分，等人走近，小幅度挑眉示意观众席的方向："哎，坐双姐边上那个带刘海儿的女生是谁呀？是跟你们一个班的吗？"

季佳绘听了觉得无语，心想难怪刚才在观众席问死活不说，原来是想打听夏芝里的消息。

季佳绘虽然不耐烦，但回答得还算详尽："夏芝里。'夏天'的'夏'，'芝士'的'芝'，'里外'的'里'。"

林思喆抬手打断："等等，你们班那个分班考试第一名叫什么来着？"

"就是她，怎么？对人家大学霸有意思？"

林思喆"嘿嘿"着挠头："没有，帮其他哥们儿问呢。"

季佳绘没有戳穿，随意摆了下手，就往观众席走。

林思喆绕回了场地，跟其他休息的同伴交换信息。说话间，他往观众席偷看了好几眼，竟透出点儿青春毛躁的味道。

温双沐觉得新鲜，问季佳绘："林思喆找你下去说什么了？"

季佳绘先是越过温双沐看了夏芝里一眼，这才附在她耳边小声说："跟我打听夏芝里呢，八成是想追她……"

温双沐眉梢轻挑，搭在膝盖上的手机屏侧了个角度，不偏不倚映出夏芝里的剪影。她用指尖在手机侧沿轻敲两下，过了几秒，又将屏幕上的画面调整为自己。

乌小漆不知打哪儿学的狗腿语气："明明咱们宿主也超漂亮！"

温双沐被戳中心窝。

"是不是说进你心坎里了？"

"话太多可就没意思了！"

操场上男生们不知聊到了什么隐晦话题，发出一阵别有深意的哄笑。

一颗篮球突兀地砸到他们面前的地板上，"砰"的一声闷响。

林思喆吓了一跳，抬眼望去，只见苏起言懒懒地站在三米开外："聊什么呢？再来一把。"

"哦，哦，来了，来了。"林思喆没多想。

一行男生散开，重新入场打球。

季佳绘在做题的空当看了会儿比赛，赞叹道："还真别说，咱班那个陆京长得挺帅。"

"他？"温双沐把一直聚焦在苏起言身上的目光往边上移了移。

苏起言与陆京一队。或许旁人看不出，温双沐却知道较之上半场，苏起言的攻法在下半场变得更猛烈了些。刚换成同队的几个一班和二班的男生，估计是博文中学毕业的，一口一个"京哥，京哥，快投个三分"，并习惯性地将球朝陆京传去，把苏起言打出的优势毁得一塌糊涂。

温双沐摇头，给出一个中立的评价："人菜瘾还大。"

季佳绘笑："还行吧，不过看上去人缘挺好的。"

下课铃响。

苏起言这队大比分惨败给林思喆他们。王承硕与一班同从博文中学毕业的林森"互啄"。

"你菜！"

"你菜！"

"你菜！"

"不行，放学再来一把，刚才都没让京哥发挥出实力。"

"走开。"陆京笑啐着将球扔林森的怀里，倒也不生气他们成天拿他调侃。

苏起言没参与大家的玩笑，独自朝休息椅走去。半瓶矿泉水被一饮而尽，瓶身被他拧成一团，扔进不远处的垃圾桶。

温双沐罕见地从苏起言无波无澜的脸上品出一丝生气的情绪。

她让季佳绘先走，站在场馆侧沿，多了几分审视地观察陆京。难得看到一个能把苏起言惹毛的人，水平势均力敌。

乌小漆兴奋："怎么样，宿主决定好绑定陆京做养成对象了吗？"

温双沐没应声，见林思喆走过，抬手将他拦住。

林思喆表情颇感意外，让同伴稍等，然后朝她走来："双姐，你找我？"

"你喜欢夏芝里？"

林思喆愣了愣："嗐，只是帮其他哥们儿打听。"

"是吗？"温双沐目光仍跟着苏起言移动，等人消失在出口，这才收回视线，看向林思喆说，"那你的哥们儿怎么没问起我？是我不配吗？"

顶棚光线倾斜，在温双沐身上投下明一片暗一片的光影，漆黑的瞳孔在阳光下仿佛跳跃着光。

林思喆看得心头一跳。

乌小漆说："宿主，你的关注点是不是又放错地方了。"

林思喆从脖子红到耳根，不惜自我贬低："不，不，不，是咱们不配！"

温双沐却拍了拍林思喆的肩膀："怎么还紧张起来了？姐跟你开玩笑呢。"

温双沐走出体育馆，边上等着林思喆的十班同伴瞬间扑了上去。

"刚不是说那长头发的不好惹吗？看起来也没这么凶啊！走的时候好像还笑了一下。"

林思喆没缓过来，胡乱地说："别问我，我也不知道。"

放学铃响了，各班人流窜在楼层之间，一时间楼道里熙熙攘攘，还传来"啪啪"几声沉闷的篮球声响。

温双沐背着书包走出教室，远远看见刘以恒和几个男生嬉笑着走近。临到了二班门口，刘以恒才将篮球抱回怀里，抬手打招呼："双姐。"

温双沐点头，难得闲情逸致地站在这儿与他聊了两句："要找谁？用我帮你叫吗？"

"王承硕和陆京。"

刘以恒一边眼睛透过走廊窗户往夏芝里身上瞟，一边报出两个男生的名字。

温双沐也是佩服男人的一心二用。从她的角度正好能穿过一班后门看到正在收拾书包的苏起言，一个诗书气华，动静优雅；一个毛毛躁躁，青春小伙。两相比较，刘以恒就像烘托女主万人迷光环的"渲染组"，很难让人不感到同情。

想到之前乌小漆提议对刘以恒的绑定，她叹气宽慰地拍了下刘以恒的胳膊："可惜了，没法儿比，不然我就带你一把了。"

刘以恒正在走神，没听清。他视线随着夏芝里移动，等人去了储物柜，身形恰好被墙壁挡住，这才惋惜地收回视线："双姐，你刚才说什么？"

温双沐耸了耸肩，往边上退开一步，偏头示意："我说你要找的人出来了。"

陆京斜挎着单肩包，与王承硕一前一后地往外走。陆京大多时候整个人看起来都很懒散，但肩宽腿长，和沉稳寡言的王承硕搭在一块儿，一看就是校园风云组出行。普通男生扎堆耍起帅来，基本跟"铜锣湾古惑仔"出街没什么两样。但陆京和王承硕同框，平添了一点儿叫人舒适的氛围感，无形中成为人群焦点。也就陆京这种程度的人"勾引"夏芝里才够味儿！

温双沐往一班的方向多挪动了几步，为这帮拉帮结派男生的每日会晤腾位置。

和刘以恒一起的同伴看陆京出来后，顿时冲上去，勾肩的勾肩，搭背的搭背：

"京哥考到二班来了，牛啊！"

"这就不懂了吧，京哥常规操作，一般不让人见识罢了。"

"就是，咱京哥要认真起来，春季班一哥的位置现在还能轮到别人头上吗？"

……

春季班一哥？那不就是苏起言？

温双沐抬眼看向陆京。

要知道，苏起言是个均衡到可怕的全才，即便温双沐多出一世的记忆，也未必有把握赢过他。

刘以恒等人拿陆京和苏起言比较，偏偏陆京脸上的表情宠辱不惊，还透着点儿"快闭嘴吧别说了"的低调"佛系"，看来远比她预想中的要高深莫测，难以琢磨。

温双沐想了想，又觉得哪里不对。在前世三年的高中生涯里，她可从没听说有那么一号学霸是叫陆京的。

但很快，温双沐就渐渐开始意识到自己似乎不是因为记忆久远忘了同学名字，而是年级排名里除了个别同学以外的人物画面都是空白的。

乌小漆故作深沉："宿主现在明白了吧。原小说在描写学校排名时，只一笔带过个别人的名字，剩下很多留白内容。简单来说，陆京可以是全校前十，也可以是全校倒数，一切皆有可能。"

一切皆有可能。

温双沐自动略过乌小漆说的其他话，在心中不断重复念着这一句。

这时，一班的李茂真和苏起言出来了。李茂真招手示意："双姐，走了。"

黄昏的楼道浸满橙色光影，周边人来人往，苏起言侧身在等她，干净的短发在额间随风微微凌乱，像电影里的一帧定格画面。

温双沐见识过十八岁的苏起言、二十岁的苏起言、二十二岁的苏起言……时间太久，她差点儿记不清少年十六岁的模样。

真好啊，还能再见一次！

夏日凉风吹过，温双沐的一颗心也仿佛随着这阵风，如同扬起的风帆，一同鼓胀起来，心脏满溢得几乎要蹦出。

你看，我认识了你这么久，我喜欢你的全部样子，没道理最后不选我，是不是？

温双沐灿烂地笑了，三两步跑上前，抓着苏起言的书包停下来，开心地说："咱们走吧！"

苏起言被她剧烈的动作撞得身形前后晃了晃，似乎奇怪她哪来的亢奋心情，垂眸瞥了她一眼，但没说什么，勾了勾书包带。三个人一同朝楼梯口走去。

陆京瘫着张脸，任门口这帮人推来晃去。

刘以恒几人还在满嘴跑火车，从一班出来的林森也加入阵营："都是小场面，要不是京哥念着我们这帮兄弟还小，早就跳级跳到飞起了！"

陆京听他们越说越夸张："你们在说什么呀？又不是不知道我妈砸钱把我塞进的实验班。"

陆京拖着长音，听起来十分生无可恋。

一众致力于烘托学霸气氛的"热心市民"们大笑："说真的，采访一下，阿姨是怎么想的？之前不是一直没怎么管你学习吗？"

陆京叹气："夏女士最近改走慈母路线，担心对我学习管得少了，我会觉得被冷落。"

他们这些人在假期里经常跑去陆家玩，对夏女士有几分了解。夏女士一周换一个路线，除去家里的一老一小受折磨，他们几个也没少跟着受牵连。现在一听，确实是夏女士的做事风格。

刘以恒锁住陆京的喉咙："老实交代，你是不是占了谁的名额？我们去校长室举报，马上把你调到七班来。"

陆京用手肘杵了他一下："你可快去吧，求你了，最好明天就能让我转班。"

林森一脸幸灾乐祸："梦做早了吧？阿姨直接让校长多加了个名额，谁也没挤，谁也没占。谁理你的举报？"

刘以恒想不出法儿，只好拍了拍他的肩膀安慰："确实有点儿惨了。"

陆京说："可不是吗？作业都比普通班多了好几样！"

林森笑得更开心了："不怕，不还是有硕哥罩着你吗？实在不行，到一班找我也行。"

陆京摆了摆手，放平心态："反正下次分班考试我就回来了。"

他随意地移开眼，正好撞上走廊另一头的温双沐。

学神同桌正抓着隔壁班男生的书包带往楼下走。晚霞将教学楼的地面映得亮晶晶的，男生女生的背影缓缓消失在地平线下。

陆京想，主要还是新同学的成绩有点儿过于好了。

陆京不去打球，但体育馆和校门方向一致，一行人浩浩荡荡地往下走。

刘以恒在手机上按了几下，同大伙儿招呼："曾哥说他还得晚五分钟来，他们班数学老师拖堂。"

陆京问边上的王承硕："曾哥是谁？"

"就咱们之前初中经常一块儿打球的那个学长，现在高二，不记得了？"

"哦。"陆京点了点头，隐约有点儿印象，"高二啊……"

体育馆里，刘以恒在休息椅旁压腿热身，笑话陆京说："刚不是说不来吗？怎么又手痒啦？要不要哥几个好好配合你整个高光时刻集锦？"

陆京下午的体育课结束，刚在校服衬衫里换过一件短袖，现在打球的兴致不大，只是问："你说的那个学长呢？怎么还没来？"

刘以恒摸出手机，也想发短信问问。

入口处传来跑鞋和地板的摩擦声。刘以恒说："这不是来了吗。"

陆京跟这位学长没刘以恒和林森他们与对方熟。他加入打球队伍，勤快地给人传球，又不时地说几句口水话，总算勉强跟人聊上两句。

"学长，你们班有谁长得帅吗？"

"怎么了？"

"想跟校草一起打球。"

学长："……"

第二天上午七点没到，陆京和王承硕就相约到了学校。王承硕把作业上的大题给陆京顺了一遍思路，陆京才把答题过程往答案区填。

王承硕说："这题听不太懂也没关系，涉及今天上课的知识点，晚点儿我再找几道例题给你讲一遍。"

陆京边写边摇头感叹："你说老师是不是觉得咱们特牛啊，没学过的内容就让咱们写，我自学要真这么厉害，还来学校干吗？"

王承硕说："这个不好讲，等以后老师再把题出难点儿，那就需要了。"

陆京："……"

陆京把空着没写的题目处理完，班上学生变得多了起来。

林森站在二班门口张望了一圈，见早读老师没来，就径直搬书走进他们班教室："京哥，你要的书我都给你带来了。"

林森的母亲是开书店的，昨晚收到陆京给他发的一系列畅销书单，当即就帮忙找了出来。

陆京把作业往边上推了推，腾出位置："多少钱？"

林森将书放下，不拘小节地摆了摆手："这有什么！你以后中午多请我喝两杯饮料就行。"

陆京也没跟他多客气，拿起最上面那本书，打开看了起来。

林森大概是真的好奇，俯身凑到他边上悄悄地说："你怎么突然开窍了？"

陆京愣了愣："开什么窍？"

王承硕听两个人对话，好奇地抽出本书翻了翻——《爱我，快点儿！》

他被其中一章的章节名"辣"到，好半天才给出一句委婉的点评："你好野呀！陆京。"

"是吧！"林森瞬间应和，"硕哥也这么觉得。"

陆京将书往桌洞里塞，赶着他们说："走开，走开，都给我上课去，别堵在我这儿。"

温双沐踩点走进教室，与林森交错而过，还有些讶异，一班的学生怎么从自己班级出来？

她远远看见陆京像套娃一样，在早读的语文书里夹了本厚厚的课外书在看。温双沐露出了羡慕的表情，发现陆京比她想象中的还要游刃有余。

温双沐是典型的偏科型选手，语文老师昨晚布置了背诵《鸿门宴》，要在课上默写。但她对自己不擅长的科目，能用二十分钟抱佛脚的，绝不提前一天预习，这会儿才拿起课本背。

温双沐的手臂鬼使神差地越过过道，在隔壁桌上敲了一下："同学，一会儿上课默写，如果老师让咱们互改的话，能通融点儿吗？"

陆京看向她，停顿了好一会儿，才缓慢地点了下头。

等到语文课上开始默写，温双沐才反应过来陆京那一下停顿是什么意思。

这人根本背错了课文，默写的是《沁园春·长沙》！看她那眼分明是在质疑她连这么简单的内容都要通融！

她转头看去，只见陆京也带有点儿蒙地拿笔盖戳王承硕的背："老师昨天作业让背的是《沁园春》还是《鸿门宴》？"

王承硕侧转过身，表情微妙地沉默了两秒，眼里透着怜惜："你背的是《沁园春》？"

这下答案不言而喻。陆京不说话了，默默地将书翻到后面，对照着原文给温双沐批改。

温双沐有点儿想笑，盯着默写本看了片刻，实在无从改起，只好将本子原样还给隔壁，善良地说："一会儿课代表要收，你先抄上去应付一下吧。"

陆京轻轻"嗯"了一声，没抬头，过了两秒才收起黑笔，在温双沐的默写本上画了个红钩，将她的本子还过去。

温双沐接过本子，她注意到陆京用黑笔帮她订正了两个字，打开确认了一下，发现都是她不小心弄反的通假字。

温双沐方才光顾着震惊两个人默写内容不一致，现下与自己的字对比，才注意到陆京字里蕴含的笔锋与气势。

温秉一最近在练书法，家里给他买了很多临摹帖，连带温双沐也跟着受了不少熏陶。

陆京练的应该是行楷，顿笔处又有瘦金体的意思，兼顾了二者的空灵疏朗与苍劲有力，还融合了他个人的运笔习惯，入目惊艳。

温双沐带着欣赏的目光朝陆京看去，却见他翻到《鸿门宴》那页看了几分钟，便合上书重新默写起来。

温双沐："……"他好强！

上午大课间有二十五分钟。这周还没开始跑操，大课间也就变成了学生的自由活动时间。

温双沐和季佳绘去小卖部买零食，路上没忍住跟人提了好几嘴陆京的记忆力。

而温双沐口中那位拥有超强记忆力的陆京，此刻正悬着条凳腿儿坐在教室里，看着手上口袋本大小的笔记本"啧啧"摇头。

王承硕帮陆京倒水回来，见他看得专注，问道："干吗呢？"

陆京长叹一声，将笔记本扔到桌子上，双手交叠地枕到脑后："玩命吗？可惜我人已经'辣'没了。"

王承硕有一瞬间没反应过来："哪来的破梗。"他说着拿起笔记本看了眼，确实被"辣"到了一阵，窒息地说，"你看'小言'也就算了，还做读书笔记？"

陆京没太在意好友的吐槽，凳子腿儿落回平地，又是一副思考人生的表情："你说小说里为了强调男主跟别人不一样，都写成'生人勿近'以及成绩好。但我研究了一圈咱们学校春季班的男生，基本九个高冷，十个都学霸，个个符合，这我哪看得出来哪个才是男主？！"

王承硕觉得陆京的说法怪怪的，现实生活中哪有讲究什么男主不男主的？不过想了想，他还是说："其实也不全高冷吧。"

陆京说："比如？"

王承硕原本想说自己，但看陆京一脸"你少跟我装"的表情，改口说："林森。"

陆京笑了一声："他不算。我刚说的十个学霸，九个高冷，单独那个就是专门给他腾的。"

王承硕试图再想个其他人，但他发现不论是他们这届的春季班，还是隔壁高二楼的春季班，即便在课间都保持安静，也不知道是班上人性格使然，还是因为课业压力大。他不好举证，只好从源头上重新切入："那可能主要还是看脸吧，当男主肯定要最帅的那个。"

陆京耸了耸肩："这一块我也考虑过了。"

他昨晚向曾树然要了张高二春季班的合照。

陆京摸了摸鼻子，尽量说得谦虚："但我感觉长得都没我帅呢！"

他原本还想打听高三春季班的照片，但学长说了，等他们到了高三魔鬼集训就知道那时候根本不存在什么帅不帅的，也就打消了念头。

王承硕笑道："你确定不是想夸自己长了张偶像剧男主脸吗？"

陆京大概也觉得两个人谈论这种话题很有意思，跟着笑了下："这我可没说。"

王承硕将笔记本往后翻了两页，只见一张纸上写了"系统"两个字，被圈得很大。看不明白，王承硕又往后翻了翻："韩黎枝和顾思凡是谁？"

陆京说："我看的那两本校园文的女配。"

王承硕读了读陆京写的人物设定点评，惊于他剖析之深刻，以及评价之中立，估计作者写时都没想这么多。

　　"你最近是迷上了'纸片人'吗？"

　　陆京没直接回答这个问题，偏头看向窗外。

　　在三楼的高度，只能看到教学楼边上花园里树木拼命向上伸展的枝丫，枝干细弱，缀满枝头的叶子却绿得葱茏。

　　陆京站起身，抽过王承硕手里的笔记本随意一揉，扔进桌洞："你说怎么哪儿都有想充当上帝对别人的选择指指点点还横加干涉的人呢？"

　　王承硕问："谁？"

　　陆京不欲多提，勾起他的肩膀往外走："没事了，打球去！"

上午第三节课是数学课。班上几个男生刚打完球回来，还带点儿躁动，时不时地挪动椅子，扯着衣领扇风。周泉在黑板上写着板书。

陆京按住王承硕的椅背，前后晃了晃："水还有吗？给我来点儿。"

"有。"

王承硕接过他的杯子，水刚没过四分之一线，身后突然传来"嘭"的一声。

王承硕缓慢回头往后望去。同样缓慢转头看去的，还有隔壁桌的温双沐。

只见陆京额头抵在桌面，眼皮轻轻合着。光听刚才那声响就知道这一砸的重量不轻，但正主却跟感受不到疼一样，呼吸平稳，睡得一脸安详。

王承硕："……"

温双沐："……"

前一秒不还好好说着话吗？怎么说睡就能睡？！

王承硕端着水杯，一时之间不知道是该继续倒水，还是该给人放回去。

倒是讲台上的周泉先一步开口："夏天天气热，大家犯困都可以理解，我也不说什么。如果有同学实在提不起精神，就自觉到后面站一会儿，等清醒了再回座位坐下。"

班上同学的视线不约而同地顺着周泉说话的方向朝教室最后一桌投去。

当事人却跟昏厥了过去一样，趴在那儿一动不动。

周泉说："同桌帮忙叫一下。"

温双沐手指试探地伸出过道，先是放在陆京脑袋上方，又放到手肘附近，实在不知道该落在哪儿，只好看向斜侧桌与陆京比较相熟的王承硕："要不你来？"

王承硕也不客气，直接推了陆京一把："别睡了，起来罚站了。"

陆京缓了一秒才醒过来，他慢吞吞地捂着额头支起身，眼皮往上抬了下，瞬时注意到了全班齐刷刷的注目礼，陷入短暂的"面瘫模式"之后，表情变得有些微妙。

王承硕用下巴示意了下讲台上的周泉："让你自己拿书到后面站着，站醒了再回来坐。"

此时，乌小漆已经在温双沐脑海里下起了快乐的赌注："有奖竞猜，答对可随机奖励宿主小福利一个。

"请问：陆京会用以下哪种行动回馈老师的叫板？

"A，文盲校霸型：老师，我字认得少，一上数学课就想睡觉，放我一次呗！

"B，桀骜少爷型：老师，你不知道我家给学校捐了几栋楼吗？叫我罚站？我没听错吧？

"C，学神大佬型：老师，你讲的内容太简单了，我觉得我会的可能比你还要多。

"D，冷脸酷哥型：我现在已经清醒了，可以直接坐下来了吗？"

温双沐等了又等："没别的选项了吗？"

乌小漆说："这些都是校园文最常见的几种男主做法，已经概括得很全了吧！"

见温双沐纠结，乌小漆只好补充："那再加个E选项吧——我不是男主，上述选项都不会型。"

温双沐数了数字数，E选项以非常微弱的字数差胜出。

她果断地出声："E。"

四长一短选最短，四短一长选最长。

下一秒，只见陆京抽开椅子站到过道上，拿起数学书，对周泉道了句"老师，对不起"，便安静地走到教室后排罚站。

乌小漆不敢相信："就这？就这？"

陆京将课本放到教室后排靠墙的储物柜上，身体站定。台上老师继续上课，他揉了下有些微微泛肿的额头，视线随意一瞥，学神同桌正低着脑袋闷在座位上。陆京往边上挪动一步，却发现学神同桌正偷偷抿着嘴角笑。

陆京："……"

陆京一直站到下课，才拎着课本回座位。

王承硕转头看他："什么情况？你这两天都几点睡的？这么缺觉。早上去打篮球，看你还好好的。"

陆京拉开椅子坐下，活动脚踝："这回真不是我困。"

"那是？"

陆京张了张嘴，静止了两秒改口说："算了，是我困。"

王承硕看陆京又从桌洞里掏出他那本记录着校园文男女主以及男女配们详细点评的笔记本，不禁有些无语："怎么又看上这玩意儿了？"

陆京拿红笔在上头空白页勾勾画画："这就不懂了吧？高中生不看青春校园文看什么？"

王承硕看着陆京搬到桌面上的一摞粉色小清新封面的书："你最近中邪了吧？"

陆京心想也差得不远了，但还记着课上降临的随机惩罚，选择乖乖闭嘴。

中午，学校东门边上的复兴巷里，学生来来往往。一家甜品奶茶店里挤满了穿着明理中学校服的学生。陆京一行人占据了角落里最好的地理位置，这里中央空调冷风十足，又不会被服务台的点单声打扰到。

林森、刘以恒几个人"开黑"打了把游戏，王承硕则用纸巾当草稿纸在上头算题。

陆京整个人窝在柔软的沙发里，喝着冰咖啡，看着甜品店的玻璃门打开又关上。

陆京说："打听一下，你们知道学校校草是谁吗？"

林森张口就来："你呀！"

陆京捶了他一拳。

林森歪了一下身子，笑着将视线从游戏界面挪开："怎么，京哥想当校草？"

刘以恒说："也不是不行啊，哥几个现在就能给你投上。"

林森说得有点儿来劲儿，瞬间切换手机屏幕："等着，我去学校贴吧探探，看看是个什么投票机制。咱暗箱操作，稳的！"

陆京听他们越闹越不正经，把手心盖在林森的手机上往下压了压："跟你们说认真的，帮我一起找个人。"

林森和刘以恒这才稍稍收心，王承硕也跟着好奇地抬头看他："谁呀，搞得这么神神秘秘？"

"春季班的。"

陆京刚说出四个字，刘以恒就打岔："春季班的？那林森熟啊！高几？叫什么名字？"

陆京说："年级名字不清楚，就知道是学校校草，'高岭之花'，矜贵清隽……"

"等等，矜什么贵什么？"

"学校校草，'高岭之花'，矜贵清隽，冷漠疏离。"

"什么'清'什么'隽'？"

"你听不懂中国话吗？"陆京深吸了一口气，再重复一遍，"学校校草，'高岭之花'，矜贵清隽，冷漠疏离。"

刘以恒的表情跟地铁上的老爷爷看手机一样。

"现在听懂了？"陆京继续，"校草性格隐忍，大多时候都不近女色，眼睛红的时候要尽显疯狂……哦，还有最重要的一点，说话的时候嗓音要沙哑。"

刘以恒说："这些词都是用来形容正常人的吗？"

王承硕深感赞同："你最近是不是'小言'看多了？"

在一片沉静中，从陆京开始描述起就一声不吭的林森努嘴示意："喏，你要的'高岭之花'。嗓子哑不哑没太注意，但性格确实挺高冷的。"

陆京抬眼看去，店外的透明橱窗前走过一排高个子男生。风铃"丁零"轻响，甜品店门被推开，几个一班男生说笑着走进来，站在中间的那个脸上没什么表情，却长得很帅。

李茂真挤在前面的柜台点奶茶，苏起言和其他同伴站在后头。

不苟言笑的脸，生人勿近的气场，是有几分陆京刚报出来那些词的"画风"。

陆京觉得对方眼熟，好像是体育课上一起打过球的男生，问林森："高一的？"

林森点头："嗯，跟我一个班。"

陆京之前一直往高二和高三的方向打听，这下有些出乎预料："高一不是才开学吗，这就选出校草了？"

林森耸肩："春季班早开学半年嘛，学姐们评的。"

陆京若有所思地点头，望着门口的方向。

落地窗外阳光倾洒而进，苏起言的周身镀满光华，连头发丝都像镶了金边。

陆京盯着整个人仿佛都在发光的苏起言，只觉得"男主光环"肉眼可见的耀眼。

苏起言一行人点完奶茶，在离陆京不远的桌位坐下，李茂真看到林森还抬手招呼了一下。

林森上一秒还在跟人嘻嘻哈哈，下一秒就把脑袋靠向陆京那侧小声地说："坐在李茂真对面那男的，是你要找的'贵气校草'不？"

陆京不急不缓地喝了口冰咖啡，点了点头："嗯。"

王承硕好奇："你找他干吗？"

陆京拿出昨天搪塞学长的话："想跟校草一起打球。"

林森和王承硕："……"

陆京径直无视两个人被雷得"外焦里嫩"的眼神："校草叫什么名字来着？"

之前似乎听人叫过几次，但一时记不起具体的字。

林森说："苏起言。"

"嗯？就是那个假期已经自学完高中全部知识点的学神？"

"对呀！"

"那好像还没有我那个会'拉格朗日'的同桌厉害。"

"你就算到新班级，有了集体荣誉感，也没必要捧一踩一吧。"

"没有，只是震惊我同桌比苏起言还厉害。"

"啊，你的同桌来了。"林森指着外头的一处说。

他早上去二班给陆京送书出来时，正好跟对方交错而过，因此印象深刻。

只见温双沐、季佳绘和去柜台要纸巾的刘以恒撞上，三个人站在那儿说了几句什么，一并走了过来。

刘以恒到了自己桌位，和温双沐招呼了声，三个人就分开了。

季佳绘跟刘以恒不熟，但看到同桌的王承硕和陆京，小声对温双沐说："咱们班男生也在哎。"

温双沐轻轻"嗯"了一声，倒没太把注意力放那处。她视线四处搜寻，看到苏起言后，表情亮了一下，走到他的身边坐下。

李茂真说："怎么来得这么晚？给你们点了芝芝绿妍和抹茶葡提，看还有没有别的想吃的甜品，我再去买。"

"谢啦，其他不用了。"季佳绘率先拿起抹茶葡提。

温双沐却是把芝芝绿妍往季佳绘的方向递了递，对她说："我跟你换一下。"

季佳绘疑惑说："你不是最喜欢芝芝绿妍这个口味吗？"

温双沐说："现在不喜欢了。"

季佳绘说："但我……"

乌小漆安抚说："好啦，你喜欢喝芝芝绿妍，跟它是小说名又不冲突，想喝就喝呗。"

温双沐抿唇没应声。

李茂真看出季佳绘并不想跟温双沐交换，正想在中间打个圆场，苏起言已然把他那杯没动过的和温双沐的交换了一下："喝吧。"

温双沐下意识地扭头看向苏起言。苏起言正盯着墙上的后印象派插画看，仿佛只是不想再听两个女生忸怩，就做了一件再简单不过的事。

苏起言指尖搭在杯口处，温双沐看他拎起杯子喝了口奶盖，似乎嫌甜腻，皱了一下眉头。

以前的温双沐恨不得苏起言能够喜欢所有她喜欢的食物，现在却希望他永远都不要喜欢上这个味道的奶茶。

刘以恒把刚要来的纸巾搁在王承硕面前，让他算题时省着点儿用。

陆京没参与他们的对话，目光还停留在苏起言那一桌。

男生贴心地与女生交换饮料，女生用钦慕的眼神回视男生。多么含情脉脉的一幕，但系统验证男主成功，女主失败。

这就离谱！

陆京感到匪夷所思，问同伴们："咱们班的小漂……"

陆京的"亮"字在嘴边绕了绕，还是咽回去，改口说："你们觉得我们班哪个女生长得比较漂亮？"

王承硕奇怪居然能从陆京嘴里听到有关女生长相的话，但联系他这几天的奇怪举动，这个问题似乎又显得没这么奇怪，想了想，回答："温双沐吧。"

陆京想也不想地摆手："除了她。"

林森说："干吗除了她？她不是长得挺漂亮吗？"

刘以恒倒是对这个问题充满兴致："我看你们班夏芝里就长得巨好看。"

陆京停顿了两秒，恍然大悟地点头，拍了拍刘以恒肩膀："我也这么觉得。"

林森好奇："夏芝里？就是分班考试第一名的那个？长什么样啊？有没有照片？我好像都没看过。"

刘以恒嘴巴跟开了喇叭似的，兴奋地跟人交流。

陆京则不再表态，摆出一副"功德圆满"的表情靠在沙发背上，一扫上午被罚站的疲惫劲儿。

几个男生聊得忘我，完全没注意到有个女生站在他们后面的书架旁找杂志期刊时，多停留了一会儿。

女生在当时什么也没说。然而谣言一向都是这么产生的，当同样的对话几经辗转落到温双沐耳里，完全变了个样：

"陆京跟几个男生在那儿比较你和夏芝里的长相。他说夏芝里好看，你不好看。"

季佳绘的话音刚落下，陆京和王承硕就说笑着从教室后门走进来。

再没有比背后嘴碎遇上正主更尴尬的事了。季佳绘摸了下鼻尖，跟温双沐说了一声"我先走了"，便回到了自己的座位。

温双沐靠在椅背上，看着陆京和王承硕在她隔壁前后坐下，两个人跟没事人一样，依然聊得快活。

温双沐脸上看不出异常，就是拿东西的动静有些响，活络了一番手指关节，这才从桌洞里掏出数学作业本开始做题。

王承硕假装无事地拿本子扇了下风，等温双沐目光收回去了，才推了把陆京胳膊，小声问道："你同桌刚是不是看着你冷笑了一下？"

"胡说，我又没做什么！"

陆京说着朝温双沐看去，对王承硕说："明明是看你比较好笑吧。"

王承硕说："这跟我有什么关系？"

夏芝里拿着语文试卷走进教室，她是语文老师跳过毛遂自荐环节钦点的语文课代表。

夏芝里将语文试卷分为六张一沓，放到每列座位的第一排，然后去擦黑板做值日。

王承硕和陆京这列前面的几个学生都没回来，试卷放在第一桌没人往下传。

王承硕拿起陆京和自己的水杯："我去倒水，你去前面把作业传下来。"

陆京拖拉着不想动，被王承硕拍了一下后背，这才慢吞吞地起身往前走。

夏芝里的个子小巧，上午最后一节课的板书密密麻麻地占据了整片黑板，最上面那部分她即便踮脚也擦得十分勉强。

陆京原本拿起试卷就想往后走，站边上看她蹦蹦跳跳了两秒没忍住，上前拿过夏芝里的黑板擦："我来吧。"

底下温双沐埋头做了两道题，心中仍有些气不过。她将黑笔拍到桌面，叫出乌小漆："来吧，给我绑定陆京。"

乌小漆说："这么草率吗？"

"不然呢，难道还要我焚香沐浴吗？"

"不是，我以为您起码要谨慎观察个十天半个月的。"

"他不是觉得夏芝里长得好看吗，我这就帮他追她。"

温双沐看似答得草率。不过开学这几天，她的绑定对象也就锁定在陆京和王承硕之间。

任务条推进，乌小漆自然是乐见其成，但还是要遵循条例确认一下。

温双沐眼前出现一个八倍镜扫描系统，镜头定焦放大到陆京身上后，程序运转，有关陆京的身份信息都在信息框中浮现，紧接着弹出一个蓝色选框：

宿主绑定陆京为养成对象后将不可更改，请问是否确定陆京为最终选择？

A，是。B，否。

温双沐用八倍镜扫描到陆京身上时，才注意到对方已经去了讲台。

夏芝里红着脸，站在他边上道谢。陆京则不甚在意地擦着黑板，显出几分青春气息。

温双沐盯着夏芝里红透了的耳根，视线又缓缓飘到陆京身上落下。

有什么能比夏芝里的脸红更能说明她对这名异性的好感呢？显然陆京比王承硕多出这部分优势，胜算更大。

温双沐点击了一下A选项。

一只半灰半亮的金色小鸟卡通图案跃然出现在温双沐眼前。

温双沐问："这是什么？"

"是鹭，系统自动为陆京设计生成的反派值点亮徽章。怎么样，可爱吧？"

"你对他倒是够优待。"

"帅哥是稀缺物种嘛！当然要用心对待。"乌小漆"嘿嘿"一笑，不知看到什么，突然发出声惊叫。

温双沐问："怎么了？"

乌小漆说："陆京反派值百分之四十了。"

温双沐仔细看了看，发现图标底下有行非常小的进度条，如乌小漆所说，数值将近一半。

乌小漆仍然不敢置信："虽然说我之前也遇到过绑定对象带有初始值的情况，但最高也不过是百分之二十，像陆京这样一来就百分之四十，还直接点亮将近半个图标的，我觉得咱们可以把他称之为准男配，可他在原文里明明没多少戏份！"

温双沐听乌小漆说陆京没戏份，还有点儿担心绑错人，下一秒又听它继续说："宿主运气真是不一般的好，能在路人甲、乙、丙中挑出这棵'天菜'。"

温双沐压下心头喜悦，低调地说："百分之四十很高吗？"

"那当然啦！这说明陆京一开始不是对苏起言怀有敌意，就是对夏芝里怀有爱意，不论哪一样，都对宿主培养他带来极大便利。"

陆京擦完黑板下来，看隔壁排语文作业也卡在第三桌没人往下传，便顺手往下带了带。

温双沐瞥见一张练习纸落在自己桌角，视线顺着细长匀称的指节往上。手指的主人已经将试卷放在她桌面，自然走开。

陆京回到座位，从桌洞里抽了一张纸巾，擦拭落在指甲上的粉笔灰，半晌又用手腕压在王承硕的肩头晃："有湿纸巾吗？给我来一张。"

"没有，你找别人问问。"王承硕说。

乌小漆说："宿主，快，到你表现的时候了。"

温双沐的湿巾盒就摆在笔袋边，却在陆京扭头朝她看来时，若无其事地低头假装写作业。

乌小漆恨铁不成钢："你这是在干吗？"

温双沐说："他说我没夏芝里好看。"

乌小漆头疼："你们俩现在都是一体了，不快点儿跟人打好关系，后面怎么带人一块儿干大事？"

温双沐一脸无所谓："我不急呀，反正他的反派值都到百分之四十了。"

陆京缄默地盯着温双沐的侧脸两秒，正打算起身去趟洗手间，温双沐的手从过道那边伸了过来。她举着湿巾盒问他："要吗？"她的表情还有点儿跩。

陆京站在那儿顿了一会儿，才抽了一张："谢了。"

温双沐又抬头想去看夏芝里，却发现她擦完黑板后就不见了。

她问乌小漆："夏芝里人呢？"

乌小漆："本系统不具备人体跟踪扫描定位功能。"

温双沐轻轻"啧"了一声，想到什么："那数学课的有奖竞猜福利呢？不是还没给我发放吗？我要解锁小说原作里的那堆马赛克！"

不怪温双沐这么疑神疑鬼。经她几天观察，苏起言除了在食堂对夏芝里发表的那句在意，其余两个人并无多余接触。他们之间越是没什么，越代表在她看不到的地方有什么。现在温双沐只要一看到夏芝里离开她的视野范围，就担心人是不是和苏起言"暗度陈仓"上了。

乌小漆运转程序："系统福利由总部商城限定发放，目前能为宿主提供的只有偷窥小说评论区功能。"

温双沐无语，但想着聊胜于无，催促说："行吧，先让我看看。"

乌小漆说："温馨提示，本功能只开放当前剧情所在章节的评论区内容。目前宿主拥有查看第一、第二章节评论区的权限，请看大屏幕。"

终于看到一本女主不是"软妹"的文了。

苏起言永远的"白月光男主"，朋友们我又来"二刷"了。

请问是"双初恋双处"吗？看到文案有"排雷"，男主有个纠缠不清的"小青梅"，男主没喜欢过她吧？

楼上放心，是"青梅"单方面纠缠，"苏神"心里只有芝芝一个。

有一说一，如果删掉温的戏份，《芝芝绿妍》就是我心目中的校园文 top 1（第一名）！

……

乌小漆小心留意温双沐的神色："喀，其实换个角度想，真情实感的小读者挺可爱的，大家这也是在夸您的形象深入人心。"

温双沐倒是没生气，只让乌小漆把大屏幕继续往下滚。

啊——男二也有点儿好"嗑"，怎么回事。

报告"苏神"，前方有人"偷家"，一个百米冲刺就是抱走我们芝芝快跑。

……

温双沐皱眉："你怎么早不跟我说还有男二这个角色？要是完成反派任务，我直接去找男二，还绑定什么陆京？！"

乌小漆不慌不忙："宿主，你继续往下看。"

假期"三刷"！学神男一和校霸男二我都可！

同样都是配角，女二温双沐怎么跟男二或哥差这么多。

呜呜呜！真的，或哥一直都是默默付出，他把所有的偏爱和喜欢都给了芝芝，从不索取什么，这种人物设定太戳我了。

……

温双沐却"哈哈"冷笑一声，原来是个不求回报型："没出息。"

乌小漆："……"

后面的评论几乎没什么信息点。温双沐仔细推敲："校霸？名字里还带有'或'……你确定咱们学校有这号人物？教导主任看到应该会当场扼杀吧。"

乌小漆提示："我只能说宿主现在的猜测思路没错，可以按照这个方向再往下想想。"

"啊，难道是隔壁十三中的校霸？"

乌小漆赞赏："不错。"

温双沐起身就往教室外跑。

出了明理中学的正大门，一眼就看到主街对面大理石上雕刻的"瑞海第十三中学"校匾。

电动拉闸伸缩门半敞，学生来来往往。他们有的染发，有的戴耳钉，而穿校服的屈指而数。偶有违规载了三五个人的"小电驴"呼啸而过，门卫托着腮帮打瞌睡也不管。

说来温双沐赶得正是时候，夏芝里就站在校门不远处的一条巷口。她手上扬着手机，下巴微仰，冷着脸与里面的人说话。

温双沐来不及多想，朝着那边跑去。

也不知道夏芝里对里面的人说了什么，温双沐赶到时，一辆摩托车从巷子里驶了出来。

男生的黑发随风凌乱，眼角透出几分痞气，银色的耳钉在阳光下熠熠生辉。

在摩托车与夏芝里交错而过时，温双沐在轰鸣的引擎声中听见周或对夏芝里说："小孩儿，多管闲事可不是什么好习惯！"

温双沐："……"

温双沐紧急按住人中，差点儿当场休克。

夏芝里在怔忪之余，对温双沐会出现在这里感到意外，连忙上前扶住她："你怎么了？没事吧？"

温双沐摆摆手："没事。"就是差点儿被"油"到了。

温双沐勉强站稳，只见摩托车开远，向十三中校内驶去。

温双沐的耳朵还处于麻痹的状态："刚才那个男的是隔壁十三中的学生吧，未成年骑摩托，竟然没被交警抓住吗？"

夏芝里被温双沐问愣了："这……我也不清楚。"

行吧。

温双沐和夏芝里并肩往学校走，脸上还是那副难以言喻的表情。

乌小漆说："宿主怎么不说话了？"

"我还在缓。"

"缓什么？是觉得夏芝里太受欢迎了吗？"

"他一个高中生，最多比夏芝里大三岁，你见过哪家少年管差不多同龄的女生叫小孩儿的。"

"小孩儿这个词有什么奇怪的吗？言情文的男主除了小孩儿，还很喜欢管女主叫小朋友，我感觉都还好，宿主是不是小说看得太少了？"

"是，我是看得有点儿少了。"

温双沐平复了好长时间，才缓过来。她见夏芝里一直按着手机回复短信，问道："你怎么会跟那个'机车男'认识？"

夏芝里想了想，说："我有一个朋友在十三中读书，她说有个高年级学长，开学才两天就开始派班上同学给她送零食送奶茶地骚扰她，还约她到学校外面的巷子表白。我朋友害怕，就让我过来帮她拒绝。"

温双沐点了点头。倒是挺标准的"玛丽苏"情节——向女主的朋友表白，最后却被女主的长相吸引，爱上了女主。

温双沐想到电视剧里的那些"狗血"套路："这种朋友后期会'黑化'吧？"

夏芝里刚给朋友发完最后一条信息，没太听清："啊？什么？"

温双沐没有再次提醒的义务，改口说："没什么。"

"哦。"夏芝里点了点头，过了一会儿又主动问，"那你呢？怎么会突然经过那里？"

夏芝里记得自己出教室的时候，温双沐还坐在座位上给其他同学讲题。

温双沐面不改色："路过。"

气氛冷了下来，两个人没再说话。

走进教学楼，走廊上安静一片，沿道的班级里传来老师讲课的声音，显然预备铃早已打过。

"完了，咱们迟到了！"夏芝里抓起温双沐的手腕就往三楼跑。

温双沐只觉得手臂上的汗毛都竖起来了："你抓我的手干什么？"

夏芝里也被她激烈的反应弄得怔了怔："已经上课了，再不抓紧就要来不及了。"

"话是这么说……"但为什么一定要动手动脚？！

温双沐后半句话没来得及说出来，下一秒就听到天桥那边传来教导主任的声音。

"那边的两个同学，你们怎么回事？上课了怎么还在走廊上闲逛？！"

温双沐眼睁睁看着两个人都出了楼梯口，二班教室近在眼前，夏芝里却不知变通地化身循规蹈矩的乖学生，来了个急刹车，乖乖地向教导主任低头认错："抱歉，老师，我们有事回来晚了。"

"你们是哪个班的？"教导主任皱眉走近，"边上那个女生，给我转过来！干吗？当着我的面还想开溜啊！"

温双沐非常不情愿地转身与夏芝里并肩站好："报告老师，没有。"

夏芝里说明了两个人迟到的理由，当然不可能讲明她是代外校朋友出去拒绝表白的，只说是没算好午休外出时间。

教导主任听到她们是二班的学生，神色缓和不少："新生也要有新生的纪律，尤其你们还是尖子班的学生。在这里罚站十五分钟，我会去跟你们授课老师说的。"

温双沐看着教导主任走远："你直接说咱们被班主任找去办公室有事不就好了吗！"

夏芝里像是才想到还有这种方法："哦，对。"

温双沐看着夏芝里展开笑容，嘴角露出两个深深的梨窝，沉默地别开眼。

温双沐叫出乌小漆："读者不都说夏芝里不是'软妹'吗？"

乌小漆说："一千个读者，一千个哈姆雷特。"

"这'哈'得也有点儿远了吧？！"

"人物反差嘛，冰山美人的不经意一笑，最勾人心魂了。"

温双沐和夏芝里被罚站的地理位置十分微妙——楼梯口刚出来，正对着春季班正门的位置。

原本夏天各班上课都会关闭门窗开空调，偏偏春季班这节上的是数学课，周泉中年养生，有开门窗通风的习惯。于是，两个人被罚站的一幕就这么被"光荣"地钉上了耻辱柱。

连周泉后面都没忍住，趁其他学生做例题的时候，出来调侃两个人几句。

"双姐被罚站了。"李茂真最先发现外头罚站的温双沐,冲苏起言传送消息。

苏起言随之抬眸往外看去一眼。两个女生并肩站着,一个表情崩溃,生无可恋;一个笑容温软,眼角弯成新月。

热风轻轻吹过,室内室外的空气都被楼外的茉莉花香裹挟侵占,天光下有细小的光圈浮动。苏起言的指腹在笔杆上微不可见地摩挲了下。

林森"扑哧"笑出一声:"这温双沐的表情怎么这么搞笑?"

同桌男生小声说:"她就是那个自学高等数学的温双沐啊?那她边上的是谁?也是二班的吗?"

李茂真卖关子:"这就不知道了吧?二班分班考试的第一名,夏芝里。"

男生惊讶:"二班的女生牛啊,成绩好,长得也好。"

周围的男生和女生听到了,也忍不住议论:

"什么?什么?哪个是夏芝里?左边那个吗?"

"你什么眼神?右边那个才是。"

"李茂真昨天跟我说,二班的夏芝里长得很漂亮,这不是两个都挺漂亮嘛,我还以为是左边那个。"

……

众人七嘴八舌,但很快被走回教室的周泉拍桌子"镇压"下来。

温双沐和夏芝里回教室时,英语老师正让大家准备小组对话。他知道两个人分班考试中英语将近满分,有"好学生光环"加持,也没多说什么,只让她们回座位坐下。

班上四十一人两两组合,总会有一个人落单。温双沐千算万算,也没想到落单的那个人会是自己。

陆京作为班里走后门塞进来那个,颇有自知之明,和王承硕练完一个场景对话,轻点下巴示意:"咱们加她一个?"

"行啊。"王承硕因为温双沐数学好的关系,对她有着天然的好印象,所以答应得十分爽快。

温双沐搬来椅子,坐到了陆京的座位旁。

陆京看她翻书,还没找到投影仪上的内容,帮她把口语小册子往前翻了一页:"在第三页。"

温双沐抬眸看他一眼,轻轻"嗯"了一声,视线又落回到书上。

因为多了一个人，没办法再参照书上的 A、B 两个人物进行对话，于是三个人根据词组自由发挥。

陆京的英语发音既不美式，也不英式，一听就是在祖国母亲怀抱里土生土长的孩子。

陆京讲完自己这部分的内容，看温双沐没往下接，问她："怎么了？"

温双沐说："你的口语好棒！"

陆京受宠若惊："是吗？还好吧，谢谢。"

温双沐继续方才的模拟对话。她前世在大学的时候准备过一年雅思，当时推了校内给她的保研名额，准备出国留学，但后来苏起言没跟她打招呼，选择了在国内直博，以至于她留学没成，还要重新准备考研英语。

陆京听到温双沐一口英式英语，流利标准得堪比听力考试里的女声，脑袋往王承硕的方向靠了靠，小声说："我觉得她刚刚是在内涵我。"

王承硕同情地看他："你发现了？"

陆京："……"

对话模拟结束，温双沐坐回座位，听老师点其他小组同学起来展示，最后得出一个结论：二班学生的口语水平真的都挺好的。

温双沐没忍住冲乌小漆吐槽："陆京的口语怎么会这么差？苏起言英语这么好，这两个人要怎么'打'？"

陆京作为原文里戏份不多的路人甲角色，乌小漆也没有太多相关信息，只好给出猜测："大部分小说里，男主人公即便各科成绩不好，也都能说出一口非常纯正的英文。说不定陆京不走寻常路，除了口语不好，其他都很好呢？"

温双沐勉强接受这个说辞："行吧，幸好我们省英语高考不考口语。"

下午放学，温双沐照常背上书包到教室门口等苏起言和李茂真一块儿回家。她看到刘以恒又抱着球上来，调侃道："你最近往三楼跑得有点儿勤快啊！"

刘以恒摸着鼻尖笑了笑："来找我哥们儿玩嘛。"

温双沐也不拆穿，想到陆京那百分之四十的反派值，兄弟二人未来还会有反目成仇的可能，心中涌上一阵怜爱。

她想到什么，拉着刘以恒往角落走了走："给我透个底，陆京他的实力怎么样？"

刘以恒配合着低头说悄悄话："你指哪方面的实力？"

"就成绩呀。"

"那你是不知道京哥读书有多强。"刘以恒的语气突然拔高了一节。

刘以恒说着往左右看了看，见边上没人，才作出告密的样子对她说："双姐你是学霸，肯定不用我多说也清楚，学霸控分，学神控排名。京哥之前为了跟我们一起读普通班，都那么努力考到四十一名了，但就差这么一点儿，不小心跟第四十名同分，这才去了你们二班。你说他有多厉害！"

温双沐惊讶："他这么强吗？"

刘以恒一脸笃定："嗯。"

陆京走出教室时，就看到温双沐用古怪的眼神看他，一步三回头地和苏起言朝楼梯口走去。

陆京用手背拍了刘以恒一下，问："你刚才跟人家说什么了？"

刘以恒一副讲恐怖故事的语气："你不知道刚才有多惊险，温双沐好像发现你是'二班混子'的事了，多亏我机智，力挽狂澜。以后你考差了，温双沐也只会以为你是故意的，想换到七班跟我们同班。"

陆京听他把前因后果讲完，笑着推他一把："你有病吧！"

晚上，温双沐跟前几天一样，一吃完饭就把自己锁进房间。

韩楚秋担心女儿有心事，派温秉一进去给温双沐送水果打探。等儿子一出来，就迫不及待地拉到客厅沙发上询问："姐姐跟你聊什么了吗？有没有说她最近为什么心情不好？"

"她在看世界名著。"温秉一乖乖汇报，"还叫我出来再拿一瓶酸奶给她。"

韩楚秋知道自己的担心多余了，起身去冰箱拿酸奶，递给温秉一："你跟姐姐说，叫她学习别太累了。"

此刻的温双沐正盘腿坐在椅子上，抱着温秉一说的那本"世界名著"，看得眉头皱出一座"喜马拉雅山"。

今天的乌小漆十分安静，说是在进行系统版本更新。温双沐苦于无人吐槽，好在后面开始专注小说剧情本身，也算品出了一点儿乐趣。

大约过了十分钟，温双沐脑袋里响起一道声音："叮咚！系统更新完毕，前方有则新手教学清单等待宿主签收！"

乌小漆一腔兴奋，温双沐却没搭理。

气氛冷场半天，乌小漆没忍住先开口："宿主在看什么？"

"'快穿文'。"温双沐分神回答了句，将书往后翻了一页，"为什么这些文里的系统都有积分商城可以福利兑换，你的就这么随便，一点儿章法没有？"

乌小漆说："我这不是刚跑去更新了吗！"

温双沐眼睛一亮，将书合上往桌上一扔："让我看看。"

乌小漆打开商城页面，解释说："积分商城需要宿主绑定养成对象才可解锁，之前的有奖竞猜其实是我违规操作送给宿主的新手福利。"

"是吗？你真好。"

"还可以再敷衍一点儿吗？"

乌小漆又正色重新说："日后陆京的反派值都将实时转化为宿主可利用的积分值，供宿主在商城购买相应的功能卡。目前宿主拥有四十点积分。两点积分可偷窥一次小说评论区，五点积分可解锁当前剧情章节两百字，十点积分可兑换……还有一些日常小道具可以在商城里花费一至十点积分购买到。功能不在此一一赘述，宿主可自行查看。"

温双沐沉默地扒拉了一下桌上厚成板砖的"快穿小说"："五点积分才兑换两百字剧情，你知道一章小说多少字吗？"

乌小漆说："宿主可以多买几张剧情解锁卡，全章解锁嘛。"

温双沐微笑："我一共才四十点积分，原书作者要是'水文'，你当我的积分都是大风刮来的啊！"

乌小漆安慰："积分的问题，宿主不必担心。系统任务主要分为主线任务和支线任务两种。主线任务围绕阻挠夏芝里和苏起言的剧情线发展，与反派值相关联。彻底拆散夏芝里和苏起言获得反派值一百，视为任务完成。支线任务则根据剧情触发，由任务难度系数确定最终奖励积分数值。宿主可以通过大量支线任务，赚取积分。"

温双沐终于放下心，滑了滑商城界面，大部分功能卡的名字都取得通俗易懂。

温双沐差不多理清了商城的机制："现在就给我来张剧情解锁卡吧。"

"丁零"一声，温双沐的积分少了五点，仓库里多出一张剧情解锁卡。

乌小漆询问："宿主要现在使用吗？"

温双沐想着自己也是个有着四十积分点的"富人"，阔绰地说："用吧。"

乌小漆读档，没两秒，一篇打满马赛克的章节跃然呈现在温双沐眼前。

"这是当前时间节点对应的小说第三章。宿主看看想要解锁哪段内容？"

温双沐没急着做决定，她翻了翻两本桌上的"快穿书"作参考，经过一番深思熟虑后："这些作者不是都很会'卡章'吗，章节结尾一般都是剧情高潮点，就给我来最后那段。"

乌小漆精确到字地提取出最后两百字内容：

包厢里的人看周彧是一个人进来，瞬时起哄："什么情况啊？！彧哥，中午不说去赌人表白了吗？怎么小仙女没跟你一块儿过来？别告诉我大情圣惨遭'滑铁卢'。"

"小仙女没赴约。"周彧揉了一把后脖颈，在众人让开的位子上坐下。

"哟，这高一的小学妹定力不错嘛。"

"也可能是在欲擒故纵！"

周彧没搭腔，脑海里浮现出巷子外那双张扬的眼睛，眼中不明的情愫涌动，轻笑了一下，用只有自己能听到的声音说："但遇上了一头呛人的'小辣椒'！"

温双沐想要自戳双目："'小辣椒'不仅呛人，还呛眼睛！"

乌小漆不以为意："还好吧，这章评论区反响可好了呢，你要不要花两点积分解锁看看？"

"别了。"温双沐想想还是有些气不过，于是下定决心，"再给我解锁一段，这回换中间的。"

"丁零"一声，积分再次少了五点。

温双沐挑得认真，通过马赛克的虚影，找到一段看上去信息量比较大的段落。

明理中学历史悠久，连校友路两侧的梧桐、银杏都高得参天，茂密成林。

夏日蝉鸣聒噪，暑气蒸腾……

"怎么全是环境描写？！"温双沐看了个开头就果断放弃，往椅背靠去。

乌小漆说："校园文乃至'现言文'的精髓都在于氛围营造，环境描写是最基础也最好用的。"

"我看你就是在硬掰。"温双沐无情地拆穿，"这游戏没法儿玩，我不干了。"

乌小漆劝道："别呀，宿主！"

"按这种解锁法，根本得不到任何有效信息。"温双沐仰头看天花板，"我不做这个反派任务了。"

乌小漆今年的 KPI（关键绩效指标）没完成，自然不会放着温双沐"堕落"："不会啦，到关键剧情，我还是会给宿主一点儿提示的。咱们以后不把积分浪费在这种日常章节上，不就慢慢省下来了吗。"

温双沐听到了自己想要的保证，勉强满意，但还是有点儿"肉疼"刚浪费的十点积分。

"你不是说，我还可以通过完成支线任务赚取积分吗？什么任务？"

"支线任务需要相关剧情才能触发，掉落时间也十分随机。宿主无需着急，安静等待即可。"

"行吧。"温双沐又拿起桌上那本"快穿文"继续往下看，故意戳着书页对乌小漆说，"你看，别人家的系统就可以直接查看原文剧情，每一道任务都布置得明明白白，就咱们的还要花积分解锁，完了还要我自己搁那儿猜。"

乌小漆："那没办法。我们六八六八系统诞生的目的不是成为宿主通往幸福人生的'金手指'，而是提供最低限度的指引。"

温双沐："……"真"讲究"！

陆家别墅里，夏昀拿了杯果汁放在陆京书桌上，看他桌角摆的一堆新书，好奇地说："儿子，你最近怎么没有看土豆老师和猫老师的文了？"

陆京说："我换老师了。"

"哦？哪个老师？"

陆京将书翻到封面确认了下笔名："淅和老师。"

"这个老师怎么样？"

陆京想了想："她好像不太会写反派。"

温双沐看小说直到天亮，早上萎靡了两节课，趁大课间的休息时间到楼下咖啡吧买了杯冰拿铁"续命"。

来到二楼的楼梯口，语文老师梁洁半个身子横在办公室门框中间，正对里面不知说着什么，看到路过的温双沐，兴奋地招了一下手："双沐，你过来一下，帮芝里一起把语文素材本搬到教室。"

温双沐缓缓地将嘴里那口拿铁咽下，应道："哦，来了。"

她把杯子放回打包袋，朝办公室走去。

素材本是语文组老师专门设计的，封面印着校园一景，里面版块划分明确，厚厚一本，用于大家高一到高三的议论文素材积累。

夏芝里站在梁洁的办公桌边，估计原本是打算一个人把素材本搬到教室，怀里高高一摞，几乎没过眼睛。

夏芝里应该听到了梁洁叫温双沐的名字，见她进来没有太多惊讶，只是小声地说了句："可能有点儿重。"

温双沐脸上没有太多表情，上前搬过她怀里的大半："剩下的拿得动吧？"

"嗯。"夏芝里点头。

两个人一并往外走，夏芝里看了温双沐一眼："你脸色好像不太好。"

"嗯，昨晚没睡好。"

然而此刻的温双沐与其说困，不如说她更多的是在无语刚被梁洁叫住的刹那，乌小漆给她发布的任务。

触发支线任务：获取老师的好感。

攻略对象：语文老师梁洁。

目前好感进度点数：6/10。

最终奖励：五点积分。

"所以我为什么要获得语文老师的好感，老师怎么想我，关我什么事？"

乌小漆做出一副高深莫测的样子："宿主的格局这就小了吧。一个小小的语文老师，也能反映出一个世界的格局观和价值观。宿主难道不觉得奇怪吗？为什么你的成绩数一数二，但作为班主任兼语文老师的梁洁只能看到乖乖三好学生夏芝里。咱们反派的命运往往都是从这些不经意的细节开始被蚕食的。正所谓见微知著，短期内还可能只是老师的偏爱喜好，未来就可能是事业与爱情。明明一样优秀出挑，但主角能获取的光环，咱们反派却不行。因此咱们要想改变未来就必须要从改变这些细节开始。"

温双沐是个不在乎老师看法的人，前世的她就不常与老师打交道。但因为乌小漆的这席话，她刚被梁洁老师叫住的时候，便鬼使神差地应了下来。

"所以……"温双沐盯着一动不动的进度栏，一字一句地说，"我杂也打了，忙也帮了，为什么好感值一点儿都没变？"

"宿主分班考试时虽然语文单科表现不佳，但总体成绩优异，梁洁作为班主任，对您的基础印象很好，因此拥有较高的好感初始值。相比之下，这种随手帮忙的小事，不容易引起情感波动。宿主还得想办法，在其他方面再接再厉。"

课间的楼道里熙熙攘攘。温双沐思考着对策，和夏芝里搬着书本，一个贴着墙根，一个贴着栏杆地往三楼走。

在喧闹嘈杂的人声里，温双沐几乎第一时间捕捉到头顶上方飘来的熟悉声线，眼皮下意识地往上抬了抬。

苏起言从三楼下来，正侧身同他身后的李茂真说话。两个人不知聊到什么好笑的事情，李茂真笑着推了苏起言一把。

温双沐像预料到接下来会发生的事，张了张嘴，却没来得及阻止。

拐角处的夏芝里没料到两级台阶之上的男生会突然相互推搡不看路，一下子躲闪不及，手腕被人撞得一歪，"哗啦啦"几声，怀里的素材本掉了一地。

"抱歉。"

苏起言偏过身子，即便仓促踉跄时，也不忘手疾眼快地扶了女生的手腕一把，避免对方跌下台阶。

温双沐不知道此刻的苏起言是什么样的心情。在她看来，短短两秒的间隙，还不足以给人情感反应的时间。但在两个人站稳，苏起言的视线从夏芝里脸上掠过的一瞬间，温双沐从他的眼睛里清晰地看到了一些不一样的东西。

那是青梅竹马所无法带来的一瞬间的 crush（悸动的好感），迅速地、带有冲击力地、跌撞地闯进二人的心里。

温双沐试想过很多次，苏起言与夏芝里的碰撞会发生在怎样的场景。

把他的一颗心牵跑的，应该是最与众不同的、夺目的、充满诱惑的、叫她璀璨不及的遇见。

所以，怎么会是这样平凡普通的时刻呢？！

她和夏芝里穿着同样的校服，梳着同样的马尾。就像她能在所有穿着校服的人群中，一眼看到苏起言一样，苏起言在人群中，也只看到夏芝里，"生物电流"在他们之间"滋滋"作响。

她就像一个站在台下的人，远远看着。明明都离苏起言那样近了，他却看不到自己。

李茂真两三步跳下台阶："抱歉哪，夏同学，刚才没注意到你。"

他的语气轻快，让温双沐窒息憋闷的空气，缓缓地打通流动起来。

夏芝里似乎有些意外对方知道自己的姓氏，但没说什么，只低声道了句"没关系"，便蹲身收拾素材本。

李茂真和苏起言一并帮忙。苏起言把地上凌乱的素材本堆成一摞，却没还到夏芝里手里，而是径直抱起问："是要送到教室吗？"

"啊，对。"夏芝里愣愣的，手还悬在半空，似乎想把素材本抱回来，但又无从下手，"那个，我自己来就可以，给我吧。"

苏起言没有松手的意思："走吧。"

夏芝里大概是有些不知所措，只好看向一旁的温双沐，小声说："那我帮你拿点儿吧。"

苏起言和李茂真这个时候才注意到，在人来人往的楼道里，有人一直站在拐角墙根处沉默地不做声。

苏起言与温双沐视线相遇，顿了一顿。

李茂真也是一脸尴尬。他看苏起言怀里还抱着夏芝里的书，上前一步挡住视线："双姐，你也在呀！书重不重？我来帮你搬吧。"

李茂真试着把氛围营造成普通同学的互帮互助，温双沐却难得的没什么情绪，扔下一句"不用"，便独自往楼梯上方走去。

课间靠在走廊上休息聊天的学生很多，他们四人前后错落地往二班走，却是一致的安静不语。

乌小漆作为最能感知温双沐内心情绪的贴身系统，闭嘴了半天，还是有些忍不住开口："宿主没想过放弃吗？"

乌小漆从前绑定过很多届主人，她们在情感上开窍得多，基本再来一次后就都心死不爱男主，跑去治愈前世因为年少无知所忽略的、在自己身后默默付出的暗恋者。而她们的暗恋者往往也都十分给力，属于相当强劲的反派设定，实力丝毫不逊色于男主，如此一来便可以轻而易举地让原书女主嫉妒后悔、原书男主愤怒不甘，从而达到拆散目的。这种方式带来的伤害最小，自身取得的愉悦也更多。

作为系统本不该过多干涉宿主的选择，但乌小漆止不住认真地跟温双沐探讨起其他方式的可能性。

温双沐却是直接打断："别说了，我不喜欢听这些话。"

她说着话锋一转，开始追究起来："你说过的，到了关键剧情会给我提示，可刚刚苏起言和夏芝里撞到一起的时候，你在干什么？"

乌小漆还想说出口的建议顿时尽数憋了回去，讪讪地说："那个……这只是日常里的一个普通磕碰，苏起言和夏芝里真正的转折其实是在今天下午放学的时候，之后两个人的接触才真正开始多起来。"

普通磕碰？温双沐抿唇，脑海里一闪而过苏起言与夏芝里相撞时的眼神。那可不普通！

"我要解锁章节。"温双沐说道。

乌小漆马不停蹄地调档，用五点积分为宿主买下一张剧情解锁卡，将马赛克章节展示到温双沐眼前："这次事件所占章节篇幅较长，有两章内容。宿主看看，想挑哪段？"

温双沐没来得及考量，只觉得走着走着手上的重量突然一轻。她怔了怔，抬眼看去。陆京抱着一摞的素材本，衬衫袖子挽在手肘处，腕上系着一根红绳，小臂扎眼的白。

他掂了掂："这么重，要放在哪儿？"

温双沐缓了一秒，被重物压得有些充血发麻的指尖渐渐活泛起来，才反应过来陆京把她手里的素材本接过去了。她说道："讲台上吧。"

陆京点头。

温双沐盯着陆京转身进去的背影看了一会儿，才接着迈开步子。

乌小漆也不知道这时候插话合适不合适，总感觉宿主刚才很急。纠结一番，它还是提醒说："宿主想好要选哪段了吗？"

温双沐眨了一下眼睛，把目光从陆京身上收回，重新思考起乌小漆刚才的话。

虽然昨天的"卡章"挑选失误，但这种连续两章的大事件，挑前一章的结尾准没错。

温双沐没多犹豫："要第四章最后那两百字。"

"收到。"

马赛克消除，一段文字跃然出现在温双沐眼前：

"周彧，这女的又不是你对象，少插手管我们的事。"

"怎么办，小孩儿，想好怎么逃跑了吗？"周彧懒懒散散地笑着，看着对面十来个拿棍棒的男人，丝毫不见局促窘迫。

夏芝里咬着唇。因为羞恼，她的眼底闪着亮晶晶的水光，神情倔强。

周彧盯着她滑嫩雪白的脸颊有些心痒痒，总觉得在上面轻轻掐一把就能掐出印痕来。

他弯腰贴近夏芝里的耳郭，吹了吹她颈侧的碎发，声音里嘲笑意味明显地逐字逐句说：“要不要做哥哥的女朋友？哥哥来帮你。”

主线任务：“救救那个女主”行动已解锁。

当前进度：0/10。

最终奖励：根据反派值涨幅同等兑换。

陆京将素材本抱到讲台，谁知道后面的温双沐跟没看路一样，直直地朝他背上撞去。

两个人都因为惯性往前跟跄了一步。陆京撑着桌沿稳住身形，回头向温双沐看去。她看上去既没撞到脑袋，也没撞到鼻子，反而捂着眼睛，整个人就像笼罩在阴影里。

陆京沉默，想到近来涉猎的青春文学桥段，怀疑下一秒就会有晶莹的泪珠从温双沐的指缝里溢出：“那个……你还好吧？”

温双沐没马上应声，攥着拳头，克制而又压抑地长出了一口气。

就在陆京盘算着要不要再安慰句什么的时候，温双沐淡定地撒开手，冲他摆了摆：“没事，刚才眼睛被‘油’溅了下。”

陆京：“……”

乌小漆爆笑如雷：“油瓶倒了都不扶，就服你呀！宿主。”

温双沐没好气地说：“还没跟你算账呢，下次能不能挑个没人的地方，再给我看这种‘大庆文学’？”

“‘大庆文学’？”

“‘油田’里孕育的文学。”

门口的夏芝里和苏起言还没进来，大概是夏芝里觉得最后这么两步路自己搬就行，但苏起言觉得应该“送佛送到西”。

温双沐烦躁地扯了扯嘴角，感觉自己决策失误，在楼梯上就不该放任苏起言和夏芝里沉浸在这种莫名其妙的情愫氛围里这么久。

她刚准备迈出一步，做那“棒打鸳鸯”的“棒”，手臂边有一道气流轻轻地带过。

陆京先她一步站到了苏起言面前："我来吧。"

温双沐很难用准确的词语来形容此刻陆京的声音有多动听。她最想说的是——不愧是自己选定的养成对象，太自觉了！太有觉悟了！

陆京抱过苏起言怀里的素材本，下一秒却感觉自己身子被人往边上推了推。

温双沐从门口挤过，她抓过苏起言的袖子，熟稔无比地拉着往一班教室走："都没事了？我正好有道题不会想问问你，今天那张数学卷子借我看看呗？"

陆京感觉自己像是一个路见不平登场的"工具人"，完了还被人嫌弃挡道，扒拉到一旁。

他保持一动不动的姿势站在那儿，看到同样呆愣的夏芝里，绷了两秒，没绷住，偏开头，非常低地笑了一声。

瞧那显摆的样子！

陆京最后看了眼站在一班门口的两个人，笑着将书搬去讲台。

课间王承硕正在做题，刚喝口水休息，就看到陆京从讲台上下来。

王承硕难得见到陆京这副样子，也不知道想到什么开心事，笑了一下没笑够，摇了下头，又接着笑。

王承硕不由好奇："什么事啊？这么开心。"

陆京拉开椅子坐下，翻开他桌上那本口袋笔记本："真有意思！"

王承硕瞬间觉得不好笑了。

还说不是迷上了"纸片人"！

温双沐回到教室时，陆京正坐在座位上和王承硕说话，不由有点儿惋惜她刚把苏起言带走了，而且也不知道陆京有没有抓住机会跟夏芝里多接触。不过想到下午将会发生的重要转折事件，只好把这些先放一边。

下节课正好是自习课，温双沐忍住强烈的不适心理，让乌小漆把那段解锁段落重新放出来给她看。

秉着做语文阅读理解的精神，她将这段内容反复观摩，逐字逐句分析，发现信息点就是这么简单粗暴地全部呈现在表面上。

她问乌小漆："你确定这不是夏芝里和周或的感情节点？而是跟苏起言的？"

乌小漆回答："确实是跟男主的。"

温双沐咬着咖啡吸管沉思："也就是说，夏芝里被这帮混混堵了之后，没接受周或的提议，反而是被苏起言路过英雄救美了？"

乌小漆不能给出太多提示，只说："宿主的猜测十分合理。"

温双沐默认她猜对了，点头继续："那我只要想办法把苏起言绊住，让他不能按时经过这个地方。夏芝里无计可施，就只能答应做周或的女朋友，求他帮忙解围。这样她和周或在一起，小说就可以直接迎来 happy ending（大团圆结局）了？"

"这个计划原则上可行。但宿主之前也看到评论里的剧透了，周或是个深情男二，后期会为了夏芝里的幸福，选择默默退出祝福，所以无法保证夏芝里是否会在其他地方与苏起言擦出火花。"

"好没用一男的！"

这时前面的同学传下来一张表格，对温双沐压低音量说："把自己那行内容填下，填完传给最后一排。"

温双沐扫了一眼表格内容，是早上班主任通知的新班级同学要录入学校系统的一些基础信息。瞥见手机号码一栏，温双沐神色一动，拿过笔袋里的便利贴，将前面夏芝里的联系方式抄了下来。

温双沐把剩下的资料填完，传给隔壁过道的陆京，便借着书本的掩护，拿手机给夏芝里发信息：*我是温双沐，你今天下午放学有空吗？*

夏芝里桌洞里的手机屏幕亮了亮，过了两秒，她看到短信里的内容，迟疑地回头往温双沐的方向看了一眼。

温双沐见她望来，善意地冲她笑了笑，下一秒却是面不改色地冲乌小漆吐槽："你看，好学生上课也偷玩手机。"

乌小漆说："你这是'钓鱼执法'，别忘了你自己也是好学生。"

温双沐假装没听见，好在夏芝里没让她等太久，很快就发来了回信。

夏芝里：*有空，怎么了？*

温双沐：*我语文基础不太好，想让你陪我去书店买几本辅导书。*

温双沐将信息发出，又感觉不太像是请求人帮忙的语气，加了一句：*我请你喝奶茶呀！*

夏芝里：*好啊。*

温双沐心满意足，但没马上收起手机。她打开地图软件搜了搜附近的书店，最后决定放学带夏芝里去世纪无限城新开的那家书店。

她就不信了，这么正规的一个商场，安保还能把那十几个拿棍棒的混混给放进来不成？

乌小漆说："宿主英明。"

温双沐的眼睛却是看向别处："但我还需要有第二重保障。"

乌小漆露出疑惑的表情。

温双沐说："如果我带夏芝里避开了原书里的放学路径，那些混混还是出现了怎么办？"

乌小漆钦佩："不愧是精通高等数学的大学生宿主，事先已经预判到了。"

然而当乌小漆看到温双沐扭头将目光抛向隔壁正在看课外书的陆京，还是没忍住地问了一下："宿主，你想干吗？"

温双沐回答得理所当然："当然是带上陆京，靠他来'截和'啦。"

"不是，你这也太乱来了吧！硬拉着夏芝里一起逛书店也就算了，还带上一个陆京。就算人家是你的养成对象，但你们现在根本就不熟啊！"

"还好啦，同班同学不就是要这么互帮互助的嘛。"

陆京用余光注意到隔壁的温双沐似乎一直直勾勾地盯着他看。他假装不经意地抬眼确认，便对上温双沐充满真诚的双眼。这时候再假装移开视线就有些不太合适，他只好迎着目光问："有事吗？"

温双沐张口就说："你的课外阅读量好像很广。"

陆京见温双沐目光落到他桌上的课外书上，下意识地按住了书页，过了两秒，又寻思看这种书不丢人，按压的力道松了松："也还行吧。"

温双沐热情邀请："放学去世纪无限城吗？我请你喝奶茶，你帮我挑几本可以用来积累议论文素材的课外书吧。"

陆京："……"朋友，你是不是搭讪约错人了？我长得是好看，但不是你家男主啊？

放学，陆京和温双沐一路从教学楼走出，一张帅脸看上去像是牙疼，又像哪儿哪儿都疼。

所以温双沐约了他之后，为什么还会带上一个夏芝里呀？这两个人难道不是情敌吗？

虽然不懂两个女生目前的关系走向，但陆京还是非常配合她们，一路有说有笑。

到了校门，温双沐开口："咱们坐车去吧？"

夏芝里说："走路才十五分钟，不远哪！"

"天气热嘛，坐公交也就两站，很方便的。"

主要是温双沐觉得这年头不会有十几个混混挤公交车，安全。

夏芝里没多想，点了点头："也行。"

温双沐扭头看向陆京。

陆京愣了一下，举起双手："我没意见。"

他们来到公交站牌下，夏芝里跟家里人打电话，表示会晚点儿回去。

温双沐则继续刚才没发完的短信，确保李茂真放学会拉苏起言在学校篮球馆打两小时球，安心将手机收起。

公交车还没到站，温双沐往马路左侧望了望，发现陆京不知道什么时候跟过路的同学聊上了。

这人的人缘是真的好，到哪儿都能遇见外班跟他打招呼说话的。

乌小漆适时插嘴："宿主的人缘也很好啊！"

温双沐颇有自知之明："我那只是认识的人多，你没发现其实都不太敢跟我说话。"

她说着将目光定到陆京的笑脸上，说："他这样的，才是真的人缘好。"

陆京笑时偏开视线望向别处，正好与温双沐的眼睛对上了。他怔了一下，但没说什么。等不远处的红灯转绿，朋友走开，他这才走近温双沐，与她并排看着前方的车流，问道："你好像有话想跟我说？"

温双沐被抓包也不慌："你那朋友挺帅，能给个联系方式吗？"

陆京："……"真的假的？！

"不行。"

陆京拒绝得过于干脆，以至于温双沐随口又往下多问了一句："嗯？为什么？"

陆京说："我觉得他长得一般。如果你有需要，我以后可以给你介绍个更帅的。"

温双沐带了点儿错愕地转头看向陆京。

傍晚的太阳西斜，霞光晕在陆京身后，有些刺眼，以至于温双沐一时看不太清陆京说这句话时的表情。

车子到站停靠时，他拍了下她背后的书包："上车了。"

放学时间正处通勤高峰期，公交车上的人很多。温双沐眼尖瞄到有人下车腾出空位，几乎没多想，拉过夏芝里的手就往后钻。一场"生死时速"之后，夏芝里在靠窗的位子坐下，温双沐则站过道上，拿书包把座位占着。

温双沐踮脚往车门的方向张望了一眼，全是密密麻麻的人头，嘀咕说："奇了怪了，陆京人呢？"

夏芝里想了想："他应该是跟我后面上来的才对。"

陆京费了一番力气，才从门口刷卡机那儿解脱出来。

他排上队的时候才发现口袋里没零钱，刚想拉住温双沐和夏芝里帮自己刷一下公交卡，这两个人就跟鱼一样溜走了。得亏有个穿同校校服的女生心地善良，主动帮他刷卡，不然他要面临的境地就会变成——当场下车，或是隔空把温双沐叫回来。后者他怕温双沐嫌丢人，直接上手揍他。

好不容易挤到后面，陆京就听温双沐隔着几个人头叫他："陆京，快来，你坐这儿。"

他抬眼看去，视线再顺着温双沐手指的方向下移。

就剩一个空位，让他坐下很怪吧。

陆京跟周围乘客道了两声"借过"，挪到温双沐和夏芝里边上，还是决定谦让一下："你坐吧，我站着就行。"

"没事，我请你们帮忙，肯定要把你们俩伺候好了。"

陆京心想这个女配过于善良，面上仍带着微笑："还是你坐吧。"

"你坐。"

"你坐。"

"你坐不坐！"

"我坐我坐。"

陆京抱着单肩包，表情非常憋屈地窝在座位上。夏芝里把手指掩在鼻尖的位置，似乎想笑，又努力撑着没笑。温双沐则站在他们座位边上的过道，手揪吊环，随着车子的刹车与提速，裹挟在人群里摇来晃去。

温双沐吃力地勾了勾胳膊上的书包肩带："你们聊天呀，不用管我。"

夏芝里和陆京齐刷刷地向她看去一眼，然后对视，应了声"哦"，又马上安静了回去。

温双沐也不恼，同乌小漆感叹说："赌不赌？别看他俩现在不说话，内心八成悸动着呢！"

乌小漆说："我怎么感觉不像。"

"你不懂。"温双沐一副过来人的口吻，"不信你自己看看进度条。"

乌小漆调出小鹭徽章看了看："假的吧，反派值都没变。"

温双沐蹙眉："怎么可能？"

陆京是她选定的养成对象，只要夏芝里对陆京萌生出任何好感，都会成为影响夏芝里最后爱上苏起言的阻力。在她的推测里，反派值应该至少出现加一、加二的波动才对。

有这么一个大帅哥坐在边上，毫无波澜就不科学呀！

乌小漆想了想："这可能就是'冰山钓系美人'最后的坚强与倔强吧。"

温双沐盯着夏芝里望向窗外的漂亮侧脸若有所思："看来下回得加点儿料才行！"

两站路很快就过去了，三个人来到商场二楼的书店。

书店里冷气十足，比商场大厅的温度还要低上几分，走动着不少初高中年纪的男生和女生。

夏芝里给温双沐挑选辅导书的速度很快，几本她常用的语法手册、文言文手册就搞定。

陆京起初只是这儿看看、那儿碰碰地陪在边上，等她们把书挑完，自觉地把书接过帮忙拎着，便开始他的推荐环节。

他带温双沐走向另一片图书区域："你看看喜欢哪种类型的，人文类？还是社科类？如果只是单纯想积累素材，我感觉看报纸杂志获取信息的速度会快一点儿，正儿八经读这些书的话，耗时长，也见效慢。"

"没关系，这才高一嘛，都可以慢慢来。"温双沐说话间不着痕迹地和夏芝里调换了个位置，表面怕夏芝里受冷落，实际是想让她和陆京贴得更近一些。

陆京没察觉，点了点头，带她们往中间的书架走。他的指尖在五颜六色的书脊上掠过，又停下："尼尔·波兹曼的《娱乐至死》看过吗，感觉还不错……费孝通的《乡土中国》也很经典……啊，《叫魂》是我暑假刚看的，阅读性挺强的……"

温双沐一路作倾听状，嘴角的笑开始有点儿挂不住。

陆京和夏芝里这两个人，一个波兹曼、费孝通，一个卡夫卡、舒尔茨，还真是绝配，把她那些大学里光听过没看过的书，全包揽了。

比起温双沐的假意敷衍，夏芝里更像认真在听陆京说什么的那个人。她起初还碍于跟陆京不熟，只倾听，不发表看法。但等陆京讲到弗洛伊德《梦的解析》里的"自我""本我"与"超我"，实在是她喜欢的话题，不由自主地与陆京畅聊起来。

温双沐在中学政治课里也学过"自我""本我"与"超我"的内容，但根本没有他们现在聊得那样深哪！

所以这些人为什么一方面能做到博览群书，一方面又能考到年级前十，刷题真的不用时间的吗！模拟题不要面子的呀？！

温双沐为了给陆京和夏芝里腾出精神交流的空间，悄无声息地后退，隐到了另一排书架后。

看着志趣相投、相见恨晚的两个人，温双沐呼叫乌小漆："快，看反派值变化了没有？"

乌小漆说："没有呢，还是百分之四十。"

温双沐："……"

这两个人表面聊得热火朝天，实际上内心竟然这么无波无澜的吗？

温双沐扭头绕去了青春畅销书区。

乌小漆感到猝不及防："宿主这就不管了？"

温双沐说："我的经验和心理历程根本没办法适用到他们身上，需要借鉴一下其他人是怎么恋爱培养感情的。"

乌小漆："……"

温双沐来到言情畅销区，从书架上抽出一本"快穿小说"。

乌小漆建议："换几本校园文来看吧。这种'快穿文'虽然有校园支线，但基本比较重视剧情，感情线太粗糙。"

温双沐挑眉："还有这种讲究？"

她把小说插回架子中间的空隙，指尖往另一层的青春浪漫区移去，食指刚勾到书脊上方，还没把书拿下来，就听过道那边传来一道清冷的声音——"这个一般。"

温双沐偏头朝声源的方向看去。陆京不知道什么时候出现，手上抱着一摞书，应该都是想要推荐给她的杂文。

温双沐也没反应过来陆京刚说的话，指尖无意识地往边上移了移，又听他说："这个也很奇怪。"

温双沐："……"

温双沐感觉自己好像有点儿对不上人类的脑回路，顺着陆京的视线往书架上看去，才反应过来陆京似乎评价的是她刚碰过的两本小说。

温双沐的表情微妙，三个字几乎是从嘴里百转千回地挤出来："怎么说？"

陆京耸肩走近："男主在校期间因为打架留过级，据我所知，这种处分不好销，会终身留档，但他最后被顶尖大学录取了。"

温双沐："……"好严谨！

温双沐压下心头的震惊，又随手指了指，问："那这本呢？"

陆京半弯下腰，确认了书脊上花里胡哨的书名，像回忆起什么头皮发麻的剧情，皱眉直起身："这本我就看了两页，男主老是管女主叫'丫头'，我感觉怪怪的，看不下去。"

温双沐听到这里差点儿激动得想跟陆京握手。天知道她这几天连续两次解锁出周或的剧情，内心阴影面积有多大。

她不动声色地打探："那你看了这么多恋爱言情书，有没有哪本是你最喜欢的？"

陆京说："谈不上喜欢，就看过那几本，凑巧都被你指出来了而已。"

温双沐惋惜，也没了再挑的兴致，往他身后看了一眼，问道："夏芝里呢？怎么没看到她？"

陆京说："我刚给她推荐了《第二性》，她估计也要买，还在那边看呢。"

温双沐点头："那咱们去找她吧。"

温双沐和陆京找到夏芝里，三个人一块儿去收银台结账。

温双沐大丰收，在等夏芝里结算的空隙，站过道上回了几条手机里的短信。

温双沐余光瞄见两个人出来，正打算提起搁在临时置物板上的包装袋，一只白皙颀长的手臂从她眼前掠过。

这回除了腕上的那条红绳，温双沐注意到陆京的腕骨边还有一颗小小的红痣。

陆京手上除了帮她提的书，还有夏芝里的。陆京说："一会儿走的时候再给你们吧。"

温双沐也没矫情，直接应道："谢谢啊。"

从书店里出来，温双沐就听乌小漆一遍遍地叫唤："小鹭鹭真的很乖呀！"

真可爱！真善良！真绅士！夸奖的词一个接一个地往外蹦。

温双沐将"小鹭鹭"三个字在心中暗念一遍，还是觉得古怪。

她来了劲儿，问："我发现你对陆京是真的挺偏爱呀！"

乌小漆说："那没办法，有些人的帅，可以超越物种隔离。"

温双沐轻笑了一声，然而嘴角弧度还没咧开，就被一旁的陆京好奇地问："你在笑什么？"

温双沐怔了怔，对上陆京漆黑的眸子，没太多思忖，秉持一贯的"一出问题就硬夸"路线："你那条腕绳我弟弟也有一根，不过他戴起来有点儿显黑，没想到你戴着就挺好看的。"

陆京低头看了眼自己腕上的红绳："我也是最近才找出来开始戴的，原本想看看能不能驱邪，但感觉没用。"

夏芝里大概是觉得陆京这个说法过于好笑，没忍住问了一句："都觉得没用了为什么还戴呀？"

陆京没马上回答，笑了一下才说道："图个心理安慰。"

三个人往自动扶梯的方向走，边上是家居馆。陆京经过店门的时候，突然停下："要进去看看吗？"

温双沐愣住，发现陆京问这句话时看的是夏芝里的方向。

夏芝里的表情也有点儿惊讶。她刚才只是随便看了一眼，想着进去买几款新发绳，但顾及有三个人，不方便叫大家等她，也就没说什么，没想到陆京居然细心地发现了："可……可以呀。"

温双沐不紧不慢地跟在他们后头往里走。

夏芝里到饰品区，拣了几个发绳样式进行比较，估计还是觉得跟大家不熟，挑这种个人用品很拘谨。

陆京则没心眼儿地直接递去一个他感觉好看的："这个就很好啊，你要不要试试？"

简单的一句话，一下子就化解了气氛。

温双沐在边上观察。

很上道！虽然来不了一瞬间的干柴烈火，但冲这细心劲儿，日久生情的路线一定行！

温双沐正展望着未来，就见陆京回头朝她走来："你没什么想买的吗？"他说着随手摘了一条货架上的发带，"这个好像跟你挺搭的，要试试看吗？"这种语气过于熟悉，跟他刚才建议夏芝里时一模一样。

温双沐说："你跟女生逛街都这么贴心啊？"

陆京轻轻咳嗽了一声，把手上那根发绳放了回去："主要经常被我妈拉着出去逛街，她每次遇到喜欢的东西，都会装着犹豫一下要不要买。你不夸她几句让她敲定下来，可能还得拉你多逛两小时。"

妈……

温双沐沉默地摸了下眉心："这话你当着我面说可以，当着夏芝里的面就算了。"

陆京露出了疑惑的表情。

温双沐怕他用那双乌溜溜的眼睛看她问"为什么呀"，索性不与人直视，跑到夏芝里身边："挑好了吗？我请你们下去喝奶茶。"

商场里有七八家不同品牌的奶茶店。温双沐原本打算到负一层随便找家奶茶店，但陆京偏偏开了个头，说隔壁街道开了家"五福尚茶寮"，想去尝尝味道。夏芝里又跟着附和了句"好啊"。温双沐后面那句"为了安全起见，咱们还是别出去了"的话也就没说出口。

担心又会撞上原剧情里的那帮混混，温双沐导航了下地址，看是挺正经的一条餐饮街，这才放下心来。

夏季傍晚六点出头的时间，天还很亮，但阳光没有正午时那样灼热。

"五福尚茶寮"门口没什么人，温双沐还当这里生意不好，取了号才发现已经排到二十多人后面了，大家都是在附近的餐馆里边吃边等。

温双沐不折腾点儿事闲不住，干站了会儿，四顾环顾一圈，瞄准目标："前面那家甜品店的泡芙好像挺好吃的。你们在这儿等奶茶，我去那边买泡芙吧？"

陆京没多想："行，那你多带几个。"

温双沐听到了陆京的应和，心想他八成也已经在算计怎么让她离远点儿，方便自己跟女神独处。没想到她这么贴心，先他一步提出。

温双沐临走时，还充满希冀地看了陆京一眼。

温双沐到甜品店，不慌不忙地坐那儿尝了两款蛋糕，又让店员打包了一些，看时间差不多，这才往外走。

温双沐远远地看到"五福尚茶寮"门口站了些人，还以为顾客变多起来。等她走近了，才渐渐意识到事情有些不对劲儿。

一个穿着花背心、戴着金链子的男人站在夏芝里跟前，扬手想要碰夏芝里的胳膊。但被夏芝里飞快地躲开了。

夏芝里试图跟着人群往别处躲，但男人时不时发出一声怪叫，堵在她跟前，哪儿都不让她去。

温双沐停在七八米远的地方皱眉："避开了原文里的十个混混，现在又给我冒出五个。'垃圾'永远都不会迟到，对吧？"

还好她安排了第二重准备。

温双沐目光往夏芝里身后扫去，期待英雄救美的一幕——

等等！陆京呢！陆京呢！

乌小漆显然也惊住了："我的小鹭鹭不会先逃跑了吧？"

温双沐对这一事实有点儿消化不良，一下子没吭声。

乌小漆说："宿主，那咱们现在要怎么办？"

温双沐低头看了眼手机上的时间，下午六点半，距离放学过去一小时二十分钟。

这个时间苏起言根本不会经过这里，不救好像也没什么关系。只要夏芝里和苏起言不发生交集，那剩下的也就与她无关。

温双沐转身，身后继续传来那些混杂的噪声。

"别怕呀，只是陪哥哥们玩一会儿，哥哥等下请你喝酒。"

夏芝里此刻还算镇定："你们别过来，再过来我就要报警了。"

男人却是笑了一声："你报啊，我又没对你做什么，顶多是以后你放学回家路上会发现和我们顺路……我们就是想跟你交个朋友……"

说话间，一个书包重重地砸到"大金链"的脸上。

温双沐不知什么时候返回来了，居高临下地看着摔倒在地的"大金链"，对乌小漆说："给我兑换空手道黑带 buff（增益）卡。"

乌小漆兴奋地说："收到！"

"丁零"一声，积分扣了十点，系统提示功能卡到账。

路边的"黄毛绿毛"们看见老大被人打了，相视一眼，便默契地往前冲。

夏芝里惊叫："小心！"

温双沐却是连眼睛都没眨一下，校服裙摆随着气流扬起。

夏芝里惊讶地看着温双沐以一战五。

乌小漆一直给温双沐助威，不知看到什么，突然大叫：徽章上的反派值一直在上升！百分之四十二了，百分之四十五了，百分之五十了！

乌小漆放起了庆祝的烟花。

主线任务："救救那个女主"。

当前进度：10/10，已完成。

最终奖励：根据反派值涨幅同等兑换十点积分。

温双沐表示不理解。任务完成这点她明白，毕竟人已经由她救了，但这个反派值怎么对应的，陆京人都不知道跑哪儿去了，什么都没干，怎么就涨了十点？

但指骨的疼痛让她注意力分散，一时间关注不到那边。

她扬起手背看了看，八成是被"大金链"给刮的，细碎的好几道口子。口子不深，就是疼得厉害。

温双沐轻啧一声，看又有个"黄毛"冲了上来，正好把气发他身上，用了十成力，一拳朝对方小腹揍去。

还真别说，开 buff 的感觉是挺爽。

温双沐一路打到一家门店的台阶下。余光注意到台阶上的一双黑鞋往后退了一步，温双沐抬眸看了一眼，这一看差点儿被当场"送走"。

"你怎么会在这儿？"

周彧没来得及疑惑对方怎么会认识自己，识趣地给人腾出场地，又加了一句："我跟他们不是一伙的。"

温双沐："……"好烦！早知道这男的在，就不出手了。

周彧觉得背后凉了凉，总感觉"空手道女孩儿"像要在他身上盯出个窟窿来，又或是把拳头甩他脸上。周彧有点儿想走了。

陆京从对街的爆米花店出来，远远看到有人聚众打架，里头还有个人穿着明理中学的校服。他一路狂奔，爆米花撒了一地："怎么了？怎么了？发生什么事了？这些都什么人？"

温双沐立在那儿，甩手舒缓疼痛。她听到陆京声音，朝他看去。她将人上下扫视一眼，好半晌才憋出一句话："你还不如别来了！"

百米远的俱乐部里，苏麟独自蹲在楼梯上，看到周彧一个人上来，笑着跟人打趣："不是说在一楼看到你那'小辣椒'了吗，怎么没把人带过来？"

周彧的脑子里浮现出刚才的打斗画面："因为又遇到了一个'朝天椒'。"

五个男人躺在地面上哀号。"大金链"捂着手臂叫道："警察，我要找警察，有本事别跑，给我赔医药费！"

陆京看几人爬起来，下意识往温双沐前面站了站，下一秒对上"大金链"那张鼻青脸肿的脸，缄默少许。他偏头看向温双沐，小声憋出了一句："原来你这么厉害呀！"

温双沐想笑。陆京手上还拎着大袋小袋的书以及刚买的小吃点心，爆米花桶歪歪斜斜地拢在臂弯上。都这样了，还一副防卫姿态地半抬起胳膊护住身后的温双沐。

温双沐像煞有其事地应了声"是啊"，轻点下巴示意他拦在自己面前的手臂："所以你现在这是想要……"

陆京跟着默默低头看了眼自己的手臂："是有点儿多余了！"

温双沐点头："嗯，非常多余！"

陆京："……"

温双沐看他讪讪地收回手，忍住笑，宽慰地拍他肩膀："没事，你去保护夏芝里吧。她刚被欺负了，应该是受到了不少惊吓。"

陆京先是往站在店铺旁的夏芝里方向看去一眼，接着就看温双沐绕过他要往"大金链"那伙人面前走。他叫住她："你要干吗？"

温双沐却没回答。她不紧不慢地来到"大金链"面前，将那人从头发丝扫视到鞋跟，十分有耐心地说："哪儿要我赔医药费？"

"你瞎呀！""大金链"指了指自己屈着的手臂，"这儿折了。"接着，又指了指自己腰腹，"这儿肋骨断了。"最后指向有点儿歪斜的脚脖子，"这儿扭了。我要报警。"

温双沐冷笑："你报啊，我这算是见义勇为。"她说着活络了下指骨。

"大金链"发现温双沐的目光已经瞄准到他手臂上，大有一副现在就给他掰断了的架势。周围不少人也都围了过来。他骂骂咧咧地带人离开，这下脚也不扭了，手臂也不折了。

温双沐看一帮人跑远，这才拍拍手上的尘土，去捡地上的书包和甜品袋。

不过，buff 卡只有十分钟的时效。得亏"大金链"够尿，如果继续硬刚的话，她舍不得再花积分兑换 buff 卡，还真不知道要怎么打了，可能扭头就叫陆京和夏芝里"快跑"。

温双沐看着袋子里塌了大半的蛋糕，听见边上有人叫她名字，还没来得及回头，被人挽住胳膊，撞得差点儿歪了身形。她斜视过去，瞳孔有那么一瞬间的收缩。

此刻的夏芝里绝对是她两世见过最脱离人物设定的时刻。

"温双沐……你好厉害呀！"夏芝里说着又贴近了几分，"你刚打的是跆拳道吗？还是柔道？散打？合气道？"

温双沐看着夏芝里，脑海里清晰闪过原文解锁片段里有关夏芝里被混混们堵住的那段描写：

夏芝里咬着唇。因为羞恼，她的眼底闪着亮晶晶的水光，神情倔强。

为什么会完全不一样？！

温双沐吐出三个字："空手道。"

夏芝里估计也不知道"空手道"跟她刚才报的那些"道"有什么区别，但就是"哇"了一声。

温双沐有点儿不好意思。

站在边上一直没怎么说话的陆京无意垂了下眼，视线一顿，提过温双沐手上的书包和面包袋："你的手还好吧？"

夏芝里这才发现温双沐手背上的伤口，心急地说："那边有药店，我去给你买碘伏。"

温双沐想着自己帮了这么大的忙，夏芝里跑这点儿腿也是应该的，也就由她去了。

温双沐扭头看了一眼陆京。明明是走到哪儿都少不了朋友的主儿，现下却大袋小袋地把指节都勒出红痕了。

温双沐心虚，毕竟里头有大半东西都是自己的，正打算分担一些，就听陆京说："你找个地方坐一坐，我去给你买瓶矿泉水。"

温双沐一怔，想到她刚才想把掉下来的碎头发勾到耳根后，但嫌打过架的手脏，手抬到一半，就又放了下来。没想到，陆京连这么小的细节都注意到了。

她远远看着陆京走进对面的一家便利店，长叹了一声。

这就是见义勇为的待遇吗？被感动到了。

边上的奶茶店员站在服务台后小心翼翼地说道："同学，你们的奶茶好了。"

温双沐收回视线："哦，好的，来了。"

她拿着奶茶找到花坛边的一排长椅坐下，太阳彻底下山，晚风也变得凉爽起来。

乌小漆说："宿主刚才真是太帅了！"

温双沐说："谢谢。"

陆京去的便利店比较近，他率先回来了。

温双沐用矿泉水把手冲洗干净，又由夏芝里帮忙给手背消毒，贴上创可贴。

三个人并排靠坐在长椅上。南方夜晚的天空又清又透，路灯与车辆像金色的河流向两边延伸出去。

温双沐把摔塌了的蛋糕给陆京和夏芝里，一人一个："凑合吃吧。"想了想又觉得寒酸，对不上自己出门带朋友玩的牌面，"或者咱们再找家餐馆？"

"没事，就这样挺好的。"

因为温双沐买的是三角切片蛋糕，盒子的底座薄薄一层，奶油和蛋糕胚都歪七扭八地黏在盖子上。

夏芝里想了想，索性把包装盒翻了个方向，将蛋糕都盛到透明盖子里。她将底座打开，拿勺子在盖子里头拌了拌，舀起一勺品尝，看向温双沐和陆京："嗯，真的好吃，你们快尝尝。"

温双沐和陆京沉默地相视一眼，学着夏芝里的样子，把蛋糕都翻到盖子里，然后用勺子拌。

温双沐尝了一小口，表情依然十分挑剔，像有人拿刀架在了她的脖子上。

勉强凑合吧。

陆京随手倒了点儿爆米花在自己的蛋糕盖子里，把剩下的拿去给两个女生分："要来点儿吗？"

温双沐皱眉盯了爆米花桶几秒，寻思为什么就不能正常地吃点儿东西，非要搞成这样。她过了好半天才挑剔地拣起两颗爆米花，拌进蛋糕里，末了还一脸嫌弃。

陆京被她这出弄得愣了愣，笑出一声："你拌它干吗？我是让你们拿去分着吃。"

边上的夏芝里听了没忍住，弯了弯眼角。

温双沐反应过来是自己想错了，觉得丢了面子，不爽地说："有什么好笑的？"

夏芝里没说话，笑眯眯地跟着抓了一把爆米花和蛋糕拌在一块儿。

这回大家都一样，也没有什么好取笑的了。

温双沐低眸看看盖子里的那两颗爆米花，轻轻"喊"了一声，往嘴里塞了一口。

三个人吃完蛋糕，又解决完其他食物，吸完最后一口奶茶，顿时饱得瘫在那儿一动不动。

陆京问她们："回家吗？还是想继续上哪儿玩？"

"回吧。"温双沐说，"作业还没写。"

夏芝里搜了下最近的地铁站："我去坐地铁，你们呢？"

陆京拎起书袋起身："一起好了。"

温双沐的袋子里装近十本书。她虽然觉得一直让陆京拿不太厚道，但想着能蹭一路是一路，所以没有任何异议。

她把垃圾扔到附近的垃圾桶，就听路边传来一道不确定的声音："双双？"

温双沐侧眸看去，一辆白色轿车停靠在路边。

驾驶座的窗户降下，是苏起言的妈妈，副驾驶位上隐隐能看到苏起言的侧影轮廓。

后座的窗也跟着降下来，李茂真估计是和苏起言打完球搭顺风车的，跟着叫道："双姐。"

夜色太黑，苏妈妈只模糊地看了一眼温双沐身边的两个人影："双双跟朋友一起玩呢？快结束了吗？要不要搭阿姨的车回去？"

温双沐这下想着不用走路和搭地铁了，但还是走流程地看向陆京和夏芝里。

陆京还以为她是不放心他们："放心吧，我一会儿把她送到地铁站。"他说着把书递还给温双沐，等人要接过的时候，瞥见满手背的创可贴，没松手，改口说，"我给你放车上去吧。"

温双沐坐上后座，接过陆京递来的书。夏芝里朝她摆手，道了一声"再见"。

副驾驶位上一直低头玩手机的苏起言听到声音，蓦地抬头，向车窗外看了一眼，但那一瞬间的注意力转移，很快被掩盖在明暗的灯光下。

车子启动，平稳地汇入车流。

李茂真说："双姐，你和你们班新同学的关系都这么好了啊？"

温双沐说："还好吧。"

"只是'还好'，你们一块儿玩这么晚？"李茂真八卦地说，"你和你们班陆京不会有点儿什么吧？"

温双沐说："你没看见还有别的女生在吗？"

李茂真耸了耸肩："咱们这个年纪如果想约会什么的，还不得找个掩护啊？！"

"约你个大头鬼。"温双沐将后座上的抱枕朝李茂真脑袋上扔去，眼睛却是盯着苏起言，怕他当真。

苏起言手机屏幕上散发着微弱的荧光，应该是在锻炼速算，做题库里的数学题。

"双姐，你别这么暴力呀！"

李茂真笑着拽下蒙在脑袋上的抱枕，说不来心里什么感觉。他刚才差点儿以为双姐让他下午拖着起哥两小时不出校，是怕"脚踏两条船"被发现。但他又不厚道地觉得这样挺好的，双姐如果能喜欢别的男生，就不用在起哥这儿处处碰壁了。

前面的苏妈妈笑着说："双双要是有喜欢的人也不用害羞，阿姨不会跟你妈告状的。"

温双沐连忙解释："别听李茂真胡说。他们就是班级的同学，下午一块儿逛书店来着。"

温双沐语速飞快，说到最后一个字时，神情却是顿了顿。

苏起言大概是嫌吵，一言不发地从书包里掏出了耳机戴上。

温双沐一下子觉得说什么都没意思了。她抽回李茂真手上的抱枕拢到怀里，不再吭声，而是静静地贴到车窗边，看外头车流像电影转场一样飞速向后掠去。

李茂真家在北岸都苑隔壁的小区，到地方后先下的车。

车子停到了负二层停车场。

苏起言戴着耳机，下车后将运动服外套的帽子往脑袋上一戴，跟往常一样，到后备箱把苏妈妈的厚重法律公文包提了，朝电梯口走去。

苏妈妈瞄见温双沐抱了一摞书下车，还想叫儿子帮忙提下，刚喊声"阿言"，就看到苏起言走远的背影。

苏妈妈叹气无奈地说："这孩子……"

接着她帮温双沐分担了一部分手上的书。

苏起言已经乘着电梯上去，两个人只好再等下一趟。

苏妈妈挽着温双沐的手跟她打听："双双，你跟阿姨说说，苏起言在学校是不是也这么没礼貌，都没有朋友愿意跟他玩？"

"没。"温双沐说,"他刚戴了耳机,应该是没听见咱们叫他。"

苏妈妈却是把这个儿子看得透透的:"你不用这么帮他讲话,你看他,就这么两步路,连等咱们一下都不愿意。别人家的小孩儿,都是十六七岁叛逆期,他这是从小跟我和他爸叛逆到大。"

温双沐说:"还好啦。他就是性子冷了点儿,但成绩好,长相又出挑,学校里很多人都喜欢跟他玩的。"

苏妈妈嫌弃地撇了撇嘴:"他也就这两个优点了。"

温双沐低眼没有附和,重新思考自己刚说的那句话。

性子冷吗?帮夏芝里搬素材本的时候,应该是不冷的;苏妈妈叫他帮她提东西,他却戴着耳机甩上车门进电梯的时候,应该是冷的。

电梯到了十七层。温双沐门锁密码还没按完,温秉一就飞扑出来帮她把门打开。

"姐,你今天怎么回来这么晚?我作业都写完啦!"

温双沐把书袋拎柜子上,踢开鞋子,回答得十分敷衍:"是吗?你真棒。"

温秉一大概有着得天独厚的身高优势,其他人在一路上都没注意到的温双沐手背的伤口,叫他一眼就给看到了。

"姐,你的手怎么了?"温秉一抱过温双沐的手。他从小没去过几次医院,看人手上贴了五六个创可贴,就觉得是天大的伤了。他扭头就冲客厅大叫,"妈,温双沐被人打了,你快出来!"

温双沐一巴掌朝温秉一脑门打去:"管谁叫名字呢,不像样子!"

客厅里一块儿跑出来的除了韩楚秋,还有温泓。两个人一焦急,语速就跟火箭一样"噼里啪啦"的。

"哪儿被打了?被谁打的?人在哪儿?怎么都不给家里打电话,别脱鞋子了,爸妈陪你找上门去。"

"不是。"温双沐拦住人,头疼地解释,"我路上见义勇为来着,对面被我打得更惨。"

温泓知女莫若父:"就你这身板,能打什么架啊?"

韩楚秋推了丈夫一把:"见义勇为好,但咱们下回还是尽量不要硬碰硬,能报警就报警。"

温双沐怕两人继续唠叨,连连点头应下。

韩楚秋和温泓还是不放过她，拉她到客厅把事情从头到尾全问清楚了，这才放行，让她回房间早点儿写完作业休息。

温双沐的心情，其实在进门时温秉一的那声大喊里就恢复得差不多了。她上次车祸撞了手臂的药膏还有剩，下午虽然消过毒，但怕留疤，还是打算涂一涂。

卧室房间门被小小地打开一条缝。温双沐假装没看见，继续涂自己的药膏。

温秉一站在外头猫了会儿，最后憋不住了，自己主动进来："姐，我给你拿了酸奶。"

难得温秉一用这么"奶"的语气跟温双沐说话，温双沐一时还有点儿不习惯："嗯，放桌上吧。"

温秉一放下后没马上离开，在书桌边站了一会儿，又凑到温双沐床边看她涂药膏。

"姐，你手疼吗？"

"还行。"温双沐想了想，把手背凑到他面前，"帮我把创可贴贴回去？"

温秉一看她一眼，有点儿紧张，指头试探地伸了伸，根本不敢用什么力道。温秉一将每片创可贴都平稳地粘好，问道："这样可以吗？"

温双沐拍了拍他的脑袋："行了，早点儿去睡觉吧，明天还得上学呢。"

别看温秉一平日没心没肺"小霸王"一个，实际最见不得家里人受伤。温双沐在前世分班考试车祸住院，温泓、韩楚秋一开始没把消息告诉在上兴趣班的温秉一，最后把人惹得大哭特哭。搞得温双沐这次车祸，根本不敢叫人知道。

还真别说，乌小漆之前提的人物"反差萌"很有道理，毕竟她每次看到这位哥们儿"猛男落泪"，一点儿办法没有。

温秉一点头，又看温双沐桌上高高摞起的作业："我去叫妈妈给你老师打电话吧。"

"嗯？干吗？"

"让你今天不用写作业了啊！"

温双沐笑着推温秉一往外走："没这么夸张，快给我回去洗漱睡觉。"

温双沐把温秉一安顿回房间，继续写作业。在做阅读理解的空当，手机里弹起一则消息通知。温双沐没马上打开，等语文作业写完了，才拿起手机检查。

季佳绘：你看学校的贴吧了吗？

温双沐最不喜欢的就是季佳绘每次说话说一半的性子，这跟给她发一句"在吗"没什么两样。

温双沐：没，怎么了？

对面估计一直在玩手机，回复得十分及时：你最好上去看一看，有人说你……

季佳绘像是难以启齿，改口说：算了，你还是自己看吧。

温双沐等了等，看对面没动静，只好继续打字：帖子转给我一下呗。

在等季佳绘回复的间隙，温双沐思考了一下前世这个时间段发生过的事。

她记得贴吧上的学生，基本就在"嗑CP（情侣）"和八卦的时候才会格外活跃，其他时候都跟不存在似的。

这才开学多久，有什么八卦新闻，还八卦到她的头上来了？听季佳绘语气，好像还不是件好事。

明理中学有学校官方专门开发的学生交流软件，温双沐先把软件下载下来，问乌小漆："说起来，贴吧这玩意儿真有这么多人逛吗？我上大学的室友都跟我说，他们高中学校贴吧跟摆设一样，根本不会有人去玩。"

乌小漆回答："为了剧情服务嘛。校园文不比娱乐圈文，主人公上不了热搜，但他们的爱情又需要掀起一定轰动，所以只能把校园贴吧选为传播八卦新闻的第一场所。"

温双沐想到什么不好的回忆，撇了撇嘴："所以'嗑'苏起言和夏芝里'CP'的那些人都不是空穴来风？"

乌小漆说："当然。"

温双沐不开心："亏我换过那么多'马甲'在底下'歪楼'，还自己跑去开了栋我和苏起言的'CP楼'。"

乌小漆笑了笑："宿主确实不容易。不但每天要披着各种'马甲'在贴吧上diss（轻视）夏芝里，还要挤时间努力学习，不然成绩马上就会掉下来。"

温双沐说："谁成绩很快掉下来了！"

这时，季佳绘的链接总算发了过来。温双沐暂时饶了乌小漆，把帖子打开，一串红艳艳的飘红贴映入眼帘——"扒一扒新高一里的那些高颜值。"

温双沐意外挑眉："这不是件好事吗？"

她这是光荣上榜了啊！

乌小漆对这段原文里没有涉及的剧情同样十分好奇，催促温双沐往下划。

帖子最早创立于四月份，那时候高一还只有春季班一个班，苏起言榜上有名，每隔两三天就会有学姐在底下号叫两嘴。时间久了，热度不如最初，但也维持得十分稳定。

今天突然重新活跃起来，是因为下午有人上传了一组照片，说是在公交车上偶遇了高一"超颜值"的学弟和学妹。

温双沐以为是下午和陆京、夏芝里搭公交车被路人捕捉了美照，原本还很兴奋，但等看到照片上的内容，瞬间不想说话了。

为什么会把她拍得这么丑啊？都要糊出马赛克点了！车子开得也没这么晃吧！都这样了，直接把她截掉不好吗？！

傍晚的阳光金灿灿的，夏芝里和陆京沐浴在阳光下，像一幅绝世的画。而边上握着吊环晃悠的温双沐，连她自己看上去都觉得像个笑话。

温双沐飞快地将帖子往下滑，忽略过"吹爆"陆京、夏芝里长相的评论，实在不觉得有谁会没素质地点评照片上的路人。

就在她思考是不是季佳绘搞错的时候，总算找到那条说她的"喷子言论"：

三百五十六楼：边上这个温双沐也太搞笑了吧，她在干吗呀？哈哈哈，跟个小丫鬟一样。

在这层帖子的带头下，底下跟帖的都是一些出于好奇围过来的"吃瓜群众"：

这就是温双沐啊？听大家在分班考试后把她吹得天花乱坠，看来只是成绩好，长得一般。

确实，这么一看，还是成绩和长相都一顶一的夏芝里更胜一筹。

温双沐飞快打字在底下回复：是照片问题吧，我见过温双沐本人，比夏芝里还要漂亮一点儿。

乌小漆不知道被戳错了哪根电路，又"咯咯咯"地笑起来。

温双沐干这事被人瞧见，虽然只是系统，但还是有点儿羞恼："笑什么？"

乌小漆说："其实我绑定过不少重来一次后智商大涨的'大魔王'，算计人心，一路逆袭。不过像宿主这样保留两世特性慢慢成长的，虽然任务进度慢了点儿，但让我感觉非常真实。"

温双沐被说笨，一下子不干了："你说的那些'大魔王'，要真有那智商，为什么还需要再来一回？假不假？"

温双沐"哼"了一声。好在手机里响起一声回复提示音，让她没工夫再跟乌小漆计较。

一个昵称是句号的网友在她底下评论：同意。

温双沐心情顿时舒爽了："看看，这个世界上还是有正常人存在的。"

乌小漆跟着安慰："其实这个帖子的总体风向是好的，毕竟出了这么多站'京夏CP'的路人，对宿主推动陆京夏芝里的感情，百利而无一害。"

温双沐说到这儿，不由想起下午碍于陆京和夏芝里在场，还有些话没问乌小漆："我跟那群'黄毛绿毛'打的时候，你是不是突然喊反派值涨了？"

"对。"

乌小漆调出反派徽章，现在的反派数值正好百分之五十，徽章点亮一半。而系统商城里温双沐剩余可用的积分也从十五点变回了二十五点。

温双沐不解："什么情况？他俩坐公交、交流读书心得、挑发绳的时候毫无波澜，到我打架的时候感情暴涨，你这反派值不会是延迟了吧？"

乌小漆解释："你和陆京现在处于相互绑定的状态，你做出的改变，会一并算到他头上。而且反派值不一定全靠陆京和夏芝里的感情推动，截断苏起言和夏芝里的互动交集也行。"

温双沐顿时了然。桌上熄灭的手机屏幕一亮，聊天界面接连弹出几则新消息。

温双沐拿起看了看，原来是李茂真发来的图片。

李茂真：哈哈哈哈！对不起，双姐，我错了，没想到陆京和夏芝里才是一对。

李茂真：你怎么还给他俩打掩护啊？！

李茂真的图片正是帖子里陆京和夏芝里的合照以及那条说温双沐像丫鬟的评论。

温双沐被内涵到，额角的青筋"突突"地跳。她"噼里啪啦"地敲出一通字，指尖一顿，又尽数删除，转而给人发去一个"嘘"的表情。

Chapter 3
急性乳糖不耐受

床头柜上的闹钟在六点半准时响起。温双沐的手探出被窝，还没触到闹钟，瞬间哀号着像虾球一样蜷成一团，在床上滚了滚。

乌小漆反应慢半拍地"啊"了一声："昨晚忘记告诉宿主了，如果身体机能跟不上运动强度，使用空手道 buff 卡后，会产生两天的后遗症。"

温双沐对这个疼度表示极度怀疑："你确定就两天？"

乌小漆重新预估，给了个保守的答案："因人而异。宿主的话，可能要两个星期。"

昨天下手有多狠，此刻忏悔就有多深的温双沐："……"

还不如直接让她站在那儿挨打呢！

"佛系"躺平的温双沐瘫在床上缓了两分钟，等闹钟自动关闭，决定周末去家里开的温泉酒店好好放松，这才艰难起身洗漱。

温泓和韩楚秋早上八点上班，温秉一的小学周末没课，这时间三个人都没起床。

没人可以使唤，温双沐身上疼归疼，但挨过刚起床的那个劲儿，也就慢慢适应了。

温双沐独自吃完早饭，进电梯后跟往常一样，靠在金属壁上有一搭没一搭地玩手机，一只脚堵着门，等手机上的时间准确无误地走到七点，这才缩回脚，放由电梯门合上。

电梯上方的红色数字跳动。不出所料，电梯到十五楼时"叮"的一声停下，一身白衬衫黑长裤的苏起言出现在电梯外。

同样的偶遇，在温双沐的心机下，出现过无数次。她已经可以做到在电梯门打开时，再自然不过地假装不经意地抬眸看去一眼。

见苏起言一个人进来，温双沐说："阿姨没跟你一起？"

苏起言戴着耳机，大概是留意到她嘴巴的开合，摘下了一边："嗯，今天我骑车。"

温双沐心思一动："陈叔刚给我发信息说车子抛锚了，那我跟你一块儿吧。"

乌小漆本来也没想在这个时候泼冷水，实在是担心温双沐出糗，提醒说："宿主，你确定你今天这状态骑得动？"

温双沐盲目自信："慌什么，大不了再兑一张空手道 buff 卡。"

乌小漆："……"好家伙，用空手道 buff 卡来骑自行车，真是前无古人，后无来者。

温双沐指尖飞快地点进了跟陈叔的聊天框，让他在楼下快速撤退。

苏起言没发表异议，想到她每次骑得慢吞吞的还总是喊他慢点儿，怕麻烦地事先提醒："太慢我不等的。"

温双沐清脆应声："收到！"

苏起言也不懂她大早上哪儿来的亢奋心情，于是瞥去一眼。温双沐正专注地编辑短信，没有察觉。

苏起言的视线先是落到温双沐的头顶，往下扫时瞥见温双沐贴满创可贴的手背，顿了顿，什么也没问，只淡淡地收回视线。

电梯很快到了一楼，温双沐正打算拎起搁在脚边的昨天买的课外书袋，苏起言已经先她一步帮忙提起。

温双沐怔住，等电梯门自动合上，这才回过神来，连忙按了下电梯开门键，追了出去。她拍了拍脸颊，才发现脸上全是收不住的笑意。

停车棚下，苏起言从另一头骑车过来，书袋被他挂在把手上，单脚支地，看向还呆愣地站在那儿一动不动的温双沐："车呢？"

温双沐还处于十分麻痹的状态，她都差点儿忘了中考前跟班上同学翘掉晚自习去小吃街买夜宵自行车被偷的事："丢了，新的还没买。"

苏起言："……"

温双沐没办法凭空变出一辆自行车来，四周环顾一圈。偏偏陈叔效率飞快，早已没了影。

她抠了抠书包带，最后看苏起言一眼，知道没戏，主动识趣地说了句"你先走吧"。

温双沐转身想起自己那袋书还挂在苏起言车把上，就决定先暂时寄放在他那里，便独自沿着花坛往小区正大门方向走。

苏起言叫住她："去哪儿？"

温双沐有些受宠若惊地回头："我，我去坐地铁。"

苏起言看了她两秒，把自行车往前蹬了几步，稳稳停在她身边，一句话不说，表情里却带了几分催促的意思。

温双沐一下子有点儿没看懂他这套动作的含义。

苏起言等了片刻，不耐烦地偏了下头看她："不走？"

"啊？"温双沐目光迟钝地瞟到后座上，像绕了几百个弯才领悟到他的意思，五官都亮起来了，"走！"

苏起言被她这声响亮的回答弄得缄默少许，别开眼，不再催她。

温双沐掖着裙摆，在单边坐下。然而太得意忘形的后果，就是完全忘了自己此刻因为昨日打斗的后遗症。她的腰腹核心力量不足，坐下的瞬间差点儿被书包的重量掀得往另一处翻去。

苏起言听到后头传来的惊呼，侧身抓住温双沐的胳膊，才没让她一个后仰翻跌下车去。

"你怎么回事？"

听到头顶传来无语至极的男声，温双沐自知理亏："昨天见义勇为，把腰闪了。"

苏起言发出声很低的嗤笑声，自动把她的"见义勇为"默认为胡扯。他指尖搭到她的书包带上："包给我。"

温双沐乖乖地照他所说，把包卸下。

苏起言接过她的包，自顾背到前面："坐好了？"

没得到后面的答案，苏起言不再搭理她，径自踩下踏板，骑车朝大门驶去。

温双沐因惯性下意识抬手抓上了苏起言的衣摆，反应过来自己做了什么后，指尖一颤，又松了松。

夏日的清风荡开，将苏起言的衬衫鼓得满满的，连树木间躁动的蝉鸣都安静地蛰伏下来。

温双沐能清晰闻到苏起言身上散进风里的雪松混合柳橙叶的气息，尾调是飘忽不定的清新薄荷，香调里约莫加了一剂冰泉，带着清凉的气息，驱逐阳光下的暑气。

温双沐盯着苏起言的背影看了又看，指尖沿着他的衣摆勾勒，又缓缓地重新攥紧。她的心脏剧烈地跳动，几乎要从胸腔满溢出来。温双沐望向两边的树木，内心欢欣。

苏起言感受到衬衫后摆的一丝拉扯，视线仅往下瞥了一下，什么也没说，拐弯绕过前面的路障。

车子骑到明理中学的校门。正值上学高峰期，大门前的花坛边停满家长接送的私家车。

李茂真从车上下来，正好看到苏起言的自行车呈长弧状驶进校园，后座的温双沐一手扶着苏起言的腰，一手挽着被风吹乱的头发。

俊男靓女，好不养眼。

李茂真起哄地吹了一声口哨，远远地冲温双沐比了两个大拇指。

温双沐撞到熟人，故作镇定地移开眼，耳根因为羞耻微微发红，但又抵挡不住内心的雀跃。

来到校内停车棚，温双沐从后座上跳下。

苏起言将车停好，将书包和书袋一并扔进她的怀里："下回别再跟我妈告状，说我在学校里欺负你。"

温双沐接包接了个趔趄，看苏起言走远，连忙跟上，一脸茫然地说："我没啊！"

苏起言没有翻昨晚到家后被他妈耳提面命的旧账："不管有没有，吃人嘴短，拿人手短，下回知道该怎么说了？"

温双沐嘴角憋闷地往下撇，应了一声"哦"。

温双沐腰部和腿部的肌肉跟五十米蛙跳后又进行了场八百米体测的效果一样，平地勉强能走，进教学楼的楼梯间后，就开始步履维艰。才几步，她就跟丢了苏起言，反而让后面的李茂真追了上来。

李茂真奇怪她边上没跟着苏起言："双姐，怎么就你一个？"

温双沐抬了抬下巴示意："他先回教室了。"

李茂真吐槽："起哥这窍儿怎么开得一阵一阵的？"他说着又撞了撞温双沐的肩膀，挤眉弄眼地说，"不过今天也算质的飞跃了，再接再厉呀！双姐。"

温双沐被他撞得身形歪了歪，扶住栏杆才站稳，笑啐一声："用你安慰？"

"是，是，是，我多嘴了。"

到了三楼，温双沐朝二班教室走去。李茂真没直接进一班教室，反而追在温双沐后头，悄咪咪问："哎，双姐，你昨晚说的那些话都是真的吗？"

温双沐说："我说什么了？"

"就你给你们班陆京和夏芝里打掩护的事啊！"

温双沐瞥他一眼："你怎么这么八卦？！"

李茂真："那必须的呀！你当我在初中怎么当的'消息通'？耳听八方是基本职业

操守。"

温双沐想了想，保持和昨晚那个"嗯"一致的、模棱两可的答案，反问道："这是人家的隐私，你老问什么？"

李茂真"啊"了一声，顿时露出了然于心的表情。他对温双沐做了个保密的手势，十分义气地说："放心，我一定不会告诉别人是你告诉我的。"

温双沐竭力绷住嘴角想笑的弧度，摆了摆手："别乱说话，走了。"

温双沐和李茂真分开，还没拐进教室，就撞上了一堵人墙。她的视线仍保持进门时低垂的角度，瞥见对方手腕上的红绳，一口气堵在了喉咙。

果然"人在江湖走，不能太造谣"，否则一逮一个准。

陆京看样子没听见她和李茂真在外头说的话，扶了下她："没事吧？"

温双沐瞟了眼和陆京在一块儿的王承硕。两个人手上都拿着水杯，估计是教室里饮水机没水了，去外面茶水间打水。

"嗯，没事。"温双沐道了声"谢谢"，绕过了陆京。

谁知脚刚迈出一步，她突然虚软了一下，甚至都能清晰感知到自己的腿是如何以波浪线的弧度软下的。

这回是陆京和王承硕一人一只手把温双沐扶住。

温双沐低着头，感觉自己的脸都要被这个后遗症害没了。她深吸了口气，仰头看向陆京："你刚绊我干吗？"

陆京露出疑惑的表情："没有吧，也……也可能是我不小心……"

怎么突然感觉这个对话有点儿熟悉。

温双沐抢救回自己的面子，做出一副"原谅你"的大度表情，若无其事地朝自己的座位走去。

陆京和王承硕对视一眼，没有说话，走出教室。

课间，课代表把昨晚语文老师批改完的作业发下来。

所谓人生起起落落，落落落落落。温双沐抱着她的练习册，可以说是在短短一个早上的时间里，把这句话体会了个淋漓尽致。语法错了一半，十七分的阅读理解就拿到七分。

温双沐按了按眉心，试图跟乌小漆讨价还价："就不能换个老师做仁务？"

乌小漆不答反问："你说呢？"

温双沐："我觉得可以啊！"

乌小漆雷达般扫到已进教室前门的梁洁，语速飞快："别想那些没用的了，梁洁进教室了，找本马尔克斯的名著，装一下。"

陆京和王承硕正说着话，就听边上传来一阵"噼里啪啦"的响声。

只见温双沐扯着放在桌脚边的书袋，正在扒拉着找书，还伴着烦躁的细碎骂语："马尔克斯写了什么来着？《百年孤独》？我也没买啊！哪个是《上校》？啧，这封面颜色怎么都一个样……"

温双沐倒腾半天，随手翻到了费孝通的《乡土中国》，也不往下找了，直接抽出翻开一页，将整个书封亮出来，立在桌面上一本正经地看。

在一旁目睹全程的陆京和王承硕："……"

王承硕还保持着侧坐的姿势，他轻点下巴示意温双沐脚边的书袋："你把你的那些书单都分享给她了？"

陆京收回视线，轻轻"嗯"了一声。

王承硕不知想到什么，一边笑，一边敲陆京桌上摊着的正在看的"小言"："那她知道你现在看的都是些什么吗？"

陆京将小说翻到前面，不觉得这"少女心"的色彩搭配与花字有什么问题："知道啊，我还给她'排雷'了两本。"

王承硕："……"你厉害！

温双沐装模作样地翻页，也不知道梁洁下来没有，整个人腰杆笔直，有些不耐烦地说："还要多久？"

乌小漆说："快了，快了。你昨天作业写得那么差，一会儿肯定会下来找你单聊。"

温双沐："……"

温双沐心想：在老师面前刷存在感，怎么说也得挑到讲台旁边的黄金位置。正想着要如何不显做作地拎书上去遛一圈，视线被一团靠近的黑影遮了个严实。夏芝里抱着一大堆零食停到温双沐跟前，"唰"地全部堆她桌子上。

温双沐有点儿吃惊地说："你干吗？"

夏芝里笑了笑："不知道你喜欢吃什么，就都给你买了点儿。"说着她又挠了挠头，"你手好点儿了吗？"

温双沐抬起手背看了看，食指指骨上的伤口不知道什么时候撑开了，渗出点儿血来："还行。"

"你要是有什么不方便的就叫我。"夏芝里想到了什么，往讲台的方向看了看课程表，"你在数学课前应该要去周泉老师办公室搬作业吧，到时候我帮你。"

温双沐听得一愣一愣的："哦，好。"

正好梁洁从前排下来。在老师眼里，学生成绩好基本也等同于性格脾气乖。她看班上成绩最好的两个女学生聚一块儿，不免一阵赏心悦目。听到两个人的对话，她留心问了句："双沐的手怎么了？"

温双沐一贯地不欲多提，倒是夏芝里主动说起。

梁洁听得十分吃惊："其他地方没受伤吧，药膏涂了吗？"

温双沐一一作答，接着就听到了乌小漆的激情播报："动了，动了，好感值变成八点了。"

温双沐看向眼前悬浮的任务栏。

还有这种好事？见义勇为一次，好处源远流长啊！

那她是不是应该到周泉面前提醒一下，让他帮忙把她负伤参加分班考试的事迹也大肆宣扬一下？

乌小漆又是一声大叫："啊——又变成九点了！"

温双沐不解数值怎么还在变动，接着就看到她扣在桌上的那本《乡土中国》被梁洁拿了起来："双沐平时还看社会学的书啊，读着感觉难吗？"

温双沐意识到是她的虚张声势起效了，坐直身子："还行，就是作为一些知识储备，多了解了解。"

梁洁眼底透出欣赏，赞许地点了点头。

边上有同学过来问梁洁题目，还有找夏芝里问刚刚没发到的练习册。

看到梁洁和夏芝里往前走，温双沐惬意地靠到椅背上，戳了戳自己还泛着酸痛的腰："这下不亏呀！"

乌小漆说："估计宿主明天再看本弗洛伊德的《梦的解析》，就可以完成任务了！"

"不错。"温双沐心情愉悦，抬手拨弄了一下满桌子的小零食，想了想，拿起一包问陆京："吃吗？"

陆京偏头看她，顿了一秒，没客气，直接接过。

温双沐又看向因为她的话同样望过来的王承硕："要一起来点儿吗？"

王承硕总觉得他像顺带的那个，不过也没矫情，挑了根棒棒糖："谢谢了！"

温双沐没坐多久，从桌洞里拿了两张纸巾去洗手间。

王承硕看人出去，边剥糖纸边说："你跟温双沐关系都这么好了呀？"

陆京："嗯？"

"她给你吃的，连带着我也沾光有份。"

陆京不以为意："有好吃的，给周围的人分分不是很正常吗？"

王承硕自动过滤掉他这句话："说起来我之前一直以为你喜欢夏芝里，不过比起来，我更支持你和温双沐，因为温双沐会'拉格朗日'。"

陆京说："谁喜欢夏芝里了？"

王承硕含着棒棒糖无辜地说："之前你不是夸夏芝里长得比温双沐漂亮吗？"

陆京说："我夸了？"

上午最后一节课是美术课。艺术楼位置偏僻，环湖而坐，教室没开空调，前后门窗大开，能看到外头风动林梢。

温双沐拿着画笔，时不时眯眼对照讲台比画两笔，然后在画纸上勾勒线条，举手投足间像个莅临教学的插画大师。

陆京坐在讲台的高脚凳上。这节美术课老师让大家自由发挥，水彩颜料任意使用，首先建立对绘画的兴趣。而陆京就是美术老师钦点的模特儿。

陆京想着能逃掉一次美术作业，便欣然同意了老师的请求。

四十分钟的课，陆京视线百无聊赖地四处飘着，将班里原本还有些面生的脸孔都认了个全。

美术室两边的窗帘都敛到窗户边，随着气流浮动。

王承硕不知道把他画成了什么鬼样，一个劲儿地在那儿边画边笑。

陆京原本还想用眼神警告两下，奈何王承硕笑得太厉害，最后把他弄得连脾气都懒得提起来。

看向另一处，温双沐周边的氛围截然不同。她身板挺直，眉眼专注，拿画笔的姿势都充满讲究，仿佛在复刻一件完美的艺术品，整个人看起来专业得叫人有点儿距离感了。

陆京想，这才是一个对得起模特儿的画手。

下课铃响起。美术老师没有拖堂的打算，任命陆京做课代表，让大家课后把作品完成，由他统一收齐，下周三前交到她办公室。

陆京点头应下，不着痕迹地抻了抻脚背，舒展有些僵硬的筋骨。

美术老师像是想到什么："哦，对了，陆京你作业的话，随便挑个班上同学当模特儿，画完交上来就行。"

原本以为自己逃掉作业的陆京："哦，好。"

意思就是半点儿福利不给，他这节课在台上白摆姿势了呗！

陆京揉着脖子下去，到后面座位找笑了一节课的王承硕算账，打算跟人索赔一下肖像侵权费用。他在王承硕边上停下，抽过他刚从画架上取下的素描纸，骂人的话都到嘴边了，等看清上面的 Q 版图像，又尽数憋了回去。

竟然画得还挺好。

陆京将素描纸拍回王承硕怀里："看你笑得跟个变态一样，还以为你在故意搞我。"

王承硕笑着咳嗽一声，抬手在嘴边挡了挡："我那是在笑温双沐。"

"嗯？"陆京偏眸看向另一侧。

王承硕与他一同看去，温双沐的素描纸还大咧咧地架在画板上。

王承硕笑得连说话的音节都是破碎的："是不是很牛？暴走漫画！明明跟你的气质半点儿不符，偏偏画出了你的全部特质，简直要命地像。"

陆京盯着温双沐的画纸停顿两秒，倏然低头笑了一声。

浮夸的线条，变形的体态，不知道该说她把他画得五官灵动还是五官乱动。但不得不承认，是有几分神似，连他手腕上那条红绳，以及有一颗红痣的细节都画上去了。亏他在课上还以为她在酝酿什么大作。

王承硕看陆京笑着，于是一副"不出所料"的样子，拍了拍他的肩膀："是吧，这怎么忍得住？"说着收起美术书和画纸，推了陆京一把，"走了，去吃饭。"

陆京没动，将手臂越过了过道，指向画纸的一处，问温双沐："这是什么？"

温双沐还在认真审视自己的作品，冷不丁地被吓了一跳，看向陆京手指的方向："看不出来吗？鸟。"

乌小漆非要她加一只鹭到画里，照着那个金鹭徽章，还原了百分之五十吧。

鸟？陆京视线落到画里自己牵着鸟绳的手上。

倒是一旁王承硕慧眼识珠："啊——你画的是鹭吧？这创意好啊！"

温双沐刚还被乌小漆吐槽画丑，现在遇到个识货的，顿时眼睛一亮，说了句"有眼光"，抬手就要与王承硕碰拳。

王承硕看她伸过来的拳头有点儿惊讶，过了两秒才缓慢地与她碰了碰。

陆京疑惑说："鹭？"

王承硕说："就是跟你名字同音的那种鸟。"

陆京恍然大悟。

等陆京和王承硕离开美术室，乌小漆还在那儿念叨："小鹭鹭就是太善良，竟然这么被侮辱了都不跟你计较。"

温双沐耸肩，指尖在纸面上弹过："侮辱什么？画得太生动还有错了？"

乌小漆："你要不要先看看季佳绘画的陆京，再来跟我讨论什么叫作生动。"

温双沐瞥见走近的季佳绘，不打算自取其辱，于是收拾起纸笔。

季佳绘显然心情不错，主动问道："双沐，你画得怎么样？"

温双沐熟悉季佳绘这套欲扬先抑的套路，无非是想找个对比，方便拔高自己。

"丑出风格也是一种风格吧。"温双沐没给人"泡茶"的机会，将画纸卷成筒状，与人并排往外走，"你的呢？让我看看。"

季佳绘的表情有些惋惜，但很快又被兴奋代替："从我那角度看陆京的光影简直绝了。"

温双沐偏头看了眼她展开的画，脚步稍顿，不得不承认是有几分惊艳。

温双沐说不上具体是因为发梢还是眼睛或是其他别的五官的缘故，总之在季佳绘的刻画下，陆京身上放空时给人的感觉全都跃然纸上了。

那神情看上去似乎通透，又让人觉得十分随意，季佳绘完美地捕捉到了陆京身上的氛围感。不过，如果温双沐没记错的话，季佳绘也给自己画过画像。怎么感觉画自己的时候，季佳绘连一半功力都没用上？

温双沐决定白得一张画："哇，你画得好好看哪，有空也给我来一张吧。"

季佳绘说："好啊。"

艺术楼离学校食堂有很长一段距离。班上学生基本上一下课就抱起书，往食堂奔去。

两个人走在林荫下，季佳绘不知看到什么，突然说："咱们先回教室把书放一下吧？"

"啊？哦，好啊。"温双沐倒是不赶时间。

等进了教学楼区域，温双沐才注意到陆京和王承硕一直走在她们前面，也回来了一趟。

到了三楼，在走廊栏杆边俨然站成一座"望夫石"的林森扑了上来："你俩怎么这么慢？早知道我跟自己班上同学先去吃了。"他说着一手勾上一个人的肩头，扒拉着人就往楼梯间走。

温双沐在他们后面很近的位置，差点儿撞上。她往后退了一步，脚底又因为酸软虚浮了一下。

陆京的手很快，抬到一半，看她自己站稳了，又落了回去。

风风火火的林森这才注意到边上还有人，连说"抱歉"。

温双沐没应声，只是侧身给他们让了个位置，还是季佳绘说了一声"没事"。

等三个男生下了楼梯，季佳绘突然顺着楼道的缝隙往下看了一眼，小声说："陆京身上味道还挺好闻的。"她大约也觉得私底下聊这种话题有点儿怪怪的，但又实在好奇，没忍住问温双沐，"你闻得出来他用的什么香熏吗？"

温双沐妈妈的广告公司经常会有各大品牌送的香水和香熏，偶尔自己用不完，也会当礼物送给同学，所以大家默认她对这方面很精通。

"他那应该只是洗衣液的味道。"

季佳绘说："是吗？感觉有点儿青柠的味道，又有点儿茉莉花香……"

温双沐看季佳绘自言自语地嘀咕，陷入缄默，扭头问乌小漆："她这是在干吗？品什么呢？"

乌小漆："别说了，搞得你早上坐苏起言后座的时候没品一样。"

温双沐脸皮这时候薄起来，誓不承认："谁品了？"

乌小漆："你当我听不见你内心活动呢！什么雪松味儿的前调、中调、尾调都出来了。"

温双沐："……"早晚要把这个系统给灭了。

这个时间再去食堂，估计没多少饭菜，于是温双沐和季佳绘索性去了学校边上的面馆。

吃完饭出来，热浪瞬间沿着青石路面扑卷上来，两旁的梧桐叶被烈日晒得发蔫。

温双沐买了一杯奶茶，一路咬着吸管，和季佳绘躲在树荫下不紧不慢地走。

季佳绘怕热，拆开了一包湿纸巾擦汗，也递给温双沐一张："说起来，你昨天放学怎么会跟夏芝里和陆京他们一起？"

温双沐说："我约他们去书店买辅导书。"

以前的温双沐虽然只把夏芝里当作一个连有力竞争者都不算的普通追求者，但因为占有欲作祟，不喜欢苏起言的身边环绕太多"莺莺燕燕"，面对夏芝里时总会带有一些敌意。而季佳绘一不喜欢苏起言，二对她的友情只是表面功夫，没道理跟她统一战线，但一直以来都比她还要积极主动地对夏芝里做些小动作。

温双沐那时候没太思考原因，现在又听她主动问起，思考着或许季佳绘和夏芝里之间有别的她不知道的渊源。

季佳绘好奇地问："我看你们座位离得也挺远的，怎么突然就这么熟了？"

温双沐想，其实之前也没这么熟，怪她硬推剧情线，让两个碍于情面不太会拒绝的人陪她一起逛书店，再然后应该就是她见义勇为的形象太深入人心。

不过这话她没对季佳绘说，只是说："夏芝里语文课代表，我数学课代表，经常在办公室碰见，一来二去就熟了。"

季佳绘点头，又聊起贴吧上的事："也不知道谁这么缺德，挂你这么难看的照片，你有没有联系楼主让他们把你照片删了？"

"没有。"温双沐大度地说，"那照片主要拍的陆京和夏芝里，我要让人删了，不妨碍大家'嗑CP'吗？"

季佳绘说："'明理'的贴吧好活跃，我一开始还以为重点高中的学生都不玩这些。"

温双沐对这点倒是挺赞同的。

季佳绘像是想到什么："对了，我昨天在贴吧的'吃瓜小组'看到有人爆料，说夏芝里初中的时候成绩一般，但有个年级第一的同桌，夏芝里和他关系特别好，后来夏芝里成绩被那个男生带上去，逆袭成了今年的中考状元，也不知道真的假的？"

温双沐说："那这个男生现在呢？夏芝里现在跟他关系怎么样？"

"不清楚，说法很多。既有说那个男生为了夏芝里打架留级的，也有说男方是因为父母工作转去外地学校读高中的。不过你不觉得夏芝里这个人看起来很有心机吗？"

"有点儿。"温双沐点头。

"温双沐！"

温双沐发现她今天可能忌口舌，每次在背后说人坏话都会被逮个正着。

夏芝里站在街道对面的便利店门口叫她，看她望过来，又招了两下手。等路上的车流过去，夏芝里小跑过来。

夏芝里的肤质应该属于"粉白皮"，不禁晒，两颊泛着红晕，额发被汗水洇湿，粘在白皙的皮肤上，脖子上那块由红绳系着的玉佩因为晃动从衣领里滑落出来。她的眼睛弯起来，很亮。

感觉这种红绳挂块玉是中学时代白净漂亮女生的标配，怎么看都还是个"软妹"。

和夏芝里一起跑过来的还有一个女生，长着张可爱的娃娃脸，发尾烫了个小小的梨花卷，一身便服的短袖短裙，腰间系着件白蓝相间的校服外套，应该是对面十三中的学生。

夏芝里晃了晃手上的薄荷含片，冲温双沐说："你要吃糖吗？"

温双沐没想到夏芝里跑过来就为了说这么一句话，愣了一瞬间。

如果说早上给她送吃的还算事出有因，那么现在这段开场白未免有点儿太日常了，搞得她们像多年的老友一样。

"不用。"温双沐摆了摆手。

她刚喝了奶茶，感觉再吃薄荷糖，化学反应不是很美妙。

夏芝里也没觉得有什么问题，收回了手，转而热心介绍："这是我之前跟你提过的我在十三中的朋友——楚溪。"

温双沐友好地点了点头，知道对方就是那个夏芝里帮忙去拒绝表白，不久的将来可能要"黑化"的闺密。

夏芝里又对楚溪说："溪溪，这就是我刚跟你说的温双沐。这是季佳绘。"

夏芝里介绍完，递出她那盒薄荷含片，跟季佳绘示了个好。

"你们知道附近哪家甜品店味道还可以吗？"夏芝里问。

季佳绘吃人嘴软："生活区东门有一家挺好喝的。"

温双沐正吸着奶茶，没来得及打岔。

那可是苏起言和李茂真他们高中三年经常去待的根据地。

她连忙补救："还是西门那家的甜品更好吃一些。东门那家之前被人举报后厨柜台有蟑螂。"

季佳绘惊讶地转头看向温双沐。她记得那家奶茶店里的料理台是半开放式的，所有饮品和甜点都是在公开透明的形式下做出来的，哪儿来的后厨柜台？

温双沐假装没看见，一副脸不红心不跳的模样。

夏芝里也是个没心眼儿的，认真地"啊"了一声，对楚溪说："那咱们还是不要去东门那家了。"

楚溪正搜索西门那家奶茶店，点开后台点评，小声附和："确实，还是这家风评好点儿……"

季佳绘："……"

温双沐看她们没有丝毫怀疑，心情愉悦地勾了勾嘴角。

乌小漆却是没有眼力见儿地幽幽出声："宿主，你这个笑太'反派'了，小心被人看出来。"

温双沐无趣地撇了撇嘴，移开眼，注意到前面一家果茶店的玻璃门推开，走出好几个高个子男生，可能是发型过于五花八门的缘故，给人一种迎面而来的"社会大哥"感。温双沐没太仔细看，见他们往这个方向走来，便提前往边上挪了一步，给人腾出位置。

男生们的个子很高，估计人均一米八，走近了乌泱泱的一片，有很大的压迫感。

几个女生不约而同地停止了讲话，也不敢与那帮人视线交汇，打算等他们过去了再继续聊天。

温双沐则懒洋洋地看着对面街道的树荫，余光留意到楚溪似乎有意无意地往夏芝里身后躲了躲。她正觉得奇怪，一道低沉沙哑的声音从身后传来。

"等等。"

明明已经走开的人群因为这声指示停下，一道高挑颀长的身形不紧不慢地往后踱了回来。

温双沐一听那沙哑的嗓音就认出了声音的主人是谁。

躲在夏芝里身后的楚溪见周彧过来，咬了咬唇，像天人交战一番，站出来说："周彧，你又想干吗？"

"没找你。"周彧还是那副懒散的腔调，视线却盯着一处。他抬手跟前面的弟兄招呼了声："麟子，把袋子给我一下。"

叫麟子的男生把奶茶袋提过来，目光好奇地从几个女生身上扫过。

季佳绘感觉气氛微妙，不着痕迹地扯了扯温双沐的袖子："什么情况？"

温双沐身子后倾，靠到她的耳边："追人看不出来吗？"

季佳绘恍然大悟，重新打量了遍周彧和楚溪。看来还是"郎有情，妾无意"的戏码。

周彧从袋子里掏出了一杯芝芝绿妍："小孩儿，这杯给你。"

话语一出，场上几个人的脸色都有了不同程度的变化。

楚溪不敢置信地扭头看向夏芝里。季佳绘一脸"吃错瓜"的惊讶。温双沐则仰头望天，按住了自己的人中。远处的小弟们发出"喔"的起哄声。

夏芝里的脸颊几乎在一瞬间就涨红了："我不要！"

周彧的目光从她红得像滴血的耳根扫过，很低地笑了一下："给你，你就收下。"

夏芝里没有收，甚至护着楚溪往后退了一步。

周彧没耐心地"啧"了一声，扣过夏芝里的手腕，径直把奶茶塞进她手里。

夏芝里手腕条件反射地瑟缩了一下。

周彧动作稍顿，低眼看她："怕我？"

夏芝里试图划清界限："我跟你不熟。"

周彧笑了笑："一回生，二回熟，这都第三次见面了还跟我这么生分，有没有点儿良心哪？小同学。"

夏芝里倔强地挺着脊背，没吭声。

周彧没逼她太紧的意思，视线往边上掠去，像这会儿才发现边上还有两个女生。

"哟，'朝'……"周彧把"天椒"两个字咽了回去，改口说，"'小朝'，你也在这。"

温双沐怀疑自己耳朵出错了，扭头问一旁的季佳绘："他叫我什么？"

"'小潮'？"季佳绘也听得莫名其妙，不确定地说，"是夸你潮的意思吗？"

周彧大概是想再拿杯奶茶给温双沐，但看她手上已经有了一杯，也就作罢。

周彧走前最后看夏芝里一眼，手指很快地在夏芝里额头点过："下次见面的时候总该告诉我名字了吧？"

夏芝里反应剧烈地拍开他的手："我说了和你不熟，别靠我那么近！"

一旁的楚溪见自己全程被忽视，开始有些沉不住气："周彧，你什么意思？"

周彧被夏芝里打了也不恼，笑着揉了揉手背。他面露无辜地看向楚溪："你不是说不喜欢我吗？我现在换人追了，有问题？"

他说着将手插进口袋，对夏芝里说了一句"走了"，便朝不远处等他的那帮兄弟走去。

温双沐简直想鼓掌。这都不"黑化"？怎么说也得干一架呀！

乌小漆没忍住出声打岔："宿主，你这高兴得有点儿太明显了，别忘了小说里这些女配反派的存在都是为了推动男女主感情做服务的。"

温双沐嘴角的笑容立马消失得一干二净。她指着地上周彧随手扔的垃圾，惊叫说："哦，天哪，他们还乱扔垃圾，太没道德了，你们千万别为这种男生闹不愉快，掉价！"

周彧不过走出五米远，听到身后传来略显浮夸的腔调，回头望了一眼。

站在他边上的苏麟笑出一声："这就是你说的那个'朝天椒'？路子是挺野的！"

周彧倒出了一颗糖嚼在嘴里，收回视线，迈开步子："偏偏还不能跟她计较。"

"嗯？"苏麟跟了上去，好奇地说，"怎么说？"

周彧说："打不过。"

温双沐和季佳绘要回学校，看向夏芝里问："你们走吗？"

"嗯，走。"经过刚才那出打岔，夏芝里和楚溪商量放学再去那家甜品店。

四个女生还算和谐地朝校门的方向走去。

温双沐也不清楚楚溪心里是否对夏芝里产生嫌隙，但至少目前明面上给人的感觉还算太平。

只希望两个人不要因为周彧闹崩，按照之前夏芝里一个人吃饭苏起言都会问上一句的关心劲儿，如果让他知道夏芝里唯一的朋友没了，保不准会发动温柔攻势，给人送温暖。

温双沐抿抿嘴唇，带了点儿警惕地用余光扫向楚溪。

另一边夏芝里则还在为手上那杯奶茶发愁，大概是出于闺密的前任追求者如今跑来追求自己的愧疚，夏芝里表现得多少有些无所适从："溪溪，你喝吗？"

楚溪说："既然是周彧送你的，你拿去喝吧。"

夏芝里没了主意，像找主心骨一样下意识地朝温双沐看去。

现在的温双沐对芝芝绿妍有严重的"PTSD"（创伤后应激障碍），而季佳绘也不喜欢这个口味的奶茶。

就在夏芝里犹豫地将目光放到不远处的垃圾桶时，温双沐开口："算了，别浪费，给我吧。"

夏芝里把奶茶转交到温双沐手上，明显松了口气。

三个人和楚溪在十三中门口分开。

夏芝里说："刚才谢谢你了，温双沐，你人真好！"

被发"好人卡"的温双沐露出夏芝里同款温柔笑意："不客气，你们之间别闹不愉快就好。"

一旁实在看不懂套路的季佳绘欲言又止，还是选择了安静不说话。

明理中学周六下午的三节课都是自习课，午休纪律也比较松散，只要别发出太大动静，老师们基本不会来管。

温双沐进教室时，班里正闹哄着。个别女生换了座位，凑在一起写作业。

陆京坐在座位上，前面王承硕倒是没在，位子上坐着一班的林森。

温双沐最近经常跟林森在老师的办公室碰见，所以关系也不算太生疏。见他们桌上摊着本语文作文本，两个人你一个"圈"、我一个"叉"地正下着五子棋。

温双沐走过去，将奶茶放到了陆京桌子上："给你的。奶盖有点儿化了，可以喝吗？"

"啊。"陆京低应一声。

对上陆京抬头看来的茫然眼神，温双沐才反应过来自己的切入方式有些不对，有点儿过于娴熟自然了，补充说："今天奶茶店有买一送一的活动，她们都不喝，你要吗？"

陆京过了两秒才点了点头："行，放着吧。"

温双沐觉得他这回答还挺酷，回身把自己喝了还剩一半的奶茶放回座位上，转去后面储物柜拿试卷。

数学卷子是早上课间夏芝里帮她去办公室搬的。周泉担心学生上课写周末作业，让她到中午再发下去。

林森看温双沐去了前面讲台，戏谑地抵了抵陆京的胳膊："你这可以呀！"

陆京在作文纸上画了个"圈"，堵住林森已经连成的四子："没听见吗，买一送一。"

林森："我怎么就没有买一送一分我奶茶喝的女同学。"

直到上课铃响，林森才回自己班级。

王承硕抱着从教导处拿来的选课指南，晚他一步走进教室。

这位班上同学票选出来的班长在黑板上写下一串数字，一边把选修课指南发下去，一边说："黑板上写的是新建的班级群号，大家有空加一下。我晚点儿会把学校教务网的网址发群里，现在给大家传的是这个学期选修课的课程表，大家一会儿看一下。"

随着王承硕的话音落下，温双沐的脑海里响起一段系统音乐，是主线任务的提示音：

主线任务："才不让他们上一节课呢"行动已解锁。

当前进度：0/10。

最终奖励：根据反派值涨幅同等兑换。

乌小漆说："宿主还记得自己高一的选修课选了什么吗？"

温双沐："你问这个问题之前，要不要先算算已经过去几年了！"

乌小漆顿了顿："行吧，总之宿主现在需要知道，多年前就是因为你没能选上跟苏起言一样的课，导致上了同一节选修课的苏起言与夏芝里拥有大量独处机会，感情迅速升温。"

乌小漆看温双沐已经收到前排同学传下来的选课指南，接着说："宿主现在可以选择通过解锁章节来查看苏起言选了什么课，或是自己设法打听。这里温馨提示一下，剧情解锁卡一次还是只能解锁两百字，解锁的可能是无关剧情。"

温双沐清点了下商城里的积分，二十五点积分，相当于五次试错机会，但她目前连"获取老师的好感"的支线任务都没完成，得为了日后省着点儿用才是。

看选课时间截止在下周末，温双沐说："我先自己打听吧。"

明理中学的选修课种类繁多，丰富多元，班上同学没一会儿就东一团西一簇地讨论起来。

王承硕把传到自己桌上的两份选课指南递给陆京一份："打算选什么？"

陆京耸了耸肩，对这方面不太积极："你来看吧，我到时候跟你选一样的就行。"

边上温双沐的耳朵立起来，想听王承硕会不会报出什么选项。毕竟撺掇夏芝里改选陆京的课，效果是一样的。

然而王承硕翻着课程表，什么话都还没说，陆京就突然开始剧烈咳嗽起来。他发出沉闷的一声又一声，咳嗽得跟不要命了一样，脊背弯成弓形，脸抵在左手臂的臂弯处，仿佛要把肺咳嗽出来。

温双沐被吓到，连忙把桌上的纸巾递过去，问道："没事吧？"

陆京显然没有余力回答，还是王承硕帮忙接过纸巾，给陆京顺背："你这是什么情况？"

陆京艰难地摆了摆手，连指尖都有些泛红。他张了张嘴想开口，但下一秒又被恶心得发不出声。

王承硕摸不着头脑，唯一能想到的就是陆京刚才喝了一口奶茶。寻思着就算呛到，也不至于这么严重，刚拿起奶茶，下一秒就飞快地端远："你这什么东西？怎么一股腥味儿！"

温双沐的表情瞬间惊恐。周彧给夏芝里的奶茶里竟然还下了料！

大约过了十五分钟，陆京和王承硕才一前一后地从洗手间回来。

陆京手上拎着瓶刚买来用了一半的漱口水。他看起来气色不太好，头发有点儿乱，发尾还淌着几滴水珠。

温双沐咬着笔帽，心虚地看着，下一秒就见陆京笔直朝她走近，临到她桌边，忽然抬了一下手。

温双沐是想过陆京拿她出气，但没想到说来就来，她下意识地把两只胳膊护到脑袋上方，闭眼飞快地说："真不是我恶作剧。"

其实在陆京出去的那段时间，温双沐就和乌小漆讨论了很久解决方案。

乌小漆也没想到周彧会做出这种操作，实在讨论不出结果，最后竟然劝她认栽："受着吧。"

这个方案烂得毋庸置疑，但为了将来的联盟关系，温双沐还是逼迫自己站在陆京角度将心比心。

不管出于什么原因，有问题的奶茶是从她手里送出去的。如果陆京真的要泄愤跟她打一架，她也只能认了。

但真等人抬手招呼过来时，还是没忍住犯了尿，"死马当作活马医"地解释了一句。

陆京只是想把温双沐借他的那包纸巾还给她，看清温双沐摆出的架势，顿了顿，拿着纸巾袋的手抬高几分。

"啪"的一声，纸巾袋在温双沐脑袋上拍了一下，又"啪"的一声落到桌面上。

"嗯，我知道。"

陆京的嗓音有种很奇妙的音质，是年少时在校园里路过听见都会回头望一眼的声音。

但这时候的温双沐顾不得想这么多，放下手追问："你知道？"

"啊——"陆京突然放缓了语速，像是在现编，"我乳糖不耐受。"

温双沐怔住，觉得哪里不对："咱们昨晚不还一起喝了奶茶、吃了蛋糕？"

陆京淡定地加了两个字："急性乳糖不耐受。"

温双沐："……"这是认真的吗？

温双沐抬手指向他身后的王承硕："那他说奶茶很腥怎么回事？"

陆京跟着一起扭头看过去，一副同样好奇的表情："我也想问，好好的奶茶，你说有腥味儿是怎么回事？"

王承硕："腥得都臭了。你是鼻子坏了，还是舌头坏了？"

证物还放在陆京的桌上，没有扔进垃圾桶处理。

温双沐把身子探出过道，取过来闻了闻："嗯？是正常的呀！"

除了清甜的奶盖和茶底香，她什么也没闻到。

"怎么可能？"王承硕不信邪，取过奶茶检查，这回换他愣住了，疑惑地说，"那我刚才闻的什么东西？"

陆京左右看了眼："应该是窗户没关，从外面飘进来的吧。"

原来是场误会。

温双沐瞬间放宽了心："没事就好。喝不了就别喝了，我拿去扔了吧。"

陆京没出声，算是默许了温双沐的举动。

王承硕却觉得没那么简单。等过了十分钟，他再回过头找陆京，陆京已经趴那儿休息了。

王承硕推了推他胳膊，把他叫醒："我还是觉得很邪门儿。"

陆京没睁开眼："嗯，你的感觉没错，是我身上最近沾了点儿不干净的东西。"

王承硕："……"

陆京其实没想睡，只是恶心劲儿刚过，又解释了那么多话，现在有点儿虚。

听王承硕半天没回话，抬头发现人就侧坐在那儿，半边手搭在他的桌沿，按着手机戳戳点点。

陆京说："你在干吗？"

"把班主任发给我的文件传到班群里。"王承硕说，"拉你进群了，记得同意一下。"

陆京一动不动了两秒，才从桌洞里摸出手机。他单手撑着下巴，进群之后，没直接退出界面，反而点进群成员页，慢吞吞地往下翻。班上的同学刚加进来，昵称都没修改。放眼看去，乱七八糟的网名，根本认不出谁是谁。

陆京问："全部的人都加进来了吗？"

王承硕看了一下人数，四十五个，包括几个任课老师："差不多了吧。"

陆京想了想又说："要不要让大家把群昵称改成真名？"

王承硕刚才就在编辑群公告，这时候刚好打完，发了出去。

陆京关掉聊天界面弹出的群公告，等了一会儿，发现隔壁那位还是在低头写作业，没有看手机的趋势。

陆京撑下巴的那只手向上抓住额发，指尖顺进发根，揪了一下，长吐口气，才松开。他攥着手机晃到过道对面："加个好友？"

听到他的这句话，同时抬头看他的除了温双沐还有王承硕。

温双沐愣了会儿，一边从桌洞里摸手机，一边给人报了串数字。

陆京输入搜索框，进到用户界面，突然说："你小名是叫淼淼吗？"

"嗯？"温双沐没反应过来。

陆京指了指用户名："三水。"

"这个呀……"温双沐解释说，"温加上两个沐，不就是三个三点水吗？"

陆京了然，见一旁的王承硕还呆着："你不加个好友？做班长的不是经常要找同学通知事情吗？"

王承硕被他绕进去，也跟着搜索了一下。

"'了雾陆'是我。"陆京说道。

"我是'金陵白杨十字巷'。"王承硕跟着补充。

"哦，好。"温双沐点了"同意"，一一备注。

然而陆京加完好友，并没结束的意思。他把身子仍斜对着过道的方向，自认为自然地停顿了十来秒的间隙，又开口问温双沐："你想好要选什么选修课了吗？"

温双沐歪过脑袋，觉得对方这个午休跟她搭讪的频率有点儿高，但这个话题正合她意。

"还没，你呢？有什么推荐的吗？"温双沐试探得非常委婉。

陆京却意外地干脆。他翻起课程表浏览："'古今中外正道之光盘点'怎么样？或者'圣母的诞生'？'错误的爱——青少年正确恋爱观引导'？"

温双沐吃惊地顿了顿，她高中三年怎么没听说过学校还有这样的选修课。

她思考了会儿措辞："听上去好像是价值观输出很强烈的课，我个人不太喜欢这种。"

陆京将课程表合上，张口就说："是吧，我也不太喜欢！"

王承硕彻底看不懂了：哥哥，你不是在给人推荐课吗？怎么还自我否定起来了？

陆京丝毫不觉得有问题，把桌上东西收进桌洞，对王承硕说："你帮我把窗帘拉一下，我想午睡了。"

王承硕："……"

温双沐："……"

午休最后二十分钟，班上的同学没有最初那么闹。个别学生虽然没午睡的习惯，但也安静下来，写周末作业。

温双沐把函数题的最后一个步骤写完，去把教室的白炽灯关了。

下午放学时，苏起言和李茂真的竞赛课没结束，温双沐便一个人先回家。

乌小漆不停地催促，让她快把"选修课行动"提上日程。

温双沐不紧不慢地道了声"别急"，随后把目光投向一旁坐在茶几边玩游戏机的温秉一身上。她拿脚踢了踢他："明天想出去泡温泉吗？"

"啊？"温秉一回头看向姐姐还有点儿愣，"想！"

"那你要是能把小起哥哥约上，我就带你一起去。"

苏起言在节假日偶尔也喜欢去他们家的温泉酒店泡着。时间久了，温双沐发现苏起言这时候格外好说话。

她本意就是想着去放松，要是能拉上苏起言一起，还可以探探他选修课的口风。

晚饭后，温秉一抱着任务去了楼下的苏家。

过了两小时，他仍没回来的意思。温双沐在家门口等得有些没耐心，只好旁敲侧击地给苏起言发短信：他没在你家里闹吧？要是不听话，你可以直接骂两句的。别老惯着他，不然他真觉得自己能耐了。

电梯传来"叮"的声响。

温双沐没注意，继续发信息，接着听见连绵不断的信息提示音在空荡的走廊上响起。

她偏头看去，只见苏起言靠在电梯门口，手机夹在他两指虎口之间晃了晃："发够了没？"

苏起言的脸上，似乎还带点儿被闹腾极了反弄得没脾气的笑。

走廊灯在苏起言的身上晕染出柔软的光泽，消解了往日的冷硬。不知哪处的风吹出来，吹开几缕他额前的碎发，甚至能清晰看到他眼底倒映的一点灯光。

温秉一从苏起言脚边跑过来，抱住温双沐："姐姐，哥哥答应了！"

"答应了？"温双沐讶异地抬眸看向苏起言。

她以为他知道是她怂恿的温秉一，会拒绝才对。

苏起言不置可否："早上九点，在楼下等你们。"

他说着将手机放进长裤口袋，回身进电梯，按下关门键。电梯门合上，苏起言渐渐缩窄成缝，消失在门的另一头。

等电梯按钮旁的红色数字开始下降，温双沐才回过神地摸摸脸颊，对乌小漆说："他是不是对我有意思了？"

乌小漆："宿主，任重而道远。"

周日的大楚温泉酒店。

因为出发比较早，温双沐他们到温泉招待区时，里面还没什么人。

男宾区在一楼，女宾区在二楼。温双沐把装着温秉一衣服的袋子交给苏起言，约好一会儿换完泳衣在三楼温泉池见，就跟他们在大堂分开了。

从电梯里出来，温双沐不经意与外头路过的周彧交上视线，双方皆是一怔。

还是周彧先缓过神来，抬了一下手："好巧。"

温双沐想装没看见，却被对方眼疾手快地拽住浴巾往一旁的大理石柱旁拉。

"跑什么？"周彧只穿着条泳裤，露出精瘦有料的身材。

温双沐注意到周彧似乎往她后面的电梯间看了眼，周彧问她："你是一个人来的？还是跟朋友一起？"

"跟家里人一起来的，有事？"

周彧点了点头："你有小孩儿的联系方式吗？"

温双沐假装没听懂："谁的小孩儿？"

周彧也是昨晚翻了朋友转发给他的明理中学的贴吧才知道小孩儿的名字："夏芝里。"

温双沐说："既然知道名字，为什么还老叫人小孩儿。"

周彧表情露出片刻的茫然，像被她这个问题问愣住了："就，你不觉得她看起来小小的一只，很可爱吗？"

温双沐说："听你的口气，我会以为夏芝里身高不到一米五。"

周彧没好气地辩解："我那是形容一个人的气质。比如看到你，我绝对不会用小孩儿这个词。"

那你也得对一个净身高一米七三的人叫得出口才行。

温双沐压下心头的吐槽，径直往前走："我跟她不熟，你找别人去打听吧。"

周彧抬手拦住她："楚溪不告诉我，我问了几个'明理'的朋友，也都不知道。"

"那我就一定知道了？"

一个上辈子连对手戏都没有的人，这辈子光逮着她当助攻了。

温双沐决定为了她"命运共同体"的未来幸福，守口如瓶。

周彧"�"了一声："我又不害她。"

温双沐抬腿想走。谁知她往左，周彧就跟着往左；她往右，周彧跟着往右。

就在温双沐打算借上回空手道 buff 的余威，跟人虚晃一招时，突然有人叫她。

"温双沐。"偏低的声线，带着说不出的冷调质感。

苏起言站在旋转门旁，身上沁着水珠，发梢湿后的颜色格外深。他身后不远处就是露天温泉，显然是和温秉一隔着玻璃墙看到她迟迟不进来，才找出来的。

温双沐按捺下要举起的拳头，突然戏精附身，浮夸地说："你想干吗？别碰我！"

周彧怔住，眼看着温双沐跑走，小鸟依人地躲到一个男人的身后，沉默了。

温双沐躲到苏起言背后，还假装一脸防备地盯着周彧看。

苏起言微微地偏过头，视线往下："手。"

温双沐愣了一下："什么？"

不等苏起言重复，温双沐就看到了自己搭在他肩上的手。她飞快缩回，把手背到了自己的身后。

"那男的一直缠着我问联系方式。"

温双沐表面平静，指尖却在掌心上挠了一下，上面还带有从对方身上挟来的湿润水汽，热得像在发烧。

"嗯，看出来了。"

苏起言应了一声，目光已然落到站在五米之外的周彧身上。

看出来了？所以他是特意出来给自己解围的？

温双沐试图从苏起言的表情里找到答案，注意力却顺着他黑发下的水珠跑偏。

她一直知道苏起言身材好，"脱衣有肉，穿衣显瘦"的程度……

叮咚——叮咚——

不合时宜的警报声突然在温双沐脑海里响起，把她吓了个激灵。

乌小漆说："据健康管家实时监测，宿主心率超出正常范围，小心突发心脏病！"

温双沐好不容易酝酿出的情绪，瞬间被毁得一干二净："……"

不远处的周或还有些无语，看着有其他人在场，就没跟温双沐多僵持："不就是问个联系方式，至于吗？"

说完这句话，他便转身朝另一处走去。

温双沐感叹，周或这句台词误导性够强。在苏起言的视角，估计真觉得她是被不良青年搭讪了。

"还愣着干什么？"

苏起言见没事了，走出几步，发现温双沐没跟上，推旋转玻璃门的手停下。

温双沐回过神："哦，来了。"

苏起言推门往外走："下次再遇到这种事，自己叫工作人员，别一个人站着。"

"嗯？"温双沐反应有点儿慢。

苏起言瞥她一眼，还是那张万年不化的"冰山棺材脸"，只是比往日多了几分慵懒，可能温泉真有松弛神经的功效："当我没说。"

怡然的语调，似乎心情不错。

温双沐不至于听话只听后半句，她嘴角控制不住地向上扬起，没忍住亲近地往人身边靠了靠。两个人近得只要她的手指动一动就能碰到他的胳膊。

这是在关心她吧？是在关心她吧？

温秉一远远地大叫了一声："姐！"

温秉一腿短，在池子里抱着泳圈划拉了半天，才靠到岸边爬上来。

苏起言走近，拍了拍他的脑袋："没事了，继续下去泡着吧。"

三个人齐齐地靠在温泉壁上，泡了十来分钟，有种浑身脉络打开的轻松感。

温双沐偏头看了一眼苏起言，不知道该怎么打开话题，好在有温秉一的存在。她用胳膊肘戳了戳他："你问问你阿起哥哥，他今天心情怎么样？"

靠在石壁上闭目养神的苏起言闻言睁开了眼。池子里的水雾不大，天光折射，在他眼底镀了层浅色的光晕。

明明听见了，他却不回答。

温秉一觉得这对话没什么技术含量，十分爽快地帮忙扭头传话："哥哥，姐姐问你今天心情怎么样？"

苏起言没马上回答，过了两秒，重新闭上眼，才吐出四个字："不怎么样。"

温双沐："……"

可能是习惯了"大多时候心情都不太好"的苏起言，温双沐没太气馁："那你再问问他，怎么样心情能变好点儿？"

温秉一继续传话。

苏起言说："别说话。"

温秉一幸灾乐祸，怕温双沐没听清，还特意重复了一遍："叫、你、别、说、话！"

温秉一说完才意识到，传达这样的话，有点儿伤人了。

就像他上学期把爸爸出差带回来的巧克力送给了班上的小美，最后却发现巧克力进了小智的肚子里的感觉一样。

很受伤！

温秉一突然说："姐，我泡得有点儿晕了，我去那边买吃的！"

温双沐对自家弟弟突然变得那么通情达理感到意外，非常好说话地把手环交给他，放他一个人去觅食。

早上十点的温泉池里没什么人。温秉一走后，除了温双沐和苏起言，就剩在池子另一头的一对情侣。

两个人看样子应该是在校大学生，窝在角落里，动作亲密，好像有说不完的悄悄话，耳根贴着耳根。似乎只有小声说话，才有恋爱的氛围。

温双沐移开眼，语气轻松地问苏起言："你想好选修课选什么了吗？"

苏起言："还没看。"

这点倒不是苏起言撒谎。他周六下午去计算机组培训了，选课指南发下来，还真的没打开看过。

温双沐说："那你挑好了可以告诉我一声吗？我想跟你选一样的。"

乌小漆听这对话走向越来越糟糕，没忍住打断："宿主，你以前的'直球'就没行通，这辈子还犯浑哪！这么直接告诉苏起言你要跟他上一样的课，他会告诉你吗？"

温双沐却没理会乌小漆的劝诫。她偏过脑袋，让自己出现在苏起言的视野中，重复问："可以吗？"

苏起言低头看她。

有那么几秒，两个人都没有开口说话。

苏起言从水里起身时，抬手推了一下温双沐的脑袋。

"不要，你放学就够黏我的了，上课时间我想清静点儿。"

天空一大朵阴云飘过去，把天光挡住，看样子是要下雨。

温双沐摸了摸脑袋刚被苏起言碰过的地方。虽然都是拒绝，但从拒绝的方式来看，似乎比之前有长进了一点儿。

乌小漆感叹："宿主的自愈能力一绝。"

温双沐倒不在意乌小漆的这句话到底是出于挖苦还是夸奖。

豆大的雨点落下，那对情侣小跑进室内，温双沐也裹上了浴巾跟着进去："你听过一句老话叫作'什么锅配什么盖'吗？"

乌小漆对人类的俗语不太精通："听上去不像什么好话？"

温双沐想白乌小漆一眼，但很快意识到乌小漆不存在具体形态："他就是这样性格的人。我如果连这都承受不了，就不会喜欢他那么多年了。"

乌小漆明白宿主似乎想借助她的无坚不摧来说明她和苏起言的契合。而宿主其实也应该知道，能做小说男主的，都是不舍得让他真正喜欢的人无坚不摧的人。

乌小漆没见过有人把"自欺欺人"说得那么名正言顺的。

温双沐找到休息厅，温秉一正和苏起言在嘉年华区玩飞镖。

温双沐站边上看他们玩了一会儿，看差不多到她预约做 SPA（水疗）的时间了，跟苏起言知会了一声，就去二楼换衣服。

电梯门即将关闭的时候，突然出现了一只手。

温双沐没想到周彧这么有韧劲儿，竟然一直在边上等她。

周彧的身上已经换了酒店配套的汗蒸服，他冲温双沐晃了晃手里的手机："这回你总逃不掉了，联系方式，快点儿！"

温双沐一副想要配合但又没办法的样子："我没带手机。"

周彧瞪她。温双沐不但没在意，还反过来开始劝慰："这年头谁还闲着没事背别人号码？下次碰见再给你吧。"

"别下次了。"

周彧看电梯门又要合上，挤身走了进去："先把你号码给我，小……夏芝里的号码你到家再发给我。"

温双沐沉默地看着伸到自己面前的手机，没动。

周彧有些耐不住性子："快点儿！"

温双沐缓慢抬手，在电梯抵达楼层，响起"叮"的一瞬间，指向已经打开的电梯门，惋惜地说："我到了，还是下次吧。"

二楼门口有女宾区的警戒线，蓝色警示牌上写着硕大的四个字——男宾止步。

温双沐正要往外走，周彧却一只手把她挡了回来，另一只手重新关上电梯门。

周彧从口袋里摸出张房卡，刷到十七楼，又把手机递到温双沐面前："上下两趟，够你输号码了吧？"

温双沐轻轻"啧"了一声。

她很想告诉周彧，她不是他和夏芝里感情线的助攻，麻烦动用他的小脑袋瓜想想，一定会有比她更适合当助攻的人。

不过，戏份都搭上了……加个联系方式而已，也能多一个视角的信息。

周彧将电话拨了出去，听筒里响起拨铃声，不是空号。他提防地说："你应该没偷把别人的号码给我吧？"

"不信拉倒。"

"再加个 QQ 吧，双重保险。"

温双沐静默了片刻，张口报出一串数字。

报完账号的温双沐心中格外郁闷。两个人又不是同盟，各自作为男主主线和女主主线衍生出来的人物，跟接头一样处在一间电梯里互换联系方式，怎么想怎么古怪。

换本小说出现这样的剧情，一定是男二和女二要联合"作妖"了。这就是她分班考试向陆京借 2B 铅笔引发的"蝴蝶效应"吗？

温双沐叹了口气，心想自己真了不起，凭一己之力，把陆京的两大情敌都牵绊住了。

电梯到十七层，温双沐按上关门键，又按了个"二"。

电梯数字往下窜，温双沐想到十七层是豪华总统套房。她倒不是出于好奇，只是最近小说看得多，经常看到未成年主人公动不动就脱离家里搞独立，随口问了一句："现在高中生都很流行离家出走？"

"嗯？"周彧没反应过来。

温双沐耸了耸肩："周末不回家住酒店。而且我看你一个人，也不像和朋友一起出来玩。猜错的话，当我没说。"

周彧抿嘴两秒，将手机熄屏放进口袋，也没遮掩："跟家里吵了一架。"

温双沐："哦。"

"哦？"

让周彧感到惊讶的，不是温双沐平淡的反应，而是他注意到她"哦"的时候还要冷笑着扯了一下嘴角。

根本没意识到自己笑出来的温双沐，把周彧的眼神误会成是需要一些她的评价。

"你挺厉害的。"

周彧："……"

"离家出走了还花家里的钱住总统套房，让你爹妈收获双倍的'快感'。一箭双雕，可以作为当代青少年与家庭抗争的学习案例了。"

周彧："……"

周彧悟过来温双沐方才那笑是什么意思，也不觉得气，跟着笑了一声："温双沐，你这人挺有意思的。"

"……"

温双沐突然偏头抽了自己的嘴巴一下。

周彧被她这出吓了一跳，连忙去抓她的手："你干吗呀？"

"没事。"温双沐不动声色地偏了下位置，错开他的触碰。

就是警告自己不该刷的存在感不要多刷。

就在温双沐思考要不要解释一句自己平常其实很无趣，但又怕弄巧成拙的时候，电梯门打开了。她松了口气，说："我先走了。"

周彧愣愣地点头："哦，你去吧。"

温双沐一出电梯，没有恢复刚才的平静，对乌小漆念说："他刚说我有意思，不会是要爱上我了吧？"

乌小漆从温双沐抽自己嘴巴子那会儿就笑得不行："别怕，我估计现在周彧觉得你奇怪更多一点儿。"

温双沐："……"

正值雨季，星期一早上的天灰蒙蒙的，学校升旗仪式因为大雨取消。

温双沐试探了一圈。可能是离选修课报名截止还有一周的缘故，大家似乎都不太着急，没有现在就敲定的意思。温双沐再着急，也不能拍夏芝里的桌子，硬逼她马上选两个出来。

她无聊地点了点手机。周或从昨天晚上就不停给她发信息，问她怎么还不把夏芝里的联系方式推给他，现下又发了一条过来。

温双沐看了看每条信息的时间，好多都是在上课时间给她发的。她揉了揉眉心："有时间多学点儿习吧。"

她感叹一句，才打字回复：我问过夏芝里了，她让我不要给你。

温双沐无视周或的"刷屏"，鼓励地说：不打扰也是一种温柔，加油吧！

她发完这句，不再去看周或发来的信息，把消息设成免打扰，便把手机塞进桌洞，找了本《月亮与六便士》，朝教室外面的走廊走去。

乌小漆问："你带书干吗？"

"今天二班没有语文课，一班有。我以前看夏芝里经常在走廊上看书，梁洁好像还挺喜欢这种文艺女生的。我想速战速决一下。"

乌小漆大声说："人家好歹挑的都是晴天！"

温双沐小声说："就随便试试喽。"

温双沐找到个一班和二班前后门交界处的位置。书没打开，她的眼睛已经往一班教室瞄了好几次。

乌小漆无语至极："就为了看个苏起言，你还拐那么多弯。"

温双沐不认："谁说我是要看他了？"

大概是说谎话遭了报应，温双沐的视线马上被走出教室的李茂真挡了个结实。

李茂真在温双沐旁边的栏杆靠下来，脸上还带有刚分享完八卦的兴奋："双姐，你跟你们班陆京、夏芝里的故事走向有点儿扑朔迷离呀！"

温双沐不再往一班教室张望，心不在焉地应了一声："嗯？"

"在我们班，你们都被传成'三角恋'了！"

温双沐斜眼过去，一下子有点儿没听太懂："谁恋谁？"

"就，你苦恋陆京，但陆京喜欢夏芝里……"

温双沐打断："你再说一遍？"

李茂真挠了挠脑袋："你不是上周给陆京送奶茶了吗？听说后来陆京还把你给他的奶茶扔了？"

听起来是有几分校园苦情剧的意思。但奶茶分明是她自己拿去扔的！

"你从哪儿听来的歪门邪道？"

"前半句是我们班林森看到说的，后半句是佳绘告诉我的。"

温双沐不知道该气还是该笑——季佳绘八成只看到她把奶茶递给陆京，以及最后奶茶被扔进了垃圾桶的画面。

温双沐选择性地删减信息："那奶茶其实是夏芝里的。"虽然严格意义上是周彧的。

"啊——"李茂真自动悟了过来，冲温双沐竖大拇指，"我懂了，又是你替他们打掩护？不过陆京怎么把奶茶扔了？他不喜欢夏芝里？"

温双沐摆了摆手："他乳糖不耐受。"

李茂真了然地点头："我说呢，差点儿害我没面子。我一开始还跟我们班林森争辩，说你不给我和起哥送奶茶，怎么可能会给陆京送？！"

温双沐原本想问苏起言听见她给陆京送奶茶后是什么反应，但想了想，还是没问出来。

李茂真像这会才有空提起刚才的疑问："对了，双姐，你怎么站在这儿看书？书都湿了。"

温双沐："……"

李茂真又自问自答："哦，你是来找起哥的吧？我帮你叫他。"

明理中学校园的瓷砖在雨天和雪天是出了名的滑，李茂真刚走出一步，下身前滑，上身后仰，最后几乎折成九十度，重重摔在地砖上。

温双沐猝不及防，都没来得及拽住人，李茂真就全身溜了下去。

"哎哟喂，屁股好像摔三瓣儿了！"

李茂真疼得龇牙咧嘴："双姐，扶我一把。"

走廊楼梯口那边梁洁抱着教案上来，远远看到李茂真摔倒，忧心忡忡地走近："茂真没事吧？"

温双沐也顾不上在梁洁面前表现，将书一合，就去拉李茂真。

李茂真估计摔狠了，屁股和脚都使不上劲儿，抓住温双沐的手腕用了用力。

温双沐之前还没有太多男女骨骼差异的概念。李茂真看起来瘦，但抓她手的时候，简直像十来个铅球把她往下拽，最后扶人不成，自己反而溜了下去，以一种非常怪异的姿势，两膝两手撑地，横跨在李茂真两边，行了个大礼。

"……"

李茂真似乎也没想到温双沐会被他带着摔下来，愣了一下后，一边控制不住地觉得好笑，一边道歉着扶她："双姐，你没事吧？"

温双沐这辈子就没这么丢人过："你还有脸笑！"

她试图爬起，但地面有水，掌心又打滑了一下。

李茂真这回彻底憋不住笑了，大概是觉得两个人现在的样子很蠢，看到边上教室里有人出来，笑得连声音都是断断续续的："那谁，帮忙扶一下。"

温双沐没好气，过了一秒，也笑出声来。

得了，跟个笨蛋似的！好不容易拿到的九点好感值也要没了，回炉重造吧！

温双沐是被梁洁扶起来的。李茂真摔得比较重，由几个男生帮衬着拉起来。

大家虽然同情李茂真和温双沐摔了，但架不住两个人摔的姿势实在过于搞笑，最后笑声在一班和二班门口的走廊里出现了"人传人现象"。

温双沐已经不愿去想自己在梁洁眼里留了个什么印象，乌小漆却突然惊叫一声。

温双沐："摔的又不是你，叫什么？"

乌小漆："好感值变十点了……"

乌小漆放起喜庆的烟花。

支线任务："获取老师的好感"已完成。

攻略对象：语文老师梁洁。

最终奖励：五点积分。

温双沐眼皮一动，朝梁洁看去。

梁洁也属于"人传人现象"中的一员，三十六七岁的年纪，笑时眼角会出现淡淡的细纹，眼型却是非常好看的月牙。

她扶着温双沐，大概觉得作为老师，在这个场合笑不太合适，但又实在觉得这帮学生可爱："都没事吧？哪里疼一定要记得跟我说，我送你们去医院，别伤到骨头了……"

温双沐也听不太清梁洁后面说了什么。她从前与各科老师没有太多接触，不太能拿捏老师的喜好，但大抵知道天底下的老师都是喜欢好学生的。

她甚至都想好打"持久战"了，让乌小漆先布置别的任务，等到运动会和元旦文艺会演，她多为班争光几次，好感值总能上去。但她没想到这个任务最后会以这么无厘头的方式完成。

就……一方面觉得糗，一方面又觉得好像有点儿煽情。

没等温双沐感慨完，乌小漆又一声惊叫。

"你还有完没完了？"

"小鹭鹭的反派值也上升了，变成五十五分了！"

温双沐不敢置信地透过敞开的窗户往教室里看去。

有点儿东西呀！她在这里摔跤，陆京却在那儿跟夏芝里进展飞快。

温双沐带出来的那本《月亮与六便士》一点儿用场没派上，落在了走廊的地面上，侧页被混了脚印的脏水浸染大半。

梁洁去了一班教室，温双沐两根指头捏着书脊，独自往教室走。

运气衰的时候，连喝凉水都会卡牙缝。虽说好感值到手，但摔跤顺带给人行大礼，估计除她也没谁了。

不过还好。

温双沐目光从陆京和夏芝里身上扫过，感到了些许安慰。

一个懂事的反派，都不用师傅领进门，就已经学会自己"走剧情"、撬男主墙脚了。这就好比她什么也没干，光躺在床上就能听到有钱入账的声音，爽得只可意会，不可言传。

温双沐看着系统商城显示的三十五点积分余额，格外满意。

她视线往前掠去，发现靠座位边聊天说话的除了夏芝里和陆京，王承硕和季佳绘也在。

夏芝里率先注意到她膝盖和长筒袜上的水迹，略微吃惊，从口袋里掏出几张纸巾给她："这是怎么了？"

温双沐刚刚在走廊里已经把能丢的脸都丢完了，现在也算看开了，淡定地说："在外面摔了。"

她接过纸巾擦了擦手，又去吸书封上的水渍。

季佳绘原本离她比较远，现下也靠近过来："要湿巾吗？我去座位给你拿。"

"没事。我包里有。"

季佳绘点头，把手上的便利贴粘在温双沐的桌上："我刚才去数学老师那儿问题目，他让我把这个给你，说是今天作业多留的附加思考题，让你晚点儿找个自习课写黑板上。"

温双沐回答："好。"

季佳绘见她没事，就回到了自己的座位。

温双沐用纸巾大致清理了一下，又拿湿巾擦了一遍。

她余光注意到一旁的陆京和王承硕都不再说话，便对他们说："你们聊你们的，不用管我。"

"啊……"

还是王承硕先回神打破沉寂，对陆京和夏芝里说："所以你们俩选修课就打算选那个'后芳华的诗'吗？"

温双沐的眉心动了动。

很好！她前两节课的课间都试探成那副德性了，这帮人嘴巴还是跟封了封条一样，不停地跟她"踢皮球"，说什么"还没想好，你嘞"。现在她不在了，反倒讨论出了结果。

如果说两秒前的温双沐还在心里告诉自己做个安静的群众，绝对不能打扰他们，现下她则果断抛得一干二净："什么'后芳华的诗'？讲什么的？"

陆京看她一眼："不清楚，在通识大类里，我们刚才还在讨论会不会是音乐鉴赏课。"

温双沐露出惊讶的表情。

这名字你们要说是诗词鉴赏也就罢了，音乐课是什么鬼！

夏芝里解释："是'MCY'新专辑里的主打歌，我们猜授课的老师可能是歌迷，上课就让咱们听听音乐，写个乐评什么的。"

温双沐了然，眼珠一转，看向夏芝里："你喜欢'MCY'？"

这乐队可不是一般的冷门！

夏芝里有些不好意思地摸着后颈点了点头："对。"

温双沐又看向陆京："你也喜欢？"

陆京停顿片刻："就，还行吧……"

温双沐点头，自动把他的"还行"归类为喜欢。

毕竟之前讨论文学也没见两个人产生多少共鸣，现在讲个"MCY"，进度值直接加五，一定是相当志同道合了。

夏芝里问："你要跟我们一起吗？"

温双沐没马上回答，她在思考夏芝里的选课到底是延续了最开始的选择，还是陆京带来的"蝴蝶效应"中的一环。如果是前者，那意味着苏起言也会选这门课，必须阻止。但如果是后者，那就没她什么事，只需要为两位献上祝福就行。

温双沐想到了一个万能之策，一边从桌洞里摸出手机，一边说："我想要选'睡眠沙龙'。"

陆京震惊地问："学校里还有这种课吗？"

温双沐："嗯。"

论心理学老师如何帮助学生在校期间合理化偷懒。

陆京默默扭头看向王承硕："咱们也选这个吧。"

王承硕无语，但还是翻开课程表找了找："这课很难选上吧，只有十个名额。"

温双沐说："对，你们要记得留几个备选，不然耽误几分钟，最后可能剩下的只有'健美操'或'舞龙舞狮'之类的课了。"

随着她话音落下，一条信息出现在她和苏起言的聊天记录中：**选修课我要报的是"后芳华的诗"！**

目睹全程的乌小漆说："宿主这招有点儿猛啊！"

这下可以百分百确定苏起言不会选这门课了。

温双沐不骄不躁，又问夏芝里："你呢？有想好什么备选吗？说不定咱们可以一起。"

夏芝里说："就，首选还是'后芳华的诗'，选不到的话换'《红楼梦》精读'，感觉这两个都不会有太多人选。"

温双沐说："确实。"

都是让人听了瞬间丧失世俗欲望的课名。

但为了保险起见，温双沐还是把备选"《红楼梦》精读"一同发给了苏起言。

边上的王承硕和陆京大概觉得自己去跳健美操或舞龙舞狮的画面有点儿难以想象，统一地低头认真翻起课程表来。

王承硕指尖"哒哒哒"地敲着桌面："备选什么好呢？还是搞个篮球吧，虽然报的人多，但名额也多。"

陆京却自顾自地说："你说这个'塔罗牌占卜'和'六爻算卦'期末考什么？"

王承硕愣了一下，笑骂："你最近跟这些杠上了是吧？"

温双沐听到他们的对话，说："'塔罗牌占卜'是在期末的时候轮流给老师算一周运势，老师一般在一周后把分数上传到教务系统，基本能算准百分之五十的就可以拿满分。'六爻算卦'就是放几个铜板在龟壳里算吉凶，挂科率比较高，会影响期末总成绩，不太建议咱们班的人选。"

毕竟在尖子班里，奖学金名额竞争激烈，这些综合课的成绩也在考评范围内。

至于她为什么知道，陆京报出这两个课名的时候，她就想起这是她前世高一选的选修课。当然，最后全部光荣"阵亡"，要不是她其他文化分扛打，也没办法获得高中三年的特等奖学金。

王承硕说："你了解得好清楚啊！"

温双沐干笑了两声，胡编乱造地说："我周末的时候跟高二的学长、学姐取经，他们告诉我的。听说很多实验班和春季班的人因为选修分数太低，影响了综合分，最后差那么一两分，在高二分班的时候掉到普通班。"

说起来……温双沐脑中白光乍现，没记错的话，前世夏芝里高二的时候好像因为学习压力太大，主动申请转出实验班过？

那事当时在学校闹得挺大，后来过了半年，似乎是学校给她做足了功课，才重新调回来的。

温双沐不着痕迹地扫了夏芝里一眼。所以每次成绩都比她高几分的人到底压力大在哪儿了？

温双沐敛下思绪，发挥月老的精神，改口说："但你们文化分那么强，'浪'一下应该还行。"她说着，随手碰了一下夏芝里搭在她桌上的手背："你可以和陆京一起呀。像'六爻算卦'这种，你们俩的语言功底这么强，估计在理解方面比其他同学快很多。"

"啊……"夏芝里想说自己对这块不太感兴趣，但她向来不太会拒绝别人的关心，于是点了点头，"我到时候再看看。"

另一边陆京与王承硕没太听温双沐她们的对话，也在讨论选什么课。

陆京说："我这成绩，是不是'浪'的空间不大？"

"所以叫你选个靠谱点儿的。如果篮球课期末考投篮，'A+'就稳了。"

陆京想了想，觉得哪里不对："等等，我现在差的是这点儿选修课分数吗？"

王承硕笑了笑："那你也总不能连这点儿分数都丢没了！"

陆京突然听见过道前面有人叫他的名字。他抬头看去，季佳绘回来把一张素描纸背扣着递到他的桌前，问道："美术作业放在哪儿？"

"哦，稍等。"

陆京从桌洞里拿出一沓纸，班上已经有十来个人交了过来。刚才夏芝里过来也是为了这个。

通过这十来个人，陆京也算总结出了一条规律，但凡把他画得好看的，都会把画纸正着交给他，比如王承硕；画得丑的，则会把画纸扣着交给他，比如夏芝里。

因为前有铺垫，既有夏芝里"丑得认真派"，也有温双沐"丑出风格派"，陆京自认应该不会有人画得比她们俩还要夸张了。

他把季佳绘的画纸翻过来，和那些作业叠到一起，瞟到画上内容，有些吃惊。

王承硕瞄见，也感叹了一下："画得可以呀！"

温双沐虽然之前看过一回，但那不是终稿，所以也起身靠过去参观："她小学三年级就开始学画画了，特别擅长速写……"

温双沐没忘自己还想从季佳绘手里要一张肖像画，所以夸人的时候一点儿不含糊，但她的注意力很快就被别的东西转移了。

温双沐伸手指向底下的那张画："这是谁画的？抽象派吗？"她说着眼睛看向陆京，上下对比，"把你画得好像还没进化好。"

短短两句话，把画画的人和被画的人都损进去了。

温双沐扭头找夏芝里寻求认同："你说是吧。"

"……"

场面一度静止，季佳绘看向温双沐的眼神变得同情不已。

陆京和王承硕两个人则是一个偏头向窗外看，一个低头耸肩，笑得一抖一抖。

夏芝里明明是被"毒舌"的人，反而顾忌起"毒舌"的人，一副不知道要怎么提醒温双沐的语气，委婉地指了指素描纸右下角的署名："这是我画的……"

"……"

温双沐战术性停顿一秒，搭上夏芝里的肩膀："我知道啊，所以我刚在夸你呀！"

夏芝里露出疑惑的表情：是她对夸有什么误解吗？

"好的艺术都是不走寻常路的。我是'当代颜艺正统'，你是'毕加索华夏分索'，国内未来二十年的艺术标杆有了。”

温双沐向她展示自己的画："看见我把陆京五官画得很夸张了吗？灵魂就在这部分夸张里……"

夏芝里跟听数学最后一道大题讲解一样认真："还真别说，虽然画风浮夸了点儿，但确实挺像的。"

温双沐志同道合地与夏芝里握手："是吧？就是那种丑帅丑帅的！"

一直没怎么说话的季佳绘突然低头对陆京说："是不是觉得有点儿晦气？"

陆京怔了怔，停顿两秒："还好……"

温双沐对坏话向来敏感，没等陆京思考完措辞，眼神先一步横过去。

陆京明明没看向她，却像成功接收到她的威胁一样，话锋一转，吐出三个字："很荣幸。"

温双沐："……"有病啊！

温双沐差点儿控制不住脸上的表情笑骂出来。

周六有美术课。陆京到了艺术楼教室，美术老师让他把打完分数的作业往下发。

温双沐很快收到她的画纸——八十八分，看来美术老师也很欣赏她的艺术。

乌小漆怕她不知道，提醒说："别人都是九十五分、九十六分。"

温双沐说："小众艺术嘛，能达到这个程度可以了。"

一人一系正说着话，陆京发完作业下来，经过温双沐的画架时，突然将手里剩的那张画纸往她的方向一递。

温双沐露出个疑问的眼神。

"送你。"

温双沐愣了愣，低头看了眼画上的内容，脑子里涌上一种非常可怕的想法："别告诉我你画的人是我。"

陆京不予置否："礼尚往来，荣幸分你一半。"

温双沐回想起陆京的那句"很荣幸"："你这是在报复。"

粗糙的简笔画也就罢了，最后竟然还是阿凡提的画风！她刚刚能认出自己也是勇气可嘉。

陆京瞥见她嘴唇上下翕动地碎碎念，不用想也知道是在骂脏话。

陆京笑了起来："看反面。"

温双沐这才注意到画纸的质地跟普通素描纸不太一样，像是水彩纸。

她将画纸翻了个面，前一秒还在取笑温双沐在小鹭鹭心中形象的乌小漆也没忍住惊叹出声："这也太梦幻了！"

温双沐不懂水彩的专业术语，迎面的第一感觉跟乌小漆刚刚那句一样——过于梦幻了。

陆京的用色不是写实那类，丰富的暖调色系，因为用色的深浅不一，渲染出少说数十种让人报不出具体名字的颜色。还有不知道怎么营造出来的立体光感，画得她披光而沐，每一颗光子都在跳跃。

温双沐突然间有点儿词穷，端着画静坐半晌，往下扫了眼美术老师打的分数，才找到点评的方向。

她比了个大拇指："不愧是满分作品！"

陆京笑了："嗯，你满意就好。"

温双沐又欣赏了一会儿："你什么时候画的，我都没注意到。"

陆京坐去隔壁自己的座位："我是印象派。"

温双沐露出不解的表情。

陆京说："在家画的。"

温双沐反应过来他说的那句"印象派"是指他画画全凭印象。

温双沐点了一下头，一时不知道该夸自己的美貌太深入人心，还是陆京的记忆力太"逆天"。不过也是，能用五分钟背下《鸿门宴》的人，记忆力能不好吗？

乌小漆编了口号在她脑内循环播放，像追星现场，偏偏只有她这个无关紧要的人能听到。

"德艺双馨，陆京京！妙手丹青，陆京京！"

温双沐虽然被吵烦了，但不得不承认心里是服的。

一开始她只指望陆京用颜值征服夏芝里，但没想到连才华方面都那么厉害，人物魅力点拉满了，攻下夏芝里指日可待！

课上，美术老师用幻灯片向全班展示陆京和季佳绘的满分画作。

温双沐借老师的解说，又从专业角度学了许多词汇，知道陆京把她画得有多美。

等下课大家去吃饭，路上仍有同学提起，膜拜之词不断。

季佳绘玩着手机，突然把屏幕往温双沐的方向展示了下："有人上课把我和陆京的那两张画传到'明理'的贴吧里了。"

温双沐没放在心上:"好的艺术需要大家共同欣赏。"

季佳绘纠结措辞:"但下面评论的画风有点儿不对。"

温双沐这才低头往下看了看。前几个人都在认真夸画,后面开始转"真人党"。

五楼:男生是之前帖子里扒过的二班大帅哥吧?不过画上这女孩儿是谁?高一里面除了夏芝里还有那么漂亮的女生吗?

六楼:回楼上,女生是二班的温双沐。另:她这张画像就是你说的那个大帅哥给她画的。

七楼:我天!这两个人好有"CP感"呀,感觉可以脑补出一百本同人文了。这幅画里没藏点儿爱我不信。

温双沐看了好几个人的评论也没看出重点:"这都什么跟什么呀?"

边上的季佳绘看她似乎要退出页面,劝她耐心往下看。

只见有个人放了张照片,是之前贴吧里被大家讨论的夏芝里和陆京的公交车合照图。在旁边站着的她被人用红笔圈出来,公然吐槽。

十三楼:本人怎么长这样?!

十四楼:呃……算了,我还是"嗑"陆京和夏芝里的"CP"吧。

十五楼:陆京还真是善良。楼主不是说这是他们班美术作业吗?估计没好意思把人画太丑。

十六楼:前面的,温双沐怎么说也是实验班的,就算长得一般,也比只会乱说的人强一百倍吧。

十七楼:呵呵,十六楼是温双沐小号吧?

十八楼:果然是因为一中的学生都太乖不逛贴吧吗?温双沐初中的时候可是我们一中的校花,前面那些"黑脸"的实在没必要。

十九楼:哈哈,温双沐小号二号来了。我就是一中毕业的,我怎么没听说过温双沐这个人?

温双沐看完后什么也没说,把手机还给季佳绘。

当晚,该帖被封,明理中学的贴吧也发布了新的规定,轰动一时,遭到了众多学生的反对。

贴吧管理员无奈,写了八百字小作文声情并茂地表示,上课期间关闭贴吧服务是为了让贴吧能更长久地与诸位共存。

后来有人打通贴吧管理层得知发布新规的原因，似乎是有学生向管理员申请删帖失败，于是战况升级，只有短短两行的举报信里附了许多截图证据，以帖子发布的时间排列。HIOS作为校内官方推出的交流软件，放纵学生上课时间玩手机，不予管理，助长校内不良风气，如不查处整治，将向教务处举报。

明理中学素来以校风开放闻名，HIOS以贴吧服务为主。校方认为这个年纪的学生越打压越叛逆，索性"无为而治"，时间久了就发展成属于学生的小型社区天地，自带凝聚力。

如今管理层发布公告，上课时间关闭贴吧区的使用功能，并把先前那些在发帖时间上违禁的帖子大规模封锁，对学生们来说无异于领土受到侵占，引发了一片争议。

电子屏上不断切换贴吧里的争议讨论。乌小漆看热闹不嫌事大："感觉你在这个高中快待不下去了！"

温双沐平静，在草稿纸上推演数学题的笔尖不停："没看出来吗？我这是日行一善，帮大家从根源解决问题。"

乌小漆对温双沐的说法不太赞同："上个贴吧而已。你看，很多学生举证贴吧实现学生的更好发展，之前有两届希望杯作文赛的一等奖得主都在里面连载过小说。"

温双沐说："所以你觉得上课玩手机很有道理？"

乌小漆默了默。

温双沐："而且你确定拿一等奖的那两位不是利用课余休息时间发展兴趣爱好？"

乌小漆检索信息，发现温双沐不是无的放矢，其中一位得主在人物关系上是她家表亲，她能这么说一定有所根据。乌小漆于是彻底说不上话了。

"什么叫胡乱举证？这就是！"温双沐在试卷纸上写下一个答案，翻到下一页，"学生要有学生的本分，我大学那些室友的高中学校都不允许带手机，现在只是课上禁用，已经相当人性化了。"

乌小漆小声说："那你之前还和夏芝里上课偷发短信呢！虽然不是上贴吧，但从玩手机角度来说，性质是一样的。"

温双沐没反驳，相反还非常利落地承认了下来："是啊。所以，你看，我和夏芝里都不是自律的人。如果学校能早点儿强制管理，我和她的高考分数是不是还能再多十分？"

竟然觉得很有道理。

正说着，温双沐的手机弹出好几则信息，是她那位拿过作文比赛第一名的表姐：

双双！学校的贴吧被封了！我再也不能上课"摸鱼"我喜欢的"CP"了！听说是你们高一学生举报的，你知道是谁吗？

乌小漆："……"

亏温双沐前面说得一脸正直，它还相信了。

温双沐面不改色地给人回复：**不知道呀。**

乌小漆等温双沐回完短信："切入正题，虽然这次是宿主的无意为之，但还是要恭喜一下，宿主完成了最新的支线任务。"

触发支线任务：贴吧风云之女配来当家。

当前任务状态：已完成。

最终奖励：十五点积分。

目前商城积分累积总值：五十点。

幸福来得太突然！

温双沐听到商城积分到账的声音，身子往椅背上一仰，语调毫无起伏地"哇"了一声："还说我没有'女主命'，随便'干一票'都稳稳地踩在主线上。"

乌小漆无语："之前是没有，现在是带上系统 bug（故障）了。您想什么呢？！"

温双沐突然安静了下来，将手机扔到桌上，不再继续做题，也不说话。从她书桌的角度越过窗户能看到不远处 CBD 的繁华灯火。隔了层雾化玻璃，本该喧闹的光亮显得有些空远寂寥。她单手推了下窗，夜间的冰凉气流瞬间涌进脾胃，城市霓虹印入眼底。

乌小漆听见温双沐很轻地舒了口气，仿佛刚才的"低气压"只是它的错觉一般。

乌小漆问："宿主，怎么了？"

温双沐视线仍落在窗外的城市灯火上。她端起桌上的水喝了一口，自顾自地扯开话题："所以这个贴吧风云的支线任务具体是什么。"

乌小漆回答："HIOS 这个软件其实挺多想考'明理'的初中生也会用。夏芝里就是在初中的时候注册的账号，并且有一个长期记录贴，分享她的日常，因为内容比较励志，还带有很多学习干货，被管理员置顶成精华帖，在学生中有很大名气。后面有同学机缘巧合发现她的 ID，把她在贴吧里的人气带到现实中，让她彻底成为可以与苏起言相提并论的校园风云人物。"

乌小漆介绍完背景，继续说："原本的任务要求是让宿主创建同类帖子，盖过夏芝里的风头。不过由于夏芝里那条帖子也存在发帖时间与上课时间重叠的情况，下午被当作违禁帖一同封锁了。所以参照物消失，从最终要达成的目的上来说效果是一致的，于是就算宿主完成任务。"

温双沐点了点下巴："获取梁洁好感五点积分，在贴吧里盖过夏芝里风头却有十五点积分，她倒挺值钱。"

乌小漆："那可不，好歹是个女主嘛！"

乌小漆发现温双沐扯了下嘴角，不言不语，也不知道是因为自己说错了什么："明天就要选课了，宿主记得定个闹钟。"

"嗯。"温双沐关上窗户，拿笔继续做数学试题。

温双沐作业写到半夜两点，第二天早上七点起床，写完一套物理卷，卡着九点半出门打车去韩楚秋的广告公司。

韩女士公司的服务器很顶级，网速飞快。之前温双沐去外地上大学后有时也会让韩女士帮她选课。

温双沐坐到韩楚秋的办公室里，还差三分钟，页面上的选课内容都是灰色的。温双沐看了一眼时间，分别给夏芝里和陆京发去一条信息：**别忘了选课。**

夏芝里率先回复，一个俏皮的"猫咪表情"：**好哦。**

陆京的画风则颇为商务，发来个"抱拳"的表情。

时间临近，班级群热闹起来，不断有人说"页面登不进""一刷新网页就崩了"……

温双沐对着墙上的电子钟，等数字变为零的一瞬间，敲下鼠标左键。页面加载，两秒后，弹出选课成功的通知。

乌小漆看温双沐选了"睡眠沙龙"还是有些惋惜："宿主就没想过押一下主课类的选修？说不准能和苏起言分到一起。"

温双沐微笑："你觉得这种低概率事件有押的必要吗？"

全校有一百多种选修课类别，不是十几种。只要确保苏起言和夏芝里上的不是同一节就行了。

温双沐点开空间动态，看了看其他同学的选课情况。果不其然，一群人都在哀号手速慢，没抢到课。

李茂真的动态混在中间，温双沐指尖从屏幕滑过，又退了回去。

李茂真：有没有哪位大佬可以告知"后芳华的诗"是上什么内容的吗？

温双沐挑眉，一时没有印象李茂真之前是不是也发过同样的动态。

她点进和李茂真的聊天框：你报了"后芳华的诗"？怎么，最近想走文艺范儿？

李茂真不由分地说发来一句：双姐，我没背叛你。

李茂真：真的。

温双沐心中涌起不祥的预感。

李茂真：起哥五分钟前才告诉我他临时有事，让我帮他选课，我根本来不及告诉你。我也没想到大家抢课的速度那么快！明明系统有两小时的开放时间啊！我退出自己的账号，再登起哥的账号，就没剩几个课了。

温双沐："……"

温双沐：所以你就给他报了"后芳华的诗"？

报了就报了，怎么之前没见你把这事告诉我呀！

李茂真发来剩余课程的截图：咱也不能送他去跳健美操或舞龙舞狮啊！

李茂真发来了一个"苦涩"的表情，表达了自己的不易。

乌小漆为了应景，献上一曲《二泉映月》。

主线任务："才不让他们上一节课呢"行动失败。

当前进度：清零。

最终奖励：无。

与此同时，在世纪城三楼的共享自习室里。

相邻的两台电脑桌前先是冒出一声："哟，篮球没抢到。"隔壁没应答，过了两分钟才出声："还真有人退课。"

王承硕探头过去，奇迹地发现"睡眠沙龙"多出一个名额，叹为观止："这都能让你蹲到，快按！"

不等王承硕催促，陆京已经点下鼠标。

网页进入加载页，卡顿地加载了十余秒，弹出一则通知——选课失败。

陆京："……"

王承硕："……"

王承硕说："我错了，我真以为这里网速好来着。"

两个人从中学起就经常相约到这边的自习室学习，但用这边的电脑还是头一次。

陆京叹了口气，这回没再继续碰运气，见"后芳华的诗"还有名额，便提交了上去。

他问王承硕："你最后选的什么？"

"《名侦探柯南》里的物理学原理。"

陆京："《柯南》里的难道不都是反物理学原理吗？"

王承硕表情悲凉地说："所以我一开始压根没想选它。"

陆京："……"

写字楼的玻璃墙面在阳光下散发着蓝调的光。

温双沐单手搭在桌面，看着屏幕上最终显示的选课结果，考量了很久后开口说："给我兑一张剧情解锁卡。"

乌小漆一下子没反应过来："选课不是已经结束了吗？"

虽然结果不尽如人意，但也不是没有挽救的空间，之后在课上见机行事就行。

温双沐没有解释，重复了一遍："嗯，我要解锁章节。"

乌小漆奇怪归奇怪，还是乖乖把当前剧情章节调了出来。事实上只要积分足够，就算宿主想追完全文也没多大问题。

长篇幅的马赛克在电子屏上显现出来。

乌小漆问："宿主想解锁哪段？"

"随便都行。"

"不就是主线任务失败了一次，怎么感觉像自暴自弃起来了？"

温双沐停顿片刻，又摆了下手，这回稍微过了下脑，改口说："再来一张吧，最后四百字都解了。"

乌小漆猜不透宿主的意图，明明几分钟前还一毛不拔。

程序运转，马赛克消除，清晰的文字显露出来。

温双沐瞟见正文里出现自己的名字，视线一定："再往前调两百字。"

乌小漆依言照做，心中佩服，这一次性可是直接十五点积分花出去了。

温双沐抬手在眼前的透明电子屏上点了点，文字放大。

选修课是走班制。

夏芝里的教室在隔壁一班，她到得早，前后座位基本没人，于是随便挑了个靠后的位子坐下来。

也不确定这节课是不是"MCY"的文艺复兴，她还带了生物作业。做完了两道题，两个外班的女生循着后门靠边的座位一路找过来，夏芝里隐约听见了"苏起言"这个名字。

夏芝里视线随意一瞥。她座位的主人桌面没收拾，放了一沓作业本和试卷，试卷姓名栏上写的正是"苏起言"三个字。

她动作顿了顿，下一秒就听一个女生兴奋地说："快看，快看！在门口！"

夏芝里顺着她们的视线望去。男生靠在走廊的栏杆旁，一个女生站他对面与他说话。

再仔细一看，女生是温双沐。

也不知道两个人是什么关系，她已经好几次撞见了他们在一起。

男生的脸上似乎带着淡淡的不耐烦，眼角向下瞥着，不过眉眼间漫不经心的倦意，又冲淡了他身上的冷意。

大概是预备铃响起，温双沐赶着上课，最后说了句什么，不甘地先一步离开，苏起言却突然笑了一下。

夏芝里看到这幕还没来得及收回视线，正好被苏起言瞟回来的视线捉了个正着。

两人对视片刻。

苏起言收敛了神色，眉梢弧度很小地挑了一下。他走进教室，站定在她桌前。

夏芝里心虚，正思考着要不要解释一下。苏起言却把手上的那沓语文卷子放到桌上，绕去隔壁座位。

"啊！"夏芝里反应过来他似乎也上这节选修课，"这是你的座位？"

她急急忙忙地想要收起桌上的书笔站起来。

"没事。"苏起言已然拉开隔壁椅子坐下。过了两秒，不知出于什么目的，他像安抚一样，又加了两个字："坐吧。"

乌小漆赞叹："不错呀，这回正好解锁到完整互动剧情上了。"

温双沐没说话，本来因为看到自己名字，多往前解锁了一部分剧情，谁知道与她相关的内容就只有一开始看到的几句。

好在信息都比较有效，不算那么难接受。不过——

温双沐有些耿耿于怀地将文字调到中间她出现的段落。描写她的内容不多也就罢了，唯一的一个带感情倾向的词语竟然还是"不甘"？再剩下就是通过苏起言的神态描写，烘托当时她在旁边的碎碎念有多让人不耐烦？苏起言的"冰山脸"不是对谁都一样吗？怎么搞得好像是因为她太招人厌！

乌小漆听到温双沐的心理分析，笑着说："宿主的语文也没那么差，这阅读理解就做得挺好的，神态描写烘托人物情绪都出来了。"

温双沐按捺住竖中指的冲动："这原书作者是不是故意丑化女性？"

乌小漆想了想："还好吧，至少没写你'跺跺脚，不甘地离开'，那样还会显得你再降智一点儿。"

温双沐："……"

暂且不说人类对记忆里的自己都要带有好感度，温双沐觉得即便抛掉好感度，十六岁的她也是各方面都无可挑剔的天之骄子，尤其那时候完全没察觉夏芝里与苏起言之间的关系，即便和苏起言有点儿摩擦，也不应当出现"不甘"这样的字眼。不过说到做阅读理解——

温双沐重新审视了一下这段文字：

大概是预备铃响起，温双沐赶着上课，最后说了句什么，不甘地先一步离开，苏起言却突然笑了一下。

从她过渡到苏起言中间的这个逗号就很有灵性，作为一句话里的因果关系，苏起言其实是因为她才笑的吧？

她那时候一直以为苏起言故意捉弄她，拖到上课铃响也不去选修课教室，所以其实他上课的地方就在一班。

那他当时应该是在笑话她笨，连这都没发现吧？

乌小漆绑定过那么多女配反派，还是头一次遇到一个女配，自己在原文的"玻璃碴"里"抠糖"的，搞得男女主的那些情节瞬间不"甜"了。它在温双沐脑内放烟花似的放了许多"比赞"的表情。

温双沐的表情跟看笨蛋一样："你干吗？"

乌小漆说："宿主分析得很对，继续！"

温双沐的好心情并没有因为乌小漆的嘲讽消失。她打开手机翻到和苏起言的聊天框，两个人的聊天内容还停留在她跟他报备自己会选什么课上。苏起言最后给她的回复是一串省略号。

她打字：李茂真告诉我你选什么课啦！没想到你还真选了跟我一起。接下来上课记得帮我占座呀！

乌小漆发现无论和宿主相处多久，总能在一些奇奇怪怪的地方被刷新认知。这招反客为主用的，要说她不是《孙子兵法》十级学者，它都不信。

韩楚秋开完会回到办公室，温双沐正坐在办公桌前写剩下的周末作业。

"双双，你的偶像今天在这儿拍广告。"韩楚秋把文件放到桌上，说起来有点儿邀功的意思，"妈妈给你约了中午一起在楼下餐厅吃饭，你一会儿可以跟人合照要签名。"

温双沐反应过来妈妈说的人是沈箸，说起来有点儿"时代的眼泪"，这位三十岁就登顶的影帝，在五年后就退出了娱乐圈。

她会喜欢沈箸，起初也是因为苏起言家有很多沈箸的影碟，有时候韩女士和温老板出差，她和温秉一被托付到苏家，因此没少有跟苏起言宅在一张沙发上，一个下午连看三部电影的经历。

温双沐点了点头："哦，好，谢谢妈妈。"

中午吃饭的时候，韩楚秋滔滔不绝地跟沈箸讲起自家女儿有多喜欢他，连他早些年出道的电影都反复看过好几回。

沈箸人帅心善，被经纪人通知赶通告前也不忘跟她合照。除去给她准备的一张特签，还附赠了几张普通签名照，说她可以带去学校送给同学。

温双沐想着可以送苏起言一张，便收下了。

饭后韩楚秋要忙工作，温双沐待在公司也无事干，索性打车回家。到了皇家新河湾，收到淑琴姨发来温秉一在商场发脾气的短信，只好重新让司机把她送到对街的世纪城。

温双沐来到二楼的动漫城，还没走近，温秉一就从动漫城的门口跑过来抱住她的腰大哭。

"哇！姐姐，你怎么才来？有个男的一直欺负我，我打不过他，你帮我报仇！"

温秉一虽然少爷脾气，但在初高中生眼里，确实是人傻钱多好欺负，之前还被人敲诈过，温双沐听了真当他被人打了，掰过他的脸检查了下："打哪儿了？人呢？"

温秉一眼眶憋得通红，估计一早就想哭，但又好面子忍着，看到她来才发泄一通。

"走了。"温秉一回头望了眼，因为报不了仇，哭得更惨了，"姐姐，你陪我在这里等那个人回来。"

淑琴姨从后面拎着温秉一的琴盒走上来,解释道:"不是,——小提琴下课后,说要到这边打会儿游戏,我就带他过来了。看见有个高中生在玩投篮机,——就说要跟人比赛,但输了十来局……"

温双沐哭笑不得。

把温秉一安抚得差不多后,三个人到地下一层的餐饮街。世纪城的商铺呈"回"字形延展,餐区则集中在中间一片。

周末人多,温双沐让淑琴姨带弟弟占座,自己去给他们点餐。拿了号码牌,温双沐边玩手机边等,在嘈杂的人声中隐约听到好像有人叫她名字。她回头看去,只见王承硕站在她一米外,手上还拿着两杯刚买的奶茶。

温双沐礼貌地收起手机,点了下头:"好巧。"

王承硕看了眼她身上的书包:"你也到这儿的共享自习室学习?"

温双沐愣了愣:"没,陪家里的小孩儿过来玩。"

王承硕原本见她一个人,还担心她找不到位子,想问她要不要拼桌,听她说跟家人一起,也就没再邀请。他指了个方向,说:"那我先过去了。"

"嗯,拜拜。"

王承硕走出两步,想到什么,又停了下来。他抬抬手上的奶茶:"我不小心多买了一杯奶茶,你要吗?"

两分钟后,王承硕走到用餐区的西北角找到陆京。

陆京把自己和王承硕的咖喱饭端来后,就先吃上了,见对面的椅子被拉开,抬头看了眼。

王承硕咬着奶茶吸管,厚厚的奶盖,下面有冰块,水汽覆在杯壁上,一看就很凉快。

"怎么没给我买?"

王承硕看起来比陆京更茫然:"啊?你不是乳糖不耐受吗?我本来都买了两杯,回来才想起你不能喝,路上刚好碰见温双沐,就送给她了。"

陆京:"……"

王承硕又说:"我在网上查过,不少人像你一样后天突然乳糖不耐受的,科学原因不好讲。咖喱饭里面也加了奶,你少吃点儿。"

133

陆京："……"

吃完饭，经过一楼的一家字画装裱店，淑琴姨进去买了个副画框。温双沐看到只当是她自己买来用，没多问。

等回到家，温双沐伺候温秉一午睡，出来看到淑琴姨拿着画框这儿摆摆那儿放放地调整位置，这才注意到画框被淑琴姨拿来裱了什么。

她哭笑不得："淑琴姨，你怎么把这画给裱上了。"

陆京在美术课上给她画的画，被她随手放在房间的书桌上。果然这个年纪的女生不能让任何有关自己肖像的平面物件出现在家里，不然一定难逃被长辈挂墙上的命运。长辈还会误以为她很喜欢。

"我早上打扫时看到的，多好看哪！"淑琴姨把画又往壁柜上放高了一格，"是去艺术馆专门定制的吧，都花了钱，不摆出来多可惜。"

温双沐虽然觉得让自己的脸化作家里的装饰怪尴尬的，但鉴于陆京的画十分高级，与家具风格不会太冲突，也就任凭淑琴姨去了。

她绕去饮水机那儿给自己倒了杯水，回答道："不是，班上同学给画的。"

淑琴姨吃了一惊，不过很快有了猜想："是佳绘吧？这丫头的画是真的好，也进步太快了。"

"不是。"淑琴姨大概是找到了最佳摆放位置，温双沐抱着杯子站在边上跟着看了会儿，"是在高中新认识的同学。"

淑琴姨感慨："这年头的孩子真是一个比一个了不得，不像我家那个，成天书不知道读，兴趣爱好也没一个像样的。"

温双沐说："孟晖的手工不是挺厉害的吗，以后大学读个美术专业，说不准还能创立个人品牌，卖卖手工制品。"

她这话不是无中生有，前世的孟晖找她借过钱作创业的起始资金。温双沐对孝顺的人有种天然的好感，更何况还是认识的朋友，最后没说借，以投资的形式把自己这些年的压岁钱给了他。

一年过后，孟晖确实把店铺办起来了，在大学城里格外受学生欢迎，每到年底还会给她一些分红。虽然跟其他来钱快的创业领域没法儿比，但一个人单枪匹马能在毕业前搞出那么大的动静，也是相当了不起了。

淑琴姨听到这里，脸上也带起了笑意，摸了摸手上的手链："你看，这是我上个月生日他送给我的手链。我跟他爹都没什么艺术细胞，也不知道这孩子遗传的谁，做出来的东西倒一顶一。不过他现在上了高二，书越读越差，也不知道该不该让他继续搞这些……"

淑琴姨想托温双沐帮忙督促下孟晖的学习，感觉同龄人更能聊到一块儿。

但温双沐没想到最后不是自己主动联系孟晖，而是孟晖先联系的她。

周一早上到校后，温双沐没直接进校门，拎着袋子在街口的红绿灯前多站了会儿，直到手里的手机亮了一下。

孟晖：抱歉，早上睡过了，刚下地铁，再等我五分钟。

温双沐把袋子钩到腕上，双手打字给他回复：没事，我就在红绿灯这儿，你慢慢来。

温双沐发完短信，偏头往路口的方向望了眼。

在学区一带，每天家里接送和坐公交地铁上学的学生各占一半。七点十分正是人流量最大的时候。

温双沐看到什么，眯了一下眼，跟乌小漆确认："树下那个是你家小鹭鹭吗？"

乌小漆一下子从睡眠模式中振奋过来，前后扫描，却觉得眼前画面有点儿超纲，紧接着问道："小鹭鹭边上那个是夏芝里吗？"

温双沐得到确认，就差鼓掌庆贺一番："他们俩可以呀，都开始一起上学了！"

看上去应该是陆京先注意到她。他低头对边上的夏芝里说了句什么，下一秒夏芝里就跟着一起望过来。两个人一个闲散，一个兴奋地远远抬了下手冲她打招呼。

清晨蝉鸣阵阵，风过林梢，阳光穿过树叶的间隙，铺开点点光影。男俊女俏，身形高瘦且面容姣好。

温双沐寻思，这不就是偶像剧里才会出现的画面？

等两个人走近，温双沐才点头对他们道了声"早"。

夏芝里站得离她比较近，温双沐难得觉得自己无聊又恶趣味。她靠过去，轻抵夏芝里的肩，故意用起哄的语气，压着音量调侃："你最近和陆京走得很近？"

夏芝里瞬间涨红了脸："我跟他只是凑巧在地铁上碰到。"

"哦，凑巧啊——"

温双沐拖着长腔重复了遍，好好的一句话，偏偏让她把凑巧说出了不凑巧的意味。

乌小漆"啧"了一声，想夸宿主每次"演出"都能把角色的定位拿捏得死死的。所以说，校园文里的"感情氛围组"有多重要，尤其夏芝里露出焦急想要辩解的神情。纯洁关系里的暧昧就是这么一点儿一点儿冒出头的。

陆京刚被路过的高二学长招呼说了句话。他见两个女生还站在原地聊，于是示意校门的方向："不进去吗？快上课了。"

温双沐说："我还要等个人，你们先进去吧。"

陆京和夏芝里也没多想，双双离开。

大约又过了五分钟，孟晖才奔到红绿灯口。他双手撑着膝盖，喘了几口气："不好意思啊，让你等半天。"

温双沐把袋子递给他："没事，我把衣服装在里面了。"

"谢了，我晚点儿洗了再还你。"孟晖抬手接过，也没打开检查看一眼，用手臂抹了一把额头上的汗。

温双沐虽然受淑琴姨拜托，让她跟孟晖说说学习的事，但她知道孟晖是个心里有数的人，该学习时不会让自己落下太多。于是只跟孟晖提了一句学习上如果有需要帮忙的可以找她，便和他在校门前分开。

乌小漆有点儿好奇："他借你校服做什么？"

"不清楚。"

不过在温双沐的印象里，有不少十三中的女生借明理中学的校服进来跟喜欢的男生告白。虽然她不太能理解这种行为，但看孟晖那样子估计也是帮别人借的，一点儿小事还是能帮就帮，反正明理中学的那套运动服她都不怎么穿。

到了早上的升旗仪式，孟晖又给温双沐发来短信。

彼时校长正在国旗台上发表讲话，重申学校贴吧的使用情况，表示接下来会对学生的手机使用趋于严格管理。而温双沐站在二班队末顶风作案，用衣摆挡住手机的一角，跟没挡一样。

孟晖：衣服是不是拿错了？有点儿小。

温双沐：没有，一米七五的码。

手机振动了一下。温双沐还没来得及看清孟晖发来的信息内容，耳朵上方传来一声："手机不想要了？"

温双沐被身侧笼过来的阴影吓得指尖一抖，手机差点儿滑下去，被苏起言手疾眼快地抓住。

后面还有两个其他班的学生会检查人员，看苏起言突然停住，问道："怎么了？"

苏起言不着痕迹地将手机重新放进温双沐的口袋，回头应了句："没事，看错了。"

他说着走回去，几人继续检查其他班级同学的校服和校徽。

温双沐心有余悸地摸了摸口袋。

校长还在台上讲着，接下来哪些时段不得在校内使用手机。

乌小漆幸灾乐祸："宿主别第一个吃下自己种的苦果。"

温双沐说："滚！"

陆京往温双沐的方向看了一眼，下一秒偏过头，继续和王承硕有一搭没一搭地聊着闲话。

后半段的升旗仪式，温双沐不敢再放肆，把学生会的纪律汇报以及高三年级代表的讲话听得一字不落。

身后的草坪传来轻微的"窸窣"声响，接着她的肩膀被人搭了一下："同学，高一年级二班的位置是这儿吗？"

温双沐觉得这声音熟悉，回头看去，瞬间对上周或放大了数倍的脸。她的瞳孔因为震惊缩了缩，想往边上退，却被自己绊了一跤。

陆京站她隔壁，感觉她要撞过来，下意识地扶了她肩膀一把："没事吧？"

周或也没想到自己一逮一个准，不仅准确摸到了二班的位置，还直接找到那个把他信息屏蔽了一个多星期的"债主"。

温双沐的脊背半贴在陆京身上，为了保持平衡，一只手还扣在他抬起的小臂上，而手放下时，不小心将陆京腕上的红绳也往下带了几毫米的位置。温双沐指节不自然地舒展了下，跟人道了声"谢谢"。

站在前面的王承硕隐隐感觉后脚跟被人磕了一下，回头望去，发现温双沐不知道什么时候到了他后面，女生队伍边上还出现了个之前没见过的男生。

气氛有些微妙，他用眼神询问陆京对方是谁。陆京也瞥了那人一眼。

学校升旗时要求统一穿制服，对方只套了件运动外套，裤子还是私裤。上衣袖子被撸到手肘，短着并不明显，但看衣摆的长度以及腰脊的修身程度，总觉得有些违和，胸口也没戴校徽。

周或被盯得有些烦躁，轻轻"啧"了一声，伸手去拉温双沐："你过来！"

温双沐不喜欢周彧的碰触，避了避，正打算走过去，却被陆京误解成另一个意思。

"站我前面吧。"

陆京往后退了一步，让自己和王承硕之间腾出足够的空间。他的身子是微微侧偏站的，有点儿阻隔的意味。

温双沐微怔，不知道自己怎么就成了男生队伍的一员。她隔着陆京的肩头与周彧相觑一眼，果断回头站好："好，谢谢。"

周彧险些爆粗口。

周彧的个人特色不是一件规矩老实的运动服能挡住的，尤其他耳上那颗闪耀的银色耳钉。

王承硕皱眉："同学，你是哪班的？再在这里，我就喊纪检部的过来了。"

周彧不至于进明理中学一趟，还混个在国旗台下被学生会追杀的"荣誉"，连忙说："别，今天忘了穿校服。同学，你行个好。"

他白了温双沐一眼，倒退几步，从操场西门撤了出去。

温双沐看周彧离开的背影，也是佩服，感觉周彧装什么都挺到位，上次是温泉里和她搭讪的不良青年，今天是不遵守校规的坏学生。明年电影节没他都失了趣味。

虽说周彧走了，但陆京似乎并没有赶她回自己队伍的意思，温双沐觉得站在两个比她高一个头的男生中间挡太阳挺好，于是也不介意呈现个"凹"字形，继续保持这个队形。

台上，校长正进行最后的总结。陆京余光瞥见温双沐似乎把上身往后倾了倾，幅度并不明显。他垂眼看了片刻，在温双沐大约十五度的后仰中，反应过来她是在找他挡太阳。

陆京笑了一下。

升旗结束后，温双沐大抵猜到周彧最后那个眼神的意思，而她正好有事跟他确认。她打开手机翻到周彧的聊天框看了眼，因为设置成免打扰，前后累积了二十条左右信息，温双沐只看了最新那条，朝学校的人工湖走去。

地方有点儿远，温双沐趁机把手机里其他未读信息都清理了一遍。孟晖最后给她发来的是一个"抚额"的表情，以及一行文字：*我这边再看看想办法吧。*

温双沐觉得刚才周彧身上那套运动服过于巧合，于是给孟晖发信息：*你认识周彧吗？*

孟晖没过几秒回了一个问号：你认识我同桌？

温双沐仰头望天："……"得了，也不用再去跟周或确认了。

温双沐：所以你把我衣服借给他了？

孟晖：对。你俩碰上了？

孟晖察觉到不对劲儿：等等，不会他说要追的女生就是你吧？

还没等温双沐解释，那边大概嫌打字慢，直接发过来了一条语音："抱歉，抱歉，我不知道周或喜欢的是你。你碰见他不用理，等他回来我跟他说。你好好学习，我会让他以后别去打扰你的。"

大概是淑琴姨在孟晖面前唠叨她的次数比较多，孟晖总把她当别人家读书好的孩子，认定她遇上不学无术的坏学生没有招架之力，会被人骗。

温双沐：不是我，他追的是我班上另一个女生，之前凑巧碰见过两次。

孟晖松了口气，想了想还是不放心，又发信息：那也还是离他远点儿，你是要好好学习考大学的。

温双沐挑了挑眉，感到有点儿意外。她很少见孟晖对谁态度那么两极，他能帮周或借明理中学的校服，说明两个人关系应该不错才对。

温双沐来到了人工湖。周或靠在假山旁，正低头有一搭没一搭地按着手机屏幕。

温双沐隔了点儿距离停下："你不去找夏芝里，约我到这地方干吗？"

周或抬头看她："我还想问呢，谁传的你们学校校纪很松？我绕了一圈，哪儿哪儿都有站岗的人。要是把小孩儿拉来了，我都不知道去哪儿说话。你们学校就没点儿隐蔽的地方吗？"

温双沐耸肩："就这儿啊。"

周或没反应过来："什么？"

温双沐说："我说这儿就是我们学校最隐蔽的地方。"

周或怔了怔，打量一圈，发现景致和氛围是挺到位，也没巡查的保安和学生会人员，就是边上站的人不太到位。

他冲温双沐招招手，说出了喊她过来的目的："把你们班的课程表发我一份。"

周或看她那表情似乎要拒绝，没给她开口的机会，接着说："联系方式没给，这点儿小忙总得帮帮我吧？放心，我就在你们活动课或体育课的时候过来。"

温双沐想着，就算她不给，周或也一样会混进来，如果挑主课的时候，少不了一阵麻烦。两相权衡，她还是摸出了手机。

"发了。这样就算两清了，以后路上碰见当不认识我。"

周彧不说好也不说不好，点开消息确认："你说我要不要直接转学过来？"

温双沐盯着周彧几秒，给出二字箴言："别吧。"

周彧一开始也只是随便一提，如果温双沐回答个"也行""看你自己"，他都不会有什么反应，偏偏是这句"别吧"，听上去她才更像忍辱负重的那个。

周彧来了点儿劲儿，非要将她一军："你听过一个词叫'物极必反'吗？你这么讨厌见到我，别告诉我你是爱上了我？"

"我是怕你爱上我。"

"你以为我这么不挑吗？见一个喜欢一个！"

"难道不是吗？"

周彧被温双沐笃定的眼神盯得差点儿以为自己就是这样的人了："你又不是我喜欢的类型。"

"巧了，你也不是我喜欢的类型。我喜欢读书好的。"

周彧故意硌硬她："谁跟你说我读书差了？"

温双沐面露惊讶："别告诉我你的设定是——虽然我每天旷课打架，但我的成绩始终是年级第一！"

周彧成绩虽然不至于年级第一，但之前确实只是没好好学习，只要认真点儿，混个前几名没什么难度。但被温双沐提前堵了话口，同样的话他怎么也说不出口。

温双沐觉得有必要规劝周彧想要转学的可怕想法："夏芝里也喜欢读书好的，上个追她的男生把她的成绩带成了中考状元。换你，你能吗？你在十三中是风云人物，到'明理'来月考成绩一排，就比较容易暴露短板。而且，我们学校不允许你这样的学生存在，到时候你一点儿个人特色没有，再追夏芝里多少会有一点儿难度……所以，三思而后行。"

主要都聚到一个学校，她每天要处理"多角关系"，容易身心疲惫。

周彧说："你语气可以再中肯一点儿。"

温双沐一副没看懂他眼色的样子，远处的教学楼传来预备铃响："我要上课，先走了。"

温双沐顺着鹅卵石路走出一步，又回过头来："对了，操场出来的那条大道上有家文创店，里面可以买明理中学的校服。花点儿钱买件大码吧。"在周或疑惑的眼神中，温双沐继续说，"你现在这样，多少有些'精神小伙儿'。"

温双沐还记着国旗台下苏起言提醒她收手机的事，回教学楼时远远看到了他，便追上去。

"喝饮料吗？我请你。"

苏起言偏头看到是她："要我帮你什么？"

温双沐搞不懂自己怎么给人留了这么个印象："没有啊，就感谢你刚刚帮我把学生会的人挡下来。手机被缴了事小，如果被全校通报批评，怪丢脸的。"

"知道丢脸，还这么大胆地在国旗台下玩手机？"

"我那不是知道你在学生会里，可以帮我挡下来嘛。"

温双沐踩上花坛的石阶，走了两步，又跳下来。

苏起言看了她一眼，没有说话。

教学楼一楼靠后花园的位置有一家咖啡店，平日里卖些简单的甜品和饮品，以免有学生课间肚子饿，食堂太远跑得不方便。

温双沐问："请你喝咖啡怎么样？还是汽水？听说店里出了一款蓝色柠檬苏打。"没等苏起言回答，她又自我否决，"算了，汽水喝多了对身体不好，不然换牛奶吧，感觉你好像还能再长个儿。"

苏起言显然兴趣一般，用掌心在她脑袋上压了下，拐去二楼的楼梯："你自己多喝点儿吧。"

温双沐也不气馁，快走几步，绕到他前面，扶着栏杆倒退着往上走："或者奶茶？你想喝什么口味的？对了，我跟你说，我的新同桌特逗，明明之前请他喝奶茶还一点儿问题都没有，第二次请他的时候，突然说什么急性乳糖不耐受，差点儿吐了，这病还能这么发作的吗？"

苏起言忽地停下来，站在那里，也不说话，虽然矮她两级台阶，依然和她保持平视的角度。

温双沐被他盯得有些不自在："怎么了？"

苏起言下巴微抬："你把道挡了。"

温双沐反应过来自己刚说得太入神，忘记往后走了。

她忙不迭地偏开身子，给苏起言腾出条路，走他左边："喝吗？你要懒得跑一趟，

141

我帮你带回来也行。一会儿我到咖啡店里拍目录单发你？"

"温双沐。"苏起言突然叫她，"早知道你话那么多，我就不管你了。"

温双沐不在意地撇了撇嘴角，心想最后不还是管了吗？

温双沐寻思，苏起言要是什么也不想喝，那就来点儿简单的。两个人可以回教室把水杯带上，茶水间里走一波。她正要对苏起言开口，却先被人抢了先。

"夏芝里。"

温双沐从苏起言口中听到这个名字，一下子有点儿愣神。

"什么？"她偏头向苏起言看去。

苏起言却没看她，视线落在前方，往前走了几步。

温双沐顺着他的方向看去，夏芝里应该是刚进教室又出来，原本跟他们的方向相反，听到有人叫她，回头望来，脸上还带着被太阳晒过的红晕。

夏芝里看了眼后方的温双沐，过了两秒视线才落到苏起言身上："叫我吗？什么事？"

"语文老师让你跟我一起去趟她的办公室。"

夏芝里似乎有其他事，犹豫了片刻："现在吗？"

"嗯。"

夏芝里点了点头："行，那咱们过去吧。"

温双沐愣在原地，直到两个人的背影消失在楼梯口。

温双沐质问乌小漆："所以他们俩什么时候好到可以一起去办公室了？"

乌小漆说："冤枉啊！宿主。他俩都是梁洁的课代表，偶尔被老师叫去布置任务，完全就是不可抗力。你不能让他们连一点儿工作关系都没有吧？"

温双沐想起来，她听李茂真提过，苏起言最初进春季班时还不是梁洁的课代表，到了这个学期才被任命。虽然苏起言的语文在其他班都是拿得出手的水平，但架不住别的科目过于出挑，而他日常花在语文上的时间又最少，梁洁只能借此拉动苏起言的责任心，让他在语文上多花点儿时间学习。

话虽如此，温双沐心中还是有些不平："我和一班的数学课代表连话都没说过，就因为他们是男女主，就可以熟得那么快吗？"

乌小漆被温双沐说蒙了："林森在周泉办公室跟你说过好几次话吧？"

温双沐也蒙了："他是一班数学课代表？"

乌小漆说："不然你以为？"

温双沐有点儿心虚："我还以为他是每个班都会有的那种特别爱往老师办公室跑的学霸。"

乌小漆："……"

温双沐纠结了会儿要不要跟去办公室，但怕跟人太紧，本来两个人之间还没有火花，最后被她给刺激出来了。她想了想，还是打算等夏芝里回来再跟人探口风。

温双沐回到教室，看见王承硕朝后坐着，跟陆京在作文本上有一搭没一搭地下着五子棋。

陆京戴红绳的那只手腕撑在下颌边："刘以恒这个笨蛋，约人表白竟然把地点写字条上塞人桌洞，夏芝里半天没有注意。要不是我过去提醒一嘴，他能在楼上自习室等半天。"

王承硕也觉得刚才那幕又戏剧化又好笑："不过你说夏芝里也挺厉害的，桌洞里竟然有那么多人给她写的明信片和字条，多一张还真发现不了。"

刘以恒估计也是紧张，也没往夏芝里桌洞看一眼，放了字条就跑，最后跟其他男生的混在一起，累得他们一通好找。

王承硕说："你说他们俩有戏吗？我看夏芝里刚看完那张字条，脸都涨红了。"

陆京在作文格子上画下一个圈，成功地趁王承硕不备，连成了五颗子。他将作文纸往后翻了一页，这才给出了四字点评："放心，没戏。"

真要有戏，早就全剧终了。

温双沐在边上听墙角听得心惊肉跳。

得知刘以恒要向夏芝里表白，她还不理解陆京怎么还有心思坐这儿下五子棋，不过听他最后那句"放心，没戏"，顿时放下心来，敢情是对自己有信心。

温双沐坐位子上，没抑住八卦之魂，想深入了解一下："刘以恒表白就这么干巴巴地把人叫上楼，没让你们帮忙造势准备点儿鲜花和音乐什么的？"

"没有。"陆京没注意到温双沐什么时候回的教室，看了她一眼，停顿两秒，像思考措辞，才往下接一句，"他说人太多像流氓，要道德绑架。"

温双沐乐出了声："他还挺正直。"

"不过。"温双沐往后指了个方向，"我刚看到夏芝里被语文老师叫进办公室了。刘以恒一个人在楼上，确定没问题吗？"

王承硕和陆京没想到还能节外生枝，一下子不会了。

两个人笑了一通。王承硕说："好事多磨，好事多磨。我给他发条信息，让他再多等会儿。"

王承硕从桌洞里拿出手机，低头发短信。

陆京左右无事，把作文本往温双沐的方向移了移，问："要来一把吗？"

"行啊。"温双沐拉着椅子坐过去，"围棋吗？"

陆京的表情瘫了下来，有点儿生无可恋的模样："五子棋。"

温双沐自然知道他俩玩的是五子棋，只是觉得陆京露出这样的表情挺有意思，随便开个玩笑："那就行，我也不会围棋。"

陆京看她一眼，像有话要说，但还是憋了下来。

两个人一来一往地下起棋，王承硕发完短信没事干，便看他们玩。

纪律委员韩毕到后门边扔垃圾，路过他们时问道："后面柜子上的篮球是你们的吗？"

王承硕点头："啊，对。"

"记得收一下，这样放着影响班貌。"

"班貌"两个字一出口，连带原本没抬头的温双沐和陆京也看去一眼。

韩毕接着说："还有陆京，窗台算公共区域，你的水杯别老放上面。"

陆京没多想，觉得就是顺手的事，探了下身子，把窗台上的水杯放回了桌角。

温双沐却觉得韩毕对陆京的态度充满敌意，班上靠窗坐的学生很多把私人物品放窗台上的，他却只对陆京一个人说。

温双沐用开玩笑的口吻说："纪律委员怎么还管起了卫生委员的事啊？"

韩毕扶了扶鼻梁上的眼镜："维护班容班貌，人人有责。"他说着看向王承硕："是吧，班长？"

原本一句没什么毛病的话，但温双沐看着韩毕摆出的姿态，总感觉他是在暗指王承硕作为班干部，却没对身边的人做好管教。

王承硕没敢耽误，去后面抱了篮球过来。韩毕已经回了前面座位。

王承硕掂了掂球，问陆京："怎么办，我柜子里没位置放了，不然拿去一班放在林森那儿？我看他们班柜子上好像可以随便放东西。"

温双沐搞不懂柜子上放颗篮球碍什么事了，况且陆京和王承硕的篮球一看价格就不便宜，保养得也好，都没什么尘土。

"要放我那儿吗？我柜子里挺空的。"

陆京在王承硕提议的时候都要答应了，听到这话，话锋一转："也行。"

温双沐报了自己的柜子号码，继续跟陆京下棋："韩毕之前跟你们说话也那么冲吗？"

陆京沉默了一秒，反问："他刚才很冲吗？"

温双沐偏头看向陆京，有点儿无语，这哥们儿也是真的心大。

倒是放完篮球回来的王承硕说："刚开学的时候还挺正常的，也会过来问我们题目。后面大概以为夏芝里喜欢陆京，就有点儿变了吧。"

温双沐瞬间来了兴趣："这跟他有什么关系？"

陆京觉得温双沐这个问题不对劲儿，正常不应该问"夏芝里怎么就喜欢陆京了"吗？

王承硕也不知道温双沐进教室那会儿听见多少，就把他和陆京为了找刘以恒那张字条，和夏芝里三个人把她桌洞翻了一遍的事提了提："我也不是成心要看，就是那些明信片上有一半落款写的都是韩毕的名字，就瞄到了。他对夏芝里好像挺关心的，文采也好，我看到有一句是'我的心里燃烧着一团火，但走过的人只能看到一阵烟'，然后自我剖析，问夏芝里愿不愿意看到他心里的火？当然后面这些表述不是像我刚说的这样的，他写得更高级。"

陆京像是没在听的样子，下完一颗棋，用笔头轻点温双沐手背，示意她："你刚才说的那句不是《梵高传》里的吗？"

温双沐："……"

王承硕："……"

温双沐简直想要大笑。

这怎么比得过？！一个装文艺的"掉书袋"，一个分分钟就拆穿。小鹭鹭完胜啊！

温双沐心情愉悦，决定在五子棋上放水，捧一下这位支撑起她反派大业的大佬臭脚。然而没等她放水，陆京已经让她输到怀疑人生。

陆京看温双沐低头盯着"棋盘"几乎静止："你下两颗吧。"

温双沐能屈能伸，当即把两个缺口都补上，问道："你的五子棋怎么那么强？"

王承硕帮忙回答："他是上个赛季的欢乐五子棋华东赛区亚军。"

这年头还有这么"奇葩"的头衔？

温双沐说："你真多才多艺。"

陆京说："读书上花的时间少了，其他地方自然厉害一些。"

温双沐觉得一个实验班的人说这句话，装得有点儿狠了。

她不服输的劲儿上来："不然咱们还是下围棋吧。"

陆京提醒道："你刚才还说你不会。"

温双沐不以为意地将作文纸翻到下一页："我说我不会下的时候，你一副想说话又没说的样子。我还以为是刘以恒跟你提过我和他小学一起上围棋班的事，你特意不拆穿我呢。"

陆京："……"竟然被发现了。

温双沐在纸上标出九个星位："不知道也没事，现在知道也不晚。来吧，不会的话，我教你。"

夏芝里一直到快上课时才回来，温双沐一瞄见人影，就将笔放下，迎了过去。

陆京还有点儿郁闷，用指腹翻了翻用掉大半的作文本，对王承硕说："都跟她说了我不会，为什么她还能把我虐得那么有快感。"

"谁让你跟她下五子棋的时候，也没给人留一手。"

"我让子了呀！"

王承硕说："她也让子了呀，还一次性让了四颗。换成五子棋，早就赢了。"

陆京："……"

温双沐到夏芝里座位边上，瞟了一眼她放桌上的语文卷，随口问道："这是什么？今天的语文作业吗？"

"不是。梁老师有事，就把等下的课改成自习。这是让大家随堂考的卷子。"

温双沐点头，看来苏起言说的语文老师找他们有事，是真的有事。

她看夏芝里前面座位的同学没在，便直接坐了下来，靠着她课桌悄声问道："刘以恒找你说什么了？"

夏芝里的表情瞬间窘了窘，不过开学去教务处拿新生手册的时候就知道温双沐和刘以恒认识，也就没往陆京和王承硕告诉她那方面想。

夏芝里不自在地挠了挠耳后的头发："就……跟我表白。"

温双沐在损小学同学方面格外有天赋："那你是怎么回绝他的？"

夏芝里像是不知道该怎么说："其实他也没想跟我在一起……"

"啊？"温双沐愣住。

"他说他知道我不会答应他，所以也没期望那么多，就想跟我做朋友，希望以后如果路上碰见，他跟我打招呼，我能应他一声。"

温双沐惊得说不出话来："……"

"那你答应他了吗？"温双沐问。

夏芝里点了点头："主要他也没提什么要求，我再不答应，就感觉有点儿过分了。"

"也是。"温双沐抱着学习的心态，"那他前面是怎么跟你表的白？说你好看？说对你一见钟情？"

夏芝里的耳根红了红："之前在学校小卖部，他排我前面结账，但饭卡里没钱了，我就把卡借给他了。我当时也没多想，就是一瓶饮料而已。但他刚才跟我说，他那时候根本不知道后面站的是我，回头看到我时整个脑袋都跟炸飞了一样，心脏也发生故障，话都不敢跟我说，就跑了。"

温双沐叹为观止，带着比较的意思瞟了一眼不远处的纪律委员。

真诚派果然要比文艺派胜出一大截呀！

温双沐问夏芝里："这你都不心动？"

夏芝里说："才开学不到一个月，都互不了解……"

温双沐了然，果然还是该走细水长流路线。陆京是同班，完全占据了最佳地理位置。

夏芝里想到什么，揉了把脸，红脸地说："不过刚才真的好丢人。"

温双沐不过脑子地问了一声："嗯？"

夏芝里说："咱们班和一班的教学进度不是不一样吗，我和苏起言不小心把卷子拿错了。他大概是看到我上了四楼，后面上来找我换，也不知道站边上听了多久……"

温双沐脸色忽然有一点儿僵："他说了什么吗？"

夏芝里摇了摇头："没有，估计也是怕尴尬。"

夏芝里没说，午后的楼道清风阵阵，校园里的桂花刚开，香味儿无处不在。她和刘以恒跟在苏起言后头下去，脸红得几乎能滴出血来。

刘以恒的班级在二楼，他在楼梯口和她告别。苏起言偏头笑着看了她一眼："很受欢迎啊！课代表。"

他没叫她的名字，却比叫了她名字还让她羞得抬不起头来。

"我和苏起言是青梅竹马。"温双沐的眼睛盯着空气里一个虚无的点，没由来地冒出一句。

夏芝里的表情微愣。

温双沐又说："我喜欢他很多年了，可惜还没想好要怎么跟他表白，到时候可以找你帮我出谋划策吗？感觉你被很多人追过，应该挺有经验的。"

"啊……"夏芝里缓慢点头，心里那点儿淡淡的悸动隐了下去，"可以。"

上课铃响了，温双沐转身回座位。在人看不到的地方，她的嘴角微微上扬。

夏芝里不是女主吗？那温双沐就是要用道德束缚住这位哪儿哪儿都优秀的"真善美女主"。

星期四下午的选修课是走班制。午休结束铃响后，各班响起桌椅拖拉的声音。

李茂真下课后找前桌的林森讨论题目，瞄到后门进来的人影，连忙招手："双姐，这儿。昨天我们调了位子，别坐错了。"

林森跟着扭头看了看，意外温双沐这么早卡着下课铃就来了。

午休结束的课间比较长，班上的同学没出去几个，外班学生基本到了也不好意思这么快进来。

看温双沐如入无人之境地直接在苏起言的位子坐下，林森顺带往她身后掠了眼，他还记得温双沐给陆京送过奶茶的事，虽然最后惨遭落入垃圾桶的命运。于是他多问了一嘴："陆京也上这节选修。你们是一个班的，怎么没一起过来？"

"他呀？"温双沐翻了翻苏起言桌上还没收起的竞赛书，帮忙理到桌角，随口说，"估计会等夏芝里一起。"

林森露出疑惑的表情："他们俩？"

李茂真虽然是"八卦通"，但有一定的原则，想到这件事还没彻底暴露，连忙对人比了个手势："嘘——"

林森盯了李茂真几秒："……"

他作为陆京的朋友，为什么这么了不得的大事竟然是从别人嘴里听到的？

温双沐想起之前自己给李茂真发的那个"嘘"的表情，发的时候还没感觉，现在看李茂真做这个动作，只想感慨一句：太损了！

林森显然是误会了。温双沐却对这个结果乐见其成，假装没看见，也不解释。

校园文男女主之间的感情，有一半需要靠男主身边的死党推动。

林森还处于尚未消化过来的木讷中。前阵子刘以恒在饭桌上宣布要跟夏芝里表白，也没见陆京吭声，敢情是为了多年兄弟情，把喜欢全藏在心里了。

温双沐没注意到林森脸上的表情有多丰富，自顾自地岔开话题，问李茂真："苏起言呢？"

她对这一天的印象有些淡，结合小说片段，苏起言应该是在走廊里。但她前后看了一圈，都没寻到人影。

李茂真说："之前的语文随堂考试成绩出来了，他午休被语文老师押去办公室讲解了。"

温双沐点了点头，下一秒见刘以恒从外推开一班靠走廊的窗户，抱着篮球招呼："'木木木木木'，去篮球课了。"

"来了。"

林森将东西收了收，跟李茂真说晚点儿再给他讲那道数学题，跑出去勾着刘以恒肩膀，往楼梯口走。

刘以恒却定着步子没动，提议道："咱们走另一边的楼梯口吧。"

林森疑惑地看他一眼："为什么？这边不是更近吗？"

西楼梯就在一班边上，去东边那个楼梯需要越过整个楼层的班级。

刘以恒忸怩了一会儿："让我跟我女神偶遇一下不行啊！"

林森："……"少男心事有点儿超纲了！

林森也不知道该怎么说，顺从地转了个方向。

夏芝里好巧不巧地从二班后门走出。刘以恒脸上瞬间展开了大大的笑，招了招手，等走近时反而变得不好意思起来，好半天才小声叫出一声："芝芝。"

夏芝里没想到，答应做朋友会先从称呼上有这么大的跨步。她对上刘以恒热情的目光，脸上一秒飘红，有些局促地小幅度点了点头。

紧张的情绪是会传染的，林森被刘以恒整得也有些尴尬，然后就看见陆京紧跟在夏芝里后头从教室里走出来。还真像温双沐说的，两个人是一起来的。

复杂的三角关系是林森这个年纪承受不来的修罗场。

陆京还半困半醒，无意地抬了下眼皮，看到他们正打算打招呼，林森却没给他开口的机会，已然焦急地催促刘以恒往楼梯口跑："快，快，快！篮球馆这么远，别迟到了。我可不想罚跑。"

陆京嘴巴张了个空，歪了歪头，也不懂什么情况，但他也没多想，收回视线，和夏芝里一起朝一班走去。

夏芝里一看到教室后排的温双沐，就兴奋地靠了过去："原来你先过来了呀。我和陆京刚才还在教室里等你呢。"

温双沐收起正在装的信封卡片，挡到书下，随口应了一声"啊"。

李茂真在几秒前也去了选修课，座位自然而然空出来，夏芝里看到温双沐边上的空座，想当然地以为是给自己留的。她指尖才搭上椅背，却被温双沐按住了："这位子有人，只是刚刚出去了。"

夏芝里完全没考虑过这出，茫然了一瞬间，往附近座位扫视一圈。

温双沐食指往前点了点，"温柔善良"地说："你可以跟陆京坐在一起呀！"

陆京刚在林森的位子坐下，就在温双沐斜对面，听到自己名字，回头看了眼。他缓慢点头，把边上的椅子往后拉了拉，对夏芝里说："嗯，你坐过来吧。"

温双沐仰靠在椅背上，只觉得两个人的身影格外赏心悦目。也不知道他们班什么时候可以重新调座位，她也好撺掇一波。

她正想着，两个外班的女生循着后门靠边的座位一路找了过来。温双沐远远听见她们嘴里蹦出"苏起言"三个字，语气里掩不住的羞涩与兴奋。

温双沐偏头看去，觉得这个剧情熟悉，后知后觉地想起是小说解锁片段里夏芝里视角叙述的内容。

她抬起眼皮对上夏芝里的后背，不过一秒，夏芝里果然如她所料地也听见那两个女生的低语，回头望来。

换了其他人一定不知道夏芝里回头的这个动作里包含的内心活动，温双沐却是心知肚明。

她微笑地直视过去，意味深长的眼神仿佛要笔直地穿进夏芝里眼底："怎么了？"

夏芝里对上温双沐澄澈透亮的关切眼神，反应过来自己是对不该在意的人存了不该有的心思，心中一阵愧疚，抿了抿唇，道了句"没事"，回正身子。

乌小漆感叹："宿主这招道德绑架真管用啊！"

温双沐无辜地翻开自己带来的生物作业，从第一题开始做起："我绑架她了吗？没有啊！"

那两个女生大概也是想坐苏起言的位子，一路找过来，发现已经被温双沐坐了，有些惋惜，只好去找其他空位。

苏起言从后门走进教室，看到温双沐旁若无人地霸占他的位子，嘴角很轻地扯了下，抄起试卷纸拍人脑袋，示意说："坐过去。"

力道不大，但温双沐还是条件反射地捂了捂头："不要。李茂真的位子好乱，你坐。"

苏起言把指尖搭到桌面，点了点："换不换？"

没等温双沐出声，苏起言似乎发现坐在前面的人是夏芝里。他没再管温双沐，将手上那两沓试卷抽出其中一沓，轻拍夏芝里的肩膀："你们班的随堂试卷，顺便帮你带回来了。"

夏芝里回过头，愣愣地接过卷子："啊，谢谢……"

温双沐仍保持低着脑袋的模样，五官陷在淡淡的阴影里，嘴唇微弱地动了一下。

明明在原书的剧情里他还没帮夏芝里带卷子……为什么她做了这么多，两个人的感情不但没有按照她预期的停滞下来，反而多了原先没有的熟稔举动……

另一边陆京也单手支着脸，偏头看戏，就当自己参与过了。他把视线从神色晦暗不清的温双沐身上掠过，顿了顿，停了下来，很轻地叹了口气。

温双沐一声不吭地拿起自己的纸笔，起身换去了李茂真的座位。

她不是置气，而是摸不准苏起言的脾性。有时在一些无关痛痒的小事上，苏起言会给她一种放纵她乱来的错觉，有时却一分一毫不肯迁就，仿佛全凭当下心情。

当着夏芝里的面，她不敢赌太多，怕丢脸。

苏起言似乎也意外温双沐这么轻巧地把座位让出来，眉梢轻挑。前面选修课老师已经上了讲台，他没多想，就坐了下来。

乌小漆还在编派着怎么安慰人，它理解宿主种"明明做了很多，但又感觉好像什么都没做"的无力感。毕竟在"蝴蝶效应"之下，牵一发而动全身，苏起言和夏芝里目前仍是男女主，两者之间的联结在所难免，但他们这边怎么说都握有主动权。

谁想温双沐还是一贯不需要它安慰。

温双沐无论以哪种形式，都要维持她和苏起言在夏芝里面前的亲昵假象。

她故意换了埋怨语气，坐姿闲散，掌心揉在后脖颈，仿佛刚才只是因为位子离苏起言近，顺势就给人换了，硬是让她营造出只属于她和苏起言两个人的心照不宣。

她视线从夏芝里怀里抱的卷子上扫过，长叹一声："唉，你是不是又故意为了看我分数嘲笑我，才拿的我们班试卷？"

　　苏起言大概是无语得不行，舌尖抵着后槽牙笑出一声。他正要开口，但温双沐时间掐得正好，上课铃响了，成功截住了苏起言想说但没说出口的话。

　　温双沐满意地看到夏芝里垂下眼睑，留给他们一个落寞的背影。她眉眼舒展开胜利的弧度，得意洋洋地重新坐直了身子。

　　陆京看着温双沐微晃的脑袋，甚至怀疑温双沐在下一秒就会愉悦地哼出歌来。他嘴角隐隐浮现点儿笑意，转身看黑板时，脸上笑意又懒洋洋地扩散几分。

　　在上课铃的嘈杂音乐中，苏起言反问温双沐："谁看你语文分数了？"

　　温双沐张口就来："你呀！"

　　"再说一遍。"

　　温双沐又脱口而出："那就当我自作多情好了。"

　　苏起言按了按眉心，感觉最近的温双沐性子变了不少，棘手到他不知道怎么对付的程度。

　　怎么就无赖成了这个样子？

　　"后芳华的诗"确实是节音乐鉴赏课，但不是"MCY"专场，而是中外情歌集合鉴赏，这歌名纯粹起了个概括的作用。

　　温双沐听歌一直囫囵吞枣，谈不上热爱，介于有事没事才会听半小时的程度。她听了老师的介绍，直接把它划为"水课"一栏。

　　见苏起言已经拿出竞赛书看起来，温双沐也做起了生物作业。

　　台上老师给大家放起歌，倒是一首写作业时不错的背景音乐。

　　温双沐做到填空题，用笔头点了点隔壁人的胳膊："生物书借我一下。"

　　苏起言眼皮也没抬："自己拿。"

　　温双沐靠过身子，从他桌角那摞课本里抽，好不容易抽出来："怎么是必修三？"

　　苏起言想起他们班课程进度快不少，这才低身从桌洞里帮她找。

　　与生物书必修一同带出来的，还有一个白色的没有署名的信封。

　　苏起言把书递给温双沐，却没注意到信封，弯腰从地上捡起后，便扔进了桌洞，继续计算竞赛题。

　　温双沐慢悠悠地开口："不看看吗？或许是哪个女生给你的情书。"

苏起言眉眼不动，在纸上写着计算公式："怎么，你写的？"

温双沐说："要是我写的，你看不看？"

苏起言似乎有点儿没耐心地叫了一声她的名字。

温双沐瞬时打岔："开个玩笑而已，你别当真哪！"

苏起言没说话，侧着头，视线与她几乎齐平。

温双沐被他盯得小指曲了曲，突然开口："你在做什么题？用我教你吗？"

苏起言身子往椅背靠去，倒是没拦着温双沐从他手中把竞赛书挪走。

温双沐扫了两遍题干，语速飞快，像要把刚才那出粉饰太平过去："这题用'洛必达法则'很简单的，不用复杂的过程。"

苏起言看上去没太分出心神的样子，不过温双沐每抛出复杂的点，他都会搭腔问上两句，细化了吸收。

苏起言余光注意到前桌的夏芝里似乎转了过来，手上捏着笔记本，眼神怯怯。

他抬眼看过去，问道："怎么了？"

夏芝里示意了下讲台，回答说："老师让咱们小组讨论鉴赏刚才放的那首歌，一会儿要点人起来回答。"

苏起言这才注意到陆京也转了过来。他点了点头，将竞赛书合上，腾出桌面的位置。

四人面对面，场面一度有些过于安静。

温双沐和苏起言是因为刚才基本上没怎么听音乐，陆京和夏芝里则是因为有点儿不知道怎么开口。好不容易等他们酝酿得差不多，三分钟的讨论时间转瞬即逝。

老师让大家安静下来，对着花名册上下浏览，报出一个名字："温双沐，下面请温双沐同学来对这首歌做一下鉴赏。"

温双沐听到自己名字的一瞬间有点儿蒙，指尖搭在桌沿扶着站起身，眼神有些茫然。她下意识地先看了一眼苏起言，但很快意识到对方估计更是没听。就在她思考着怎样胡乱编两句的时候，前面传了张字条给她。

温双沐之前跟陆京都是同排而坐，这还是第一次打量他的背影轮廓。最近的天气还处于换季期，时而天气冷了，又能突然热回去，陆京穿着白色的校服衬衫，以及灰色的毛线马甲，虽然这人看上去很"佛"很懒，但身形总是挺得很好看，能从毛线衣下窥见一点儿优越的肩胛骨线条。

陆京把字条放她桌上后，便转了回去，从她的角度能依稀看清他发心中间的浅浅旋涡。

温双沐有点儿走神，几秒后，才拿起字条照着念出来。

不得不说，陆京概括得很全面。歌词的层层剖析也就罢了，还结合了创作背景和乐队经历，甚至还包括了创作受限制的因素等不足之处。

温双沐在他的基础上，又补充了一些乐理知识上的观点，在老师的满意点评中坐下。

老师在花名册上圈了一下："上课的优秀回答都可以加平时表现分，温双沐同学刚刚的回答很好很具体，加五分平时分。"

温双沐没想到还会有这样的好事，不过就算她脸皮再厚，也知道这回是借了别人的光。

她身子前倾，用食指戳了戳陆京的脊背。

陆京后靠过来，椅背抵到她的桌沿，半侧过脸。

温双沐只觉得一片阴影压下来，恍然发现两个人的距离有点儿近，眼神一下子没敢往陆京脸上放。

"刚才谢了。"

"不客气。"

温双沐被小反派的善良打动，没看到苏起言投来的目光。

学校连上两节选修课，接下来是两节自由活动课。

苏起言将生物书收拾回桌洞时，又看到了那个白色信封，这回用指尖顿了顿，拆开了。

沈箐的签名照以及一张字条一并滑了出来：

大恩不言谢，晚上请我吃夜宵就行。

苏起言认出了上面温双沐的字迹，没什么表情地将字条收了起来。

　　二班教室里，陆京和王承硕都待在教室里写着作业，林森给他俩发短信骚扰不成，只好从篮球场跑回来拉两个人。

　　"活动课做什么作业呀？打球去！"

　　陆京刚往保温杯里倒了点儿水，护着没让林森打翻。他在不会写的数学填空题前做了个标记，开始写后面大题："懒得动。"

　　林森郁闷地说："我好不容易帮你把苏起言约上了，你怎么还不想上场了？"

　　陆京没懂里面的因果关系，露出了一个疑问的眼神。

　　"不是你说的喜欢跟校草一起打球吗？"

　　"……"

　　陆京没想到早前随口说的话都能被人反复拉出来"鞭刑"，被林森折腾得不行，勉强答应了。

　　夏芝里在前面发随堂卷，正好走到他们这排。

　　陆京用胳膊肘微微后顶，示意林森消停一下，又看向夏芝里："我们下去打球，你和温双沐要一起来看吗？"

　　温双沐刚从饮水机那儿打了水，边喝边往回走，一口没咽下去，听到自己名字，呛了呛。

　　好家伙，都知道拿她来当挡箭牌了！想让夏芝里看他打球就直接约呗！害羞什么？！

　　夏芝里的神情有些迟疑。她习惯了自由活动课在教室里学习写作业，除去体育课，对于去篮球场这么热闹的场地围观男生打球还有些不习惯，像寻求意见一样看向一旁的温双沐。

　　温双沐点了点头，将水杯盖子拧紧，念着陆京在选修课上帮的忙，应允道："去吧。"

夏芝里跟着点了点头："好，那等我把试卷发完。"

边上的林森顶着一张"便秘脸"，已经完全看不懂这场"校园爱情大戏"的走向了。他看看陆京，好几次想说话，但张了张嘴，又把到嘴边的话吞了回去。

正好王承硕去后面温双沐的储物柜拿篮球，林森凑过去问道："京哥把夏芝里叫上是想干吗？"

王承硕掂了掂球，没太在意地耸了耸肩："恒子不是也在篮球场吗？"

"对呀！"林森激动地说。

问题不就出在这上面吗！

王承硕说："给恒子一个展现自我的机会呀！"

林森："……"确实是"超纲"，是他所不能读懂的"大爱"。

温双沐到座位拿了两本作业，星期四上午的五节课全是主课，作业堆下来比较多，左右她只需要在陆京的高光时刻对夏芝里吹点儿"耳边风"，剩下的时间还可以稍微赶赶功课。学校国庆放假前会组织一次月考，春季班也会参与进来，她想测试一下，看看自己目前的水平。

夏芝里将最后两张语文卷分别放到温双沐和陆京桌上。温双沐因为试卷右上角红艳艳的分数有些沉默。

乌小漆几乎笑破她的天灵盖："一百五十分的卷子考出九十分，宿主，你是有点儿水平啊！别随便来个月考，就直接掉出实验班。"

温双沐轻轻"啧"了一声，将试卷揉进桌洞："我这次只是没认真……"

"得了吧。小鸳鸯最后十分钟都在那儿写理科作业了，还不是考了一百三十分？"

温双沐斜眼往陆京桌面的试卷扫了扫。

乌小漆说的一百三十分只是大体划了档，陆京的准确成绩是一百三十六分。

温双沐读了这么多年书，当然知道这么逆天的语文成绩在高中意味着什么。

不过显然九十分档学生跟一百三十分档学生对处理试卷采取的措施是一样的，陆京也没往卷子上多看一眼，就塞进了桌洞。

陆京桌子边挂了个袋子，他打球前习惯换身衣服。他拎着袋子起身，留意到温双沐似乎在看他，问道："怎么了？"

温双沐摇了摇头："没事，现在下去吗？"

王承硕本就穿着运动款校服，很舒展。林森则因为上节篮球选修课，早换了篮球服，没脱下来过。

陆京左右看了一圈，见要换衣服的就他自己，也不好让这么多人等他："我去换身衣服，你们先过去吧。"

温双沐和夏芝里跟着两个男生往外走。

下午天气不错，教学楼里空荡荡的，各班都没什么人。

林森来时篮球场有人让他带水，于是和王承硕进了小卖部，没两分钟，抬了一整箱水出来。

室内篮球馆被校篮球队占去了，到了操场才发现他们这帮业余的，依然有很多观众捧场。

温双沐视线落在一个穿浅色运动衫黑色长裤的身影上，像风一样掠过，弹跳时轻盈得仿佛在空中虚浮停滞一秒，腕骨往下一摆，一记漂亮的篮板球入筐。

苏起言平稳落地，往队友方向走了几步，低头时甩了甩微微湿润的头发。漂亮的颈线在阳光下显露出来，惹得边上的女生连连发出激动的尖叫。

想来一些高中女生看球也就图个看帅哥。

温双沐目光随着苏起言的人影挪动。她在教室没听见林森和陆京前面的对话，现在才后知后觉："一班男生也来了呀？"

"对呀，我不就是一班的吗？！"林森应了一声，对自己的组局能力相当自豪，"都是我叫的。"

露天篮球场没有看台，只有白线外的一排休息椅，看球的女生大多沿绿色铁丝网站着。

林森带她们到休息椅旁，不客气地把大家脱下来的校服外套扔到不远处篮球架的底盘上，把位子给她们俩腾出来，再将矿泉水往她们脚边一拖，冲场上吆喝："来，来，来，后勤在这边，要喝水的自己过来领。"

温双沐："……"

夏芝里："……"

两个人莫名其妙地揽了后勤的活儿，但也算尽职地给过来的男生发了水。

王承硕站边上，扯开运动服拉链，单穿件卫衣，把衣服挂到椅背，对她们说："没事，不用管他们，放在地上就行。他们又不是没手，想喝自己会过来拿的。"

温双沐远远看了眼篮筐下正和班上同学讲话的苏起言，再低头看看自己手上没能

157

送出去的水，有点儿惋惜。她对王承硕应了声"好"，把水放回了箱子里。

刘以恒之前不知跑哪儿去了，这会儿才冒过来。他挠了挠脑袋，腼腆了好一会儿才走近休息椅："芝芝，你来看我打球吗？"

温双沐被这称呼唬得吸了口气，侧过身，手肘撑在椅背上看向别处，企图假装隐形人。

夏芝里面色稍窘，也不好说是陆京邀请她下来的，有种会让关系变得更乱的错觉。她用指尖碰了碰温双沐腿侧的裙摆，小声说："我是陪温双沐下来的。"

温双沐仍是望着远方，连续两次下来，这回已经彻底适应了。

"背锅侠"就"背锅侠"吧，能为陆京和夏芝里打掩护，是她的荣幸！

众人休息得七七八八，场上充当裁判员的学生吹了声口哨，便又小跑着回到场地。

因为苏起言在，温双沐原本还想写作业的心思飞得差不多没了。她索性认认真真地看，时不时用余光提防一下旁边的夏芝里，生怕她和苏起言产生眼神交流。

好在夏芝里看上去兴致不大，发完水后就没再往场上看去一眼，一直在低头写着作业。

只是可怜了刘以恒，想当然地觉得自己喜欢的女生此刻一定在注视着他，疯狂想在人面前表现一番。然而人越是想证明什么，越是容易搞砸什么。刘以恒整个人紧张到手脚不听使唤，动作僵硬得不行，跑了几圈，连篮球都没碰到几次。

温双沐摇了摇头，同情不已。

太惨了，搞得她都有点儿没眼看了。

有七班的男生帮忙打气："恒哥矢什么，不就是芝芝在看吗，刚一点儿！"

另一个男生拍手示意："我看恒哥这紧张的毛病一时半会下不去，不然大家帮个忙，把球传恒哥手上，多投几次，总能进一个吧！"

"对对对，江湖救急。"有人冲林森叫道，"林森，你们一班这边没问题吧？"

林森比了个"OK（好的）"的手势："放心吧。"

王承硕小跑到刘以恒边上，用胳膊轻碰他肩膀："还行吗？"

刘以恒深吸了一口气，往休息椅扫了一眼。适时夏芝里正好抬头，两个人隔空对视一眼。刘以恒飞快地又将视线收了回来。

只是这回气势鼓足不少，掂了掂球，目光坚定："嗯。"

夏芝里还有点儿茫然，她刚才是因为被温双沐杵了下胳膊，才不经意抬的头。

她问温双沐："怎么了吗？"

温双沐反应淡淡地说："哦，不小心碰到了。"

温双沐转头继续看向篮球场里跑动的男生，记忆的片段在脑袋里乱哄哄地流转。

她突然发现以前的自己跟此刻的刘以恒没有多大差别，都是想尽了办法在喜欢的人面前表现自己，以为对方会看在眼里。现在有了这面镜子，才知道那时的自己有多好笑。

哨声吹响，短暂的技术交流后，比赛继续。

刘以恒手中的球第五次被苏起言抢走。

七班的一众男生瞬时按捺不住脾气了，阴阳怪气地说："大学霸什么意思啊？"

苏起言一个两分球轻松入网，表情平淡地背对着篮球架方向走出几步，惋惜地说："哦，抱歉，忘放水了。"

本来就是个简单帮下忙的小事，"放水"二字一出，瞬间不对味儿了。七班男生的火气彻底被苏起言无关痛痒的态度点燃。

"林森，你们班这个苏起言什么情况啊？读书好就了不起呀！"

"脸都朝天上去了，怎么，帮个忙还要求爷爷告奶奶呀！"

"……"

林森也感到脑壳疼，明明比赛前已经跟自班男生沟通过一番，谁知道最后班上除了自己之外的人都拼尽了全力。他只好一通安抚，拉了李茂真去和苏起进行沟通。

温双沐盯着场上的情景，脸色有点儿难看。

球场入口的铁丝网响起"窸窣"的动静，伴着女生的躁动与惊呼。

"我的天哪，陆京什么时候站边上的，都没注意到！"

"本人比贴吧照片上还要好看，是不是有一米八五了？感觉好高。"

"……"

"怎么才来？"王承硕把手上的球朝场外掷去。

球在地面上弹了一下，被一只白皙、脉络分明的掌心稳稳扣住。

陆京将球旋到臂弯里，没直接上场，走近了休息椅两步。他将手上的保温杯往温双沐的方向扬了扬，视线仍投向场上："帮我看下水杯。"

温双沐没动，手肘捅了捅夏芝里："叫你帮忙拿着。"

夏芝里茫然抬头，讷讷地应了声"哦"，这才接过。

陆京偏过头，对上夏芝里的目光有些意外，但也没说什么。

乌小漆由衷地感叹了一句："小鹭鹭就像一颗刚剥了壳的鸟蛋，好白、好滑呀！"

温双沐被乌小漆突然冒出的猥琐发言闹得差点儿没绷住。方才人在跟前没怎么打量，等人走出几步，才看过去。

陆京换了件白色短袖，是校园文化衫的款式。

明理中学怕这个年纪的学生攀比，因此校服种类齐全，为了满足一部分学生的爱美心理，学校文创店每隔一段时间都会推出新文化衫，满足学生需求。

下午三四点的阳光明媚，但穿短袖的人仍在少数。

白得晃眼的胳膊运着球，不疾不徐地走进场内。

长相好看的优势或许就在这里，随便踱两步都自带帅哥出场的氛围感和气场。

有七班男生小声地说："京哥来了，不然不跟一班打了，咱们自己人三对三吧？"

陆京自顾自地冲队伍里其中一个初中同学说："我跟你换一下？"

男生忙不迭点头："可以，可以。"

陆京又运了下球，抱在怀里，勾上刘以恒的肩膀，觑了他一眼："怎么还哆嗦上了？"

刘以恒被他逗得笑了一声，放松不少："等你有了喜欢的女孩子，换你在人面前表现试试看。"

陆京笑笑，目光望向不远处的苏起言，对刘以恒说："还有力气吧？"

刘以恒回答："当然。"

下半场球赛很快开始，陆京上场后，局势看上去好像没有太大变化，但又明显地让人感觉明朗起来。

因为多是从初中就开始相处的同学，无须培养默契。陆京加入后，大家更像是拧成一股绳了，节奏渐稳，频频进球，士气大涨。

温双沐感觉身边坐下个人，伴着句很是欣赏的点评："陆京投篮还挺准的，刚才这么远的三分球都让他进了。"

温双沐偏头看去，是季佳绘。

"你也来啦。"温双沐视线重新投回篮球场。

温双沐不是第一次看陆京打篮球，体育课上只觉得人又菜又上瘾，现在经季佳绘一提，重新想一想，以陆京为首的这帮人，热衷胡闹又爱玩，似乎从没认真过。

今天确实哪里有些不一样。

"嗯。"季佳绘说，"在班上没看到你，就过来碰碰运气。"

温双沐没多想，她初中的活动课就经常到操场看苏起言打球，季佳绘过来找她并不稀奇。

乌小漆则发出声感叹："再来个周彧，场面就更好看了。"

多男争夺战，相当的"修罗场"。

温双沐突然想起周彧向她讨要课程表那次，有提过想在体育课或活动课混进来："你少乌鸦嘴。"

她警惕地环顾一圈，在掠过一个半蹲的身影时顿了顿——一个意料之外、情理之中的人。

温双沐看到孟晖并不心塞，但一想到他背后意味着谁，还是难以避免地心梗了一下。

她长吐了一口气，跟夏芝里和季佳绘知会了一声，朝西南角走去，最后停在捏着根枯草在地上画圈的孟晖身旁。

"你怎么来了？"温双沐问完没忍住又补了一句，"还穿着'明理'校服。"

孟晖抬头看她一眼，解释道："啊——周彧买了两套，非要我陪他过来。"他说着指了指方向，"他去你们高一教学楼找那个女生了，我懒得跟进去，就在这边随便打发打发时间。"

想法被证实了。

温双沐瞟了一眼夏芝里的位置，心想两个人还真是没缘分。

篮球场上大概是迎来了短暂的中场休息，陆京走到夏芝里跟前拿水。苏起言也靠了过来，在地上的箱子里拿了一瓶矿泉水。

温双沐一边留意夏芝里和苏起言是否产生接触，一边思考着怎么跟孟晖说周彧不太像好人，让他下次离人远点儿。

场上两个男生打闹互相扔球，一个准头没瞄准，篮球直朝夏芝里的方向飞去。

篮球飞势迅猛，周边的女生发出惊吓的轻呼，不约而同地后退了几步。

夏芝里听到动静，却是脊背贴着椅背，退无可退，下意识地抬起胳膊去挡。

一瞬间的画面，但落到温双沐眼里，却像无限拉长。

她看到苏起言的胳膊抬起。她心脏顿了一下。

"啪"的一声，篮球被击回场内，空旷的球场一时有些寂静。

陆京甩了甩有些发麻的手掌，对两个男生说："小心点儿。"

两个男生反应过来，连忙接过球，不好意思地做了个道歉的手势："抱歉，抱歉。"

苏起言站在那里，手还悬在半空。他看了陆京一眼，指尖动了动，缩回手。仿佛什么也没发生，把拧了一半的瓶盖拧到底，仰头喝了口水。

陆京的动作很快，又行云流水，前后不超过一秒，围观的女生惊怔片刻，才反应过来。顿时围作一团，发出窃窃私语："陆京刚才好帅呀！"

一片骚动中，反应最为激烈亢奋的当属温双沐。她激动地鼓着手掌，就差冲上去给陆京贴朵大红花。能从男主手里抢走戏份，不愧是她的贴心小反派。

陆京没注意温双沐什么时候跑到角落去了，听到声音才古怪地看去一眼。一扭头对上的就是温双沐眼底熠熠闪烁的光华。陆京像被灼到一样，局促地回了头。他盯着地面，脑袋里不知道在想什么。

偏偏某人搁那儿鼓着掌半天不消停，鼓出了义薄云天、大肆宣扬的意思。

陆京顿了几秒，没忍住又看去一眼。这回视线停留的时间更短，几乎是从温双沐的脸上飘过去的。

余光里留下的人影比马赛克还糊，陆京不自然地捏了下耳郭，转过身跟王承硕小声说话："这温双沐怎么回事啊？"

王承硕寻了一圈才找到温双沐的人影，不甚在意地耸耸肩："觉得你帅呗！"

"你在干吗？"孟晖仍是保持路边蹲坑的姿势，仰头一动不动地盯着温双沐十来秒，认真地问出一句，对温双沐的反常行径表示非常不理解。

温双沐低头与人对视一眼："……"

不等她为自己的举动辩解，孟晖已然有了一套自己的想法，他若有所思地看着篮球场内继续跑动的男生，只是这次目光定焦在穿着白色短袖的男生身上："长得是挺帅，你们学校的估计书也读得挺好……不过还是要注意一点儿，别影响学习。"

温双沐怔了怔，没好气地扶腰低头笑问："我干什么了，就要注意点儿了？"

孟晖耸肩，下巴来回示意地点了点："你不是喜欢他吗？"

温双沐又被逗乐了，耐着性子抬手指了指："看见长椅上坐的那个漂亮女生没有？他们俩才是一对。"

孟晖没看过去："那你刚对着那男的拍掌这么起劲儿做什么？"

温双沐脱口而出："男生给女生挡球的样子多帅呀！"

孟晖一副了然的样子点了点头："你向往了？"

温双沐笑着推了一下孟晖脑袋："什么破理解能力？！"

孟晖也觉得好笑，被温双沐推了个踉跄，另一只手往后扶了扶，才控住身形。他又笑了两声，后仰的角度正好对上长椅那边的方向，视线从人脸上掠过，爬起身时拍了拍手上的尘土，随口说："那女生看着气质挺高冷，感觉更爱学习。"

"你说夏芝里高冷？"温双沐像听到个非常久违的形容词。

之前的温双沐在很偶然的几次机会里，也曾听男生们用"冰山美人"这个称呼在私下里指代夏芝里。

温双沐一方面觉得"中二"，一方面又因为夏芝里在男生中的过受关注而不由自主地开始注意起她，那时候只觉得夏芝里时刻端着的清高姿态十分惹人厌。

至于这段时间……"傻白甜"不至于，但每当夏芝里用那双无辜的小鹿眼盯着她看时，温双沐都觉得对方骨子里就是个"软妹"吧，而且软不能再软了！

"她就是夏芝里？"孟晖惊讶，多打量了人几眼，"她怎么在操场？周彧去教室找她了！"

温双沐没放心上："正常，以后错过的次数只多不少。"

不等孟晖再问什么，他口袋里的手机振动了一下。

孟晖掏出手机，是周彧的短信：人在哪儿？

孟晖回头往操场入口的方向张望了眼，看到其中那个鹤立鸡群的身影，招手说："这里。"

明理中学的篮球场上异常热闹，东一簇西一簇地围满了人。周彧朝孟晖走近，一路下来朝他侧目的女生不在少数，所以也没注意孟晖边上反常地多站了一个女生。他喝着杯刚从咖啡店买的美式冰咖啡，手上还提了一杯。临到孟晖身边停下，他将手上的袋子往上一提："扑了个空，给你带了杯喝的。"

孟晖接过拿铁，扭头先朝温双沐的方向递了递，问她："喝吗？"

周彧听到孟晖这声询问，才侧眸看去一眼，愣了愣："原来你跟孟晖在这儿，我刚把你那套校服放你座位上了。之前谢了。"

周彧也是那天从明理中学回去后被孟晖逮着说了一通莫名其妙的话，才知道原来借他衣服的人是温双沐。

温双沐不客气地接过拿铁，半扬在空中晃了晃："抵了。"

周彧跟温双沐几次相处下来，大抵知道这人并非不近人情，只是习惯了你来我往的做事风格，而且必须是——你先来，我再考虑要不要往。

他掏了掏上衣口袋，又摸了摸两边裤兜，总算拿出两颗薄荷糖来，问她："吃糖吗？"

温双沐感到匪夷所思："干吗？"

周彧不由分说地将糖塞到她手里："你知道小……夏芝里在哪儿吗？"

温双沐："……"好一招吃人嘴软！

场上赛事胶着，一班男生在陆京上场后连丢几球。一番低迷过后，总算靠苏起言进了一个。

李茂真小跑着去把自己和苏起言的矿泉水一并拿过来，递给苏起言。

两个人仰头喝水，李茂真眼睛直勾勾地盯向某处，蓦然笑得有点儿停不下来的意思。

苏起言看他一眼："怎么了？"

李茂真擦了擦额头上的汗，笑道："双姐还挺受欢迎，在操场随便坐着都会被男生叫去送喝的。"

苏起言听言瞥去一眼。篮球场的西南侧站了不少人。温双沐边上站了两个男生，一个比她高出半个头，另一个看上去还要再高些。想来长相男生各方面条件不差，否则附近女生也不会频频偷看过去。

苏起言视线先从温双沐与男生交叠的指尖掠过，接着向上停留到对方脸上。他皱眉收回眼，又仰头喝了口水。

李茂真饶有兴致："也不知道是高几的，感觉挺有戏呀！"

苏起言出声打断："我去小卖部再买瓶水。"

李茂真还有点儿愣，看人径直走开，才反应过来冲他背影叫道："这里还有多的矿泉水呀！"

温双沐可能是被刘以恒情绪感染，本来怎么想都不该帮周彧忙的，但今天特能与男配们的"爱而不得"产生共情，脑子一抽便把那两颗薄荷糖的"贿赂"给收了下来。

她拖着步子，朝长椅走去。

场上刘以恒跟王承硕正在讨论下把战术，陆京有一搭没一搭地听着，偏头看到的就是温双沐和夏芝里脑袋凑一块儿，对着场边男生低语讨论的一幕。

果然，女生在对一群男生进行评头论足的时候，最容易拉近关系。见没白拉她们过来看球，气氛比下午选修课时好了不少，陆京感到很满意。

一班的李茂真不知打哪儿冒出来，突然用篮球在两女生面前虚晃了一下。

温双沐看上去不算太被吓到，倒是夏芝里经历过差点儿被篮球砸到的一遭，余光瞄到球，反应有些激烈地用手一挥。

就这么一下，温双沐手上的咖啡被打翻，泼了李茂真一脸。

"……"

陆京看着温双沐呆住的样子，忽然笑了一下。

温双沐的裙子被殃及，手上裹满了黏腻的咖啡渍："大、哥、你、在、干、吗——"

李茂真也被这场无妄之灾给弄傻了。液体顺着发梢从脸上淌过，他悲壮地抹了把脸："双姐，怎么看都是我比较惨吧！"

"反正都脏了，再泼你一下不怪我吧？"

温双沐虚晃着又要往人身上泼，把李茂真追得满场跑。

陆京看得好笑，冷不丁被王承硕撞了一下肩膀。

"看什么呢？这么好笑。"酒窝都出来了。

陆京嘴角稍敛，收回眼，脸上神色恢复如常："没事，你们刚说什么？"

温双沐没再看球，把夏芝里打发去见周或后，独自回教学楼。

班里打篮球的男生一直到晚读前几分钟才冲进教室。

温双沐做了一下午的题，有些疲惫，拿起水杯到后面的饮水机倒水。

水声汩汩，后门忽然被人从外打开。

温双沐看去，只见陆京一手拿着面包，手腕撑在门框，一手握着水杯，抵住门板。他看上去呼吸有点儿喘，脸色泛白。

陆京没想到门边站了人，视线对上温双沐，微微顿了一下。下一秒他不由分说地冲到饮水机前，按下冷水出水口。

谁想连按两下，都不见一滴水，饮水机里最后那点儿水都被倒在了温双沐的杯里。

温双沐呆愣地看着陆京一连串的动作，似乎猜到陆京的脸色由何而来，带点儿不确定地扬了扬自己的水杯，漆黑的眼睛睁得有些大，像在问"是要这样吗"，试探地把水往他杯里分了一半。

"谢了。"陆京声音听起来比平常还要低上几分，连灌两口，脸色才稍稍好转。

半掩的教室后门"吱呀"一声，然后冒出个人头，是罪魁祸首林森。

"京哥，你还好吧？"

陆京语气幽怨："再晚两秒，我人就没了，你说好不好？！"

这回声线恢复了正常。

林森心虚地说："我那不是听到教导主任声音，激动了点儿嘛。谁知道我随便拍这么一下，就把你给拍噎着了。"

温双沐看陆京没事，便功成身退地拧了瓶盖往回走。

林森还想再说两句，只听后头走廊传来梁洁的声音："林森，语文晚读就要开始了，不回自己班级，在二班门口干吗呢？"

林森叫了声"衰"，飞快地把手上的袋子往陆京的方向扔："硕哥的晚餐，我先撤了。"

王承硕参加新一届的学生会选举，也不知道该说他上心还是不上心，打完球才想起今天是报名表上交的截止时间。所以他也没往教学楼跑，让别人帮忙买份晚饭后，便直接冲去了行政楼，现填现交。

陆京往座位的方向踱步，温双沐估计听见了梁洁的声音，捧出语文书，好学生的架势做得十足，就是不见她对着课本念上两句。

下午那套洒了拿铁的校服换了，改了运动服，刚进门差点儿没认出来，平常的傲慢矜贵的"蓝孔雀"，换身衣服后，给人的感觉大不一样，青春明媚了很多。

梁洁整顿完一班的纪律，过了几分钟才到二班教室。

各个座位瞬时响起"窸窸窣窣"的包装袋声，都是偷吃晚餐把"罪证"匆匆塞进桌洞的。

"行了，把嘴巴擦干净，听我讲两句。"梁洁让大家安静下来，"国庆假期前学校会组织一次月考，这次语文随堂测验一百三十分以上的学生咱们班有两个，比一班还要多一个，在此表扬一下陆京同学和夏芝里同学。"

梁洁话锋一转："不过我也是没想到，一百分以下的学生咱们班能比一班足足多出七个，我好歹是你们班主任，能给我这个班主任长点儿脸吗？一百分以下的几位同学都给我好好注意一下，接下来我会重点关注你们。"

陆京注意到梁洁说出"重点关注"四字时，温双沐眼皮僵硬地抬了一下。

当梁洁说到要把座位换到讲台边时，温双沐原本搓着脸的手，直接放在脑门处一动不动了。

陆京难得发现了一件温双沐不擅长的事，被她的反应弄得感到好笑。

事实上他也确实笑了出来。

梁洁发表完长篇大论，宣布晚读继续。温双沐在恢复的嘈杂声中捕捉到一道若有若无的笑。她偏头直勾勾地看了过去，漆黑的眼珠一动不动。

陆京被人盯得发虚，正想说没有嘲笑的意思，梁洁已然到了最后一排，挡住他们交互的视线。

估计是温双沐有其他学科成绩傍身，梁洁丝毫没有怀疑她学习态度的问题，只当她偏科，态度十分温和："双沐，你的语文成绩需要加强。今天的卷子订正完，明天语文课前拿到办公室给我检查。你语法和文言文这块特别薄弱，接下来需要多花时间……"

温双沐老实地一一应下。她以前的语文其实也没差成这样，主要是大学课堂电脑用多了，提笔忘字的毛病都有了，更何况那些语法知识、文言文要点多到没有范围，也不是说补就能补回来的。

经梁洁这么一出打岔，温双沐也没了质问陆京为什么要笑的意思。

语文学神嘛，看到她这么个只能考到及格线的学渣，自然是感到新鲜的。

梁洁出去换到一班巡逻的时候，王承硕正好回来。因为他这次考得还行，梁洁问了一句就给他放了行。

王承硕坐回座位，装模作样地念了一会儿课本，把脊背往后靠："我的晚饭呢？帮我带了吗？"

陆京伸手在桌肚里掏了掏，扔去一个红色塑料袋："喏。"

温双沐的余光里飘过了一个不明物体。王承硕没接住，反而滚到了她的脚边。

她弯身帮人捡起来，只见王承硕接过扯开袋口，表情突然变得有些一言难尽，看向陆京："有病吧，让我在晚自习吃自热米饭。"

根本没注意袋里装了什么的陆京："林森选的。"

温双沐默默扭头，把脸埋到臂弯下，闷笑起来。

真是绝了！以前的她，根本想都不敢想"硕神"有朝一日会在教室里吃自热米饭。"神格"一下子就没了。

教室后面的饮水机没水了，最后还是温双沐把杯子里剩下的那半杯水贡献了出去。

自热锅里的水汽"扑哧扑哧"往外冒，班上其他人最多只是啃个面包、饼干或是水果一类，就他们最后一排，两个负责帮忙看窗户盯梢，一个负责埋头拌饭。香味儿惹得前面的同学频频回头。

温双沐还是头一回给人打掩护干这种事，感到乐趣的同时，还挺享受。

到了晚读结束，温双沐帮忙喷了两下自己常用的香氛，驱散味道。

王承硕将垃圾装回袋子，冲她抱了个拳表示感谢。

温双沐一直知道，自己哪怕认识的人再多，也仍然不属于人缘好的那类。以前季佳绘传她是靠家里走关系进的实验班，学校里冒出不少关于她的闲言碎语。不过那些人一边在背后议论，一边又碍于她的大方，想从她身上贪点儿便宜，不停地在她跟前拍着马屁。她懒于戳穿，但也只跟那些人维持表面关系，不会深交。

像这种晚读帮别人打掩护吃饭的行为，换作以前的她根本想都不敢想。有点儿像胡闹，但她感觉还不赖，挺喜欢的。

梁洁从一班出来，约莫是一班学生找她要语文素材本，顺便站门边招呼了夏芝里一句："芝里，你找个班上男生一起到办公室，把素材本搬回来，发下去给大家复习。"

温双沐耳尖听到，第一时间扭头看向陆京："你要不要去帮忙？"

正在准备下节课要用书本的陆京："嗯？"

"帮夏芝里搬素材本哪！"

"……"

陆京磨蹭着挪到门边，满意地看到纪律委员韩毕已经抢先揽下了活儿。

不过看到夏芝里投来的意外眼神，还是道了一句："是温双沐让我来帮你的。"

温双沐时刻关注着门口两个人的动向。不知道陆京对夏芝里说了什么，夏芝里突然朝她看来，眼神透亮得不行。

温双沐正猜测着，只听乌小漆一声惊叫："我刚清除缓存的工夫，反派值怎么又加五分，变成六十分了！目前商城积分累积总值四十点。"

温双沐也露出了惊讶的表情。

还没开始搬，两个人就开始心动上了？是不是太突然了些？啧，爱情果真是件让人摸不着头脑的东西。

课间的教室里很喧闹，韩毕和陆京一左一右地站在夏芝里跟前。

苏起言看梁洁下课往二班走，大抵猜到语文老师也叫了夏芝里去办公室搬素材本，便往二班多踱了几步，接着就撞见两个男生向夏芝里献殷勤的场面。

他好整以暇地靠在门口观赏片刻。白炽灯投下清冷的光，女生的长相带有少许欺骗性，侧脸看上去有些高冷、不近人情，但他知道对方只是不擅长拒绝他人好意。

他开口说："再不走就要上课了。"

夏芝里偏头，闯进一双漆黑玩味的瞳底。

她只与苏起言对视一秒，便飞快移开眼，缓解尴尬地捏捏右手指骨，对陆京和韩毕开口："谢谢你们哪，我一个人能搞定的。"

陆京从听见苏起言声音响起，表情就开始陷入半瘫模式，无所谓地应了声"嗯"。他步子都往回挪了，似乎又想到什么，忽然抬眼往温双沐的方向望了望。

温双沐脊背挺直地靠在座位上，整个人裸露在灯光下，从肩颈的线条到紧抿的唇线，都看上去冷冰冰的。

韩毕不是硬来的性子，陆京停顿片刻，竟然径自走出教室："没事，我是雷锋，乐于助人。"

苏起言看着陆京走向楼梯口的背影，有些惊讶。半晌，他挑了下眉梢，对夏芝里说："真受欢迎啊，课代表。"

夏芝里想起他上次相似的调侃："你别开玩笑了。"说着也不好意思让陆京一个人搬完全部，急忙追了上去。

温双沐侧目，三个人的身影一一从走廊掠过，隔着层雾化玻璃，她看见苏起言脸上有闲适的笑意一闪而逝。

她不懂，夏芝里和苏起言不过接触了寥寥几次，为什么就能享受到那样的区别对待？

乌小漆说："宿主想看他们之间发生了什么吗？"

温双沐低头在物理作业上填下一个字母选项："不想。"

尽管每次苏起言对夏芝里的态度都让她感到十分不适，但只要反派值没有减少，就意味着两个人的相处还在正常范围内。她不想跟出去，在夏芝里面前表现得过于被动。

晚自习，温双沐订正完语文卷，就开始复习月考内容。

她问乌小漆："这次月考有什么支线任务吗？比如考第一名这种？"

乌小漆没想到宿主这么快化悲愤为力量，翻了翻任务手册："本来是有的，但系统会对任务难度进行划分，由简到难，这项任务目前来说对宿主难度太大，系统自动帮忙屏蔽了。"

温双沐说："什么意思？觉得我考不到第一？"

乌小漆不置可否："学习任务不比其他，况且离考试没几天，大家都在刻苦学习，不是简单靠宿主努力就能实现。系统的考量无可厚非。"

乌小漆看温双沐似乎来了点儿小情绪，开始晓之以理，动之以情："宿主分班考试能考第三，是因为考题超纲，您的大学知识还能有用武之地。现在只是普通月考，而且春季班的学霸们也会参加这场考试，哪怕是以前的您，也没能在这次月考取得第一的成绩，更何况现在的您。"

"我这一个月可没有落下半点儿课程进度。"

"是没落下，但校园文和校园文之间也是有差别的，您自己又不是没经历过。至少咱们这本校园文不像您这阵子看的那些'厕所读物'一样，哪怕前十的选手中间也'卷'得不成样子，第一哪儿这么好考？"

温双沐自然知道春季班实力强劲，自己班上的王承硕和夏芝里也不容小觑，现在再加个摸不清底的陆京，光班内竞争就激烈得不行，但还是忍不住叫板："我高中又不是没拿过第一。"

乌小漆耐心地说："那您还记得是哪次吗？"

温双沐报得胸有成竹："高一最后一学期的期末考试。"

"看您记得这么清楚，那也一定记得那次苏起言和夏芝里考了第几吧？"

温双沐沉默下来。夏芝里的排名她有些记不太清，但夏芝里高二开学主动申请调去普通班，追究起来应该就是和这次考试发挥失常有关。那也是苏起言第一次没考过她，当了年级第二。两个人一起考得差，事情似乎一下变得没有这么简单。

乌小漆说："看样子宿主也猜到了。在小说里，女配无论成功还是失败，都只是为了女主的剧情做服务。"

温双沐突然觉得可笑，所以乌小漆的意思是，那些她曾引以为豪的骄傲，都只是夏芝里人生起承转合的需要？

边上的陆京正扒着王承硕的肩膀，问数学辅导书上的一道难题，听隔壁传来"吧嗒"一声甩笔的声音，吓了一跳，侧眼看去。

温双沐抵靠着椅背，双手环抱，腮帮子的线条微鼓，抿着唇，整个人看上去闷闷的。

他视线从温双沐桌前摊着的那本语文素材本上飘过，顿了顿，所以这是复习语文复习生气了？

前面王承硕把题目大体思路讲了遍，看陆京有点儿走神，问道："会了吗？"

陆京点了点头，将辅导书移了回来，将答案写在答题区，又向隔壁看去一眼，温双沐仍保持一动不动的姿势静坐在那里。

陆京想了半天，还是把自己桌角的素材本递了过去："我语文资料整理得还行，你要看我的素材本吗？"

温双沐过了几秒才略带诧异地朝陆京看来，他修长白皙的指骨搭在书脊上，线条干净又匀称。温双沐目光从陆京的指尖上抬，落到他的眼睛上，不确定地说："给我？"

陆京点了点头："嗯。"

温双沐迟疑了片刻，才伸手接了过来，不自然地挤出两个字："谢谢。"

温双沐盯着手上的素材本看了许久，往后翻了几页，心情竟渐渐平复下来。

晚上放学，温双沐向陆京借了素材本带回家复印，收拾好书包，往外走。

一班还在收作业，温双沐便靠在走廊上的栏杆处等。

每次都是这样，单方面怄气，单方面压下情绪，佯装无事发生。

温双沐注视着一班教室里苏起言斜挎上书包，和李茂真并肩出来。

少年的身形颀长挺拔，眉眼总是带着疏离，要不是因为喜欢……

走廊上夏芝里握着手机，低头快步走过："好的，好的，我刚下课，马上出来。你在我学校门口再等我一会儿。"

温双沐听见熟悉的声线，身体在大脑之前率先做出反应——在夏芝里要与苏起言撞上前，一把拉住了夏芝里的手腕。

夏芝里发梢在空中旋了半圈，从苏起言的鼻侧划过。二人继楼梯上的 crush 之后，第二次撞上了，没有丝毫新意。

夏芝里定了定才站稳身形，看清是温双沐后，小鹿眼亮了亮，小声叫她的名字。

温双沐松了指尖，放开了她："注意看路，刚差点儿撞上人了。"

夏芝里捣蒜似的点头："嗯嗯，谢谢你呀。"

温双沐轻轻"嗯"了一声，脸上没什么表情。

态度和说出来的话都端得跟个领导一样，偏偏夏芝里很喜欢这套，一脸感激地跟她说了一句"明天见"，才往楼梯口走去。

李茂真看苏起言堵在门口不动，突然蹲身捡起什么，没多想，从边上挤过去冲温双沐招呼："双姐，走吗？"

"今天我不跟你们走。"

温双沐径自略过李茂真，来到苏起言的跟前。

苏起言的眼睫低垂，在眼睑下方落下一点儿浅色的影子。他手上攥着的是夏芝里掉下的学生证。塑料质地的校徽，照片上的女生苦着张脸，估计是不善面对镜头，表情呆呆的，叫人看出了一丝傻气。

温双沐探出的手阻隔了苏起言的视线。她不由分说地拿过夏芝里的学生证，语气有些冷硬："我们班课代表掉的，我来还她吧。"

她说着，也没等苏起言反应，收进了自己的口袋。

李茂真绕过来，倒没把学生证的插曲当回事，仍停留在上个问题："啊？你不回去吗？我还以为你刚才站外面是在等我和起哥呢！"

温双沐瞥见自班门口晃出个人影，也没管是谁，顺手就抓住了："我约了班上同学吃夜宵。"

温双沐说这句话时，目光是注视着苏起言的，想看看苏起言的反应。她在送苏起言沈箸签名照的信封里写了，想让他请自己吃夜宵报答，但她现在找了别人。

他会有反应吧？会有吧？

一旁的王承硕顿住脚步，有些难以置信地盯着温双沐扣住陆京胳膊的手几秒。

他见温双沐和一班学神之间的古怪氛围，自觉压低音量，小声问陆京："你们什么时候约的？"

陆京的表情同样有些难以言喻："我也不知道。"

放学时间的走廊人潮涌动，苏起言和李茂真已经离开。

陆京看着温双沐抓住他却又没有其他动静，过了好半天，憋出一句："那个……咱们要去哪儿吃？"

温双沐收回视线，这会儿才注意到自己抓住的人是陆京。她迟钝地"啊"了一声："抱歉，拉错人了。"

陆京："……"

一旁的王承硕没绷住，单手撑着陆京肩膀，竭力地掩着笑。

"不好意思啊。"温双沐往后指了个方向，像是在现编现想，"我有书落在教室里了，回去拿一下。下次再请你们吃东西赔礼道歉。"

温双沐进了教室，王承硕没再憋着，肩膀一抖一抖的。

陆京瞥了他一眼，表情有点儿无语："别笑了！"他刚就不该多问一句吃什么。

晚自习结束后不过几分钟，教学楼就过了最开始的喧闹，陷入寂静。

值日的同学走出教室时自然关了灯，二班教室瞬时暗了下来。

温双沐坐在座位上，桌上放着她从桌洞里抽出的一本"王后雄"。她两手撑着脑袋，脑子里还在想苏起言刚才反应平淡地应了句"那我们先走了"的画面。

不知过去多久，温双沐才拿起桌上的书往外走。

秋末的夜晚温度下降，夜风吹来有些冻人。

温双沐单手揣进口袋，碰上个尖锐棱角。她顿了顿，将口袋里夏芝里的学生证拿了出来。

班主任梁洁不是会体罚学生的人，但由于这一个月来他们班好几次做早操时被学生会检查到有学生没有佩戴学生证扣了分，所以下了最后通告，谁再忘记佩戴学生证，就罚跑操场五圈。这个警告很有效，已经连续四天班上没有一个人忘记了。

温双沐停在了垃圾桶前。

与夏芝里中考状元名声相当的，是她中考体育十来分的悲惨分数。听说八百米跑了五分钟，零分。这人根本不擅跑步！

垃圾袋被值日生带走，套上了崭新的一个。

温双沐攥着学生证的那只手抬起，落到垃圾桶上方，悬了很久，终于张开指尖。

"啪嗒"一下，空气里传来一声很轻的塑料摩擦声。

温双沐揣兜离开教室，过了几秒，一道黑影从隔壁班门内缓缓走出。

月光穿出云层，越过栏杆，照亮了走廊，在人的脸廓镀上一层浅银色的光。

陆京和王承硕在校门口分开后，又绕了回来。他走进二班教室，来到刚才温双沐站了很久的位置停下。他四顾一圈，没发现什么异常。他往外走，余光里垃圾桶内似乎有光一闪而逝，只见夏芝里的学生证正静静地躺在垃圾桶的底部。

陆京步子顿了下来，很轻地叹了口气。

校园大道上的路灯随着人流减少，灭了几盏。

温双沐沿着花坛一路沉默地走。本以为把夏芝里的学生证扔掉后会产生的快感并没有随之出现，反而心中还涌起一股说不出的烦躁感。而这种烦躁在乌小漆不断发出的"滋滋"的电磁噪声中，终于达到了临界点。

"你能不能消停点儿？"

温双沐第一次用这样不悦的语气对乌小漆说话。

乌小漆像被吓到了，好一会儿，才可怜地冒出一句："不是……刚才小鹭徽章好像出了点儿问题……"

温双沐鼻间发出了一声不信的冷笑。

乌小漆着急："真的，反派值一会儿减五，一会儿加五……"

温双沐说："谁让你成天加载有的没的音乐特效，内存不够系统不抽才怪。"

乌小漆："……"

不是啊，它们六八六八系统内存超大来着……

温双沐到家时，时间已经过了晚上十点半。

温秉一蹲在公寓下的小花坛边，远远看到车灯，兴奋地跑上去敲车窗："姐，你今天怎么回来得这么晚？"

温双沐下车，稍微提起劲儿，压着温秉一的脑袋揉了揉："你才是！这么晚不去睡，胆子大到一个人待在楼下！"

温秉一嘟囔说："爸爸和妈妈不在家，我想等你回来了再睡。"他说着想到什么，"我刚碰到阿起哥哥骑车回来，他陪我一起等你的……咦，他人去哪儿了？"

温双沐顺着温秉一张望的方向看去，公寓一楼的大堂玻璃门透亮，金色的灯光富丽堂皇，却不见人影。

温双沐问："他刚才一直跟你在一起？"

温秉一乖乖地说："对呀，他问我一个人在楼下干吗，我说等你，他就没上楼，陪我一起站在这里等了你一会儿。"

温双沐一直绷紧的唇线有了一点儿轻微的弧线。

温秉一奇怪地偏了偏脑袋："姐，你今天好像很开心？"

"嗯，本来不怎么开心，现在又挺开心的了。"

温双沐到家后先把温秉一伺候去睡觉，然后继续看书复习，虽然系统没有布置月考相关的支线任务，但她就像自己跟自己较起劲儿来，也不再跟乌小漆废话，把时间都用在了复习上。

第二天早上的学校早操晨跑，温双沐跟体委借口来例假，待在教室里学习。

广播里响起经典的跑操音乐。温双沐透过窗户，往远处的操场看了一眼。哨声响起，齐整的脚步伴着各班的口号。在操场上四散走动着几个黑色星点，估计是学生会检查仪表纪律的成员。

温双沐强迫自己收回眼，不去想接下来可能发生的事，但夏芝里学生证上的那张照片总是不合时宜地闯入脑海，以至于语文素材本上的字体跟无数打乱的碎片一样，怎么也记不住。

她深呼口气，整个人被躁意席卷得有些坐不住，索性拿起书，走到教室后面的空地，边走边背。她才背了两句，余光扫到门旁的垃圾桶，又再次停了下来。黑色塑料袋里扔了几个矿泉水瓶和纸屑，看不出深处掩藏着什么。

怎么办？要重新捡回来吗？

温双沐翻箱倒柜，最后在储物柜里找到个没用的塑料袋，套在手上翻起垃圾桶来。

"怎么会没有呢？"

温双沐不信邪，将垃圾袋里所有的垃圾都倒到地上，还是一无所获。

难道是早上值日生倒过垃圾了？

温双沐抿唇，大脑混沌地想着，将地面的狼藉收拾好，有些魂不守舍地站起身。

教室门突然发出"吱呀"一声，被人从外打开。

陆京大概也没想到有人贴在门口站着，与温双沐对视后，小小地愣了一下。

温双沐微妙地顿了顿，庆幸陆京不是在两秒前她翻垃圾桶时进来。她不着痕迹地将手上套着的塑料袋摘下，假装只是路过，把袋子扔进垃圾桶里，问他："怎么没去跑步？"

陆京视线从她手上扫过，低头揉了把脸，带点儿鼻音地应了声"嗯"。他今天除了衬衫和毛线马甲外，还多套了件校服外套："昨晚吹了点儿风，有点儿感冒，请假了。"

温双沐想起他早上两节课一直都在咳嗽："那你多喝点儿热水。"

陆京点头，也没问她为什么待在教室里，到饮水机那儿接了杯水就坐回座位了。

水温太烫，陆京等了一会儿还是热的。他开始有些犯困，直接趴着睡了过去。

温双沐因为班里多了个人，没再四处走动，安静回到座位，背书上的内容。

背完一段素材，操场上的跑操似乎结束，有喧闹的人声朝教学楼靠近。温双沐不自觉地又发了会儿呆，视线自然而然地朝陆京身上瞟去。

陆京的右手屈着搭在后脑勺儿上。穿过手臂中间的间隙，能看到一点儿他下颌骨的线条。大概是因为感冒呼吸并不顺畅，他校服下的脊背随着胸腔共振轻轻起伏。

温双沐想，其实她也不是非要那样对待夏芝里不可。

昨晚莫名其妙下降五点的反派值现在也恢复到了六十，夏芝里和陆京的感情在稳步推进，只要保持住这个势头，并不会阻碍到她和苏起言。

早操的两圈，再加上罚跑的五圈，似乎是有点儿过分了……

操场上，两圈跑操结束，苏起言作为学生会的检查人员，和朋友一块儿往外走。

各班队伍撤退，一个女生身影仍沿着操场内圈跑道缓慢吃力地跑着。

苏起言眯眼认出夏芝里："那个女生是怎么回事？"

朋友远远看了眼，"啊"了一声，回忆起来："忘佩戴学生证，刚被我检查到登记了。他们班好像有规定，忘戴一次罚跑五圈。"

苏起言的眉峰随着对方的话音落下，紧紧锁起。

朋友说："走吗？下节物理课要去实验楼，还挺远的，得早点儿过去。"

"你先去吧，我一会儿就到。"

朋友没多想，让他别迟到，就出了操场出口。

夏芝里扶着腰，汗水把刘海儿洇湿了一片，头顶的太阳在眼前出现一圈圈的光晕，因为体力吃不消，她的视线也变得有些模糊。

梁洁之前说的罚跑只是唬人用的，她每天早上都会跟着班级队伍陪跑。这回碰见学生被学生会登记，还是自己的爱徒，她就有点儿想把之前的口头通告一笔勾销。

但夏芝里知道，如果梁洁为她开了先例，日后班级纪律只会越发难以管理，所以自己主动选择了接受惩罚。

主席台下，苏起言看夏芝里跑的速度已经跟走的速度一样，摇了摇头，几步走上前，拽住了夏芝里的手腕，迫使她停下。

夏芝里讶异地抬了下眼。她呼吸不稳，头发跑得也有些散乱："苏起言？你怎么在这儿？"

苏起言没回答她的问题，径直地说："别跑了。"

夏芝里因为自己罚跑被人撞见而变得有些不好意思："我忘佩戴学生证了，要罚跑五圈，现在还差四圈。"

"这里没人，如果梁老师问起，你就说我可以给你证明。"

"没关系，我跑得动。"夏芝里把手腕从他掌心抽出。她想到温双沐，又加了一句，"你不需要这么帮我。"她说着点了点头当作感谢，便继续往前跑去。

苏起言转身要走，刚迈出两步，又没忍住回头。在原地来回踱了几步，他还是追了上去，与她并肩："有没有人说过你真的很不会变通。"

夏芝里有那么几秒没有开口说话："嗯，很多，所以你也别跟着我了。"

苏起言步子微顿，接下来什么也没再说，只是安静地陪跑。

二班的第三节课是自习课，快上课了班上学生还是没有收敛，争分夺秒地聊天玩闹。

王承硕月考前不复习，反而拿了数学书必修二的内容，找温双沐讨论解题方法。

温双沐看完题目列了几个公式，差不多找到思路，开始给人讲解，眼睛却是三不五时地往夏芝里的空位瞄去，心不在焉。

王承硕理清了题干的几个条件。也不知道教室前面发生了什么，一个人突然带头安静下来，接着全班都跟着静了下来。

温双沐抬眸看去，一动不动。

苏起言几乎是护着夏芝里，跟她一起走进了二班教室。

夏芝里整个人像从水里捞出来一样，汗水浸得衬衫领口湿出一片很深的痕迹。她呼吸粗重，鬓发粘在脸侧，迈出的每一步都打着颤，绕过座位时，腿肚子似乎软了下，差点儿跌下去。

苏起言护在夏芝里身边的手几乎要触碰上她胳膊，但夏芝里又自己站稳了身形。

温双沐盯人干得发白的嘴唇，握住笔的指尖不自觉用力，连黑色的墨迹在纸上渲染开一片都没注意。

苏起言对目瞪口呆的二班同学熟视无睹，护着夏芝里在位子上坐下，问她道："要喝水吗？我帮你倒。"

夏芝里摇了摇头。她现在连多说一个字的力气都没有，但多少有些在意班上同学聚焦过来的目光："谢谢，我自己可以。快上课了，你回教室吧。"

苏起言没离开，在那儿静站了几秒，然后径直朝教室后排走去。他在二班所有同学的注视中来到温双沐桌前停下，向她伸出手，用只有他们两个人能听到的音量问她："学生证呢？"

温双沐直视着苏起言，余光里是夏芝里脊背微弓的虚弱背影。她嘴唇翕动，什么也说不出来。

班里响起此起彼伏的细碎讨论声，苏起言恍若未闻地站在温双沐桌前，垂眼看她。

因为温双沐的沉默，他伸手又重复了一遍："夏芝里的学生证？"

苏起言沉声说话的时候很有压迫感，五官轮廓的每一道线条都透着冷硬。

王承硕离得近，在苏起言对温双沐说第一句话的时候没听清，但这第二句倒是听得清清楚楚。他没忍住打断："不是，夏芝里的学生证，你找温双沐要什么？"

苏起言像这才注意到王承硕的存在，视线右移，不过也只是停留一秒就收回。

他没理会王承硕，仿佛温双沐的沉默已经给了他答案。他不再继续追问，而是走近她身侧告知："把学生证拿去还给她，这件事我不会再告诉其他人。"

陆京在班上同学突然安静又突然"窸窸窣窣"交头接耳的时候就醒了。他脊背微弯，靠着椅子，像还没太睡醒，低着头，指尖缓慢地揉着眼眶。

在苏起言自顾自给温双沐留下一句忠告就要离开时，椅子抵着地面拖开发出"滋啦"一声。他站起身，挡在了苏起言面前。

"抱歉。"陆京的语速比平常还要慢一些，可能是因为生病，大脑措辞的速度跟不太上，"本来不是很想出这个头，但你们是朋友吧，一直这么自说自话合适吗？"

温双沐一直保持聚焦在桌面的视线动了动，余光能看到陆京垂在身侧的手臂线条。

苏起言的脸上并没有因为陆京的话呈现多少反应，他也不打算在这上面多花时间，直接找向源头进行解决。

"温双沐。"他只叫了一声名字，语调无波无澜，言下之意明显，示意她把这位为她说话的朋友拉开。

温双沐知道陆京和王承硕是出于仗义帮她，她不想撒那种一戳就会破的谎，同样也不希望陆京帮她出头，最后发现是他自己识人不清。

她闭上眼，将一直攥得很紧的笔扔到桌上，正要开口。

陆京用指骨敲在她的桌面，在她开口之前，打断她的话梢。

温双沐被这冷不丁的声音惊得眼皮颤动了一下，抬眼看去。

陆京好像这会儿才偏头看向她，也不知道是错觉，还是肤色衬的，他瞳孔看上去比平日还要黑上几分。

"不是在给王承硕讲题吗？你们继续讲你们的。"

那语气仿佛她给王承硕讲题这件事比其他事都更重要一样。

他说着对苏起言道了句"稍等"，径直朝第一排夏芝里的位子走去。

苏起言本想直接离开，在看清陆京去找谁后，又皱眉停了下来。

陆京在全班同学的注视中，来到夏芝里座位旁停下。他微低下身，单手撑着她的桌边儿，弯腰对她说了句什么。

夏芝里还没从长跑的后劲儿里恢复过来，刚倒了水喝，也没注意教室后面发生了什么。听陆京说完，她回头往他们的方向奇怪地看了眼，接着从桌洞里拿出样东西，递给了陆京。

从温双沐的角度无法看清陆京和夏芝里在做什么。

她把最糟的情形都考虑了，心想，再不济也就是让所有人知道夏芝里的学生证是自己扔的，然后和之前一样，无论有多少人在背后传她坏话，但这群人明面上还是会和她维持不错的关系。

按理来说应该是无所谓的，但可能是因为刚刚王承硕帮她说了一句话，也可能是因为陆京现在试图帮她找夏芝里询问验证。

突然被两个本来与自己无关的人信任了，温双沐觉得自己好像又有点儿所谓了。

陆京回头走来，温双沐试图从他眼里看出任何异样的神色，但没有。

他回到苏起言面前站定，黑眸异常沉静："虽然不知道你刚才为什么要找温双沐要夏芝里的学生证，不过她的学生证在这里。"

陆京将手中的东西往空中抛了抛，又接住，最后将学生证上的照片展现在苏起言面前："还有别的问题吗？"

苏起言表情怔了一瞬，几乎下意识觉得这不可能是陆京刚从夏芝里那儿讨回来的。

同样愣住的还有温双沐，她指了指陆京手上的学生证："这……刚夏芝里给你的？"

陆京点头："嗯，刚问她，说是跑操前不小心落教室里了，怎么了吗？"

"没……没事。"

温双沐的脑袋还有点儿跟不上。她怕说多了暴露，就没敢多问。

过了两秒，她还是忍不住找乌小漆确认："我昨天是把夏芝里的学生证扔进垃圾桶了吧？"

乌小漆也觉得有点儿匪夷所思，不是很确定地说："是……吧……"

边上安静了好一会儿，有围观的同学弱弱地冒出一句："不是，他们到底在聊什么？我怎么不是很懂？"

"好像'吃了个假瓜'，看上去是误会了的样子？"

上课预备铃响，纪律委员韩毕总算找到了说话的岔口："都安静回自己座位，该复习的复习，别讲话了。"

一阵桌椅移动声，陆京看向仍杵在原地的苏起言："同学，你还不回自己班级上课吗？"

苏起言神色略带复杂地看了温双沐一眼，有点儿想问她既然已经把学生证还给了夏芝里，为什么一直不说。

他想起自己似乎从得知夏芝里因为没有佩戴学生证罚跑开始，就几乎认定了是温双沐在背后作乱，既没去想她可能只是一时忘记的可能性，也没去想可能已经还了的可能性。

苏起言的唇线绷得笔直，他把指尖在身侧攥了攥，还是抬步朝外走去。

乌小漆还没从天降惊喜中反应过来，放了个零点五倍速的烟花应景："所以咱这算不算误打误撞，不但成功化解危机，还顺便收获了苏起言的愧疚值？"

温双沐任由乌小漆在她脑内放烟花庆祝，没有回答。

陆京将学生证还给夏芝里，回来后没直接坐回座位。他掌心覆在有些发烫的额头上，对王承硕说："我去趟校医室，如果有老师过来，帮我请个假。"

"哦，好。"王承硕有点儿担心，"没事吧？要不要我陪你去？"

陆京随意摆了摆手，便独自出了教室。

温双沐等陆京出去几秒后，才偏头去瞄他的背影。

走廊外的阳光很好，在陆京的肩廓拓下浅金色的光泽，让他那头墨发看起来毛茸茸的。

温双沐看着陆京消失在砖红色的墙后，指尖蜷在掌心很轻地按了一下。

夏芝里的学生证到底如何从垃圾桶回到她桌洞，成为了一大未解之谜。

温双沐课后试着去找过夏芝里试探，对方全然不知学生证丢过的事情，只说自己马虎大意，放桌洞忘带了，跑操时被学生会纪检成员抓了个正着。

夏芝里说起这件事时语气轻松，只为自己的失误蠢笨懊恼了一下，却对一早上跑了五圈的事轻描淡写，闲暇与人聊起便算过了，温双沐却还记得她跑完进教室时半死不活的样子。

温双沐后来猜测，会不会是早上值日的同学在垃圾桶里看到，做了不留名的好心人，帮忙捡了回去？不过整件事她都是理亏的那一方，不好四处打探。

第二周，月考如期而至。

高一的文理还没分科，九门考试整整持续了三天，此外还要占用晚自习时间。

白天考完语文和数学，晚上是温双沐擅长的英语，她这几天一直保持着高压的复习状态，到了晚上，才给自己小小地放松了一下。

饭后她和季佳绘在操场上逛了两圈。季佳绘想去小卖部买喝的，温双沐便陪着去了一趟。

之前拉住陆京说要请他吃夜宵，温双沐还没把人情还掉，于是给陆京和王承硕一人挑了瓶货架上最贵的饮料作为感谢。

季佳绘拿完喝的就去了文具区挑笔，温双沐绕过货架，打算一块儿去结账。

温双沐远远见听见熟悉的声音，随意瞥去了一眼。苏起言和李茂真在收银台前排着长队，李茂真正起劲儿地跟人聊着天，苏起言偶尔才会出声搭上一句。他听人说话时，习惯低着视线，站姿也很闲散，整个人都透着漫不经心的魅力，也难怪前面的女生频频回头。

李茂真看到她，冲她招手："双姐，你买什么？我帮你一起结了！"

温双沐在苏起言看过来前，率先收回视线，目不斜视地走去他们后面排队："没事，我自己付。"

李茂真不知道两个人之间发生了什么，只知道温双沐最近都没跟他们一块儿上学、放学，路上碰见也只是点头招呼一下。不过以他过往经验也能猜个八九不离十，八成又是起哥做了什么摆谱儿的事，把人伤得需要休整几日收拾心情。

他习以为常地活跃气氛："对了，双姐，你数学大题最后一题第三问算出来答案是什么？起哥说是根号三，但我算出来是三分之根号三。"

温双沐答案都要说出口了，在嘴边绕了一圈，又换了个别的："三分之根号三。"

李茂真顿时乐了，抵着苏起言的肩膀撞了一下："没想到啊，起哥，这回是我对。"

苏起言被撞得一下没站稳，身形晃了晃。他看了温双沐一眼，倒没说什么，由着李茂真去乐。

李茂真开心完，又讲起件别的事："双姐，你不知道，我们班还有人算出来三分之一，就我们班数学课代表，你认识的，林森。他这个一听就是错的，还跟我争一

181

下午。"

温双沐看向李茂真的神情突然变得欲言又止，想了一下，才顺着他的话附和："确实，他这个一听就是错的。"

前面女生买的东西都不多，队伍很快就排到了他们。收银员把东西刷完码，李茂真正要掏自己的校园卡，苏起言将自己那张丢了过去。

李茂真愣了愣。

苏起言说："不是说谁最后一题错了谁请客吗？"

李茂真立马了然于心，顺势帮忙接过温双沐手上的两瓶饮料："幸好双姐你过来，不然我还真以为我答案错了，打算买单了。你这两瓶我请了，甭跟我客气。"

温双沐没想到两个人还打了赌，正思考要不要改口换个答案，苏起言却已经接过收银员刷完码的两瓶果饮塞到她手里。

季佳绘买完东西出来，四处张望一圈，才在离小卖部不远的一棵大树下找到温双沐。

这个时间天色已经暗了，只有天际线方向还有一抹金色的阳光，在地面给人拉出长长的影子。

温双沐背对着她的方向，肩膀抵靠着树干，仰头看着天空，不知道在发什么呆。

季佳绘走上去叫她，看清她手上的东西后有点儿吃惊："你怎么买了四瓶果茶？"

温双沐没回答，她将给陆京和王承硕带的那两瓶一边一个塞进制服外套的口袋里，剩下两瓶则直接插了吸管，和季佳绘边喝边往教学楼走。

教学楼里，王承硕从洗手间回来，意外陆京还趴在教室外的走廊栏杆上，没进去。他走上前，只见陆京手上拿了本巴掌大的漫画书——《福尔摩斯》，英文原版。

王承硕笑了一下，心想这也算是英语考试复习了。

他在陆京左手边倚着栏杆靠着："外面不冷啊？干吗不进教室看？"

陆京只看图片，很快将漫画翻了两页，眼皮也不抬一下地说："里面还有人在对数学答案。"

王承硕想起这件事就觉得好笑，故意说："你答案不都对完了吗？怕什么？"

陆京顿时感到郁闷："你还好意思说？要不是你和温双沐，我也不至于卷子没改出来，就已经知道自己数学下了一百一十分。"

王承硕笑着撇清："这跟我有什么关系？！谁让温双沐早上问你语文答案的时候，

你全报给她了，最后还是她错六个，你全对。她不在数学上报复过来才怪。"

陆京无法理解，怎么这么一通绕下来，反而成他的错了。他伏在栏杆上："你说这人也是奇怪，亏我早上听她说错了六个以后还有点儿内疚，想着要不要骗她说她的答案才是对的，她倒好，为了把心态平衡过来，直接在数学上把我心态搞崩。没见过比她更小心眼儿的人了……"

王承硕轻轻咳嗽一声："也没有吧？我觉得她性格挺好的，而且会'拉格朗日'，尤其咱们现在才高一，像她这样的真的很厉害了。"

陆京旋转了个方向，背靠栏杆："你脑子里除了'拉格朗日'，还装了什么？成天'拉'来'拉'去，腻不腻……"

随着视线的变化，陆京的声音越来越弱，到最后戛然而止，又重新开了个话头："你就不会夸点儿别的吗？人长得多漂亮，是吧？"

"是。"王承硕正经搭腔，努力绷住嘴角，没让自己笑出来。

温双沐就站在一米开外的地方，看他们一唱一和。她尽量让自己的表情看起来严肃一点儿，但实在觉得难度有点儿高。于是趁自己破功前，掏出左右口袋里的两瓶果茶，放到栏杆的平台上："'小心眼儿'来请你们喝饮料，晚上英语加油。"

温双沐看到陆京脸上露出崩溃的表情，心情愉悦地和季佳绘一起往教室走。

季佳绘进门后走了几步，没忍住又回头望了一眼："你那两瓶饮料原来给王承硕和陆京带的呀？"

温双沐没放心上，攥着自己手上的果饮喝了一口："嗯，之前欠他们一点儿人情。"

季佳绘说："真羡慕你。"

温双沐在座位坐下："嗯？羡慕什么？"

"你难道不知道吗？咱们班现在女生中大家最羡慕的人是你，男生最羡慕的是韩毕。因为女生里只有你和陆京、王承硕的关系最好，而韩毕是班上唯一一个座位在夏芝里边上的男生。"

温双沐一时无法理解这有什么可羡慕的。

"他们俩这么好相处，感觉跟谁关系都挺好的，我这种顶多算一般吧。"

"好相处是好相处，但能不能跟他们混进一个圈子又是另一回事。咱们班学委还有历史课代表不都是'博文'的吗？初中跟陆京他们隔壁班，现在和他们也都插不上话。但我看你们刚才都能随便开玩笑什么的，感觉处成这样挺难的。"

温双沐"啊"了一声，没承想在外人眼里陆京和王承硕是这么个形象。不过她以前确实觉得王承硕是挺有距离感的一个人，所以，果然是她为了推动陆京和夏芝里的感情，强行搭话攀关系了吗？生生处出了同桌般的情谊？

温双沐这么想着，但没说出来，只是说："也可能是我和刘以恒比较熟，他们看在刘以恒的面子上多搭理我点儿吧。"

季佳绘点了点头，觉得合理："有道理。"

温双沐现在更好奇的是另一件事："大家羡慕韩毕是怎么回事？不是该羡慕陆京吗？"说着咬了咬吸管，"我看贴吧上和班上小群里都在传夏芝里和陆京走得更近……"

季佳绘耸肩："是有很多同学这么传，但我个人感觉不太靠谱，应该是假的。"

"怎么说？"温双沐问。

"你自己看哪，班里一到课间去找夏芝里搭讪的男生这么多，但陆京就从没去过。"

温双沐扭头，只见夏芝里独自坐在座位上拿着英语书在复习，形单影只，反倒是跟她隔了一条过道的女生同桌边上，围了好多说话的男生。

"怎么看上去辛瑞更受欢迎？"

季佳绘解释："什么啊，别看这些男生现在都围在辛瑞边上，实际没有一个眼睛不往夏芝里那里瞟的。我跟夏芝里座位就隔了几桌，每天晚上都有一堆男生让我帮忙给她传明信片和字条，但她基本都不回复，有回复也很简单粗暴，之前瞄了一眼，都是让人好好学习之类的。现在这些男生对她属于又怕又喜欢，怕她太高冷了，不敢打扰，但又实在想跟她交朋友，才从辛瑞入手，想着多在人附近晃悠几次，刷存在感。我之前晚上跟辛瑞一起逛操场，还听她吐槽了好久。"

温双沐低下眼，鞋子抵着地面，连人带椅子往后退了几厘米，视线正好对着桌洞。

她之前也听王承硕和陆京提过，夏芝里桌洞里放了很多男生送的明信片和信，害得他们差点儿没找到刘以恒送的那封，现在又听季佳绘重复提起——

所以为什么没人给她送明信片？是因为她长得没有夏芝里漂亮吗？还是因为她少了点儿夏芝里的"反差萌"？面对男生的时候不够高冷，面对女生的时候也不够"软妹"？

陆京和王承硕进教室，见温双沐一本书一本书地在那儿抖。

陆京回座位要经过温双沐的位子，顺便在她身后停了停。他微微低下身，咬着饮料吸管，视线和温双沐一同落在那些书上，认真地问道："在找什么？"

温双沐被头顶的声音吓得一个激灵，飞快将书合上。她正想问季佳绘有人过来怎么不提醒她一下，才发现她刚找明信片找得太入迷，连人什么时候走了都没注意。

她清了清嗓："没事。"

"哦。"陆京原本想说如果丢了什么东西他有的话可以找他借，正好报答饮料之恩。但既然温双沐说没事，他也就没多想，走去自己座位，拉开椅子坐下。

他将《福尔摩斯》漫画塞进桌洞，抽出英语书来复习。与英语书一并滑出来的，还有一个粉色信封。

温双沐看着落到自己椅子边的信封，一下子就将信里的内容猜个八九不离十。她的腮帮子小弧度地鼓了鼓。这是她不稀罕却又确实没有的东西——情书。

陆京弯腰将信封捡了起来。

王承硕从储物柜拿了复习资料回来，正好看见："这个星期的第几封了？"

"没数。"陆京应了一声，把信封和桌洞那一摞放在了一起。

余光感受到一道强烈的目光注视，他偏眸看去，只见温双沐咬着果饮的吸管，表情微妙地喝着，直勾勾地盯着他那摞情书看。

陆京每次收到情书，出于尊重并不会扔，但也不会拆开看。不过，温双沐此刻的眼神不得不怪他多想。

他的表情突然变得难以言喻，将粉色信封往上扬了一下，问她："这不会是你送我的吧？"

王承硕吃惊地看向温双沐。

温双沐一下子呛住："怎么可能！"她正色说，"我就是有点儿感慨，我初中的时候也像你这么受欢迎，到了高中，桃花好像就死绝了。"

陆京恍然大悟，原来嫉妒的是这个。他联系起温双沐刚才拿着教科书一本接一本地抖："所以你刚在书里面翻，不会也是在找……"

陆京话音未落，温双沐欲盖弥彰："没有！"

陆京因为温双沐突然暴躁的语气，愣了片刻，压下心头的好笑。他想了想，安慰地说："桃花这种东西宁缺毋滥，少点儿烂桃花，可能是为了酝酿一朵好的。"

温双沐虽然也挺同意陆京的这套说辞，但被夏芝里压了一筹，心里还是有点儿小小的不平衡。

乌小漆适时开口："放心吧，你异性魅力的下降其实跟小说世界为夏芝里塑造的光环有关。等您完成足够多的支线任务，提升自己，以前的光环都会回来的。"

晚课铃响了。英语考试七点开始，大家入考场前，还有一节晚读的时间可以复习。

预备铃结束，班上同学开始预习。

温双沐脑海里的音乐却没停下，是乌小漆每次布置主线任务的前奏。

主线任务："不就是一支天价钢笔吗"行动已解锁。

当前进度：0/10。

最终奖励：根据反派值涨幅同等兑换。

温双沐没忍住提醒："马上就要英语考试了，怎么还有任务要完成？"

乌小漆说："苏起言和夏芝里在一个考场，你们考前不都习惯提前半小时进考场吗？半小时足够发生很多事了。"

温双沐微微一愣，倒没料到这点："考试都考完两门了，你才告诉我他们俩在一个考场？"

乌小漆耿直地说："啊？在原书的描写里，他们白天只有眼神交流和心理活动，咱们不可能连他们脑子里想什么都干涉吧？"

"说吧，晚上的任务跟钢笔有什么关系？"

"这需要宿主自行解锁剧情探索。"

温双沐对乌小漆千篇一律的回答已经习惯，让乌小漆调出章节内容，开始浏览电子屏上的马赛克段落："你知不知道换本小说出现你这样的系统，早就被读者追着喊废了。"

乌小漆"嘿嘿"一笑："我是反派系统嘛，骂声只会让我变得更隐忍、更强大。所以宿主不要因为最近'快穿文'看太多，对我产生什么不切实际的幻想。"

乌小漆调出小鹭徽章，笑嘻嘻地说："其实宿主进展很快，这才一个多月，就已经达到了六十点反派值，幸福人生指日可待。"

幸福人生指日可待……幸福吗？温双沐想。

温双沐解锁了当前剧情对应章节的最后一段。虽然错过"钢笔"事件发生的具体过程，但看结尾也能捋出个大概来。

监考老师还没来，夏芝里不安地回头，苏起言正拨弄那支摔坏的笔。

她从笔袋里拿出一支笔，递过去："不然你先用这支笔考试吧？"

苏起言挑了下眉，没拒绝。

夏芝里继续说："那个……弄坏你的笔，我能分期付款吗？"

"怎么分期？"苏起言没有要她赔的意思，听她主动提起，逗她说，"如果换成我中午的饭费，你可能要两个月才能还清。"

夏芝里没想到会这么贵："这笔要一千多块呀！"

苏起言轻笑："怎么，看不起它，觉得它不值这个价？"

温双沐用笔盖在桌面"哒哒哒"敲着。据她所知，苏起言用过的任何一支笔都要三四千块起步。

她让乌小漆把电子屏收了。晚上的英语考试对她来说没多大难度，索性翻出雅思书背起单词来。

乌小漆被温双沐的反应弄得有点儿蒙，转念想想，估计是心里已经有了算盘，也就没多打扰。

老实说，它也不想在这种节骨眼布置任务，担心影响宿主考试心态。但没办法，谁让小说里男女主走剧情的时候，根本不管下一秒到底是月考还是高考呢？！

晚读课结束，教学楼里的各班学生鱼贯而出，前往自己的考场。

温双沐淡定地背完最后一个单词，才去搜寻夏芝里的身形。

不在座位，估计已经去了考场。

温双沐也不急，拿了笔袋去教室前面的公告栏查看夏芝里的考场。

她这趟没打算捎上陆京，毕竟要耽误多长时间也没个数，考试重要，她可不想陆京除了"小心眼儿"再念叨她别的什么来。

陆京和王承硕的考场都在一楼，只是中间隔了两个班。两个人一块儿下楼，吵嚷的楼道里，人来人往。

温双沐就走在他们前面，隔了几级台阶的距离，轻装上阵，手上除了笔袋什么也没带。

陆京看人到了二楼后便顺着人流向右，想了想，偏头改去打量王承硕。见他拿着口袋本"临时抱佛脚"，背着跟他一样的作文万金油句子。

他摇了摇头："果然学霸和学霸之间也是有差距的，我同桌晚读已经在背雅思单词了，再看看你……"

王承硕听见陆京的话，明明温双沐已经不在，虚踹他一脚："就因为晚读前说人一句'小心眼儿'被抓到，现在夸人好话上瘾了是不是？"

陆京也觉得自己这话有捧臭脚的嫌疑，跟着笑了两声，往边上躲开他的脚。

温双沐找到七班教室，靠窗口看了会儿里面的景象。

夏芝里已然落座。

七班的男生半数没走，这帮人奉夏芝里为女神，明里暗里偷偷喜欢。只是目前刘以恒最主动，其余人碍他面子，多用起哄的方式在人面前刷存在感。

温双沐看这群男生动不动折回来拿笔、拿橡皮，在夏芝里座位周围一个劲儿地晃悠，或拔高说话的音量，或叫嚷晚上的英语要完了，企图引起夏芝里注意。

可惜正主全程捧着笔记本复习错题，根本没察觉边上的"孔雀开屏"与她有关。

余光里看到苏起言走进教室，温双沐神色稍动。

可苏起言仅瞥了眼夏芝里，也没落座，把考试用具放桌上后，就又重新走了出去。

想象中的解围画面没有发生，温双沐偏头，看苏起言去往走廊另一头洗手间的方向，又收回目光。

距离考试只剩十分钟，七班的男生纷纷离开，前往考场。

温双沐感到奇怪，人都散完了，怎么还没迎来剧情里的"钢笔事件"。

等她再抬头越过窗户望进去，夏芝里边上多站了个神色不善的女生。

七班的座位两两合并，那女生座位估计在夏芝里里侧，要到桌洞拿什么东西。

夏芝里被人拍了肩膀，连忙起身让位置。然而她人走出来还没太站稳，女生就已经挤身进去，将夏芝里往边上撞了撞。

地面刮过刺耳噪声，后桌的桌脚被撞得歪了歪。

夏芝里捂着腰侧，有些吃疼，但因为礼貌没太表现出来。苏起言桌上的钢笔却因为撞击滚落到地面，笔盖剥离，墨水飞溅，惹得两个人都怔了怔。

女生动作稍顿，丝毫没有反思的觉悟，还瞥了夏芝里一眼，嘟囔着"怎么这么不小心"，便拿了笔记本，自顾自地往外走去。

温双沐看夏芝里按着腰侧被撞到的位置，杵在那儿呆愣了几秒，接着茫然四顾一圈，竟从口袋里拿出纸巾去收拾地面的狼藉，没忍住吐出两个字："白痴。"

当老好人收拾残局不够，竟然还打算背锅还钢笔钱。

夏芝里将地面的污渍尽力擦了擦，但还是难以避免地留下一片黑痕。她竖起笔身端详了下，笔尖似乎有些断裂。她叹出口气，一双白色板鞋闯入视线。

温双沐从她手上拿过钢笔看了看，镀铂金经典款，四千加的价格。

夏芝里视线往上抬，看清温双沐后有些欣喜地起身叫她名字。

苏起言从洗手间回来，七班的男生基本离开，不属于这个考场的温双沐却出现在他座位旁。他缓步踱过来，问道："怎么到这儿来了？"

温双沐随口胡诌："有个语法点忘了，过来问夏芝里。"她说着扬了扬手上的钢笔，"不小心把你钢笔撞坏了，还你我这支行吗？"

学生考试大多用零点五毫来的签字笔，像苏起言这种从小到大用钢笔的占少数。温双沐以前也学样地试过一段时间，还是不习惯，所以将钢笔闲置下来，只偶尔才用。

她从笔袋里找到那支同系列的，放在苏起言考试的座位上。

苏起言不甚在意地"嗯"了一声，低着眼，拿起笔身在指尖把玩两下，既没去看温双沐，也没去看夏芝里，一副无所谓的样子。

反倒夏芝里看着温双沐欲言又止，眼底感动的情绪交错闪过。她手指无意识地往温双沐衣摆的位置近了近，亲昵地捏她衣角，带种说不出的依赖感。

温双沐感受到衣摆的拉扯，往下瞥去一眼，顿时整个人都有些静止。她表情古怪地看夏芝里一眼，往边上走开一步。谁想夏芝里又自然无比地贴着她靠近一步。

乌小漆对这幕简直叹为观止。果然对"白富美"女配来说，"霸总剧本"什么的最好用了。能用钱解决的问题，都不是大问题。

主线任务："不就是一支天价钢笔吗"行动已完成。

当前进度：10/10。

反派值：六十分。

最终奖励：五点反派值涨幅对应五点积分。

目前商城积分累积总值：四十点。

温双沐收到了系统完成任务的播报。

根据涨动的反派值，估计没她临时插进来的这一脚，夏芝里真的跑去还了苏起言两个月的饭费。

再看看现在紧贴她不放的某人，温双沐一阵不自在，几乎没多停留地扔下句"那我先走了"，便绕出了七班教室，往外走去。

夏芝里追出来，缺根筋似的察觉不到温双沐的躲避态度，紧跟在后，嗓音清亮地说："温双沐，你刚不是说想问我一个语法点吗？你还没问呢！"

温双沐甩不掉人，她一晚读听陆京在背英语作文的万金油套句，也没管自己的问题是词组而不是语法，随便问了个："作文开头里面，'众所周知'用英文怎么说来着？"

夏芝里竟然也没嫌这个问题蠢笨，几个标准的英语单词从她唇边吐出来，非常认真。

温双沐敷衍着点头："嗯，好了，没别的问题了。"

夏芝里却还是跟着她："那个……刚才谢谢你呀，苏起言摔坏的那支钢笔是不是很贵啊？"

温双沐才不会像苏起言那样留情面，张口就来："对，四千多块一支。"

夏芝里呆住："那你还他的那支也……"

温双沐点头确认她的想法："是同等的价位。"

夏芝里结巴了一下，温双沐又走出好几步。

她连忙追上去，不好意思地说："对不起呀，我可能一次性还不了你这么多钱，分期行吗？不然你这个学期的饭费我都包了吧？"

她手上没有太多可支配的现金，学校对贫困生的助学金都是直接打到饭卡，无法提现。

温双沐拒绝："不用。"

夏芝里咬了咬唇，自己想想也觉得不合理，连累温双沐帮她赔了一支钢笔，分期成饭费像什么样子："那等到这个学期末行吗，我接下来的几次考试一定好好考，等拿到奖学金马上还给你。"

温双沐有些不耐烦地停下脚步，侧身看她，语气里是不加掩饰的烦躁："笔又不是你摔坏的，为什么要你来还钱？"

夏芝里微怔，双手背到身后笑了笑。她的眼尾轻轻弯成新月的弧度："但也不是你摔坏的呀，可你不还是来帮我了吗？"

走廊上无风，教学楼各班的灯光大亮，像一束束光盛在透明匣子里，在浓稠的夜色中，无端生出一丝静谧来。

夏芝里笑起来时眉清目秀，像是从青春电影里截下的一帧画面。

温双沐像被什么奇奇怪怪的东西给锁住了。

她没法儿理解，也不能够理解，夏芝里到底在笑什么呀？！

夏芝里那标准的"傻白甜治愈式"微笑把温双沐刺激得一晚上都回不过神来。

等英语考试结束，她顺着人流回教室拿书包放学，脸上的表情依然有些困惑。

陆京和王承硕从一楼上来，正好和温双沐在楼梯口遇见。三个人点头打了个照面，便继续往上走。

片刻过后，陆京视线没忍住往温双沐身上瞟去。陆京想了想，问道："考砸了？"

温双沐过了两秒才偏头看他一眼，"啊"了一声，过了半天，又"啊"了一声："卷子差点儿没答完。"

陆京心想那可能发挥得真的有点儿失常，毕竟他都还剩了十来分钟检查卷面。

这时候无论安慰什么都显得过于苍白，于是他说了句实在的："不然下回考试咱还是老老实实该复习什么就复习什么吧？"

虽然他考前才跟王承硕炫耀学神同桌已经开始背雅思单词，现在有种"打脸"的错觉，但他们高中生就是贵在脚踏实地、认清自我嘛。

温双沐没听懂他这句话的意思，愣了会儿，才点头应了一声"嗯"。

倒是王承硕咳了咳，单手握拳抵在唇边，嘴角使劲儿压平了还是有点儿上翘的趋势。

陆京瞥去一眼，没说话。等回到教室温双沐收拾完书包出去了，他才装模作样地批斗起王承硕来："你什么情况？人都考差了，能不能有点儿同理心？"

"不是。"王承硕又开始有点儿想笑，换了几口气，把刚从考场带出来的草稿纸卷了卷，竖到陆京面前，"采访一下，小初高每次考完试，你听我和林森说的次数最多的话是什么？"

陆京思考了一会儿："这次没考好？"

王承硕点头："那最后我们考得怎么样。"

陆京憋了片刻，笑骂一声："所以我刚又自作多情，白安慰了？"

王承硕笑着收回草稿纸，将要复习背诵的政、史、地课本一并塞进包里："正解。"

"不对呀。我看她那表情真像考差了啊！"

"放心吧，人家的考差跟你的考差绝对不是一个级别的。温双沐这种段位的，估计伤心的只是一百五十分的卷子现在只能考一百四十九分了吧。"

陆京笑了笑，低头捏了捏眉骨，又笑出一声："行吧，确实不懂你们这些学霸脑子里装的是什么。"

月考第三天，下午的历史考完，剩晚上最后一门地理，高一就迎来了国庆长假。

晚饭时间，季佳绘和前几天一样，考完试没回教室放笔袋，直接冲去了食堂占座。

温双沐姗姗来迟。季佳绘看她空空如也的双手，问："不吃吗？"

温双沐轻点下巴，示意了个方向。她现在已经可以做到不带任何波澜地去看夏芝里了。

季佳绘顺着她的视线偏头看去，只见夏芝里端着两份餐盘，驾轻就熟地从窗口排队的人群中挤出来，一双小鹿眼四处搜寻片刻，看到她们后脸上露出笑容，走了过来。

夏芝里将盛了两荤一素的餐盘放到温双沐面前，自己那个则放温双沐对面。她没马上坐下，问温双沐："还有什么想喝的吗？我去给你买。"

温双沐报了最贵的奶茶名字。夏芝里也没歇口气，立刻绕去奶茶窗口排队。

季佳绘不知道这两天里第几次陷入沉默，前几顿饭还只是巧合："所以，她接下来是都要跟咱们一起吃饭了吗？"

温双沐用筷子拌了拌餐盘里的米饭，"嗯"了一声。

她一开始跟夏芝里明确说过，如果非要还钱的话，只要现金全款，拒不接受分期饭费付款。谁知道夏芝里第二天还是跑来说要请她吃饭，美其名曰"利息"。

温双沐又不是借高利贷的，应承下来不明不白的利息，反而觉得像自己欠了对方一样，但架不住夏芝里动不动往她桌洞里放点儿充饥的小零食。她一时烦不过，就说还不如直接饭费分期付款。没想到夏芝里没听出她话里的讽刺，天真地以为她买的那些小零食深得温双沐喜好，以为她真的缺个端茶送水的。于是，夏芝里就这么自顾自地敲定饭费分期还款方式，兴奋地规划起她的三餐与下午茶来。

温双沐很后悔，后悔到极致后，只能开始自我麻痹。

学校窗口奶茶种类比校外少很多，但并不妨碍学生中午吃饭时购买的热情。

夏芝里过了二十分钟才回来，饭菜都凉得差不多了。

季佳绘不知道两个人之间的债务关系，看夏芝里手上只带了一杯奶茶回来，一方面觉得自己被无视得彻底，一方面又觉得夏芝里实在穷酸得厉害。

她以前见过不少讨好温双沐的，但大家基本会有一个共识，那就是要连带温双沐的朋友一并讨好。就连她自己一开始打入温双沐和苏起言、李茂真的小团队，每次买点儿吃的喝的，也都是力保每个人都不落下。像夏芝里这样讨好只把钱花给刀刃的，属实罕见。

不过季佳绘对夏芝里没有多少好感，她的阴阳怪气更多的是针对夏芝里本身，故意捡了个女生之间最讨厌的话题："你吃这么少啊？就一盘小青菜，够吗？不会是在减肥吧？"

这个年纪的部分女生都有一些奇奇怪怪的倔强，每个人都想瘦，但又很想塑造自己怎么吃都吃不胖的设定，至少季佳绘认识的大部分女生都是如此。这种话出现在饭桌上，她们在面上维持假笑，或说胃口不好，或说食堂饭菜不好，总之都愿意承认自己在减肥。

夏芝里抬了一下头，注意到温双沐看过来的目光，于是只停顿了一秒："啊，对，我最近在减肥。"

季佳绘："……"

温双沐："……"

温双沐正要插吸管的手悬空停下来，果断移向季佳绘："你喝吗？"

季佳绘沉默地比对了一下夏芝里的瓜子脸和尖下巴。夏芝里都这么瘦了还坦言减肥，如果她还喝，不会显得她"怎么吃都吃不胖"，只会显得她身材管理意识很差："算了，不要。"

夏芝里没觉察自己说错什么，茫然问温双沐："怎么了，不合你口味吗？"

"没。"

温双沐将奶茶移了回来，看向餐盘的眼神有些沉重。

夏芝里给她打了两荤一素，自己却只吃一盘小青菜，是想不动声色地养她一身肥膘吗？

温双沐从自己的餐盘里夹了两只虾和几块排骨到夏芝里的餐盘里："晚上还要考试，还是多吃点儿吧。"

夏芝里眼里突然盛满泪汪汪的感动，又是那种泫然欲泣的语气，一眼万年地叫她名字："温双沐……"

温双沐："……"

回到教室，还差一门考试，班上已经有点儿沉不住气了。只有少部分同学还在复习，剩下的同学已经开始向各科课代表要国庆作业，打算提前写作业。

一班的林森又混到他们班来，和王承硕、陆京两个人站在后面黑板报的储物柜前，拿着个地球仪摆弄，时不时你插一嘴、我插一嘴地说着什么。

鉴于陆京的乳糖不耐受，温双沐没多想，就决定好了把从食堂带回来的那杯奶茶送给王承硕。

她走去后排，几人正好聊完。林森掌心愉快地往柜子上一拍："复习地理果然是要找京哥，一下子就给我捋清楚了！"

温双沐挑了下眉，没想到他们是在复习。她把奶茶递给王承硕："喝吗？请你。"

王承硕接过："哦，好，谢谢。"

陆京还在把玩地球仪，往温双沐手上多瞟了一眼。

明明前天送饮料的时候还一人一瓶来着！

温双沐递完奶茶就出了教室，去数学老师的办公室里领假期作业。

陆京靠在储物柜上，盯着王承硕手上的奶茶看了又看，不说话。

倒是林森从中品出了复杂的信息量——上次目睹温双沐送奶茶给陆京，他还以为温双沐喜欢他们京哥，但后来又从李茂真那儿得知，京哥跟夏芝里才是真正的彼此喜欢，而现在温双沐又送奶茶给他硕哥……如果再加上每天跟她一起上学、放学的苏起言和李茂真，相当于全年级最帅的四个大帅哥都与她有着不浅的关系……

林森得出一个结论："你们班的温双沐这么厉害吗？"

陆京和王承硕："……"

国庆长假从周六开始。节假日与双休日重叠带来的威力是巨大的，整个荆阳区的马路和天桥几乎都堵得寸步难行。

温双沐家里没有出行计划。假期第三天的时候，她就把各科的作业写完了。

收到温秉一小提琴老师发来的下课短信，温双沐换了身衣服出门，打算在去接他的路上顺便在书店买些雅思资料。走出公寓楼没两步，她就看到了站在花坛台阶上的苏起言。

苏起言似乎更早看到她一些，灰色卫衣被阳光照得颜色很浅，身形高挑又清瘦。

两相对视，都没有躲闪。

温双沐目光定到他手上的篮球："去打球？"

便利店的透明橱窗后面，李茂真正抱着两瓶运动饮料在结账。

苏起言点头，问她去哪儿。

温双沐晃了晃手机："温秉一兴趣班下课，我去接他。"

苏起言简单地应了一声。李茂真出便利店后冲她打招呼："双姐，你也来啦！跟我们一起去篮球馆吗？"

李茂真问得理所当然，以往的每一个假期里，温双沐都是跟他们一块儿的。哪怕他们男生打球或打游戏，她没有多少参与感也都会在边上看着，等结束后一起吃晚饭，四处闲逛。

"不了。"温双沐把自己要去接温秉一的事又说了一遍。

"你明天安排去哪儿玩了吗？我和起哥约了你们班还有七班的好些男生去新风梦之城。他们昨晚临时说会带几个女生过来，挺多人的，你要不要一起？"

"去的女生都有谁？"

"不清楚，好像有几个他们初中同学，也有现在班上的。反正图个热闹嘛，就让他们想带都带上。你要是怕尴尬，可以把一一带过来，我一会儿也会问问佳绘。"

"行。"温双沐没给出明确答案，"我到时候再看看情况。你们不是还要去篮球馆吗？那我也先走了。"

温双沐走远了，李茂真和苏起言还站在花坛边。李茂真把手上的运动饮料扔给苏起言一瓶："你们俩是什么情况？怎么气氛怪怪的？"

李茂真隐约能察觉到温双沐和苏起言相处之间多了几分尴尬。和以前那种矛盾不太一样，两个人还是会正常说话，但总感觉隔了点儿距离。

国庆那天温双沐爸妈安排的饭局李茂真一家也去了。往日里他们这帮小辈的座位都会挨得近些，李茂真每次都自觉把苏起言边上的座位让出来给温双沐，这回温双沐却是押着温秉一坐去了大人那桌，说要看电视里的阅兵仪式。

饭席间她跟往常一样，时不时逗着温秉一玩，大人打趣她也会插上几嘴。李茂真找她，她也会过来，然后跟他们这桌的几个表哥、表姐敬上几杯果汁，跟苏起言聊上几句话。一切似乎都正常，却又哪里不太正常。

温双沐看苏起言的眼神似乎开始有了嫌隙。仔细追究，月考之前两个人之间的氛围就变成了现在这样。

苏起言像被云层后出来的阳光刺得眯起了眼。他避开李茂真刚才的问题："走吧，再晚就占不到位置了。"说着沿人行道向前走去。

温双沐穿过马路。乌小漆给她布置任务，是刚才李茂真邀请她一块儿去新风梦之城时触发的。

主线任务："老板们永远都不知道兼职生们打工时都在偷偷干什么"之矫正风气行动已开启。

当前进度：0/10。

最终奖励：根据反派值涨幅同等兑换。

看名字根本猜不出任务的具体内容，但基本上可以明确的是，主线任务都与苏起言和夏芝里的互动剧情有关。

她刚才问李茂真明天会有哪些女生去，也是想套套看夏芝里有没有在被邀请之列。

"老板和兼职生跟他们明天去玩有什么关系，难道是他们要玩的剧本杀本子？"

乌小漆给予赞赏："宿主'脑洞'开得不错。"

考虑到夏芝里最近对她有求必应，温双沐索性点开了聊天框，发去短信：明天打算去哪儿玩吗？

夏芝里估计有事，等温双沐到了世纪城的广场，才给她发来回复：我应聘了个兼职，在一家咖啡馆里打工。你放假无聊吗？可以来店里找我，我请你喝咖啡！

夏芝里大概以为温双沐是想约自己，还热情地发来条定位信息：边上有好几条美食街，等我兼职结束，咱们还可以一起去附近逛逛！

温双沐略过了夏芝里的热情，点开定位看了看。

好了，兼职对象破解了，地点在东宁街上，离新风梦之城就几百米距离。接下来的内容温双沐用脚趾头想想，都能猜出五成来。

"老板们永远不知道兼职生们打工时都在偷偷干什么？"

能干什么呢？八成就是和现在一样偷玩手机，明天再以别的形式和苏起言"公费恋爱"，培养感情。

温双沐：你兼职时间是几点到几点？

夏芝里：早上八点到下午五点。

温双沐给人发去了一个"收到"的表情，下一秒就被从商场旋转门里跑出来的温秉一撞了个满怀。

"姐，你是乌龟吗？怎么这么慢？！"

温双沐的手机差点儿被人撞到地上。

温秉一却是拽上她就要往商场里拐，火急火燎地说："上次那个欺负我的高中生又来了，还有一个跟他一起的朋友。我让他们等着，说我姐马上就来给我报仇。"

来到二楼扶梯处，温秉一前后找了一圈都没找到人。

他是小孩子心性，脾气来得快，气得眼睛都红了，连跺了好几下脚："你们高中生说话怎么都不算数？！最讨厌你们了！"

"哎，"温双沐打断，"我也是高中生，我可没说话不算话。"

温双沐跟着温秉一七拐八拐，把游戏城找遍了也没找到人。

眼看温秉一又气极了，眼泪涨满了眼眶，温双沐才上了点儿心："不然去书店找找？高中生嘛，说不准是过来学习的。"

温双沐大抵知道温秉一的脾性，估计对方没怎么惹他，就是他自己好胜，咽不下这口气。

正好她要去书店买雅思资料，多绕一绕。温秉一忘性大，中间给他买点儿吃的、玩的，估计连在这儿干什么都能忘了。

温秉一勉强应声，两个人去逛同楼层的书店。

与此同时，在楼上的共享自习室里，左右两个座位的椅子一前一后被拉开。

"你说那小孩儿不会真拉他姐杀上来吧？"

王承硕拿出作业后习惯性地扶了扶眼镜："只要你以后过来学习，别坐两分钟就说下去打把游戏休息，就不会遇到这么多事了。"

陆京摸摸鼻子："这跟我打游戏有什么关系？主要是那小孩儿脾气太臭。我上次明明都给他放过一把水了，还非说我侮辱他，要我重来。你说他今天会不会特意在这蹲我啊？"

"不至于，他手上不拿着个小提琴嘛。楼上有好多琴行，估计是过来练琴的。"

"那他还叫他姐了，上回也是说喊他姐过来。"

王承硕不理解了："你这么怕人家姐做什么？咱们两个男的，就算打起来也是咱们占上风。"

"你那是没见识过。"陆京"啧"了一声，"你说温双沐看起来是不是也挺瘦弱一女生？但她可以一个打五个！全是街头戴着大金链、会点儿功夫的那种！那小孩儿把他姐吹得这么厉害，说不准能以一打十呢。"

"不然你把温双沐叫过来？"

陆京与王承硕对视了几秒，发现他这提议是认真的，顿时笑了："你还真怕呀？"

王承硕推了他一把："敢情你在这儿跟我开玩笑呢！"

陆京把椅子腿往后旋了旋，又落稳在地上，脸上还带点儿笑："没有，温双沐是真的能以一打五。"

王承硕翻开张卷子，正经了少许："不是说今天要把作业赶完吗？快写吧！"

两个人"浪"了几天，作业进度一直是零，但明后两天出去玩的行程又安排满了，这才约出来，想说在自习室里效率能高一点儿。

陆京缓慢地拉开笔袋，拿出笔后没马上开始做题，闲聊似的又"哎"了一声："那天温双沐为什么给你送奶茶呀？"

王承硕想了一下："可能是因为你有乳糖不耐受，但我没有？"

李茂真给出的集合时间是早上十点，温双沐提前半小时到达了东宁街。

街道上还布置着彩灯和气球。连接附近几个广场的人行道上，每到绿灯都是一阵排山倒海的人潮涌动，马路上的车子几乎以龟速缓慢移动。

温双沐被几个过路的人撞了好几下，循着街边的商铺又往前走了百来米，临到喷泉池边，才感觉空气流通许多。

手机上的导航定位显示目的地已到达。温双沐环视周围林立的店铺，终于在一家复古暗棕调的咖啡店前停下视线。

墙壁铺的是做旧的深棕色石砖，沿街这侧设置了许多透明橱窗，室内的灯光在玻璃上荡开一圈又一圈的暖色光晕。

夏芝里的活动范围就在店外前后十来米的位置，穿着一套汉服，一手拿着杯子，一手拿着茶壶，给过路人群推荐咖啡店新品。偶尔遇到感兴趣但急着赶下场的顾客，她便从身上斜挎的棉制小包里拿出几张宣传图册递去。

温双沐看了一会儿，没有让夏芝里发现她已经来了，远远挨着喷泉池的石台坐下。

明明是一家舶来品店，老板却让店员穿着汉服做推广，也是挺有个性。

考虑到夏芝里的工作是在门口出勤的性质，附近一带拥堵，苏起言过来路上八成会让出租车停外面步行进来，然后就这么跟夏芝里撞上。

温双沐想了想，给苏起言发去短信：东宁街这边出了点儿事故，不能通行，你一会儿记得从西宁路那边走。

苏起言大概已经在路上，聊天框上方很快显示"对方正在输入……"，不一会儿发来了一个"好"字。

温双沐盯着聊天框下方的最新回复眨了下眼。过后，她问乌小漆："这样任务成功没？"

电子屏打开。

主线任务："老板们永远都不知道兼职生们打工时都在偷偷干什么"之矫正风气活动已完成。

进度：10/10。

最终奖励：零。

温双沐一开始还没觉出问题，都打算往新风梦之城走了，才反应过来。

"等等，最终奖励怎么才是零？不是说根据反派值涨幅转换成对应积分吗？反派值一点儿没动？"

按前几次的经验，只要阻隔夏芝里和苏起言产生接触的源头，就能避免很多原文后续剧情，"混混事件"和"钢笔事件"都是这样的。

乌小漆沉思了片刻："咱们这次虽然让苏起言避开了路线，但是不是依然要把剧情走完，比如你去帮夏芝里把传单发完？反派值才会有所波动？"

温双沐说："现在的环节是你反问我吗？"

乌小漆咳嗽了一声，不敢说话了。

主要眼下这种情况，它也八百年没遇过一次，只能靠推测。

温双沐双手环抱胸前，指尖在胳膊上缓慢地敲打。

夏芝里还在店门前辛勤地招揽顾客。温双沐想象了下自己帮忙的画面。她果断放弃这个选项。片刻过后，她点开手机，戳进陆京的聊天框。

陆京、王承硕、刘以恒、林森四人从地铁站出来。

林森把陆京的手机从刘以恒手上抽出，把玩两下，故意拿捏腔调说教刘以恒："你说说看，没事答应初中那帮女生过来，害京哥收到第几条骚扰短信了！"

刘以恒不服："怎么就骚扰了？你看这一条条的，全是问京哥想吃什么、喝什么，要给他带。待遇多好！"

林森笑道："我看是你收了别人什么好处吧？"

陆京从昨晚开始，就收到了好多久未联系的初中同学的短信轰炸。

早上一见到刘以恒，就把手机扔给这个罪魁祸首，让他想办法处理，所以这时候也无所谓他们围在那儿八卦。

出站后在路口等个红绿灯的工夫，手机屏幕又是一亮，连着振动了几下。

"又来一个！"刘以恒也开始惊叹这个数量。

林森滑开屏幕，三条最新消息映入眼帘：

他逃她追，他插翅难飞：到哪儿了？

他逃她追，他插翅难飞：过来的路上可以帮我带杯咖啡吗？

他逃她追，他插翅难飞：我想喝这家的。

林森露出了疑惑的表情。

林森看联系人上方没备注名字，想也不想地敲字：你谁呀？要喝不会自己买吗？

对面没了动静。

刘以恒探头过去分析了一番："让咱们京哥跑腿，口气还这么自以为是！"

王承硕原本走在陆京边上，听他们这么说，也有点儿好奇，凑过去看了看聊天内容。他想了又想："我怎么觉得这个头像有点儿眼熟？"

林森因为刘以恒的话，先入为主："初中同学的号，当然眼熟了。"

刘以恒脸上却出现了和王承硕同款的沉默："不对，我也觉得好像有点儿眼熟。"

头顶的太阳有些烈，陆京正打算把外套脱下，林森将手机屏幕在他眼前晃了晃："京哥，这个'他逃她追'是谁呀？"

陆京脱外套的动作一顿，又把袖子穿了回去，将手机拿过来："你们都回什么了？"

喷泉池边，温双沐保持一个姿势一动不动了许久。她难以置信地问乌小漆："不是，加了这么久好友，他都没给我备注吗？还问我是谁？"

明明最开始加上的时候她就解释过自己的昵称为什么叫"三水"，有这么难记吗？

乌小漆说："会不会是有什么误会？"

温双沐的指尖在屏幕上方悬了又悬。原本打算发去的咖啡馆定位，因为对方那句"要喝自己不会买吗"，彻底发不出去了。

按她最初的设想，以陆京对同学的爱心，能顺手帮忙的事绝对不会拒绝。届时到咖啡店和夏芝里碰上，都不需要她提点。有现在丰厚的反派值感情做基础，一定会主动帮夏芝里完成今天的工作。

可恶，小鹭鹭一点儿都不可爱了！

温双沐切出和陆京的对话框，"咔嚓"一声，给夏芝里连人带咖啡馆背景拍了张照，转而给周彧发去。

卑微男二果然好用，周彧几乎秒回：这是在哪儿？

温双沐：东宁街。

周彧：我马上来！

乌小漆说："你怎么把周彧叫过来了？"

"不是你说的要有人代替苏起言把流程走完，小鹭鹭靠不住，不让男二暂时顶一下，难道让我上吗？"

乌小漆觉得宿主确实可以上去试试，毕竟"救救女主"和"天价钢笔"两个任务的最终效果就很好。不过按宿主的娇生惯养劲儿，估计早考虑了这点，只是单纯不想发传单。

接连两声提示音，屏幕上弹进了两则新信息。温双沐瞄见上面的备注名，故意拖延了几秒才点开查看。

陆京：*抱歉，刚才林森和刘以恒他们在玩我手机。*

陆京：*要喝什么，我给你带。*

温双沐说："原来是刘以恒。"

乌小漆说："是吧，我就说是场误会。"

温双沐勉为其难地接受这个说法，才敲出几个字回复，头顶罩下一片阴影。

夏芝里一身浅绿色汉服，齐胸襦裙飘逸灵动，长发半扎半散，由一支古典木簪束起。她脸上露出浅浅的酒窝："你来了怎么也不叫我一声啊？这个给你喝！"

夏芝里抽出纸杯，给温双沐倒了一杯试喝的饮品。

温双沐都没注意夏芝里是什么时候走近的，不太自然地抬手接过："谢谢。"

"要进店里坐坐吗？外面还挺晒的。"

温双沐自然把夏芝里控制在视线范围内才放心："没事，我正好晒晒太阳，你去忙你的吧。"

"行，我中午会有半小时休息时间，到时候带你去吃午饭。"

周彧就在附近的一家俱乐部里，出来后给温双沐发信息直接没了回音。他沿街找了好一会儿才找到咖啡馆，见到本人后还是难以避免地感到惊艳。

夏芝里的古风装扮充满仙气。转头再看看温双沐，大小姐似的坐在喷泉池边，手上捧着个手机打游戏，身旁的石台上放了七八个试喝的纸杯。

蹭喝蹭到这种程度也是"活久见"。

周彧脱下外套放温双沐边上，没忍住说："你到底来这儿干吗的？"

温双沐认出了周彧声音，操作游戏界面的手指依然没停。

"看不出来吗？我在浪费生命。"

周彧："……"

温双沐等手上这把游戏结束，才留意夏芝里那边的景象。

周彧十分上道地分去了夏芝里的一半宣传单，给过路人群分发推销新品。俊男俏女结合，威力巨大，咖啡店门口的人群翻了一番，还有小女生主动跑到周彧跟前要传单的。

温双沐叹了口气，心想小鹭鹭在这儿的效果应该更好，拍张照发到贴吧一定引起轰动。

温双沐问乌小漆："反派值动了吗？"

乌小漆说："还没。"

温双沐压下已经开始不太美妙的心情："行吧，再等等。"

新风梦之城，二楼休息区。因为堵车的关系，众人到了十点二十分才陆陆续续到齐。

陆京和王承硕几人靠在沙发椅上，有一搭没一搭地聊着天。女生们三五成群，主要分成两个阵营，高中一圈，初中一圈。

陆京坐的沙发边放了好几个初中女同学送的烘焙袋和巧克力袋。

没过一会儿，李茂真过来清点人数，方便购买密室逃脱的门票。他确认了半天，发现人头不对："起哥，双姐呢？她没跟你一起过来吗？"

苏起言皱眉："她比我早出发的。"

早上出门前还去楼上按门铃了，却被淑琴姨告知已经出门。路上还给他发了东宁街不能通行的消息，按理说早该到了。

"那我给她打个电话。"李茂真拨打号码。

"喂？双姐，你到哪儿了……大概多久，我们可以等你……行吧，那我们先玩了，在密室逃脱这边。你来了给我发短信，我让工作人员带你进来。"

李茂真挂断电话，对苏起言说："说心情不好，要一个人在外面逛逛。你们俩早上又吵架了？"

边上的陆京戳着屏幕的指尖一顿，温双沐回他的最后一条信息还停留在界面上：**没事，现在不用了。**

不是吧？他都道歉了，还生气呢！

室外风大，太阳却烈，温双沐都分不清自己是冷还是热。

一个上午的时间，她赢了三把游戏，听了五则英文广播，看了四篇国际新闻，任务栏仍显示最终奖励为零。

手机没电了，被她放进斜挎包里。她就这么双手环抱胸前，肩颈线挺直，目不转睛地盯着周彧看。

真的是一点儿用都没有啊！

夏芝里被店长叫进去说话，周彧提着外卖袋过来："人太多，就买了汉堡和可乐。你要什么馅儿的？"

温双沐嫌弃了半天，勉强地说："鳕鱼吧。"

周彧感到无语："只有鸡腿堡和牛肉堡，爱吃不吃！"

周彧搞不懂温双沐一早上待这儿干吗来了，真就是她自己口中说的浪费生命，忙不知道帮，饭也不愿意去买，要求还多，就像招来一"大爷"。

不过今早也是这位"大爷"给他发的情报，所以只敢嘴上说说，手上自觉把袋子往她怀里塞去，让她先挑。

温双沐挑剔地扒拉着袋口。周彧在她边上坐下，刚站着隔了点儿距离没多大感觉，临近了鼻子发痒，想打喷嚏。

他揉了揉鼻子："你身上喷了什么，味道这么冲？"

温双沐愣住："有吗？"

周彧说："有啊，你是喷了香水吧？"

乌小漆看热闹不嫌事大："来了，来了，经典情节'虽迟但到'。虽然我也不懂为什么，但每本小说的男性角色闻到女配身上的香水，都会嫌恶地皱皱眉。周彧敢直接说出来，是条汉子！"

温双沐简直要气笑了："香水味儿欣赏不来？那你喜欢什么样的？哦，就你身上的薄荷味儿和汗味儿最好闻了是吧？是不是还觉得自己这样特 man（男人）哪？"

周彧被人一通劈头盖脸说得有点儿蒙："不是，我才说你一句……"

"说的就是你。"

温双沐将手上的汉堡包装袋撕开，仿佛撕的就是周彧本人。

周彧："……"

真是怕了，活脱脱一只"朝天椒"。

周彧不敢再多话，从外卖袋里拿出盒薯条，坐远了些。

午饭时间，人流都涌去美食街，广场一带没早上那么闹腾，但也让跟温双沐独处的周彧倍感煎熬。他拿出根薯条叼着，心不在焉地往咖啡馆的方向看，只希望夏芝里快点儿出来。

温双沐咬了几口汉堡，突然又对他说："老实说，我这香水真这么难闻吗？"

周彧说："还纠结呢！"

"问你你就说，哪儿这么多废话？！"

在温双沐看来，人民币不会出错，所以几万块钱的香水，也一定不会出错。

那错的到底是周彧的品位，还是小说设定里对女配的固有偏见？

"其实也还行……"周彧求生欲作祟，每个字说得百转千回，努力争取时间去思考说什么才不会招骂，"我就是觉得不喷香水会更自然一点儿……或者你可以问问夏芝里用的哪个牌子？她的那个味道清清凉凉的，就让人很舒服。"

"夏芝里用香水吗？"

"难道不用吗？"周彧尝试着去描述，"就是那种雨后带点儿湿润和浓郁的……"

"潮味儿？"

"滚，我说的是青草地里才会有的……"

温双沐试着想象了一下："泥土味儿？"

周彧笑骂一声："怪我没文化，行吧？真形容不上来，但绝对不是你刚说的那两种。"

温双沐大抵猜到周彧想形容的哪种味道，也没了开玩笑的兴致。

汉堡没什么滋味。她将包装随手折上几折，放到一边。

夏芝里搬了活动立牌出来。周彧跑上去从她手里接过，问她架在哪里。

见周彧调整了几次，夏芝里大约嫌他笨手笨脚，将他挤开了一些。周彧被她撞得后退一步，也不恼，捂着腰在那儿笑。

那些关于喜欢的、情不自禁的、想要不断靠近亲昵的小心思，几乎藏掖不住。

咖啡店的多边形飘窗在日光下折射出绮丽的色彩，光线发散到空气里，在盛亮天光中化作一点儿细小的光晕。风很高，云很远，太阳悬于天边，节日的气球还没收尽，在枝头缤纷地摇曳。年轻人骑着滑板飞驰而过，到处都是奇装异服的鲜亮面孔，世界绚烂到不真实。

温双沐却像离了很远。她开始分辨不清，人的微笑到底发自内心，还是创世者高高在上的提线摇摆。人的喜欢到底是心向往之，还是走上原已铺陈好的既定轨道。

在这个由小说、剧情、人物设定支配的扭曲时空长廊里，她到底是个拥有独立意

205

识的人，还是困在自己美好假想里的人。

身上的香水在空气中飘散久了，只剩一点儿柑橘花果的尾调。

"在这个世界里，是不是只有我觉得它好闻？"她看着空气里悬浮的一点儿天光问道。

夏芝里过来，手上提了两份店里新打包的蛋糕。

温双沐没等她开口说话，起身说了句"我还有事"，便朝广场的另一个方向走去，留夏芝里和周或茫然对视。

路口人来人往，红绿灯不断变换。

温双沐打了半小时车，手机电量耗到百分之三，依然没有司机接单。她拐进对面街口的新风梦之城，租了个充电宝。

她没给李茂真发信息，也没想着去找苏起言。

在三楼的玻璃桥长廊里，李茂真趴伏在栏杆上，看着一楼和二楼衔接处不停绕着自动扶梯上去又下来的温双沐，笑问苏起言："起哥，你说双姐这是在干吗？"

苏起言单手搭着栏杆，脸上也微微带着点儿笑："你给她发短信，让她上来。"

温双沐将手机和充电宝一起放进了包里，听到短信提示声，几秒都没有反应，依然垂眼盯着缓缓向上的自动扶梯台阶。

等到了二楼的平地，她才摸出手机看了一眼。

李茂真：双姐，抬头。

没头没脑的一句话。

温双沐捏着手机，有所察觉地抬眼。

只见斜对面的三楼玻璃横桥上，苏起言安静地站在那里，向下看的眼眸被商场的柔光镀了一层，李茂真则笑意盈盈地冲她挥手。他的动作幅度很大，像来回摇摆的雨刷器。

边上有两个女生路过，见温双沐往高处望，也看去一眼。

其中一个女生低声笑："那男生好可爱呀！怎么挥手挥成这样？"

另一个说："你快看他边上的那个男生，长得好帅！"

"真的！咱们要不要上去要号码呀……"

温双沐远远看着苏起言和李茂真，因为两个女生的对话而有点儿愣怔。

李茂真在学生时代也是不可多得的天之骄子，但在苏起言身边，光芒似乎每次都会被掩埋掉。

温双沐想起她阅读过的几本言情小说，男主身边总会有任劳任怨的好友一、二、三号，明明是死党，却经常做着只有"跟班"才会做的事。

李茂真与苏起言的相处模式似乎也这样。所以这同样是所谓的人物设定吗？

李茂真继续给她发短信：**上来吗？**

温双沐在屏幕的光亮快要熄灭时，才动手点了点：**不了，我去找佳绘。**

温双沐拐进了二楼，很快消失在他们的视野死角。

李茂真不解地偏头去看苏起言："双姐这是怎么了？"

苏起言拧着眉，定定地盯着楼层夹角的方向，那里早已没了人影。他无声地磨了一下牙。

温双沐并没有去找季佳绘，而是漫无目的地四处闲逛。

新风梦之城每块游戏区都用不同的色调划分，颜色欢快而又明亮。各种游戏音效鼓点交杂，营造出热闹的景象。温双沐却感到了一种前所未有的茫然。

倒是季佳绘先给她发来条信息：**来了？我在跳舞机这儿。**

温双沐动了动指尖，没有回复，反而戳进好友动态页看了看。

大家这一天玩得似乎都很开心。精致的美食，搞笑的合照，迷乱人眼。

明明这么真实！

刘以恒的一则寻人启事夹在中间最为瞩目，底下评论粗略估计有三四十条，放眼过去全是"哈哈哈"。内容发布在一小时前：

寻人启事！密室逃脱第三关，请问哪位女士在黑灯瞎火中抱了我？还对我说："陆京！我害怕！"请这位姐妹在我评论区下方招认一下！我就一个问题——你到底是叫错了名字？还是抱错了人？

底下还有三个微笑的小表情。

温双沐看完没忍住笑了笑，但嘴唇的弧度很快又一点儿一点儿降下来，变成笔直的线。

她刚收起手机，就看到林森、刘以恒几个人拿着游戏币到处晃。她没有和熟人打招呼的心情，继续往前走。她的目光掠过了什么，步子再次停了下来。

十几台娃娃机的附近挤满了女生，陆京竟然也在里面，还是那帮女生簇拥的焦点。

他看上去战果颇丰，怀里抱了一摞不同样式的玩偶。

他下一秒似乎也看到了温双沐，像要朝她走来。然而没走两步，就被飞扑上去的林森一把勾住脖子往下压。

"京哥牛啊，竟然钓了这么多个娃娃！"

京哥……起哥……或哥……模式化的称呼。

温双沐视线朝陆京的脸上移去。

陆京被林森勒得半弯下腰，语速温吞："没有，花了五百个币，一个也没钓中。老板看我太可怜，送的。"

温双沐愣了好一会儿，想笑。

刘以恒径直抓过一个玩偶薅了薅："一块钱两个游戏币，你花二百五十块钱去店里都能买七八个玩偶了，最后在这儿玩打水漂，果然是个二百五。"

陆京心大："老板人挺好的，送了我五个，跟在外面买其实差不多。"

他说着朝林森和王承硕各扔了一个玩偶，顿了两秒，朝温双沐走来。

林森对着陆京扔来的绿恐龙两相瞪了一会儿，叫道："京哥，我这个也太丑了，换一个呗！"

陆京没停下，走到了温双沐面前，将手上剩下的两个玩偶向她递了递："要吗？喜欢哪个？"

温双沐脸上的笑还没来得及收起来。她垂下眼去看，一个是蓝色泡面头的海怪，一个是圆得像球一样的小鸟公仔。难怪他没理林森，剩下的两个也丑。

她犹豫片刻，接过那个"蓝色泡面头"，说了声"谢谢"。

林森喊完一嗓子才注意温双沐来了，默默偏头往王承硕的方向靠了靠，与他低语："你说京哥把玩偶送给咱们也就罢了，毕竟大家都是男的。但他送一个给温双沐，显得咱初中那帮女生多可怜哪。她们好歹在他钓娃娃的时候，站他边上加了这么长时间油呢！"

王承硕往女生们的方向看去一眼："就这么几个，也不够她们那么多人分的。"

刘以恒笑出一声："怎么？是不是又想说怪我？主要我真的只请了五六个人，谁知道她们每个还一带三地过来。"

王承硕和林森几人上来和温双沐打了声招呼，便很快四散到别处继续打游戏去了。

陆京原本跟着他们离开，都走出几步了，又没忍住回头朝温双沐看了两眼，退回来说："早上短信的事抱歉哪，不然我现在请你喝咖啡？"

温双沐奇怪地看他一眼："不想喝。"

陆京"啊"了一声，像不知道要怎么办了。

"但你可以请我喝瓶矿泉水。"

温双沐在陆京爱慕者们好奇和探究的眼神中，和他一起离开。

两个人一路去找自动贩卖机，不知不觉出了游戏区。四五米宽的过道上，靠外一侧的玻璃墙被窗格切成一小块一小块的明亮色块，将大理石地面照得发光，往外看便是川流不息的马路。

温双沐抱着玩偶，沿路有商场的销售人员提着纸花给顾客介绍香水。

温双沐往日碰见这些，都会感兴趣地上去了解。此番也不例外，等她向销售人员讨来纸花品香，脑子里才闪过不久前周或对她身上香水的评价，手上动作微僵。

纸花上的香味儿不再具有吸引力。温双沐甚至往边上拉开点儿距离，离陆京远了一些。

她视线不自然地看向地面陆京的影子，心想还是别买矿泉水，直接回家算了，或者去商场买套新的衣服，味道可能会散一点儿……

温双沐正想着，陆京突然倾身，在她手上的纸花上闻了闻。

少年的脸凑近，皮肤很白，睫毛密密地覆盖下来，漫不经心。

"这个香水跟你身上的味道有点儿像，还挺好闻的。"

陆京的声音很清亮，在早秋阳光的映衬下有一种奇特的质感，在微凉的空气里，与四下飞舞的金色颗粒一同浮沉。

温双沐盯着陆京近在咫尺的侧脸。那些在神经脉络里忙忙叨叨爬行一天的"蚂蚁"一下子全部"死"光了，思绪也变得正常起来。

温双沐突然笑了起来："是吗？"

"是……"

陆京看到温双沐脸上的笑，话音稍稍顿住。他离开纸花，略不自在地捏了一下耳郭。

温双沐不解："怎么了？"

陆京看了她一眼，很快又移开。他稳了稳声调，没回答这个问题，抬手指了个方向："那边应该有自动贩卖机。"

商场走廊尽头没什么人，两边的墙壁无窗，头顶的白炽灯闪亮。

陆京按着贩卖机上的按键，选完一瓶矿泉水后想了想，又挑了瓶牛奶。

温双沐还晃着纸花的枝干，拂动上面的香气，一点儿一点儿地闻，并没有发现他的不对劲儿。

陆京只好主动提起："其实我之前那次只是急性乳糖不耐受，不是真的不耐受。"

温双沐抬眸看他，一下子没懂。

"我可以吃奶制品。"

温双沐还是没太懂，但点了点头："哦，好。"

陆京弯腰从机器下方取出了牛奶和水，将温双沐的那瓶递给她。

温双沐接过后没直接拧开瓶盖，反盯着他手上红色的儿童牛奶易拉罐看。

陆京单手拉开易拉罐，无意瞥上温双沐的视线，指尖顿了顿，问："想喝我这个？"

温双沐摇了摇头："我以为你不会喝这种类型的牛奶。"

陆京注意到她的咬字："这种类型是哪种类型？"

"就……"温双沐比画了一下，"感觉包装跟你的气质不太符。"

在她的印象里，只有温秉一那样的小孩儿才会喝儿童牛奶，校园风云人物尤其长成陆京这样的长相，手上更适合拿些高级的东西。至少她无法想象苏起言喝儿童牛奶的样子，也确实从没见过。

陆京被这个无厘头的说法弄笑了："喝东西怎么还扯上气质了？"

他发现温双沐突然盯着他背后的方向欲言又止地张了张嘴，正想问问，下一秒就被人压得脊背弯曲，手上的牛奶洒出了少许。

林森不知打哪儿冒出来，锁着他的脖子："你们俩怎么跑到这儿来了？害我找了半天。"

陆京把玩偶夹到胳膊下，换了只手拿牛奶，甩了甩手上的奶渍："找我们干吗？"

"打游戏去呀！温双沐也一起。"林森推他俩往前走，"我卡里还有一千多游戏币可以换，争取今天花完。"

林森家里长辈逢年过节都喜欢给他送购物卡和游戏卡，多得根本用不完。

VR（虚拟现实）主题乐园外站了许多旁观的学生，光怪陆离的灯条搭配科幻感十足的布景，打造出奇幻色彩。

温双沐、陆京等五人戴着 VR 头盔，站在感应区内，握着游戏枪把，朝不同方向射击。墙上的大屏幕播放着游戏实时场景，时不时还有笑声溢出。

人群里，辛瑞和季佳绘挽着胳膊围观，不知道第几次感慨陆京、王承硕几个人的枪法好帅。

辛瑞轻抬下巴示意对面同样在看的博文中学的女生："你说她们是不是也都在羡慕温双沐，打听温双沐什么来头啊！早上看她们都有给陆京和王承硕带礼物，这些人花了初中三年都没跟人打成一片，温双沐用了一个月就轻轻松松做到了。"

季佳绘耸了耸肩，没说话。

温双沐晚上到家时，温泓、韩楚秋和温秉一都还没回来。

温双沐打开房间的灯，书桌旁的壁柜前，还放着出自陆京之手的肖像画。

她把陆京送的蓝色泡面头海怪放到画框旁，想了想，又把商场那枝没丢的试香纸花一并放了上去。

她抱着胳膊审视片刻，实在觉得这布置有点儿像灵台，轻轻"啧"了一声，将东西随意搁到书桌上，便拿了衣服进浴室洗漱。

国庆假期连续五天都是艳阳天，到了返校日却下起了大雨。

早上的跑操因为天气原因取消，学生一边恶补假期作业，一边为即将揭晓的月考成绩焦虑。

温双沐从洗手间出来，经过一班教室，只见他们班讲台上围满了人。李茂真俯身在电脑前，不断滑动鼠标。与他的动作相应，投影仪上处理过的数据也随之滚动，看样子是全年级各班的成绩。

作为数学老师的周泉站在边上，也不阻止这帮学生，喝着保温杯里的热水，看上去心情不错。

温双沐多瞟了几眼，被周泉眼尖叫住了："双沐，你过来一下。"

讲台上好几道视线随周泉这句话朝窗外看去。

温双沐只好顶着数道目光，走进教室。

周泉从讲台抽出一沓卷子："这是你们班答题卷，你拿回去给大家发下去订正，等我下午数学课分析。"

温双沐点头，接过后随手将卷子往后翻了两张。周泉猜出了她的心思："这次数学很难，你是全年级唯一的一个满分，表现很好，再接再厉。"

"谢谢老师。"温双沐对这个分数并不意外，她考完试和王承硕还有林森对过答案，三个一百四十分以上的选手，基本锁定了考卷的全部正确答案。

周泉又打开保温杯，呷了口热水，笑眯眯地说："我这边各科成绩全汇总了，你要不要先看看？"

温双沐的步子都要迈出去了："可以吗？"

温双沐上了讲台，李茂真给她腾出位置。他刚查完自己成绩，滑到了二班那页。

温双沐还没找到自己名字，李茂真就给她解说："总成绩起哥第一，你第二。不过我刚刚看了，如果单算理科成绩，你比起哥还要高十来分。等到高二文理分科，你这就是妥妥的霸主地位。"

温双沐眉梢轻挑，撑着桌沿半支起身，目光向后掠去。

苏起言坐在座位上，正耷着眼皮翻看刚发下的答题卷，脸上的表情淡淡的，不辨喜怒，像昨晚没睡好。他大概是有所感觉，抬了下眼。

温双沐见他看过来也不躲闪，平静地对视了两秒，继续看电脑上的成绩。

语文太差，文综三门丢了很多分，幸好数学和英语"给力"。总分只比苏起言低了两分，可惜。

温双沐看完自己成绩，心中默默算着"陆"的拼音顺序，将滚轮往上滑。

李茂真在边上念叨："我这次数学一百四十六分，也不知道错了哪道题，差一点儿就能跟你一样拿满分了。"

温双沐还在消化眼前的成绩条，过了几秒，说："应该是最后一道大题的最后一问。"

还没看过答题卷的李茂真露出疑惑的表情："你之前不跟我说答案跟我一样，是三分之根号三吗？"

温双沐的语气宠辱不惊："是啊。所以，你看，为了不影响你后面几门考试的心情，我在背后为你付出了多少。"

李茂真感到无语："那我还真是谢谢你呀。"

边上几个一起看成绩的同学听到他们的对话，也没忍住笑了起来。

周泉因为温双沐在场，难以避免将两个班进行比较，就多点评了两句："春季班的同学接下来可要抓紧了，这次年级前十咱们班虽然占了五个，但第二、三、四名全是二班的孩子，咬分很紧。另外还有第七、八名是普通班的学生。你们不要觉得自己是提前招进来就可以高枕无忧了，一个不小心就会被其他同学追上来。"

温双沐听着听着，觉得哪里不对。虽然不太记得以前高一月考的具体年级排名，但在她的印象里，苏起言、李茂真和林森基本算春季班难以跨越的三座大山。夏芝里虽然是中考状元，在分班考试上也拿了第一名，但那是只考语、数、英三门的情况，夏芝里的综合实力比起专攻竞赛的春季班还是稍显逊色，基本都和她差不多，二班只有王承硕能与春季班的同学稍微抗衡。

这次她考了第二名，按理就是把原本第二名的王承硕往下挤了一位，那么现在这个所谓咬分很紧的第四名是谁？

温双沐飞快滑动鼠标，找拼音"x"开头的姓氏，只见夏芝里名字后一栏的总排名赫然写着"四"。

温双沐沉默了片刻，问乌小漆："这合理吗？"

乌小漆说："合理呀。夏芝里为了拿到特等奖学金还你钢笔钱，多努力呀！"

温双沐："……"

第二节的大课间时间很长，周泉难免多絮叨了一些："你们这届新生跟你们高二学长那届很不一样，他们那届春季班基本每次月考都能做到和其他班断层，高二重新分班除了文理生拆开，内部人员没太变动。但你们这届的很多高手好像玩'平民'玩上瘾了……"说着笑看了温双沐一眼，"不过这对大家来说也算一件好事，高手分散在民间，刺激因素多点儿，能调动你们学习的积极性和紧张性……"

一班教室里响起一片哀号。

"刺激个鬼呀！老周，成绩一出各科老师约谈都安排上了，好吗！"

"本来以为考进春季班就稳了，谁知道实验班和普通班比春季班还厉害！嘿哟，就是一个字儿——玩！"

"积极性没了，紧张性倒是拉满了。"

"也不用这么悲观。"周泉笑着说，"我看咱们班苏起言同学发挥就挺稳定的，他在提前招就是综合成绩第一名，这次月考也保住了第一名的宝座，大家争取向他看齐。"

有人叫道："老周，你教过这么多年书，见过几个能像'苏神'一样文理这么平均的全才？根本就是让我们望尘莫及的巨人！"

"是吗？"周泉脸上露出自豪的笑容，"可我怎么觉得我在二班的课代表已经摸到巨人的肩膀了呢！"

温双沐看完夏芝里的成绩，刚返回去打算继续研究某位陆姓同学的成绩，冷不丁听到自己被提及，茫然抬头向周泉看去。

谁知下一秒周泉脸上就出现恨铁不成钢的惋惜神情："不是我说啊，双沐，我看完你的各科成绩，还找你们梁老师翻过你的语文卷，语法题错了六个，你是怎么做到的？只要多对一个，你就是年级第一了，我看你们梁老师气得也是够呛，一会儿语文课你得小心了。"

李茂真惊讶地说："语法题错六个？双姐，你是用脚考的语文吗？"

温双沐："……"我上次随堂卷语法还错八个呢，我说什么了吗？！

虽然周泉刚开电脑，大伙儿就冲上去把年级前十名字报了个遍，有些"炸锅"。

"我的天哪！这语文偏科偏得比我还厉害都能考年级第二，果然是咱们太菜。"

"'苏神'是不是瞬间压力倍增……"

班上不少同学知道苏起言和温双沐关系不错，开始插科打诨。

苏起言没搭腔，向后靠去，单手不急不缓地打开桌洞里的眼镜盒，把眼镜戴上。他近视度数不高，只偶尔上课才会戴，此刻金色细边的镜框架到鼻梁上，比平日更显几分高冷。

投影仪上的字密密麻麻，难以辨清。透过镜片，鼠标停留之处的名字变得清晰起来。

温双沐回到教室，王承硕座位旁围满了看成绩的人。

林森这个一班学生不待在自己教室，反而踩陆京凳子上，扒着人群的肩膀，往王承硕座位上的成绩单瞅，参与感十足。他刚瞄到一眼，就是一声大叫："地理一百分！京哥牛啊！不愧是咱们'博文'的'地理小王子'！"

陆京则显得兴致缺缺，把自己座位让出来，和王承硕靠在后面储物柜旁，一个在看漫画，一个在刷题。

温双沐走过去，把数学答题卷放到柜子上，手肘顺势枕在上头，轻点下巴示意："你们不去看成绩吗？"

王承硕推了推眼镜："看了，总分比你低四分，比一班苏起言低六分。英语一百四十九分，我这辈子是没指望了，数学满分应该可以努力努力。"

他说着，又继续在草稿纸上演算。

陆京没看过成绩，听了王承硕没头没脑的一句，沉默了一下："你这两个'指望'怎么听起来都这么不靠谱儿。"

王承硕头也不抬："是吗？你问问你同桌，我也有点儿好奇这么变态的分数她怎么考出来的？"

陆京不敢置信地扭头看向温双沐："你英语一百四十九分？"

温双沐忍笑点头："嗯。"

"你不是说你卷子差点儿没答完吗？"

温双沐觉得自己当时用词没错，顺着重复了一遍："对呀，是差点儿。"

陆京噎了噎，发现挑不出毛病，只好扭头戳王承硕手臂："我还以为你那天跟我说她的考差只是把一百五十分的卷子考差成一百四十九分，是用了夸张手法，敢情你说的是认真的。"

王承硕说："我当时确实是夸张手法来着……"

温双沐没想到两个人还有过这样的对话，乐得不行，但心里还有点儿好奇："你是不是还没看你的成绩？"

陆京"啊"了一声："感觉不是什么很值得期待的事。"

温双沐说："那你要不要估一下你这次排名？"

"嗯？这要怎么估？"

"刘以恒之前跟我说——学霸控分数，学神控排名。你就是控排名在分班考试刚好考到第四十一名的那个。"

王承硕低头做着题目，发出声短促的闷笑。

陆京说："他可能忘了跟你说，还有一种控排名的方式叫作'钞能力'。"

温双沐张了张嘴，愣了好几秒才反应过来他的"钞能力"是哪个"钞"，顿时笑得直不起腰来。

陆京视线不自然地在温双沐脸上飘过又离开，离开又飘回来。他小声问王承硕："有这么好笑吗？"

王承硕握拳抵在唇边。温双沐扶着柜子摆了摆手，声音里还残留着零乱的笑意："没有，就是觉得你不走寻常路，我很喜欢。"

陆京的眼皮跳了一下，没等他去看清温双沐说这句话时的表情，下一秒又听林森一声大叫："我的天哪！陆京，你数学也一百分！我乍一看差点儿以为这次数学满分是一百分，不是一百五十分！"

旁边都是二班的学生，与林森不太熟，但也被他接二连三的发言逗得哄笑起来。

陆京抖开了手上的漫画，有点儿忧郁地继续看起来。

一只白皙匀称的手突然越到眼前，指节虚虚弯着，掌心泛点儿粉色，上面用黑色签字笔写了一连串的中文和数字。

陆京顺着胳膊向手臂的主人看去。

温双沐眼睛被笑意淬染得亮晶晶的："帮你把成绩抄来了，应该比林森一个一个凌迟地报要来得痛快。总成绩年级排名一百二十名，不算咱们班里最差的，但文科排名年级第五。陆京同学，有两把刷子啊！"

陆京的视线在温双沐脸上停留了几秒，捏在漫画边缘页的指节动了动，但没往后翻："你文科排名多少？"

温双沐回忆了一下："跟总分一样，也第二？"

陆京笑得有些没脾气："那你在夸我个什么劲儿！"

温双沐发现陆京一点儿也不懂她的脑回路。她伸手指了指："我，数学一百五十分；你，数学一百分，但你的文科总分，只比我低十分。"温双沐说着特意留了几秒钟，给他消化的时间，"听出来了吗，我数学和英语拉开你七十多分，但语文和文综这四门最不好拉开分数的科目，被你拉回了六十分！"

陆京想了想，仍不觉得自己厉害："你确定不是因为你语文太差吗？"

温双沐感觉受到一万点暴击，抬手往柜子上一拍："你要是这么跟我聊的话，我语文再差能有你数学差？"

王承硕眼看两个人斗上嘴了，开口说："那个，你们要实在分不出个好坏的话，不然夸夸我吧，我语文一百一十八分，数学一百四十二分，还挺平均的。"

陆京和温双沐齐刷刷地朝王承硕看去一眼，绷了几秒，也不知道谁先带头笑出一声，剩下的没忍住，一声接着一声。

没一会儿，班主任梁洁来了："成绩排名都看过了吧？咱们班整体表现不错，但也都别给我开心过头，个别考得特别差的，检讨书草稿可以打起来了。正好这学期座位都还没换过，根据排名，下节自习课第一的同学可以优先挑选座位，以此类推。承硕，帮我组织一下，不过注意纪律，别打扰到其他班上课。"

梁洁说完注意事项离开，班上瞬时响起"窸窸窣窣"的说话声，讨论要和谁坐一起。

温双沐对此没太兴趣，拿了数学答题卷打算去发，脑子里突然灵光一闪，往前看第一排的夏芝里，又扭头看看陆京，发现好像可以试着将两个人绑在一起。

没过两秒，走廊上的高跟鞋声又"哒哒"地退了回来。

梁洁身子后仰，从门口探出个脑袋来："刚忘了说，双沐和陆京的位子就别调了。拜托你们俩把对方的语文和数学分别拉拉，老师还指望你们给咱们大二班长脸。"

温双沐："……"

陆京："……"

班上同学收拾完各自书桌，陆陆续续来到走廊，根据排名站好队，进教室挑选新座位。

高中学生的书多，大家换座位普遍喜欢连桌带椅地搬。陆京从前门走进教室，只见温双沐大动干戈地把桌洞里的学习资料往外搬，准备清空桌洞。

他来到温双沐跟前，环顾一圈，考虑到身高问题，视线锁定最后两排，指尖轻敲邻桌的桌沿，问道："想换哪桌？我帮你搬。"

温双沐掏出一摞模拟题："别帮我了，把你桌子清空一下吧。"

"嗯？"陆京愣了愣，"你想跟我换？"

温双沐"啊"了一声："感觉靠窗的风水好些。"

陆京头一次听人把换座跟风水学扯上关系。不过谁考班级第一谁老大，他没啥意见。他走去拉开自己座位椅子，看了一眼桌洞，还是觉得工程量有点儿大，于是建议："不然直接换桌子吧。"

"不要。"温双沐想也不想地拒绝，"我是打算沾沾你的文科学神之气，你把桌子调了，那我还沾什么？"

陆京错愕了一瞬间，倒没想到她讲究的会是这个风水，低头笑应声"行"，顺从地将桌洞里的书本往外搬。

王承硕接着进了教室，看了一眼他们左右互调的座位，没多犹豫，在自己的老座位——也就是现今温双沐的前桌坐下。

陆京还在收拾东西，瞥见后扬了下眉，拍了拍桌子："干吗呢？换我前面来。"

王承硕说："我想跟温双沐前后桌。"

陆京露出了疑惑的表情。

班级第三的夏芝里不知何时走进来，站他们边上，不好意思地出声："那个，我也想坐温双沐前桌……"

陆京顺势说："听见没？还不快点儿谦让女同学！"

温双沐老实巴交的声音在边上响起："可我也想和王承硕坐前后桌。"

217

陆京有一瞬间怀疑自己耳朵出错了。他扭头看去，只见温双沐下巴抵在书沿上，眼睛清澈，对夏芝里说："你坐在陆京前面吧，斜对桌平时说话也挺方便的，以后还要麻烦你带带我的语文呀！"

夏芝里显然失去了自主判断能力，一下子就被温双沐无辜有爱的样子牵入了套："啊，好……"

座位敲定，温双沐与王承硕行了个前后桌的碰拳礼，似乎对班上两大理科选手今后能够强强联手十分满意。

然而人类的欢喜并不相通。陆京往前看看王承硕，又往边上看看温双沐，脑子里闪过那天靠在教室后排林森说的话——"你们班温双沐这么厉害呀……"他内心突然变得有点儿复杂。

温双沐成功将两个人凑成前后桌后，飞快叫乌小漆把反派值调出来检验成果。

小鹭徽章大长腿以外的区域还是灰着。

温双沐震惊，差点儿没反应过来："这就七十五分了？之前不还六十吗？一下涨了这么多？"

乌小漆偷偷强行取消提醒模式好几天，这会儿瞒不住了，扭捏地说："其实也不全是今天涨的，从国庆假期开始，小鹭徽章就间歇性加一、加二地往上涨，感觉来源不明，本来打算跟主系统反馈自查完再跟宿主说。"

"……"

温双沐知道乌小漆不靠谱儿，但没想过这么不靠谱儿。

她骂道："别反馈了，直接让它涨到一百点送我通关得了。"

乌小漆小声："那咱也不能这么敷衍……"

"靠谱儿和敷衍你总得占一样，你不能一边不靠谱儿，一边还穷讲究。"

乌小漆不占理，一声不吭地挨批。

冷嘲热讽五分钟后，温双沐逮起了乌小漆做复盘。

乌小漆乖乖拉出时间线："就是你们出去玩的那天，小鹭鹭夸你身上香水好闻，反派值突然涨了十点。我本来想当场跟你报告的，但你们当时那氛围我不是不太适合插嘴嘛……后面就想着申报一下，等出了结果再跟你说。"

温双沐注意到乌小漆的用词，刚想问"我们当时什么氛围"，那日午后玻璃长廊上的画面在脑海里一闪而逝，忽然感到不自然，也就没说出口，转而反问道："你确定这里涨的十点不是兼职任务的奖励滞后了吗？"

乌小漆说："嗯？是这样吗？"

因为前后隔了一段时间，它想着宿主和小鹭鹭当时都和夏芝里没有接触，完全没考虑到会是周或那边任务完成、奖励滞后这层原因。

温双沐自顾自地翻篇："这边的十点过了，剩下的五点呢？"

乌小漆回忆："就你们一块儿玩的那个下午，一会儿加一、加二，然后就是刚才成绩单公布的时候又加二。"

"……"

在温双沐的认知里，小情侣的感情就是这么起起伏伏，但在陆京和夏芝里身上还是头一回这么符合"现实向"。

难道是在她看不到的地方，夏芝里的内心已经一点儿一点儿受陆京蛊惑？

班上座位换得差不多了，放眼望去，身高只能用参差不齐来形容。夏芝里这样的中等个儿坐到了倒数第二桌，与她身高相仿的季佳绘更是直接坐到了最后一桌，就在陆京的右手边。

下午连上三节主科，温双沐英语虽然考了一百四十九分的年级最高分，但唯一扣的那分是道非常基础简单的完形填空题。她把自己的失误归咎于考前被夏芝里的可怕笑容弄得有点儿精神恍惚。不过英语老师对此并不知情，在课上惋惜了无数次，最后实在心塞不过，要求温双沐把错误的固定词组抄五十遍。

语文课上温双沐更是被梁洁逮着从语法讲解到文言文，再从阅读理解讲解到古诗词鉴赏，总之一整节课都没喘两口气。好在最后一节课是数学连上，满分大佬无所畏惧，课间温双沐抽出张白纸抄起英语词组来。

林森从一班教室跑进来，冲着陆京哭唧唧地说："我受到了梁姐的人身攻击，她说我的作文只有小学生水平！让我来膜拜你和夏芝里的！"

林森原本往窗户的方向跑，临近了才发现座位上的人多了根辫子，往后退了步："哇，你们班换座位了，这前后桌的阵容是不是有点儿'王炸'了。"

可不是嘛，前三名都扎堆抱团了，导致第四名、第五名……也都想跟学神坐，以中心扩散出去，导致陆京一个倒数选手夹在最里层，简直像个天选之子。

膜拜高分作文前，林森想先从温双沐这儿获得点儿心理安慰，于是自来熟地翻她的卷子，下一秒震惊地说："你语文作文竟然有四十八分！比我还高六分！"

高中五十分以上的作文屈指可数，四十八分基本能算一类卷。而林森和温双沐语文分数相近，在作文这部分却落后这么多，顿时起了不服输的心思。他端着卷子品了品，谁知表情越品脸色越难看。

"不是我说呀……"林森有点儿不知如何描述，连"啧"几声，才找到点儿评价的方向，"我的作文好歹全篇保持小学生水平，你这个简直像'屎盆子镶金边'，开头和论点写得这么亮，论据一塌糊涂，得亏老师批卷快，才给了四十八分的高分。"

他说着身子往陆京那侧偏："京哥，你看，我说得对不对？"

陆京视线从作文上扫一眼，就认出了开头结尾全都出自之前他借温双沐那本素材本上的金句，至于"屎盆子"则是她自己通篇胡编的大白话。

陆京将红笔放在虎口上，眼角升起了一点儿笑意。

温双沐探身，指尖搭上陆京座位想把卷子夺回来。对上陆京脸上的笑，她动作一顿，转而打了林森一拳："我'屎盆子镶金边'总比你连'金边'都没有得好。"

林森一直很喜欢温双沐直来直往的性子，开玩笑也不用担心对方生气，所以现下被人揍了也不恼："京哥，你评评理，到底是我的'小学生启蒙版'议论文好，还是她这个'镶了假钻的 A 货'好？"

温双沐简直要服了林森一个接一个的比喻："其实我很好奇，为什么你成天张口'京哥'闭口'京哥'？你是很缺大哥吗？他书读得也没你厉害，这都能当你大哥？"

突然受到冒犯的陆京："……"

温双沐问这个问题时没多想，因为心里确实存了这么一个疑问。

她其实很喜欢陆京跟身边朋友的相处模式，不循常规，关系对等……包括王承硕、刘以恒、林森在内的每个人性格都很鲜活真实，但这种类似"某哥"的称呼，让她很难不去跟苏起言和周彧进行对比。

注意到右手边陆京投来的视线，温双沐与人对视一眼，慢半拍地反应过来自己刚才的问法多少有点儿瞧不起人了，可惜说出口的话无法撤销："那个，我没有说你读书差的意思。"

陆京似乎也不恼，挂在虎口的红笔往林森的方向轻点，摆出倾听的架势："没听见双姐有疑问吗？还不快解释一下？"

"双姐"两个字温双沐成天听别人在耳边念，按理稀疏平常，但从陆京口中吐出，带了点儿耐人寻味的嘲笑意思。她原本就蜷着的指尖这会儿蜷得更紧了。

林森还因为温双沐那句"他书读得也没你厉害，这都能当你大哥"笑得起劲儿，换了个气口，才解释说："也没什么原因，男生嘛，不就喜欢互相叫'哥'叫着玩？京哥也会管我叫'森哥'，是吧？京哥。"

"是——"陆京低头继续订正数学试卷，拖腔配合叫了一声"森哥"。

温双沐还有点儿不信原因如此简单，苏起言和李茂真就不会互相叫"哥"闹着玩。

她向前桌的王承硕递去了一个疑问的眼神，得到对方的点头确认，她这才被"男孩儿间的纯粹"彻底打败。

她用余光睽去，夏芝里也侧身望着他们这处抿唇笑。温双沐想到些什么，问她和王承硕："对了，我听老周说你们俩都没参加提前招，为什么呀？按你们的成绩，应该能稳进春季班吧？"

王承硕说："你不是也没参加？"

温双沐解释说："我倒是想参加，只是当时得了流感，三天两头往医院跑，耽误了。"

夏芝里小声说："我是因为我家那边的小镇会给中考状元发五万块钱奖金，但提前招生的没有，所以就想着试一下，没走提前招生这条路。"

温双沐缓慢点了点头，心想还算有理有据，不是生硬地为了和苏起言产生"异地"冲突才分散到两个班。

她这么想着，又看向王承硕，等他回答。

王承硕还没张口，林森抢先插嘴，一脸痛心疾首："京哥考试太随便了，学习也不上心，要是没人看着，他能分分钟考出三四百名给你看。所以我和硕哥石头剪刀布，决定谁赢了谁留下来陪他中考。"

温双沐一下子没捋清他话里的逻辑："谁赢了？"

怎么听上去好像陪人中考是天大的荣誉。

"听不出来吗？"陆京不知何时偏过头来，拿红笔的右手虚握成拳，抵在太阳穴边，视线平直地看着她，"他们俩都觉得跟我一块儿读书比较快乐。"

"所以你后来为了让王承硕快乐加倍，动用了你的'钞能力'，陪他一起进了实验班？"

王承硕用一副"我怎么不知道还有这层原因"的眼神看向陆京。

"那倒不是。"陆京故作幽深地停顿了几秒，"你还记得分班考试那天吗？"

221

"嗯？"温双沐有点儿跟不上他突然跳跃的脑回路，稍作回忆，愣愣地点头，"记得。"

"我当时考完试和我妈在学校对面餐厅吃饭，看见你和老周进来，就随口提了一下你浑身是血过来参加考试的惊人事迹——"

林森震惊地打断："温双沐，你考试当天还跟人约架呀？"

温双沐钦佩林森的想象力，把当时车祸擦伤的事解释过去，问陆京："然后呢？"

"然后？我妈折服于你的毅力，说要打听你考上了哪个班，觉得她儿子跟这样优秀的同学同班，一定能学点儿好。"

林森爆笑。王承硕和夏芝里相比笑得比较含蓄，还给人留了点儿面子。

温双沐也没料到自己是这样将陆京牵进了"蝴蝶效应"的一环。

她拍了拍他的肩膀："行吧，为了不白费阿姨的一片苦心，我以后一定努力带带你。"

陆京看她一眼，"哦"了一声，吐出四个字："谢谢双姐。"

温双沐故作自然地收回了手，扭过头去。

傍晚吃完饭后，雨势突然变大，窗外天色也比平日暗得更快，雨雾在教学楼的灯光下泛着荧光。二班教室前后门大敞，几个男生打闹着跑了进来。跑鞋上的水渍与大理石摩擦，发出了刺耳的声响。

温双沐逐桌回收大家订正好的数学答题卷，打算晚自习前给周泉送到办公室去。

因为离陆京和王承硕近，率先向他俩要卷子。

温双沐接过陆京递来的卷子前后翻看了眼，以为是他不小心漏了，又放回到他的桌上："最后一题第三问还没改。"

"没事，就这样交吧，那题不会。"

"这么刚的吗？"温双沐以为陆京是想挑战周泉的权威。

"感觉每次考试最后一题第一问我都没时间写，第三问离我太遥远，就算挤出时间了也写不对。"

温双沐笑着说："那可不行，做人总得有点儿梦想。"她对王承硕说："'硕神'你教教他，我先去把其他人试卷收了再来'支援'你。"

"来吧。"王承硕拉了椅子坐到陆京座位边，翻出试卷，"课上答题过程都没抄下来吗？是从哪个步骤开始不会的？"

陆京没回答，重复方才温双沐对王承硕的称呼："'硕神'？"

王承硕推了推眼镜，镜片反光下的目光有点儿不太自然，他小声说："你是不是也觉得，她那样叫我有点儿像讽刺？"

陆京一愣。

王承硕接着说："她明明成绩比我好。我感觉她是故意捧杀我。"

陆京被王承硕的脑回路惊呆了片刻，沉思着点头："确实有点儿。"

还不知道自己被人编派成什么邪恶模样的温双沐将卷子收到季佳绘那桌，几个女生正围在一处对手机屏幕上的内容兴奋地讨论。看她过来，飞快将卷子交上去，又继续讨论手机上的内容。

温双沐在边上多停留了会儿，问道："看什么呢？"

季佳绘将手机往温双沐的方向移了移："贴吧里有人发起了校花、校草投票，你要参加吗？我帮你拍张照片传上去。"

她说着压低音量，往左前方看去一眼："夏芝里已经有二百多票了。"

温双沐挑挑眉，贴吧投票器上显示的夏芝里照片是刚开学那阵和陆京一块儿坐公交的偷拍照片截图。

她脑子里响起乌小漆播报的支线任务：

触发支线任务：谁还不配当个校花了？

当前进度：0/10。

最终奖励：十点积分。

温双沐当即将卷子往怀里一抱，站在教室里最明亮的空地上，扬了扬下巴："来吧。"

陆京正听王承硕分析题目，余光里教室后排的空地上人影来回攒动，看去一眼，默了默，问王承硕："她们在干吗？"

王承硕思考半天："在拍校园大片？"

五分钟后，温双沐接过季佳绘的手机连翻几张成片，都不太满意："你不要这样仰拍我，要从上往下拍，这样显得我脸小一点儿。"

季佳绘有点儿不乐意了："那不然你蹲一蹲？我身高就这样，其实这张已经挺好看了。"

温双沐觉得蹲下去后气场大打折扣，正打算坐椅子上拍，陆京走过来将试卷交到她怀里，说："要我帮忙吗？"

温双沐的气焰消了一些，温吞吞地拿出自己的手机递到他手上，有点儿不放心地说："你能行吗？"

陆京接过手机，熟悉了下功能："应该还行，我给我妈拍游客照练了很多年。"

"……"

"咔嚓""咔嚓"两声，手机再次落回到温双沐手里。

在收齐答题卷送去办公室的路上，温双沐依然在欣赏陆京给她拍的照片。

方才他让她假装靠在储物柜上翻卷子，突然叫她名字，在她偏头看去的时候，捕捉到了非常短促的一瞬间。

教室里的白炽灯光从上方落下，衬得她肤色极好，五官挺俏，与她想要的那种气场大开的效果不太一样，但这种随意的路人视角，反而有种别样的美感。

温双沐越看越喜欢，感觉自己有点儿自恋过头，于是将照片上传到贴吧里，便翻进旁边的校草投票区，看了看目前的投票情况。

苏起言目前票数稳居第一，看照片应该是他在国旗台讲话的时候别人偷拍的，盛亮的艳阳天依然融化不了他身上流露出来的冷峻气质。

温双沐撇了撇嘴。雨天走廊地砖湿滑，她一个不留神，鞋跟往前溜了溜。

温双沐两只手慌乱地往两边空气摆了摆，没抓到依附物。就在她以为要与地面来个结实的亲吻时，胳膊被人快速从后方稳稳扣住了——

温双沐以一种奇怪的姿势被苏起言托住，后脑勺儿几乎贴到他的胸膛，甚至能感受到一点儿从他身上飘来的清凉水汽。

她迟钝地眨了下眼，还没反应过来。

苏起言的声音在头顶响起："走路别看手机，上次跟李茂真在教室门口还没摔怕吗？"

黑历史冷不防被人提起，温双沐无言以对。她小心站稳，手机屏幕仍亮着，在她动作间，苏起言视线从上面自己的照片一扫而过，眸底闪过短暂的错愕，最后变成哭笑不得的笑意。

温双沐没察觉，她最近面对苏起言时总不知道该说些什么，有点儿局促和无措。她想了想，往前指了个方向："那我先回班级了。"

"嗯。"苏起言还有事，于是嘱咐说，"靠墙走，小心点儿。"

温双沐贴着墙根走出几步，感觉距离苏起言远点儿了，又没忍住有点儿走神。为了缓解那些气泡般不断上升的心思，她点亮手机屏幕，打发时间地往下看。

第二名是三百票的十一班应泽渊，第三名是二百九十八票的七班尹星烛，第四名是李茂真，第五名是刘以恒……

温双沐叫出乌小漆："怎么会没有小鹭鹭和王承硕？这应泽渊和尹星烛什么来头，票数这么高？"

乌小漆说："宿主知道这次月考普通班考进年级前十的那两个学生是谁吗？"

"七班的尹星烛我知道，成绩很厉害，但另一个年级前十的不是十一班一个叫余筝筝的女生吗？跟应泽渊有什么关系？"

这几个名字温双沐以前就不陌生。十一班是特长班，她也奇怪余筝筝这样成绩好的女生为什么选择去读艺术。而七班尹星烛她曾在学科竞赛上有过短暂的接触，在她以前对七班的不良印象中，尹星烛是她看来难得不奉夏芝里为女神的正常人。

但小鹭鹭在他们中间竟然没有姓名——就很离谱。

"宿主有所不知。苏起言和应泽渊、尹星烛在原书里被誉为'明理三枝花'，应泽渊跟余筝筝其实是《芝芝绿妍》的系列文《筝筝纸鸢》里的男女主，而尹星烛是原书作者打算写的下本系列文男主。既然是三大巨头，这种校草排名自然是要挨着来。小鹭鹭和王承硕在原书里的留白太多，所以偶尔会有 bug 出现。"

温双沐："……"

温双沐捧着手机走进教室，表情还十分麻木。

她消化了一阵又一阵，最后来到王承硕和陆京座位前，将手机撂他们桌前，双手抱着胳膊，颇有种要大刀阔斧进行改革的气势："我总结了下，目前被提名的校草候选都是高冷气质，你俩要不要端点儿架子？不然太平易近人，感觉都要被踢出校草梯队了。"

王承硕和陆京露出疑惑的表情："二〇一六届明理中学'超帅杯'校草评选大赛，快来选出你心目中的校草 top 1！"

王承硕和陆京读完标题，不约而同地沉默了一下。

王承硕用手肘推推陆京，问道："你想参加吗？"

陆京摇头："不太想，你呢？"

"我也没什么兴趣。"

鉴于温双沐站在边上像耳提面命的教导主任，两个人交头接耳片刻，没敢直接把结论说出来，最后派了个代表发言。

陆京选择了一种比较委婉的切入方式："这个评选赢了是有送什么礼包奖品吗？"

王承硕撞了他手臂一下，眼神像问"你在胡说什么"。

陆京压低音量靠过去："我外甥女的学校选文艺之星，第一名有送滑板和溜冰鞋。如果有奖品，好像试试也可以？"

王承硕："……"

温双沐听了倒挺认真对待。她拿回手机翻了翻参赛说明，没找到，于是自己分析："这种民间选举估计没有赞助，怎么了？"

陆京用劝导的语气说："就……如果只是为了得到一个没什么实际用处的虚名，感觉没太必要在意别人的想法？比如你看，你已经长得很漂亮了，但如果最后票数不合你心意，心里就会想着凭什么。但实际上你会因为别人少投你一票而变丑吗？肯定不会呀。你还是这么漂亮，对不对？所以参加不参加没有太大差别，但会让自己变得更加计较得失……"

他说着，示意王承硕附和几句。

王承硕听着陆京莫名其妙的长篇教导还有点儿呆，应了声"对呀"，也不知道再往下接点儿什么，只好戳了戳前面的夏芝里，问道："你参加了那什么校花评选大赛吗？"

夏芝里回头，手上还拿着手机，显然是刚被告知喜提校花榜第一。看她的神情并没有因此感到开心，反而有些为难和困扰："不知道谁把我照片传上去了……感觉一群人品评他人的外貌，有点儿幼稚和无聊……"

王承硕不过脑地往下应和一句："对，对。"

温双沐表情平静地听着他们你一言我一语。教室的白炽灯光泽不变，却没了先前的柔和质感，衬得她的脸廓线条有些冷。

之前的校花比赛似乎也是这样，那时的她与夏芝里并不相熟，只是因为落后了对方一百多票，才开始加以审视。夏芝里确实很清高，一直以来对外界的美名保持着云淡风轻的态度。同时也显得四处拉票的她锱铢计较。

看着陆京和王承硕对夏芝里说法赞同的样子，她恍然察觉不知何时已经将自己与他们之间画了个圈，以为互相了解，平时的说笑玩闹便是友谊，但实际上他们并不是同类人，她也没办法做到像他们一样高洁。

她就是庸俗且注重虚名的一个人，或许在他们眼里还有点儿肤浅不堪，可她并不觉得自己有错，也不觉得那些什么都不在意的人天然就要高贵一些。

温双沐不再去看他们。她拉开椅子坐下，嘴角弧度向下压着："是吗，可我就喜欢这种没什么实际用处的虚名。"

陆京听温双沐突然疏远的语气有点儿愣，扭头盯着她冷漠的侧脸看了会儿，改口说："其实我也挺喜欢的。"

王承硕用不可思议的目光看向陆京。

上课铃声响起，喧闹的班级很快安静下来。

陆京细细观察，不知是不是因为铃声盖过了他的音量，温双沐没听见他的话，神色还是很冷。桌上摊开了一本模拟题，她脊背挺直地拿着草稿本计算题目公式。

窗户玻璃上的雨滴滑落成线，她眉眼垂着，弯下了一泊暗色的阴影。

情况好像有点儿严重。

陆京感到懊恼，刚才不该受系统的骗，对温双沐这样要强性格的人说教一番。

参加个校花比赛怎么了？喜欢就争取，有什么不好？

陆京想了想，将作文本往后翻到没下过棋的一页，在上面写了几个字，将纸撕下揉成一团扔到温双沐桌面。

温双沐动了一下眼皮，把纸团拂开到一边，继续算题。

陆京抬手搓了搓左脸，感到一阵头疼。

桌上的黑色水笔因为他的动作掉下桌面，沿着大理石地砖，滚到了温双沐的脚边，她也没去理会。陆京有点儿不知道该怎么办了，抬头往前看看，而王承硕坐在斜对面，自己连个紧急商量的人都没有。

温双沐平静地做着题，却不妨碍用余光将隔壁景象尽收眼底，某人上课起就三不五时地扭头朝她这处看来，眼神太直白了，让人想忽视都很困难。

如果说原本还有点儿情绪，那现下也因为陆京小心翼翼地偷瞥散得差不多了。她有意将人再晾会儿，在大题空白区写下最后一句"综上所述"，才拆开桌角的纸团看了看。

字迹有点儿急，但有多年的书法功底支撑，连笔力透纸背，苍劲有力。

他问她：那个校草比赛要怎么参加？

很简单的一句话，温双沐却从中看出了几分可怜的意味。

她弯腰捡起地上滚到她脚边的笔，在纸上写下几个字，连笔带纸一并放到隔壁桌角。

陆京单手压着额头还在焦虑着，他从桌洞里新拿了支笔，正心不在焉地做着英语阅读理解，白皙的指节在视野里晃过。他飞快往左瞥去一眼，拆开纸团看。

温双沐的字落在他的下方：真的想参加？

陆京飞快写了个"嗯"字，又给隔壁扔去。

温双沐仿佛猜到了他的回答，没再看字条，从桌洞里摸出手机，用书本打掩护。

陆京辨出了她的动作，也从书包里找出手机，顺便搬出一摞书放右手边挡着，以免检查晚自习的老师经过发现。

温双沐：手机里有没有自己的照片，发我一张。

陆京打开相册，清一溜儿的风景照。他妈给他发的全家福倒是有几张，但看上去太蠢了。于是他回复：稍等，我问问林森、刘以恒他们。

温双沐用袖子将手机屏幕半掩着，继续做模拟题上的题目。感觉消息界面一亮，竟是一则她被拉入群聊的提示。

"了雾陆"邀请"三水"加入了"峡谷开黑群"。

群名很符合这个年纪的男生性格。

刘以恒不愧是四人组里最不爱学习的那个，晚自习期间第一时间回复：哇哦！双姐？

底下跟了四五个"挤眉弄眼"的表情。

陆京纯粹是为了聊天说话方便：每次"五排开黑"不是总少一个人吗？现在正好。

刘以恒：难得呀！京哥，你不是争做老师面前讲纪律、守文明的"五好青年"吗，竟然上课偷玩手机。

陆京没搭理，问道：你手机里有我的什么照片吗？随便来一张。

刘以恒上传照片的速度很快，温双沐瞄了眼手机屏幕，消息界面不断滚动，全是他们日常随手抓拍的搞笑照，有的曝光过度，有的构图惊人。想想这些照片出自刘以恒之手，又觉得合理，毕竟不是所有人都能具备陆京那样的影楼拍摄技术。

温双沐挑了挑，最后选中一张侧颜照，虽然五官被夕阳颜色染得有些看不清，但照片里的陆京似乎心情很好，温柔的笑意几乎要从照片里流淌出来。除了清晰度不太行之外，和目前榜单上的那些照片相比足够出挑。

温双沐帮忙上传照片，顺便把投票通道的链接转发到群里。

陆京紧接着回了个"OK"的手势，心里才算松了口气。

两个人一前一后将手机收回桌洞，余光瞄到对方的动作后对视了一眼。

窗外雨幕绵长，班里时不时划过"唰唰"的书页翻动声，沉静的氛围在两个人之间缓慢涌动。

谁也没开口说什么，都安静地低头写着作业，留下刘以恒一个人在群里为陆京参选校草的事激动。

第二天中午，学校东门边的复兴巷里，奶茶店的生意依然火热。

陆京一行人坐在了老位子上。

陆京身前的桌上放了好几部手机，是林森、刘以恒、王承硕上交过来的。他靠在沙发上，挨个儿点开手机里的投票通道，在校花投票界面给温双沐投上一票，才把手机还回去。

"每天都可以投一票，别忘了。接下来的一个星期，我请客会到位，你们投票也要到位，懂？"

林森咬着奶茶吸管："我手机直接放在你那儿都行。"

刘以恒还有点儿不情愿，跟人讨价还价："我就喝今天这杯，接下来我打算投给芝芝的。"

"你的芝芝不缺你那两票。"

刘以恒嘀咕："搞得好像温双沐缺你那两票一样。"

陆京微微停顿，叹了口气。

按道理来说是不缺的，但票数好像被下了某种诅咒，总是保持着一百票的差距。

王承硕没发表看法，接回手机，顺势点进去看了看陆京的票数。昨天放学看到群里聊天记录的时候，他还挺惊讶的。

不过——

王承硕沉默地看着陆京下行出现的自己名字，以及两寸蓝底证件照，拳头发出"嘎吱"的声音。他把手机页面放在陆京面前："这照片是你给我传上去的？"

"对呀。"

林森抽过手机看了看，将页面往下一滑："竟然还有我的！也是你帮我传的吗？"

229

王承硕不理解林森的快乐。他瞄了一眼林森的照片——比着傻傻的耍帅姿势，还是张大头照，跟他的证件照一样在大家的帅照里十分特立独行。

"你不觉得很蠢吗？"

林森对这张照片相当满意："哪有？明明很帅呀，你看我都三百票了。"

"是吧！"陆京拍了拍林森的肩膀，觉得大家的快乐就是他的快乐，"好兄弟有福同享，这种好事怎么可以只有我一个人参加。我昨晚想到你们，就替你们都报名参加了。"

天空的云层压得很低，雨珠斜打进屋檐下方，温双沐站在便利店门口的台阶上，边跺脚驱散冷意，边玩手机。

雨点砸在手机屏幕上，她用袖子擦了擦，又滑着屏幕继续往下看。

学校贴吧里的校草投票区完全乱了套，有关候选人颜值的讨论帖层出不穷，都在感慨之前怎么没发现高一有这么多帅哥，一溜儿照片下来难以分出谁胜谁负。

陆京跟王承硕几个好兄弟不分家，队形整齐地排列，票数稳步增长。王承硕的两寸蓝底证件照和林森的憨憨大头照"奇葩"又瞩目，不知道网友们是出于怎样的猎奇心态，把他们投到了第一梯队里。陆京的票数已经直逼第一的苏起言，每刷新一次，票数就相近一些。反观她这边，和夏芝里依然保持着一百多票的差距，此外还有第三名的余筝筝紧追其后。

以前的温双沐只顾着刷票与夏芝里角逐第一，没太注意过余筝筝的参赛照片。刚看了一下，顿时回忆起当时轰动全校的大事件。虽然至今仍觉得有些不理解，但以这年头网友的猎奇心理，也难怪余筝筝最后能反超她成为校花榜第二名。

前有猛虎后有豺狼，校花名号实在不好争夺。

温双沐叹了口气，暗自把余筝筝的票数记在心里，看看时间，又给孟晖发去一条"人到哪儿了"的短信。

她还没等到回复，就远远看到个穿着十三中校服的男生在雨中跑近。

地面水洼轻溅，温双沐打开抵在墙边的长柄伞，上前接了几步。

孟晖钻到她伞下，掀开帽子把额前淋湿的短发往后抓："抱歉，抱歉，老师拖堂，我又被单独留下讲了二十多分钟卷子。是不是等了很久？"

"还行。"

十三中这两天也刚结束一场月考，孟晖成绩不算好，之前高一学习不上心，到了高二才知道自己落后多少，所以想找温双沐帮他挑几本基础练习册补补。

雨天的书店里没什么人，原木地板上依稀印着几片水迹。来到高中教辅区，温双沐率先从书架上抽了一本自己常用的习题册。

孟晖看到标题上可怕的"满分冲刺"四个字："这本的难度会不会有点儿太大了？"

"嗯？会吗？你不是要补高一的内容吗？高二做这种题目应该还行吧？"

孟晖挠了挠头："我高一数学就没上过一百分，高二直接掉到七十分档。"他被温双沐理所当然的语气弄得也开始有点儿不确信，"正常高二学生是都能把高一卷子做到满分吗？"

温双沐默默将书插回书架："好像不太能。"

孟晖："……"

温双沐重新换了本"基础提高"的习题册，翻看了一下题目难度。

虽然不太理解一百五十分的试卷怎样才能做到只拿一半分数，但转念想想陆京那摇摇欲坠的数学成绩，也是相当没眼看，保不齐跟孟晖一样高一百分，高二直接掉到七十多分。

温双沐把书递过去："这个怎么样？难度中等，全部消化下来，提高二十来分没问题。题目也不会太难，不至于做两道就都不想做了。"

孟晖听她的："行，那我理综三门也都各买一本。"

孟晖结账时看温双沐也买了一套，只当她自己想拿去练习，没多问。

两个人走出书店，正好看见几个女生拽着什么人闪进隔壁窄巷。

温双沐随意瞥去一眼，步子微顿，往左走去几步，让视线变得更清楚一些。

孟晖瞥见小巷里穿着明理中学校服的女生，好奇地说："咦？那不是夏芝里？"

温双沐没有应声，看了会儿："她怎么被你学校的女生堵上了。"

孟晖想了想："因为周彧？"

温双沐重新去打量巷子里的景象，一行女生推着夏芝里肩膀往里走。

"所以她们这是在跟夏芝里宣示主权？"

"差不多吧，一些奇怪的占有欲作祟。"

温双沐眯了眯眼睛，目光从附近一家面馆里楚溪探头探脑往外看的身形上一扫而过，嗤笑一声，下一秒抵着孟晖胳膊，推人一块儿向前。

在一个女生伸手抓住夏芝里头发的瞬间，温双沐站在巷口，举起手机拍摄："首都时间中午十二点十五分，绿新街，盐张巷……"

温双沐径直无视夏芝里脸上露出的感动表情，自顾自地将镜头放大对准到那个抓着夏芝里头发的女生身上。

正打算编个充满噱头的标题，一个离她最近的女生粗鲁地拍了一下她的手机："你谁呀？录什么录！"

被堵在巷子里的夏芝里急切，想让温双沐先走，刚出口一个"温"字，又担心温双沐被这些人记住名字日后找麻烦，硬生生改成了："温……温，你们快跑！叫老师！我没事的！"

抓着夏芝里的女生有些生气地警告："闭嘴，谁让你说话了？！"

孟晖靠到温双沐耳后："怎么办，直接开打吗？人家都叫你'温温'了。"

温双沐说："给周彧打电话。"

女生听他们要给周彧打电话，顿时有点儿慌了："你们两个，快去抢孟晖手机！还有那个女生的，一起抢了！"

孟晖个子高，一下子窜远了，用视频电话连线出去。他躲避着两个女生的手："通了，通了。"

在场的几个女生突然像被按了静音键，一动不动。

电磁音在嘈杂的雨点声中不是很明显，听筒里时不时传来两声篮球与地板的碰撞声。周彧的嗓音清晰地从里面传来："找我干吗？"

孟晖说："我现在在绿新街这边。"

他作势下一秒就要转换摄像头，把镜头对准巷子里面。

那大姐头连忙上前，比着嘴型打商量，也不敢发出声音。

孟晖其实没有刁难的意思，毕竟在学校里抬头不见低头见，他是想安分过日子的好学生。

他抬手指指后面还缠着温双沐和夏芝里的那几个女生，示意她把人支开就不告状。

女生挥了挥手，一帮人瞬间退出了巷子，与他们保持距离。

孟晖这才接着说："我现在在绿新街，顺便问问你，有没有什么想喝的，一会儿给你带。"

周彧："你跑那么远，就为了给我买个饮料？"

孟晖："肯定不免费请你喝，正好顺路，不收你跑腿费，原价就行，有要带的吗？"

周彧无语归无语，还是报了家奶茶店名字，一口气让他带了十来杯，打算分给篮球馆里的其他人喝。

女生听两个人对话正常，孟晖没有把她供出来的意思，松了口气。她回头瞪夏芝里一眼，虽然不甘心，但还是只能先放人一马。

鞋子踩在地面，水花溅开，一行人陆续走远。

夏芝里捡起地上的伞，揉了揉还有点儿发麻的头皮，问温双沐："你没事吧？"

温双沐"嗯"了一声，拂了拂身上溅到的水渍："这边离学校那么远，你怎么会到这儿来？"

夏芝里还有点儿后怕："我跟楚溪在这附近吃饭，她刚让我出来帮她买杯热豆浆，就不小心跟那些人撞上了，幸好没让她跟我一块儿出来。"

温双沐联想到不久前楚溪在面馆里探头探脑的身影，意味不明地扯了扯嘴角。

她看了看夏芝里手上的豆浆，径直拿过豆浆喝了一口，不够热，但味道勉强还算凑合。

感受到夏芝里投来的目光，温双沐抬了下眼皮："有意见？"

夏芝里摇了摇头，笑着说："没意见。"

孟晖挂完电话跑回来，夏芝里再次跟他们道谢。温双沐也搞不懂夏芝里为什么每天都有出不完的事，回回都让她撞上。这就是小说女主的霉运体质吗？

乌小漆没提前布置任务，代表此番是剧情以外的范畴。苏起言没经过救下夏芝里，周彧也没经过。得亏她和孟晖今天在这附近。

温双沐听腻了那些道谢的话，兴致缺缺地说："要谢就谢孟晖吧，我什么也没做，都他帮你的。"

孟晖托周彧的福，其实认识夏芝里许久，但还是第一次跟人正式打照面，听言连忙摆手："没事，没事。你是双双的朋友，不用跟我客气。"

朋、友？

温双沐咬了咬吸管，看着他。

孟晖对上她的视线，有些无辜："怎么了？我说错了什么吗？"

温双沐长吐出了一口气："没有。"

她让孟晖给她打伞往外走。走出巷口几步，她目光瞟过不远处那家面馆，玻璃门后的黑影没有离开，仿佛察觉到她的视线，躲去了盆栽后面。

温双沐原本不想多管闲事，顿了顿，还是开口对夏芝里说道："你还要去找楚溪吗？时间不早了，直接跟我一起回学校吧。"

夏芝里出来时已经吃得差不多了："哦，好，那我给她发条短信。"

温双沐一手提着书袋，一手喝豆浆，拿伞不方便，在一家奶茶店和孟晖分开时，索性让他把伞拿走，和夏芝里共撑一把伞。

两个人安静地走在路上，温双沐还想着校花榜上怎么也超越不了夏芝里的票数。她纠结不过，冷不丁出声问夏芝里："你那个校花排名是不是刷票了？"

"啊？"夏芝里茫然，"没有啊！"

温双沐淡淡应了一声"哦"，空气再次陷入安静。片刻过后，温双沐又说："那你要不要给我投一票？"

夏芝里笑起来："好啊，其实我昨天就开始给你投了。"

温双沐对上夏芝里毫无城府的笑脸，沉默半晌后别开脸，轻轻"喊"了一声。

回到学校，离午休还有十分钟，班上同学基本到齐了。

陆京和王承硕虽然只是换成斜对桌，但像片刻离不开对方似的，这么短的时间，依然搬了椅子坐在一块儿下五子棋。

夏芝里的校服在巷子里被弄脏了，她到了三楼后直接去了洗手间。温双沐独自从后门进了教室。

经过陆京身后时，她小幅度地低了下身，将书袋往陆京桌沿的挂钩处随手一挂："送你的生日礼物。"

一道鼻息从耳尖擦过，等陆京反应过来时，温双沐已经坐回了她自己的座位。

陆京盯人侧脸看了会儿，摸了摸耳尖，下一秒才感到奇怪地问王承硕："我生日到了吗？"

王承硕说："你生日不在二月吗？"

陆京拎过袋子看了看，袋面上还覆着水汽，里头整齐地放了四本理科教辅书。

陆京果断起了把礼物退回去的心思。他抬手越过过道，伸向温双沐的方向："那个，你好像记错了，最近不是我生日。"

温双沐平静地看他抬起的手臂一眼，"哦"了一声，改口说："那就送你的同桌四十五天纪念礼物。"

陆京："……"

陆京没忍住对王承硕小声吐槽："我怎么感觉她好敷衍。"

"有就不错了。"

陆京不太情愿地从袋子里抽出书，翻了翻："平常作业就够多了，这四本要我写多久啊？！"

王承硕看陆京没继续下棋的意思，将笔扔到一边，索性撑着下巴欣赏，静静地看他如何痛苦地甜蜜、甜蜜地痛苦。

教室外的走廊突然传来一阵爆笑声，班上同学纷纷透过窗户向外看去。

林森未见其人，先闻其声，冲进二班教室："京哥你这发的朋友圈什么鬼！哈哈哈哈！"

王承硕好奇地看向陆京："你发什么了？"

陆京也有点儿蒙："就……给温双沐拉了下票，复制我姐之前给我外甥女拉票的朋友圈，稍微改了一下？"

印象里是挺中规中矩的标准文案哪！

林森嘴上喊着"京哥"，但直接跑到了温双沐座位前。他笑得肚子都疼了："温双沐你快看。"

温双沐正收拾着桌面，看人笑成这副德性，还有点儿好奇是什么内容。她瞟去一眼，意外在上面看到自己名字，嘴角弧度一顿，顿时绷不住了。

点击下方链接，进入第十六届明理中学"超美杯"校花评选通道，认准高一年级二班温双沐，为我家靓女投票！么么哒！

Chapter 7
校花评选

陆京从桌洞里拿出手机。他在学校有把消息设置提醒成振动的习惯，课间教室吵闹，现下点开才发现未读评论提醒已经有了十多条，并且有不断上涨的趋势。

底下好友跟提前约好的一样，阵容一致地回复：

为我家靓女投票！么么哒！

为我家靓女投票！么么哒！

为我家靓女投票！么么哒！

……

边上还传来林森肆无忌惮的笑声。陆京飞快起身按住林森正给温双沐展示的屏幕。

温双沐偏眸看来。陆京故作镇定地攥紧手机："别看了。"

温双沐故意动作很慢地点了下头，应了一声"哦"，嘴角还带点儿向上翘起的弧度。

陆京被人盯得不太自然，林森却心大地扑过去勾他的肩膀："你不会要删了吧？别啊，看这效果多好，八百年不玩社交软件的人都被你炸出来了。我刚上贴吧看过了，才几分钟时间，温双沐票数已经开始往上动了。"

陆京都要点击删除键了，但因为林森的话又犹豫下来。

林森继续说："二班是个温暖的大家庭！温双沐是二班的靓女！给你家靓女投票有毛病吗？没毛病啊！把这条动态留着吧，按这票数涨幅程度，不比你成天请我们喝奶茶来得省钱划算？"

陆京听着觉得挺有道理，下一秒意识到林森说漏嘴了什么，扭头朝温双沐看去。

温双沐单手搭在桌边，正侧坐着背靠窗台的方向听他们说话。她的下巴因为角度的关系微仰，眼神却垂看膝上的手机。她用两指在手机两侧按了按，喧闹的教室里甚至能清晰辨出"咔嚓"的截图声响。

下一秒，她似乎也反应过来林森说的他请客为她拉票的事迹，讶异地抬眼。

陆京与她对视，右手指关节微动。他把头转回去，手肘往后，不动声色地在林森的腰腹部重重地杵了一拳。

"嗷！"林森惨叫一声。

陆京指尖从原先删除键的上方转移到编辑页面："还是换个文案吧，之前把我外甥女'文艺之星'那个拉票文案直接复制过来，光顾着改比赛栏目和班级姓名了，后面写了什么都没太注意。"

类似的话陆京几分钟前就已经跟王承硕解释过，这次像特地般又重复了一遍。

王承硕尽量让自己取笑的意思不这么明显："别改了，大家该截图的都截图了，还是这版效果最好。"

回想到刚才温双沐截图动作的陆京："……"

上课铃响了，林森拿回自己手机往外走，在后门正好与从洗手间回来的夏芝里相遇。

林森像突然想起了一件事，步子猛地停顿。

"夏芝里？"

夏芝里原本还垂眼拂着衣摆打湿的地方，被他这声惊得抬起头来："嗯？"

林森还沉浸在自己的思绪里，他回头看看陆京和温双沐的方向，又不敢置信地念了遍"夏芝里"，也不管夏芝里本人会不会被他这副神神道道的样子吓到，嘴里蹦出了个植物的名字，然后快步拐进了隔壁自己教室。

夏芝里："……"

她实在没懂林森什么意思，也就不去多想，朝自己座位走去。

一小时的午休时间，实验班同学基本四十分钟用来预习、复习、写作业，最后二十分钟才会趴下来小憩一会儿。

温双沐写了两道物理选择题，但还是难以静下心来。

陆京正翻着元素周期表做化学题，桌上传来张字条。他偏头看去，温双沐先一步端好架子坐回去，用右手支着脑袋，只留给他一条马尾辫。要不是纸上的内容，差点儿以为给他传字条的人不是她。

为什么帮我拉票？

字迹潦草，纸上还画了物理受力分析图，有点儿像算题过程中一时兴起写下的。

陆京捏着纸片两侧，又偏头看去一眼。看人刚才淡定的样子，还以为是没放心上。

他低头在纸上回复：你不是想拿第一？

王承硕正好抱着物理书回头想向温双沐请教一道题目，眼看着陆京的大长手越过过道，在温双沐的胳膊上点了点，给她传字条。

因为他回头的动作，两个人齐刷刷抬眸朝他看去。

王承硕抱回书本："你们继续。"

陆京："……"

温双沐淡定接过陆京的字条，拢在手心里不打开看，转而拿笔戳了戳王承硕的后背："哪道题不会？我教你。"

王承硕还看了一下陆京的脸色，确定没问题，这才把书转过来放到温双沐桌上。

另一边，林森回到班级后，也不管上课，径直跨过椅子，正对着后桌的李茂真坐下。

他把双手交叠在椅背上，迫切地说："认真问你个问题，你之前对我那个'嘘'到底什么意思！"

"啊？"李茂真被林森没头没尾的话给问蒙了。

林森光顾着自己的疑问，继续说："你确定陆京和夏芝里是一对儿吗？"

边上写着竞赛题的苏起言眼皮似乎有一点儿轻抬的趋势，但很快又半垂下去，笔上动作不停，计算步骤工整地落在纸面上。

李茂真反应过来林森说的"嘘"是那个保密的"嘘"，不由左右看了眼，很快意识到午休时间其他同学都在认真学习，没人偷听。

林森语速飞快地说："我怎么感觉是温双沐和我京哥用夏芝里打掩护。"

李茂真听傻了："不能吧？！"

林森给他分析："我京哥虽然绅士，但对女生向来一视同仁，不过于冷漠，但也绝不热情。如果他喜欢夏芝里，为什么不给夏芝里拉票，反而给温双沐拉票？"

林森起初心大，确实把"给我家靓女投票"的"家"理解成二班大家庭，但看到夏芝里才猛地想起校花候选榜的前三名里有两位都来自二班，陆京厚此薄彼，难道还不够说明问题吗？

李茂真低头认真看了看林森给他展示的陆京朋友圈动态内容，被"我家靓女"的措辞惊到了，顾及苏起言还坐边上，想了想："不就是条朋友圈吗？"

林森马上举出了其他证据："他中午还请我和硕哥喝奶茶，让我们给温双沐投票。

十几块钱的奶茶就换温双沐一票，你和温双沐不是认识很久的好朋友吗？能做到我京哥那步吗？"

李茂真沉默了。他确实能做到林森说的那步，但更大的问题其实是他无法做到像陆京一样"想到"那步。

尽管证据明晰，无可辩驳，他还是感到有点儿匪夷所思："可……"

他头转过去看向苏起言。

苏起言还保持着原先的姿势静坐在那里，只是黑色钢笔的笔尖悬空，公式卡在一分钟前那步，像是思路受阻。他把钢笔扔进了笔袋，拿了支2B铅笔继续往下写。

温双沐在班里没写多少作业，就被周泉叫去数学办公室。她跟在周泉身后走在走廊上，掌心里还攥着陆京传回给她的那张字条。

廊外雨停了，空气里浸润着草木的气息。

她缓慢拆开字条看了眼，正楷与瘦金结合的字体，苍劲有力：**你不是想拿第一吗？**

理所当然又轻描淡写的语气，好像她想拿第一，他就会帮她拿到第一。除了父母，还没有人对她说过这样的话。

到了办公室后，周泉递给温双沐三份叠好的数学资料。

"春季班主竞赛人才，但我对你们班几个同学都很看好。这些资料是我专门给你、王承硕和夏芝里准备的，春季班现在已经开始教必修三的内容了，如果想跟他们一起参加明年的高校数学竞赛，就需要自己私下跟进度。你一会儿把资料带回去分给他们俩一块儿看看，如果有意愿的话，接下来周六下午可以跟春季班同学一起到阶梯教室听竞赛课程。一开始可能会跟得吃力些，但到高三对你们自主招生和申请保送名额都有好处。"

"好的，老师。"温双沐点头，顺势翻看了一下资料内容。

她以前的数学成绩没现在突出，按部就班到了高二才加入竞赛班，培训一年后，高三拿过一次省赛二等奖，与国家队还有很大一段距离，现在倒是跟上了王承硕和夏芝里的步伐。

周泉翻了翻课程表，问："你们班下午第二节课是不是自习课？"

温双沐没什么印象："应该是。"

"我下午有年级组会要开，一班的数学课没办法上。如果你们班自习课没被其他老师占去的话，你到时候帮老师到一班坐班，给一班同学答个疑。"

温双沐怀疑自己听错了："不是，老师，你确定他们的疑我答得上来？"

"不然呢？你可是这次月考全年级唯一的满分！"

温双沐并不觉得其中有因果关系："可咱们教学进度不一样，他们要是拿必修三的题目来问我怎么办？"

"那正好啊，你跟着他们学学必修三的知识点！"

温双沐："……"

第一节课下课，温双沐站在一班教室门口还有点儿迈不开腿。

在大佬如云的春季班里给竞赛型高才生们答疑，说出去都像个笑话。

温双沐在一班门口纠结，李茂真起先没注意到人，发现苏起言一直盯着窗外的方向看，随意瞟去一眼，顿时眼睛一亮，冲出去说："双姐，你来找起哥？我帮你把他叫出来。"

"不用。"温双沐拦住了他的动作，"我自己进去。"

距离上课还有几分钟时间，一个人坐讲台上怪尴尬的，还不如到李茂真座位旁聊会儿天。

她进去时，苏起言在写今天的作业小练。

温双沐看了一眼，也没开口说话的意思，靠在李茂真桌边，拿起他桌上的卷笔刀转着玩。

李茂真不懂温双沐进来了又不找苏起言讲话是哪出，只好自己找话题："对了，双姐，我看你现在已经是校花榜第一了，恭喜呀！"

"是吗？"温双沐中午之后就没再打开贴吧看过，现下不由又从口袋里掏出手机刷了刷，确实比夏芝里高出了六十多票。

不过票数这种东西永远多多益善。她问李茂真："你帮我投了吗？"

"当然，我还转发到我家族群里，让我爸、妈、大姨、二姨一起帮你投了。"李茂真想到了什么，小心翼翼地试探，"我听林森说，你现在的票数里，有两百来票都是你们班陆京帮你拉的？"

温双沐粗略计算了一下："差不多吧。"

李茂真从温双沐的表情里，也无法辨别中午林森所说那番话的真假，冷不丁扭头问苏起言："对了，起哥，你给双姐投票没？"

这话是李茂真故意问的。他中午吃饭时有瞄到起哥手机上校花投票界面显示双姐那栏是"已投票"，但他想让起哥亲口说出来，也能缓和一下两个人最近时冷时热的关系。

温双沐听李茂真问出这句话时，眼皮微微动了一下，尽管依然保持垂眼看手机的姿势，但指尖上下滑动的动作停了下来。把注意力全放在苏起言那边，是她多年以来无法改变的一个习惯。

虽然没解锁章节，但不难猜出苏起言那票在原剧情里应该是投给夏芝里的。

苏起言看向温双沐："被你挤下去的第二名也像你一样这么四处拉票吗？"

"起哥！"李茂真忽然提高了音量。

温双沐的指节都绷住了。她看向苏起言，脸上没有一丝表情，大约过了两秒，才笑了笑："不啊，前三里面就我最俗气，喜欢拉帮结派。"

苏起言攥紧了手上的铅笔。两个人目光都毫无闪避地直视对方，仿佛谁也不肯率先后退一步示弱。

上课预备铃响起，不知打哪儿冒出来的林森在讲台上给椅子拂了拂尘土，高声叫道："温老师，请上坐！"

一班没有姓温的授课老师，也没有姓温的学生，听到林森的话，原本聊天玩闹的学生齐刷刷回头朝温双沐看来。

李茂真表情有点儿惊讶，苏起言的目光也随之动了动。

温双沐不再去看苏起言，走上讲台。

林森在她右手边也搬了张椅子，对她说："老周让我给你做护法，叫你放心。"

温双沐原本很有压力，得知林森这个数学高手会帮她一起镇台，也就放心下来。

底下有同学好奇温双沐怎么会出现在一班，林森解释说："老周下午有组会，这节数学课改为答疑课，特意指派了满分人才为咱们答疑解惑，大家错题本上有什么不会的都抓紧问，只有四十分钟的时间，过时不候！"

教室里响起捧场的掌声，温双沐人美成绩好，一班的很多同学打心底里对她服气。

预备铃结束，班上很快安静下来。

前十分钟大家都专注着整理错题本，没人上来提问。这种程度的尴尬温双沐事先预想过，也不在意，向林森借了本书有一搭没一搭地看。

直到有个男生带头上来问她题目，后面便源源不断地有其他同学上来提问。

温双沐虽然在周泉面前表达了"回答不上问题"的担忧，但真有同学问起问题，回忆一下，她也能想起个七七八八，又有林森三不五时地在她边上帮忙点拨几句，也算有模有样。

一节课过去大半，苏起言始终静不下心，胡乱涂掉草稿纸上的函数图，又翻到下一页重新画了一幅。同样的几道解题公式写了好几遍，始终无法定下心思往后推进。

他抬眼朝讲台看去。台上聚了五六个学生，李茂真也在其中，看样子那么多人在对一道竞赛题进行讨论，是温双沐涉猎以外的内容。她向林森借了竞赛书，边学边算。

五六个人里，谁对题目有了思路，谁便报一句。答题步骤在黑板上写了一排又一排，求解成功后，温双沐把答案圈了起来，却没马上停下来，又在黑板右边空白处写起别的解题方法。清越的嗓音像玉石敲击，逻辑清晰："中间这步推导其实换成……"

印象里初三时的温双沐还经常抱着真题到他家敲门，缠着他讲题目，眼下的她突然变得有些陌生，仿佛在他看不见的地方，已经走出了很远，不再是他所认识的那个她。

苏起言形容不来此刻心里的感觉。他长吐了一口气，将笔扔到桌面，从后门走出了教室。

温双沐听到后排动静，瞥去一眼，只捕捉到苏起言的背影，什么也没说，继续刚才的推导思路，给大家往下讲。

陆京自习课期间收到林森拍来的一张照片。温双沐坐在讲台旁的椅子上，微旋过身，拿着粉笔在黑板上写字，散漫中又透出几分傲慢，颇有点儿多年教龄老师的架势。

你们班温双沐确实有点儿东西！之前只听老周在课上夸她，今天算是彻底把我整服气了！从今往后她就是我的老大！委屈京哥你靠边让一让！

陆京看到信息后笑了一下，也不回复，将手机扣在桌面上，继续写今天的数学作业。他解完两道函数大题，没忍住又将手机拿起来，点开照片看了看。

是吧？就是很优秀啊！

南方的雨季经常可以持续一整个秋天，晚自习结束，原本消停点儿了的雨又下大起来。路灯映照着满是积水的校园大道，色泽如银。

五颜六色的伞从教学楼鱼贯而出，延伸流动至校门，像一片彩色蘑菇林。

温双沐到了一楼，摸了摸书包侧兜，才想起自己中午把伞送给孟晖了。

她抬手接了一把檐外的透明雨线。李茂真的声音从嘈杂的人流中清晰传来："双姐！你没带伞吗？"

温双沐的脑子像抽了一下，大概想着苏起言与李茂真总是形影不离。此刻苏起言一定站在李茂真身边，所以头也没回，双手挡着头顶，直接冲进了雨里。

她自己都没太察觉，不知从哪一天起，她不再为了邂逅苏起言，从一班旁边的楼梯上下楼；也不再为了从窗户偷窥他下课时和朋友聊天的慵懒模样，有事没事找班上女生结伴去厕所。或许是把夏芝里的学生证扔掉，又遭到苏起言当众质问的那天开始，也可能是在国庆假期结束返校之后。

温双沐以前习惯把追逐苏起言当作生活的全部重心，不知不觉地淡化远离后，生活好像也没发生太大变化。她偶尔和陆京、王承硕几个人开玩笑狠了，会在心中暗暗感慨一句高中真好啊！然后等上课安静或者周围无人吵闹时，才会短暂地想起苏起言。

明白这个世界的运行规则后，她其实一直在回避思考自己与苏起言之间的关系。她不想深究自己多年的喜欢是否只是受到剧情操控，也不想去否认自己曾经倾付过的感情，那会让她感到可怕。

从前她会觉得自己足够了解苏起言，也有足够坚硬的盔甲去承受他的冷硬言语，但现在……

雨幕里，两道身影听见李茂真的声音，转身朝她看来。

黑色伞檐抬起，陆京的身形融在夜色里。王承硕与他共撑一把伞，眼镜片上沾了点儿飘进的雨珠，清正端直。地面积水的反光，在他们眼底倒映出细长的银河。

就像在一部黑白电影里寻到一抹亮色，温双沐在大脑反应过来前向他们跑去，好像靠近他们就能拥抱真实。

她钻进他们的伞下，抬手搭上陆京肩膀，心情突然变得很好。那些困苦烦恼被挡在隐形的磁场外，一扫而净。

她微扬起头，对上他们的眼睛，声音轻快："送我一程到学校门口呗！"

少女的声音裹挟着水汽，清亮明快。

陆京余光从教学楼里面的苏起言和李茂真身上瞭过。苏起言的目光笔直落在温双沐身上。

陆京应了声"好"，下一秒将伞面往温双沐的方向倾了倾，阻隔开苏起言的视线。

王承硕站在边上，只觉得头顶上方的阴影挪开，接着硕大的雨珠一颗一颗地砸在眼镜片上。他缄默了片刻，心累地叫了一声："喂！"

陆京意识到王承硕的大半个身子泡在雨里后，连忙又把伞往他的方向移了移。但这样一来，温双沐的肩膀又暴露在雨中。左右实在平衡不了，陆京索性将伞柄往温双沐手心一送，让她站中间："你来撑吧。"

温双沐一直觉得自己身高在女生里算比较出挑的类型，突然夹在两个大高个中间，三个人形成"凹"字形，还有点儿新鲜，愣愣地来回看了两眼，才应了一声"行"。

三个人往校门方向走，在肩并肩的情况下，距离靠得过于近。温双沐眼睛往上瞄，顶多触及他们下颌骨的高度。

雨声打在伞顶，氛围过于安静。

温双沐想了想，没忍住开口："你们身高是有一米八八吗？"

"嗯？"两个人均怔了怔。

王承硕虽然不知道温双沐何出此问，还是老实开口："我一米八一。"

陆京说："我一米八三。"

温双沐吃惊地说："怎么可能！"

陆京不懂她激动的点："怎么了吗？"

温双沐解释说："我一米七三哪，你们看起来都比我高了一个头，怎么可能才一米八多一点儿。"

这下换成了陆京和王承硕感到疑惑："你有一米七三吗？"

温双沐的表情突然变得危险："你们这是在质疑什么？"

陆京抬手比画了一下，温双沐头顶到他下巴左右的位置，就算去掉他运动鞋比她板鞋高出的两厘米，目测身高也不超过一米七。

温双沐觉得陆京比画的动作就是对她尊严的深深挑衅："得出什么结论了吗？"

陆京说得尽量委婉："你的一米七三是净身高还是穿鞋后的？"

温双沐"啐"了一声，之前没发现陆京这张嘴那么不会说话，手肘往他的胳膊上杵了一把。陆京被她挤出到伞外被雨淋了，还笑了一声，然后跟没事人一样自回到伞下。反观温双沐这个推人的神情变得不对劲儿起来。

推开陆京的瞬间，她大脑里闪过一道白光，她还真想起了点什么。

一米七三是她大学体测时的身高，现在高一……她中考检测出来的身高一米六九，还真没到一米七……

陆京发现温双沐表情有点儿难以言喻，像想骂脏话。

他比着口型问王承硕："这是生气了？"

王承硕同样以口型回复："你闯的祸，你问我？"

温双沐竭力忽视两个人明目张胆地在她头顶传话，咬牙说："就算没有一米七三，也有一米七。"

最后那一厘米是她无法退让的底线！

陆京和王承硕："……"

陈叔的车子停在校门口的绿化道上。

陆京和王承硕将温双沐安全地送上车，才重新撑过伞，肩并肩地靠到一块儿。

陆京接着刚才的话题："她怎么那么可……刻意？"

王承硕点头："是啊，我以为只有男的才对身高这么计较。"

车流缓慢往前移动，温双沐还对自己现今一米六九的身高耿耿于怀。

透过后视镜看到走出校门的李茂真和苏起言两个人，抿了抿唇，感觉有点儿对不起李茂真，让他夹在中间为难。

她从口袋里摸出手机，找到李茂真，删删改改终于发去一条短信：*你刚刚是不是叫我了？雨下太大，我都没注意。*

星期四中午，学校荣誉榜更新了月考的喜报，各班同学课间都涌去公告栏沾沾年级前一百名的喜气。

温双沐对此没什么兴趣，但被季佳绘拉去一块儿看。

荣誉榜上只有前十名学生的排名以照片形式呈现，下方除了班级名字，还有各班老师之前向他们统计的座右铭。温双沐的座右铭复制的是后来网络上非常流行的一句话：这个人很懒，什么也没留下。

她和季佳绘刚挤进人群，就听见大家惊叹"好酷"的声音。

其中数林森最义愤填膺："温双沐和硕哥的座右铭也太个性了吧，搞得我写的'天道酬勤，拼搏奋斗'一看就是后天补拙派，真的很蠢哪！"

温双沐听见声音，才注意到王承硕和陆京也在，笑了笑，点评说："也还行，这说明你真实又纯粹。"

林森被从背后冒出的说话声吓了一跳，扭头与她相瞪了几秒，默默往王承硕的方向靠了靠，小声说："我头一次觉得真实和纯粹不是什么好词。"

王承硕没搭腔，心中却是无比认同。毕竟换个人叫他"硕神"，他都会觉得是在夸他，但之前他觉得温双沐这么叫他是在捧杀他。

温双沐和他们几个讲话的时候，经常有种损起人来收不住的感觉。在林森那儿找到快感，目光又瞄准陆京。

她还挺喜欢在陆京脸上看到被她说后露出的无辜样子，拖着腔调故意说："你呢，过来干吗的？这榜上只有前一百名同学的名字。"

陆京好像看出她的心思，张嘴就来："看你呀，不行吗？"

温双沐："……"行吧，打不过。

身后传来学生散开的声音。季佳绘对温双沐说："苏起言来了。"

温双沐没回头，对她说："我先去选修课教室了，你呢？"

季佳绘迟疑地朝两边看看："那我先回教室拿两样作业再去。"

苏起言站在人群外围，在温双沐与他交错走过的瞬间，抬手抓住了她的手臂："一看到我就要走？"

周围看榜的同学不约而同地噤声，不懂大佬之间的诡异气氛由何而来。

温双沐停下脚步，回头假装才看见他："没有，快上课了，我怕迟到。"

她说着轻轻挣开苏起言的手，朝一班教室走去。

林森没搞清状况，跟陆京和王承硕一块儿小声八卦："什么情况？苏起言和温双沐不是好朋友吗？怎么感觉气氛怪怪的。"

王承硕："他们是好朋友吗？我还以为就普通初中校友。"

林森："……"

陆京进了一班教室时，选修课老师已经到了，在讲台给大家放起音乐。

苏起言同桌的位子空着，温双沐坐去了前面几排，夏芝里大概来得也挺早，圆了跟温双沐同桌的梦想。

陆京原本打算往她们那边走，刚迈出步子，想到什么又停了下来，然后拉开苏起言座位旁的空椅子，直接坐了下来。

苏起言听到动静瞥去一眼，神色不是很好，但没吭声。

陆京无视对方身上的淡淡敌意，相比十分淡定。他把玩片刻李茂真课桌上的黑笔，在苏起言快要按捺不住的时候，说："'苏神'，让我们一起做个阅读理解题吧。"

也不管苏起言什么反应，他自顾自地开始："从前有个女孩儿叫小芳，她有个青梅竹马叫小伟。小芳从小喜欢追着小伟跑，而小伟从小喜欢摆着张臭脸给小芳看。有一天，小伟因为一件事凶了小芳，小芳心里有了芥蒂，没办法再像以前那样跟小伟相处。而小伟一直自信认为小芳永远会像小时那样追着他跑，此外他还觉得自己的忍耐是有限度的，于是某天终于忍受不了小芳的疏远而爆发了。他和小芳大吵起来，问小芳到底在矫情什么？"

话音戛然而止，陆京指尖旋转的笔停下来，抵在虎口处。他偏头朝苏起言看去："题目是小芳和小伟哪个错了？'苏神'，你怎么分析呢？"

选修课老师在讲台上放着音乐。

温双沐托着下巴，百无聊赖地看着投影仪上的 MV，余光注意到周围几个女生都侧坐着窃窃私语，随意回头看了眼，接着就看到坐在最后一桌的陆京和苏起言两个人。

不相熟的两个人在喧闹的课间旁若无人地对视，像有气场碰撞，连带教室上方回荡的音乐都燃烧沸腾起来。

这是什么春季班和实验班的两大校草争霸之战吗？

音乐停止，选修课老师示意开始上课。

陆京没等到苏起言开口，单方面说撤就撤。

他目光向讲台掠去，中途与温双沐的视线对上，若无其事地笑了笑，还抬手示意招呼了下。

周围一直偷偷关注陆京的女生们顿时响起一片低呼。

温双沐："……"

她用余光在苏起言不太痛快的脸上扫过，回正身子听课。

选修课老师两节课连上，因此早十分钟下课。

二班的选修课程还没结束，温双沐、夏芝里和陆京三个人靠在走廊上打发时间。

温双沐趴在栏杆上无聊，随口问了陆京一句："你上课前是不是跟苏起言聊了什么？"

陆京也没遮掩的意思："嗯，向他请教了一道阅读理解题。"

温双沐不懂年级里公认的语文大学霸有什么阅读理解题是要请教苏起言的，很快反应过来，点了点头："哦，英语阅读理解啊！"

陆京："……"

温双沐回忆了一下苏起言跟陆京僵持对视的样子，有点儿惊讶："他是没答上来吗？"

陆京："嗯。"

温双沐听后更好奇了："什么题目？我帮你看看？"

陆京抬手指了指教室里起身离开的外班学生，岔开话题："下课了，咱们进去吧。"

温双沐被他带跑，也就忘了追问。

后两节是自由活动课，班上同学基本待在教室里没出去，各自调换座位，三五成群地围一块儿聊八卦、写作业。

校花和校草投票还有两天截止。由于前几名票数胶着，持续了那么多天，在各班热度不减反增，连带几个候选人的人气也水涨船高。

二班门口几个外班女生相互推搡，最后一个短发女孩儿被推了进来，剩余几个人扒着门框给人加油打气。

温双沐被季佳绘提醒去看这幕。她支了支脑袋，原本想吹个口哨，奈何发不出一点儿声音。

只见女生来到王承硕桌前，弯腰："'硕神'，校草比赛我一直在给你投票，加油！我会一直支持你的！"说着在桌上扔下一封情书就跑了。

门外还能听到女生和同伴一同跑远的激动乱叫。

认真抄着陆京文言文翻译的王承硕茫然抬了下头，连方才的人影都没看到。他推了推眼镜，两指捏起桌上的信封，问陆京："给我的？"

"不然呢，难道我叫'硕神'吗？"

王承硕："……"

温双沐想笑。以前的她一直不解为什么王承硕在学校里各方面都出挑，但和"女人缘"一词几乎绝缘，现下才有一种"这才合理嘛"的感觉。

她"哇"了一声："'硕神'好受欢迎啊！"

王承硕像是被呛到，咳嗽了一声。

陆京却是与有荣焉："是吧，我们'硕神'的参赛照片可不是盖的，制服诱惑外加细框眼镜禁欲风，还是很讨女孩子喜欢的。"

温双沐认同着点头："确实。"

王承硕压低音量："别说了！"

陆京反客为主："快抄翻译吧你，我要写后面的题目了。"

温双沐笑着低头继续写作业，嘴角忍不住往后耳根咧。

啧，高中真快乐！

夏芝里和王承硕座位对调，翻了翻周泉整理的那份资料，遇到不会的题目，转头跟温双沐讨论。

温双沐在给人讲解，因为心情不错，又上心地帮忙另找了两道例题巩固。

等夏芝里算完的空当，温双沐喝水休息。

短短几秒的时间，就听班级前面女生聊天冒出了好几次"余筝筝"的名字。

坐她边上一块儿写作业的季佳绘正好在玩手机，估计刷到大伙儿在聊的帖子，同她分享："这个余筝筝也是挺惨的，现在年级里好多人起哄，说要把她投到第一当校花，好名正言顺逼她摘下口罩，给大家看看到底长得多丑。"

温双沐实在不理解这些同学的脑回路。虽然知道余筝筝在比赛截止前最后一天票数会反超过她，但完全没料到对方之前高涨的票数背后会是这么个原因。

温双沐借季佳绘的手机重新打量了下余筝筝的参赛照片，厚重刘海儿，超大的黑框眼镜，挡住了大半张脸的口罩，但还是不难辨别出底下的美人胚子。

季佳绘意见却跟贴吧上的大多数网友一致："不丑的话为什么要戴口罩？"

温双沐以前对余筝筝的印象都是揭下口罩后把真实容貌展露给众人的样子，可能是先入为主，光记得人漂亮，所以有些不理解季佳绘现在的思维。

她努力措辞，试图说服她："难道没有跟她一起吃饭的同学看过她长相？我感觉她的眉毛和骨相属于好看的那类呀！"

季佳绘耸了耸肩："她在十一班人缘不太好，听说没人愿意当她饭友。"

夏芝里插进来一嘴："她跟应泽渊关系应该不错吧？之前好像看见应泽渊拉她进学校小树林里说话。"

季佳绘受到提醒："确实，我听说余筝筝好像就是因为跟他们班应泽渊关系太好，所以被其他女生嫉妒，恶意刷票，就是为了让她出糗。"

温双沐彻底不知道该说什么了。这是非常标准的"女主命"。

夏芝里算完例题，温双沐继续给她讲解。季佳绘则继续刷手机。

季佳绘的八卦来源除了贴吧，还有各大校园匿名聊天群。

群里有人最新分享了一张"余筝筝真人照"，季佳绘连忙戳温双沐一起看："快，有人爆料了，说余筝筝本人就长这样。"

温双沐看完之后只想沉默："这图修得是不是有点儿太突兀了？"

"突兀吗？"

温双沐示意夏芝里一起看，问她："不突兀吗？"

夏芝里不习惯对他人外貌进行品评，有些迟疑："我，我看不来这些……"

温双沐戳着照片一通分析："她眼睛长得很漂亮啊！但你们再看看她这鼻子，这嘴巴，根本就不协调，像一张脸上的产物吗？"

季佳绘还是保持原先的观点："很多人都是眼睛长得漂亮，但五官其他部分没眼看哪！"

"会吗？"

温双沐用手挡住自己下半张脸，原本想问夏芝里和季佳绘，张了张嘴，实在觉得这两个人没有主见。只好越出过道拍了拍陆京胳膊，问他："我这样好看吗？"

陆京扭头，只见温双沐手掌掩在鼻梁处，眼睫纤浓，眼睛漆黑。他指尖抖了一抖，飞快推了推边上的王承硕："问你呢，好看吗？"

王承硕缄默了好几秒："好看。"

陆京这才附和点头："嗯，好看。"

温双沐继续问："一般看到这样的眼睛，会觉得整体长相很丑吗？"

陆京再次先让王承硕回答，问他："会吗？"

王承硕摇头："不会。"

人类的本质是复读机。

"嗯，不会。"

周六早上七点，走廊尽头的一间教室里乱哄哄的，时不时传出追赶打闹的声音。

十一班的学生有翻看时尚杂志的，有讨论昨晚综艺明星的，有照着化妆镜检查妆容的，但这些人余光不约而同地扫向教室角落位置。

教学楼后的花园里走过两个男生，进入楼梯间前，丁远视线从十一班正对面的墙柱处扫过，突然拍拍边上的尹星烛示意："那个是不是实验班的温双沐？就是现在校花榜上第一的那个？"

尹星烛迈上台阶的步子停顿，扫去了一眼。

砖红色的墙柱，女生站姿闲散地靠在墙上，低着眼，一手拿着豆浆，一手滑着手机屏幕。深秋的天气也不怯冷，制服短裙配长筒袜，线条匀称细直，带着说不出的懒漫和矜傲感。跟贴吧照片上给人的感觉很不一样。

尹星烛"嗯"了一声。

丁远说："她怎么不去三楼？待在十一班门口做什么？"

尹星烛没太在意，随口说："找朋友吧。"

温双沐吸完了最后一口豆浆，隐隐察觉左侧有两道人影站了很久。

尹星烛似乎刚打算收回视线，但温双沐的目光与他交错而过，右手在大脑反应过来前抬了抬，晃了晃打招呼："早。"

"早"字刚脱出口，温双沐就差点儿咬到舌头。

大早上的，温双沐的脑袋不够清醒。她见尹星烛盯着自己看，还以为是高二和高三参加竞赛的点头之交，下意识就礼貌招呼了，喊完才想起两个人截至目前连点头之交都算不上。

尹星烛脸上同样闪过一丝错愕，在确定温双沐注视的人是自己之后，愣着点头示意。

他和丁远上楼。丁远还十分诧异："原来你跟温双沐认识啊？"

尹星烛摇了摇头："不认识，第一次见。"

"啊？"丁远愣住，"那我看她刚刚跟你打招呼打得那么自然……"

尹星烛奇怪的也是这点。

丁远摸了摸下巴，转念想到别的："不过我知道她跟咱们班刘以恒关系挺好的。应该是在月考的时候吧，她有朋友在我们班考场。当时在门口碰见一面，感觉酷酷的。"

"所以你这两天一直拿我手机给她投票？"

丁远猝不及防："你竟然知道！"

尹星烛瞥了他一眼，提醒说："你每次还我手机时都没退出贴吧的界面。"

丁远被自己蠢到，也乐呵地笑出几声："反正你不投，浪费一个名额多可惜。虽然她们班夏芝里也挺漂亮，但感觉性格软了点儿，做咱们'明理'的'门面'，当然要找个飒一点儿的！"

楼梯上两个身影拐弯走到上一层，温双沐将豆浆杯扔进垃圾桶，仍然感到尴尬。

不过未来跟尹星烛打交道的次数也不会太多。温双沐回到刚才的地理位置，继续观察。

乌小漆说她这次没买水军刷票，夏芝里票数又有一部分平分到她头上，总量其实比上一世少了许多，以至于最后一天，两个人都有被余筝筝反超的可能。

为了校花任务顺利完成，她今天需要阻止余筝筝在众人面前暴露真实容貌，以防一部分路人惊于反差，来个大爆发。

由于不知道余筝筝被揭口罩的具体时间点，温双沐只能起早，打算每个课间都冲过来蹲点。

距离早读上课还有十五分钟，依然没发现任何异样。

乌小漆突然出声："宿主看到讲台上的那个女生了吗？"

温双沐听言视线往前瞟去，估计是今天的值日生，打了水盆在讲台旁的小桌上。

温双沐点头："看到了，怎么了？"

乌小漆说："她就是《筝筝纸鸢》里面跟你对标的女配，你看到她之后有没有一点儿惺惺相惜的感觉？"

温双沐愣了一下："她叫什么名字？"

"沈婧桑。"

温双沐在自己的人际关系网中搜罗了一圈，得出结论——不知道。

这个女配成绩没她好，还亲自值日，看来人际关系处得也"一般"。

十一班教室里突然人群骚动，温双沐的目光连忙掠向教室角落那排，重新锁定余筝筝。

余筝筝还像没事人一样继续做着题目，毫无危机感，边上座位空着，据说是应泽渊的。

温双沐正看着，十一班里的几个男生女生走出座位，集中挤在过道上。

温双沐往边上挪了几步，想让余筝筝重新回到视野里。

谁知下一秒就见擦完黑板的沈婧桑端着水盆从余筝筝座位旁走过，直接将水从余筝筝头顶侧方泼了过去。

人群里发出"喔"的起哄声。

有人看热闹不嫌事大："快摘她口罩！"

余筝筝闭着眼，猝不及防被冷水泼到，打了个哆嗦。

沈婧桑脸上闪过一丝得逞的表情，飞快摘下余筝筝脸上打湿的口罩："可惜应少现在不在，不过让大家看到你的长相，效果也一样。"

余筝筝在口罩从脸上剥离的瞬间，下意识抬起胳膊挡了一下。

有男生抬手，想按下她的胳膊，方便看清她的长相。

空气里一阵清浅的柑橘花果香飘过，一件藏蓝制服外套从天而降，稳稳地罩在余筝筝的头顶。

温双沐挤过重重人群，双手捏着外套衣领，将余筝筝护得死死的。

除了刚进门遇到两个着急说要给"应哥"发短信的男生，这个班剩下的人里，或明哲保身，或围观叫好。

虽然事先知道余筝筝的口罩会被人揭下，但没想到近乎于失智的集体狂欢。

乌小漆感受到温双沐心中的波动，安慰地说："《筝筝纸鸢》是原书作者的第一本小说，作者前期没领悟人物设定技巧，除了主角团，其余配角塑造得都倾向于'纸片人'，有时为了推动男女主感情，会进行降智处理。宿主不必太往人性的方面思考，毕竟读者还是很喜欢这类情节的。"

温双沐目光从沈婧桑身上扫过，嘴唇翕动片刻，想到自己之前扔夏芝里的学生证的行径，突然也不知道该说什么。

很烦闷，烦到不行！

她低头护着余筝筝脑袋。沈婧桑拦身挡住："你谁呀？谁准你带走余筝筝的？！"

人群里发出讨论：

"好像是实验班的，怎么会到咱们班来。"

"哎，你们快看，这个人是不是照片上的温双沐？！"

众人捧着手机来回比对。

"之前看照片就觉得挺漂亮了，没想到本人不上镜，近距离看更漂亮……"

温双沐其实挺喜欢听到关于她的溢美之词，但这是她头一回在备受瞩目的环境里如此烦躁，甚至有点儿按捺不住脾气。

她回视沈婧桑，不加商量："所以你喜欢我把老师喊过来吗？"

沈婧桑受不了温双沐目中无人的口气，还想再说些什么。边上有女生拉住她的袖子制止，小声地说："桑桑，她妈妈是飞尚广告公司的韩楚秋，认识很多娱乐圈制片人，还有明星……我们以后艺考走影视学院道路，肯定要跟人打交道，得罪不起！"

在沈婧桑迟疑的几秒时间里，温双沐扶着余筝筝的肩膀走出教室。

应泽渊姗姗来迟，两个小弟扑上去："老大，你总算来了！"

小弟靠在他耳后低声说："是这个温同学救了筝筝。"

应泽渊似乎不满小弟对余筝筝过于亲近的称呼，瞥了他们一眼。

温双沐带着余筝筝往顶楼天台走。应泽渊不明状况，但因为听了小弟汇报，没对温双沐表现出太强的敌意，只是跟在她们的后面。

温双沐闲聊似的与余筝筝说话，连她自己都没察觉里面带了一点儿帮人转移注意力的安抚意味。

"你刚才是在做线性代数的题？"

余筝筝的声音隔着衣服布料闷闷传来："对，课内知识基本掌握了，拓展了一下。"

温双沐沉吟了片刻，竭力没话找话："挺厉害的。"

"嗯……"

话题彻底中断下来。

天台门打开，温双沐才将外套从余筝筝头顶揭下来，看人身上湿了大半的校服，指尖动作一顿，心想要不是自己慢了一步，也不至于到这个地步。她烦躁地将外套披在余筝筝肩上："算了，先借你吧。"

余筝筝拢了拢衣领，声音绵软："谢谢。"

应泽渊走在后面，一眼看到余筝筝湿漉漉的后脑勺儿，情绪瞬间发酵，恨不得现在就回到班里找人算账。

但现下还不知道温双沐的举动出于什么考量，只好压下心头的不爽："你带我们到天台来做什么？"

他走到天台靠外沿的空地，没看到什么人，也没得到温双沐回答，不耐回头，视线这才从余筝筝脸上扫过。

深栗色长发湿漉漉地落在肩头，刘海儿分到两边，露出秀气的额头，口罩不知扯到何处去了，阳光下的肤色净白纤尘不染，唇色殷红，五官精致，瞳仁水洗般湿润透亮。

应泽渊怔住，靠近了一步，声音里还透着不敢确信："余……筝筝？"

温双沐站在边上看戏，从前只当小说里描写的"三分凉薄、四分讥诮、三分漫不经心"是笑话，这下倒是在应泽渊脸上目睹了多种情绪的汹涌闪现，比如惊艳，比如晦涩喑哑，比如深沉的占有欲……

温双沐腾了足够的情感发酵时间，这才上前拍了拍应泽渊的肩膀，语重心长地说："这样的美貌是不是很不想让其他人看到？今天只能帮你到这里了，剩下的要由你自己好好守护。"

天台进出口处的白色铁门半开半合，一道颀长的身影贴在门后。

陆京静静地靠在那儿，笑眼轻松快意。

温双沐从天台功成身退时，早读铃响已经过了几分钟。她没直接回教室，而是重新朝一楼走去。

应泽渊的两个小弟还守在门口，时不时担忧地朝楼梯口张望，等应泽渊和余筝筝回来。

两个人瞭见温双沐的身影，迎了上去。

温双沐一看到他们，就想起了十一班的其他男生和女生。尽管乌小漆用"纸片人"定义他们，但她还是无法将这些人简单归类成"纸片人"看待。

她张了张口，心中情绪难以言喻，最后冒出句跟自己下楼目的风马牛不相及的话："你们叫什么名字？"

小弟一号乖乖开口："言冰。"

小弟二号跟着说："江韬。"

温双沐缓慢地点了点头，也不知道记住这两个名字没有："下次再遇到这种情况，别等你们老大了，先把人救了。真有什么问题，你们老大事后也会帮忙拦着的。"

言冰和江韬听言都愣了愣，互视一眼。

"对呀，刚情况那么紧急，你怎么不先上去帮筝筝一把？"

"你不也没去帮吗？"

"我那是急着联系老大。"

"我也是联系老大。"

两个人后知后觉，刚才的情形他们不是不能解决，但好像潜意识里觉得这样"英雄救美"的场面应该交给应泽渊。

温双沐见他们领悟到她的意思，赶时间地摆了摆手，切入正题："应泽渊和余筝筝在五楼的天台上。你们一会儿去小卖部买个新口罩，给他们送上去。"

"好的，好的。"两个人连忙点头应下。

温双沐交代完毕。从任务角度来看，几乎是事无巨细。她转身离开，走进了楼梯口，但步子悬在台阶上方，始终落不下去。她"啧"了一声，又折了回来："有纸和笔吗？"

言冰和江韬听她问起，有求必应。

"我进教室给你拿！"江韬跑进教室。

十一班里的学生没几个在早读，把课本竖那儿挡着，还因为课前她把余筝筝带走的事，朝她投来或恶意或好奇的目光。

温双沐选择无视。只见江韬从笔袋里拿出支水笔，又从干净的课本上撕下一页纸，跑了出来。

垂眼对上江韬一脸真挚递来的数学书前言页，温双沐沉默了一下，还是把纸笔接过，写字。

刚刚在天台上我跟应泽渊说"好好守护你的美貌"是开玩笑的，虽然不清楚你最开始戴口罩的原因，但接下来任何你想摘的时刻都可以摘。

不过还是需要你帮我个忙，如果真的要摘下口罩，请在今晚十二点之后。

温双沐经常在小说里看到男主出于占有欲，想将女主美貌私藏独自欣赏，也不知道应泽渊属于哪种类型。她不想助长这种风气。

温双沐写完后，上下检查一遍，见没什么问题，就将纸折起来，递给旁边的小弟们："等余筝筝回来的时候转交给她。"

温双沐将所有事情处理完，才往三楼走去。

走廊上意外站了一排人，抱着语文课本稀稀拉拉地早读，一班和二班的学生都有。

温双沐走近，迟疑地来回扫视一圈，目光停在陆京身上："你们这是在干吗？"

"梁姐抓早读迟到，预备铃结束前没到教室的都不让进。"

温双沐看了看陆京，又看了看他右手边的王承硕，十分稀奇地说："你俩不都很早来学校的吗？"

王承硕压抑了很久的吐槽欲总算找到人可以倾诉："本来和陆京一起去开水间打水，谁知道我打水打到一半，他人不见了，害得我找了半天，最后一起迟到了。"

温双沐听了好笑，用胳膊杵了一下陆京："你干吗去了？"

陆京仰头看天。

王承硕悠悠地说："说是去书吧看书了，不过感觉骗人的，方向都不对……"

陆京担心王承硕再多说几句直接把他卖了，低头看了看手表，把话题转移到温双沐的身上，问道："你呢？这都早读过去大半节了，怎么那么晚才来？"

温双沐一脸深沉地说："去干了件见义勇为的大事。"

陆京和王承硕都笑了，王承硕只当是她迟到的托词。

笑过之后，王承硕好奇地上下指了指："不过你今天穿得这么少，不冷吗？我看了天气预报，接下来几天都降温。"

温双沐低头看了看，把外套给了余筝筝后，身上只剩衬衫和毛线马甲，单薄得确实跟这个季节格格不入。

陆京下意识地把指尖放在校服外套的扣子上，停了几秒，又干巴巴地放下来，转而开口："梁老师不在，你直接进去吧。教室里暖和，不会被发现的。"

"哦，好。"温双沐缩了缩肩，被他们说得确实感到几分冷了。

她把教室后门打开条缝，走了进去，因为上次被李茂真不小心泼了咖啡，她在储物柜里多备了一件外套。她从袋子里取出运动服罩上，从桌洞找出语文书，没直接在座位坐下，又回到了走廊上。

陆京和王承硕已经开始背诵文言文，见教室门合上没多久，又传来"吱呀"的打开声响。

陆京一愣："怎么又出来了？"

温双沐耸了耸肩，靠在走廊的墙上与他们并排："陪你们呗。"

她一边说着，一边偏头朝陆京语文书翻开的那页看了看，问："今天背哪篇？"

一班教室里，李茂真借着课本掩护，不知道第几次看向窗外长叹。

他实在没忍住，用胳膊抵了抵旁边的人，由衷地说："起哥，你和双姐要真有什么矛盾的话，还是早点儿道个歉吧，不然双姐以后真不跟咱们一块儿玩了。"

教室里背书的声音杂乱。李茂真原本也不奢望能从他嘴里得到什么答案，却异常清晰地听到苏起言的声音从右耳边传来。

"我知道了。"

嗯？你知道了？

李茂真瞪大了眼睛，不敢置信地扭头朝苏起言看去，不敢相信这样的话会从他口中说出。

早读结束，梁洁又对两个班迟到罚站的十来个学生警告了遍，才放他们进教室。

温双沐回到座位，乌小漆就提起了早上救余筝筝时反派值波动的事。它调出了时间线，电子屏上蓝色的荧光小字写着：

七时十三分反派值：加五。

截至七时四十分反派值总计：八十分。

乌小漆没忍住感叹："小鹭鹭这反派对象选得是真的好，没活儿他会自己主动攒！你看咱们忙着解决校花支线任务的时候，他也没闲着。这都第几次了？都不用咱们点拨，一个人在那儿对夏芝里'攻城略地'，反派值分分钟又加五，效率真高！"

温双沐眨了眨眼，近来和陆京、王承硕他们玩得太开心，差点儿忘了她反派任务的最终目的不是跟人交成朋友，而是要把陆京和夏芝里凑成一对儿。

视线瞥过半米宽的过道，夏芝里右转过身，正跟陆京讨论书上的一句文言文翻译，两个人都背对她的方向，能观察到的表情十分有限。

温双沐看了几秒，抬手戳戳前桌王承硕的背，跟人打听："你和陆京早上七点十三分的时候在干吗？"

"啊？"王承硕被温双沐精确到几时几分的问法弄得有些蒙，看了看手表回忆，"那时候我们刚到学校吧。我坐的是校车，陆京坐的是地铁，然后我们到教室后去开水房倒水……"

王承硕想到什么，"哦"一声，补充说："陆京和夏芝里一起过来的，他们都坐地铁一号线，容易碰到。"

温双沐顿时了然地点了点头，对反派值的涨动心里有了猜想。

王承硕好奇地问："怎么了吗？"

"没事。"温双沐糊弄过去，"就是觉得你们来学校好早，争取以后向你们看齐。"

王承硕："……"

也难怪陆京经常觉得温双沐对人敷衍了，他现在也这么觉得。

早上第一节课是语文课，虽然预备铃还没响，但梁洁坐在了讲台上。全班人都不敢当班主任面太造次，说笑玩闹都十分文明乖巧。

季佳绘来到温双沐座位，只敢把手机低低放到桌肚处："你早上去十一班找余筝筝了？"

温双沐一看，是她给余筝筝披外套离开的视频："视频哪儿来的？"

"贴吧上，楼主说是十一班的学生上传的。"季佳绘好奇地问，"你怎么会想着帮余筝筝？"

在季佳绘的认知里，温双沐是个不太容易交心的人。她虽然对朋友大方，擅长维系表面关系，但真心实意很少。可就是这样的温双沐突然对陌生人施予援助，超出了季佳绘对她的一贯了解。

"凑巧路过。"温双沐随手指了指，轻描淡写地说，"跟她们班沈婧桑有点儿不对付。"

季佳绘顺着温双沐手指的方向，是视频里手上端着水盆的女生，顿时觉得合理起来，敌人的敌人就是朋友。

"挺好的。我看大家现在都站你这边。"

帖子只有二十几层楼，温双沐听了就没太放在心上。

她忘了季佳绘混迹学校各大匿名群，所有八卦发言都有理有据。

短短一个上午的时间，那一分钟的短视频就在各班群聊中大肆传阅转载，变得全校皆知。一时间有关她名字的词条在贴吧里疯狂转载。

中午大课间，从二班门口"路过"偷看温双沐的人群走了一波又一波。

温双沐帮余筝筝的初衷只是希望投票截止的最后一天，自己的票数不被反超，不过最终带来的影响远远超出她的预期，对她而言只是随手的举动莫名其妙成了她的大型宣传片，校花票数噌噌上涨，实现了与第二名和第三名的断层。

陆京和王承硕吃完午饭，靠在走廊的栏杆上晒太阳。

林森二十四小时"冲浪"，从一班教室百米冲刺，将手上的外套"唰"地罩到陆京头顶，端着一副戏腔，深沉地说："不要怕，我这就带你离开。"

陆京手上翻着漫画，只觉眼前一黑："……"

林森白天课间对着温双沐的视频研究了三四十次，自认模仿出了精髓，转头看向王承硕寻求认同："我刚才的动作酷不酷？"

王承硕给面子地说："酷。"

林森乐了，又问陆京："京哥，被我保护是不是特有安全感？"

陆京"啊"了一声，语调毫无起伏："有心动的感觉。"

"哈哈哈！"林森很满意。

王承硕对陆京说："说起来我早上听温双沐说她去见义勇为的时候，还以为是在开玩笑，没想到是真的。"

陆京手肘撑到栏杆上，单手支着下巴，继续看漫画："多酷啊！'谈笑间，樯橹灰飞烟灭'。"

林森和王承硕听了又是一阵笑。

午休结束，明理中学各年级周六下午的四节课都是自习课，给学生写周末作业或用于"提优辅偏"。

温双沐、王承硕和夏芝里三个人收拾了资料准备去阶梯教室。

陆京看他们同时站起来，有点儿猝不及防："你们三个都去上竞赛啊？"

温双沐语调上扬，非常轻快地"嗯"了一声。

陆京看周围一下子空了的三个座位，感觉自己这辈子都没那么瞩目过："我这么尴尬的吗？"

王承硕笑着说："温双沐不给你买了一套练习册吗？先练着，争取这学期把数学提到一百三十分，下学期跟我们一块儿进竞赛班。"

温双沐张口就来："一百三十分哪够？三对一金牌辅导，起码要一百四十分吧。"

陆京感到无语："谢谢你们这么看得起我。"

温双沐到阶梯教室时，还在因为陆京乐得不行。她的目光无意间从夏芝里恬淡的脸上扫过，微敛笑意。

不对呀，和陆京说话她开心得那么起劲儿做什么？要笑也应该是夏芝里笑啊！

温双沐把情绪收了少许。

春季班的学生来得早，李茂真冲她招手："双姐，这儿！"

温双沐看去一眼，目光从他旁边的苏起言身上扫过，情绪彻底敛下来，对王承硕和夏芝里说："你们先到后面占座，我一会儿过来。"

阶梯教室的座位呈圆弧形，分左、中、右三部分，中间那排可以坐七八个学生。

李茂真给温双沐留的是走道靠边座位。他见她过来，连忙起身把自己位子让出来，好让她跟苏起言挨着坐。

温双沐把李茂真按了回去："我就过来跟你们说两句话，等下回去跟我班上同学坐。"

李茂真表情有点儿惋惜。

温双沐中午有收到家里短信："我姑晚上生日请吃饭，你们爸妈那儿应该都通知了，等下放学一起走。"

温双沐已经很长时间没跟他们一块儿上学、放学了。李茂真连忙说："好的，好的。"

温双沐坐去后面，李茂真开心地对苏起言说："正好晚上有饭局，你们有什么误会都好好聊聊。"

三个多小时的课程，十分枯燥。

温双沐勉强能跟上周泉进度，都是以前学过的内容，又有高数的底子，只有一些遗忘的知识点需要翻书回忆巩固一下。

而夏芝里和王承硕更多属于听天书的状态，坚持了一节课也不听周泉讲什么了，先自己自习跟进度，遇到不会的就一个找温双沐，一个找林森。

课间温双沐往后看了一眼，尹星烛没有任何外援，竞赛书已经自学到了三十多页，笔尖动作不断，看上去信手拈来，毫无压力。

温双沐原本还因为自己比王承硕、夏芝里得心应手，有点儿自满和松懈，但一下子又因为尹星烛，多了几分危机感。

下午几个小辈因为放学早，五点不到便来到了酒店包厢。因为长辈们工作没结束，他们就在客厅休闲区里边写作业边等。

温双沐拿着下午讲过的竞赛卷，打算把题目再过一遍。

表姐韩语冰则抱了个笔记本，向温双沐请教"今夏CP"的更多日常细节，方便她同人创作。

温双沐没忍住："姐，你也高二了，想好要留学还是留在国内了吗？我记得Z大举办了全国性的作文竞赛，前三名可以拿到提前招名额。你不想让你的高三生活轻松点儿吗？写点儿议论文不比写同人文好？"

韩语冰本身写同人文就是为了缓解课业上的压力，冷不丁被妹妹一通说教，瞬时"压力山大"，连灵感都变得索然无味起来。

苏起言一直坐沙发上看着从包厢书架上抽来的财经杂志，很轻地笑了一声。

李茂真耳尖听到，顿觉有戏，拉着韩语冰说："冰冰姐，不然咱们下去看看一会儿点什么菜吧？"

"啊？我妈白天订包厢的时候已经提前把菜点了。"

"那咱们就再看看要不要加两个菜。"

他们走了出去，偌大的包厢里一下子就剩温双沐和苏起言两个人。

苏起言轻轻看过去。温双沐盘腿席地而坐，又专注地趴回到茶几上继续做题。酒店的暖色灯光罩下来，映得她发丝金黄，表情匿在阴影里看不真切。这场景像回到了初三，他保送到明理中学，温双沐备战中考，每周末到他家写作业时的状态。

见温双沐在一道题上停留了很久，苏起言开口："哪题不会？"

温双沐没抬眼："没事，我课上把答案抄下来了。"

苏起言抿了抿唇。他感觉温双沐对他的疏远随着时间越来越明显，不再像从前那种小打小闹，这回像在动真格。

他想起选修课那天陆京对他说的话。陆京的阅读理解题很容易理解。他听完的最初感受是愤怒和可笑的，但不得不承认，冷静下来后，他感到了一点儿前所未有的迷茫。他好像坚定奉行许久的某种逻辑冷不防被人打破后，才恍惚反应过来——哦，是他做错了！

好像是应该道歉？可他之前为什么一直没想到呢？

像一道不曾出现在人生轨道里的选项，突然被人摆在了面前。明白过来后，他这两天都有尝试找机会跟温双沐道歉，早上上学前，他在公寓楼下等了温双沐很久，实在是快要迟到才离开。以前温双沐总能掐点跟他搭上同一班电梯，但现在说遇不上就遇不上了。

苏起言将杂志放到膝盖上，突然开口："温双沐。"

温双沐惊讶于苏起言那么正式地叫她名字，抬了下眼。

"之前的事对不……"

话音未落，包厢门被人从外打开。温秉一晃着个小书包颠屁颠屁地跑进来，叫了好几声"姐姐"。

温双沐被扑了个满怀，身子歪了歪，余光却疑惑地扫向苏起言。

是她的错觉吗？刚刚苏起言没说完的那句话是在跟她道歉？

包厢门敞开，亲戚们纷纷到场，小辈们一个接一个地寒暄，也没了闲聊的时间。渐渐地，她也就把苏起言没说完的道歉抛到了脑后。

晚上十二点整，系统整时播报：

触发支线任务：谁还不配当个校花了？

当前任务状态：已完成。

最终奖励：十点积分。

目前商城积分累积总值：七十点。

温双沐接到乌小漆播报，刚从浴室里出来，擦了擦湿漉漉的头发，将毛巾搭到肩上，走到书桌边拿起手机看了一眼。

贴吧里热闹非凡，都是恭祝校花、校草选拔落下帷幕的。

聊天软件里不少朋友卡点发来祝福。温双沐点开了几个，内容大同小异，觉着没什么意思，便飞快往下滑，查看有没有别的信息。

她的指尖悬到陆京头像上方顿了顿。他在十一点五十九分的时候给她发过一条短信，比其余庆祝短信微妙地早了一分钟。

温双沐挑了挑眉，点开聊天框，是一张卡通人物"祝贺"的表情。

内容没什么特别，就是图片比别人发的稍微可爱那么一点儿。

温双沐没给"峡谷开黑群"设置信息免打扰，现下群里比班群还活跃，不断蹿出新消息顶到最上方。

林森、刘以恒几个人狂刷表情，又是"为帅哥靓女鼓掌"的，又是"今夜一起来干杯"的，疯狂点名她和陆京。

陆京其间心累发言：差不多得了。

王承硕也控诉他们深夜扰民，但刘以恒义正词严地表示没把温双沐逼出来发言，说明他们扰得不够严重，于是又是一阵表情。

温双沐只好出声，先发了个"感谢"，又点名了陆京表示同喜。

林森抓住她不放：靓女的感谢怎么那么敷衍哪！你看咱们京哥，晚上还亲自画了一张卡通图给你恭喜！

他说着把陆京私发给她的那张表情发到群里：看看，多花心思！

温双沐有些意外，问陆京：这是你画的？

陆京回答：不算。

没等陆京解释，刘以恒飞快插嘴：当然是他画的呀！不然上哪儿可以找到跟你相似度那么高的卡通人像？

林森：看见那飘在肩头飞舞的外套了吗？是我给京哥出谋划策的！为了致敬你早上见义勇为，救下十一班那个同学。谁看了不说一句"双姐厉害"！

王承硕也开始发表自己的贡献：动作线稿是我打的。

刘以恒：配字是我想的！

温双沐顿时明白过来陆京说的那句"不算"什么意思，原来是群策群力。

她心情很好，又点开那张表情图看了一遍，卡通人像的衣服是明理中学的校服，双手往后托头发的动作王霸气势十足。图片放大来看，锁骨处的名字拼音缩写十分明显。跟陆京之前给她画的水彩肖像不同，这张的画风显得有点儿傲慢。

说起来还是她刚刚太敷衍，连这么明显的细节都没注意到。

温双沐拿起书桌上之前陆京送她的"蓝色泡面头"海怪，跟卡通图里躺她脚边的那只玩偶一模一样。

其他构思都被大家认领了，看来这个是陆京自己的主意。

温双沐越看越是喜欢得不行。她将"泡面头海怪"夹怀里，双手捧着手机打字：我想拿这张图做头像，多少钱可以买断，不商用，一千元够吗？

温双沐语出惊人。

陆京、王承硕、林森、刘以恒四人默契十足地同时打出一个问号。

温双沐现在用的头像就是找画师约稿的，技术好的价格再往上翻两番都不为过。

温双沐：抱歉，是少了吗？

王承硕发来个惊叹的表情。

林森：头一次知道我的脑洞想法值那么多钱。

刘以恒：给双姐的豪横跪了。

陆京：友情价，不收钱。直接用吧。

王承硕：嗯，本来就是给你画的。

刘以恒：感谢双姐的肯定，侧面证明了咱们值一千元的身价，日后可以卖图营生。

可能是长时间对苏起言无果的付出，温双沐在人际交往中习惯了苛责自己成为付出更多的一方，从未想过别人能给她带来什么。

那些逢年过节给她送礼的同学朋友，往往都能收到她双倍金额的回礼。她觉得人际关系是要靠金钱维系的，很少有人真心待她，但她只要成为天平当中往下倾斜的一方，就能微妙地维持这种交际平衡。

原来她可以什么也不付出，就能自然接受一些给予。

温双沐眨了眨眼，压下心头的异样，回复他们：哦，那谢啦！

温双沐把头像替换成了新的。

她不久前还对陆京说过自己就喜欢校花这种没什么实际用处的虚名，但这些天里，几次让她感到心情不错的都是虚名以外的东西。

周一返校，十一班余筝筝被泼水摘口罩的后续消息传到三楼，应泽渊把他们班那帮欺负余筝筝的学生收拾了一遍。温双沐就当故事听一听，没有过脑。

中午，余筝筝到三楼找温双沐还外套，也不知道这两位"系列文"女主是不是约好要承包她高中三年的零食。之前夏芝里被她帮了几次就总喜欢给她送吃的，这次余筝筝也送了她一大袋。

温双沐提着零食袋回到教室，给周围的同学都分了一包，把剩下的挂在桌子旁的挂钩上。

王承硕和夏芝里都不在教室，陆京独自坐座位上，握着支笔，一脸入定沉思的高深表情。他都要把习题册盯出洞了，也没编出一个字。

温双沐寻思是她送的习题册，善后还是需要做好。于是拆开包棒棒糖，自己一根，递给陆京一根，然后跨坐到夏芝里的座位，将习题册转过来，问他："哪题不会？"

陆京报出了题号，拆开糖纸。

温双沐对着题目端详片刻，问："'洛必达法则'听过吗？"

陆京愣了愣，十分认真地说："没听过。"

"'泰勒中值定理'听过吗？"

陆京再摇头："没听过。"

温双沐抬头对上陆京诚恳求教的眼神，竭力忍住笑："嗯，没听过就对了，都跟这道题没关系。"

陆京有些无奈，短促地笑出一声："温双沐，你最近真的很无聊！"

"无聊才逗你玩嘛！"

温双沐理清题目思绪，开始给陆京讲解。

他们讲完题目，王承硕正好回教室。他之前报名加入学生会，被宣传部录取，所以中午开了个短会。

他将周年庆的海报贴到讲台黑板旁的公示栏上，因为有职位之便，也能提前给本班同学透点儿消息。他拍了拍讲台，组织纪律，说："十一月中旬学校会举办建校四十周年庆，我们宣传部邀请到了影帝沈箬到学校发表讲话……"

王承硕还没道出重点，班上女同学便叫疯了，像影帝本人已经亲临教室一样。

"校长批了多少经费才请到影帝的呀？"

"我爱宣传部一万年，也太懂咱们学生的心思了吧！"

王承硕心累，只好又拍了拍桌子，等大家消停一点儿，才继续说："现在我们宣传部打算选拔一位主持人，到时候和影帝进行一对一访谈对话。详细流程可能过几天才贴出来，有意向的同学可以提早准备一下。"

"跟影帝一对一访谈！"

"本来以为在台下看看就够幸福了，竟然还可以这么近距离接触的吗？！"

"我要报名！"

"我也报名！试试又不亏！"

"……"

王承硕讲完，长舒口气，不再理会班上的混乱，朝自己座位走去。

温双沐坐那儿，乌小漆正在她脑内下达任务通知：

触发支线任务：我是小主持人。

当前进度：0/10。

最终奖励：十点积分。

王承硕看温双沐一脸平静，简直是班上女生里的一股清流，问她："你不报名试试吗？"

温双沐过了几秒才拿下棒棒糖："再看吧，感觉没什么意思。"

她说着站起身，把夏芝里的椅子推到桌子下方："我去趟老师办公室。"

差点儿都忘了，她之前在这次主持人选拔上跌了多么大的跟头。

沈箬跟她妈公司有很多广告合作，那时候学校里的大部分人都觉得选拔只是走个形式。连她自己都这么认为，有家里事先打招呼，主持人职位落到她头上会是板上钉钉的事。

在她洋洋得意的时候，主办方指定了连选拔赛都没参加的夏芝里做主持人，简直像当众在她脸上打了一巴掌，让她好长时间在同学面前都抬不起头。

乌小漆好奇地问："宿主是打算放弃这个任务？"

"同样的脸我可不丢第二次。"

"所以？"

"先找夏芝里探探口，看她跟主办方到底什么关系。"

乌小漆冲她竖了个大拇指："还是宿主考虑周全！"

另边陆京则疑惑地盯着温双沐走出教室的背影瞧了好一会儿。

王承硕抬手在他眼前晃了晃："人都走远了，还看呢！"

陆京说："不是，她为什么不参加啊？"

王承硕同样疑惑。

"按道理她应该参加的啊！"

王承硕原本是想跟陆京打趣，听他接连两句，都有点儿不知道怎么往下接："这……可能人家不追星，对影帝真没什么兴趣？"

班上大多女生都围在季佳绘座位边兴奋谈论主持人选拔的事。

辛瑞羡慕地说："你有广播站主持经验，还有机会冲一冲，我估计只能当个陪跑了。"

季佳绘安慰她："都一样啦！我感觉这次访谈的主持人应该就是温双沐，没别人了。"

大家只当她开玩笑："又不是按颜值挑，总不能因为她是校花就直接定下吧？说不准校方觉得夏芝里更漂亮呢！"

季佳绘解释说："温双沐是沈箬很多年的粉丝啊！还跟人吃过饭，她妈妈那么宠她，肯定会跟沈箬的工作团队打招呼，直接让她当主持人吧！"

温双沐之前把从沈箬那儿得来的签名照都送给了班上女生。众人想起这事，一阵感慨。

王承硕听到女生们对话，茫然地看向陆京："温双沐是沈箬的粉丝？"

陆京"啊"了一声，继续咬着棒棒糖沉思。

女生们还在唏嘘。

"真好，我也想有那么硬的背景。"

"可关系户真的很让人反感哪，浪费人感情！"

其余人也都太渴望这次机会，没忍住跟着开口："对呀！好好的公平竞争，这样还有什么意思？！"

有女生知道温双沐和陆京、王承硕近来关系不错，问道："温双沐这么以权谋私，你们怎么还跟她关系那么好啊？"

陆京抬眸看了一眼，把粉色的糖身抵在唇瓣处，与整张脸毫无违和。

"以权谋私多好啊！"他笑了笑，"这不是方便我抱大腿吗？"

温双沐去办公室绕了一圈，没找到夏芝里，只好四处闲逛，趴在天桥的栏杆上晒太阳打发时间。

看着天桥下方的花园，温双沐突然笑了笑："原来是走剧情去了。"

前段时间的雨季让校园里的银杏叶掉落大半，铺满地面，金黄一片。

夏芝里是从操场方向绕过来的，周或身上套了件明理中学的校服，眉眼间的痞气收敛不少，融在来往学生人群里，毫无违和，完全看不出是从外校混进来的。

他全程在夏芝里跟前倒退着走，夏芝里往左，他便往左，夏芝里往右，他便往右，嘴上一直说着什么。

夏芝里看样子烦得不行。她突然停下脚步，把手上的文具袋朝周或扔去。周或接个正着，脸上挂着笑，也不恼，还得寸进尺凑近少许，半低下身，与人保持平视，嘴唇上下翕动。

也不知道说了什么，夏芝里羞恼地抵着周或胸口推了一把。然后接下来的画面又变成周或不把夏芝里的文具袋还给她，手臂半扬在高空，由夏芝里各种蹦着跳着地往高处够。

温双沐见两个人是在走剧情，看了会儿戏，也不急于一时，去学校咖啡店逛了会儿。

等她回到教室，夏芝里已经回来了。

班上女生正围在一块儿聊着什么，看她进来，突然全部散开。

温双沐挑了挑眉，沿桌扫视过去，目光触到陆京。他也正好因为班上女生的反应偏头朝后门方向看来，看到是温双沐后，突然冲她笑了笑。

温双沐微微转过头去，只觉得心脏跳得飞快。

深呼吸几次，定了定心神，她这才装作什么也没发生，略过陆京的目光，找夏芝里说："你听说这次周年庆要选主持人的事了吗？"

夏芝里点了点头。她回来时看到公示栏上的海报，正好有同学跟她讲了。

温双沐说："那你有没有参加选拔的打算？"

"啊？我对这些不太感兴趣……"

温双沐对上夏芝里无辜的小鹿眼，很想说一句"我怎么感觉主办方对你很感兴趣"。

老实讲，之前听说夏芝里家里条件不好，她内心是持怀疑的，家里条件不好的人能被主办方钦点当主持人？这背景不得比她家还大一点儿？

王承硕俨然不知道发生了什么，对着这天的地理作业冥思苦想片刻，实在不会写，回头才发现温双沐和陆京座位临时左右对调了。

他没多想，拿着作业问陆京："你看地理作业了吗？上面好几个图都印刷得很不清楚。帮我看看，图A是什么？"

温双沐起身打算和陆京把位子换回来，看王承硕在问题目，也就不赶时间，靠过道上等，下一秒却听陆京对王承硕说：

"知道'桂林山水甲天下'吗？跟这张图没关系。知道'喀斯特地貌'吗？这根本不是'喀斯特地貌'。"

温双沐惊奇于这个句式过于耳熟。

只见王承硕一脸"什么毛病"地盯着陆京看。

陆京没写刚才的数学习题册，现下桌上摊的是物理作业本。

王承硕随手指了指，问他："知道这题用的什么定理吗？"

陆京心想王承硕回击得不行，这题他都做出来了，回答说："'杠杆定理'啊！"

"不对。"王承硕一脸高深地摇了摇头，"这叫'你妈揍你没道理'。"他说着打了陆京一拳。

温双沐目睹了陆京挨拳头的瞬间，一下子没忍住，"扑哧"乐出声来。

陆京揉了一下胳膊，笑着对温双沐说："看见没有？这才是正常人的反应，你刚跟我扯'洛必达''泰勒'的时候，我对你多好啊！"

温双沐很少从这种居高临下的角度看陆京，现下才发现他的眼型属于特别精致的内勾外翘，难怪每次看他笑，都觉得特别好看。

陆京本意就是开个玩笑增添一点儿课余乐趣，谁知道温双沐直勾勾地盯着他，笑着笑着表情还认真起来了，顿时被盯得嘴角弧度都有点儿不自然。

王承硕没跟他们在一个脑回路上，有点儿茫然地问道："什么'洛必达''泰勒'？"

陆京拍拍王承硕肩膀："这都不知道，还敢打我？看来你跟温双沐坐前后桌，也没学到多少东西嘛！"

他说着拿起作业本起身，问温双沐："座位换回来吗？"

温双沐愣了下神，点了点头："嗯，换。"

陆京坐回自己位子，特地隔了两秒，才偏头朝温双沐看去一眼，发现她跟没事人一样该干什么干什么，反应过来是自己刚才想多了。

正打算收回视线，看见王承硕仍保持侧坐的姿势，一脸无语地看着他。

陆京："……"

他正思考着，是不是自己刚偷看温双沐被抓到了。王承硕幽怨出声："你还没告诉我 A 是什么！"

陆京："……"

他咳嗽了一声，伸手向王承硕要作业本："刚没看清图片，再让我看一眼。"

校庆临近，本以为学校各年级的月考会取消，谁知一切照常举行，让学生们原本因为影帝而蠢蠢欲动的心瞬间受到了压制。

月考从周三开始，跟之前一样，还是持续三天，然后周六无缝衔接访谈主持人的选拔。由于时间太过紧凑，班上不少同学都打消了参加面试的念头。

温双沐跟夏芝里试探一次未果，就没了后续，也没有让她母亲帮忙跟沈箸工作室团队联系内定名额。

乌小漆对此急得不行，花了一天时间怂恿温双沐解锁章节。毕竟要实在懒得找线索破解夏芝里天降背后的谜底，那直接看章节剧情也能达到差不多的效果。

温双沐却不为所动："我分析过了，支线任务不会影响反派值。我现在不缺积分，也没特别想当校庆主持人。总之这个任务对我意义不大，还是直接跳过好了。"

乌小漆："宿主，你作为女配的胜负欲呢？"

温双沐还是油盐不进，让乌小漆的暴脾气无处发作。

第二天考试，下午的四节课都改成自习，班里安静得只有纸张翻页的"簌簌"声。

温双沐单手支着下巴，解完了一道竞赛题，视线落到斜对面的夏芝里身上。

温双沐不是只打有把握胜仗的人，但如果这场主持人选拔的背后单纯是一场主人公之间的家庭背景比拼，那她那层家世确实抵不过女主光环，没必要再验证一次，自讨无趣。

乌小漆却不这么想。

放学铃响起，季佳绘还想留在教室里多复习一会儿，温双沐就和夏芝里两个人出去吃晚饭。

来到了校门口，人流队伍不知怎么停滞下来。

乌小漆咳嗽了一声："宿主还记得季佳绘曾经跟你八卦过夏芝里初中有个把她成绩提到中考状元的暧昧对象吗？咱们《芝芝绿妍》的男三同志。"

温双沐一挑眉，只见绿化道的石阶上站着一个穿便服的男生，身形周正挺拔，边上围了不少女生发出"好帅呀""哪个学校的"的窃窃私语，不难猜出对方就是造成这场交通拥堵的罪魁祸首。

男生看到夏芝里后，脸上露出笑容，抬手冲她示意。

温双沐看两个人像电影画面定格一样对视了好一会儿，才轻点下巴打岔："你朋友？"

"嗯，对。"夏芝里点头，嗓音有点儿涩，"不然咱们下次再一起吃饭吧？"

"哦，好。"温双沐轻飘飘地答应。

夏芝里走到绿化道前，眼睛盯着沈之庭。她很轻地叫了一声："哥。"

沈之庭迈下石阶，拂过的晚风吹开他额前的头发，眉眼温柔。他微笑地揉了揉她的脑袋："说了可以不用叫我哥。"

夏芝里低着头，任人像从前一样把她头发揉得一团糟。她小声问道："你什么时候回来的？"

"下午刚到，就来找你了。"

夏芝里觉出不对："今天周二，你逃课了？"

"没有，我们学校有秋假，放了十来天。"

"那你怎么不提前给我发短信……"

沈之庭笑着打断她的话："行了，别站在这儿说话了。我在飞机上没吃东西，带我去吃饭？"

他单手扶着她的后背，虚虚抵着，带她往右侧街道走。

乌小漆眼看着两个人走远："宿主，这就放他们走了？"

"不然呢？"

"当然是厚着脸皮跟他们一块儿蹭饭，偷听他们聊了什么呀！你难道就一点儿不好奇夏芝里身上发生过什么吗？"

温双沐张口就说："好奇呀！"

她其实有点儿后悔没带季佳绘出来，凭借季佳绘全面的八卦情报网，或许能知道点儿什么。

她想了想，觉得先知道个名字也行，于是问乌小漆："男三叫什么来着？"

"这我不能说，太明显了。"

温双沐察觉到乌小漆话里有话。

乌小漆这时候再给自己开禁言模式已经来不及了。

温双沐成功地被它的回答调起兴趣，做了件自己从前绝不会做的事——跟踪。

来到北门边的一家面馆，温双沐没敢直接跟进去，怕靠太近会被发现，于是在门口临时搭建的大棚坐下。

夏芝里背对她的方向而坐，男三同志帮人垫纸巾、擦筷子，细致得不行。

温双沐扫码点餐，问乌小漆："老实说，我觉得这位看上去比周或还像男二，为什么他只能排到第三番位？"

乌小漆坚守底线："宿主别再想从我嘴上套话了，好奇就自己查！"

"行吧。"温双沐把手机放回口袋里。傍晚降温，她搓了搓有点儿冻僵的手，"为什么我上辈子跟男二和男三连面都没见过，这辈子全碰上了？"

要是之前就认识，也没那么多麻烦！

"因为这都是你抢走苏起言的戏份后，引发的连锁剧情。"

"嗯？"

乌小漆对已经发生过的次要剧情知无不言："比如今天，如果'天价钢笔事件'没有宿主插手，这段时间和夏芝里一块儿出来吃饭的就是苏起言，而男三的出场，实际是给苏起言安排的一个'醋点'。不过目前剧情尴尬的地方出现了，'醋点'来了，吃醋的人没了。侧面证明宿主之前的努力取得了成效。"

温双沐觉得好笑，但也不敢多加松懈，继续观察面馆里的景象。

街对面的一家闽南菜馆，陆京和王承硕坐在落地窗前。

王承硕翻开菜单，还有点儿奇怪："今天怎么想着来吃闽南菜？"

陆京喝着大麦茶，目光往窗外瞄。某人独自坐在大棚下，一个劲儿地搓手跺脚取暖，冻得直哈白气。

他摇了摇头，不动声色地收回视线："近的那几家都有点儿吃腻了。"

夏芝里和男三一顿晚饭吃到晚课快开始，温双沐在四处通风的大棚里坐得快崩溃了，总算看到两个人抽开椅子出来，连忙先溜一步。

剩下的时间两个人也干不了什么。温双沐的盯梢任务告一段落，到学校小卖部给季佳绘买了个面包，才回教室，却发现夏芝里不在。

她问了季佳绘和周围几个同学，都说没注意对方回没回来过。她只好到外面找在走廊上聊天的陆京和王承硕两个人。

"你们看到夏芝里了吗？"

王承硕刚摇头，陆京就说："好像去班主任办公室请假了。"

乌小漆语速飞快："宿主，咱们也请假！"

温双沐顾不上夏芝里请假是要去干什么，也打算往语文老师办公室跑。

边上的陆京突然拢了拢衣领，指尖搭在校服大衣的第一颗纽扣上，像自言自语地对王承硕道了句："今天好冷。"

温双沐也感到了冷，没察觉出任何不对，回教室储物柜取了件外套，这才赶去二楼。

王承硕看着温双沐风似的跑进教室又跑出教室，不解地问陆京："你怎么知道夏芝里去老师办公室请假了？"

"嗯？你不知道吗？她刚刚说了呀！"

陆京搭在纽扣上的指尖松了松，目光瞟向温双沐边跑下楼梯边穿外套的背影。

温双沐跑到语文老师办公室，夏芝里正好从里面出来。

温双沐停下步子，理了理两鬓跑乱的碎发，余光从夏芝里手上捏着的请假条上快速扫过，心想陆京所说的话不错。

夏芝里在这个时间点碰到温双沐也有些惊讶，想了想，还是同她说："我朋友从外地过来了。我刚请了假，打算晚上陪他四处逛逛，等下回教室拿个书包就走。"

"哦，好。"温双沐指指隔壁数学组办公室的门，面不改色地说，"我来找老周拿数学竞赛资料，到时候放你桌洞里。"

"嗯。"夏芝里冲她感激地笑了笑，"那明天见。"

"明天见。"

夏芝里去了楼梯间，温双沐装样子伸去数学组办公室门的手立马收回来，重新打开对面语文组办公室的门。

晚读预备铃响起，办公室里的其他老师都去了教室坐班，只有梁洁一个人在。

温双沐来到梁洁的办公位，思考了几秒，捂住肚子上前说："老师，我的胃不太舒服，晚自习想请假回家自习。"

梁洁抬头看到是温双沐，闪过一丝担忧，正想问她严不严重，下一秒又觉出点儿不对劲儿来："不对呀，你们是不是约好晚上一块儿出去玩了？请假都用的一个理由。"

"啊？"温双沐瞬时蒙了。

梁洁好歹当过这么多年的人民教师，看温双沐这个表情，就知道她的肚子疼是编出来的，又好笑又好气："老师知道你成绩很好，但老师的意见还是如果没有特别紧急的情况，考试期间尽量不要请假，在学校复习的效率肯定要比在家里好。"

温双沐请假的想法破灭，只好乖乖站直接受教导。

"我听老周说，他很看好你数学竞赛的潜力，就算觉得月考没难度，也可以把重心放到竞赛上……"

两分钟的预备铃结束，温双沐总算被梁洁从办公室里放了出来。

这个季节，傍晚六点天色便全暗下来，教学楼内亮着一束束光，飘出琅琅有序的晚读声。

温双沐靠着走廊栏杆往下看，夏芝里背了书包，正好从楼里走出，背影融在夜色里，小小的一个。

乌小漆说："宿主就这么放弃了吗？"

温双沐叹了口气："你说梁洁训了我一大通，怎么就不把夏芝里追回来把假条销掉呢？"

乌小漆陷在自己的情绪里，激动满满："宿主不想试试逃课吗？每个逃课的校园文主人公都会有奇遇哟！"

温双沐手肘撑到栏杆上，仍盯着夏芝里的背影若有所思："明天考试还敢溜出去约会，啧，羡慕……"

一人一系统各说各的，最后还是乌小漆先受不了："宿主！我说逃课会有奇遇！你到底听见没有！"

"嗯？奇遇？什么奇遇？"

五分钟后，温双沐站在高高的围墙下，仰头还能望到墙外天空露出来的一点儿尖角月亮。

明理中学的饭点虽然允许学生任意外出，但上课期间门禁很严，没有假条不予通行。

温双沐抬手比画了下围墙的高度："别奇遇了。我体育课做个引体向上都费劲儿，这玩意儿办不到。"

乌小漆看她扭头要走，连忙说："别啊！宿主。商场里新出了一张翻墙技能get（得到）卡，你先试试，实在翻不过去，我帮你兑换。"

温双沐勉为其难地退回来，还有点儿犹豫："你这个功能卡应该有安全保障吧。"

"你要真怕，五点积分，再买个安全气囊给你铺地上。"

温双沐听乐了："行，那你帮我看着点儿，等我说不行再给我兑，别浪费积分。"

她说着卷起袖子，腾出几步助跑的距离，冲刺一蹦，两手攀到墙头，胳膊吃力地往上使劲儿。

冷风阵阵，月光被飘过的云层遮挡，天上没有一颗星星。

毫无光亮的校园一角里，温双沐吊在墙上，哀号一声："救命，没劲儿了。"

乌小漆无语到极致："你都没撑过两秒吧！"

"哎，哎，可以了。"

温双沐像突然找到支点，单脚搭上墙，身子成功借力攀了上去。

她跨坐上墙头，一鼓作气，生怕拖延久了又不敢往下蹦，一秒没缓，狠心闭眼直接跳了下去。

温双沐在平地跺了两下脚，往正门方向赶去。

高墙内，陆京站在黑暗里，还在想温双沐方才的一声"救命，没劲儿了"。

他笑着摇了摇头，拍了拍胳膊衣服上被人踩出的鞋印。

估计是把他当板砖了，踩得一点儿不留情。

不知哪处小巷里传来汽车的喇叭声，陆京静静等了一分钟，确保外头的人跑远了，这才翻墙越了出去。

路灯亮起了几盏，地上的银杏叶被风吹得沙沙作响。

夏芝里和沈之庭坐上公交车，温双沐连忙拦了辆过路的出租车，让司机跟着追上去。

车子汇进了主干道，音箱里放着最新的流行乐，司机摇头晃脑地哼着曲儿。片刻过后，司机瞄了一眼后视镜上从校门口开始就一直跟着的出租车："姑娘，你们大晚上的逃课去游乐园玩？"

温双沐没反应过来。司机努了努下巴，示意前方让他跟着的那辆巴士："三十五路的终点站是东风乐园。"

温双沐恍然大悟地"嗯"了一声，应付司机。

司机心想这年头的中学生真会玩，逃课还分开一批一批地往外逃，也不知道打一辆车省点儿钱。他见温双沐没有搭腔聊天的意思，就继续哼着曲，把车往前开。

半小时后，温双沐坐在旋转木马上，随着欢快的儿童音乐上下起伏，内心近乎麻木。

她看了一眼前侧方夏芝里甜美开心的笑脸，偏头暗骂乌小漆："你说的什么奇遇，根本就是骗人的吧？"

按现在这个节奏，她跟踪一整晚也就是看看两个人如何玩，也不可能靠得太近，偷听到什么有信息含量的对话。

夜晚的游乐场浸泡在五光十色的灯光中，氢气球飞舞，棉花糖和冰淇淋的香甜气息交杂在一起，甜腻得人心情惬意舒畅。

温双沐想开了，便跟在夏芝里和男三身后随心逛。

移动摊点的窄棚下，夏芝里和沈之庭头上各戴了个卡通发箍，走了出来。

温双沐紧接着来到摊点前，拨弄两下，什么也没买。

打气球的店面前，夏芝里欣喜地抱过软乎的抱枕和沈之庭一块儿离开。

温双沐紧随其后，给店员付了二十元，也拿枪试了二十发子弹——只打中一个。

接过店员递来的卡通贴纸，温双沐表情臭得不行，随手将贴纸一撕，贴在外套上按了按，继续跟上去。

冰激凌屋里，夏芝里和沈之庭一人拿着一个冰激凌，走了出来。

温双沐买了原味冰激凌，一边在冷风里冻得牙齿打颤，一边咬了一口在嘴里含着。

陆京就在温双沐身后十米处，双手插在外套口袋里，不紧不慢地跟着。看人每走两步都要跺脚半天取暖，脸上的笑不知不觉挂了一个晚上。来到冰激凌屋，他弯腰对里头的店员说："要一个跟刚才客人一样口味的。"

陆京拿手机付钱，不小心拿出了口袋里的钥匙扣。

刚才的气球他打中了五个，奖品怎么看都比某人的贴纸强些。

他笑着将钥匙扣收回口袋，接过店员递来的冰激凌，保持方才的距离，继续慢悠悠地跟在后头。

鬼屋的体验票五十元，一批十二个客人。

温双沐站外头纠结了好一会儿，等工作人员招呼"后面的队伍跟上来"，才咬咬牙走了进去。

乌小漆帮忙打气："宿主加油！鬼屋跟恐怖片一样，都是增进感情的经典剧情！为了小鹭鹭，咱们也得把控着点儿！这里光线暗，要是男三同志对夏芝里有非分举动，咱们掺一脚也不会被发现！"

温双沐长呼口气，暗暗握拳："为了小鹭鹭！"

陆京排在队伍最末，等他走进山洞，全队十二个人彻底隐匿到昏暗的环境里。

他的眼睛刚适应黑暗，凭借校服轮廓依稀辨出温双沐的人影。只见她突然侧过身，低身振振有词地握拳给自己打了个气。

陆京怔忪一瞬，莞尔笑了。

竟然怕这个？

他想了想，不着痕迹地和前面几个客人调换位置，跟她后头护着。

鬼屋里多用青紫色和血色的灯光来烘托恐怖气氛。

温双沐的反射弧好像比一般人长了些，总是前面的人先"啊——"，她才意识到哪里恐怖，跟着叫声"啊"。

她有好几次吓得跳脚，都直接上手抓住身后玩家的胳膊，等真人NPC（非玩家角色）跑远了，才连忙松开跟人说"对不起"。

通道才过一半，温双沐身上就冒了汗，根本分不清夏芝里和男三走去了哪里，更别说要阻挡两个人的亲密举动。

房间走到尽头，接下来要沿着梯子往上爬，通往另一个空间。

按道理前几名选手爬上去后，后面的人就会有了经验。温双沐第八个上去，头刚冒出平地，感觉有什么暗影从上方晃过，接着某种软嫩的触感在她头发上拨了拨。她一抬眼，就看到满天花板的"尸体"，顿时一声惊叫，声音比前面的玩家都要歇斯底里。

陆京站在梯子下方，原本等温双沐上去，就要往上爬，才刚走近，就见上去的人步子慌乱地飞快往下踩，后面几级几乎是溜下来的。

一个滑空，她的身子便后仰地往下跌。

温双沐以背摔的姿势跌到后头的玩家身上，内心崩溃到思考要不要直接装作不省人事。

她的两只手搭对方的手臂上，虽然看不清其他几名玩家的表情，但突然安静的空气让她知道，大家都被她吓得够呛。

温双沐想了又想，挽尊地说："那……那个，爬上去后好几具'尸体'在天花板上晃，你们小心点儿，别……别被磕到脑袋……"

头顶上飘来了一声很轻的低笑。

温双沐下意识去捕捉，反应过来自己还靠在陌生人身上，连忙起开。慌乱间，她的指尖从对方手腕上带过，似乎碰到了什么绳线。

温双沐低头道歉："不好意思啊，没撞疼你吧？"

这位被她踩了一晚上鞋子、拽了一晚上胳膊的玩家估计是个冷酷小哥，应都没应一声，还侧身背站过去。

温双沐心里尴尬，也没再多话。这梯子她实在爬不上去，左右看了看，索性沿着进来的通道，从入口出去。

鬼屋洞口正对江面。温双沐出去只听"咻"的一声，几道烟花蹿上天空，接着江面上方的天空宛若白昼，无数火花银树绽开，照得江面粼粼。

温双沐小跑几步，来到江边的护栏前。她的冷汗被夜风吹散开，冻起一身鸡皮疙瘩，却也丝毫不影响欣赏烟花的心情。

洞口处，另一道黑色身影走出，停在一块地砖处，便静立在那儿不再往前。

空气里某种电磁波纹晃动，一个跟乌小漆相近的机械声闪现。

"宿主，虽然咱们的终极任务是感化女配，但为什么我觉得今晚跟温温翘课是个非必要行为？"

陆京双手插在大衣口袋里，眼底印着烟花、江水还有江岸边的一道人影。

他耸了耸肩："因为是我自己想跟她一块儿玩。"

灯火通明的教学楼里，课间喧哗吵闹。

王承硕一言难尽地看着周围空着的三个座位——桌面都收整得无比干净，在白炽灯下锃亮反光。也不知道他们什么时候约好的，跑得挺齐。只剩他一个，尴尬死了。

林森拿着语文错题本站边上，前后张望："京哥人呢？我还想问他题目来着。"

王承硕长出了一口气，转过身，从桌洞里掏出本作文书竖桌上看，成功做到了心平气和："你京哥的青春期来了，逃课了。"

"啊？"林森愣了一秒，"逃哪儿去了？"

"不清楚，你可以自己发短信问问。"

林森抽了一把邻桌的空椅子，在王承硕边上坐下，一脸纳闷地说："不是，京哥在学校一向是好好学生，从不迟到早退。你都不担心他出了什么事吗，怎么还看得进书？"

"你没发现夏芝里和温双沐也请假了吗？"

林森一下子没反应过来。

"这是我考全班第一的大好机会，别打扰我。"

"哈哈哈。"林森爆笑，乐了好一会儿才发现不对的地方，"等等，你刚刚说夏芝里和温双沐也请假了？"

"那京哥是跟温双沐出去了，还是跟夏芝里出去了？"

"不知道。"王承硕将作文书往后翻了一页，"他最近已经开始对我有秘密了。"

林森又是一阵爆笑，单手扶着王承硕肩膀，弯腰笑得眼泪都快出来了："别伤心哪！硕哥，我明天帮你一块儿教训他。"

"得了吧。"王承硕将作文书放倒，"哪题不会？我给你看，看完回你自己班级复习去。"

温双沐估计夏芝里和男三同志成功出了鬼屋通道，就没再返回去找，自己在江边走走停停看烟花。

烟花炸裂后的细小火种像散开的彩色流苏，"簌簌"下落，隐入江面，碧波荡漾。

江边不少商贩吆喝，卖着粉色的氢气球。

陆京看温双沐在商贩边停了很久，最后双手空空地离开。他跟上去后也偏头看了片刻。

临近九点，游乐园里的人少了大半，广播站播报着半小时后闭园的消息。温双沐想起忘记跟陈叔说晚上不用到学校接她的事，连忙给人发去短信。

游乐园位置偏僻，温双沐在手机上预定半天，才有网约车接单。车还要十多分钟赶到，也就不赶时间，慢吞吞地往外走。

出了园区，温双沐正想找个有标志的地方等车，余光瞥见正中间的道上有两个人影十分眼熟，于是飞快闪到旁边的一棵大树下躲了起来。

她没想到离开前还能再碰见夏芝里和男三一次。两个人估计也在等车，不过停在他们跟前的竟是辆房车。

温双沐心想，这排场是不是太大了点儿？

这种房车的车型，她经常在母亲公司地下的停车场见到，都是明星们的保姆车，大晚上出现在游乐园实在古怪。

下一秒只见车门被人从里推开，车内男人的脸在车棚顶灯的照耀下，异常清晰。

"之庭，上车。"

影帝的嗓音隔着一阵风，散在空气里，还能听出点儿疲惫后的低沉磁哑。

温双沐玩了一个晚上，本来都把乌小漆的话忘了，没想到最后真的有奇遇！

她抱着树，将脑袋往房车的方向靠了靠，想听得更清楚些。

"zhī tíng"？影帝叫的是男三的名字吗？

温双沐脑子里还没将汉字和音节对应起来，又听男三开口叫了声："哥。"

还没等温双沐缓过神来。夏芝里也冲人叫了声"哥"。温双沐确认这是一场奇遇无误。

夏芝里和沈箬竟然是喊"哥"的关系！不管是堂哥、表哥，还是邻居小哥，后台都足够强硬，确实是能直接被任命为访谈主持人的程度。

沈箬对夏芝里轻轻点头，等视线重新回到弟弟沈之庭身上时，语调冰凉，带了淡淡的长者教训意味："难怪看你手机定位变了，都上来吧，晚点儿再跟你算账。"

车子开走，游乐园内部的灯也熄灭几盏。

网约车司机在边上连按几下喇叭，温双沐连忙上车，跟乌小漆整理思路。

"所以男三的名字叫'沈 zhī tíng'？你下午说报了名字就会很明显的意思是他跟影帝同姓？"

乌小漆"嘿嘿"两声："没错。"

"哪个'zhī'？哪个'tíng'？现在总可以跟我说了吧。"

"'日月之行'的'之'，'多情只有春庭月'的'庭'。"

温双沐被乌小漆的突然文艺范酸到了："哈？"

乌小漆飞快解释："这是小说里介绍沈之庭的原句。"

"行吧。"温双沐摸了摸下巴，开始回忆当时沈箸的神态表情，"为什么我感觉夏芝里和沈箸的相处模式还挺生疏的，是因为拐了影帝弟弟所以心里愧疚吗？"

"这需要宿主自己探索哦。现在宿主也算初步探索到夏芝里背后关系了，想好要用什么方法跟她争夺主持人了吗？"

"大概只能让我爸花钱收购沈箸的公司了吧。"

乌小漆震惊地说："你是认真的吗？"

"不然呢。她拼'邻居哥哥'，我不拼爹妈，难道还靠自己吗？"

乌小漆头一次听人把拼爹妈说得那么冠冕堂皇、有底气，也是无比佩服。

温双沐纯粹过个嘴瘾。

访谈至少持续两小时，主持人由夏芝里当也挺好的，她正好可以从观众角度观察两个人的交流状态，进而分析沈箸和夏芝里的关系。

车子开回市区。

陆京的出租车一直跟着前面那辆开到皇家新河湾，看人进了公寓楼，这才重新给司机报了个地址。

后车厢里放着一捧粉色气球，散开来，充盈整个空间。

他在游乐园时，见温双沐没买，还以为是很贵，于是随手向商贩买了下来，付完钱才发现并不贵。

他也不知道该怎么处理，莫名其妙就带到了车上，又牵着气球绳，打开了自家别墅大门。

夏昀和往常一样，坐客厅里边看电视边等儿子晚课回家。听到玄关处的"窸窣"声响，她说："夜宵在微波炉里热好了，自己端。"

陆京远远"哦"了一声，尽可能放轻了手脚。

去厨房的路必须经过客厅，一大串的粉色气球飘在身后，哪怕夏昀没正眼去瞧，也能感觉到一大片不明物体晃过。她抱了抱胳膊："哟，什么情况呀？这是咱们京宝宝给妈妈准备的惊喜吗？"

陆京乖乖停下脚步，双手献上："放学从地铁口出来看到路边有卖的。'女王节'快乐，妈。"

夏昀无语地说："现在是十一月，距离三八妇女节还有四个月。"

陆京面不改色，把献气球的手又低了低："您每天都是女王，祝您每天快乐。"

夏昀笑了笑，明显心情被安抚得不错。她接过气球："晚上的夜宵先吃着，明晚再给你加餐准备丰盛点儿。"

"谢谢妈。"

看来夏女士很吃这套，班主任也没有打电话告状他晚自习逃课的事。陆京松了一口气。

大概循规蹈矩的乖学生当惯了，突然翘掉三节晚自习，即便第二天早上考自己最擅长的科目，陆京还是仪式性地起了个早，打算到学校复习，假装认真，当作考前的一点儿自我麻痹。

本以为自己会是第一个到学校的，谁想王承硕已经在教室里背起了诗词、文言文巩固。

陆京穿过座位间的过道，好奇地走近："你怎么来那么早？"

王承硕从书里抬起头，往后看了看夏芝里和温双沐的座位，突然干劲儿满满："我这次至少比夏芝里和温双沐多复习了四小时，班级第一应该有机会冲一冲。"

陆京脸上疑惑和无语的表情交替闪过，最后觉得好笑得不行。过了会儿，他拍拍王承硕胳膊，问："昨晚班主任有来找我吗？"

"找了。说等成绩出来，看你分数再决定要不要请你到办公室喝茶。"

陆京："……"

陆京回到座位上，从桌洞里抽出语文书，打算背背课文。

王承硕拿了张试卷过来："对了，昨晚林森问我文言文翻译，我也不太确定……"

他余光里瞥见陆京大衣衣摆上有什么花里胡哨的东西黏着，抬手拂了拂，从上头顺下来一张贴纸，疑惑地问，"这是什么？"

陆京缓慢地"啊"了一声。他今天没换校服，估计是在鬼屋里温双沐蹭在他身上的。

他将语文课文往后翻了几页，随手将贴纸按到书里夹着："应该是我外甥女上次来我家玩，东西掉沙发上，不小心粘上了。"

"是吗？"王承硕没往下追问，把卷子摊在陆京桌前，"你帮我看看这篇……"

温双沐到校后，看了一眼公告栏上的考场座位号，就直接拿笔去了考场教室。

昨晚去鬼屋的后劲儿太大，她夜里连做三次噩梦，最后保持半睡半醒的状态直到天亮，现在整个人跟宿醉了一样。

找到班级座位离考试开场还有二十多分钟，她将笔袋往桌角一搁，便趴下补眠。也不知道自己睡了多久，脸侧突然被一道温热的触感贴了贴，她木讷地感知了两秒，才抬起头来，目光移到了来人的下颌轮廓线处。

苏起言把指尖还搭在咖啡盖上，看她起来，把她脸侧的咖啡移了移，绕到她手心里放着："还有五分钟考试，清醒一下。"

一贯的平淡语气，他没什么起伏地扔下句话，便坐去了后面的位子。

温双沐有点儿蒙。她回头看去。苏起言的座位跟她隔了两排，在她斜后方，两个人一个考场。

大概是察觉到她的目光，苏起言抬眼，朝她看来。

两个人上次的相处还停留在那句戛然而止的道歉上。

温双沐的大脑绕了绕。没等她想出要对苏起言说什么，监考老师拿着密封的试卷走进教室。

"所有人都坐回自己座位，复习资料收起来，带了手机的关机放到前面篮子里，考试过程中如果听见响铃的一律按作弊处理。"监考老师环视考场一圈，又补充了一句，"这次月考严格模拟正规考试，带字的矿泉水瓶和饮料瓶都不能带进来。有带的同学现在喝完，或者交到讲台上。"

温双沐转过身，将咖啡灌了下去，顿时清醒振作了不少。将空掉的杯子扔去教室后面的垃圾桶，拍了拍脸，集中注意力准备考试。

两个半小时的考试结束，温双沐被咖啡吊起的半条命，瞬间被摧残得半点儿血条都不剩。

陆京考场在本班，回来早的同学全跑他边上问答案。他把卷子借给大家传阅，自己和王承硕走到后面，靠着储物柜，翻数学错题本复习。

温双沐往常都是对答案最勤快的那个，这回进教室后，却直接来到陆京和王承硕在的那块清静宝地，将脑袋靠到柜子上，磕一下不够，又"咚"地轻轻撞了一下。

王承硕看她这副样子，往陆京的方向靠了靠，小声说："我的第一应该稳了。"

温双沐将脑袋偏了偏，目光扫射过去，瞄准王承硕说："我听见你的悄悄话了。"

陆京安慰地拍她肩膀："没事，我站你拿第一。"

温双沐说："可我怎么感觉你说得一点儿也不诚恳。"

陆京有点儿想笑："没事，卷子的问题。大家分数应该都不高，不会落下太多。"

"真的？"温双沐稍稍振作过来看他。

王承硕张了张口，刚想告诉她"假的"，就见陆京已经充满信服力地点了点头。

"……"

王承硕闭上嘴，把数学错题本往后翻了一页，懒得再搭理他们两。

温双沐把心态恢复过来，开始为自己的实力水平找补："其实吧，如果我昨晚睡好了，我感觉这次考试我至少还能再往上提五分。"

温双沐正想述说一下自己昨晚的经历，发现漏了一步，奇怪地说："你们不问问我昨晚干吗去了吗？"

好歹一个是前后桌，一个是同桌，怎么消失了三节晚自习都没人关心关心她？！

王承硕瞟了陆京一眼，看他没反应，这才配合说："你去干吗了？"

温双沐长叹一声："因为一些这样那样的原因，去了趟游乐园。"温双沐想起来就无比后悔，"我当时就不该进那个鬼屋，害我昨晚睡觉做梦被鬼接连追杀了三场！"

王承硕笑了："怎么没去玩摩天轮什么的？"

他眼神无意识地从陆京身上带过，好像这句话是同时问他们两个的。

陆京说："你看我做什么？"

王承硕学他装糊涂："我有看你吗？"

陆京："……"

温双沐倒没在意陆京和王承硕的这两句对话，她眼神盯着夏芝里的背影。某人看上去精神状态极佳，跟班上同学讨论语文答案，估计发挥得不错。

温双沐心中郁结："我也想知道怎么玩的不是摩天轮！"

好像全场受伤的只有她一个。

温双沐考完语文，丧归丧，等下午的数学和英语结束，还是找回了一点儿底气。

班上女生大概看温双沐这两天都没什么动作，又对校庆主持人的选拔燃起点儿希望，拉了季佳绘来问温双沐对这次校庆主持人的想法。

晚自习放学，下楼的路上，温双沐和季佳绘并肩而走，身后跟了一大堆探听消息的女生。

有女生轻碰季佳绘的肩膀示意，有点儿按捺不住。

季佳绘这才开口问温双沐："这次校庆主持人你要当吗？"

温双沐也不傻，自然知道身后这群人都在等她回答，估计一个个都在盘算，接下来的两天哪怕不准备考试，也要准备好周六的面试。

影帝的魅力太大，可惜不太值得。

温双沐虽然自己今天考试发挥不好，但觉得班级平均分还是可以抢救一下，让这帮人别把精力放在做无用功上，于是说："我妈打听过了，沈箬工作室对这次的主持人心里已经有了人选，选拔只是走个形式，名额内定，面试了也没用。"

楼道里顿时一片哗然，众人七嘴八舌地问：

"定了谁呀？"

"怎么可以这样！"

"也太过分了吧！"

"……"

季佳绘问她："你不是很喜欢沈箬吗？主持人的位置就这么被人抢了，能咽得下这口气？"

温双沐耸了耸肩："我对影帝也没那么喜欢。"

季佳绘："好吧。"

陆京和王承硕堵在女生大部队后头，两个人绅士地没往前挤，等出了教学楼后人群散开，才绕到前面，离开了学校。

第二天考物理、化学、生物，高一这三门还没并成理综。

上午物理单科结束，林森跑到走廊尽头的书吧阅览室："你找我？"

他将衣摆往后一掀，在原木小圆桌旁坐下。

陆京正翻看着从书架上随手抽的刊物,听到林森进来的动静,视线没从书上移开,将桌上的奶茶往他方向移了移,又将寿司盒掀开:"请你吃的。"

"怎么对我那么好?!"林森一脸感动。

陆京看他吃了会儿,说:"有没有兴趣当校庆小主持人?"

"啊?"林森对话题的转换有些猝不及防。

陆京将书放下:"感觉学校里只有森哥一个人能驾驭得住沈影帝的气场。森哥能说会道,颜值又高,和影帝的同框一定会被奉为经典,记载进校史史册,画面想想就精彩。"他笑了笑,"想看。"

林森被陆京一通溜须拍马,胸膛都挺得高了些:"其实我也这么觉得,我七岁就给我爸公司年庆当主持人,他公司的那些员工都夸我有灵气。"他想了想,又有点儿犹豫,"不过主持人的面试在周六下午,我还要上数学竞赛课。"

"你跟叔叔说一声,应该可以直接免掉面试环节吧。"

学校同学只知道林森妈妈开书店,只有他们几个玩得近的才知道林森爸爸是娱乐公司老总,听上去八竿子打不着的夫妻十分恩爱。而沈箸正好隶属于林森爸爸的娱乐公司旗下。

"也行。"林森应了下来,过了会儿,又觉得不妥当,"算了,我还是走流程正常选拔吧,请半节课假就行了。让我爸打招呼对别人不太公平,我凭自己能力应该也能成。"

陆京"嗯"了一声,夸赞说:"森哥真棒!"

林森被陆京一口一个"森哥"叫得不好意思起来,但心里又确实很爽。

"放心吧,这个主持人的工作我一定好好准备。到时候校庆,你们看我表现!"

周六下午,温双沐那天在楼梯口分享的内部消息不胫而走,大家默认没戏,都待各班教室里,估分的估分,做周末作业的做周末作业。

到了面试的时间点,偌大的会议室里一名前来参加选拔的学生都没有。

由于最后选出来的主持人要与影帝达到契合,会议室里除了学生会负责人员,还有影帝工作室的工作人员。经纪人看了看时间,问宣传部部长:"是不是时间通知错了,怎么都没学生过来?"

部长也很茫然地说:"不应该呀……"

正打算派底下部员去探探消息,会议室大门被人从外推开。林森出现在门口,露出一口大白牙笑了笑："大家好，我来参加面试！"

跟他预想中的热火朝天、盛况空前不同，场面有点儿冷清。

林森惊讶地环顾一圈："咦？都没有其他人吗？"

经纪人看清来人后愣了愣，像碰见了喜欢的小辈，热络地招手："小林总，你怎么来了？"

林森参加他父亲公司的年会时，公司员工私下开玩笑，都习惯了管他叫小林总。林森听了也没什么别扭，自然地说："我来参加面试啊！"他说着晃了晃手上的稿子，问，"流程是什么，要先自我介绍吗？还是直接跳过读定稿，或者即兴发挥？"

经纪人让他坐下，十分纵容地说："都行，你喜欢哪个就先来哪个。"

周一返校时，学校公布了月考成绩和校庆主持人的最终人选。

温双沐站在公示栏前，表情有点儿维持不住。

怎么可以做到两件事都完全不在她的掌控之内？！

王承硕班级第一、全校第二，夏芝里班级第二、全校第三。而温双沐自己虽然是班级第三，却是全校第十二，完全被甩出了第一梯队！

温双沐非常不能理解地问乌小漆："王承硕的全校第二我服气，但夏芝里怎么回事？她跟我一块儿翘晚自习，怎么就我一个人成绩下滑，她还进步了？"

乌小漆说："这可能就是你们俩同时翘课，一个背了书包，一个没背书包的差别？"

行吧。

温双沐咬了咬牙，重新看向公示栏右侧的主持人定妆照。

林森一身黑色笔挺小西装，头发背梳，露出光洁饱满的额头，双手环抱胸前，姿态拿捏得有模有样。

她就不懂了，林森打哪儿冒出来的？

触发支线任务："我是小主持人"行动失败。

当前进度：清零。

最终奖励：无。

温双沐站在公示栏前，对着林森的海报百思不得其解，突然被王承硕从后头拍了一下肩膀。

"梁姐让你去趟她的办公室。"

"……"温双沐瞬时头疼欲裂。

差点儿忘了，考试那三天梁洁都没来找她，估计就是想等成绩出来之后憋大招儿。偏偏她考得还这么不尽如人意！

她翻了翻手里的喜报，单科优秀有什么用？挡不住考差的科目继续考差。

温双沐回座位放下喜报，王承硕也穿过过道走了下去。他踢了踢陆京的桌子腿儿："别坐着了，自己考多少分没数吗？喝茶时间到。"

等和陆京一块儿走在去梁洁办公室的路上，温双沐才反应过来王承硕的那句"喝茶时间到"是指梁洁请喝茶。

温双沐问他："你也考差了？"

刚看公示栏的时候，光顾着盯主持人海报和自己成绩，漏了看陆京的成绩。

"没有吧。"陆京给了个不确定的答案，"比上次还进步了五名。"

"那梁姐为什么找你？"

"可能是我违反校纪校规的事。"

温双沐露出了疑惑的表情。

两个人背手站在梁洁的办公位前，乖乖低头接受教导。

梁洁"啪啪"地点着成绩单上两个人的分数："你们看看，我说了回家自习效率不如在学校。不听我的吧？一个个请假不成还直接逃课了。要是考得好，我也就睁一只眼闭一只眼了，偏偏你们连这个机会都不给我！"

温双沐低着脑袋，朝陆京身上瞟去。

什么情况？小鹭鹭也逃课了？

梁洁气得够呛，打开保温杯灌了一口枸杞水："下节课自习，你们两个，就在我办公室里好好反省写检讨！不算标点要一千个字！少一个字校庆典礼就不用去看了。"她说着将杯子往桌上一搁，"有异议吗？"

那架势好像谁敢说句"有异议"就拖出去斩了。

陆京一板一眼："报告老师，我这次成绩好像进步了。"

"数学考一百零五分还敢提进步？人家考一百五十分都没敢开口呢！"

梁洁的气势也不是很足，毕竟陆京的三门文综两次月考下来都无可挑剔，政史地老师都到她面前夸过，语文更是让她这个语文老师在年级段出尽风头，骄傲得不行。于是她降了点儿标准："这样吧，双沐的检讨写一千字，你八百字。"

温双沐："……"这都行？

梁洁突然语重心长，一副拉家常的姿态："老实讲，你们俩是不是不对付，不满意我之前让你们做同桌的安排？老师本意是想着你们擅长的科目非常互补，可以相互带一带，但现在看上去效果不是很好。你们要实在不乐意，这次座位拆开也行。"

拆座位？

温双沐还没太反应过来，耳边又是一声"报告老师"。

"我数学进步的五分都是温双沐带的，她语文没考好，是我监督不到位，争取下次月考把她带到一百一十五分。"

不是，做保证就做保证，怎么还扯上她了？

温双沐踢了陆京的鞋跟一下，身子略微后仰，靠陆京身边嘴皮几乎没有上下起伏地对人低声说："你语文一百三十分考惯了，真当一百一十五分对普通学生来说那么好考啊！"

陆京目不斜视地笔直站着，没有搭腔。

梁洁听了却十分满意，也不管他们私下有什么意见，自顾敲定："可以，有这个决心就行。"

她说着整理教案，站起身："我去一班上课，你们再搬张椅子，就坐在这儿写检讨，写完了再回教室。"

办公室门被带上，温双沐一下子在梁洁的椅子上瘫坐下来。

陆京去搬椅子，办公室后排桌位的窗户开着，吹得桌子上的卷子"哗啦啦"地响。他把窗户合上，又从打印机旁拿下两张 A4 纸，回到温双沐身边，递她一张："写吧。"

温双沐没接过，仍保持仰靠的姿势，鞋尖抵在大理石砖地面，前后滚动椅子，看着天花板一脸沉思："先放着，等会儿。"

陆京没催她，把纸放在桌上，自己先从笔筒里抽出支黑笔写了起来。

预备铃响了，办公室里安静下来，老师们都去上课了。

温双沐瞥眼去看陆京，他背后就是窗户，阳光照下来，刺眼得厉害。她眯了会儿眼才适应光线，发现陆京的检讨已经写了两排。

温双沐"啐"一声，搞不懂这人怎么可以那么淡定。

她决定给他制造点儿危机感："你就不担心我语文上不了一百一十五分吗？"

陆京笔尖一顿，偏过头来看她，过了片刻，说："你上不了吗？"

"我上得了吗？"

"你上不了吗？"

温双沐盯着陆京的眼睛看了几秒，忽然坐直身子："行吧，上得了！不就一百一十五分吗，随便考给你看！"

椅子下方的滚轮滑动，温双沐往桌子的方向靠，没注意陆京看着她的后脑勺儿笑了笑。

两个人共用一张办公桌，温双沐的位子离笔筒太远，懒得站起身去拿，左右看了看，直接将陆京虎口里的那支抢了过来。

陆京也没觉得她这个动作有什么不对，手臂往前一探，又从笔筒里抽出支新的黑笔来。

温双沐考试写作文像挤牙膏，写检讨也像挤牙膏。她黑笔在虎口晃来晃去，好不容易憋出一排："对了，你考前怎么也翘晚课了？"

"胃疼不太舒服，回家自习了。"

这理由听着好像有点儿耳熟。

温双沐想起件正事，虽然办公室无人，但还是一副跟陆京交换秘密的谨慎样子，往他胳膊边靠了靠："话说你跟林森关系那么好，应该知道他这次为什么能当上校庆主持人吧？"

"嗯？"陆京瞥过眼，猝不及防地看见温双沐的睫毛距离他脸廓就几厘米的位置。他顿了顿，说，"因为……热爱？"

温双沐表情都迷惑得皱成一团了："这也可以？"

陆京诚恳地点了点头，盯着她近在咫尺的睫毛："嗯，可以。"

温双沐："……"

一节课四十分钟，温双沐前半节课太懒散，到后面陆京八百字检讨写完了，她还剩四百字。

温双沐看陆京起身，以为他是要先走，着急地说："你帮我一起想想，还可以扯点儿什么。"

陆京原本只是看梁洁桌上的简易书架上有很多从学生那儿缴来的课外读物，想抽一本打发时间，但是看着温双沐搭上了自己袖子的指尖，又坐了下来。

接下来陆京三不五时地给她报一句，温双沐自己再编一句，七八个来回之后，总算在下课前完成任务。

两个人把两份检讨压在鼠标下，就出了办公室，往三楼教室走去。

课间的楼道人来人往，林森好不容易甩掉班里围着他的一众女生，靠在楼梯拐角，提着衣领扇风。

他看到陆京和温双沐一起从楼下上来，也没问两个人是干吗来的，就上前与陆京分享："你刚是没看到，我这辈子都没想到我有那么受女生欢迎的一天。一群人给我送吃又送喝，什么'林林''森森'的小名都给我取起来了，太可怕了！"

陆京有模有样地跟他分析探讨："估计是你那张穿西装的主持人定妆照太帅了，大家都被你迷倒了。"

林森忍不住笑出声："别，我可经不住你这么夸。我猜是我面试那天学生会把我爸是森译老总的事传出去了。她们肯定是想通过我打入内部，下次有什么演唱会、电影点映，向我讨门票！"

温双沐听到他们的对话，有点儿凌乱，打断说："等等，你刚说的森译是我想的那个森译娱乐的森译吗？"

"对呀。"林森倒也没有遮掩。

陆京为了证明自己自习课上说的那句"因为热爱"不是无中生有，偏头在温双沐耳边补充了一句："所以他的热爱比一般人都要好用。"

温双沐："……"太真实了！

温双沐回到班里，发现二班也有不少女生讨论林森。

林森可能心智未开窍，觉得女生们对他好，只是图一张演唱会或电影的门票。

温双沐倒对他突涨的人气十分理解，娱乐圈对大多数普通人来说都是比较遥远的存在。学校里突然冒出个娱乐公司老总的儿子，这件事本身就足够魔幻。而林森各方条件不差，又有长相和成绩方面的加持，成为校园风云人物是早晚的事。

不过……

陆京看王承硕往后传作业本，胳膊垂了半天，温双沐也没接过，起身帮忙带了带。他把作业本放温双沐桌上，看她表情不太对，问道："在想什么？"

"啊……"温双沐回过神来，接过作业本，把指尖搭在边缘微翘的纸张上按了又按，语速有点儿温吞，"我刚在想，如果这次主持人选拔没有林森参与，最后是我靠我妈的关系当上主持人，学校里同学会对我什么态度？"

其实这个问题不太需要回答，她之前在楼道上散出选拔有内幕的消息时，大家的敌意就足够明显了。

而上次，不论是一开始大家认定她是最后的主持人，还是后来夏芝里意外天降，同学间都是敌意的声音多于善意的。

温双沐是真的有点儿迷惑了。

"为什么大家对男性的包容度好像就高一些？"

"不知道。"陆京表情也有些沉默，他杵在过道上，过了很久，才很轻地说了一句，"不过也是因为包容度高，这件事让他来做正好。"

校庆典礼在晚上举行，开场前有一小时的文艺团表演，接下来才是与影帝的近距离一对一访谈。

各班学生吃完晚饭，由班干部组织提前入场。

陆京和王承硕从后台探望林森回来，顺便要到了影帝"祝好好学习，天天向上"的签名。

千人大礼堂里座无虚席，还有不少隔壁十三中借校服混进来的学生。

温双沐跟季佳绘、夏芝里坐在一排。夏芝里按着手机突然起身离开，顿时多出个位子。

王承硕看见后，用手背拍了陆京一下："坐在那儿吧。"

陆京看去，温双沐的身形轮廓在黑暗里也非常好辨认。

他缄默了两秒，感觉王承硕故意得有点儿明显，偏偏又不好拆穿，只好咬声提醒："那儿才一个空位。"

王承硕为了捉弄人，思考片刻："那我委屈点儿，坐你腿上？"

陆京沉吸了一口气，选择把王承硕挤到温双沐旁边坐下，自己则跟边上同学打招呼，问能不能往右侧过道挪一挪，再腾个位子。

等陆京在王承硕右手边坐下，王承硕已经对着温双沐看了几秒，最后笑靠到椅背上，对陆京说："绝了，她竟然睡着了。"

陆京越过王承硕的肩线看去，温双沐脑袋微歪，眼睫全都垂下来。

也是厉害，能屏蔽掉礼堂 3D 环绕式音箱的狂轰滥炸睡着！

陆京笑了一下，刚打算把视线转向台上的表演。温双沐脑袋像失重般往下一点，突然醒了过来。

温双沐被乌小漆叫醒，眼前都是发晕的，她直起身左右各看了眼，发现夏芝里还真不见了。

她扭头问王承硕："你刚才看到夏芝里了吗？"

因为礼堂里声音嘈杂，她的音量也提高了几分。

王承硕没想到她说精神就精神，回忆了几秒，用食指往外指："应该是出去了。"

温双沐心想，夏芝里不愧是女主，每天有那么多剧情要走，连带着她也一个安生觉都没得睡。她怕挡到后面同学的视线，就弯腰扶着前排椅座，挤了出去。

王承硕也不知道温双沐突然这是要做什么，盯人离开的方向看了片刻，轻点下巴示意陆京："你不跟去吗？"

陆京怪异地看他："我为什么……"

陆京后几个字还没说出口，王承硕疑惑地对他"嗯"了一声，一副"我没听清，你再说一遍"的样子。

陆京登时把没说完的话咽了回去，双手往大衣口袋一揣，起身通过礼堂侧门走了出去。

王承硕笑了笑，把挂脖子上的相机取下，翻看刚才在后台拍的照片。

温双沐出了礼堂就发现了夏芝里的身影，她远远跟着人来到她上次翻墙离校的地点。这条路上没有路灯，也没有监控，树木的阴影衬得四周黑黢黢的，有些瘆人。

"她跑这儿来做什么？"

温双沐好奇地问乌小漆，下一秒就听见了夏芝里的轻呼，紧接着一个黑色身形翻过高墙，单手撑着墙头，跃了下来。

虽然天空没有月亮，但胜在星星多，温双沐还是把翻墙进来的男生认出了——沈之庭。

温双沐躲到一棵树后，看夏芝里如何帮沈之庭拍掉衣服上的尘土，然后和人说着话朝操场的方向走远。

乌小漆总结："女主和男三进入追忆往昔情节，简称小说插叙环节。"

温双沐趴在操场观众席上方的栏杆处。沈之庭和夏芝里并排坐在两架秋千椅上，距离太远，什么对话都听不清。

温双沐说："把商城界面调出来给我看看。"

乌小漆兴奋地说："宿主是要解锁章节吗？"

温双沐选了积分最便宜的："不是还可以偷窥评论区吗？先用这个。"

乌小漆乖乖兑换，不介意帮人回忆一下黑历史——您之前好像还很瞧不起这个功能。

"那时候太单纯，觉得便宜没好货，现在不是长大了吗？"

电子屏展开，温双沐上下浏览。

每次看到芝芝和庭哥的戏份都觉得好"刀"，我永远不会告诉你，我在你身后守护了多久。也太伤了吧！

呜呜呜！芝芝真的很可怜，从小缺失父爱，好不容易出现个沈叔叔跟她母亲相爱，两边家庭成员也很合拍，夏妈妈和沈叔叔却在领证的路上车祸身亡了……难以想象一个十六岁的女生如何承受那么多。幸好庭哥一直有在背后默默守护她，还有苏起言，让她的世界里照进光！

……

温双沐拄着下巴，跟看电影一样欣赏眼前的投屏。

目光扫到苏起言名字，眼皮很轻地上下起伏了下，略过后面的内容，只关注前面的剧情部分："原来不是暧昧对象，而是异父异母的哥哥呀！"

温双沐让乌小漆继续往下翻页，仅瞥个大概，画风就十分激烈。

她挑了挑眉："这章的评论还挺热闹。"

"毕竟是大爆文，'课代表们'都很活跃，长评跟话题少不了。"

有点儿想背叛"苏神"几秒，站一下芝芝和小沈这对儿。

楼上有"毒"吧，芝芝和庭哥一直都是兄妹情好吗？

其实我觉得抛掉芝芝和庭哥复杂的家庭因素，她跟庭哥在一起确实会更适合一些。虽然"苏神"也很好，但每次看到"苏神"跟温双沐的互动都会让我有种很奇怪的感觉。感觉"苏神"对温双沐的感情并不像表面那样冷漠，很微妙，从读者角度看着并不舒服。

附议，女配到了番外都不下线，这种情况真的很少见。

这楼才是真的有"毒"吧！"苏神"对温双沐的讨厌那么明显，你们眼瞎还要怪作者写得不好。

……

温双沐没再往下看，让乌小漆把评论区收起来。

乌小漆打哈哈说："爆文评论区确实乱了点儿，读者太多就容易闹分裂。宿主不用太放心上。"

温双沐无所谓地耸了下肩："但还是得到了一个有效信息。沈之庭和夏芝里之间只是兄妹亲情，不会对小鹭鹭产生威胁。"

乌小漆没料到温双沐的关注点，愣了几秒才接着说："确实。"

温双沐双手放进口袋里，转身往操场观众席的出口方向走："所以下次夏芝里再跟沈之庭走剧情的时候，你不要再把我吵醒了。"

乌小漆说："哦。"

温双沐沿着台阶往下走，地面太黑，难以辨清每级台阶间的分界线。她小心翼翼地走了两级，瞥见出口的平地立了个黑乎乎的人影，抬眸看去一眼。视线与沈之庭相撞，她的步子停了下来。

沈之庭单手插兜，身形颀长，神态并不像和夏芝里相处时那般温柔良善，看架势，似乎就是在等她下来。

想到夏芝里，温双沐下意识往操场草坪边的健身器材区看去，人不见了，也没跟沈之庭一起，不知道是去了哪里。

沈之庭大概猜出她在想什么，开口说："她回礼堂了。"

温双沐假装没听懂，又往下迈了一级台阶："不好意思，咱们认识吗？"

沈之庭侧过身，没再看她，转而望向礼堂，晚风吹得他发丝微微后扬："芝芝最近一直在跟我提你，说你是她在这个学校里交到的唯一朋友。"

温双沐说："你确定她说的那个人是我？"

"你们那天原本打算一起出学校吃饭，我说的没错吧，温同学。"

温双沐和他对视了两秒，放弃争辩。她还以为沈之庭到校门口找夏芝里，满心满眼只看得见夏芝里，没想到她的存在感挺强，竟然让男三同志记住脸了。

"行吧。"温双沐也不装了，去到平地上与沈之庭站在同个高度，"所以你找我是想说什么？"

不等对方回答，温双沐已经"脑补"出好几种深情男配为了女主如何警告恶毒女配的对话版本，比如"离她远点儿"，或者"收起你那些坏心思，有我在，别想伤害她"，再或者"如果她接下来出什么事，我第一个不放过你"……

沈之庭却打破常规，从口袋里掏出张字条，递给她："这是我的联系方式，如果她在学校有什么事，麻烦你通过这个号码联系我。"

温双沐表情怪异，盯着沈之庭递到眼前的字条，怀疑对方是不是被什么奇怪的东西附身了，不然怎么会那么想不开，把这种重任交她头上？她迟疑地抬了抬手："你确定吗？"

沈之庭很确定："你很关心芝芝，在游乐园的时候你就一直跟着我们。"

温双沐："……"

温双沐一时之间不知道应该先惊讶的是自己跟踪被发现的事，还是对方脑洞大开、清奇无比的逻辑思路。

沈之庭视线忽然越过她，看向观众席侧方："还有另一个拿气球的男生。"

温双沐没听懂什么气球不气球的，以为是自己被操场的杂音扰得听错了："你说什么？"

沈之庭盯着她的衣服上下打量，给出建议："下次跟踪记得别再穿校服，太明显了，也就只有芝芝发现不了。"

温双沐："……"

温双沐没好气地拿出手机，保存下沈之庭的电话号码，回拨过去。

沈之庭保存了她的名字："谢谢。"

温双沐心想，这个号码她会不会拨通第二次还是个未解之谜，于是摆了摆手，便将沈之庭扔后头，沿着跑道往前走："没事我就先走了。"

沈之庭没再叫住她。

温双沐离开操场后直接回了教学楼。

等到第三节晚自习快下课，看完校庆演出的大部队才熙熙攘攘回来。大概是自由提问环节有学生问了什么过于劲爆的问题，大家回到教室仍激烈讨论。

季佳绘来到温双沐座位，用单手搭她椅背上："你怎么看一半就直接回来了？"

温双沐头也没抬，在草稿纸上写写画画："嗯，感觉没什么意思，不如多背几个语法。"

季佳绘扫了一眼她那巴掌大小的笔记本："这是陆京给你整理的？"

自从老师说可能要拆座位后，陆京对温双沐的语文就格外上心，还给她整理了一本语法口袋本。而陆京的语文作文经常被班主任打印出来放班里传阅，被一眼认出字迹也不是什么稀奇事。

温双沐答应了一声。

"李茂真刚刚约咱们晚课结束后一起去吃夜宵，让我跟你说一声。"

"你去吧，我就算了。"

"别呀，他们一群男生，你要不去，就我一个女的，多尴尬呀！"

像事先料到她会拒绝一般，桌洞里的手机亮了亮，一条短信显示在屏保界面。

苏起言：放学一起。

复兴巷的美食店一到晚上就亮起灯牌。空气里各式爆香的椒盐、孜然、辛辣味儿与油烟融在一起，弥漫在整条街巷里。

李茂真和苏起言另外叫了几个春季班的男生，算上温双沐和季佳绘，一行八个人，走在满是学生的窄道上。

温双沐跟在后头，单耳塞了耳机，另一边耳机线打结，也不解开，就这么垂在胸前。耳机里一条一条地往下切换语音信息，她脸上不由自主地带了点儿笑。

放学时间，"峡谷开黑群"里的大家走路估计都腾不出手打字，几十条信息中一半是表情，一半是语音。

王承硕在群里上传了很多晚上拍的照，有正经的，也有搞怪的。温双沐放学没看到王承硕和陆京随班级队伍回教室，估计又去了礼堂后台，加上刘以恒、林森四个人，几个人拍了一堆放飞自我的蠢照。

语音内容从一开始庆祝小林主持人银幕首秀圆满收官落幕，到后面全是点评照片的笑声。

林森："救命，我刚做这个姿势的时候竟然那么逗的吗？怎么都没人提醒我？！"

王承硕："我以为你是自己很喜欢，满足你的愿望。"

刘以恒："笑死我了，十张里面八张都是同样的 pose（姿势），'五个木'你是对这动作有什么执念吗？哈哈哈！"

林森："我明明是看京哥这样很帅，试了一下，谁知道效果差那么多！"

陆京大概是刚进地铁站，背景里能听到一点儿刷卡进站的声音以及广播站点的客服播报声："怎么说也是王承硕大摄影师的抓拍初体验，大家给点儿鼓励。"

陆京："来，鼓掌。"

陆京这一句"来，鼓掌"，隔着耳机，被电磁音刷了一层奇特的质感，温双沐眉骨条件反射地往上轻挑了一下，下一秒又听群里的人竟然真的都录了几秒的掌声发出来。

温双沐忍俊不禁，抬头却发现原本走她前面的季佳绘、苏起言几人不见了。

她下意识往前迈出一步，冷不丁被人从后头揪住大衣的帽子。苏起言的声音从头顶上方飘来："去哪儿呢？"

温双沐回头，才发现大家都拐弯进了边上的一家火锅店。

苏起言一手抓她帽子，一手还抵着玻璃门，显然是在等她进去。

对上了苏起言的眼睛，温双沐有种走神被抓包的感觉，随手往前一指："哦，我去买杯奶茶。"

苏起言顺着她指的方向看去一眼，奶茶店门口排了不少学生，但也有个别奇装异服、看上去不太正经的街头青年。

他松开抓住温双沐帽檐的指尖："要什么口味的？"

温双沐愣了愣，才说出两个字："都行。"

苏起言"嗯"了一声，仍帮忙抵着玻璃门，语气清冷："我去买，你到里面坐吧。"

温双沐顿了几秒，才往店里走去。

李茂真他们已经占了八人座，正在翻菜单。

"双姐，你吃什么？"

温双沐摘了耳机靠过去，低头报了两个自己喜欢的菜名。

李茂真接着问："起哥呢？"

温双沐自然地又报了两个菜名，都是苏起言喜欢的。

李茂真在菜单纸上找到菜名勾下来，场上没人觉得温双沐代答哪里不对。只有温双沐后知后觉地自己掌嘴，有点儿懊恼这种"习惯成自然"。

冒着红油的汤底端上桌，一行人去自助区拌调料、拿水果。

李茂真抱了一堆饮料过来。

温双沐口渴，没多想，拿了一瓶过来，拇指勾着拉环，"咔嗒"一声轻响，将金属环平整按下，还没送到嘴边，手腕突然被人从边上扣着拉开了些。

温双沐都闻到了一点儿饮料飘来的果香，张了几次口，都没能喝着。她扭头看向拎了奶茶袋回来的苏起言，问道："你干吗？"

"这话应该是我问你才对。这里面含酒精。"

苏起言将饮料从她手心掰下，转将奶茶取出，插了吸管放她面前。

李茂真刚去端了份冰淇淋，看到这幕，拿起饮料看了看："抱歉，抱歉，是我拿错了，找服务员换换。"

苏起言把剩下那杯奶茶递去给季佳绘："这个给你的。"

季佳绘受宠若惊，连忙双手接过："哦，好，谢谢。"

菜品渐渐上齐，各样肉类下锅，八双筷子一夹，跟蝗虫过境般寸草不留。

哪怕是学霸班的学生聊天，也无非是些校园八卦新闻。

什么十一班的大学霸余筝筝似乎跟他们班的小二世祖应泽渊有暧昧；尹星烛月考又是年级第七，前几天到一班问周泉竞赛题目，竟然已经自习到了"递推数列"；教导主任似乎打算在午休后设置半小时的预备课，让学生每天考张小卷，保持备考能力……

时间接近十一点，苏起言独自离座结完账回来。他拎起书包，又顺便拿起温双沐的，问她："走吗？"

温双沐抽了张纸巾擦嘴："嗯，走。"

温双沐和苏起言坐一辆出租车回去。苏起言上车后便合眼休息，一脸疲惫。温双沐怕玩手机会吵到人，继续插着耳机。到了小区门口，温双沐结完车钱，才推推苏起言胳膊。

苏起言可能一直没睡，也可能睡得不深，她刚碰上他的胳膊，他便睁开眼睛。

苏起言下车，晚风吹得他大脑清醒不少。过了几秒，他又想起什么，弯下腰，从半敞的车门里先接过温双沐的书包，等她下来，才交还给她。

温双沐接过书包还有点儿蒙，被苏起言这晚接二连三的奇怪举动弄得不太适应，欲言又止。

电梯缓缓上升，两个人一左一右地贴壁而站。

苏起言靠在墙上，闭塞的空间让大脑的昏沉感加深。他盯着金属壁里的倒影看了一会儿。

温双沐低头按着手机，而他在看她。

很熟悉的景象，几个月前他们的相处模式似乎就是如此，只是如今动作的对象颠倒了过来。

晚上在礼堂里，他不小心睡了二十分钟，做了个梦。

梦里的所有画面都很真实，他看见温双沐躺在医院病床上，大大小小的仪器连接在她身体的各个部位，甚至能闻见空气里的消毒水味儿。

不过梦里的温双沐看上去有点儿陌生，不太像他现在所认识的她，脱去稚气，眉眼出落得更大方，有点儿像几年后。

他看见梦里的另一个自己迟疑地走向病床，周围的仪器骤然发出刺耳声响，乱作一团。然后他听见医生的声音远远传来："首都时间……患者……确定诊断为植物人……"

苏起言在梦中惊醒，好一会儿都没办法缓过来，心悸到近乎窒息。

他摸出手机，是晚上，而不是梦里看到的白天。他原本想给温双沐发信息，短短的几个字却越打越不成句。于是借李茂真的口约她和季佳绘出来吃夜宵，才名正言顺地发去短信。

她看上去一切都好好的，但他依然有种一切都不受掌控的感觉。到底是什么时候，又是因为什么，变成现在这个样子的呢？

坐车回来的路上，苏起言想了很久，却没有得到答案。

电梯"叮"的一声抵达楼层。

苏起言站在那儿有那么几秒都没有动作，等电梯门自动合上，他才重新按下打开键，对温双沐道了句"晚安"，走了出去。

十五楼走廊的窗户没关，长风吹过，苏起言打了个小小的冷战。他回了下头，电梯门渐渐关闭成缝。温双沐始终没抬一下眼。

冬天来了，八月十五的艳阳正午已经过去很久了。

本市的最高气温在下半年里首次降到了八摄氏度以下，教室两排的窗户被雾气糊成一片，淌出几条细长的水珠。

温双沐因为堵车，到校的时间比平日稍晚了些。

班里还是跟菜市场一样，大家不是抓紧时间吃早餐，就是前后桌凑到一起订正一会儿课上要检查的作业答案。

夏芝里侧身靠在陆京桌子边缘的一小块地方写地理题，非常青春的一幕！

温双沐没忍住，用手机"咔嚓"一声，对着夏芝里和陆京拍下一张照片。

她站的角度正好，也不需要特意调整位置。才欣赏几秒，她就注意到陆京和夏芝里乃至王承硕都听到照相声，纷纷回过头来看她。

温双沐对上了他们的目光，果断晃了晃手机："我自拍。"

王承硕的表情有些难以言喻，挑个眉让他挑出了百转千回的角度。陆京则盯她几秒，勾着嘴角继续低头翻杂志。

温双沐被他们奇怪的反应弄得反而不自在起来。她把书包拎到座位上，思考是不是早饭面包屑粘脸上没擦干净。

她在过道上站了片刻，不自然地问陆京："你刚才笑什么？"

温双沐往下瞥，正好和陆京抬起的视线撞上。

"你的围巾很漂亮。"

"啊？"

温双沐猝不及防地受到夸奖，愣愣地摸了摸脖子上的围巾，然后干巴巴地说了声"谢谢"。

天气一冷，班里的饮水机就日常供应不足。

王承硕等夏芝里问完题目，才拉陆京一块儿去开水房打水。

出了教室，走廊上往来的女生里不少戴了围巾，款式都很符合王承硕对高中生的认知。他回忆了一下温双沐那条印了大牌复古字母纹路的围巾，哪怕对品牌没那么了解，都能嗅到金钱堆积的味道。他没忍住对陆京说："你家靓女是真的很靓，难怪一大早到教室就自拍。"

陆京像没听清："谁家？"

王承硕说："大家。"

陆京认同地"嗯"了一声。

王承硕："……""嗯"什么"嗯"！句子都不通顺。

两个人打完水回到教室，后门因为学生进进出出一直大敞着，寒风直往里钻。

温双沐拿了本语文书，提前翻到早读要背的内容。

这应该是她这学期第一回穿校服长裤。裤腿的款式被稍稍裁改，看上去更修身，露出一截脚腕。靓归靓，陆京看她小幅度地跺脚取暖，还是觉得这个要风度不要温度的审美可以再改一改。他退了几步将教室后门关上，把风挡在外头，这才回座位。

上午的大课间因为气象局发布的浓雾警告，跑操取消。

温双沐背了一上午的语法，脑袋都快背秃了，正好王承硕问她提前讨晚上的数学作业，她直接拉他进行我问你答的形式，巩固记忆。

陆京从两个人开始问答起，就支起脑袋往他们这处看。听了半天，温双沐就没几个能答对的。

陆京没忍住开口："其实我觉得你按照你的常识反过来念，应该就能对。"

言下之意就是她的常识全错呗！

温双沐扭头瞪了陆京几秒，忽然起身，抽过陆京搁桌肚里在看的杂志翻了两页："你好像很闲？"

"也……没有……"陆京有点儿猝不及防。

温双沐靠得过近。陆京的脑袋偏开右手几分距离，连带椅子腿儿的重心压在右后边微微后仰。

"这本我缴了。"温双沐径直将杂志扔窗台上，继而抽了本英语词汇本给陆京，她一只手撑他桌面，一只手搭他椅背，弯下腰来，微微笑着说，"要是闲得慌，就背背这个。咱们英语还是有很多进步空间的，对不对？"

陆京："……"

王承硕静默地看他们片刻，突然毫无感情地"哇"了一声。

陆京抄起桌角的便利贴本就朝人扔去："'哇'什么'哇'？！"

王承硕抬手往后指了指："班主任。"

温双沐瞬间直起身来。陆京也正襟危坐地将椅子腿儿压回平地。然而后门边只有几个同学在那儿打闹，连班主任的影儿都没有。两个人后知后觉地发现彼此都有点儿反应过度，视线对上一瞬，又触电般飞快分开了。

王承硕解释说："刚才班主任真过去了，还搬着好大一箱快递，所以我才'哇'了一声，估计是先去一班了。"

温双沐还处于心虚的状态，瞥了一眼夏芝里的后脑勺儿。对方似乎没察觉后方的任何异样，正捧着本英文原著书看。

温双沐定了定神，到储物柜找出王承硕刚向她要的数学作业，递给他："写吧。"

王承硕松了一口气，把语法本还回到她桌上，转了回去。

十分钟后，梁洁抱了一个大快递箱到他们教室："最近两次月考，咱们班表现都很不错。我在网上给大家买了些奖品，礼物不贵，就当一点儿心意，希望你们期末也都能好好表现。下面报到名字的同学来领一下。进步奖……语文单科优秀奖……数学单科优秀奖……"

温双沐用不上别的文具，上台挑的全是各式各样的笔记本。她抱着本子，发现讲台上的大纸箱旁还放了个小盒子。她来回拨了拨小纸盒，看包装很高级，问："梁姐，我这些可不可以换一个这个？"

"不行的。"梁洁笑眯眯地说，"这是三门文综老师专门给文综第一的同学准备的。"

她说着往底下座位看："陆京，上来吧。听说这个小地球仪挂坠是天文博物馆限量发售的，地理老师也是通过熟人才搞到了一个，送给你。"

温双沐仍站边上，感叹说："梁姐，你下回要不要给理综老师建议，让他们给理综第一的同学也来点儿表示，不然她会很心寒的，好不好？"

梁洁乐得不行："你看看剩下箱子里还有没有别的喜欢的，我做主再多送你一样。"

陆京上了讲台，接过小礼盒。

温双沐手臂如果要探到纸箱里，势必要擦过陆京的衣服布料。想到方才课间的些许不自然，她说："算了，我还是期末再好好努力吧！"

两个人一前一后往座位走。温双沐坐下后，陆京仍杵在过道上。突然他往她的方向侧了侧。

他的手指伸过来，礼盒倾斜着抵在她课桌上："想要吗？"

温双沐眼睛一亮，原本那点儿小别扭忘得飞快："你要跟我换？"

她把一沓笔记本全竖在桌上，就差刻上几个大字"时刻准备着"。

陆京看她的脸上表情恢复正常，才把盒子往腕心收了收："等期末语文上了一百一十五就奖给你。"

温双沐："……"

梁洁将讲台上的纸箱和塑料袋收拾了一下，又拍了拍桌子组织纪律："我这段时间在高二听课，发现他们很多班级都有搞积分PK赛，效果很好。感觉咱们班也可以试试。以四人小组为单位，进行组内PK和组间PK。大家既然能待在实验班，说明实力水平都差不多，有时候就缺了点儿竞争动力。接下来每次小考和大考，小组内成绩第一的同学都可以积五分，期末累计分数最高的同学，我带你们去火锅店撮一顿！"

底下的学生瞬间喧闹起来。

"老师，小组怎么选哪？自己定吗？"

"自己定的话应该没人愿意跟班长、夏芝里还有温双沐他们一组吧。"

"哈哈哈，跟班级前三一组，还怎么实现'火锅自由'。"

梁洁也考虑到了这茬儿，扫视一圈："就按照你们现在的座位，前后四人小组，正好后面那几位大家都不想跟他们做组员，让他们内部消化，免得打击其他同学积极性。"

众人满意地欢呼。

陆京听着听着，觉得哪里不对。他先抬眼看看前桌的夏芝里，再往左看看温双沐和王承硕。

四人小组……老师是不是忘考虑他了？这三位要"神仙打架"，怎么看都没他的事吧？

梁洁像慢半拍地想起陆京。她说："陆京的话……"

陆京寻思班主任还算靠谱，知道给他安排个更好的去处，却见梁洁盯着其他小组取舍半天，说："陆京就委屈一下。其实按你现在的总排名，换到哪个组拿第一都挺吃力的。跟班长他们一块儿，还可以多学习学习，毕竟这么好的理科资源，也挺难遇到的。你说对吧？"

班上哄堂大笑，不少同学回头往后望来，拉长调重复了句"委屈一下——"

陆京侧身竖起英语词汇本挡脸。因为肤色偏白，他的指骨明显因为羞耻而泛红。

飞来横祸！陆京心想。

大概是因为他这副嫌丢人的样子十分罕见，女生们起哄得更厉害了。

温双沐手心托着脑袋，正好跟陆京偏侧过来的方向一致。

温双沐眼睛虽然看着陆京，话却是对着王承硕和夏芝里说的，嘴角经过控制，还是有点儿上扬的趋势："咱们的小组成员陆京同学现在好像有点儿意志消沉。来，大家一人一句，鼓励他一下！"

温双沐跟大师一样，点名王承硕："来，你，讲一版幽默的。"

"幽默我不行，不过我大概知道他吃哪套。高二分班，我们几个应该都是要选理科，待在现在班级的，对吧？"

温双沐想也不想地说："当然。"

夏芝里看温双沐点头，也跟着点了下头。

王承硕想到什么，突然笑了一下。他给陆京算了算："你要是读文科呢，就要搬去文广楼；读理科呢，按现在的成绩也只能下放到普通班。怎么样，舍得走吗？"

陆京："……"

夏芝里不解："舍得什么？陆京的成绩到文科班应该能稳居前几吧？"

温双沐之前一直没考虑过分班的问题，在她认知里大家理所应当地会选理科，但她对陆京以前的选择确实并不了解。

想到高达八十分的反派值，温双沐试探地问了一句："小夏文科那么好，有没有想过陪陆京一起去读文科？"

夏芝里矢口否认："没有，我要跟你一起读理科的。"

温双沐："啥？"

温双沐指尖搭到桌上的水笔，顺着笔身摩挲了一下，才扭头重新看向陆京。

"那你……"

她心里还挺想跟陆京和王承硕继续一个班。既然夏芝里读理科，他应该也会为了她读理科吧？

温双沐转过头，才发现陆京也在看着她。大概是看她手上搭了支笔，他也拿了支笔在指尖转。他用很随意的语气，听不出几分认真、几分玩笑："这样吧，你的鼓励还没说呢，我选文选理，就看你这句话了。"

夏芝里冒出一句："啊？你竟然要选理科吗？"

陆京黑笔"吧嗒"从指尖甩飞出去："过分了啊！好歹当了这么长时间的同班同学，怎么还不准我为了同学之爱，继续留这儿啦！"

夏芝里连忙说："抱歉，抱歉。"

其实到了高二，除去部分学生为了不和熟悉的朋友分开，老师也会建议大家尽量选理科，这样高考专业选择范围更广。

温双沐发现陆京的目光又放回了自己身上。她起初压根没想过什么鼓励，毕竟语文上老是被他压过一头，就连换个小奖品都要她期末考一百一十五分才能商量。她本意是想等着王承硕和夏芝里说完，自己单纯负责嘲笑的那部分，不过……

"那……你接下来数学和物、化、生好好加油？"

陆京看着她："行，我好好加油。"

梁洁站在讲台上拍了好几下桌子，偏偏有几个学生跟选择性耳聋一样，完全听不见她的动静，还都是她最中意的爱徒。她简直要被折腾到没脾气了。

她双手撑在桌沿，皮笑肉不笑地说："最后排那四位，我人还没走呢！我后面说的话，你们听见了没有，能不能派位代表出来重复一下？"

四个人还在讲话，直到边上的同学同情地敲了敲他们桌子，才意识到梁洁看向他们的笑容已经非常危险。

夏芝里看向黑板，眼神一如往常般的纯净，但嘴巴动了动，小声问："老师刚才说了什么吗？"

王承硕说："你都没听见，我到哪儿知道去。"

四个人安静地僵持片刻，温双沐和陆京不约而同地瞄准王承硕。

陆京的大长腿越出过道，几乎和温双沐同时朝王承硕的凳子腿儿踹去。

"要不你来？"

"班长快上。"

王承硕心想：没必要吧！还同时踹我！

梁洁寻思，如果眼睛能杀人，她一定要把这帮臭小孩儿狠狠收拾一下。

她扶着讲台沿，往边上走了半圈："估计你们也是没听见。那我换个问题来问，你们刚聊什么聊得那么起劲儿？"

温双沐一阵头疼，追根究底还是她先拉另外三个偷偷讲话，可她总不能跟老师说"我在号召队友们对陆京进行劝学"吧？不过想想，这么说好像也不是不行。

她刚准备站起身，边上陆京却先她一步举手："报告老师，我刚跟他们三个商量，能不能他们比他们的，我就负责当裁判？"

温双沐几乎下意识地蹦出两个字："做梦！"

班上在两秒死寂之后，包括梁洁在内的所有人都爆笑起来。

陆京默默扭头看向温双沐，眼神像是在问——你到底是哪一伙的？

温双沐："……"

主要是在刚才聊天的时候，陆京也没说过当裁判的事。听他举手这么一说，她一下子没反应过来，以为只是敷衍老师。而她又是这么要强的一个人，条件反射地想要杜绝组内所有消极厌战的行为……

梁洁笑得连眼泪都出来了："这点我还是支持双沐的看法。不管胜率多少，没有竞争，哪来的进步？陆京还是要多点儿参与感，老师期待你的……"

梁洁调整了好几次，都没能成功把笑憋回去，最后放弃地摆了摆手："算了，算了，我晚点儿把具体积分规则打印出来贴公示栏上，不清楚的同学自己上来看，到时候由班长和纪律委员帮忙监督执行。"

班主任出了教室，温双沐听着班上同学滔滔不绝的取笑，趴在桌子上装死。

王承硕和夏芝里已经算班里非常不苟言笑的两个人了，可能也是离得近的缘故，笑声直往她耳底钻。

温双沐很想抬头问一句——"硕神"，你的"神格"呢？夏芝里，你的高冷呢？

不过，沉默，是今晚的康桥……

温双沐郁闷地从臂弯里探出半边眼睛。陆京正好从座位里出来，路过的瞬间，抬手落她脑袋上揉了一下。

温双沐的脑袋刚抬起，就被人压了回去。

她在桌上趴了几秒，好像太热，扯了扯围巾坐直起身来，用拇指镇定地按了按右手指关节，又打开保温杯往杯盖里倒了点儿水。

余光里，陆京站在储物柜前，打开的半边柜门挡住了他的手臂，估计是在翻找下节上课要用的书本。柜子里的杂书太多，他抱了一摞放到上方的平台上。

白皙的指尖一闪即逝，温双沐大脑思维不由发散地与方才头顶的触感比对了下。

她喝着水，因为过道有别的同学经过，赶快眨眼，将视线收了回来。

她低眸看看保温杯里还冒着热气的水，搞不懂自己为什么要喝这个。将杯子放回桌角，她感觉整个人都更热了些。

预备铃响了，周泉拿着教案走进教室，让大家找出作业资料，自己拿三角板在黑板上画图。

底下一片稀稀拉拉的翻书声。

周泉把要讲的几何图画完，却发现温双沐抱着书站去了后面储物柜旁。

"课代表有什么问题吗？"

"报告老师，我有点儿困，想站着听课。"

周泉挑了下眉，点头应允："嗯，可以。其他同学也多向课代表学习学习，不用觉得不好意思。如果犯困了，自己找方法调整，不然一节课都浪费在那儿开小差，得不偿失……"

温双沐感觉陆京似乎回头看她一眼。她假装专注地枕着柜子在试卷上订正了两行公式，等人转过身了，才用红笔"哗哗"地把刚写的东西划掉。

她烦躁地将笔扔开，也不知道自己到底在乱折腾什么劲儿。

周泉开始分析题目。温双沐平常课上喜欢偷写当天作业，今天反常地举了好几次手回答，强势地想把注意力往别的地方调。好不容易挨到下课，她萎靡不振地回到座位，耳朵贴着桌子，侧趴下来。

陆京偏头看了她一眼，伸手在她眼前打了个不轻不重的响指："还困？"

困扰了她一节课的手冷不丁晃到眼前。

温双沐的视线再一次陷入无处安放的境地，但直接把脑袋调换个方向又太刻意，她只好自闭地说："有点儿……"

"下节课自习，可以稍微睡一会儿。"

"嗯……"

温双沐默默将围巾拉高，挡到眼睛的位置。

温双沐的胡思乱想一直持续到傍晚吃饭。

季佳绘和辛瑞约了去校外吃，她和夏芝里两个人走在去食堂的路上。班里几个男生跑过，夏芝里突然闪身往她这侧躲了躲，还抬起一边胳膊挡了一下。

温双沐没注意到发生了什么，但听到夏芝里嘴里发出不耐烦的声音，还挺新鲜，问她说："怎么了？"

夏芝里表情不太开心地将抬起的那只胳膊放下："刚才体委跑过去，拍了一下我的脑袋。"

温双沐捕捉到那个困扰她一天的关键词，瞬间集中了注意力："他拍你脑袋了吗？"

夏芝里"嗯"了一声，停顿几秒，像没能控制住内心的牢骚，对她说："咱们班有几个男生特别奇怪，很喜欢对女生动手动脚。体委有次过来问我题目，凑得很近。我说他能不能别靠那么近，他竟然说纪委每次跟我讲话都靠那么近，凭什么他不可以。可纪委什么时候靠我那么近过了？就很……"

信息量太多，温双沐一下子不知道该把关注点放哪儿。

"你竟然还会骂人的吗？"

夏芝里愣了下，笑起来："生气或无语的时候肯定都会呀！"

温双沐眨了眨眼："是吗？"

印象里陆京似乎就从未说过脏话。

温双沐视线眺向前方，落到那几个跑远的男生身上："可是体委这种很明显就是喜欢你吧？"

夏芝里想也不想地说："不可能！"

温双沐露出疑惑的表情。

"他如果对我感兴趣的话，应该对班里一半的女生都感兴趣。"

"怎么说？"

"男生都这样呀！不仅是体委，班上其他男生一到课间也都喜欢找女生玩，什么掰手腕呀，比握力呀，动不动就会摸女生脑袋、头发。"

温双沐听呆了："这……这……竟然那么常见的吗？"

夏芝里点了点头："对呀！"

所以陆京摸她脑袋是再自然不过的事，是她小题大做了？

夏芝里还在继续往下说："所以我还挺羡慕你的，班里男生都说你气场太强大，不敢靠近你。"

"嗯？"温双沐思绪一下子没转过来。

夏芝里不好意思地挠了挠脑袋："其实我一直想学你对男生的高冷态度，但可能学得不到位，效果不太明显，不过座位调到你边儿上后就好挺多，很少会有男生课间围上来了，要不然怪浪费时间的。"

温双沐打断她："等等，你刚说什么？你一直是在学我……"温双沐指了指自己的鼻子，"高冷？"

夏芝里睁着盈润剔透的大眼睛："对呀，我开学第一天见到你，就觉得你的性格很酷。"

温双沐没想到《芝芝绿妍》的一大未解之谜就这么被她破解了。

难怪她一直觉得夏芝里的高冷气质特别"薛定谔"，敢情骨子里是个"软妹"，剩下那部分是找她这个一点儿都不高冷的半吊子学出来的。

乌小漆闭麦了一天，没忍住大吼："不是啊！在小说原文的描写里，夏芝里明明是因为初三时期家中发生变故，沈箬和沈之庭搬往另个城市，一朝之间美满幸福的家庭分崩离析，所以才闭塞了心灵与外界的通道，变得高冷……怎么可能是跟宿主你学的呀！"

温双沐无辜地说："不然你自己问问她？"

乌小漆简直难以置信："女主跟女配学高冷？真相怎么会是这样！这跟我那么多年的小说观、人生观、价值观都不符啊！"

"说明我的魅力强势不可抵挡好吗？"

乌小漆还在持续崩溃，温双沐却心情愉悦地拍了拍夏芝里肩膀："晚上想吃什么？我请你。"

一顿饭结束，乌小漆已经从崩溃转向麻木。

温双沐则快活得不行，一路哼着流行曲回教学楼，然后在进教室时，不小心和从后门出来的陆京撞上。

陆京出门的步子停下来，挑了下眉："心情很好啊？"

"嗯，晚上食堂的砂锅味道不错。"温双沐说着还问了问夏芝里，"对吧，小夏？"

夏芝里点头说："嗯，对！"

温双沐回座位写作业，有道竞赛题本来应该白天课间问周泉，但当时的她还沉浸在自我脑补过度中。于是她趁现在晚读没上课，去了趟周泉办公室。

进到数学组办公室，周泉正站在窗边啃着晚饭的玉米棍，看到她后企图张嘴说句什么，大概怕喷出一嘴的玉米粒，又把嘴巴闭上，改成挥了挥手。

"画风"过于别致，温双沐感到好笑，正打算拿起题目问人，发现周泉的办公位上坐了别的学生。虽然电脑屏幕挡住了对方大半张脸，但温双沐还是通过黑色的短发和握钢笔的手认出了是苏起言。

她又往前走近了一步。

苏起言胳膊下垫着三张大试卷，正在草稿纸上列着算式。

温双沐把竞赛书暂时放了放，问周泉："他在干吗？"

苏起言听到温双沐的声音，笔尖一顿，抬起头来。

周泉咽下嘴里的东西："起言把高中五本数学必修的内容都自习完了。我拿了套高三前几天考的一模卷，想让他做做看，看能考几分。"

温双沐的嘴角小幅度地往下撇了撇，像是对全年级只有苏起言有这样的待遇感到不服气。

想着苏起言在这儿，温双沐打算晚点儿再来问题。苏起言却是忽然开口："老师，要不要让温双沐也试试这套卷子？"

"对呀。"周泉像被点醒，"课代表有兴趣试试吗？"

温双沐其实没有太系统地把高中三年的数学内容复习巩固过，多是别人问她题目时，她当场回忆一点儿是一点儿。她现下被苏起言和周泉同时看着，还是勾起了胜负欲。她把边上的空椅子拉过来，说："行啊。"

苏起言比温双沐早答卷十分钟，等周泉给他批卷时，温双沐仍在写倒数第二道大题。

周泉低头算着分："起言，你帮双沐看着时间，到点了提醒她一下。"

温双沐被周泉这句话弄得一下子有点儿慌张忙乱起来，不再死磕倒数第二道题，跳过去看最后一题的题干。等她勉强把第一问胡乱答上，苏起言的指尖落到桌上轻敲两下，嗓音疏朗："时间到了。"

她目光从桌上的钟表飘过，顿了顿，又掠了回去，她从五点五十五分开始答的卷，现在八点二十七分，还多答了两分钟……

温双沐怪异地瞟了苏起言一眼，也不知道是他没算清楚时间，还是特地等她把第一小问算完才提醒截止。

周泉把苏起言的卷子还给他，喜笑颜开地说："很不错，一百三十二分，这个水平可以直接去参加高考了。"

苏起言的神情平平淡淡，看不出多少喜悦。他接过卷子，便去翻看错题。

周泉继续批改温双沐的卷子。一番"勾勾叉叉"之后，他把试卷翻到正面在右上角写下分数："双沐也很不错啊，上了一百一十分。"

周泉的开心是实打实的，温双沐却觉得自己的分数跟苏起言比起来寒酸得没眼看。周泉跟办公室里的其他老师展示了好一会儿两个人的卷面分数，像极了春节聚会拉家里小辈给亲戚们表演的长辈。

温双沐全程一张假笑脸，从数学办公室出来，正好第二节晚课结束。

办公室里开了暖气，冷不丁换到走廊，冷风乍一吹，冻得人一个寒战。

温双沐抖了抖试卷，对上红艳艳的数字，没好气地折了两折。

苏起言出声说："我看你这次卷子都没有用高数。"

温双沐指尖稍顿，将卷子叠成一个小方块塞口袋里，才应了声"啊"。

拿到卷子的一刻，不知道为什么觉得用大学学过的知识和苏起言比会有种胜之不武的感觉，所以哪怕有些题目用高数会变得十分简洁，她也没调用那块知识。

苏起言低眉看她："如果用了高数，我应该考不过你。"

温双沐下巴往上一扬："那是当然。"

苏起言笑了一下。

Chapter 9
圣诞天台聚餐

因为旷了两节晚自习，温双沐赶了一晚上作业，第二天早起到校，偷偷把作业夹到各科老师办公桌上，总算是昨日事今日毕。

PK积分赛效果显著，早读前班里一个赶作业的同学都没有了，一个个优哉游哉地吃着早餐聊天。

温双沐连打了三个喷嚏，关上通风的窗户，心想这两天换季降温，自己又睡眠不足，免疫力有点儿下降，果然感冒了。

乌小漆正应温双沐的要求，在她脑里放着演讲音频，适时出声："宿主在这个世界待太久，小心身体不耐受。"

温双沐用纸巾包着鼻子擤鼻涕，没太过脑："待久了难道不是只会变得更耐受吗？"她说着瞥了眼隔壁桌正在喝早餐奶的陆京，"你看他之前急性乳糖不耐受，现在喝奶喝得多开心……"

乌小漆顿时发出一阵鹅笑。

温双沐的嘴角也勾了一下，刚扯开点儿弧度就被又一个喷嚏打断。

陆京听到声音转过头来，视线从她沁出生理性泪水的眼角飘过，将牛奶吸管拿开了些："我上次去校医室买的感冒药还有剩的，要来点儿吗？"

"好啊。"温双沐点头，声音里还带点儿闷闷的鼻音，"谢谢。"

吃完两粒药丸，温双沐又指挥着乌小漆把英语音频往前调了两分钟。

温双沐很少生病，最近一次还是初三国内流感肆虐的时候。本以为这场小感冒鼻塞两天就会结束，谁知持续了一个多星期，周末去医院挂了两瓶水，才消退下来。

中午，陆京给她报完语法听写，被七班的几个男生招呼着去篮球场打球。

温双沐独自坐教室里抄写错误的字音字形。夏芝里中午吃饭没跟她一起，去了十三中找楚溪。

这会儿夏芝里从后门回来，冬大衣的外套被她拎在手上，只单穿件里面的白色毛衣。

温双沐暝见，身子往椅背靠了靠。

让她起疑的倒不是第一次在学校里没看夏芝里穿校服，而是对方脸色差得有些反常，既不是面对男生时会装出来的窘迫版生人勿近，也不是面对她时的"傻白甜"。

温双沐看了几秒，问："你衣服怎么了？"

"啊……"夏芝里听到声音回头，有点儿不好意思地把外套往臂弯里收了收，"是不是味道有点儿重？我中午吃饭时不小心把菜打翻了……"

温双沐眯着眼，试图从夏芝里明显说谎的表情里分析出来点儿什么。

半晌，她将笔扔开，起身从柜子里翻出自己那件备用的校服，走到夏芝里座位前："先穿这个吧。"

夏芝里正把衣服往书包里塞，手上动作停下来，抬头看她。

温双沐完全没想到夏芝里眼眶一圈说红就红了起来。她本以为对方会哭，等了几秒，又没有，但这种受伤小动物的强忍表情更让她受不了。

于是她假装什么也没看见，把外套往夏芝里桌上一放，便回了自己座位。

屁股刚落椅子上，就听主线任务的专属提示旋律在脑海中响起：

主线任务："写给 X 君"系列任务启动中。

剧情一：你的烦恼由我倾听——拦下夏芝里寄给"X 君"的信。

当前进度：0/10。

最终奖励：根据反派值涨幅同等兑换。

温双沐愣了愣："X 君是谁？"

她刚问出口，就反应过来主线任务都是围绕苏起言和夏芝里展开的。

温双沐撑着额头，内心极度无语："不会吧，他们还有什么素未谋面的笔友设定吗？搞个网恋都没这么土吧！"

"具体情节需要宿主自己想方法了解。其实刚刚宿主给夏芝里递外套的时候，我还以为她会直接把心事说给你听，这样或许就不会触发信件任务，可惜了。"

温双沐抄了两个语法知识点，平复心情："先给我解锁评论区吧。"

积分减二。

目前商城积分累积总值：六十六点。

温双沐让乌小漆把电子屏投到桌面上，自己用笔头往下滑。

呜呜呜！这章看得我太难受了，防火防盗防闺密啊！姐妹们！

我的天哪，差点儿掉眼泪了，抱抱芝宝。

我高中的时候家里条件也不太好，特别自卑，作者一些细节刻画真的好真实，特别能理解芝芝在这个学校孤立无援的感觉。

芝宝也太惨了，一天里经历了那么多不好的事。

天，也太会埋线了，前面说"苏神"的妈妈是律师，有资助好几个贫困学生读大学，我都没往芝芝这块儿想。

难怪第一章就是写芝芝去邮局寄信的情节，我当时还没搞懂，原来"苏神"和"芝宝"的交集这么早就产生了！

……

温双沐反问乌小漆："第一章就有的剧情，你现在才给我发布？"

乌小漆："因为正文第一章是中考结束的暑假，而宿主是在分班考试当天才来到现在的时间线的。"

温双沐不吭声了，继续寻找有效信息。

看结尾这块儿"苏神"的反应，他是不是还不知道这个苏妈妈让他写信鼓励的女学生是芝芝啊？

不管知不知道，"苏神"对夏夏来说，都是救赎啊！

……

温双沐看到"救赎"两个字，乐出了声："高中生扯'救赎'，不大点儿年纪就以为自己历经沧桑、看遍人间冷暖了吗？"

"宿主又没看原文，说不准夏芝里还真的历经不少沧桑，看过不少人间冷暖呢！"

"你又想骗我解锁原文。"温双沐笔头在桌面敲了几下，松了口，"行吧，来一张。"

乌小漆还以为温双沐会跟它拉锯几个回合并拒绝，没想到这次竟然那么轻易就答应了。

这是一章六千字的长章，系统缓慢加载。

温双沐等待乌小漆把内容调出来的空当，斜眼去看夏芝里的背影。

她一米七的校服显得有点儿大，袖口往上挽了两截，看样子已经从刚才的情绪里恢复过来，安安静静地在写作业。

温双沐打开桌上的水杯喝了一口。她想她只是对夏芝里单纯地多了那么一点儿好奇而已。

这时，马赛克浮现出来。

乌小漆问："宿主要解锁哪段？结尾吗？"

"不要。"

评论说了结尾是苏起言收信的情节。

温双沐挑了挑，解锁了前半章中间的两百字。

这个季节的阳光聊胜于无，操场空旷，冷风直往裤腿里钻。

有女生去问体育老师今天上课的安排，得知要跑操三圈，人群里顿时响起一片哀号。

夏芝里感到无所谓，心想多跑两圈或许还能暖和一点儿。她看温双沐和班里几个女生站在树下，也走过去，但和她们保持了半米距离，静静等待上课铃响。

季佳绘从场馆里买了杯热饮跑出来，路过时随意在她脚上瞥了一眼："天气这么冷，你怎么还穿布鞋呀？脚不冷吗？"

树下的其他女生也都看了过来，夏芝里……

乌小漆同情地说："啊哦，看来宿主解锁了一段无效剧情。"

"谁说的？"

温双沐对早上体育课这段内容有印象，只是季佳绘问夏芝里的时间变了变，换成了他们在准备跑步的时候。当时她记得没等夏芝里回答，站在后排男生队伍里的陆京就伸出了脚："我冬天跑操也喜欢穿布鞋，感觉很轻便。"

话题轻轻松松被带跑，于是没有人再想着从夏芝里那儿也得到答案。

温双沐心想，这怎么能叫无效剧情？侧面证明了小鹭鹭关注夏芝里的一切，并能时机正好地帮人解围。她早上听到的时候还没当回事，现在才觉得两个人暗戳戳的。

温双沐接着说："再换张卡，要中间这段。"

通过马赛克，依稀能辨出底下的格式是信件书写格式，不过信件太长，温双沐摘取了中间部分，还能猜一猜上下文的内容。

班上有个很自信的女生，我想和她做朋友，但她戴的围巾都要好几万，她的朋友也都非富即贵。

前几天，我穿上我哥给我买的运动鞋去跑操，体委突然蹲下来扯了下我鞋子上的商标，说："哦，是正品。"我从来没有遇到过这么失礼的行为。这两天还是换回了原先的布鞋，或许这更适合我。

我好像融入不了现在的班级，不知道怎么和同学相处。CX今天跟我大吵了一架，之前追过她的男生喜欢上了我。跟她认识那么多年，从没想过她会用那些词来评价我……

温双沐突然低头拉了拉自己脖子上的围巾："她说的那个自信的女生是我吗？"

乌小漆也是佩服她看了那么大段，关注点就在第一句："是啊，是啊，所以你知道读者们有多恨你了吧！夏芝里一开始是真心想跟你交朋友的，但你从头到尾无视她。"

温双沐慢吞吞地抬起眼皮，重新向夏芝里看去。从她的角度，能把对方桌面的景象看清大半。桌上虽然摊着模拟题，底下却压了张白纸，正认认真真地写着什么。

明明做了那么长时间斜对桌，也做了那么多任务，她却好像从来都不知道对方心里在想什么。

温双沐抽身坐去陆京的座位，然后拿笔戳戳夏芝里的背："你在干吗？"

夏芝里下意识地用模拟题把纸挡了挡，片刻后，脸上又露出这个举动很对不起温双沐的表情，她说："在给一个以前帮过我的笔友写信。"

温双沐做出十分理解的样子："啊，写信哪？我以前也会。有些事想埋怨又找不到人埋怨，想吐槽又找不到人吐槽，对着笔友最适合了。"

夏芝里没想到温双沐居然会有和她一样的经历，兴奋地说："对，我也是这么想的。"

温双沐话锋一转："但是吧，我觉得有时候还是需要善于发现一下身边的人。"

"嗯？"夏芝里一下子没跟上她的思路。

"班里有同学挺关心你的。"

夏芝里疑惑地说："谁？"

"陆京啊。"温双沐张口就是胡说八道，敲了敲桌上陆京作业本的名字，"他发短信给我，说刚看你回教学楼心情好像不太好，你要不要跟他聊一聊？对一个活生生的人倾诉肯定比笔友要好吧？"

夏芝里表情怪异："还是算了吧，感觉有些话对他说还挺别扭的。"

温双沐心想：八十分的反派值都不够你当精神寄托的吗？

班里一个女生走过来对夏芝里说："班主任让你去趟她的办公室。"

"哦，好。"夏芝里起身，又低头看向温双沐说，"我先出去一下，回来再聊？"

"嗯，去吧。"

温双沐坐回座位，继续抄语法知识点。

纪委从过道下来，突然在夏芝里的座位边停了下来。

温双沐抬眸，只见纪委韩毕正把夏芝里作业下的信纸一点儿一点儿往外抽。

温双沐大声说道："你在干吗？"

韩毕吓得指尖一抖，信纸掉到地面，正好落在温双沐脚边。

韩毕强装镇定："哦，我班上名单没了，本来以为她这张是，就想说拿一张。"

温双沐弯腰把信纸捡起，也懒于拆穿。她们课代表基本会有一沓学生名单，统计作业上交情况。她从桌洞里抽出一张给韩毕："可以了吗？"

韩毕心虚地应了声"嗯"，接过离开。

温双沐这才起身把信纸重新压回到夏芝里桌面的模拟题下。她的目光从信上飘过，顿了顿。两秒后，她坐回座位，表情有点儿像沉思，又有点儿像麻木。

乌小漆问："你干吗呢？"

温双沐忧郁地说："我本来不想看的，但我的记忆力太好了。"

"什么？"

温双沐抬手指了指夏芝里模拟题下露出的信纸边角。

乌小漆惊住："你把信上内容都看完了？你这记忆用在语文上，语法也不会罚抄那么多个了吧。"

"我也是这么想的。"

"信里写了什么？跟我说说，应该跟原剧情有挺多变动的吧？"

温双沐没搭腔。

窗外的风吹过，把教室桌上的课本吹得"哗啦啦"响。走廊里几个男生拍打着篮球经过，"砰砰"声由远及近。

尊敬的 X 君：

你好。

许久未通信件，还没告诉你我考上了咱们市最好的中学——明理中学。这学期举行过两次月考，我都有拿到年级前十。身边厉害的同学很多，经常会让我感到很大压力，但我还是会好好努力，不辜负你们一家对我的帮助与期望。

我在学校里交了一个很好的朋友，托她的福，我现在跟班里不少同学相处得不错。有时候会担心她知道我是每学期领着三千元救济金的贫困生，不愿意再带我一块儿玩。不过每次班里同学聊起书包牌子、鞋子款式，她都不会参与这类话题，我又会感到一点儿开心，心想她是不在意这些的。

我想她真的跟我以前认识的那些同学很不一样。中午原本发生件很不愉快的事情，但她第一个发现了我的不对劲儿，还把外套借给我，我心情一下子就变得不糟糕了，甚至有点儿冲动，想把中午的事告诉她。

不过通过现在给你写信的几分钟时间冷静，我又不后悔刚才没把那些话说出口了，可能是我的一点儿小私心，不想跟她宣泄我的负面情绪。跟她待一块儿的时候，我还是想把快乐留给彼此多一点儿……

教室外传来教导主任的呵斥声，温双沐一下子晃过神来，听内容应该是抓住几个刚从篮球场回来在走廊运球玩闹的男生。

班上好几个女生趴去窗户围观，发出娇俏的哄笑。各式各样的喧嚷声交杂在一起，使得温双沐心中那点儿怪异感慢慢往下平息。

乌小漆说："宿主接下来打算怎么做？别忘了咱们的任务是不能让夏芝里把这封信寄到苏起言手里。"

温双沐拿了支笔在指尖打转，然后落到抄写本的空白处，随手画起涂鸦，将最后一点儿细节修饰完毕，心情才平静了许多。

"你刚刚有说，如果夏芝里把那些心事对我开了口，就可能不会触发信件任务……所以是不是代表，只要找到个夏芝里愿意吐露心事的人，她就不会把写信当作倾诉途径了？"

"是这么个道理，可是你刚已经跟夏芝里推销过小鹭鹭了，但人家不是嫌别扭没采纳吗！在这个学校里，除了你和小鹭鹭，她还能找谁说那些话去？"

"谁说一定要是咱们学校的了。"温双沐从桌洞里拿出手机，联系人栏滑到"S"开头。

"你这是要找沈之庭？"

温双沐戳开聊天框："不然呢？小鹭鹭不行，亲情牌总行吧。"

乌小漆瞬时钦佩地投放了一个"大拇指"的表情。

温双沐对着手机屏幕来回编辑好几次，还是选择了个透露信息最少的版本：夏芝里最近在学校心情好像不太好。

沈之庭估计一直在等她汇报夏芝里的生活近况，很快回复信息：她怎么了？

温双沐却跟没看见一样，直接将手机熄了屏，扔回桌洞里。

乌小漆等了几秒，本以为会有一篇八百字小作文，没想到就这么结束了："宿主怎么不回复？"

"话要是全让我说完了，那他们兄妹俩还沟通什么？下一步当然是让沈之庭自己去找夏芝里问哪！"

教室后门涌入几道杂乱的脚步声，打篮球的男生回来，一阵桌椅移动的声音。

陆京将大衣外套脱了，里面就单穿件白色短袖文化衫。他站在座位边的过道上，手上拎着瓶矿泉水，边拧瓶盖边问温双沐："抄到哪儿了？"

温双沐刚想挡住桌面，陆京先一步拿起她桌上的抄写本看了看。他本来就是顺势一检查，另一只手都要把水瓶移到嘴边了，被抄写本上的内容逗到，又将水瓶拿远了些。

他低头笑问："半个多小时，你就抄了两行，然后画了两个火柴人？"

温双沐心虚地说："你都出去休息了，还不准我也偷懒哪！"

陆京笑应了一声"行"，把抄写本还给她。

王承硕接水回来，抵着窗台侧坐下来，喝了口水说："教导主任可真厉害，骂了十来分钟，一句话不带重样的。"

温双沐问道："怎么了？"

王承硕回答说："你刚没听见吗？林森那个'小学生'，我都跟他说了别在走廊上乱打球，他偏要玩。好死不死被教导主任逮住，害得我们一群人站在那儿挨骂。"

温双沐顿时联想起刚才外头的动静，忍俊不禁："听是听见了，但没想到被骂的是你们。"

王承硕接着说："赵主任也是挺搞笑的。骂我们的时候就差揭个底朝天了，什么月考退步多少名、哪门学科烂到没眼看……最后轮到陆京，憋了好一会儿，话是骂出来了，却用手指着我们其他人。"

"嗯？为什么？"

王承硕耸了耸肩："赵主任是政治老师，就等着陆京高二转去文科班。听说以前实

319

验班和春季班有挺多文科尖子生因为怕他，不愿意读文科，所以他现在对所有高一展露出文科天赋的状元苗苗们不敢说重话。"

温双沐乐了："你说他总成绩不如咱们，在老师那儿的优待倒都比咱们强。"

王承硕分析得有理有据："没办法，是文科生稀缺导致的优势。理综满分的学生咱们学校不缺，但文综能上二百八十分的，绝对'校宠级'人物了。"

温双沐感叹："果然是理科学霸太多，老师们见识多了就不懂得珍惜了吗！"

陆京正把外套往肩上披："其实你可以换个角度想想。理科老师对你们也挺珍惜的，只是表达方式跟文科老师不太一样。比如老周对你们表达喜爱的方式就是拉你们参加数学竞赛，带你们'勇闯天涯'。"

王承硕无语地说："我听了差点儿就信了。"

温双沐笑得不行。

午休铃适时响起，纪委韩毕站讲台上拍着黑板组织纪律："都安静，铃声结束前没回自己座位的同学都扣小组分。"

温双沐和王承硕咳嗽了两声，拍着脸颊，把表情收了收。

夏芝里在响铃后一分钟才回教室，经过陆京的位子时，步子顿了一顿："哦，对了，那个……"

夏芝里像不知道怎么表达，犹豫了好几秒，飞快道出两个字"谢谢"，就转身背了过去。

陆京对着夏芝里的后脑勺儿还有点儿蒙，愣了好一会儿，伸手抵到温双沐桌上，对她比口型："夏芝里为什么要谢我？"

温双沐心想，大概是因为我刚帮你树立了一个温柔体贴人物设定的原因吧，不过面上还是佯装什么都不知道地摇了摇头。

班上安安静静，大部分同学都在写当天的作业。

温双沐仍抄着语法，眼睛有一搭没一搭地往夏芝里那儿留意。发现她双手藏桌洞里，按着手机回复了什么。果不其然，两分钟后，她的手机里也弹进则消息。

沈之庭发来张他和夏芝里的聊天截图，对话之简单精练，完全超出温双沐的想象。

沈之庭：最近在学校怎么样？

夏芝里：很好啊。哥，你呢？

温双沐简直不敢想象两个人的对话干巴成这样，用笔梢勾了勾耳边的碎发，长舒了一口气。

这妹妹当得未免有点儿太让哥哥省心了。想想自家那个弟弟，从幼儿园发现喜欢的女生跟班里另一个男生关系比较好，就会回家拉着她说要出门买玩具治愈疗伤。要不是她高中之后待家里的时间少了，真就一天安分的时间都没有。

沈之庭还在继续给她发短信：你是知道点儿什么吗？

沈之庭：她被学校同学欺负了？

沈之庭：还是家里外婆出了事？

温双沐指尖悬在键盘上方迟疑许久，还是觉得夏芝里不愿意说出口的事由自己告知不太妥当。

她回复说：可能是我想多了，刚看她好像又没什么事的样子。

将这条信息发出去，温双沐就把手机塞回了桌洞，五味杂陈地盯着夏芝里的背影看。

乌小漆说："这下完了，亲情牌也行不通。"

温双沐说："就让她寄吧。"

温双沐以前其实没认识过夏芝里这样性格的朋友，她不太懂为什么会有人可以活得像座孤岛，顾虑这个年纪不该顾虑的事情，然后把什么话都藏在心里。但她隐隐能看明白一点，夏芝里是真的很孤独，很需要排解。这总好过剥夺对方最后的一个倾诉方式，然后把对方压垮。

乌小漆没反应过来："宿主是要放弃这个任务吗？"

温双沐笑了笑："谁说她把这封信寄了，任务就一定失败了？"

乌小漆不禁有些无语："难道还要我算你成功吗？"

温双沐没应声，等午休下课，她独自去文创店逛了一圈，然后买回一盒邮票。

她回到教室，将盒子放到夏芝里桌上："刚去文创店买笔，看到这个系列的邮票很漂亮。正好中午听你说会给笔友写信，就想着买来送你。"

夏芝里有点儿惊喜："会不会太贵了？"

温双沐不甚在意："你平常不也经常买吃的喝的送我吗？不过中午忘了跟你说，跟笔友通信件的时候，最好不要透露自己的信息。笔友的美好本来就建立在互不相识的基础上，写了私人信息，一方面可能有点儿危险，一方面也是影响以后的表达欲。当然，我就随便说说，具体还是看你自己。"

"好的，好的，要是你不说，我都忘了这点。"

温双沐掐着时间等到下午第三节自习课。夏芝里从桌洞里翻出张新的信纸誊写。

系统提示音随之响起：

剧情一：你的烦恼由我倾听——拦下夏芝里寄给"X君"的信。

当前进度：5/10。

最终奖励：反派值加二。

反派值总计：八十二分。

乌小漆惊呼："宿主，牛啊，我还是头一回见到完成度百分之五十都能涨反派值的！"

温双沐心中猜想得到证实，安心地写起作业："你看，只要隐去夏芝里的私人信息，苏起言就没办法猜到家里资助的女学生是她，这样整个剧情就变成了无效剧情。既然无法认出彼此，也肯定无法推动两个人的感情。"

温双沐落下成语词组的最后一笔，把抄写本合上，自然地递去隔壁桌上给陆京检查，然后找出今天的数学作业打开。

她问乌小漆："之前主线任务的反派值都是十分十分地涨，这回为什么才两分？"

乌小漆解释说："八十分是个临界值，越往上难度越大。而且'写给X君'是系列任务，等后面宿主完成后续的剧情二，全部累计值应该不会太低。"

温双沐了然地点头，浏览完作业的第一道题目，刚打算从笔袋里抽出把尺子，班里女生突然对着窗外发出细小的呼声，夹杂着"好帅""谁呀"的字眼。

温双沐偏头看去，周或不知道什么时候来的，隔着雾化玻璃，半边身子隐在墙后。

温双沐顺着对方的视线，目光往下，精准投到夏芝里身上。

这哥们儿真的不用学习吗？

夏芝里也听见了班里的躁动，大概是打算把信写完，慢了几秒才抬起头，窗外的人影已经不见，只剩班里女生兴奋地偷偷讨论。

夏芝里看王承硕也抬起头来，问他："刚才怎么了？"

王承硕同样茫然地摇了摇头："不知道，我也没看见。"

韩毕以组织纪律的名义喊了几声"安静"，班上才安分下来。

陆京从摊开温双沐的抄写本后，两分钟里，就保持着同个姿势，他两指夹着红笔，像无从下手，笔盖"笃笃"地不停往本子上敲。

余光里，温双沐一直枕着脑袋往他的方向看。

陆京拿红笔的手都抬起来了，笔尖落到语法词组上方，实在觉得不好批，还是收了回来，扭头与人对上视线。

温双沐原本是在思考，如果课间周或进来找夏芝里，应该如何安排小鹭鹭截和，突然目光对上不禁愣了愣，下意识跟认错一样乖乖坐直起来。

"看我半天，想说什么？"

陆京的声线偏低，在安静的课堂里几不可闻。

温双沐愣了愣，意识到陆京误会了，灵机一动地抬手指向他桌角的棒棒糖："我想吃那个。"

陆京怔住，顺着她指的方向移了移眼，沉默一秒之后，他握笔的那只手慢慢捏住眉心。

好笑！

上个课间林森去小卖部买了一大桶棒棒糖，给他们每人都分了一把。

没想到盯他这么久，不是因为抄写本里有错在讨乖，而是嘴馋。

温双沐想起自己桌洞也还放着几根林森送的，于是又飞快补充了一句："我没有橙子味儿的。"

陆京点了点头，将那几根棒棒糖都拢了过来，连带着抄写本一并给她："正好奖励你，把'惩前毖后'的错误写法抄了十九遍，真棒！"

温双沐："……"

温双沐表情崩溃地抽过抄写本打开看了看，还真把"惩前毖后"都抄成了"惩前毙后"。

陆京把她没接过去的棒棒糖搁在她的桌角："错了也挺好，下回考试遇见总不该还不会。"

温双沐用抄写本盖住脸，往桌面轻轻撞了一下："我觉得我不配，你还是拿走吧。"

陆京的手臂还支在她的桌上，看她这副样子有点儿想笑，临时兴起，将那几根棒棒糖竖着塞进了她的大衣口袋里。

温双沐没听到陆京接话，等了几秒，将本子从脸上拿开，桌上已经没有糖果，陆京也坐了回去写作业。她低头看看桌洞，还是原先那几根青苹果味儿的。

什么呀？竟然还真的拿走了！

温双沐撇了撇嘴，从笔袋里拿出修正带，故意加重力道地"滋啦滋啦"涂改起错字来。

自习课下课，班里的学生有的到走廊里休息，有的去上洗手间。

温双沐往外走，发现夏芝里也去洗手间，就在她前面几米的位置。她刚打算上前拍夏芝里的肩膀，夏芝里却被从楼梯口冒出的周彧先一步带走，拉去了天桥方向。

温双沐手掌还悬在半空，轻一挑眉，在解救夏芝里和解决自己的生理需要之间，还是决定先解决一下后者。

两分钟后，温双沐来到天桥。

夏芝里侧身而站，垂头盯着地砖缝，表情十分沉默。周彧则耷着眉眼，嘴唇上下翕动。虽然她听不清两个人在说什么，但八九不离十是为了楚溪中午和夏芝里争吵一事。

温双沐方才也猜到周彧八成是来找夏芝里道歉的，所以没拦着。看人似乎停下没说话了，她适时上前："如果聊得差不多了，不然先放小夏去个厕所？"

周彧莫名其妙地朝温双沐看来一眼，接着慢半拍地想起自己是从女厕门口把夏芝里拉来的，他耳根一瞬间飘红，结巴地说："抱……抱歉，你……你先去吧。"

夏芝里经过温双沐身边认真道了谢。温双沐不拘小节地点了点头，就当接受了她的道谢。

教室里，陆京和王承硕难得下起了五子棋，他最近课间时间都被叫去做各类理综题，中午出去打球感觉解压得不太够，于是又试起了益智类小游戏。

林森突然冲进他们教室，激动地说："京哥，你快出来看！"

几秒后，一行人站到走廊上，斜看天桥那边的景象。远远只能看到温双沐和一个男生隔着半米宽距离，靠在栏杆上说话。

王承硕推了推眼镜，依然看不太清："男的是谁？"

林森解释说："隔壁十三中的风云人物！"

王承硕疑惑地问："你怎么谁都认识？"

林森"嘿嘿"笑着说："其实是我们班女生消息比较灵通。"他说着拱了拱边上一直没吭声的陆京肩膀："怎么样，京哥，咱们要上吗？"

陆京过了两秒才扭头看他，疑惑地问："上去干吗？"

林森拔高音量："当然是——"他声音突然卡住，像不知道该往下接什么，于是求救地看向王承硕。

王承硕表情无奈，挤出两个短句："发扬同学之爱，解救班上女同学。"

林森附和点头："对，对。"

"放心吧，那男的……"

陆京话说半截，突然停了下来，看向出现在天桥上的另一道身形。

林森见陆京半天没接着往下说，也望去一眼，顿时一副比陆京反应还激烈的模样，打了陆京一下："你看吧，我说了咱们应该先上的。苏起言动作多快啊！"

突然受伤的陆京："……"

天桥上，周或敲着栏杆的金属管示意了下，温双沐才注意到向她走近的苏起言。几十米长的天桥上就站了他们三个人。

温双沐看着苏起言："找我？"

"老周让我把你们班的竞赛卷拿给你。"

苏起言说话时视线从周或身上轻轻带过："刚从二楼上来，看你在这儿，就直接过来了。"

三份卷子叠一块儿也就薄薄一沓。温双沐接过，有点儿奇怪这份活儿之前都是林森做的，怎么会被苏起言揽了去。

苏起言看温双沐仍站在那儿没动："快上课了，不回去吗？"

"回。"温双沐应了声，便往教学楼的方向走。

苏起言顿了顿，才跟上她的步子："你不跟那人打个招呼吗？"

"嗯？我跟他没那么熟。"

苏起言的表情似乎变轻松了一些。

走廊的空气里的电磁波微微晃动，玛利亚的聒噪声音再次在陆京耳边响起："你看，我跟你绑定的第一天，就问过你要不要来一场轰轰烈烈的恋爱。温温扔夏芝里学生证的时候，我也劝过你，不要再放任温温去追苏起言了。我每天都跟你推荐一百次，你和温温该走救赎剧本，你全都不听。怎么着，现在知道不对味儿了？"

陆京没好气地说："你的话好多！"

玛利亚："……"

林森看着走廊尽头并肩走来的温双沐和苏起言，又扭头看了看陆京和王承硕。

他一个箭步滑行上去，完美定格到温双沐和苏起言中间，并以"哥俩好"的姿势抬手勾在他们肩上："What are you talking about（你们在聊什么）嘞？"

温双沐被挤得往边上挪了一步。她眼角微抽，也懒得去纠正林森的错误语法："你大学最好不要报英语专业。"

"Why? My English is so good. I just want make some noise to break the ice!（为什么？我的英语很好。我只是想要开个玩笑打破尴尬！）"林森的语调抑扬起伏，浮夸至极。

苏起言率先受不了，对温双沐道了句"我先进教室了"，便走去一班。进门后他停顿一秒，连带门也拉了拉。

林森接着浮夸地说："Oh，he's gone!（哦，他走了！）"

温双沐心想林森大概不知道他的英语之差，声名远扬到连她们二班学生也知道的程度。毕竟英语老师三天两头都在吐槽自己是在和林森比谁命长。

温双沐把竞赛卷卷成筒状，将林森搭她肩上的手拨开，随口问道："所以有什么ice（冰）是要你break（打破）的？"

林森跟她一块儿往二班门口走："就是有啊，你不知道而已。"

温双沐轻耸了下肩，一副"你开心就好"的样子。

她来到陆京和王承硕的身边，好奇地问："你们怎么都出来了，刚不还在教室里下五子棋吗？"

王承硕刚要开口，就被陆京截了下来："嗯，换个环境，下盲棋。"

王承硕表情极度怪异地看着陆京。

陆京很快报出一串数字："第二十七子，九杠四。"

王承硕无语地接："第二十八子，十杠五。"

温双沐瞠目结舌，嘴巴微张，好半天缓不过来，问林森："他们之前也经常那么下的吗？"

林森抓了一下后脑勺儿："偶尔吧。"

三个回合之后，王承硕不堪重负："好了，我输了，你连成五子了。"

温双沐瞬间为他俩鼓掌："厉害，厉害！"

林森立马也学温双沐的样子，"啪啪"鼓掌，声音节奏十分之密。

王承硕寻思他们四个还真是一个什么都敢乱提，一个什么都敢乱接，一个什么都敢乱夸，一个什么都敢乱跟着附和。

他转移话题问温双沐："你手上拿的什么？"

"哦。"温双沐把卷子展开，拿出一份给他，上面的便利贴还写着周泉的留言，"周六下午要讲的卷子，让我们抽空写了。"

林森把脑袋搁王承硕的肩膀上："嗯？刚才苏起言找你就是给你这个？"

"对呀，你们班那份应该被他拿进教室里去了。"

林森摸着下巴沉思："这难道不应该是我这个数学课代表的活儿吗？"

温双沐无语地说："我也想问你这个问题。"

"不好意思，我想起来了。"林森举起手一副坦白从宽的模样，"我们班最近作业太多，我这两天数学都没写，但交作业的时候偷偷把自己名字勾起来了。"

温双沐被他的操作惊到，笑问："然后呢？"

"早上老周已经发现，我目前还处于紧急规避风险阶段，暂时不敢去办公室。苏起言应该是好心帮我带回来的。"

王承硕摇了摇头说："到这种程度老周都没革你的职，你也是命大。"

"那可不？谁让我数学成绩那么牛呢？"

林森瞥见斜对面天桥上的校霸同志还趴栏杆上深沉忧郁着，顿时想起还有件正事没问，也不管转折有多生硬，问温双沐："对了，我刚才看十三中那个校霸周或在咱们这层楼闲逛，好像跟你在天桥聊了几句。你们俩都说什么了？他不会在跟你表白吧？"

温双沐连忙摆手："什么呀？他追夏芝里，我就凑巧经过。"

她话说出口了，才反应过来似乎不应该当着陆京面提起。不过看人表情平淡，至少王承硕和林森都还有挑个眉什么的。她对陆京说："你好像一点儿也不惊讶？"

陆京不予置否："之前在地铁站就看他跟过夏芝里几次。"

温双沐心想：原来如此。

林森默默揪了揪王承硕袖子布料的一角："我把你们叫出来是不是有点儿多余了？"

王承硕看他："你也知道啊？"

上课铃响了，一行人进教室。

温双沐把夏芝里那份竞赛卷给她，夏芝里从洗手间回来后在黑板上写了今天的语文作业，指尖沾了粉笔灰，于是问温双沐："可以借我张湿巾吗？"

"哦，好。"温双沐下意识地把手插进口袋里找，触到某样东西，停了下来。

边上王承硕奇怪地看她一眼，直接把她桌上的湿巾袋打开，抽出一张给夏芝里，对她说："掏什么呢？不在你桌上吗？"

夏芝里接过湿巾道谢，班上学生都各归各位。

温双沐仍杵在过道上，她摸出口袋里的棒棒糖，橙色的包装，似乎能嗅到点儿裹挟在糖纸下的果味儿甜香。

预备铃的音乐声响仍在教室上方回荡。

温双沐将手掌伸到陆京面前，故意问他："这是什么？"

陆京正靠在椅背上翻看生物课本，闻言抬起眼来，眉梢缓慢地一挑："你……猜？"

温双沐嘴角压了又压，却依然控制不住地往上扬。她将那几根棒棒糖重新放回兜里，一副"你不说那就归我了"的大小姐样子。

接下来几天，沈之庭三不五时地给温双沐发来信息，询问夏芝里的状况。

大课间的跑操还没开始，温双沐照例检查每日讯息。

沈之庭：我给她寄了些生活用品，几套冬装还有鞋子，帮我劝劝她，拿去好好穿，别退回来。

信息下方，还附了个两百块钱的红包。

温双沐瞥了一眼夏芝里的脚，将沈之庭两百块的红包退了回去，回复说：*放心吧，不用我劝，她已经穿上了。*

广播里放起跑操的音乐，温双沐将手机扔回桌洞里，随着班里学生出去排队。

体委个子高，就坐在靠后门的座位。温双沐注意到夏芝里突然站在黑板报前停下几秒，等体委到外头整队，才继续往外走。

男生女生列队成两排，夏芝里站中间位置，温双沐则在女生队伍的最末。

从教学楼去操场的路上，温双沐发现体委并没有一直站排头领队，反而经常走到下面，以整顿队列的名义和女生们说话，偶尔摸摸这个的脑袋，扯扯另一个的帽子。

季佳绘惨遭毒手，感到不爽，也没管身高差距，一边整理被弄乱的衣领帽子，一边到了队列最后面，跟温双沐站在一块儿。温双沐往前看，发现也有个别女生和体委相处得十分融洽，即便被人揉搓脑袋，依然笑得开心。

温双沐抱起了胳膊："我怎么看不懂呢？"

季佳绘顺着她的视线看去，发现她说的是体委严鹏："不知道是什么风气，他跟三班体委都这副德性，好像觉得跟女生处好关系很自豪一样，私下里还给女生长相划分三六九等，越漂亮的越喜欢开玩笑，我甚至怀疑这两个是不是在攀比谁认识的女生数量多。"

温双沐脸上顿时露出鄙夷的神色。

下一秒严鹏经过夏芝里身边，飞快地摸了下她的脑袋，然后倒退着跑开，嘴上还露出自以为帅气的笑。

温双沐嫌恶地说："好恶心！"

只见夏芝里摸了摸脑袋被人碰过的地方，嫌恶地往外套上擦了擦，看背影都像按捺着不悦情绪，但除此之外又没有其他反击动作。

温双沐不由得叹了口气。你说她要真是那些心大的女生也就罢了，偏偏讨厌抗拒，又逆来顺受，不懂得像季佳绘这样，即便不想跟班里同学闹崩关系，也可以选择直接避开。

温双沐有点儿怀念在空手道 buff 卡的加持下给人过肩摔的滋味了。她对季佳绘说："你说他为什么就不愿意往后多走两步。"

"两个原因哪！首先，你是咱们班最不好惹的女生，光看你身上打扮都知道你是他们惹不起的人，其次……"季佳绘往边上扫了眼，稍稍压低音量，"陆京和王承硕都排你边上，严鹏颜值被他们甩了那么多条街，就算想和你说话，也没那个脸皮当着他们的面来吧。"

温双沐："……"

难怪之前夏芝里说座位换她边上之后少了很多男生打扰，敢情跟她关系不大，主要还是同桌和后桌的颜值打击太强。

温双沐没忍住往边上斜了一眼，王承硕和陆京都一派闲散样，岁月静好、与世无争地聊着天。

这俩但凡有一个带点儿上进心，班里的男生们就没那么自信了吧！

温双沐怒其不争地小声评价："真没用！"

怀疑耳朵听错的王承硕和陆京："……"

到了塑胶跑道上，班级呈现五乘八的队列，多出来的体委靠内侧领队。

温双沐原本站第三排中间的位置，跟班里女生换到最左侧，正好在夏芝里后方。

国旗台下教导主任讲话的空当，各班都发出"窸窸窣窣"的说话声响。

严鹏站在夏芝里边上，站姿也没个正形，鞋尖在跑道上一跐一跐的。

"哟，换新鞋了。"

严鹏感到新奇，蹲身去揪夏芝里运动鞋的鞋标。他的手刚碰上，一团黑影飞速掠过，像是有人抬脚踹他。

出于躲避意识，严鹏身子紧急后仰，却没能维持平衡，一下子摔坐在地上，手心被跑道压出细密的红印。

一个人稳稳地站在他面前。他抬头，对上一双明亮的眼睛。

温双沐面露惊讶："哦，体委，你是在研究鞋标吗？喜欢看呀？那你看看我这双怎么样？"

不等他反应，温双沐笑盈盈地抬起脚，朝他的身上踩去。

严鹏见温双沐真的抬脚朝自己踩来，一个侧翻躲了过去。他骂了一声，想爬起身，不料校服衣摆太长，不小心被掌心压住，又跌坐回去。班级队伍里发出低低的笑声。

严鹏面红耳赤，把狼狈全归咎到温双沐身上："你有毛病吧！"

温双沐表情无辜地"啊"了一声，扑闪扑闪地眨起了她那双大眼睛："体委，你怎么了？我抬个脚而已，你不会生气了吧？我只是看你喜欢研究名牌鞋标，正好我穿的都是，想给你看看而已。"她说着伤心地叹了口气，"也是，你平常就不怎么喜欢找我玩，可我超想跟你玩呢！"

班级队列里有同学控制不住，"扑哧"一声笑出来。有了一个带头，其余人也没再克制，一个接着一个地发出哄笑。

夏芝里在严鹏蹲身那刻就僵硬的身体一下子松缓下来，紧抿的唇线也隐隐有了向上翘起的趋势，她看向温双沐的眼底像闪着光。

有男生拱了拱边上同学的肩膀："第一次看严鹏一句话都说不上来的样子，太爽了！"

"我前两天还被他吐槽，说我怎么穿来穿去就这么一双运动鞋。他家住海边哪？管得这么宽！我家没钱买不起第二双不行吗？"

"你好厉害！我和严鹏一个宿舍，跟外班混寝那种，因为怕被他们搞歧视对立，上周末还求我妈给我买了双新鞋，跟你一对比，一下子显得我没个性也没主见……"

"你不知道跟宿舍阿姨申请调寝吗，我记得六〇五还有空床位，今天晚上就搬过去吧。"

"……"

严鹏听着众人的议论，脸上又青又红。他握在身侧的拳头攥了又攥，来到温双沐身边，压低音量说："我也没招惹过你吧？"

"体委，你说什么呢？"温双沐无辜地说，"找你玩就是招惹你吗？"

严鹏瞪她几秒，狠笑出声："行啊，那我也找你玩。"话音刚落，便伸手抓向温双沐的手腕。

温双沐刚想闪避，她的后脑勺儿贴上一个略带凉意的胸膛，洗衣液的茉莉清香围绕上来。一只手臂从她肩侧擦过，稳稳扣住了严鹏袭来的手。

"体委也别只跟女生玩啊！"

陆京独有的清澈嗓音从她头顶飘来，语气里充满玩笑的意味，却又带了点儿不要越线的警告色彩。

温双沐被他身上的气息裹挟得突然一动不能动。

班里有个跟严鹏关系还行的男生打破僵持，帮忙铺台阶地说："行了，体委，要跑操了，别玩了。"

像印证他的话，主席台讲话结束，跑操音乐响起，前面一班队伍缓缓开始挪动。

严鹏不甘归不甘，还是将手臂从陆京掌心抽了回来，对温双沐扔下句"你等着"，背转过身。

温双沐轻轻地"喊"了一声："等着就等着。"

夏芝里有点儿担忧地拉了拉温双沐，小声地说："听说他认识几个外校打架很厉害的混混，要真的带人堵你怎么办？"

温双沐一受质疑就容易反向膨胀："我打架难道就很差吗？"

身后传来陆京略带赞赏的笑声："确实，你能以一打五。"

声音飘入耳底，温双沐微微泛麻。她后脑勺儿的触感稍稍脱离，陆京应该是退回到了队列中去。

温双沐眨了下眼，竭力保持直视向前的角度，然后跟着移动的队伍往前跑。

跑操歌在操场上方回响，原以为整件事就这么告一段落，大约跑出两百米，严鹏突然大叫："谁踩我？！"

温双沐有些惊讶地偏头看去。

严鹏后方的王承硕一副不小心失误的样子："抱歉，不是故意的。"

王承硕的鼻梁上架着眼镜，阳光下有点儿反光，看不清表情。

温双沐突然觉得这人看起来好像有点儿"腹黑"，但没有证据。她下意识地想找陆京讨论下王承硕的"白切黑"属性，不过想起刚才那点儿不自然，又默默稳住了自己想要扭过去的脑袋。

平日里跑步把前面同学鞋后跟踩掉其实是件很寻常的事，即便把整只鞋踩脱出来，也时有发生。严鹏听人张口就道了歉，也不好再为难，单脚蹦着想把鞋子套回来，却被后面其他同学跑上来无意踢开，一个接一个地踢进人群里像蹴鞠一样。

"哎呀，谁的鞋掉了，好臭啊！"有男生叫道。

严鹏耳根红像得滴出血来，却又挤不进队列中间："快把我鞋还我！"

"听见没？大家小心别踩，这可是名牌！"

"嗯？这算什么名牌。"

人群里轻飘飘的一句话，瞬间让班里的哄闹声涨到最高潮。

不过几秒，鞋子就落出队伍，后方不知情的三班、四班同学跑上来，躲避不及之下，又被踢滚了几下。

严鹏额角的青筋都快蹦出来了，涨着张脸，单脚跳去后面班级找鞋。

笑声从二班弥漫到三班、四班、五班……

教导主任在主席台上，很快找到祸源，生气地拿着大喇叭喊道："高一二班怎么回事！你们班队伍都跑成什么样了？！学生会的同学呢？还不过去把违反纪律的学生名字记下来？"

负责高一跑操纪律的是苏起言和班上同学沈进。此刻他们正在十一班附近，登记几名偷偷脱离大部队在内圈走路的同学名字。

沈进听到教导主任指挥，合上文件夹，问苏起言："走吗？"

"不急。"苏起言缓缓在名册上记完几个同学的名字，才和他一块儿朝二班走去。

沈进好几次按捺不住想小跑几步，偏偏苏起言十分沉得住气。

他没忍住开口："咱要不要跑两步，动作再慢一点儿，二班都要回教学楼了。"

"我不擅长跑步。"

沈进露出疑惑的表情："你一千米体测不是回回拿第一吗？"

"今天又不是体测。"苏起言说着拍了拍他的肩膀，"不要这么认真，放松点儿。"

沈进心想：行吧，你是部长，你说了算。

顺时针走根本追不上，沈进只好试着给苏起言出主意，换成逆时针来走，好在这回苏起言同意了。

等两个人来到二班队伍，队伍一派祥和，丝毫看不出几分钟前有动乱发生。

温双沐担心苏起言痛下杀手，把二班同学记个遍，哪怕没什么效果，还是冲人比了个"别搞事"的威胁动作。

苏起言只从她身上掠过一眼，面不改色地低头摊开文件夹里的名册。

温双沐缄默一秒，干巴巴地放下手，继续往前跑。

行吧，就知道不管用！

队伍离开，苏起言却盯着名册，片刻过后笑了一下。

沈进有点儿好奇地凑过脑袋，想看他都记了谁。

苏起言却是"啪"地合上夹子："挺好的，没什么好记的。"

沈进无语地说："OK！"

回到班级，严鹏无论干什么，都发出巨大动静，班里同学统一选择无视。那些这个年纪里会有的敏感自卑，在这个不知道算好还是算差的方法里，得到了很好的消解。既然帮到了一部分人，那便算是不差的。

本以为这周二班跑操这块纪律分会被扣，谁知最后还是拿到了当周的流动红旗。

看着带有金色流苏的锦旗挂在公示栏上，众人都感觉十分神奇。

随着天气变冷，时间很快到了十二月底，距离期末考试只有半个多月。

各科老师都开始必修二和必修三的内容，没有安排复习课程，只能靠学生私下自主复习。

二十四号这天早上，陆京早早到了学校，借王承硕的理综笔记，结合错题翻看。为了方便问题目，他临时坐去了温双沐的座位。

教室门口传来班里一些女生间特有的对话。

陆京随意抬眸看去一眼，视线落到人群中间的温双沐身上，顿了下。

难得见她梳马尾以外的造型，红绿双色发带简单绑了个双马尾的麻花编发，意外好看。

陆京用笔盖戳戳王承硕肩膀："今天是什么特殊的日子吗？"

王承硕先愣了愣，然后看到教室门口的温双沐，了然过来。他没好气地用笔头敲敲一旁的窗户："英语老师这'Merry Christmas（圣诞快乐）'的墙纸都贴那么多天了，看不出来吗？"他说着又用笔头指向温双沐，"红色加绿色，圣诞树的颜色，平安夜限定款。"

陆京若有所思地点头，突然说："那我忘记给你买苹果了，怎么办？"

王承硕感到无语："谢谢，但你今年可以换个人送了。"

陆京看温双沐从过道下来，自觉地拿书回自己座位。

夏芝里半道拉住温双沐说了句"你今天好漂亮啊"，然后温双沐也同样真诚地回以"你也很好看哪"。

陆京看着突然就觉得有些想笑。他难得主动和玛利亚说话："你看，小说女主不一定靠爱情获得救赎治愈，小说女配也不一定为了爱情就'黑化'，校园文里走友情线不是最好的吗？"

数学课上，陆京拿出桌洞里的手机，屏幕信息栏上全是刘以恒在群里"艾特"他的。于是他用书挡着，把手机顺到桌面查看。

刘以恒：我预定了晚上六点的炸鸡，逃课去天台过平安夜go（走）不go？ go不go？

林森：为什么这么早就定了外卖？ PS（附注）：我要go！我要go！

刘以恒：怕晚上生意太火，不接单。剩下三位go不go？ go不go？

陆京：我都行。

刘以恒：双姐跟硕哥呢？

陆京往隔壁的两桌瞟了眼，见他们都在认真听课，丝毫没有关注手机的动静。

他打字说：我问问。

刘以恒连忙说：顺便帮我问问芝芝来不来。你们最近不是跟她关系挺好吗？应该能请得过来吧？

陆京："……"

陆京在草稿纸上写下字，趁周泉转身，扔到了温双沐的桌上。

温双沐看他一眼，然后打开：

刘以恒问你们晚上要不要逃课去天台过平安夜？ PS：写完传给王承硕，再传给夏芝里。

温双沐挑了挑眉，在底下回了"行啊"两个大字，便把纸团重新揉搓起来，朝王承硕扔去。

王承硕看完内容，沉默几秒，什么也没写，直接丢给了隔壁的夏芝里。

夏芝里想当然地觉得字条是王承硕让她帮忙传给陆京，于是看也没看，扔去了后面。

陆京眼看着字条传了一圈，只得到一个温双沐的回复。他没法儿了，重新晃晃夏芝里的椅背，等人往后靠过来，才压低音量问道："晚上要不要一起去过平安夜？"

"嗯？"夏芝里先是觉得有点儿怪，马上反应过来，"温双沐也去吗？"

"对。"

"那我也去。"

原本还指望着好学生能拒绝的王承硕："……"

陆京得到两个女生的回复，对待王承硕态度就没那么友善，重新写下句"你什么情况"，直接朝人脑袋扔去。

王承硕却跟背后长了眼睛一样，反手接住了。

两分钟后，字条扔了回来。

王承硕：我刚才只是在算，今天晚上咱们四个逃课扣的小组积分，后天物理随堂考平均需要考几分才能抵回来。

王承硕：不多，也就四个满分吧。我跟温双沐还有夏芝里问题不大，剩下的看你了。

王承硕：加油！

陆京："……"

陆京对着字条一言难尽地搓搓右侧眉骨，刘以恒还在群聊里问着后续消息。他拿过手机回复：夏芝里去。

刘以恒瞬时激动地说：啊啊啊啊！京哥！

刘以恒狂甩"爱你"的表情包。

陆京又打字：温双沐也去。

刘以恒：OK！

陆京：王承硕也去。

刘以恒：OK！

陆京：但我不去。

刘以恒：OK！

刘以恒：为什么？

林森：对呀，你刚不还说都行的吗？

陆京：别问。问就是——我不爱学习，但学习不放过我。

刘以恒：别啊，京哥！

林森也开启劝导模式：是这样的，只要你能放过你自己，学习就能放过你。

林森："摆烂"吧，一个晚上而已。

陆京：你说得很有道理。

晚上六点半，夏芝里把当天的语文作业写到黑板上，到楼梯口找陆京和王承硕会合。

温双沐来得稍晚些，去校门口拿了点儿东西。她两级两级台阶地从一楼往上跑，手上小心翼翼地护着个盒子。

王承硕坐在栏杆上，率先透过间隙看到人，对陆京和夏芝里说："过来啦。"

王承硕从栏杆上跳下，好奇地打量了下温双沐手上的东西："你又买了蛋糕啊？"

"嗯。"温双沐将盒子提高了些展示，"担心这么多人吃炸鸡吃不饱，正好之前尝过这家味道不错，就订了一个。"

盒子透明，能清晰看到里头的样式，蛋糕选的也是平安夜款，雪白的奶油上堆着圣诞老人、金铃铛、圣诞树、覆着雪花的小木屋。

夏芝里"啊"了一声："你们都买了东西啊，我是不是也应该准备点儿什么？"她有点儿无措地摸摸口袋，"不然我去楼下咖啡店给大家带几杯喝的吧。"

陆京说："没事，我和王承硕不也什么都没买吗？饮料这些刘以恒他们都准备了。"

一行人往五楼的天台走。陆京跟王承硕稍稍错开步子，自然地落到后面，跟温双沐并排。

陆京低眸看她一直抬高稍显吃力的胳膊一眼："我帮你提？"

说着也没等温双沐回答，径直把她手上的蛋糕顺了过来。

温双沐慢半拍地应了一声"哦"，乐得轻松，愉快地往上快跑了几步。

高一教学楼的天台门锁了，一行人只好转战高二楼碰碰运气。

林森突然嗅了嗅："我怎么闻到了一股烧烤味儿？"

"炸鸡味儿吧。"刘以恒抬了抬手上的外卖袋。

"不对，是烧烤味儿。"林森上前，将天台门打开条缝，"我的天哪，学长、学姐有点儿东西啊，竟然在 barbecue（户外烧烤）！"

"嗯？"刘以恒说，"那咱们要再换地方吗？"

温双沐却听到里头一道熟悉的声音，径直将门推开半边，走了出去。

里头的高二学生还以为被哪个老师逮到，一阵"噼里啪啦"的手忙脚乱声。

韩语冰率先看清来人镇定下来："双？"

她说着对朋友们比了个手势，示意危机解除，让大伙儿继续该干什么干什么。

温双沐同样向门后那几位摆了摆手："进来吧，自己人。"

韩语冰走近才发现陆京和夏芝里也在，顿时满心雀跃激动。她暗暗地扯了温双沐的袖子："你们好学生怎么也逃课？"

温双沐默了默，指指自己鼻尖："我看起来像那种中规中矩的好学生？"

韩语冰"啧"了一声："你当然不是。但陆京和夏芝里不是一看就很乖吗？"

温双沐心想表姐的"CP雷达"又发动了，她说："怎么样，你最爱的'CP'来了，要不要给我们腾点儿位置？"

韩语冰一副"你怎么跟姐姐这么见外"的样子："腾什么位置啊，直接拼桌不是更热闹吗？"

她说着笑眯眯地抬手冲陆京几人打招呼："大家好，我是温双沐的表姐韩语冰，祝大家平安夜快乐。如果不介意的话，我们准备了很多烤肉，大家一起来吃吧！"

林森和刘以恒都是自来熟的人："好啊，好啊，我们这里有炸鸡蛋糕，都是现成的，学长学姐也可以先垫点儿肚子！"

高二学生显然比高一学生会来事许多。

温双沐他们顶多带堆吃的，韩语冰他们却是烧烤架、腌好的肉、果盘、星星灯、野餐布……装备齐全，充满过节氛围。

一群人依次认识过去，开始有序地分工合作。男生们烧烤，女生们摆盘。

温双沐时不时地这里晃晃，那里看看，然后给陆京提供点儿技术指导，让他把五花肉串烤熟。

韩语冰倒是像狗皮膏药一样，一直贴着夏芝里。夏芝里做什么，她便跟着做什么。

"哎——这个很烫，还是我来。"

"小心，这个金属边很锋利，别伤到手了。"

"这五花肉贼香，陆京烤的，要不要尝一串？"

夏芝里起先还很拘谨，但很快被韩语冰的热络亲近打败，直接跳过磨合，和人愉快地聊起天来。

韩语冰为自己那么快跟女神打成一片的能力感到十分自豪，她拉人来到地毯边，给人递去一个软垫："来，咱们先坐着吃会儿，让男生烤完送过来。"

夏芝里温柔地说："好的，谢谢学姐。"

温双沐晃过来，冒出一句："我怎么没有垫子？"

韩语冰无所谓地说："你皮厚，'摸鱼'半天了，直接在地上坐吧。"

没等温双沐翻白眼，夏芝里飞快地挪了挪屁股："咱们一起坐吧！"

韩语冰看温双沐毫不客气地往中间挤，试图推人："你坐另一边去……"

话音未落，温双沐已经冲她坏笑一下，卡死在正中间，把她和夏芝里阻隔开来。

韩语冰心想：可恶！

韩语冰化悲愤为力量，开了瓶冷饮，痛饮一口，爽得直哈气："好冰，冻得我牙都要掉了。"

边上同学出声："冰的？小心喝坏肚子，明天早上还要坐六点半的大巴呢。"

温双沐听见好奇地问："嗯？那么早去哪儿？"

韩语冰叹气："冬令营啊！感觉就是过去当个陪跑，还要封闭集训半个月，想想就心累。"

有的男生看得很开："能躲掉期末的八校联考，也算不错了。"

温双沐问："什么冬令营？英语的吗？"

韩语冰伸手指了指："我们几个是数学的，那几个是化学的，今年这两门时间撞一块儿了。"

温双沐惊讶地说："不是吧？你数学这么差，都能进冬令营？"

韩语冰没好气地给她来了记锁喉："说了是去陪跑，一般高二学生都是踩线进的。第一年就是感受下氛围，等明年高三，才有可能拿个奖什么的。"韩语冰接着对夏芝里说："夏夏数学怎么样，有冲国赛的计划吗？"

夏芝里小口小口地咬着草莓："有，温双沐的数学特别好，明年肯定能进决赛，我想跟她一起。"

韩语冰心想：这是什么奇怪的动力？

韩语冰说："国内的作文大赛还是挺多的，有的还可以高考加分，你没想过跟你们班陆京一起参加吗？"

"没有。"夏芝里的想法倒挺简单，"参加太多感觉应付不过来。"

"也是。"韩语冰想了想，又努努下巴示意，"不过我们班有个同学挺厉害，就那个穿黑色卫衣的。他省赛的时候，数学第二，化学第八，现在只能二选一。老师劝他选数学，他偏偏要选化学，说要挑战自我，读书读出了'少年漫的中二热血'，也是厉害！"

黑卫衣学长端着烤好的蔬菜过来："你说我的坏话我可都听见了。"

韩语冰矢口否认："明明是在宣扬你的宏伟事迹，怎么能说是坏话呢！"

王承硕倒对化学竞赛的事挺感兴趣，问黑卫衣学长："化学竞赛初赛一般都在什么时候？"

"咱们市基本都是八月份左右。你是春季班学生吗？"

一旁的林森举手："我是春季班的。"

王承硕说："我是实验班的。"

"哦，我也是实验班的。"学长说，"林森在春季班应该会比较了解，学校对数学竞赛的重视程度比较高，像你们高一基本强制要求全部参加'数竞'补习，另外物、化、生还有信息四门都是自愿原则。"

林森应和说："对！"

"像实验班和普通班的学生如果想参加物、化、生比赛，老师基本都要等到高二才会选拔，然后只有升高三的那年暑假参考一次，机会还挺难把握的。如果对这个感兴趣，我建议你现在就开始准备，明年八月份参加省赛感受一下氛围，不管能不能进冬令营，都能给高三打个基础。像我那时候就是自己找老师打招呼，主动去春季班旁听。"

王承硕又问了好些细节。

另一边刘以恒全程献身烤串事业，听大家讲些他听不懂的话题，"啧啧"两声，对同病相怜的陆京说："学霸的话题真是参与不进去哈。"

陆京习以为常地说："习惯就好，我每天在二班坐一堆学霸中间。"

刘以恒安慰他："加油，再辛苦半年，等高二分班调到七班就解脱了。"

"可能有点儿难度。"

"嗯？"刘以恒一下子没反应过来，"你打算读文科？"

"不是。"陆京说，"我只是觉得到高二的时候，我分班成绩应该可以继续待在二班。"

刘以恒愣了一秒才确定陆京不是在开玩笑："不是吧！我一直以为你在二班当混

子，敢情你在背着我偷偷学习？"

温双沐从洗手间回来时，烧烤架上的炭火熄得差不多了，只冒着零星的火光，大家伙儿全围坐在地毯边吃。她原先的位置被刘以恒挤占，看陆京和王承硕中间的间隙稍宽敞些，她绕过去，拍拍陆京肩膀："往边上点儿。"

她的声音语调还算正常，但接下来落座的一连串动作就像拆分图解一样，慢得不可思议。见她的身子晃了晃，陆京和王承硕都下意识地伸手去扶她，却被温双沐自己用神奇的平衡力维持了回来。

稳当盘腿坐好后，温双沐平静地将两鬓的碎发往耳后捋捋，末了还把双手落膝盖上，脊背挺直，俨然像个摆出认真势头、实际早已魂游天外的小学生。

王承硕离夏芝里位置近些，隔着刘以恒拍了拍人肩膀，拇指往边上一撇，指着温双沐问道："她刚喝了什么？"

夏芝里看向边上几个空掉的易拉罐："就是饮料啊。"

王承硕就近拿起一瓶看了看："这个……好像不是饮料。"

林森也叫了一声："谁不小心买了酒？度数还这么高！"

"竟然是酒吗？我说怎么喝着那么烧呢。"

刘以恒连忙翻出外卖软件："哎呀，是我买错了，抱歉，抱歉。"

王承硕扭头去看温双沐。

陆京也是个有才的，玩似的半蹲起身，跟温双沐玩起"我比画你猜"的游戏。

"这是几？"

"三。"

"这个呢？"

"五。"温双沐答完，还拍了陆京的手一下，"你是不是觉得我傻？"

"好吧，那来个难点儿的。这是几？"

"七。"温双沐双指并拢，傲慢地在空气中虚点两下，"等差数列，下个九。"

"哇！"陆京拍她脑袋，"你好聪明，怎么猜到的。"

王承硕："……"也是两个活宝。

温双沐忽然抬手示意中断游戏，捧了捧自己的脸颊，说了声"好热"，让陆京稍等。她身子前倾，在边上的饮料堆里新拿了一瓶，想喝口冰的降降温。

没等她扣上金属环，陆京把瓶子从她手心抽开，把自己那杯盛了汽水的纸杯给她：

"换这个吧。"

温双沐瞪着纸杯里上的气泡几秒，说："那个还挺好喝的，换了干吗？"

陆京解释说："有点儿未成年人的自觉好吗？不能喝酒。"

温双沐迷迷糊糊的，也不知道是听懂了吗，接过纸杯后没直接喝，搁脸边降温，转而拿了根鸡翅，小口小口地啃。

夜晚气温低，烧烤凉了便没什么滋味，几个人去把炭火重新燃起来，给串加热，剩下的人则玩起了桌游。

"想玩哪种？大富翁？扑克？还是 UNO？"

温双沐第一个举手踊跃参与："UNO ！"

夏芝里作为永远的追随者，也跟了一票。

林森好奇地问："这是什么游戏？之前都没听过。"

一个学姐拆开了一盒 UNO 牌，给大家讲解了规则。

刘以恒跃跃欲试地挽了挽袖子："听是听懂了，但怎么感觉算来算去的有点儿烧脑。"

"没关系，多玩几把就差不多熟了。"

陆京扭头看了眼温双沐，有点儿质疑："你确定你要玩？"

对一个刚刚语出惊人报出"等差数列"的人，他实在不觉得她脑袋能转得过来。

温双沐一副理所当然的表情："我算这个可厉害了。"

陆京盯了几秒，抽了张纸巾给她。

温双沐茫然地问："干吗？"

陆京直接上手跟抹玻璃一样往温双沐脸上糊了一把，把她吃烧烤时沾的油渍擦干净了，才说："没事，你玩吧，开心就好。"

韩语冰手上还举着块刚从果盘里叉来的哈密瓜，牙齿保持半开合的状态，盯着陆京和温双沐一动不动。

半响，她从僵硬中恢复过来，眼珠子往左挪了挪，又看向夏芝里，后者跟没事人一样，和刘以恒、王承硕巩固着游戏规则。

韩语冰艰难地咬下哈密瓜，放嘴里嚼了嚼。

发牌、出牌，三轮 UNO 结束。

温双沐成为最快出完全部牌面的人。她拍了下手掌，无奈地往两边摊了摊，一脸

"无敌是多么寂寞"的模样："输的朋友都干一杯吧。"

"什么情况？"林森将剩下的牌扔桌布上，"我怎么每回都慢一张。"

"学妹牛啊，竟然能连赢三把。"

王承硕沉默地看了看手上厚厚的一沓牌，告诉自己这只是个测试反应和运气的游戏，并不能说明数学思维能力。

他身子后仰，往陆京那边靠过去，压低音量问道："她到底有没有喝醉呀？"

陆京同样感到匪夷所思："我也不知道。"

看上去脑子比他这个没喝酒的还好使。

加热好的烧烤装锡纸盘里端过来，温双沐为了维持自己的不败战绩，见好就收："吃东西吧，顺便把蛋糕也切一下。"

夜晚漆黑，除了中央这块有灯照着的地方光线明亮，其他地方都很昏暗，大家方才都没注意蛋糕的样子，现在拆开，顿时被"高颜值"吸引，掏出手机一通狂拍。

有人提议说："要不要一起拍张合照？"

"好啊。"

有镜头的地方就有温双沐，她分分钟摆出拍画报的架势。

陆京揪了揪温双沐左边那根麻花辫，觉得女孩子也是挺难琢磨透，他到现在都没能分清对方到底醉了没有。

他说："反了，镜头在那边。"

"哦。"温双沐乖乖偏转了个角度，继续摆出刚刚那个姿势。

陆京没忍住，笑出一声。

把手机调成自拍模式，韩语冰原本拉夏芝里站在最前面，又嫌脸大躲去了后头。

一帮人七换八换，调整了半天阵型，如果不是蜡烛快烧完，还能继续纠结下去。

等蛋糕被匆匆忙忙地举到正中间，众人催促："好了，好了，来吧。"

"都准备好了是吧？三，二，一，茄子！"

学长快门按下的那秒，陆京微矮下身，抬手落在温双沐的头上，笑看镜头。闪光灯一闪即逝，画面定格。

韩语冰因为站在最后头，目睹全部，心情越发微妙。

温双沐等学长把手机放下，眼神才不爽地往边上瞥，充满埋怨："你把我的 pose 打乱了。"

"不过还好。"温双沐自顾自地往下说，"我的救场能力比较强，刚那张应该不会很丑。"

陆京笑得不行，过了好一会儿才换上一本正经的语气，拍她肩膀："听我一句劝，下回别喝酒了。"

"嗯？"温双沐没反应过来。

"一般人招架不住。"

温双沐看起来蒙蒙的样子，一看就是没反应过来。

学长、学姐们招呼大家重新落座，进行光盘行动。

"来，来，来，干一杯！"

"祝学长、学姐们明天冬令营都能旗开得胜！"

"也祝学弟、学妹们学业顺利，明年省赛和国赛一路过关斩将！"

"圣诞快乐！"

放学铃响起，一群人吃饱喝足，瘫靠在一块儿丝毫不想动弹。

黑卫衣学长冲韩语冰伸手："起来吧，明天还要早起。"

一个带了头，剩下的也纷纷倔强爬起。

"把垃圾全卷餐布里吧，直接提去扔了。"

"行，那我们两个去把烤架还了。"

一行人下楼，温双沐想上洗手间。韩语冰怕她摔在坑里，让夏芝里陪她一起去。其他不想上厕所的，则站楼梯口等。

陆京其间回了趟教室，班里同学已经走光，他们后排几个座位堆满了不知道哪些同学送的圣诞礼物。

陆京从书包里摸出中午出去吃饭时买的苹果，顺进大衣口袋里，然后没事人一样往外晃。

回到楼梯口，温双沐正好从洗手间出来，不停地把手上的水珠往空气里扬。

韩语冰无语地把她的手往下按："喝个酒跟降智了一样。"余光里陆京走近，又硬生生找补地加了一句，"还挺可爱。"

夏芝里抿嘴跟着一笑，十分赞同地说："我也这么觉得。"

大家继续往下走，黑卫衣学长问道："你们都打算怎么回去，这个时间地铁末班应该赶不上了吧。"

王承硕接着说："校车估计也都开走了。"

"拼车吧，好几个人喝了酒，没喝酒的陪一块儿，安全点儿。"

"行。"

楼道里有灯，陆京落在后头，一直没什么动作。等出了教学楼，校园大道上的灯因为过了放学晚高峰，灭掉好几盏。他这才不着痕迹地走到温双沐身侧，将苹果顺进她的口袋，又走开一步。

温双沐没什么反应，估计这会儿酒精真的上头，意识发散开了。

来到校门口，韩语冰拦下辆出租车，先问了夏芝里家住址，冲其他人说："有谁家住遂城街的吗，或者是普昌区一带的？"

凑满一辆车开走后，韩语冰接着拦下一辆。

温双沐倚在灯柱边，状态还有点儿游离。半晌，她把衣襟往上扯了扯，小声骂道："我的衣服怎么突然变得这么重啊！"

陆京就站在她边上，静了好一会儿，默默扭过头，用拳头抵住嘴角，才不让自己笑出声来。

五分钟后，韩语冰看大部分人都已上车，剩下几个都是男生，秉着女士优先原则，她把温双沐丢进后车座，才问其余人："有荆阳区的朋友吗？没有的话，我们俩先走了。"

陆京走下人行道的台阶，打开副驾驶门："一起。"

韩语冰也准备上车，温双沐却已经靠那儿合上了眼。她放弃让人往里头挪挪的打算，将门关上，自己绕去另一边。

车子起步，司机问："到荆阳区哪儿啊？"

"先去皇家新河湾。"陆京翻着手机查阅平安夜祝福的短信。

韩语冰没觉出任何不对，反而是某个本该睡了的人，突然一个激灵地往前面副驾驶位挤："你怎么知道我家住哪儿？"

温双沐有些升温的鼻息扑在陆京耳郭。陆京顿了顿，从耳朵到指尖都有些发麻。

他说："你之前说过。"

温双沐皱眉说："是吗？"

陆京赶紧说："是。"

"好吧。"温双沐一个倒头，又摔坐回去继续睡。

陆京："……"

温双沐第二天早上是被温秉一跳到床上蹦醒的。她头痛欲裂地将被子往上扯了扯，盖住脑袋："大哥，我昨天夜里很晚才睡，能不能再让我歇会儿。"

温秉一又是一个高弹跳，控诉十足地说："爸爸、妈妈在我睡觉的时候都把圣诞礼物放我床头了，就你没往我袜子里塞礼物！一点儿都不知道保护小孩子的童心！"

温双沐心想，我没把你一脚踹下去，已经是对你童心最大的脚下开恩。

为了让世界再清静一会儿，温双沐哄骗说："我塞了，你再回去好好翻一翻。"

温秉一将信将疑："真的？"

温双沐敷衍地在被子底下应了一声。

温秉一觉得自己错怪了人，忸怩了片刻，飞快地扔下一句"我就知道你是个好姐姐"，便按捺不住兴奋地跳下床，往自己房间跑。

五分钟后，温双沐的卧室门再次被人从外头打开。

"你不仅没给我送礼物，你还骗人！我要跟爷爷、奶奶、外公、外婆告状！亏我还送了一个苹果在你桌子上给你当夜宵！"温秉一的小奶音气呼呼的，他光脚直接跑到书桌旁，拿过苹果咬了一口，说，"不给你吃了！"

温双沐无动于衷，下一秒脑子里幻灯片似的闪过一个画面。她忽然掀开被子坐起身，盯着温秉一手上的苹果看。

温秉一以为她是心虚愧疚了，"哼哼"两声，腔调拿捏十足："你要是现在跟我道歉，我可以分半个给你。"

温双沐却坐在那儿一动不动，意识回到了昨天晚上。

灯火通明的公寓大堂，水晶吊灯照耀得大理石地面反光。

她没脑子似的走进电梯，按下楼层键，电梯门关上打开，她出来转上一圈，又进去，然后重新按下楼层键，电梯门再次关上又打开，她出来……循环往复，始终停留在一楼。

"你在干吗？"陆京倚靠在墙边，不知道打量了她多久，笑眼的弧度延得很长。

温双沐像找到帮手一样，也没问本该乘坐出租车走了的人为什么又出现在眼前，同人伸手指说："这个电梯好奇怪，它上不去。"

陆京调节了下嘴角上扬的弧度，才忍住笑意对她说："你有没有想过按楼层前先刷一下门禁卡。"

"哦，对。"温双沐拍了下手掌，伸手往后去够书包，却发现身上什么也没背，反而低头发现自己大衣口袋高高鼓起一团。

她从口袋里摸出个苹果，问陆京："这是什么？"

陆京一本正经地对她轻点下巴："看不出来吗，A、P、P、L、E——apple（苹果）。"

"我知道这是苹果呀，可为什么我兜里会有？"

"我送你的。"陆京这次停顿了几秒，才往下说，"平安夜快乐，温双沐。"

大堂的玻璃门没关严，有冷风溜进来，从后往前地吹乱陆京的头发。

温双沐一下子看得有些恍惚。她蒙蒙地说："你也快乐。"

然后她抬手咬了一口苹果。

回忆中断，温双沐痛苦地抱头在床上打了个滚。陆京的笑声似乎还停留在耳边，一种烧得慌的热意从耳根往脖颈弥漫。

她这一晚上到底都干了吗啊！

乌小漆幸灾乐祸地说："你知道我昨晚看你的时候都在想什么吗？我寻思咱们这本《芝芝绿妍》走的也不是'降智女配'路线，但你昨晚智商真的最多三岁半，我提醒了你好几次都半点儿用没有。"

温双沐自闭地把头发往后捋了一把，摸过床头的手机看了一眼时间。屏幕界面上好几则陈叔的未接电话提醒，还有几条问她怎么还没下楼的短信。

"我的天哪，怎么都快七点了？！"

温秉一则被刚才抓狂的温双沐吓到，想了想，还是决定补偿一下，拿了个新苹果回来："姐，我给你挑了个最红的。"

温双沐蹦跳着从衣柜里拿出衣服进浴室，匆匆地说："放我包里吧，我一会儿走的时候带上。"

温秉一环顾一圈，心想你也没把书包背回家啊，只好瞄准温双沐搭椅背上的校服外套，把苹果塞进了口袋里。

温双沐叼着片吐司坐进车里，感觉单侧衣摆有点儿沉，随手一摸，瞬间产生PTSD。

温秉一真是随便一个举动都在反复提醒她昨晚的愚蠢，对她进行"鞭尸"。

温双沐现今看到苹果是半点儿胃口没有，重新放进口袋，催促陈叔往前开快点儿。

抵达校门时，早读铃已经响起，大门的伸缩门已经彻底合上，只有门卫室旁的小门还开着，一群学生生死时速地往里飞奔。

纪检部的几个成员就站门边，等着早读铃最后一秒铃音落下，把没进校门的学生拦下进行班级名字登记。

苏起言作为纪检部部长，只会在跑操人手不够的情况下帮忙一块儿检查纪律，对穿校服、迟到早退情况很少过问。这会儿他收到部员发来信息，说遇到个十分难缠的女学生。正好他在附近行政楼，便绕过来一趟。

远远就看到温双沐用最正经的语气跟底下部员说着最不着调的话。

"我跟你们部长认识，你们今天谁放过我，我就让你们部长退任后安排谁来接任他。怎么样，是不是还挺划算？或者这样，今天圣诞节，我送你们一个苹果，大家和气生财，就当没看见我？"

苏起言也是头一回看人能把"行贿"说得那么冠冕堂皇，有点儿没脾气地捏了捏眉心，上前说："这边我来负责，你们都回去上课吧。"

几个部员同苏起言点头打过招呼，便纷纷离开。

苏起言低头看着表，等部员们都离远了，这才偏转过身，看温双沐仍站在那儿不动，说："不走吗？"

温双沐还有点儿惊讶，毕竟苏起言不在时她仗势威逼利诱是一回事，现下他人真的到场，她还以为自己被记名字会是板上钉钉的事。

温双沐郑重地将手上没送出去的苹果塞进苏起言手里，语速飞快地说："温秉一送你的，多谢！我先走了！"

温双沐撒腿就跑，根本没给苏起言反应的时间。

他盯着跑远了的背影张了张口，本想说他也要回教学楼，可以一起走。

温双沐一鼓作气冲上三楼，却发现陆京、王承硕和夏芝里都拿着书站走廊上。她心里奇怪，来到夏芝里身边，碰了碰她的胳膊："什么情况，你们也都迟到了？"

"不是，昨天晚上作业没写，班主任很生气，让我们在外面补完再进去。"

温双沐："……"

教室窗户都紧闭着，温双沐也没胆儿往里头张望。她说："梁姐现在在里头吗？"

夏芝里点了点头。

温双沐手肘撑到栏杆上，抚额开始做沉思状："你们说我是现在进去拿作业被梁姐骂得惨一点儿，还是一会儿等她出来撞上骂得惨一点儿。"

王承硕想了一下说："都差不多吧，我们刚已经被集中火力炮轰过一遍了，到你这儿应该也没什么要训的了。"

"行吧。"温双沐做出英勇就义的样子，舒展了一下腰身，走到教室门边，又犯顽地转了回来，"算了，你们有什么作业名字没写的吗？我先拿着写一样，等下课了再进去拿其他的。"

夏芝里乖乖地一张一张卷子地往下翻："名字都写了，拿涂改带涂掉可以吗？"

陆京已然抽出两张数学和物理的卷子递过去。

温双沐现下对上陆京还处于某种极不自然中。她伸手接过，眼神却飘忽地看向别处，很快贴到夏芝里边上，问："你还有多余的黑笔吗？"

陆京看了温双沐几秒，挑了下眉，什么也没说，继续枕在栏杆扶手上写地理作业。

四个人站在走廊上，也算是一道瞩目的风景。苏起言到三楼时，还怔怔地停了下脚步。

林森则开了一班教室的窗户，时不时对他们比画几个同情的手势，感慨"幸好一班班主任不是梁姐"！

早读结束铃响起，梁洁从教室里出来，对温双沐说："你要是这个点还没来，我都打算给你爸妈打电话了。"她说着看了看手机，"我现在有事去一趟校长办公室，晚点儿再跟你们算总账。"

课间走廊喧哗，温双沐从教室把昨天的作业搬出来，让夏芝里帮忙把物理化学两张卷子传给陆京，便低头补起作业。

大概有人陪着的缘故，四个人都挺心大，也没太在意过路同学的打量。

不过三楼学生的关注点很快也从围观学霸罚站转变成校长室最新传来的小道消息上。

"号外！号外！有转学生要插到二班！"

"谁呀？这么猛。离期末考试都没几天了还转学？"

"男的女的？咱们学校转学一般不是只转到普通班吗？怎么还能直接进二班？"

"男生，我刚瞄到一眼，巨帅！听说是元阳中学金牌班转来的，校长原本打算给人安排进春季班，但他自己说想进二班。"

夏芝里表情突然变得有些疑惑，抱着作业暂时从栏杆边走开，去问班里那几个交谈的女生："你们刚说转学生是从元阳中学转来的吗？"

"对呀，怎么了？"

……

陆京看边上位置空了，朝温双沐走近一步。

温双沐握笔的指尖一顿，默默挪着作业往右拉开一步。想了想，又抬手将后头的校服帽子也套头上了。

陆京支起下巴等了几秒，感到好笑地说："你这是打算一直不跟我说话了？"

温双沐将帽檐不断地往下扯，直到盖住大半张脸，才低低出声："我现在一看到你就能想到我昨天晚上有多丢脸。你总得给我时间缓缓。"

陆京笑着应了一声"行"。

"你打算怎么缓？"

"能怎么缓……"温双沐小声说道，左手仍揪着帽檐，通过条窄缝看卷子上的题。她右手腕骨压着作业，歪歪扭扭地在上头写下两行求解过程，说，"多写几套卷子不就缓得差不多了？"

陆京笑着点了点头："你这方法不错，就是有点儿费卷子。作业做完不够跟我说声，我可以借几套给你。"

哪有这样的人？！

温双沐来了点儿劲儿，将帽檐抬高少许，扭头去看。不过等双眼对上陆京的脸，她肚里的那些话又瞬时发作不出来，于是她临时加了个补充条件："还有……"

陆京："嗯？"

温双沐："把你脸上的笑收收。"

陆京愣了愣。

温双沐："我对你的笑也挺不耐受的。"

陆京顿了一下才反应过来。

温双沐却直接把帽子往后拽了拽，把他推到一边，冲夏芝里招手："小夏，过来。"

陆京："……"

夏芝里回头应了一声，抱着作业从八卦的女生中间退出。

温双沐用笔杆敲了敲题干："你帮我看看这题，怎么感觉少条件了。"

夏芝里认真看了几秒："没少条件吧，这题我做了……"

两个人认真讨论起题目，陆京盯她们看了会儿，默默按住少许发热的耳根，退到王承硕边上。他感慨说："好可怕的'直球'！"

"嗯？"王承硕没听清，"什么球？"

王承硕翻看了下卷子："哦，你说第十七题？小球过轨道最高点而不脱离轨道的最小速度为 v，第一步要列……"

陆京极尽无语地用笔帽儿拨了下眉毛，下一秒也没客气，将物理卷子翻到第十七题，将过程写了下来。

上课铃响了，走廊上逗留的学生纷纷进班级。

有男生一路疾驰，在教室后门一个急刹车，扶着门框播报："梁姐带着转学生过来了！"

班里瞬时一片沸腾，大家纷纷开始讨论，有几个甚至跑到门边偷偷张望。

温双沐几人占了天然的地理优势，虽然露天漏风冷点儿，但能将教学楼到天桥那边的景象一览无余。

远远看见梁洁领个穿私服的男生出现在天桥上。男生个子挺高，乍一看衣品不错，灰调偏白的长款大衣，黑色长裤，色系引人舒适。

温双沐说："赌五包辣条，感觉是个帅哥。"

夏芝里挠了挠脑袋："赌十包吧，我好像知道转学生是谁。"

温双沐露出疑惑的表情。

随着梁洁走近，她身后转学生的面容也渐渐清晰起来。温双沐憋了又憋，总算理解夏芝里说的"知道"是怎么回事。她对乌小漆说："他以前也没转过来呀！"

乌小漆也蒙了，弱弱地探讨："可能是你打亲情牌打脱了？"

温双沐听了觉得离谱儿："跟我有什么关系？"

乌小漆："你跟他说的夏芝里在学校不开心，又没列举出个一、二、三来，人家放心不下，肯定就自己过来了。"

温双沐："……"

温双沐头疼。她对夏芝里说："你这个……"她把"哥哥"二字咽下，改口说，"你朋友什么情况？"

夏芝里也是方才听班上同学聊到元阳中学才隐隐有的猜测，仍然茫然地摇了摇头："不知道，他之前没跟我提过。"

王承硕好奇地说："你们都认识转学生？"

夏芝里也没想到自己有一天能把这段关系这么坦诚地说出来："我妈跟他爸爸差点儿再婚，叫了挺多年'哥哥'的。"

这年头离异家庭的小孩儿很多，认识的人里刘以恒也算一个。家家有本难念的经，王承硕没再往下多追问，点了点头，话题便算过去了。

沈之庭跟着班主任穿过天桥，来到教学楼的走廊上，安静的楼层里只有四个学生上课铃结束了依然没进教室，贴在栏杆处写作业。

沈之庭只当四人是班里犯事被拎出来罚站的差生，日后不会有太多接触，随意扫过一眼，便掠过去了。

梁洁却停下步子，给他介绍："这几个都是昨天晚上逃课罚站补作业的。虽然不太想承认，但都是咱们班的班干部和课代表。接下来你们免不了要打交道，先相互认识一下。"她从左到右报名字，"班长王承硕，美术课代表陆京……"

报到名字的人依次转过头来跟新同学点头问好。

沈之庭并没有融入新集体的打算，秉着礼貌将视线移过去，刚意外美术课代表是有过几面之缘的"老熟人"，又听班主任报出第三个同学和第四个同学的名字："语文课代表夏芝里，数学课代表温双沐。"

沈之庭："……"

夏芝里用课本遮遮掩掩半天，还是躲不过地转过身来，尴尬地冲沈之庭笑了笑。

梁洁像忘了还要给大家介绍沈之庭的名字，直接对沈之庭说："好了，咱们进教室吧。"

沈之庭沉着张脸往前走出几步。

逃课、罚站、补作业……

早上出门前还担心自己毫无预兆地转学过来会吓到夏芝里，没想到对方给了自己一个更大的惊喜。

原本吵嚷的教室在梁洁进来的瞬间安静下来。三十多双眼睛齐刷刷地往门边的转学生身上瞄。

梁洁也懒得卖关子："刚刚在校长室门口偷听的几位朋友，算你们溜得快，既然没被校长发现，我也就不追究了。相信你们已经把咱们班要来新同学的事传得差不多了，那么下面就掌声欢迎新同学上来自我介绍。"

沈之庭走上讲台。梁洁想到什么，打断了下，抬手指挥说："纪委把边上窗户打开，让外面那几位也过来听听。"

四人此刻已经天高皇帝远，自己聊起了天。

温双沐问夏芝里："赌注怎么算？我要给你五包辣条吗？"

夏芝里想了一下："不用吧，我们不都赌的帅吗！"

温双沐点点头："也是。"

陆京嘀嘀咕咕地对王承硕说："为什么我觉得转学生很一般。"

王承硕一直对着作业奋战，听到这句话抬起头来，隔着两个人远远看温双沐一眼，安慰他说："女生都有帅气转学生爱上我的梦想，滤镜光环加成，过段时间就好了。"

陆京："……"

窗户冷不丁在四人身后打开，"啪啪"两声，把他们吓得一跳。

梁洁幽幽的声音从后头飘来："就这么几秒钟时间你们都能聊到一块儿去。"说着一声令下，"今天上午这几节课教室窗户都别关了，等他们把作业补完为止。"

陆京、王承硕、温双沐、夏芝里："……"

梁洁又接着冷漠地说："别装蘑菇，都给我向后转，到窗户边来，给新同学鼓掌，听他自我介绍。"

四人乖乖照做，贴窗台而站，把作业搁上头，稀稀拉拉地鼓起掌，除了夏芝里比较真挚，其余三个人都毫无情感可言。

沈之庭此刻的心情几乎可以用麻木来形容，他转身拿粉笔在黑板上写下自己的名字。

"大家好，我叫沈之庭，从元阳中学转来，接下来的时间请多关照。"

梁洁手上翻起了校长室拿来的转学生履历："可以多讲两句，比如兴趣爱好、擅长什么、不擅长什么之类的，加深一下大家对你的印象。"

沈之庭只好继续往下说："我兴趣游泳，爱好发呆，擅长学习，不擅长给人讲题。"

后半句话颇有耍酷嫌疑，班里瞬时响起起哄的热烈掌声。

王承硕突然杵了下陆京的胳膊："哎，新同学的自我介绍跟你初中时的一样。"

温双沐稀奇，半带调侃地说："哪句一样？擅长学习，还是不擅长讲题？"

王承硕含笑地说："爱好发呆。"

"噗。"温双沐和夏芝里都小声笑出来。

陆京心想：好烦！

梁洁示意大家安静："之庭同学比较低调，其实他有很多竞赛经历，也拿过国内不少大奖，大家接下来多多向他看齐学习。"

梁洁看向窗外："班长多照顾新同学，有空带人在学校里转转，熟悉一下环境。"

王承硕赶紧说："收到。"

梁洁环顾一圈："班里没有多的课桌，之庭你先到后面那四个空座位随便挑一个坐下来，等中午让班长带你去楼上自习室搬空桌椅下来。"

沈之庭顺着过道往下，班上同学除了外头那四个站着，其余都在，空出来的座位是谁的也就不言而喻，不过有点儿意外夏芝里的小个子竟然能坐这么靠后。

他来到倒数第二排，左右看看椅面，沉默了一下。尽管已经通过桌侧挂的书包认出了夏芝里的位子，他还是往后挪了一排。然后继续站在那儿沉默。

梁洁看沈之庭没坐下，奇怪地问道"怎么了吗"，说着也往下走，直到看清四个座位椅面上的狼藉，根据花里胡哨的包装判断，应该都是平安夜礼物。

"也是够受欢迎啊，不知道的还当你们组队开小卖部呢！"梁洁按了按太阳穴，冲外面说，"你们派个人进来把自己座位收拾一下。"

其实这也不能太怪温双沐他们，毕竟一大早过来屁股都没沾椅子，就被叫出来罚站了。

夏芝里摸了摸鼻尖，从后门溜进来，将凳子上那些礼物一部分放书包里，一部分抱到后面储物柜，才小声对沈之庭说："要用的书你直接从我桌洞里拿。"

沈之庭"嗯"了一声，没忍住又加了一句："快把作业补完。"

"哦。"夏芝里灰溜溜地退出去。

梁洁也是实在郁闷不过，一边往讲台走，一边说："我当初搞小组 PK 积分赛，明明是为了激励中下游同学有干劲儿往上爬，你们四个倒好，直接做了反面教材。"

有女生举手发问："对了，老师，新同学要加小组吗？"

梁洁想着这学期也没几天了，不过加入小组有助于新同学融入班级，于是说："之庭你课间可以到公示栏看看 PK 赛规则和分组情况，看看想进哪组，到时候其他同学都配合一下。"

班里的女生纷纷躁动，迫不及待等下课时给他抛出橄榄枝。

沈之庭却直接敲定："我加班长那组吧。"

梁洁默了默，提醒说："你确定？他们那组现在分数倒数第一，而且负四十多了。"

沈之庭也是没想到能差到这种程度。他深吸口气，说："当扶贫了。"

"喔！"班里同学又是起哄鬼叫又是拍桌子的。

温双沐挑了下眉："他好嚣张啊！还没有人能在我面前帅过我。"

陆京因为刚才夏芝里短暂进了教室，又和温双沐左右站在了一块儿。他接话说："你想怎么做？"

温双沐低头说："先把作业补完，让他再帅会儿。"

陆京笑了出来。

梁洁打开投影仪开始上课。她单手撑在讲台沿，气到极致就是没脾气："陆京同学可不可以跟大家分享一下，到底有什么事这么好笑？"

陆京大声道歉："对不起！老师！"

两节语文课结束，到了大课间跑操时间。四个补作业的倒是得到特殊待遇，不需要下去。

温双沐搓搓冻僵的手指："小夏，你冷不冷？"

夏芝里点头说："冷。"

"那咱们要不要互抄一下，早点儿进教室。"

夏芝里毫不犹豫地说："好啊。"

陆京扭头看向王承硕："我也冷。"

王承硕把写好的作业递去："换吧，换吧。"

沈之庭独自抱着新书从行政楼回来，本来下课时梁洁安排王承硕带他去领书，但这位班长同志一句"我作业还没写完，你知道行政楼吧，到二楼找陈老师就行"把他给打发了。这个新学校以及新班级还真是从方方面面刷新了他的下限。

来到班级门口，看夏芝里在那儿埋头奋笔疾书，他走过去说："还剩多少？"

夏芝里听到背后的声音，吓得一个哆嗦，飞快把温双沐的卷子压在自己卷子下面掩了掩，回答说："快了，快了。"

沈之庭自然没错过夏芝里的小动作。经过一个早上接二连三的冲击，他现在已经可以平静地接受夏芝里抄作业的举动，甚至觉得挺好，毕竟谁在学生时代没抄过几次作业？像她从前那般循规蹈矩才是真的没有活力。

沈之庭瞄了一眼："第七题错了，选 B。"

夏芝里没反应过来。

温双沐率先凶狠地剜去一眼，又收回。她对陆京说："他挑战我。"

陆京配合地说："那要怎么挑战回去。"

"没事，你比他帅。他站你边上就输了。一比一平。"

王承硕冷冷地往边上瞥了眼："快抄吧，别乐了。"

沈之庭将课本临时放储物柜上，又独自去楼上自习室搬桌椅。

下来时温双沐、夏芝里几个人已经抄完作业，进了教室。

沈之庭指了指夏芝里后面那张桌子："这是谁的座位？可以跟我换一下吗？"

没等陆京这个当事人回答，温双沐在乌小漆喊"不行"的同时，喊出了："不行！"

乌小漆松了口气："没错，没错，一定要拒绝，不然小鸳鸯和夏芝里还怎么发展感情。"

"嗯？"温双沐倒是没考虑到那层原因，"不是啊，我跟陆京同桌都当习惯了，也没必要换哪！"

"什么不行？"陆京走进来，随口问道。

温双沐总感觉陆京是个有求必应的老好人："没事，跟你没关系。"

沈之庭看向陆京搁到桌面上的作业："这是你的座位？"

陆京指尖已经拎起水杯要喝水："对。"

沈之庭说："我跟你换一下？"

陆京拧杯盖的动作停下来，也不知道在想什么，食指指腹轻敲了两下，应了两个字："行啊。"

"咔嗒"一声。温双沐脱手，指尖一直拨弄的笔帽弹飞到地上。

她垂眼看向地面，心想陆京果然是个老好人。

王承硕也颇感意外："你确定要换？"

陆京耸了耸肩，把水杯放了回去，抠着两边桌沿将桌子往后移："他们俩不是兄妹

355

吗？新同学刚转过来，这种程度的乐于助人还是要做到的。"他说着冲夏芝里和沈之庭笑了笑。

乌小漆还在温双沐耳边劝个不停："你平常不挺能说的吗，快把小鹭鹭拦下来呀！校园文本来就没什么大剧情，这两个人离远了还怎么培养感情？"

温双沐却说："没招儿。"

她将手上那截没了壳的黑笔卡在课本沿放下，也没去捡地上的笔帽，双手往口袋一揣，跟大家扔下句"我去买杯咖啡"，便出了教室。

教学楼一楼后花园的咖啡店，跑操时间一个学生都没有，空气里弥漫着各式烘焙糕点以及咖啡豆的浓郁醇香。

温双沐点完单，靠在吧台上百无聊赖地用彩纸折起千纸鹤，听耳边咖啡机运作的"嗡嗡"声响。

吧台响起了叫号的声音，全店就温双沐一个顾客，咖啡师直接帮忙把咖啡端到她的手边。

温双沐道了声"谢谢"，将千纸鹤最后一步做好，把翅膀往两边拉了拉，立到吧台上，这才拿过咖啡往外走。

有点儿尴尬，有点儿丢脸。

她这么笃定自若地对乌小漆说她和陆京做同桌习惯了，没必要换，可对方没那样想。

温双沐叹了口气，失落归失落，但又挺能自我消化和排解。

人嘛，总归是贪心的！没朋友的时候想着有朋友，有朋友了又想当对方的第一好，不愿意当第二好。只是不知道她到底有没有在对方那儿排上号就是了。

温双沐咬着吸管往三楼走。跑操结束，各楼层人来人往，十分热闹。

林森正把陆京和王承硕按在走廊上，跟他们打听转学生的事。

温双沐想着应该上去搭两句话，但转念一想，还不准她为刚刚单方面破碎的友谊多矫情几分钟吗？于是又理直气壮地进了教室。

教室的布局稍有变动，温双沐瞪着眼，一下子有点儿恍惚。

她细细打量起她座位后头凭空多出的那张桌椅。从桌面上到书本，再到桌洞——陆京的水杯，陆京的笔袋，以及她送陆京的基础提高练习册，还有各式各样的杂志文摘、漫画、名著，涉猎之广泛，班上独有陆京一人。

沈之庭已经在陆京原先的座位安了家，课本都在桌洞里收整好，正听夏芝里给他介绍各科老师以及同学名字。

其实班里加上沈之庭后四十二个人，每列六人正好。她本以为陆京会去补齐其他排的空缺，两个人自然而然离远，谁想他直接打破常规，辟出个第七排坐她后面来。

温双沐颔首装酷，假装平静地继续吸着咖啡，踱回座位。

笔帽被人捡了回来，完好地扣在黑笔上方，搭在课本边。

温双沐心想她刚就不该质疑自己的人格魅力，在陆京那儿，也就王承硕可能比她胜上一筹，如果排不上第一，第二顺位估计还是有的。

她嘴角往上翘了翘，愉快地拉开椅子坐下，拾掇下节课要用的书本。

上课铃响了，教室后门响起成串的脚步声。

温双沐随手翻着物理书，余光里王承硕从过道走过，在她前面坐下。大概同一时间，她身后也传来椅子与地面轻轻摩擦的声音。

挺奇妙的感觉。

就像老师在讲台上能一览无余底下学生的动作，她这个座位在陆京坐她后面之前，也差不多拥有一览无余班级全貌的视角。

现下多了片盲区，感到有点儿束手束脚。

温双沐一本正经地拿过咖啡喝了一口，放回桌面，然后将物理书往后翻了一页。突然被人从后头用笔戳戳肩膀，她心中再次泛起小小的异样。

过了几秒，她才将椅背后靠，抵到对方桌沿才停下来："干吗？"

"看窗外。"

意料之外的三个字，温双沐微微一愣，偏头朝外看去。

陆京说："今天的云很漂亮。"

温双沐又是一愣，目光才向上移去。

冬日晴天里的云层浓厚蓬软，空气里甚至能辨出几抹细小的光晕。窗帘被风吹得轻轻晃动，像波浪一样搅乱他们在桌面上的倒影，光影在翻飞的窗帘下明暗交错。

温双沐望着窗外，可能是咖啡因作祟，心跳有些加速。她用手背抵住胸口，按了按，又感觉恢复了一些，好像刚才的心悸只是稍纵即逝的错觉。

陆京的声音离得近了几分，问她："像不像新海诚电影里的天空？"

温双沐缓钝地反应了几秒，才想起月初刚上映的新海诚电影，夺得好几日单日票房冠军，现在大街小巷里都贴满了宣传海报。

那电影她以前看过，约了苏起言一起，但被放了鸽子，最后独自一人坐在影院看完。

陆京的笔头落她肩膀上又敲了好几下："元旦放假要不要一起去看电影？"

今天才二十五号。温双沐算了算时间："周六下午放学吗？"

周日就是二〇一七年的新一天。陆京应声"嗯"。

温双沐说："行。"

讲台上物理老师在黑板上画完图，把断了的粉笔扔板槽里，转过身来。

"大家看下这道题，是昨天作业第十七题的变型，有没有同学愿意上来解解看的？"

底下学生瞬时埋下头来，一个个没有敢往讲台上瞧的。

物理老师翻了翻花名册："那就找两个昨天晚上作业没交的同学上来吧。"他单手撑着讲台，对着花名册研究片刻，"哟，作业没交的都是几个平常成绩很好的同学啊！"

前面王承硕侧身给温双沐递来张字条："给陆京，他那道题早上抄我的，估计不会。"

字条上的字迹有些潦草，温双沐想着刚托某人的福看完漂亮的云，这种程度的两肋插刀、肝胆相照还是能做到的。

她没把字条往后传，直接站起身："老师我来解吧。"

物理老师抬起头来，赞赏地点了点头："嗯，行，还有其他同学愿意主动来的吗？"

视线里，夏芝里也举起了手。

温双沐心想人数够了，不然还盘算着举荐下新同学上台给大家展示下水平。

物理老师看着他们这片座位，说："很欣慰，一共有三位同学愿意上来解题，不过都是昨晚作业没交的，你们这让我心情有点儿复杂啊！"

三位？温双沐愣了愣，王承硕没举手，算上她和夏芝里，也才两个。

温双沐回过头，看向抬起胳膊的陆京，脸上写满质疑："你会？"

陆京瞬间愣住。

温双沐反应过来，改口加了一个字："你会呀？"

陆京也不知道该怎么回答。前一个是疑问，后一个是反问，总之都挺一言难尽的。

倒是物理老师自顾自地敲定下来："行，那就请温双沐和陆京两个同学到黑板上来解这道题，剩下其他同学都拿出草稿本来，自己做一遍。"

陆京抵开椅子，起身往前走。温双沐想到什么，连忙捎过王承硕刚放她桌上的字条，紧跟在陆京身后，趁物理老师不察，将字条塞进陆京屈在身侧的指节里。

感受到指尾一抹区别于自己体温的冰凉触感划过，陆京侧了下目。温双沐已经像没事人一样缩回了手，视线看向别处。

陆京低眼看了看手心里的东西。过道上的眼睛太多，他没急着打开。

等两个人一左一右地站到黑板前解题，物理老师到底下座位巡逻查看，陆京才展开字条，看了眼上面的内容。

他心情顿时比刚才物理老师说"举手的都是没交作业的同学"还要复杂地叹了口气，又将字条重新卷了回去。

他拿起粉笔在黑板上写起步骤，片刻，他问温双沐："我在你眼里，到底是什么智商啊？"

温双沐答题的粉笔忽然崩成两段。她扭头向陆京看去。陆京并没有看她，平静地写着板书，下颌线条悦目，字迹也悦目，好像也没有太生气的样子。

温双沐思考了一下，留意着对方的表情："我肯定觉得你什么都会呀！是王承硕说你不会，我才站起来的。"

"嗯？"陆京没太懂他不会和她站起来的因果关系。

温双沐一边小声嘀咕，一边新拿了根粉笔作答："本来是担心你会被点名，想帮你降低一下风险概率，谁知道你自己举手了。"

陆京写完第一小问，落笔声便停了下来："他没说错，我确实不会。"

温双沐错愕，再次扭头去看他。她迟疑地说："那你为什么……"

陆京耸耸肩没有作答，往身后的讲台桌沿靠了靠，一副沉思状地重新盯着题干审视。

窗外云海在风中缓慢地移动，天很高，云很白。两个人都穿着校服，一站一倚地立在黑板前。

倒也没有什么复杂的原因，就是单纯意犹未尽，想要延续一下刚才前后桌看云的情节而已。

温双沐盯着陆京看了一会儿，然后用黑板擦"唰唰"两下把原先画在右侧的受力分析图擦了，重新画到她和陆京的中间。

"你看看图，能写几个步骤就写几个，第二问别全空着。"

"嗯，好。"

陆京嘴角略弯了弯，重新站直起身，认真做起题来。

校门口街道两侧的商铺都还挂着彩灯和圣诞树的装饰，充满节庆氛围。

冬日里难得的一个暖阳天，午饭时间接连几家奶茶店门口都排满了学生。

温双沐等季佳绘排队的空当，对着天空拍了好几张照。

季佳绘咬着奶茶里的珍珠过来："你什么时候对拍风景照感兴趣了？"

虽然之前也拍，但都是给她自己做衬景来着。

"没有，"温双沐放下手机，浏览了下相册里刚才的成果，"就是感觉今天天气挺好的。"

夏芝里拎了两袋奶茶从店面里挤出来。

温双沐吃惊地说："你怎么买这么多？"

夏芝里有点儿不好意思地说："昨天晚上都是吃喝你们的，也忘了给你们买苹果，还是要有一点儿圣诞节的仪式感，就用奶茶代替一下。"她说着敞开袋口，问温双沐，"你要什么口味的？"

温双沐数了数，六杯。

陆京、王承硕、林森、刘以恒、温双沐自己，这里已经五杯了，估计沈之庭也有一杯。

温双沐问："你自己不喝吗？"

"嗯，我不渴。"夏芝里的嗓音清清脆脆。

温双沐看到袋子里有杯芝芝绿妍，直接抽了出来："你喝吧，我早上刚喝了咖啡，再喝杯奶茶，怕晚上睡不着觉。"

夏芝里迟疑地"啊"了一声。

温双沐大概明白她迟疑的点，冒出一句："你的发绳有多的吗？"

夏芝里没跟上："什么？"

"你发绳挺好看的，如果有多的，送我一条当圣诞礼物吧。"

夏芝里开心起来："好啊，好啊，我包里就有，一会儿回教室给你拿。"

季佳绘沉默地看了看天，又看了看边上圣诞树的铃铛彩饰，也是不太懂经常买几千块发饰的温双沐，怎么就看上了两三块一根的普通头绳。

回教学楼的路上，温双沐帮忙拎着奶茶，比夏芝里和季佳绘稍微慢上一步，视线时远时近。

她觉得自己大概是被陆京那句"今天的云很漂亮"打通了任督二脉，多了一双发现美的眼睛。她突然觉得这条走了成百上千遍的街道也都变得哪儿哪儿都好看，树木垂下的须条好看，地面的落叶好看，哪怕是碎裂突起的青石板砖也有着别样的韵味……

回到教学楼，她们先去了趟七班。刘以恒没在教室，两个人也不清楚他座位在哪儿，班里就一个尹星烛因为竞赛熟识些，于是叫人帮忙转交了下。

重新往楼道走，远远就听见林森高亮的声音。

"沈同学，你喜欢打篮球还是踢足球？哪天交流一下，我保证你打完两场，就能跟高一大部分男生认个眼熟。"

"可以呀！你竟然是足球校队的，那你明天课上教教我呗。我柜子里一直放了双足球鞋，初中被我京哥忽悠买的，谁知道我俩一个踢得比一个菜，根本用不上。"

走近楼道，一行人正好从下面的拐角上来，沈之庭手上提了好几个袋子，看厚度以及包装样式，应该是刚被这帮男生领去文创店买了几套校服。

陆京和王承硕抄兜走在稍后些，反观林森这个一班的，比他们二班学生还热络，全程说个不停，根本没有冷场的时候。

温双沐几个人站在那儿等男生们上来。她把奶茶袋扒开："来吧，小夏请大家喝奶茶。"

林森蹦了两级台阶上来："哇，我刚也想买来着，硕哥和京哥都嫌队伍太长，不愿意等。"

夏芝里本来还担心奶茶可能买得不合大家意，听林森这句话，小小地松了口气。

众人纷纷拎走一杯，沈之庭一直没有动作，等夏芝里叫了声"哥，你也来杯吧"，这才将心中的那些欲言又止压下，上前接过。

季佳绘倒是颇感意外，身子微微后仰，靠到温双沐耳边："夏芝里跟新同学竟然是亲戚吗？"

温双沐模棱两可地"嗯"了一声，把空了的奶茶袋卷了卷，扔进一旁的垃圾桶。

季佳绘说："难怪白天看他们俩说话就感觉挺熟的。"

一行人往三楼走。温双沐口袋里的手机"嗡嗡"响了许久，这会儿才抽出，查看了下未读讯息。

林森插了吸管，手扶栏杆，倒退着往上走："对了，咱们元旦放假要不要去哪儿玩，正好庆祝下新同学转来。"

王承硕表情有些无语，提醒他："大哥，咱们几个刚因为逃课罚站了两节课。"

"那不一样嘛。"林森说，"这两天调休，周末还要上课，本来就需要逃课调剂下心情。而且元旦那是光明正大的放假，梁姐还能管到咱们家里去吗？对吧，京哥？"

"少算我一个。"陆京不予认同，"我假期已经有安排了。"

"你能有什么安排。"林森一脸不信，只当他是天气冷了只想待在家里，于是找另一个更好击破的点。

他对温双沐说："温双沐，你元旦要跟我们一块儿出去的吧？"

温双沐正给温秉一回复信息，小孩儿以为她还为早上的事不高兴，趁她午休时间发来慰问。她也没太注意几人前面的对话，就听清了林森叫她名字。

她说："对呀，不是约好了一起看电影的吗。"

"嗯？"林森疑惑，"咱们什么时候——"

他目光向后，发现他京哥步子突然停了下来，盯着他看。

他一下子明白了什么，强忍笑意："对呀，咱们都约好了一起看电影的嘛。"

温双沐没觉出哪里不对，物理课前的课间，陆京跟王承硕、林森几人在走廊上说话，紧接着预备铃的时候向她发出邀请，她想当然是以为所有人一块儿。

林森原先走在最前面，心中乐得厉害，也顾不上继续邀约新同学。等大家都往前走了，他落到最后头，搭上陆京的肩膀，幸灾乐祸地说："怎么办哪？京哥，小算盘被我发现了。"

"要不要求我两声，保准帮你扫清一切障碍。"

陆京瘫着张脸："有些事情需要靠自觉，懂？"

"懂！"林森笑着说，"怎么不懂？但我这个人最没自觉了！你求我两声，我可能就领悟过来了。"

陆京懒得再搭理他，三两步往前，经过温双沐的时候，忽然抬手将他那杯冰奶茶往她脸颊贴了贴。

他指尖拎着杯沿，看动作似乎只是借势让温双沐往边上让个道。

温双沐猝不及防地偏头，脸侧的冰凉触感一触即离。陆京已然进了教室，只捕捉到十分模糊的一眼。

不知道为什么竟让她从中品出了几分惩罚的味道。

温双沐碰了碰脸颊，上头还有残留的几滴水珠，冰冰凉凉的。

边上季佳绘一会儿往教室门内看看，一会儿盯着温双沐看看，忽然说："你最近好像很少找苏起言和李茂真玩了？"

温双沐还有点儿走神地"嗯"了一声，垂下手，指腹摩挲两下，水迹很快蒸发消散。她随口说："春季班学习还挺忙的，他俩都没什么空。"

"是吗？"季佳绘想想春季班跟窜了火箭一样的教学进度以及把人当海绵往死里榨的竞赛辅导强度，觉得挺有道理。但她扭头看到冲进二班、对着陆京椅背狂晃的林森，又有点儿想收回自己刚才的想法。

还是有人闲得根本不像个考年级前十的。

陆京随便从桌角的书堆里抽出本书看，任林森来回折腾、聒噪说话。见温双沐进教室，他抬手将书往后挥了下："闭嘴。"

林森瞬间领悟地比了个给嘴巴拉上拉链的手势，但根本收不住内心处在"瓜田现场"的快乐。

温双沐看他笑得奇奇怪怪，多瞅了两眼，才拉开椅子在自己的座位坐下。

林森刚才光顾着逗陆京，没太注意他们班的座位变动。等温双沐落座了，他才发现打开了新视野。

他箍着陆京肩膀来回地晃：："你这新座位挺好啊！"

陆京被人晃得连漫画上的字都看不清："别把奶茶挤我身上。"

林森和他闹了会儿才往外撤，瞄见夏芝里和沈之庭靠在栏杆上说话，不忘最后咯硬陆京一句，冲人吆喝说："沈同学，记得把周六下午时间空出来呀，我们给你办个迎新宴！"

陆京："……"

沈之庭听到声音回头，却见林森自说自话，根本没给他回应的余地，直接跑进了隔壁一班。

他缄默两秒，重新望向教学楼下方的绿植："这个学校的人倒都挺热情、自来熟。"

夏芝里与荣有焉地笑了笑："是吧，我很喜欢大家。"

沈之庭轻轻从她面上扫过一眼。眼睛很亮，笑起来显出几分稚气，跟她初三时大不一样。

他问她："最近都没跟楚溪联系了？"

夏芝里仅沉默了一瞬间，就恢复过来，解释说："高中了嘛，也没办法，我们不在一个学校，平常很难有空碰上面。"

夏芝里和楚溪的事闹得挺大，沈之庭之前没得到温双沐回复，找了几个初中同学帮忙打听，就差不多知道了七七八八。

夏芝里问他："你接下来打算住哪儿？"

"我姑家。下学期再看情况要不要住校吧。"

"你转学过来的事，箐哥同意了吗？"

"他一年三百六十五天里三百多天都在世界各地跑，本来就不符合监护我的条件。"

夏芝里抠了抠奶茶盖的杯沿："那也应该跟他说一声，感觉箐哥不太喜欢你跟我一块儿。"

沈之庭抬手落她脑袋上拍了拍："没有的事，我转学手续就是他经纪人帮忙办的。他还让我多照顾你。"

教室后门突然传来"砰"的一声巨响，两个人一前一后回头。

温双沐到饮水机处倒水，转身还没拧上瓶盖，冷不丁被什么绊了下，跌得一个趔趄。得亏王承硕就站在储物柜边，手疾眼快地搭了把手，她才勉强稳住身形，而刚那声巨响正是她的水杯摔落地面发出的。

只见严鹏椅子离出座位半米多，占了后排大块空地，左腿大大咧咧地伸在横道上，脸上写满无辜："哟，怎么这么不小心看路呢？"

夏芝里跑进来，握着温双沐的小臂："有没有被烫到？"

温双沐甩了甩上头的水渍，就溅到一点儿，虎口有些发红："没事，幸好我把水杯扔得快。"

严鹏瘫在椅背上，就差把"痛快"两个字写脸上："娇气什么呀？这不是都没摔到吗？"

沈之庭慢夏芝里一步进教室，也不知道这帮人之间的恩怨。他来到夏芝里身边，就听她气急败坏地骂了一句。

沈之庭露出惊讶的表情。行吧，继逃课、罚站、抄作业之后，他再收回刚才觉得夏芝里不会急红眼、对人说重话坏话的看法。

陆京将滚落两边的杯盖和杯身捡起，来到温双沐面前："要喝热水还是温水？"

温双沐愣了愣，才反应过来陆京是要重新去帮她倒："温的吧。"

杯子有点儿脏，需要重新清洗一遍。

陆京往外走，经过严鹏身边，看人左腿还横在过道上。原本要越过去的鞋底悬在半空，笔直踩下。在惨叫声中，他面无表情地走出教室。

"你瞎呀！"严鹏曲起那条被踩了的腿。

王承硕从门后的垃圾桶旁拿过拖把，在严鹏另一只脚的鞋子上扫过："我近视度数确实有点儿高。怎么，你要帮我治吗？"

严鹏瞬间被拖把拂过的恶心触感炸得站起身，骂句"神经病"，便往外走。

王承硕推推鼻梁上微微下滑的镜架，对两个女生说："回去坐吧，这边我来拖。"

温双沐道了声谢，右手被烫到的地方有些发麻，边呼气边往座位走。

夏芝里瞟见温双沐的小动作，先是有点儿气自己，又有点儿埋怨地对沈之庭说："哥，你怎么没有反应啊！"

沈之庭露出疑惑的表情。

"陆京和王承硕都知道帮温双沐出气，你一个大男生站边上，就会看戏。"夏芝里越想越憋闷起来，懊恼地说，"我刚应该大胆一点儿的，直接给人一拳。"

"不是。"沈之庭感到匪夷所思，"我跟他也不熟啊！"

"可这个体委真的很坏啊！温双沐之前要不是为了帮我出气，今天也不会被体委那么针对……"

陆京回到教室，午休铃已经响起。

他用纸巾先把水杯上的水珠擦拭干净，才将杯子放到温双沐桌上。

温双沐正把烫伤的虎口覆在嘴唇处降温，看见他后也没把手挪开，瓮声瓮气地说了声"谢谢"。

陆京盯着她看了一会儿，到自己桌上把那杯还没动过的冰奶茶拿过来，放在了她另一只手的手心里。

温双沐茫然问他："干吗？"

"敷着。"

温双沐接过，把手从唇边放下来，覆着奶茶贴了贴。

手指拢过透明的杯壁，杯上液化的水珠，滑出一道道水痕，落到虎口，折射出泛红的肤色。

陆京看温双沐抽了张纸巾，将水珠擦去。

第二天早上陆京到校的时候，隔着窗户，温双沐已经坐座位上拿起英语书早读。他用手伸进口袋摸摸，很空。他没直接进教室，往前来到一班，叫林森出来。

一班不像二班那样有晚自习结束前上交全部作业的硬性要求，毕竟按他们班的作业量，不回家再赶个两小时，在校根本做不完。

林森抱着收了一半的数学作业出来："京哥，你找我？"

"之前买的棒棒糖还有吗？"

"有啊。"林森从柜子里翻出一整桶来，边开盖子，边说，"你们还老嘲笑我幼稚，就说这玩意儿容易吃上瘾吧！"

陆京看林森随手抓了一大把，他说："要橙子味儿的。"

林森看人一眼："还那么挑？"不过还是照做，从里头拣出五六根来，"够不？"

"谢了。"陆京接过放进外套口袋里。

回到教室，陆京来到温双沐座位旁。

余光里有阴影，温双沐将立着的书放下，看清陆京手上在晃橙子味儿的棒棒糖："你这是给我上供吗？"

她伸手去够，陆京却忽然将手臂抬了抬，不让碰着："换另一只手。"

温双沐困惑，但还是伸出了右手。这回够到了糖果，但陆京捏着另一头的塑料棒身没马上松。他将温双沐伸出的手往自己的方向带了带，然后看了几秒。

"嗯，不红了。"

得出结论后，他松开了棒棒糖，又从口袋里抓出另一把，放在桌上说："吃吧。"

物理随堂考试结束，物理老师也是个高效率的，当天中午就将卷子批改出来。

大家伙儿午休刚醒，人还没精神，物理课代表就将答题卷分发下来，连带成绩排名张贴在公告栏上，把加分情况一并算进了 PK 赛的表格里。

温双沐和夏芝里一块儿上去看总排名，两个人挤在最前头。

温双沐不太满意地将棒棒糖抵到下唇："你说你哥何必转来呢？一个姓沈的，光从拼音字母排序就干掉了我们几个姓王、姓温，还有你个姓夏的。"

夏芝里认同地点了点头："确实，都考的满分，但我排在第四。"

期末考试在即，温双沐需要探个底："你哥其他科目什么情况，有没有偏科的？"

夏芝里思索片刻，给出了个答案："我目前还不知道有什么是他不擅长的。"

温双沐无语地说："他是不是在元阳中学的金牌班混不下去，专门跑咱们这儿抢高三保送名额的。"

夏芝里认真地偏了偏脑袋："有可能哎。"

温双沐："……"

下节体育课，可能是新鲜出炉的物理成绩使人萎靡，平日里一下课就往操场跑的几个男生今天也都磨磨蹭蹭，当然也有纯粹还没睡醒的。

陆京刚午休起来，往保温杯里倒了点儿热水，靠在窗台那侧闭着眼睛慢吞吞地缓神。

温双沐和夏芝里过去，正好碰见课代表把陆京的答题卷放他桌上。

温双沐抽过卷子藏到身后，往自己课桌上一坐，正对着陆京，用脚踢踢他桌子前侧的金属板，拿开棒棒糖说："现在有一个好消息，还有一个坏消息，想先听哪个？"

陆京过了会儿才睁开眼，沾着困意："好消息吧。"

温双沐把身后的卷子摊平到陆京面前："恭喜你，物理上了九十分。"

陆京转过卷子看了看，九十三分，确实是他这个学期以来物理的最高分。

他喝了口水，嗓音清了一些："坏消息呢？"

"咱们班满分四个，九十五分以上的同学十七个，九十分以上的同学……"温双沐战略性停顿，送他一个"你懂的"表情。

陆京叹了口气说："也还成吧，至少没掉队。"

温双沐和夏芝里都笑。

体育课上，老师组织几个班的学生跑了两圈，便宣布解散自由活动。

一帮女生原本打算往室内篮球馆移动，但看班里几个男生热身的架势似乎是驻扎在足球场，于是一个个挪步到主席台侧的观众席。

林森抱了一摞外套过来，随便堆在地上，瞥见温双沐正要往观众席侧的台阶走，从地上飞快抽找出一件，一通胡诌："那什么，谁帮我京哥外套拿下？他皮肤比较金贵，在地上放了再穿容易粉尘过敏。"

温双沐与林森对上视线，迈台阶的步子停下来。

温双沐正要抬手，乌小漆开口："哎，咱这是要干吗？忘记任务宗旨了？小鹭鹭的外套怎么看都是小夏去拿比较合理吧？"

温双沐目光落向身旁的夏芝里，顿了一下，缩回手，指尖在掌心很轻地按了按。

她对夏芝里和季佳绘说："我去趟洗手间。"

"哦，好。"两个人都没多想。

林森不懂温双沐明明都扭头看过来了，怎么又朝相反的方向走开了，反而是夏芝里过来接过外套。他挠了挠脑袋离开。

场馆内，李茂真抱着球和苏起言说话，看到林森进来，打招呼说："打球吗？"

"别啊，我还想找你们跟我一块儿去踢足球呢！"

李茂真想也不想地拒绝："那么临时谁跟你踢，足球鞋都没带，脚趾踢青了得好几天没法儿走路。"

"嘁。"林森叹气，"本来我们也没打算那么正式，但你知道吧，就二班的体委，严鹏，他是足球队的，占了场地，非说我们要踢的话，必须先战斗一场。如果换个人说要比，我们也就算了。但昨天中午的时候，就这个严鹏，在温双沐倒水的时候故意绊她，害她摔了一跤。"

林森知道温双沐跟班里这两位学神私交好，于是往夸张了说："你想想看，人家在倒水，冬天喝的肯定都是热水，那泼出来，一个不小心就可能会毁容。"

李茂真都忘了刚整队的时候看过温双沐安然无恙，紧张地问："我双姐没事吧？"

林森安抚："没事，没事，我硕哥当时正好站边上，扶了一把。"

李茂真松了一口气："严鹏有病吧？搞我双姐做什么？"

"说来有点儿话长，严鹏这人挺没品的，平常最爱和二班的小女生开玩笑。"

边上的苏起言听到这句话，眉头皱得更深了。他看李茂真还站在那儿没动静，直接将人手上的篮球拍开，问林森："还差几个人？"

林森寻思有戏。他伸出两个指头："就缺你们俩了。"

"走吧。"

苏起言往外，身后的木质地板上篮球还在"嘭嘭"地弹着。

林森满意地看人背影，心想火力值都被他调满了，上场就是刚！

李茂真和林森跟在后头，仍觉得有些无法相信，或者说是不太合理："我双姐真被人欺负了？"

林森解释说："那倒没有，温双沐是帮其他女生出头，然后被严鹏记恨上了。但这样也很没品啊！你和苏起言跟温双沐那么多年好朋友，还不杀杀严鹏威风，给他点儿color（颜色）see see（看看）呀！"

李茂真按按指骨："一会儿就都往严鹏脑门上招呼！"

温双沐去洗手间洗了个手便出来，心情有些不爽。

乌小漆："好啦，又不是不让你交朋友。就是最近小夏和陆京的感情都没什么进度，咱们该给他俩制造机会还是得制造一下。"

"我也没说什么。"温双沐语气平静，低头做起手机里题库的题。

乌小漆愉快地说："正好快到期末，咱们接下来多搞搞学习！"

触发支线任务：期末考试年级排名第一。

任务进度：0/10。

最终奖励：二十点积分。

道上几个女生笑着跑过，路过温双沐时，大概是因为聊得太入迷，没注意在她肩膀处撞了下。

温双沐回头，视线从一个女生脸上飘过，感觉有几分眼熟。

又往前走出三五米，做完十题的英语单选，才想起是《筝筝纸鸢》里十一班那位跟她对标的反派女配沈婧桑。

温双沐回忆了下方才她们嘴里蹦出的字眼，什么"放学""没人救""活该"，心中隐隐有了少许猜测，沿着她们刚才跑来的方向往前走。文创店旁的仓库里，果不其然地传出敲窗户的呼喊声。

从操场回教学楼的学生根本不会经过这边，除非等到晚饭时间，边上文创店开门，才可能会有过路学生听见动静。

温双沐叹了口气，将抵在门把上的扫把拿开。

老旧的木门推开还有"咿呀"声响。筝筝偏过头，窗户处的天光洒下来，白色口罩上方的一双眼睛水汪汪的。

她目光吃惊："温……"

温双沐没搭腔，就靠在门边，一只脚踩在阴影里，一只脚仍站在阳光下，正好能将仓库内部以及校道上的景象看清。

远远地，有道疾驰的身影从体育馆拐出，一路东张西望，从拳头大小无限靠近。距离上一次的"口罩事件"似乎已经过去挺久，但又好像什么变化都没有。

余筝筝还是陷在被女配们欺负，以及等待男主来救的反复之中。

温双沐直起身，在应泽渊赶到前，对仓库里的人说："与其每次都靠别人来救，你要不要自己多留个心眼儿，从源头解决为什么容易被骗和被欺负。而且你看，他赶来的速度都没我快。"

随着她的话音落下，应泽渊正好跑到跟前。他屈身扶着膝盖喘气："你有看到余筝筝吗？"

温双沐往左指了个方向，扔下了一句"在里面"，便了无趣味地重新朝操场走去。

足球场上热火朝天。

林森原本要将球传给李茂真，瞥见从西南角进操场的温双沐，又不畏艰险地往前多颠了几步，大嗓门喊道："京哥，快，温双沐来了，到你表现了！"

苏起言看一眼场外。沈之庭也下意识往观众席望去。

林森正要把球传给陆京，半道突然蹿出两个身影，将球截走。

林森："……"

一声哨响，苏起言成功进球。

中场休息，林森扯着卫衣的衣摆扇风，和王承硕一块儿朝陆京走去。

"京哥，你怎么这么菜呀？苏起言都踢进三个球了，沈之庭也两个了，就你一个都没有。"

陆京很想揍人："就你嗓门大。"

他往观众席看去一眼，温双沐已经坐去夏芝里身边。他又重新打量正在"交流战术"的苏起言和沈之庭。

这都算个什么事啊！

林森在一旁跟王承硕委屈："我不是想着他跟苏起言打对比，显得他更厉害吗。"

王承硕拍了拍他："下回别带这么厉害的队友回来了。"

温双沐在观众席上坐了一会儿，听边上女生对着场上的足球局势聊得津津有味，感到十分纳闷："隔这么远，都能分得清谁是谁吗？"

季佳绘说："能啊，找典型特征就行了。白色短袖的肯定是陆京，他那冷白皮在哪儿都挺显眼。灰色卫衣的是苏起言，藏蓝卫衣的是林森，格子衬衫的是王承硕……"

温双沐佩服地说："这视力真好。"

"对了。"季佳绘说，"刚苏起言有好几个进球名场面，超酷！可惜你都没看到。"

温双沐从球场收回视线，发现季佳绘膝盖上摊着本奇怪的书，问她："这是什么？"

"《零基础学八字》，我选修课要考的，随便复习复习。你们要算算看吗？虽然只有粗略的，但我们老师说这本还挺准的。"

"真的假的。"夏芝里感到点儿新奇，报了生日。

季佳绘翻了翻，说："说你小人当道，一生都要小心。"

夏芝里一默，眼泛泪光说："真的好准哪！"

季佳绘接着说："不过命里有贵人，对你会有很多助力。"

温双沐想了一下说："算算我的。"

季佳绘把她的出生年月日转换为八字，书页翻了半天："说你学业有成、从小到大的环境条件不错，不过需要时刻注意身体健康问题，还有容易……"

远处哨声响起，穿透大半个球场，吞没了剩下的话。

温双沐下意识地看向绿茵场里重新跑动起来的人群。

"容易什么？"

"事与愿违。"

温双沐怔住。

操场上新换的草皮在日光下仿佛折射着光，亮得人有些眼晕。

陆京一边披上外套，一边伸手在温双沐眼前打了个清脆的响指。

"发什么呆？"

温双沐回过神来，只瞥见红色腕绳在眼前一闪而过，再看去时，已经缩进了陆京的黑色外套下方。

温双沐问："你不是在踢球吗？"

夏芝里让出了一个位子。

陆京心想：他何止没踢，还在下面找了半天外套，被夏芝里叫了一声才上来。

"一看你就不够关注我。"陆京坐下，"中场我就退了。"

温双沐解释说："场地太大了，看不清。"

陆京顿时觉得他退场的决定非常明智。有些人在底下"开屏"开得再厉害，也就两个字——白秀！

他视线从季佳绘膝盖上摊着的书掠过："你们在算八字？"

"对，你要试试吗？"

陆京看温双沐的兴致肉眼可见地再度低迷下去："刚刚算出什么了？让我看看。"

季佳绘把书递去。

温双沐往椅背靠了靠，给两个人腾出交换的空间。

"说我事与愿违。"她身子下滑，后脑勺儿枕着椅背上方，看向天空。

陆京浏览找到她说的那行文字。

"可这上面不还说你坚持可破吗？而且你二十六岁就可能结婚。"陆京指腹划过书上的一行字，"二十六岁以后一切皆如意……"

陆京敲定出个结论："不错呀，你这对象是'旺'你的。"

"是吗？"温双沐嘀嘀咕咕，探头去看，"我还以为我的感情生活会很不如意。"

陆京抬着书的胳膊不自然地僵了一秒。温双沐几乎贴在他肩上，但她本人似乎并没有察觉到这一点。

温双沐发现书上说的"结婚"和"一切如意"的内容隔了好几行，如果换成她自己来理解，根本不会把这两点进行因果关系上的联系。

不愧是年级语文大佬，非常会做阅读题。

"所以我以后是靠男人吗？"

"你想靠他吗？"

温双沐摇了摇头，感觉想象不出那个画面。

"那他可能就是纯粹物理磁场上'旺'你。"

温双沐沉思片刻："吉祥物吗？"

"干吗？你不喜欢吉祥物？"

"好像也可以有。"

一声哨响，严鹏那队踢进了这场比赛里的第一个球。

林森的衣领都湿了。他把头发往后撩，用手掌聊胜于无地扇风："这把怎么感觉防守得那么累，感觉对面人数比咱们多一样。"

王承硕用衣摆擦擦眼镜上的汗水："是少了一个人。"

"啊？"

林森看向一处惊叫："京哥什么时候溜那上面去了？"

苏起言和沈之庭纷纷扭头，一个看向观众席上的温双沐，一个看向观众席上的夏芝里。

台上的三颗脑袋凑在一块儿。

林森："什么书那么好看，他们竟然要三个人挤一本！"

苏起言："……"

沈之庭："……"

球赛继续，林森只觉得场上的节奏突然变快起来。只见苏起言和沈之庭冲锋陷阵，在敌方队伍杀进杀出。少一个队友好像也没太大差别……

下课铃响起，体育老师也没喊集合，远远嚷了声"解散"。

女生们纷纷收拾东西，对球赛还有些意犹未尽。

从观众席下去，严鹏正好从墙根处找到自己的外套拎到背上。

温双沐盯着他满是淤青的脸沉默几秒："他什么情况？"

夏芝里猜测说："足球不是除了不能用手碰球，身体其他部位传球都行吗？不小心误伤吧。"

都肿成这样了。

温双沐看向边上唯一懂足球的陆京："这正常吗？"

陆京理直气壮地说："正常啊！"

温双沐无语地说："行吧。"

周六下午，其他班级的学生第二节下课就迎来了元旦假期，但春季班以及温双沐一众的"数竞"成员还在阶梯教室里听周泉上课。

周泉分析完之前的错题，从讲台上拿起一沓试卷，让林森帮忙发下去。

"这是这学期的最后一节'数竞课'，为了检验大家这段时间的学习成果，我专门出了套试卷。限时两小时，能做多少就做多少，五点准时收卷，不耽误大家过元旦假期。"

底下稀稀拉拉地响起哀号声，寻思另一边教学楼的同学都已经放学了，他们这儿突然加考，还不耽误呢。

不过大家闹归闹，早就习惯了这种高强度的学习状态，卷子传到手上，便切换了状态，认真答起题来。

周泉因为放假前还要参加年级组会，中途离开，让林森到点了把卷子收齐送他办公室。

五点一到，林森题没做完，就把笔撒开，叫道："交卷，交卷！"

他沿桌挨个儿往下收。

"两小时过得也太快了吧！"

"我大题还空了两道，那啥，前面选择第七题选的什么？"

林森看着众人无奈地说："我也空着呢。别挣扎了，竞赛考不及格不丢人。"

"行啦，不差那么两个步骤分，快过节去吧！"

林森收到温双沐和王承硕、夏芝里那桌："你们先下去，京哥估计要等不耐烦了，都不知道老周临时还会给咱们加张卷子。"

王承硕说："行，你快点儿把卷子收了，我们在楼下等你。"

林森把这组收完，换去右边那列。

李茂真递来两张。林森随意瞟去一眼，谁想对上了苏起言的后脑勺儿："不是吧，那么变态的卷子，他做完了还有时间睡觉啊！"

林森前后翻看了下，每道题都回答得满满当当，惊讶地说："他睡了多久？"

李茂真耸了耸肩："没有半小时，也有二十分钟吧。"

林森钦佩，招呼后面的同学停笔。

李茂真将笔袋收好，推了推苏起言的胳膊："五点了。"

苏起言像从梦里惊醒，撑着额头坐那儿缓了几秒，然后回头看了眼后方空荡荡的座位。

夕阳从阶梯教室侧方的大玻璃洒下，原木桌椅染上橘调，只剩三两个同学还立那儿。

他问道："温双沐呢？"

李茂真回答："走了啊。晚上跨年，估计约了班里同学吧。"

跨年……

方才梦境里的画面再次跃然出现在脑海里。画面很短，或许只有几秒，静谧得听不见任何声音，但也是眼前这样美好的夕阳。温双沐跳到他跟前，眉眼弯弯地往他大衣口袋里塞了张电影票。她指尖轻弹电影票在口袋上方露出的那半截。

只记得夕阳的光铺满了这场梦，然后一点儿一点儿变暗变沉。

苏起言看向窗外。外面的太阳也在一点儿一点儿落下。

傍晚五点的教学楼里，即便打扫卫生的学生也早早离开。

偌大的二班教室只剩下陆京和沈之庭两个人，刘以恒在楼下等得无聊，也找了上来。

安静的走廊里有说话声靠近，王承硕跟温双沐、夏芝里三个人回来。

王承硕拿起桌侧的书包收拾东西，对刘以恒说："你去一班帮林森收拾一下，他去数学老师办公室了，一会儿直接把东西带到一楼等他。"

"好嘞。"

等一行人收拾好了，刘以恒仍站在林森桌前翻来翻去。

林森已经从办公室出来，站在教学楼下的花园里冲他们招手："怎么还不下来？"

"再等等。"

王承硕只好进一班教室催促："好了没？"

刘以恒勉强把书包拉链拉上，背起沉甸甸一袋："春季班的作业好多！好可怕！"

王承硕问："你装什么了？这么多？"

"他们作业范围从必修一到必修三，好几门选修的也都布置了！"

王承硕扯开拉链，沉默少许，开始帮忙给书包减负："我们做题一般不翻课本。"

刘以恒："……"是他先入为主了。

几分钟后，两个人走出教室，苏起言和李茂真一并跟了出来。

李茂真问："你们这是打算去哪儿玩啊？"

温双沐听到声音回头，她也不太清楚今天的具体流程安排。两秒没接话的空当，刘以恒帮忙答道："KTV、小吃街、后滩倒计时烟花一条龙。"

温双沐跟着点了点头，片刻又奇怪地问陆京："没看电影吗？"

陆京微低下头，靠她耳边说："有。"

李茂真瞅了瞅温双沐，又瞅了瞅苏起言，瞄准了场上最好说话的刘以恒，搭着他的肩膀说："唱歌呀？我是KTV'麦霸'，我起哥是'绝美低音炮'，一块儿怎么样？"

刘以恒无所谓地说："行啊，人多热闹。"

话音刚落，刘以恒就感觉到陆京和王承硕先后投来的强烈视线。前者是死亡注视，后者哀悼同情。

他是说错什么了吗？

一行人浩浩荡荡地下楼。

然而每到拐角，边上都会窜出一个学生，往夏芝里怀中塞束雏菊，喊声"新年快乐"，然后飞快扭头跑开。到一楼时，夏芝里已经收到两束来自陌生人的鲜花。

温双沐说："谁呀？还挺会搞仪式。"

夏芝里纳闷："不知道，上面没留卡片……"

沈之庭则直接把花束从夏芝里手上拿过来研究。

刘以恒盯着沈之庭的动作，嘀咕："转学生怎么直接拿人家的东西？关系很好吗……"

王承硕感到好笑地说："妹妹收到来历不明的花，哥哥把关一下不是挺正常的吗？"

刘以恒脑子转了好几个弯："什么哥哥妹妹？"随后，她忽然瞪目，"你说他俩是兄妹？"

王承硕应声"嗯"。

刘以恒对沈之庭的敌意瞬间消失得一干二净，庆幸短短的时间里还没来得及得罪人。

王承硕看着一直跟温双沐搭话的李茂真，以及李茂真边上虽然不怎么出声，但存在感满满的苏起言，心想陆京是真的被刘以恒坑得挺惨。

林森在花园里等了半天，总算盼见他们下来的人影。

原本上前想要埋怨的话突然卡进喉咙，他默默走到王承硕身边交头接耳："什么情况？我也没叫上苏起言哪。京哥还怎么带温双沐偷偷消失？"

王承硕把他书包递去，往刘以恒那边示意："你问他。"

林森的目光落到沈之庭手上捧着的清新小雏菊上："这花又是什么鬼？欢迎新同学众筹买的？你们也没叫我转钱哪。"

王承硕摊手："别问我，我也不知道。"

高一教学楼和高二教学楼间的绿化带里，孟晖站在一棵双人粗的大树下，耳边别着的无线对讲机的灯闪了两下，听筒里传来周或的声音。

"怎么样了？"

孟晖从树后探身飞快地瞄了眼："已经从教学楼出来了，花也送出两束了。"

虽然夏芝里没亲手拿着。

周或紧张地长舒了一口气："让其他人就位一下，别搞砸了，我一会儿可是要跟人正式表白的。"

孟晖无语地说："你之前那些还不算正式吗？"

周彧假装间歇性耳聋。

孟晖在手机上依次发信息指挥：

躲行政楼边的可以出来了。

操场东北口的请就位。

送气球的朋友，你的位置暴露了。

咱们好歹是收钱办事，还没到你这部分，躲好点儿成不？

孟晖看夏芝里临近校门喜提一串粉色气球后，对讲机那头说："行了，到校门口了，你做好准备。"

周彧紧张地靠在摩托车旁，盯着手表计算时间，在脑内反复演练接下来的流程。

邀人坐上他的后驾，捧着鲜花，牵着气球，一路浪漫地驶向海滨公园，欣赏日落，然后点燃他事先准备好的烟花，深情告白，星夜相拥……

校门口响起片熙攘的人声。周彧仅看去一眼，就飞快地将头盔罩"哗"地盖上。他对着听筒低骂："为什么会出来这么多人？"

孟晖疑惑地问："啊？他们不是你邀请的亲友团吗？"

周彧心中"万马奔腾"。他就一辆摩托，找什么的亲友？拉又拉不走！

隔着摩托车头盔的防雾镜片，周彧见自己精心挑选的雏菊、气球都落在别人手上，夏芝里背对着他的方向，被六七个男生围在那儿说话。

啧，早应该算到的！小孩儿那么受欢迎，邀她跨年过节的异性一定不在少数！

周彧盘算了下到底是该先抢花，还是先抢气球。

看一帮人似乎打算打车离开，周彧顾不上其他，一个急冲刺，闯进人群，将夏芝里打横抱起。

隔着头盔，他抱起人转身就跑，余光里似乎有个戴着同款发绳的女生偏头看来。

须臾间的画面，周彧根本来不及捕捉，也来不及多想，怀里的女孩儿像受到惊吓，挣扎间磕碰了下他的头盔。

"砰"的一声！周彧在心跳之余，还有点儿头晕。

抱上车后，对方弯腰伏在前座，长发顺着脸侧倾泻而下。

周彧脸红了片刻，心怦怦直跳，匆忙地说了一句"别怕，我是周彧，带你去个地方"，便翻身上车，启动离开。

众人眼睁睁看着温双沐被劫走，一下子都没反应过来，干愣在那儿。

李茂真回想温双沐刚朝对方头盔挥去的重重一下："双姐都那么用力了，那人头都不晕的吗？"

等摩托的轰鸣声远了，林森才扭头看向陆京："这是你安排的？"

陆京："……"

夏芝里呆滞了两秒，就试图拔腿去追。

沈之庭看夏芝里往马路大道上闯，急忙把手上的花和气球就近塞给陆京，跑去拦人。

陆京："……"

陆京盯着怀里的东西，脑壳都疼了。

他把花随手放到一旁共享单车的车篮里，气球往车把手上绕一圈固定，摸出手机给温双沐发出个共享实时位置的请求。

对方估计根本抽不出手看信息，陆京等了两秒，烦躁地叹了一声，把共享单车解锁，便踩着两个车蹬往前追。

玛利亚说："陆陆加油！陆陆加油！"

陆京表面上淡定，但脚下的脚蹬都踩出虚影来了。

为什么校园文里的未成年人可以骑摩托呀？

现场一时有些混乱，苏起言也解锁了一辆共享单车，还没追到路口，后方泰山般的重量压制下来。

"苏哥，你去哪儿啊？苏哥！"

林森跨坐上苏起言的自行车后座，脸上笑嘻嘻的，双手却是使劲儿攥着座椅，不让人往前蹬。

苏起言声音冷淡："松手。"

林森顶住压力："人别走散了呀，陆京一会儿就把温双沐带回来了。"

他说着疯狂冲边上的刘以恒使眼色。

刘以恒还处在云里雾里之中，感觉学神的样子有些可怕，但还是硬着头皮搭上人肩膀："KTV 包厢都订了，一起去唱歌吧，苏哥？"

孟晖晃着根从花丛里捎来的树枝，吹着口哨从明理中学出来。绿化道旁的摩托不见了，看来圆满完成任务。他又往前走出两步，却发现夏芝里着急地在路边拦着出租车。

"夏芝里怎么还在这儿？"

孟晖环顾了一圈，才发现掉队的女生变成了温双沐。

他把刚扯下的对讲机重新塞回耳朵，冲听筒那端叫道："周彧，你带错人了！快给我回来！"

王承硕察觉到点儿什么，走了过来："你认识温双沐？"

孟晖打量来人的眼神有些迟疑："对……"

王承硕接着问："你知不知道刚刚那个男的要把她带去哪里？"

孟晖说："海滨公园。"

"多谢。"王承硕飞快地拿出手机，给陆京发短信。

空气很冷，耳边尽是"呼呼"的风声。

无线对讲机端的聒噪电磁音听不分明，许久，对讲机里才平息了下来。

海滨线上，夕阳将天际的云层晕染成水墨画上的暖色。

周彧将车开到海边的一块礁石前停下，他翻身下车，夕阳正在下落，海面波光粼粼，他望着远方的风景，心中澎湃难以平复。

偏头看去，女孩儿的发绳不知何时挣开，发丝在海风中凌乱地飞舞，她白皙修长的指节顺着黑色发丝滑过，天边的霞光在她身上染上橘调的复古色调。

周彧心中轻轻荡漾，正要潇洒地将头盔摘下，后脑门一重，又是"砰"的一声巨响。

周彧额头重重撞上头盔前的玻璃层，感觉眼前金星都要冒出来了。

他迷惑地摘下头盔，正要说话，突然一脸惊恐："怎么是你？！"

温双沐赫然在他眼前，方才拍他脑门的手还悬在半空，没来得及放下。

温双沐无语地说："我还想问你呢，你在演偶像剧吗？"

当年追剧的时候以为是无脑剧情，没想到会是写实向。

周彧还搞不清楚状况："什么偶像剧？"

"有这么一部电视剧，一个富贵男主想带女主逃婚，最后不小心牵错了女二的手。"

周彧被说得哑口无言："那现在夏芝里人呢？"

温双沐耸肩微笑："你觉得我会知道吗？"

周彧一下子丧下来，看向远处的大海："不好意思，耽误你过节了。"

夕阳的光打在他的脸上，明暗有致，皱乱的短发在风中翘起几根，难得显出几分稚气。

"对了。上次我说得不对，其实你的香水味儿还挺好闻的。"

温双沐静止片刻，一脸可怕地往后退了一步："你不会喜欢上我了吧？"

周彧转头看她，耳尖发红："想什么呢？谁会喜欢你？！"

温双沐不爽地说："喜欢我的……"

争辩的话还没说出口，风中送来几下清脆的车铃声响。

高低曲折的海边公路，远处的长坡上出现辆浅蓝色的自行车，粉色气球高高飘扬，白色雏菊在车篮里随风摇曳，花瓣散落在海风中咸腥的空气里。

这是一个长长的下坡，陆京的脚搭在脚蹬上，车毂自由地转动。晚风吹开他额前的发，夕阳下的清秀眉眼越发清晰。

车轮在沥青路面划下浅浅的痕迹，陆京稳稳刹车，停在温双沐跟前。

温双沐问道："你怎么来了？"

陆京单脚抵着地面："来接你呀。"

温双沐指尖上下点了点："那这花，这气球……"

陆京"啊"了一声，好像这会儿才注意到。

"是他们丢给我的。"他将绑在车把手上的气球顺下，递给温双沐，"走吧，带你去看电影。"

温双沐愣住了。

乌小漆："宿主干吗？这气球烫手啊？"

"……"

温双沐接了过来，坐在自行车后座上，问道："其他人呢？"

陆京的视线从周彧身上轻轻带过："先去 KTV 了吧。"

周彧："……"

哥们儿，你现在可是拿着我的花！我的气球！倒也不必特意再看我这一眼吧！

周彧还在为自己失败的跨年告白计划黯然神伤，不至于继续留这儿找不痛快。他戴上头盔，翻身上车，扔下一句"走了"，便驱车离开。

自行车沿着海边公路慢悠悠地往前。

陆京说道："我订的电影票是晚上九点的。会不会太晚？"

"不会。"

温双沐逢年过节经常跟家里表兄妹们一块儿通宵，家里门禁并不严："咱们现在是直接去KTV找他们会合吗？知不知道是哪家？"

陆京有那么几秒都没吭声。他咳了咳："你很想去唱歌吗？我……最近嗓子不太好。"

温双沐愣了一下："这么惨。"

陆京也是没想到她半天就憋出这三个字。

温双沐反应过来，估计是他唱歌不好听。男生嘛，面子比天大，正常。

温双沐大度地说："行吧，那你想干什么，我陪你打发时间，等看完电影了再去找他们。"

陆京听到想要的回答："现在五点四十……"车毂停下，他转过头去看她，"时间还挺充裕的，咱们把日落看完？"

温双沐挑了挑眉，远眺向西海岸线："OK！"

公路上时有汽车驰过，自行车倚靠在礁石边。夕阳沉下半轮，霞光将近海的天空晕染得浓淡相宜，水面浮光跃金。

在海平线处只剩条细边时，温双沐回头想招呼陆京拍照，发现人已经横屏举着手机。

她逆风低头朝陆京走："拍得怎么样了？"

发丝乱舞在眼前，丝丝缕缕地勾勒出夕阳的光线。

温双沐没得到陆京的回答，抬眼，却见人拍着拍着，镜头往她这处移。在她的注视下，手机调整构图，旋转了个方向，从横屏换成竖屏。

温双沐一下子没反应过来陆京的动作是要做什么，直愣愣地盯着镜头看。

快门轻响，一秒定格。

温双沐却抬手比了个打断的手势："等一下。"

陆京愣愣地看着温双沐。

温双沐仰着脸，开始原地转圈圈。

陆京时常不能理解温双沐的奇怪举动，眼下的迷惑程度跟之前喝醉忘刷门禁卡反复在一楼电梯进出差不太多。

他将手机放进口袋。

"干吗呢？"

"找风的方向。"温双沐认真,"你刚拍的那张我头发肯定跟稻草一样,删了,重新给我照张好的。"

陆京笑出了声。

"好了,就要现在这个角度。"温双沐感觉头发都顺着往后了,开心站定,没两秒眼前又溜下几缕头发,"哎,不对,这风到底往哪儿吹的?!"

正打算继续找方向,额心抵上了一抹冰凉的触感。

陆京的指腹定住她的额心后,平直而又缓慢地沿着她的肌肤纹理向右移动。乱舞的发丝在他细小的动作下,被他的指节轻轻往边上带开。

陆京问:"你发绳呢?"

放学的时候明明还扎着。

"不知道。"

温双沐说完,手里的气球没抓住,在海风中散开。

陆京探手,气球向四面八方挣开,只拽回一根。

他低眼问她:"还要吗?"

眉眼清清淡淡的,温双沐却差点儿一头扎进去。

她摇了摇头:"不要了,不好拿。"

踩着细软的沙子,她越过陆京朝礁石跑去。

夕阳溺进海水里,天色似乎只花了一秒的时间便暗下。

温双沐脸颊有些热地假装翻找书包,问乌小漆:"他刚才是不是在逗我?"

乌小漆调出系统界面,沉默片刻:"不能吧。反派值都八十二分了。小鹭鹭好像对谁都挺好的,宿主也不用那么大心理压力。"

陆京拾步走来。

温双沐从包里掏出两根棒棒糖,佯若无事地转身问"吃吗",递去一根。

陆京与温双沐并肩靠在礁石上,剥开糖纸。

在他们身后,公路上的灯亮起一排,光影滑过,消失在路的尽头。

天空变成好看的雾霾蓝。

这是一个橙子味儿的冬天。

到市区后,两个人把自行车还了,一路走走停停,看见好吃的便买上一些,到商场时，也差不多吃了七八成饱。

温双沐接过陆京买来的热饮，越过楼层的透明扶杆往上看，有两家 KTV 门口的灯球晃得格外瞩目："是哪家啊？金歌会还是爱可麦？"

陆京低头按了两下手机："说包了四小时，还没到点，让咱们先看电影。"

温双沐没多想，两个人乘扶梯到五楼的影城。

九点场的电影，正好用来打发跨年前的时间，等候区的沙发、长凳上坐满了年轻的男生女生。

陆京去自助机取票，温双沐则站墙边看近期上映电影的海报。

余光里陆京回来，温双沐问："咱们看的是哪部？"

陆京说："你觉得呢？"

温双沐没想到陆京还会抛来句反问，认真端详海报片刻："《我在故宫修文物》？"

陆京突然后悔刚没事找事地问一句，感觉手里的电影票有点儿递不出去了："你喜欢看纪录片？"

"我以为这是你喜欢的类型。"

陆京稍微松了一口气。

温双沐继续猜："《血战钢锯岭》？"印象里评分好像还可以。

"大过年的，还是展望一下爱与和平吧。"

陆京拍了温双沐的脑袋一下。

温双沐也觉得自己过于无厘头了，又报了两部国产惊悚片的名字。

听上去既不友爱，也不和平，架不住边上站了几对小情侣，一直在讨论。

"不是，这两部都不太好看。"听陆京的语气好像真的纳入过考量范围。

温双沐意外地问："你都看了？"

"没，但稍微做过功课。"

温双沐稍怔，油然升起钦佩之情："你好靠谱啊！我都懒得查这些，每次到电影院都是随机挑选。"

陆京在书影音这块儿其实挺杂食，假期经常买张通票，管它好看难看，在影厅能待上一整天。

温双沐说："所以你做完功课最后挑的哪部？"

"……"

对上温双沐的期待眼神，陆京心中只有一个字——完。没事把基调提那么高，要是不对人胃口，可能还要变成他的品位问题了。

陆京将电影票拢到温双沐手心，果断推卸说："林森选的，他是'土狗'，一般什么火就看什么。"

KTV包厢里，林森突然狂打了三个喷嚏。

唱歌的人换了一拨又一拨。大家都累了，坐在沙发上吃着零食。

林森拿着话筒坐去点歌台点歌。

李茂真开了包薯片，问刘以恒："陆京跟我双姐干吗去了，那么久还不回来？"

"不知道啊，可能两个人路上遇到什么好玩的，自己玩去了吧。"

大屏幕上是某部电影中黎明骑着自行车载着张曼玉的片段，林森在一旁浓情蜜意地献唱："甜蜜蜜，你笑得甜蜜蜜，好像花儿开在春风里……"

李茂真重拍了下林森的背："你这也太难听了吧，音量小点儿。"

李茂真继续跟刘以恒说话："他俩什么时候关系那么好了？"

"一个班的同学，关系不好才奇怪吧。"

这时候林森调小音量，还换了首歌："只是因为在人群中多看了你一眼，再也没能忘掉你容颜……"

李茂真语噎，转而看向一旁在写作业的夏芝里，转学生还用手机给她打着灯。

他问夏芝里："你都不担心温双沐的吗？"

夏芝里抬起头来："本来挺担心的，但陆京不是跟她在一起吗！"

苏起言坐沙发上，略有些沉不住气，手机屏幕亮着荧光，给温双沐发出的几条信息都没有得到回复。

他对刘以恒说："陆京号码多少？发给我一下。"

林森又换了一首歌："有一种爱叫做放手，为爱放弃天长地久，我们相守若让你付出所有，让真爱带我走。有一种爱叫做放手，为爱结束天长地久……"

王承硕就坐在边上，有些听不下去了，踹他一脚："你切歌切那么快，到底在唱什么！"

"不懂了吧，《情歌王》听过吧，我新编串烧。"

影厅里，观众陆陆续续地进场。

温双沐抱着热饮，银幕上还在放着映前广告。热饮在等候厅就喝了一半，味道很醇香，也很浓郁。

影厅里的灯光适时暗下来，瞳孔一下子无法适应眼前的黑暗，却和唇齿间流淌的榛果香形成某种联结。

温双沐突然有种时空错乱感。车祸前的这一天，她约苏起言看电影，夕阳很好看，但她没等来苏起言。喜欢的热饮店前站了很长很长的队伍，她排了四十多分钟的队，然而想喝的口味被排在前面的顾客买走最后一杯。她当时独自一人坐在影厅里。

但现在，她坐在这里，当时特别渴望的榛果香拿铁正被她捧在手心。

温双沐扭头看向陆京，电影开始放映，乳白色的光倾洒下来，空气里还能辨出细小光点，将他的脸廓线条照得错落有致。

很神奇。

他们在海边一起看了今年的最后一场日落，一同坐在影院里度过跨年前的时光，他排队半小时买来她想喝的奶茶。而在曾经逝去过一次的青春里，他们甚至不曾认识。

一百零六分钟长的电影结束，观众们从影厅出来，络绎不绝地涌向一层的广场，观看跨年倒计时前的节目。

贴着复古花纹墙纸的长廊上，陆京靠在墙边，手上拿着一沓纸巾，每等温双沐擤完一张鼻涕纸，就再递去一张。

实在觉得人哭鼻子的样子好笑，陆京倚着墙换了个更舒服的站姿："我也是没想到，你睡了半个多小时，就看个后半段，都能哭成这样。"

温双沐不服气："我后半段看得可认真了！"

而且这部电影是她第二次看，中间睡着情有可原。

温双沐最后抹了把鼻涕，把纸巾丢进垃圾桶，后知后觉地感到有点儿丢脸，她给自己找补："我就是一下子有点儿共情了。"

"嗯，看出来了。"

温双沐想到电影里的情节，说："你说如果我初三没错过春季招，高一读的一班，我还能和你还有王承硕、夏芝里认识做朋友吗？"

陆京配合地认真思考了一下："林森不在一班吗？你跟林森认识了，我就肯定会跟你认识。"

温双沐神情突然有些沮丧。照他的类推，她以前和王承硕一个班，他们也应该会相识，然而现实却是他们连面都没见过。

陆京看温双沐低下脑袋，用食指戳她的脑袋，迫使她抬起头来与他对视："怎么还难过起来了？"

温双沐钻牛角尖："但如果就是不认识呢。"

"那可能是你太优秀了，看不到我。"

温双沐下意识地反驳："怎么可能！"

陆京轻耸了下肩。他站直起身，推她往前走："走吧，看烟花去。"

温双沐想起一直都没见着的几个人："对哦，林森、王承硕他们是不是根本没来看电影？"

陆京尴尬地解释："估计唱疯了。"

刚才的影厅座无虚席，但凡换个心不那么大的人，都会发现他其实连那几位的票都没买。

两个人先去了一楼的广场，可惜没赶上，临时搭建的舞台前人山人海，站在外沿，除了人头，什么也瞧不见。

他们重新乘着扶梯往上，来到四楼正对广场的玻璃窗前，附近站了三两个男生女生，估计跟他们一样，没占到好的地理位置，换这儿来观赏烟花。

视野变高，边上开了扇飘窗，底下乐队演奏的歌声清晰地飘扬上来。

看不到商场电子屏上的倒计时，两个人便自己拿出手机来计时。

到了二十三点五十九分五十九秒的时候，天空绽开烟花。

漫天的火树银花，人群中晃动着荧光棒，也不知道是谁带头高喊了句"吴亚萍，我爱死你了"！

新年瞬时演变成表白大会，还有各种许愿的。

"蒋致函是大笨蛋！但我喜欢笨蛋！"

"二〇一七！考公上岸！不上是狗！"

"……"

温双沐忍住打哈欠的欲望，跟风喊道："新年第一个愿望，希望今年都有一个好作息。"

陆京笑了笑："今天这个点是没戏了，明天好好努力吧。"

"你呢，有什么新年愿望吗？"

陆京想了一会儿："好好学习吧，不掉出实验班。"

"啊，对。"温双沐被他提点过来，继续许愿，"希望新年能当一次年级第一，当然了，次次都第一更好！'数竞'目标不大，先进个国家队好了……"

"考神是你家亲戚吗？"

温双沐的眼神颇为幽怨。

陆京笑了下。他重新看向窗外，半开玩笑地说："那我再许一个，无论咱们在哪里，都会认识对方。"

混乱持续了二十分钟之久，才由维持秩序的安保人员疏散。

时间到了零点，已经是二〇一七年的崭新一天。

广场上的人群涌进室内大半，打算继续玩。

两个人打道回府，还没踏上扶梯，陆京的掌心突然抵着温双沐的后背，带人旋了个圈，往另一处的扶梯绕。

温双沐茫然地迈着步子："你干吗？"

"这个出口人太多，换一边好打车点儿。"

来到广场的南出口，尽管人流稍少，但网约车排到了两小时之后。

陆京视线从边上营业的商铺掠过，跑进一家二十四小时的图文影印店。

温双沐远远看了几秒，也不知道陆京是去做什么，把约车软件继续开着，打开群聊，给其余人发信息：你们都走了吗？

林森发来个定位，距离他们有八百来米。

王承硕：林森家在边上，咱们晚上住他那儿，走路过去。

刘以恒：对了，我刚才好像看苏起言上去找你们了，碰上了吗？

温双沐回忆了下：没吧。我和陆京还在外面打车，不过没有司机接单。

王承硕：沈之庭和夏芝里提前约了车，你们那儿这么堵，估计还没开出去。要不要给她发信息，估计可以拼一下？

温双沐：行。

陆京回来，也不知道去影印店干什么了，不过手上多推了辆自行车。

他问温双沐："打到车了吗？"

温双沐盯着自行车几秒，把刚点开的夏芝里聊天框退出来，说："没有。"

陆京骑上车，示意她上后座："走吧，往前骑一段路，估计好打车一点儿。"

"嗯。"

夜里的气温很低，哈出的空气结成了水珠。

温双沐坐在后座，没两分钟就开始打哆嗦。

温双沐说："我要冻得不行了。"

陆京刹车回头，指尖抬了抬，扯到衣领才想起自己没戴围巾。

正想着还是把车还了，在路边试试打车，温双沐眼巴巴地盯着他另一只还扶在车把上的手："不然换我来骑吧，让我运动运动。"

陆京哭笑不得："行。"

陆京看着瘦，但一米八的高个儿，体重也不轻。

温双沐起步第一下，身子歪了歪，轮子竟然没滚出去。

温双沐对后头说："你也别干坐着，帮我助推下。"

陆京两只大长腿屈那儿，这下直接落到地面，一时间也分不清到底是他扒拉着往前移动的，还是温双沐骑出去的。

刚骑出去一千米左右，温双沐就"吭哧吭哧"地直喘气。

温双沐骑不动了，但她不直说，换了种迂回还显得自己大度的方式："你是不是坐冷了？来，换你动动。"

陆京忍着没笑出来，配合地下了后座，跟她换位置。

两个人就这么接龙换着骑行，也没打车，不知不觉就骑到了皇家湾。

停到公寓前，陆京说："门卡带了吧？"

温双沐冷不丁回忆起黑历史，拍了拍书包："带了。"

温双沐朝大门走几步，摆手同人告别："你也快回去吧，这边出租车应该好打。"

陆京没直接离开，自行车继续往前骑了两米，轮子停到温双沐跟前。他从大衣口袋里抽出张卡片状的东西，竖着塞进温双沐的口袋，拍拍她背，跟哄小孩儿似的："行了，进去吧。"

这回陆京没目送她进大堂，车轮在空地上旋了个圈，悠悠地往外开，还背身冲人晃了两下手。

温双沐进了电梯，才把口袋里的卡片拿出来，是一张刚洗出的照片。

在傍晚的海边，她发丝微乱，身后气球招展，还能看到呼吸间呵出的白气，夕阳的光影勾勒成晕。

照片的背面遒劲有力地写了几行字：

祝岁岁欢愉，年年胜意。想要的都拥有，得不到的皆会以另一种形式归来。

新年快乐。

——陆

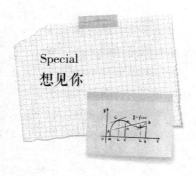

Special
想见你

临近春节，街道两旁的梧桐树绕上灯带，到了夜晚，整条街金灿灿的一片。

滨河公园门边竖着几块巨型广告牌，彩色横幅拉得到处都是，整个公园光彩缤纷。

今晚这里举办难得的冬季音乐节，阵容挺大，邀请了不少当红歌星、偶像，还有沈箸这样的影帝级人物到现场当特邀嘉宾。

粉丝们形成组织，井然有序地分发周边应援牌，入场队伍排成两条长龙，人声与周边商铺的吆喝声交杂在一起，热闹不已。

温双沐和夏芝里等在路口，来回看两边经过的车流。

原本今晚来看音乐节的人就她们两个，夏芝里工作的电视台到了年末会给员工发放福利。今年送的两张音乐节票，她拿到后也没多想，直接约了温双沐。

温双沐在群里得意地提了一嘴，谁知激起不小的"民怨"，几个男生接二连三地抱怨。

陆京：没我的份吗？幽怨。

沈之庭：没我的份吗？幽怨加一。

王承硕：虽然没那么想听，但为了保持阵型，没我的份吗？幽怨加三。

李茂真：我想听也想保持阵型。没我的份吗？幽怨加四。

苏起言发了一个"翻白眼"的表情包。

林森：楼上的怎么这样？我还没接上阵型呢！幽怨加五。

……

群里吵吵闹闹了一会儿，最后还是林森这位隐退到教育界多年的小林总大手一挥，找家里问了问。毕竟沈箸是他家公司旗下演员，搞几张门票还是不在话下，于是闺密约会直接变成大型团建，全员参与。

温双沐看了看时间，在群里问：你们几个都出门了吧？让两个女孩子等这么久是不是有点儿不绅士了！

夏芝里与她一唱一和，在底下跟了几个"警告""指指点点"的表情包。

两个人说是等了很久，其实也才刚到约定的时间。她们下午就出来逛街，刚吃完晚饭消食，一路走到这里。

沈之庭：快了，就在这边上了。

李茂真：我也快了，也在边上。

苏起言：加一。

沈之庭：苏起言，我发现你最近说话偷懒好几回了。

李茂真：加一。

王承硕的回复则是一条语音，不过点开是陆京的声音："还在找停车位，稍微等我们两分钟。"

附近到处是车子的鸣笛声，夏芝里把手机音量调到最响，才听清内容："陆京和王承硕一起过来的啊？"

温双沐说起来就觉得好笑："对呀，我下午说要出来跟你逛街，他'哼'了我一声，说也要找他的好兄弟出去玩。"

另一边王承硕胳膊枕在车窗上，单手举着手机，等陆京说完，语音发出，这才放下手来，看看外头："你确定车停这么远，两分钟够咱们走进去？"

"没办法，前面都堵成那样了。"陆京打了个方向盘，在路边的临时停车位插空停进去。

王承硕解了安全带："刚就提醒你可能会堵车，你非说不会堵。"

陆京说："我那不是在忙重要事嘛。"

王承硕语调没什么起伏地"嗯"了一声，等两个人都下了车，他说："又给你家温温准备惊喜。"

陆京对此保留个人的独特见解，坚决不认为是给温双沐的惊喜："讨债呢，之前去西北都没玩遍，押她陪我再去一次，攻略肯定要按我心意重做一遍。"

高中第一次去的时候没半点儿经验，这回让王承硕陪他去商场买了许多防寒衣物，应该是不怕冷了。

"西北呀。"王承硕慢条斯理地裹了裹衣领，冒出一句，"我都没去过。"

陆京看他一眼，没应声。

王承硕一声轻叹："每次准备惊喜的时候都知道叫上我，享受的时候却没我份儿。"他摇了摇头，"做你的兄弟真不容易！"

陆京冤得不行："我每年不都陪你自驾游好几次吗，也该知足了吧？"

王承硕惊讶地说："我怎么不知道咱们自驾游过？"

陆京轻点下巴，细数得有模有样："开学和放假，咱俩开车从 Y 城到 B 城、从 B 城到 Y 城，怎么说也算长途自驾游了吧！"

王承硕："……"

陆京自己也被自己说乐了，搭上王承硕的肩膀："好啦，这次加你一个。"

"你看我对你不错吧，不过你喜欢安静，到时候座位订得最好离我们远一点儿……"

陆京一路絮絮叨叨，不知不觉两个人就步行来到了滨河公园门口。

马路对面，沈之庭正好从出租车上下来，身上还穿着黑色正装，显然刚从事务所下班打车过来。没一会儿，李茂真和苏起言也来了。

一行人碰头，数了数，还差一个人。

"林森呢？"沈之庭把拎在手上的大衣外套穿上，"学校不都放寒假了吗，怎么搞得比咱们几个还要忙。"

从下午起，大家就没看见林森在群里说话。

"学生放假了，老师不是还需要到学校开一些乱七八糟的会吗？"王承硕在手机上滑了滑，"说是让咱们先进去，他那边一结束就赶过来。"

陆京原本想挤到温双沐和夏芝里中间，让夏芝里把他女朋友还他。奈何女孩子间的友谊太"坚固"了，硬是没挤进去，最后灰溜溜地退回到男生中间，五个大高个儿并排站一块儿。

陆京自己不快活，少不得拉人跟他一起。他左看一眼，右看一眼，突然说："你们什么时候找对象啊，没觉得咱们这小团队阳气太重了点儿吗？"

王承硕眼神也不给他一个地扔出两个字："别欠！"

苏起言也送来一个眼神，陆京仿佛都能看到他眼里的"加一"。

陆京："……"

李茂真倒很给陆京面子，挥了挥手机："我正在努力！"

一旁的沈之庭拍他肩膀："吾辈楷模！"

荧光棒挥舞，全场齐唱了一轮又一轮。温双沐等人融入环境很快，尖叫呐喊，一样不落。等他们听完整场音乐会已经是四小时后。每个人脸上都微红，被现场的氛围感染得有些亢奋。

工作人员组织观众退场，夏芝里低头在手机上按了两下："箸哥说他看到咱们了，问咱们要不要进去拍照？"

"行啊！"大家欣然同意。

可能是沈箸提前打过招呼，一行人顺利无阻地来到临时搭建的后台。

"是走这边吗？"

沈之庭看着有点儿不对，刚进来时还有工作人员走动，拐了个弯后反倒一个人影都不见了。

大家左右张望，想找找路标，只见不远处的一株巨大盆栽后，一直没现身的林森被身穿黑色礼服裙的女生压在墙上亲着。

应该是听到动静，盆栽后的两个人微微直起身来。

林森见突然来了这么群人，还都是老熟人，脸瞬间爆红："你们怎么来这儿了？那个……我那个……"

黑裙女生倒是大大方方地冲他们打招呼。

看清女生是谁后，温双沐和夏芝里当即挥着荧光棒，叫出声来："再来一个！再来一个！"

跟刚才音乐会现场催歌手"再来一首"一模一样。

几个男生都在后面笑着，李茂真跟着拍手大叫："再来一个！再来一个！"

林森收拾不了温双沐和夏芝里，但自认为跟李茂真五五开，追着他打。李茂真闪躲之余，又拖了几个人下水，吵吵闹闹。

笑声模糊了光与夜的边界。

正月初三，温双沐和陆京上火车时，边上几个座位的乘客都没来，显得有些空旷。

"王承硕人呢？"

温双沐知道他来，扑克牌都准备好了，想着路上可以看看风景再斗斗地主。

陆京看了看手表："快了吧，等等。说不准他是在忽悠我，其实他还是想让咱们过二人世界什么的。"

"并不想。"王承硕的声音突然从他们身后响起。

陆京："……"

温双沐笑得不行。

两个人回头，却被眼前的人数惊到了。

音乐节上的几个人全来了，一个不差。大家一脸看戏的表情，想必刚才的对话全听见了。

夏芝里眯眼笑道："猜猜现在是几人世界？"

"……"

陆京不想看他们，托腮转向窗外，心情郁闷地吐出几个字："灯泡元宇宙。"

一帮人笑得毫不收敛，纷纷脱掉外套，把行李放上隔板，就近落座。

陆京没忍住回头："你们说自己讨厌不讨厌！"

"我们就讨厌！就讨厌！"

李茂真和林森拉温双沐斗起了地主。

沈之庭、王承硕和苏起言本来都在看书，但车晃不说，被边上这几个"菜鸟"逼得忍不住加入战局，纷纷指导起李茂真和林森对抗温双沐这个"大地主"。

苏起言："她会算牌，你们两个刚才太不谨慎了。"

沈之庭："茂真同志，要不把牌给我吧？"

王承硕："林森，你这数学老师当的……"

林森和李茂真听得头都大了，夏芝里还在边上一边笑一边录像。

温双沐则把"大地主"的气质展现得淋漓尽致，趾高气昂地张嘴吃陆京给她剥的橘子。

"你们哪，差得太远了。"

陆京附和说："就是。"

王承硕等人纷纷撸起袖子：

"下一把我来。"

"让我来！"

"你刚才都输了好几轮了，给我，我帮你赢回来。"

……

列车"轰隆隆"前行，载着一路的欢声笑语。

窗外是白色的天、白色的树、白色的原野……